KARA ATKIN
Blue Seoul Nights

Kara Atkin

BLUE
SEOUL
NIGHTS

Roman

LYX

LYX in der Bastei Lübbe AG
Dieser Titel ist auch als E-Book und Hörbuch erschienen.

Die Bastei Lübbe AG verfolgt eine nachhaltige Buchproduktion. Wir verwenden Papiere aus nachhaltiger Forstwirtschaft und verzichten darauf, Bücher einzeln in Folie zu verpacken. Wir stellen unsere Bücher in Deutschland und Europa (EU) her und arbeiten mit den Druckereien kontinuierlich an einer positiven Ökobilanz.

Originalausgabe

Copyright © 2022 by Bastei Lübbe AG, Köln

Textredaktion: Stephanie Janek
Covergestaltung: © ZERO Werbeagentur, München
unter Verwendung einer Illustration von © Hwang Se-Rim
Satz: Greiner & Reichel, Köln
Gesetzt aus der Adobe Caslon
Druck und Verarbeitung: GGP Media GmbH, Pößneck
Printed in Germany
ISBN 978-3-7363-1657-7

1 3 5 7 6 4 2

Sie finden uns im Internet unter: lyx-verlag.de
Bitte beachten Sie auch: luebbe.de und lesejury.de

Liebe Leser:innen,

dieses Buch enthält potenziell triggernde Inhalte.
Deshalb findet ihr auf der letzten Seite eine Triggerwarnung.

Achtung: Diese enthält Spoiler für das gesamte Buch!

Wir wünschen euch allen das bestmögliche Leseerlebnis.

Eure Kara & euer LYX-Verlag

Personen und Handlung sind frei erfunden.
Ähnlichkeiten mit lebenden oder toten Personen
sind rein zufällig und nicht beabsichtigt.

Für alle,
die etwas, jemanden oder vielleicht sogar
sich selbst verloren haben.

Atme. Mach weiter. Irgendwann wird es besser.
Der Schmerz verschwindet zwar nicht, aber er wird dumpfer.
Und irgendwann wird der Tag kommen, an dem du
die Augen öffnest und die Welt dir etwas weniger farblos,
etwas weniger harsch und etwas weniger einsam
vorkommen wird.

Where there is ruin,
there is hope for a treasure.
– Rumi

PLAYLIST

Shin Young Jae – *Feel You*
RIO – *Love, My World Is Full*
Moon Sujin feat. Taeil of NCT – *The Moon*
Sik-K feat. Gaeko – *RING RING*
LeeHi feat G.Soul – *NO WAY*
CL – *Wish You Were Here*
BOL4 – *To My Youth*
Grizzly feat. SOLE & punchnello – *Favorite*
WOODZ – *Love Me Harder*
Haeil feat. Jiselle – *Playlist*
PENOMECO – *Movie*
CL – *5STAR*
BLOO – *Drama*
Seori feat. eaJ – *Dive with you*
Colde – *Please Love Me*
Jooyoung – *Dive*
JUNNY – *By My Side*
Chancellor feat. Younha – *Walking In The Rain*
RIO – *Dream No. 24*
suggi – *GRIND*
LeeHi – *BREATHE*
IU – *Love poem*
Corbyn – *Troubels*
GEMINI – *Know Me*
GAHO – *Stay Here*

PROLOG

도망치다 = Weglaufen

»Könntest du bitte mal kurz aufhören, so hektisch hin und her zu rennen und dich mit mir hinsetzen?«

»Dafür hab ich keine Zeit.« Ich würdigte meinen besten Freund keines Blickes, als ich aus dem Bad eilte, und steuerte zielstrebig auf einen der großen Müllbeutel zu, die überall in der kleinen Zweizimmerwohnung herumlagen, in der es nach Tapetenlöser und Desinfektionsmittel roch. »Mein Flieger geht heute Abend, und bis dahin muss die Wohnung leer sein.«

Ich hörte Chris' Schritte hinter mir, während er mir durch die enge Schneise folgte, die ich zwischen den alten Anziehsachen meines Vaters, der Kiste mit Aktenordnern voller Krankenhausberichte und einem Sack mit Mahnungen, Rechnungen und leeren Pillenpackungen freigeräumt hatte. »Ich weiß, aber die Beerdigung ist noch keine –«

»Chris, entweder du hältst den Mund und packst mit an, oder du hörst auf, mir im Weg zu stehen und verschwindest.« Schwungvoll pfefferte ich das schwarze Etuikleid, das ich in meinem Leben nie wieder ansehen, geschweige denn berühren wollte, in den Müllbeutel mit den fleckigen Laken. Ich fröstelte, selbst mein übergroßer, dicker Pullover konnte nicht wirklich was gegen diese betäubende Kälte des Londoner Februars ausrichten, die von jeder Faser meines Körpers Besitz ergriffen hatte. »Deine Entscheidung.«

Unbeholfen wechselte der junge Mann, den ich schon mein Leben lang kannte, von einem Fuß auf den anderen. Sein Blick huschte durch das Apartment, das ich die letzten paar Tage schon auf links gedreht hatte. Nichts erinnerte mehr an den Ort unserer gemeinsam verbrachten Kindheit. »Ich will doch nur helfen.«

»Es hilft mir aber nicht, über meinen toten Vater zu reden, Christopher.« Ich band mein langes Haar zu einem Pferdeschwanz zusammen und zog ihn so fest, dass meine Kopfhaut spannte. »Es ändert nämlich nichts an der Tatsache, dass er jetzt in einer Holzkiste zwei Meter unter der Erde liegt, bald von Maden zerfressen sein wird und mit Mitte vierzig meinen Großeltern Gesellschaft leistet, anstatt jemals seine eigenen Enkelkinder kennenzulernen.« Ich stemmte die Hände in die Hüften, nicht in der Lage, auch nur eine weitere Träne zu vergießen, deren Quelle bis vor Kurzem noch so unerschöpflich wie die Themse gewesen war. Aber seit dem Tod meines Vaters waren sie versiegt, so als hätte mein Köper beschlossen, dass es nun reiche und meine Tanks endgültig leer waren. »Was mir allerdings sehr wohl helfen würde, wäre, wenn du mit mir das Sofa nach unten tragen könntest, damit die Müllabfuhr morgen den ganzen Plunder abholen kann. Ich kann es ja schlecht in meinen Koffer packen und nach Seoul mitnehmen, oder?«

»Jay-Jay«, begann Chris eindringlich und legte mir die Hand auf die Schulter, die ich entschlossen abschüttelte und stattdessen steif zum Sofa stakste, auf dem ich die letzten vier Jahre genächtigt hatte. »Irgendwann wirst du dich mit deiner Trauer auseinandersetzen müssen.«

»Irgendwann. Aber nicht jetzt.« Ich starrte auf das durchgesessene braune Leder mit seinen unzähligen Rissen und schluckte schwer, ehe ich in die Hocke ging. »Und jetzt hilf mir bitte, das Ding unten an die Straße zu stellen.«

»Weißt du«, Chris zerrte sich das schwarze Sakko von den Schultern und warf es achtlos in eine Ecke, löste dann seine Krawatte und ging auf der anderen Seite des Sofas in die Knie, »ich hab dir nicht von diesem Job erzählt, damit du vor dir selbst davonlaufen kannst.«

»Und ich hab nicht die letzten vier Jahre meines Lebens meinen kranken Vater gepflegt, nur damit er dann doch stirbt.« Ich ächzte, als wir gleichzeitig das Sofa anhoben, auf dem ich so oft wach gelegen und auf ein Wunder gehofft hatte. Gemeinsam manövrierten wir es durch die schmale Wohnungstür und trugen es die vier Stockwerke hinunter, bevor wir es zu den anderen Sachen an die Straße stellten.

»Manchmal kriegen wir halt nicht das, was wir uns wünschen«, stieß ich vollkommen außer Puste hervor.

»Sieht ganz so aus«, sagte Chris und wischte sich die Hände an der Anzughose ab. Seine Miene war verschlossen, als er mit der Hand über das edle Holz der Standuhr fuhr, die nach dem Tod meines Großvaters der ganze Stolz meines Dads gewesen war. »Ich würde mir nämlich wünschen, dass du hierbleibst.«

Ich wandte mich ab und ging schnell zurück ins Haus, um der Sonne zu entkommen, die auf dem Friedhof schon mit ihrem sanften, goldenen Licht dafür gesorgt hatte, dass sich mir der Magen umdrehte. »Du meintest doch, es wäre eine gute Idee.«

»Ich weiß.« Ich musste nicht über die Schulter sehen, um zu wissen, dass mein bester Freund mir folgte. Er hatte mich noch nie im Stich gelassen. Kein einziges Mal. »Aber ich hätte nicht damit gerechnet, dass du das wirklich durchziehst.«

»Du weißt, dass ich mit meinem Bachelor hier keinen Job bekomme, und ich kann es mir nicht leisten, einen Master zu machen.«

Wieder in der Wohnung griff ich mir den nächsten Müllbeutel, der in der gespenstischen Stille leise knisterte, und begann, die Anziehsachen meines Vaters hineinzustopfen, ohne der Sentimentalität in meiner Brust auch nur einen Millimeter Raum zu geben. Das meiste davon hatte er eh nicht mehr getragen, weil er von der Chemo so abgemagert gewesen war, dass ihm nichts mehr gepasst hatte. Die wenigen Sachen, die ich behalten wollte, wie zum Beispiel seinen marineblauen Lieblingsfleecepulli, hatte ich längst in meinen Koffer gepackt, der abflugbereit direkt neben der Wohnungstür auf mich wartete. »Und ich brauche das Geld. Dringend. Die Beerdigung war schweineteuer, und die Schulden fressen mich langsam auf.« Der Kredit für mein Studium, die Behandlungskosten für meinen Dad, die Medikamente und die Miete hatten mein Konto weit ins Minus getrieben. Ich konnte von Glück reden, dass die Bank sich darauf eingelassen hatte, dass ich meine Schulden, von denen ich auch einen beträchtlichen Batzen geerbt hatte, nach und nach abstotterte. Der Verkauf der Wohnung hatte da durchaus geholfen, ebenso wie der glückliche Zufall, dass mein Sachbearbeiter ausgerechnet ein ehemaliger Stammkunde von meinem Dad war, dem er mehr als einmal für kleines Geld seinen geliebten Jaguar repariert hatte. »Als Lehrerin in Seoul bekomme ich eine Wohnung von der Schule gestellt, und dann zahlen sie mir auch noch ein solides Gehalt. Davon kann ich zwar keine Luftsprünge machen, aber es reicht zum Leben und um den ganzen Kram abzubezahlen.«

»Was wäre denn, wenn du vielleicht nach – «

»Chris, von dieser Frau hat seit meiner Geburt niemand mehr was gehört. Sie wird nicht plötzlich wie die gute Fee in einem Disneyfilm auftauchen und sich für Dad oder mich interessieren, wenn sie sich die letzten dreiundzwanzig Jahre meines Lebens keinen Deut um uns geschert hat.«

»Okay, okay.« Er hob abwehrend die Hände und zog die dürren Schultern hoch. »Ich hab nur gehört, dass sie angeblich einen stinkreichen Typen geheiratet haben soll.«

»Das ist nur Hörensagen. Niemand weiß, wo sie ist.« Ich knirschte mit den Zähnen, als ich an die wilden Gerüchte dachte, die über den Verbleib meiner Mutter kursierten. Die Waschweiber im East End hatten halt nichts Besseres zu tun, als ihre Köpfe zusammenzustecken und über das Leben eines alleinerziehenden Vaters zu mutmaßen, der nie geheiratet hatte. Ich drückte Chris einen Müllbeutel in die Hand und deutete nachlässig auf den Stapel mit Dads alten Oldtimermagazinen, die ich ihm zum Schluss hatte vorlesen müssen, weil er zu schwach gewesen war, sie selbst zu halten. »Vergiss es einfach, okay?«

»In Ordnung.« Er schnalzte leise mit der Zunge, aber welchen Kommentar er auch immer hatte ablassen wollen, er schluckte ihn hinunter. »Weißt du schon, wie du heute Abend zum Flughafen kommst?«

»Mit der U-Bahn. Ich hab ja nicht so viel Zeug dabei. Die drei Kartons mit sperrigen Sachen hab ich gestern schon zur Post gebracht, damit sie verschifft werden.« Ich hatte zwar noch keine Ahnung, wo ich letztendlich landen würde, aber ich hatte Chris nicht aufbürden wollen, sich um meinen Kram zu kümmern. Also hatte ich bei der Organisation angerufen und ihnen meine Situation geschildert, was sie mit der üblichen Mischung aus Mitleid und Bedauern aufgenommen hatten, die mich schon seit Dads Diagnose verfolgte. Aber immerhin hatten sie mir erlaubt, meine Habseligkeiten an ihr Büro in Seoul zu senden – mit dem Versprechen, mir alles zuzuschicken, sobald die drei Kisten angekommen waren.

Missbilligend verzog Chris das Gesicht, und als sich seine Nase kräuselte, verstand ich sogar ein wenig, warum die meisten uns für Geschwister hielten, obwohl wir uns mit Ausnahme der blonden Haare, der blauen Augen und der eher zarten Nase kein bisschen ähnlich sahen.

Christoper war hochgewachsen und dürr, der Kampf mit der Waage ein ständiger Begleiter, obwohl er versuchte, zuzulegen, damit sein ovales Gesicht weniger eingefallen wirkte, während sein weißblondes Haar in Kombination mit seinem papierartigen Teint dazu führte, dass die Leute sich regelmäßig nach seiner Gesundheit erkundigten.

Ich hingegen schaffte es nicht über die Durchschnittsgröße britischer Frauen hinweg, und mein Haar war meist ein einziges Chaos aus dicken honigblonden Strähnen, die ich lieber geflochten als offen trug. Auch wenn meine Haut zwar ein paar Nuancen dunkler war als die von Christopher, hatte ich ab Mai immer mit der Sonne und damit auch mit Sommersprossen zu kämpfen, die meine Nase und meine Wangen überzogen und mir für ein paar Monate stets Probleme bei der Ausweiskontrolle einbrachten.

»Das dauert dann doch ewig, bis die da sind, oder?«

»Drei Monate. Aber das macht ja nichts. Ich bin ja erst mal mindestens ein Jahr da, und dann sehen wir weiter.« Ich hatte keine Ahnung, wohin die nächsten Wochen und Monate mich führen würden, aber wenn ich ganz ehrlich sein sollte, war es mir auch egal. Hauptsache weg aus London. Weg aus dem East End. Weg aus diesem Apartment, in dem mich eh alles nur an Dad erinnerte, für den ich wie verrückt gekämpft, ihn am Ende aber doch verloren hatte. Ich zurrte meinen Müllbeutel zu und half dann Chris dabei, seinen zu füllen, bis auch der aus allen Nähten platzte. »Das ist ja das Schöne an dieser Vermittlungsorganisation. Ich kann mir jedes Jahr aufs Neue überlegen, wohin es gehen soll.«

»Klingt nicht verkehrt.« Er stellte den Müllsack zu den anderen und steckte die Hände in die Hosentaschen, ehe er sich umsah. Ich wusste nicht, was in ihm vorging, als er die kargen Wände betrachtete, von denen ich die Tapete abgerissen hatte, direkt nachdem der Leichenwagen abgefahren war. »Auch wenn ich immer noch nichts davon halte, dass du so überstürzt verschwindest.«

Ich schnaubte leise, weil er wieder diesen bestimmten Tonfall draufhatte, der verdächtig nach der Autorität eines großen Bruders klang, obwohl Christopher nur drei Tage älter war als ich. »Sag doch einfach, dass ich dir fehlen werde.«

Ich hatte einen bissigen Kommentar erwartet. Eine lockere Nichtigkeit. Doch als er kein einziges Wort sagte, fühlte ich die Leere des Apartments mit einem Mal genauso überdeutlich wie die Schwere und Endgültigkeit dieses Abschieds.

»Du wirst mir fehlen, Vierauge«, murmelte Chris leise und zog mich an sich. Seine knochigen Arme schlangen sich um mich, und ich erwiderte seine Umarmung, in der Hoffnung, ihm den Halt geben zu können, den er brauchte, um mich gehen zu lassen. Während seine Tränen meinen Pulli durchnässten, blieben meine Augen trocken. Den Schmerz spürte ich trotzdem, als mir mit einem Mal klar wurde, dass ich keine Ahnung hatte, wann ich Chris wiedersehen würde.

Ich hielt ihn noch etwas fester, wie die letzte Erinnerung an meinen Dad vor der Diagnose, und atmete tief durch, während die Uhr immer weiter voranschritt und mich wissen ließ, dass sie auch diesmal keine Gnade mit mir haben würde, und mir ein weiterer Abschied bevorstand, für den ich nicht bereit war.

»Du mir auch, Hasenzahn. Du mir auch.«

1. KAPITEL

새로운 시작 = Neuanfang

Was zum Geier ist denn bitte ein Caramel Swirly?!
Müde rieb ich mir mit beiden Händen übers Gesicht und wandte mich von der großen Menütafel ab, die bei meinem derzeitigen Schläfrigkeitslevel genauso gut ein komplexer Programmiercode hätte sein können, der für mich nicht den geringsten Sinn ergab. Viele der Leute in der langen Schlange vor mir checkten entweder besorgt ihre Flugtickets und spähten panisch auf die große Wanduhr, oder aber sie studierten genau wie ich ratlos die vollgeschriebene Tafel, was mich ein bisschen beruhigte, da ich offensichtlich nicht die Einzige war, die Probleme bei der Getränkeauswahl hatte. Das Personal hinter dem Tresen zeigte sich wenig beeindruckt von dem Andrang, weil solch ein Menschenauflauf an einem Flughafen wie dem *Incheon International Airport* höchstwahrscheinlich keine Seltenheit war. Souverän nahmen sie Bestellungen auf und arbeiteten Hand in Hand, ihre Stimmen ein monotones Murmeln, das sich mit dem seichten Pop aus den Lautsprechern mischte und mich noch im Stehen in den Schlaf zu säuseln drohte.

Eigentlich hatte ich auf dem elfstündigen Flug zumindest für ein Stündchen oder zwei ein Nickerchen machen wollen, aber wegen diverser Turbulenzen und einiger Luftlöcher hatte ich nicht mal die Ruhe gehabt, auch nur kurz einzudösen. Und jetzt war ich so müde und ausgelaugt, dass ich kaum noch geradeaus gucken konnte. Nur am Rande hatte ich bei meiner Ankunft wahrgenommen, wie schön der Flughafen hier war, der mit seinem auf Hochglanz polierten Fußboden und modernen Konstrukten aus Metallstreben durchaus zu beeindrucken wusste. Ich hatte mich eher darauf konzentriert, so schnell wie möglich einen Vertreter der Organisation zu finden, was nicht weiter schwer gewesen war, weil er von einer Traube von Menschen aus den verschiedensten Fleckchen der Welt umringt gewesen war und ein Schild mit dem schnörkellosen Organisationslogo in der Hand gehalten hatte. Als ich auf ihn zugegangen war, hatte er mich mit einem professionellen Lächeln begrüßt und mir dann mit Bedauern mitgeteilt, dass sich unsere Weiterreise zur *Seoul National University*, an der unsere Einführungswoche stattfinden würde, verzögerte, weil wir noch auf zwei Flüge warten mussten, die beide Verspätung hatten.

Normalerweise nervten mich solche Dinge, da ich nichts als größere Zeitverschwendung empfand als Verspätungen, aber heute kam es mir ganz gelegen, denn so hatte ich die Chance, meine Batterien mit Koffein aufzuladen, anstatt vor Erschöpfung inmitten von mir unbekannten Menschen aus den Latschen zu kippen.

Apropos Koffein.

Mein Blick glitt zurück zu der enormen Auswahl, die es einem beinah unmöglich machte, sich für ein Getränk zu entscheiden. Um ehrlich zu sein, hatte ich bei der Hälfte der Drinks nicht mal den Hauch einer Ahnung, was das eigentlich sein sollte. Zum Glück war auch hier, wie schon am ganzen Flughafen, alles zusätzlich in Englisch ausgeschildert, sonst wäre ich echt aufgeschmissen gewesen. Das hatte ich davon, wenn ich mich in letzter Sekunde und vollkommen unvorbereitet für ein Programm in einem Land bewarb, dessen

Sprache ich nicht einmal lesen konnte. Aber ich hatte vor, das so schnell wie möglich zu ändern, da ich nicht zu den Menschen gehören wollte, die davon ausgingen, mit Englisch überall irgendwie durchzukommen. Zumindest beim Bestellen im Restaurant oder beim Bezahlen an der Supermarktkasse wollte ich mich irgendwie in der Landessprache verständigen können, auch wenn ich dafür ein komplett neues Schriftsystem lernen musste, das gleichermaßen einschüchternd wie faszinierend wirkte. Während meiner Wartezeit in Heathrow hatte ich einen Artikel über die zehn Sprachen gelesen, die für englische Muttersprachler wie mich am schwierigsten zu erlernen waren. Koreanisch war, neben Mandarin, Finnisch und Arabisch, eine davon. Doch wenn es ums Lernen ging, hatte ich noch nie vor einer Herausforderung zurückgeschreckt, und es würde mich beschäftigen, was genau die Art Ablenkung war, die ich brauchte, um nicht an gemurmelte letzte Worte und schwache Finger zu denken, deren Kälte ich auch Tage später noch auf meiner Haut spüren konnte.

»Auch hoffnungslos mit der Auswahl überfordert?« Ich zuckte zusammen, als mich plötzlich jemand ansprach, und ich sah nach rechts zu dem Unbekannten, der hinter mir in der Schlange gestanden hatte und der mit einem erschöpften Lächeln auf das Menü deutete. »Ich komme mir ein bisschen vor wie bei *Family Feud*.«

»Wie bitte?« Ich wusste nicht, ob ich ihm nicht folgen konnte, weil ich zu müde war, oder ob es an der Tatsache lag, dass irgendein dahergelaufener, aber irgendwie kumpelhafter Typ mit deutlich amerikanischem Akzent plötzlich aus dem Nichts Small Talk mit mir hielt. »Wie bei was?«

»*Family Feud?*« Er verengte die Augen, ein zweifelhafter Ausdruck auf seinem Gesicht, so als würde er entweder meine oder aber seine eigene Zurechnungsfähigkeit hinterfragen.

»Die Gameshow, bei der man versuchen muss, die am meisten genannte Antwort rauszubekommen?«

Jetzt machte es Klick. »Ach, du meinst *Family Fortunes*.« Ich linste zu der großen Menütafel und dachte an die Gameshow, die Dad und ich uns oft angesehen hatten, als ich noch klein gewesen war. Eng aneinander gekuschelt hatten wir von der Couch aus fleißig mitgeraten. Der Stich in meiner Brust kam unvermittelt und ohne Vorwarnung, und ich grub meine Nägel tief in meinen Handballen, um mich von dem Schmerz abzulenken, der sich rasant in meinem Brustkorb ausbreitete und mich daran erinnerte, dass er nie verschwunden gewesen war, sondern dass ich ihn lediglich ignoriert hatte. Etwas, das ich sofort wieder tun würde. »Und, schon die Lösung gefunden?«

»Nein. Ich schwanke noch zwischen einem Americano und einem Caffè Latte, aber wenn ich bedenke, wie viele Leute schon mit regenbogenfarbenem Zeug an mir vorbeigelaufen sind, frage ich mich, ob ich nicht völlig auf dem falschen Dampfer bin.« Er richtete die khakifarbene Mütze, unter der ein paar mahagonifarbene Strähnen hervorlugten, die verdächtig nach Locken aussahen, ehe er mir die Hand reichte. Sein Lächeln erinnerte mich an das von Christopher – warm, freundlich und typisch Junge von nebenan. »Hi, ich bin übrigens David. Meine Freunde nennen mich Dave.«

»Jade.« Ich schüttelte nur kurz seine Hand, weil die vitale Wärme seiner Haut mir überdeutlich bewusst war.

David richtete den Schulterriemen seiner ledernen Umhängetasche und steckte die Hände in die Bauchtasche seines übergroßen Hoodies, den er zu einer khakifarbenen Hose und einer bequem aussehenden Jeansjacke trug, deren weißes Futter wahnsinnig kuschelig sein musste. »Britin, oder?«

»Richtig.« Ich wandte meinen Blick den klebrigen Backwaren zu, die in der Vitrine ausgestellt waren, und überlegte, ob ich einen Keks bestellen sollte, um dem Koffein mit einer ordentlichen Ladung Zucker auf die Sprünge zu helfen. Und um über etwas anderes nachzusinnen als die Tatsache, dass die Mauern, die ich um meine Erinnerungen gezogen hatte, scheinbar verdammt brüchig wurden, wenn ich hoffnungslos übermüdet war. »Ist das so offensichtlich?«

»Schon.« David lachte, seine Stimme klang leicht angeschlagen von der Erschöpfung, die ihm ins Gesicht geschrieben stand. »Hört man auf jeden Fall sofort.«

Ich zog eine Augenbraue hoch und wandte mich ihm wieder zu, irgendwo zwischen Irritation und Dankbarkeit bezüglich Davids Geschwätzigkeit. »Und du bist Amerikaner, richtig?«

»Yup.«

Ich drückte den Rücken durch und imitierte meine ehemalige Englischlehrerin Mrs Easton, die immer mit ihrem piekfeinen Oxford Englisch dahergekommen war, nur um zu zeigen, dass sie ihrer Meinung nach an einer Highschool voller Kids von Geringverdienern im East End nichts verloren hatte. Dad hatte sich regelmäßig mit ihr angelegt, wenn ich mal wieder wegen Nichtigkeiten aus dem Unterricht geflogen war. »Das hört man ebenfalls sofort.«

David sah mich einen Moment lang verdattert an und brach dann in schallendes Gelächter aus, was uns die missbilligenden Blicke der anderen Gäste des Coffeeshops einbrachte. »Komisch«, japste er zwischen zwei Lachkrämpfen, »klingt irgendwie so null nach einem Kompliment.«

Ich hatte keine Ahnung, ob mein kleiner Witz wirklich so lustig gewesen war oder ob David die Erschöpfung zu Kopf stieg, aber ich spürte, wie auch meine Mundwinkel zuckten, ehe ich in der Schlange weiter nach vorne und meinem Ziel ein Stückchen näher rückte. Mit jeder Sekunde erinnerte David mich mehr an Christopher, und ich fragte mich, ob wir eventuell Freunde sein könnten, wenn ich ihn nach dieser zufälligen Begegnung wiedersehen würde. »Das lasse ich lieber unkommentiert.«

»Ich mag dich jetzt schon.« Er gluckste noch ein paarmal, ehe er meinem Blick zurück zum Menü folgte. »Bist du zufällig auch bei dem Programm für das englische Lehrpersonal dabei?«

»Ja, bin ich.«

»Echt jetzt?« David klang so beschwingt und fröhlich, als hätte ich ihm gerade eröffnet, im Lotto gewonnen zu haben, und ich ahnte bereits, dass ich von nun an nicht mehr allein auf die nächste Station meiner Reise warten, sondern sie mit einem neuen Freund an meiner Seite bestreiten würde. »In welcher Orientierungsgruppe bist du?«

Ich überlegte einen Moment und versuchte, mich an die Mail zu erinnern, die ich nur zwischen Tür und Angel überflogen hatte, als ich in die U-Bahn gehechtet war, um vor meiner Abreise noch das ein oder andere zu erledigen. »Gruppe zwei.«

»Klasse, wir sind in der gleichen Gruppe. Dann können wir zusammen planlos sein.« Das euphorische Grinsen, welches sich auf Davids Züge schlich, war jungenhaft, und automatisch fragte ich mich, wie alt er wohl sein mochte. Instinktiv schätzte ich ihn auf Mitte zwanzig, also ungefähr mein Alter, aber wenn er den Kopf so schief legte und seine perlweißen Beißerchen präsentierte, konnte er locker auch als frischgebackener Highschool-Absolvent durchgehen, wobei das eigentlich ausgeschlossen war. Um an diesem Programm teilzunehmen, musste man nämlich nicht nur Muttersprachler sein, sondern mindestens ein abgeschlossenes Bachelorstudium in der Tasche haben. Er wirkte wie die Art Kerl, den mein Dad in einem Pub aufgegabelt und von da an ein Pint nach dem anderen mit ihm gekippt und dabei Lebensgeschichten ausgetauscht hätte.

»Deine Zeit ist abgelaufen, *Posh Spice*.« Er nickte in Richtung Tresen, hinter dem eine Frau auf meine Bestellung wartete. »Mal sehen, ob du die richtige Antwort gefunden hast.«

»Gibt es die überhaupt?« Ich spähte auf die Tafel und entschied mich dann ganz spontan. »Ein Tripple Shot Caramel Macchiato bitte.«

David pfiff leise durch die Zähne, aber ich ignorierte ihn, während die Dame hinter dem Tresen mit dem adrett zurückgebundenen schwarzen Haar ihm einen flüchtigen Blick zuwarf. »Gleich ein Tripple Shot?«

»Oh und könnte ich eventuell auch einen Double Choc Cookie bekommen? Vielen Dank.« Ich reichte der Mitarbeiterin des Coffeeshops meine Kreditkarte und warf David ein müdes Lächeln zu. »Ja, und wenn es nicht vollkommen verantwortungslos wäre, hätte ich auch einen Sechsfachen daraus gemacht. Außerdem würde ich mir an deiner Stelle die Lästerei verkneifen und darüber nachdenken, es mir gleichzutun, so zerknautscht, wie du aussiehst.«

»Autsch. Das hat gesessen.« David begutachtete sich in der polierten Glasscheibe der Kuchenvitrine und verzog das Gesicht. »Aber recht hast du.« Und dann bestellte er sich einen dreifachen Espresso und einen Kakao, als er an der Reihe war.

»Sag mal ...« David spähte auf das sperrige Gepäck, das ich bei mir hatte, als ich versuchte, es in eine Ecke zu manövrieren, wo es niemanden stören würde, während wir auf unsere Getränke warteten. »Ist das alles, was du dabeihast?«

Ich lehnte mich gegen den Tresen und betrachtete den ozeanblauen Koffer, den Chris für mich als Abschiedsgeschenk auf einem Flohmarkt erstanden hatte. »Ja.«

»Oh wow. Ich glaube, ich hab dreimal so viel Kram. Zum Glück war einer von den anderen Lehrern so nett, auf meinen ganzen Scheiß aufzupassen, sonst wäre das hier drinnen echt lustig geworden.« David kratzte sich am Hinterkopf. »Bist du Minimalistin oder so was? Oder hast du beim Packen einfach einen auf Marie Kondō gemacht?«

»Weder noch«, gab ich ausweichend zurück und zuckte mit den Schultern, um das Thema zu beenden. Ich hatte keine Ahnung, wer Marie Kondō war. In den letzten vier Jahren hatte mein Leben sich auch mehr um Krankenhäuser, Fachärzte und Ernährungsspezialisten gedreht als um irgendwelche anderen Persönlichkeiten, und so hatte ich nicht nur den Anschluss an meine Freunde, sondern auch an alle möglichen sonstigen Themen verloren. »Ich hänge einfach nicht so sehr an Sachen.«

»Das ist ziemlich cool. Ich kann mich von meinem ganzen Kram nie trennen, weil eine Milliarde Erinnerungen daran hängen.« Mit den Händen fuhr er über den ausgefransten Rand seiner Jeansjacke, in seinen Augen lag eine Sehnsucht, die mir vertraut war, ehe er zu seinem jungenhaften und unbekümmerten Lächeln zurückfand, als der Barista uns unsere Getränke reichte. »Sollen wir dann?«

Ich trank einen Schluck von dem süßlichen Kaffee und genoss, wie er auf meiner Zunge brannte und mit seiner Hitze den Eisklumpen in meinem Magen etwas erträglicher machte. Vielleicht lag es aber auch gar nicht an dem Kaffee, sondern an David, der mit seiner warmherzigen Art die eisigen Erinnerungen ein bisschen eindämmte und mich aufgrund seiner Ahnungslosigkeit nicht die ganze Zeit mit einer Mischung aus Mitleid und Sorge beäugte. Er ging ganz normal mit mir um, ohne mich in Watte zu packen oder mir immer wieder vor Augen zu führen, was ich verloren hatte. David war Teil meines Neuanfangs, Teil des Prozesses, der mich von meinen Erinnerungen und der Trauer in meiner Brust befreien würde, die wie klaffende Wunden an mir hafteten. In London hatte jeder darin herumgestochert und mir damit nicht die Zeit gegeben, sie abheilen zu lassen. David wusste nichts über die letzten vier Jahre, nichts über meinen Dad. Und ich wollte, dass es so blieb. Denn ich brauchte diesen Neuanfang, und das dringender, als ich jemals zuzugeben bereit war.

»Ja.« Ich griff mir meinen Koffer und deutete Richtung Ausgang, mit dem Anflug eines Lächelns auf den Lippen, das mich zwar im Moment noch eine Menge Überwindung kostete, aber hoffentlich bald wieder mehr sein würde als eine lästige Pflichtübung. »Lass uns gehen.«

2. KAPITEL

마주치다 = Begegnung

»Boah, schwirrt dir auch so die Rübe?« David stieß ein gequältes Murren aus, als er die Tür zum Klassenzimmer hinter uns schloss und die Hände in den Taschen seiner Jeans vergrub. »Ich hab mir die Orientierungstage irgendwie weniger stressig vorgestellt.«

Mitfühlend legte ich ihm die Hand auf die Schulter und drückte sanft zu, während ich die letzten paar Tage Revue passieren ließ. Seitdem wir vor fünf Tagen in Seoul gelandet und unsere vorläufigen Zimmer in einem der Wohnheime der *Seoul National University* bezogen hatten, waren wir nicht wirklich dazu gekommen, uns auch nur ein paar Sekunden lang auszuruhen.

Am ersten Tag war es direkt mit der Eröffnungszeremonie und einer Dinnerparty losgegangen, am zweiten Tag hatten wir eine Tour über den weitläufigen Campus der Uni gemacht, an die sich Kleingruppenmeetings, Unterricht in koreanischer Geschichte und Kultur sowie ein erster Block über Unterrichtsplanung anschlossen. Auch die darauffolgenden zwei Tage waren nicht weniger vollgestopft gewesen, und neben Trips zu unseren jeweiligen Heimbotschaften hatten wir auch noch weitere Einheiten zu Unterrichtsplanung und -durchführung, ein Sensibilisierungstraining zum Thema sexuelle Belästigung und medizinische Gesundheitschecks hinter uns gebracht. Und heute hatte erst ein Ausflug an die Demilitarisierte Zone stattgefunden und dann noch eine Einführung in die koreanische Sprache.

Es war also kein Wunder, dass David nicht wusste, wo ihm der Kopf stand, und wenn ich ganz ehrlich sein sollte, ging es mir nicht anders. Spätestens als der Lehrer angefangen hatte, von Subjekt- und Objektmarkern und ihren jeweiligen Postpositionen zu sprechen, hatten die Synapsen in meinem Hirn für heute endgültig den Dienst quittiert, und ich war froh, dass in den Abendstunden nichts weiter auf der Agenda stand.

»Na ja, sie haben nur neun Tage, um uns auf unseren Einsatz an der Schule vorzubereiten. Da ist es nicht überraschend, dass unsere Zeitpläne so voll sind.« Ich ließ meine Hand von Davids Schulter sinken und folgte dem langen Korridor der prestigeträchtigen Universität, der uns, vorbei an unzähligen Kursräumen und Hörsälen sowie diversen bunten Postern und Vitrinen voller Trophäen, zum Haupteingang führte.

»Trotzdem.« David, der mit seinen achtundzwanzig gute fünf Jahre älter war als ich, schob wie ein Kind schmollend die Unterlippe vor. »Ein bisschen mehr Freizeit wäre schon schön. Ich hab noch nicht einen Quadratzentimeter von Seoul gesehen. Und wofür hat man Freunde hier, wenn man nicht mal die Zeit hat, sie zu treffen?«

»Das mit Seoul stimmt nicht.« Als wir durch die großen Glastüren hinaus ins Freie traten, zog ich die Schultern hoch und kuschelte mich tiefer in meinen Mantel, den ich zum Glück nicht in eine der Kisten gepackt hatte. Aus London war ich Kälte zwar durchaus gewöhnt, aber im Februar war sie meist etwas milder und nachsichtiger. Seoul hingegen kannte keine Gnade, und die Minusgrade fraßen sich ungehindert durch die dicken Schichten der Klamotten, in die ich mich tagtäglich hüllte. »Wir sind mit dem Bus schon mehrmals durchgefahren. Dass du immer gleich einschläfst, ist allein dein Problem.«

»Das zählt ja wohl so null.« David warf unzufrieden die Hände in die Luft und erinnerte mich damit wieder an Chris, was mich unwillkürlich lächeln ließ, mir aber auch ein gleichermaßen schlechtes Gewissen bereitete, weil ich ihn noch immer nicht angerufen hatte. Ich wusste nicht, was mich davon abhielt, doch das Gefühl in meiner Magengegend, das mich davor warnte, seine Nummer zu wählen, war stark genug, um nicht zum Hörer zu greifen. »Außerdem bin nicht ich daran schuld, sondern der Jetlag.«

»Du bist wirklich um keine Ausrede verlegen.« Ich streckte mich und sog die kalte Luft ein, die am Fuß des Gwanaksan klar und erfrischend war. »Meintest du nicht, dass deine seltsamen Wunderpillen bestimmt helfen?«

»Haben sie nicht.« David hielt sich die Hand vor den Mund, um sein Gähnen zu verbergen, während meine Augen wieder einmal über die kahlen Bäume glitten, die die SNU zweifellos im Frühling und Sommer in eine grüne Oase verwandeln würden. »Ich hätte echt auf meine Mom hören und vor dem Flug nicht pennen sollen.«

»Hinterher ist man immer schlauer.« Auch ich hatte noch mit den Nachwehen der Zeitumstellung zu kämpfen, aber da ich eh nicht gut schlief, konnte ich meine Erschöpfung nicht allein darauf abwälzen. Vielleicht würde es ja heute mal mit einer ruhigen Nacht klappen, wenn ich genügend Zeit hatte, mich zu entspannen und einzuschlafen. Und wenn das auch nicht half, würde ich vielleicht doch auf den Tipp meiner amerikanischen Zimmernachbarin Miranda zurückgreifen und es mit ein paar Tropfen von ihrem Lavendelöl probieren. »Also dann, bis morgen.«

Bevor ich auch nur einen Schritt in Richtung meines Wohnheims machen konnte, das weiter den Berg hinauf lag und eine wunderschöne Aussicht über das Campusgelände hier am Rande von Seoul bot, hatte David mich schon am Arm gepackt. »Wo willst du denn bitte hin?«

Ich sah auf seine große Hand, die meinen Oberarm trotz des dicken Mantels fest umschlossen hielt. »Ähm ... Ins Bett?«

»Kommt überhaupt nicht in die Tüte.« David schüttelte vehement den Kopf, seine braunen Locken flogen wie wild hin und her. »Heute ist unser erster und vielleicht letzter freier Abend in Seoul. Den müssen wir nutzen.«

»David, ich bin total k. o.«

»Na und? Ich auch.« Er zuckte mit den Schultern und legte einen Arm um mich, etwas, das mich nach fünf Tagen in seiner Gegenwart überhaupt nicht mehr überraschte, weil David schlichtweg ein ziemlich physischer Typ war und er für mich längst in die Kategorie Kumpel gehörte. Erst hatte ich das überhaupt nicht einordnen können, aber je besser ich David kennengelernt hatte, desto klarer war geworden, dass dahinter nichts weiter steckte als freundschaftliches Geplänkel. »Morgen erfahren wir, in welcher Stadt und an welcher Schule wir landen, und in drei Tagen hauen wir schon dahin ab. Wer weiß, vielleicht landest du in Jeju und ich irgendwo in Gangwon. Dann wäre heute Nacht vielleicht die erste und letzte Chance, die wir beide haben, zusammen in Seoul einen draufzumachen.«

»Möglicherweise landen wir aber auch beide in Seoul und sehen uns ständig.« Ich rollte mit den Augen, weil David es so dramatisch klingen ließ. Schließlich lebten wir nicht im vierzehnten Jahrhundert, als es Pferde und mehrtägige Reisen brauchte, um von A nach B zu kommen. »Außerdem, hast du nicht gesagt, du triffst dich heute mit deiner Freundin, die hier wohnt?«

»Tue ich auch, aber ich hab Lauren schon von dir erzählt, und sie meinte, sie ist stinkig, wenn ich dich nicht mitbringe.« David legte den Kopf schief, und seine großen, treudoofen Augen ließen meinen Entschluss, mich ins Bett zu verkriechen, heftig ins Wanken geraten. »Komm schon, Jade. Vielleicht ist das echt unsere erste und letzte Chance.«

Ich sah David an, und bei dem Gedanken, ihn nicht mehr ständig um mich zu haben, spürte ich tatsächlich ehrliches Bedauern. Absurd, wenn man bedachte, dass wir uns kaum kannten. Aber David kam mir trotzdem schon so vertraut vor, wie ein Freund, den ich schon Jahre kannte, dessen Freundschaft von dem Ballast der letzten vier Jahre allerdings unberührt geblieben war. Und wenn ich ganz ehrlich sein sollte, war ich auch gespannt darauf, Davids Freunde kennenzulernen. Außerdem hatte er recht. Vielleicht war das wirklich unsere letzte Chance, und ich hatte mir geschworen, keinen einzigen Augenblick mehr zu verschwenden und zu leben. Mit all den Irrungen und Wirrungen, die lebendig zu sein mit sich brachte.

»Okay.«

David sah mich verdattert an, so als hätte er sich felsenfest auf ein Wortgefecht mit schwerster Überzeugungsarbeit eingestellt. »Okay?«

»Ja, okay.« Ich sah an mir hinunter und dachte an das schlichte Outfit, das ich unter dem Mantel trug. Ich hatte keine Ahnung, was David unter »einen draufmachen« verstand, aber ich war mir sicher, dass es mit Bars oder Clubs zu tun hatte und ich dementsprechend mit meinen Baggypants und dem übergroßen Shirt nicht gerade passend gekleidet war. Denn auch wenn ich lange keinen Fuß mehr in so ein Etablissement gesetzt hatte, meinte ich mich an einen deutlich gehobeneren Dresscode zu erinnern. »Aber ich denke, ich sollte mich besser umziehen.«

David starrte mich noch immer verblüfft an, ehe er den Kopf schüttelte und sich damit aus seiner Schockstarre zu befreien schien. »Sicher. Klar. Alles, was du willst.« Er spähte auf die Uhr an seinem Handgelenk. »Wir treffen uns mit den anderen um acht zum Essen in Itaewon. Wie wäre es, wenn ich dich um sieben bei dir am Wohnheim abhole?«
»Wie spät ist es denn jetzt?«
»Kurz nach sechs.« David verzog entschuldigend das Gesicht. »Und laut App brauchen wir ungefähr fünfzig Minuten bis zum Restaurant.«
»Geht klar.« Ich hatte nicht vor, mich großartig aufzubrezeln, eigentlich wusste ich nicht mal so richtig, wie das ging, denn während meine ehemaligen Mitschülerinnen von ihren Müttern gelernt hatten, sich die Haare zu machen oder aufwendiges Make-up aufzutragen, hatte ich zum ersten Mal einen Ölwechsel durchgeführt. Dad hatte zwar, mithilfe von Chris' Mom, immer mal wieder versucht, mir diese Welt näherzubringen, doch nach ein paar sehr misslichen Versuchen und schlecht kopierten Looks aus der *Vogue* hatte ich aufgegeben und beschränkte mich auf BB-Creme und Wimperntusche. »Dann bis gleich.«
»Bis gleich.« David ließ mich los und steckte seine Hände in die Tasche seiner dicken weißen Steppjacke. »Es freut mich wirklich, dass du mitkommst.«
Ich wusste nicht, was ich mit dem Tonfall seiner Stimme anfangen sollte, der einen ganzen Mix an Emotionen in sich trug, doch ich hinterfragte es auch nicht weiter, sondern nickte nur, ehe ich mit schnellen Schritten verschwand. Ich spürte seinen Blick im Rücken, und in mir machte sich die Vorahnung breit, dass hinter Davids scheinbar sorglosem und lockerem Lächeln so viel mehr Fürsorge steckte, als man auf den ersten Blick vermuten mochte.

»Bist du sicher, dass wir hier richtig sind?« Skepsis schwang in meiner Stimme mit, als ich die Hände tief in den Taschen meines Mantels vergrub, um die Kälte zu vertreiben, die sich mit jeder Minute weiter ihren Weg durch den dicken Stoff bahnte.

»Ja«, sagte David im Brustton der Überzeugung, ehe er vom Display seines Handys aufsah und die lange Straße hinunterblickte, auf der reges Treiben herrschte, und die von Bars und Restaurants gesäumt wurde. Er zog unsicher die Unterlippe zwischen seine Zähne und starrte dann wieder auf das Display. »Also, fast sicher.«

»Fast sicher ist nicht so richtig sicher.«

»Ich weiß.« Er seufzte schwer, was bei der lauten Musik, die aus der Bar zu unserer Rechten schallte, beinahe unterging. »Laut Navi ist es hier.«

»Das hast du heute schon mal gesagt.« Ich rieb mir über die Arme und wechselte von einem Bein auf das andere. Ich hätte mich echt wärmer anziehen sollen, aber leider waren die locker sitzende, löchrige Jeans und das weiße Top mit den dünnen Spagettiträgern die einzigen zumindest einigermaßen ausgehtauglichen Teile in meiner Garderobe. »Und das war vor knapp zwanzig Minuten.«

»Ich weiß.« David bot mir seinen Arm an, und ich hakte mich unter, um ihn im dichten Treiben der Straße nicht zu verlieren, in der das Leben, trotz der eisigen Temperaturen, zu pulsieren schien. »Tut mir leid. Ich bin echt ein ganz miserabler Navigator.«

»Einsicht ist der erste Weg zur Besserung«, sagte ich, und als David mir einen ungläubigen Blick zuwarf, lächelte ich aufmunternd. »Aber mach dir nichts draus. Mit mir wären wir nicht besser dran. Ich hab ja noch nicht mal eine SIM-Karte für mein Handy.«

»Das tröstet mich nur bedingt.« David legte seine Hand auf meine und verzog das Gesicht. »Du bist ein Eiszapfen.«

»Ich werde es überleben.« Gemeinsam schlenderten wir die Straße entlang, und ich wusste gar nicht, wo ich zuerst hingucken sollte. Auf die Neonlichter, die die Straße und die anliegenden Gassen in alle Farben des Regenbogens tauchten, auf die Banner, von denen einige eine TV-Show anzupreisen schienen, oder doch zu all den Menschen, die mit uns ihren Weg nach Itaewon gefunden hatten. »Wie heißt das Restaurant noch mal?«

»Irgendwas mit *Tree*.«

»Irgendwas mit *Tree*. Alles klar.« Ich warf David einen Seitenblick zu, dann suchte ich die Umgebung nach einem Schild mit eben diesem Wort darauf ab, auch wenn mir primär Hangeul entgegensprang, das ich nicht lesen konnte, obwohl ich, dank des Unterrichts heute, schon kleine Forstschritte machte.

»Du bist wirklich sehr planlos, oder?«

»Das sagt Lauren auch immer.« David zuckte mit den Schultern. »Ich würde es eher erfinderisch nennen. Und sieh es doch mal so, meinetwegen hast du zumindest ein bisschen was von Seoul gesehen.«

Ich dachte an unseren Weg hierher, der durch enge Gassen geführt und von falschen Abzweigungen und unzähligen Flüchen geprägt gewesen war. »Ich habe in erster Linie die U-Bahn hier kennengelernt.«

»Was an und für sich schon ein ziemliches Highlight ist.« David grinste mich breit an und rückte ein Stückchen näher zu mir, als ein Motorroller sich in unfassbarem Tempo zwischen den Menschen hindurch- und an uns vorbeischlängelte. »Ich hab noch nie in meinem Leben eine so saubere U-Bahn gesehen.«

»Und ich dachte schon, nur ich weiß das zu schätzen.«

»Kein bisschen. Die U-Bahn bei uns ist die reinste Katastrophe. Die Sitze ...« Er verzog das Gesicht und schüttelte sich. »Die sind so was von widerlich. Da stehe ich lieber. Auch wenn ich die Stille hier ein wenig seltsam fand. Aber deutlich besser als Besoffene, die lautstark herumpöbeln oder einem auf die Schuhe kotzen.«

Ich hatte diverse Geschichten über die U-Bahnen in Amerika gehört und verkniff mir jeglichen Kommentar, stattdessen wechselte ich das doch recht unappetitliche Thema. »Mit wem genau treffen wir uns eigentlich?«

»Mit Lauren und Hoon.« David blieb abrupt vor einem Mauervorsprung stehen und zückte sein Handy, mit dem er ein Foto von dem beeindruckenden Graffiti darauf machte, das einen Meermann in allen Schattierungen von Blau zeigte, der mit seinem Dreizack fast so aussah, als würde er sich gleich mit einem wütenden Kriegsschrei von seinem Platz an der Wand lösen, um die Welt zu unterjochen. Ich trat einen Schritt näher zur Wand und fuhr bewundernd mit der Hand über das Kunstwerk, während das Neonlicht der dazugehörigen Bar Wellen auf Davids Gesicht zeichnete, bevor er mich sanft, aber bestimmt weiterzog, obwohl ich noch Stunden auf das Bild hätte starren können. »Lauren kenne ich von zu Hause. Wir sind auf dieselbe Schule gegangen.«

»Und Hoon?«, fragte ich und warf noch mal einen Blick zurück über die Schulter, um mir den Namen der Bar zu merken, doch ich konnte ihn leider nicht mal lesen. »Woher kennst du ihn?«

»Hoon kenne ich nicht.« David lachte auf, was bestimmt an meinem verwirrten Blick lag. »Er ist ein Freund von Lauren. Ist wie sie auch Lehrer hier. Die beiden haben im selben Jahr angefangen, soweit ich weiß.« Irgendwas an meinem Gesichtsausdruck sorgte wohl dafür, dass David mir den Arm um die

Schultern legte und mich freundschaftlich an seine Seite zog. »Keine Panik. Ich bin mir sicher, der beißt nicht.«

»Sehr witzig.« Ich rollte mit den Augen. »Also sind es nur wir vier?«

David nickte. »Lauren meinte, ein paar ihrer Bekannten hätten jetzt doch abgesagt, weil sie mit den Vorbereitungen für das neue Schuljahr zu beschäftigt sind.«

»Verstehe.« Ich war eigentlich ganz froh darüber, nicht sofort mit einer großen Gruppe konfrontiert zu werden, weil es verdammt lange her war, dass ich das letzte Mal ausgegangen war. Und wenn ich versuchen würde, unzähligen Gesprächen gleichzeitig zu folgen, während ich mich bemühte, so gesellig und freundlich wie möglich zu wirken, würde ich auf jeden Fall kläglich scheitern.

»Ich hoffe übrigens, dass du eine gute Leber besitzt.« David lachte leise. »Lauren ist dafür bekannt, keine leeren Gläser zu dulden.«

»Danke für die Vorwarnung.« Ich überlegte, wie lange mein letzter Drink zurücklag, und konnte mich nicht mal mehr wirklich daran erinnern. Ich würde heute Abend also ein bisschen aufpassen müssen, um nicht gleich abzustürzen und mich grässlich zu blamieren.

David seufzte genervt. »Ich kapier das nicht, laut Navi muss das Restaurant hier sein.«

Ich verengte die Augen und fragte mich, ob ich meine Sehstärke noch mal hätte checken lassen sollen, bevor ich meine Kontaktlinsen gekauft hatte. »Bist du sicher, dass –«

»DA!« David sprang neben mir plötzlich aufgeregt auf und ab und bemerkte überhaupt nicht die Blicke der anderen Passanten, die ihn mit einer Mischung aus Unglauben und Belustigung musterten. »DA IST ES! DA VORNE!«

Ich schmunzelte, als David wie wild mit der Hand herumfuchtelte und auf das rote Schild deutete, auf dem ein Baum abgebildet war. Das Gebäude war modern und die Leuchtreklame dezent, eine lange Menschenschlange wartete davor, hereingelassen zu werden. Der Geruch von Holzkohle und gebratenem Fleisch wehte zu uns herüber und mir lief das Wasser im Mund zusammen.

»Komm.« Davids Schritte beschleunigten sich, als er uns an der Schlange vorbei direkt zur Tür führte.

»Müssen wir uns nicht anstellen?«

»Lauren hat reserviert. Die beiden warten drinnen schon.«

Wir traten durch die großen Türen ins Restaurant, und ich konnte nicht anders als zu starren. Poliertes Holz, gedimmte Beleuchtung und künstliche Bäume verliehen dem Ganzen etwas beinahe Magisches, niemals zuvor war ich an einem vergleichbaren Ort gewesen. Dad und ich hatten es uns so gut wie nie leisten können, essen zu gehen, schon gar nicht in so einem hübsch eingerichteten Laden. Alle Tische waren besetzt, und Stimmengewirr füllte den großen Gastraum und mischte sich mit dem unverkennbaren Geräusch von Fleisch, das auf dem Grill brutzelte. Kellner liefen emsig umher, und ich machte einen großen Schritt rückwärts, als ein Mann mit einem Behälter aus Metall und feuerfesten Handschuhen praktisch an uns vorbeiflog. Er hastete zu einem runden Tisch direkt am Fenster, an dem drei junge Frauen saßen, und stellte den Behälter in die Kuhle in der Mitte des Tisches, ehe er nach oben griff und eine kleine, kupferfarbene Dunstabzugshaube runter Richtung Tisch zog.

»Wo zum Geier steckt Lauren?«, murmelte David vor sich hin und reckte wie eine Giraffe den Hals. »Such mal nach einer –« Er hielt abrupt inne, und als seine Lippen sich zu einem breiten Grinsen verzogen, wusste ich, dass er sie gefunden haben musste. Davids Arm glitt von meiner Schulter, und seine langen Finger legten sich stattdessen um mein Handgelenk, während er mich in den hinteren Teil des Restaurants manövrierte. Normalerweise hätte ich jetzt lautstark protestiert und ihm gesagt, dass ich sehr wohl in der Lage war, allein zu laufen. Doch wegen all der hektischen Kellner, der anderen Gäste und der Tatsache, dass ich mich an der hübschen und außergewöhnlichen Inneneinrichtung nicht sattsehen konnte, war ich froh darüber, dass David einfach, nun ja, David war.

Vor einem kleinen Tisch an der Wand blieben wir stehen, und David ließ mein Handgelenk los. Funken ehrlicher Freude tanzten in seinen Augen, als sich eine hübsche Frau mit dunkelbrauner Haut und langen Box Braids erhob. Das musste Lauren sein.

»Pünktlichkeit kostet bei dir offensichtlich immer noch extra.« Ihre Stimme, die vor Sarkasmus nur so troff, war so warm, dass die Kälte von draußen direkt aus meinen Knochen wich.

»Da sieht man dich fast drei Jahre nicht, und das Erste, was man um die Ohren gehauen bekommt, ist eine Schimpftriade.« David und Lauren sahen einander einen Moment lang an, bevor sie ihre Arme um seine Schultern schlang und ihn dicht an sich zog. Davids Lachen klang rau, und ich konnte die Emotionen darin heraushören, auch ohne sein Gesicht zu sehen. »Ich hab dich echt vermisst, Lauren.«

Sie klopfte ihm sanft auf die Schulter, und in dem schlichten Silberring an ihrem Ringfinger brach sich das Deckenlicht. »Ich dich auch, Dave.«

Ich sah die beiden an, und meine Kehle wurde eng, weil ich zum wiederholten Mal heute an Christopher denken musste. Er hätte das Restaurant hier geliebt, auch wenn seine Freundin Linda als Vegetarierin hier nur schwer auf ihre Kosten gekommen wäre, denn alles, was ich im Vorbeigehen bisher auf den Grills erkannt hatte, war Fleisch, mit der Ausnahme von ein paar halbierten Zwiebeln und in Scheiben geschnittenen Pilzen.

»Wie geht's dir?« Lauren trat einen Schritt zurück und hielt David an den Schultern fest, während ihre Augen über ihn glitten. »Gut siehst du aus. Ein bisschen dürr vielleicht.«

David, der zwar schlank, aber nicht annähernd so dürr wie Christopher war, gab ein genervtes Stöhnen von sich, doch seine zuckenden Mundwinkel verrieten ihn. »Meine Güte, du klingst schon wie Mom.«

»Könnte daran liegen, dass wir beide recht haben, meinst du nicht?« Lauren tätschelte Davids Wange, und automatisch fragte ich mich, ob die beiden sich schon so lange kannten wie Christopher und ich oder ob Lauren einfach genauso körperlich drauf war wie David. »Bei unserem letzten Treffen wogst du mindestens fünfzehn Kilo mehr.«

»Nur fürs Protokoll: Die vermisse ich kein bisschen.«

»Aber du hattest so süße Pausbäckchen.« Lauren schob die Unterlippe vor und kniff David beherzt in die Wange, woraufhin er mit lautem Fluchen den Kopf zurückriss. »Überdramatischer Spinner.«

»Sag das meinen Wangen.« Er rieb sich über die rote Haut und schüttelte den Kopf. »Du bist echt genau wie Mom.«

»Wie geht's Ann überhaupt?« Sie kicherte leise. »Nimmt sie es mir derbe übel, dass ich ihr hübsches, kleines Nesthäkchen nach Asien entführt habe?«

»Mom geht's gut.« David lächelte, der große, rote Fleck auf seiner Wange war scheinbar vergessen. »Du kennst sie doch, es gibt nichts, was sie unterkriegen kann.«

»Ein echtes Chicago Original halt.«

»Außerdem hast du mich nicht entführt. Ich hab mich ganz allein beworben.«

Lauren rümpfte einen Moment lang die Nase, und ich glaubte, so etwas wie Schuldbewusstsein in ihrer Stimme mitschwingen zu hören. »Aber ich habe es dir vorgeschlagen.«

»Stimmt. Such dir schon mal einen hübschen Sarg aus und bete, sie möge deinen Tod kurz und schmerzlos gestalten.« David klopfte ihr mitfühlend auf die Schulter und trat dann einen Schritt beiseite. Laurens große, dunkelbraune Augen hefteten sich sofort auf mich, und vergessen waren die Bilder, die Davids humorvolle Morddrohung in mir heraufbeschworen hatte.

»Du musst Jade sein. Dave hat mir schon viel von dir erzählt.« Sie ging an David vorbei und direkt auf mich zu. Ihr Lächeln war ansteckend, und ehe ich mich versah, zogen auch meine Mundwinkel sich nach oben. »Ich bin Lauren. Freut mich, dich kennenzulernen.«

»Freut mich auch, dich –« Meine Worte wurden von Laurens plötzlicher Umarmung erstickt, die zwar kürzer und deutlich weniger innig als die zwischen David und ihr war, mich aber dennoch völlig überrumpelte.

»Entschuldige.« Lauren ließ mich sofort wieder los. »Hätte ich vorher fragen sollen?«

»Jetzt ist es wohl zu spät dafür, meinst du nicht?« Als eine dunkle und raue Stimme mit einem sehr starken australischen Akzent vom Tisch zu mir herüberdrang, legte mein Blick sich auf den Mann, den ich vorher nicht einmal bemerkt hatte, auch wenn mir jetzt schleierhaft war, wie das hatte passieren können, weil seine Schultern breit und seine Züge markant waren. »Sorry, Lauren hat es nicht so mit Intimsphäre. Du gewöhnst dich sicherlich dran.« Er streckte mir seine große Hand entgegen, und ich bemerkte sofort die unzähligen Tattoos, die sich von seinem Handrücken den Arm hinaufschlängelten, bis sie unter den hochgerollten Ärmeln seines Shirts verschwanden. »Ich bin Hoon.«

»Jade«, stellte ich mich schlicht vor und ergriff seine Hand. Hoons Händedruck war warm und fest, was ihn mir sofort sympathisch machte. Mein Dad hatte immer gesagt, dass der Händedruck eines Menschen mehr über ihn aussagte als tausend Worte. »Freut mich.«

»Setzt euch«, sagte Lauren übereifrig, und David machte Anstalten, sich auf der kleinen Bank neben ihr niederzulassen, doch sie schob ihn energisch weg und zog stattdessen mich sanft am Unterarm neben sich. Aus dem Augenwinkel sah ich, wie die beiden Männer sich einander vorstellten und konnte mir das Schmunzeln nicht verkneifen, da David neben Hoon, mit all den Tattoos, Piercings und dem komplett schwarzen Outfit, wirklich wie der typische Junge von nebenan aussah. »Habt ihr gut hergefunden?«

Ich warf David einen Blick zu. Er schaute mich dermaßen flehend an, dass ich mich zu einer Halbwahrheit durchrang, anstatt ihn den Hyänen zum Fraß vorzuwerfen. »Mehr oder weniger.«

Lauren zog eine Augenbraue hoch. »Hast du navigiert?«

»Nein.« Ich grinste, als David den Kopf hängen ließ, weil er aufgeflogen war. »Sonst wären wir sicherlich nicht zu spät gekommen.«

»Du hast anscheinend immer noch den Orientierungssinn eines toten Frettchens.« Lauren schüttelte missbilligend den Kopf. »Die App sagt dir doch ganz genau, wo du lang musst, du Trottel.«

David seufzte schwer und zerrte sich die weiße Mütze vom Kopf, wuschelte durch seine Locken, bis sie wieder halbwegs vernünftig lagen. »Du weißt doch, dass ich es mit rechts und links nicht so habe.«

»Mit Zuhören ebenso wenig, wie mir scheint.«

Hoon lachte laut auf, erstickte es aber schnell hinter hervorgehaltener Hand, als er dafür einen eindeutigen Blick kassierte. »Schön, dass ich jetzt nicht mehr der Einzige bin, der ständig eins zwischen die Hörner kriegt.« Er klopfte David auf die Schulter. »Geteiltes Leid ist halbes Leid, Kumpel.«

Hoons sehr australische Ausdrucksweise war zu ulkig. Hastig versuchte ich, ein Kichern zu unterdrücken und verschluckte mich prompt.

»Alles okay?«, fragte Lauren besorgt.

»Ja, alles gut.« Ich klopfte mir auf die Brust. »Nur ein Frosch im Hals.«

»Ist klar.« David linste zu Hoon und zog seine weiße Steppjacke aus, unter der ein gepunktetes Button-down zum Vorschein kam. »*Posh Spice* hat die Angewohnheit, sich über sämtliche Dialekte lustig zu machen, *Kumpel*. Über meinen auch.«

»*Posh Spice?*« Hoon legte grübelnd den Kopf schief. »Ernsthaft?«

»Mich erinnert sie eher an *Baby Spice*, findest du nicht?« Lauren deutete auf meine Haare. »Zwei Rattenschwänze, pinkes Kleidchen und übertriebene Platos, und schwupp – passt.«

Bei dem Gedanken verzog ich sofort das Gesicht. Weder Plateaus noch die Farbe Pink gehörten zu meinen Favoriten, und mein Stil entsprach wohl eher *Sporty Spice* als dem Rest der ikonischen britischen Girlgroup, die in den Neunzigern jeder gekannt hatte und deren Songs auch heute noch in den Clubs gespielt wurden.

»Wenn diese saudämliche Diskussion kein Zeichen dafür ist, wie steinalt wir alle sind, dann weiß ich auch nicht.« Hoon seufzte, ehe er sich die Speisekarte griff, die lediglich aus zwei Seiten bestand. Er spähte nur kurz darauf und reichte sie an Lauren weiter. »Geteilte Rechnung wie immer?«

»Geht klar.« Lauren sah zwischen David und mir hin und her. »Wir machen es immer so, dass wir alles zusammen bestellen und die Rechnung am Ende einfach durch alle Anwesenden teilen. Ist das okay für euch?«

David nickte, und mir ging auf, dass ich das erste Mal seit vier Jahren etwas mehr Geld zur Verfügung hatte als fünf Pfund, auch wenn ich mit all den Schulden nicht reich werden würde, die die Hälfte meines monatlichen Gehalts verschlangen. »Geht klar.«

»Super. Soll ich dann einfach für uns alle bestellen?«

Eifrig nickte ich, denn ich hatte keine Ahnung, was ich wollte, und obwohl ich in London schon von koreanischem BBQ gehört hatte, hatte ich es noch nie probiert, weshalb ich froh war, mit Leuten hier zu sein, die sich offensichtlich auskannten.

David nickte ebenfalls bestätigend und lehnte sich entspannt auf der Holzbank zurück. »Wie immer vollstes Vertrauen, Laury.«

»Klasse.« Lauren drückte den Knopf am Tisch und warf mir dann noch mal einen prüfenden Blick zu. »Trinkst du Alkohol?«

Ich nickte erneut, und Davids Lachen zauberte auch mir ein Schmunzeln auf die Lippen, als ich an unser Gespräch von vorhin zurückdachte. »Ja.«

»Sehr gut.« Lauren zwinkerte mir zu. Mit gesenkter Stimme, die verschwörerisch und wie die einer Geheimagentin auf tödlicher Mission klang, fuhr sie fort: »Ich glaube, wir vier werden eine Menge Spaß miteinander haben.«

Ja, das Gefühl hatte ich auch.

3. KAPITEL

친구들 = Freunde

»Also, wie viele Flaschen Soju sollen es sein?« Lauren blickte erwartungsvoll in die Runde, so als erwartete sie wirklich eine ernsthafte Einschätzung, was Hoon lediglich mit einem schweren Seufzen quittierte, das von dem Zucken seiner Mundwinkel Lügen gestraft wurde.

»Was ist das denn?«, fragte ich interessiert und schälte mich aus meinem Mantel, in dem es mir in dem mollig warmen Restaurant eindeutig zu heiß geworden war.

»Viele nennen es Koreas *Nationalgetränk*«, erläuterte Lauren, wobei sie mit den angedeuteten Luftanführungszeichen und ihrem schelmischen Augenzwinkern unverkennbar klarmachte, dass es das nicht war.

»Es ist ein Schnaps aus Reis«, erklärte Hoon und sah dann in Laurens große Augen, deren Farbe mich an die Schwingen eines Falken erinnerte und die einige Nuancen heller waren als die Augen von Hoon, die mich an Herbst und Kastanien denken ließen. »Wie wäre es mit drei?«

»Drei?« David sah alarmiert von seiner Freundin zu dem Australier. »Seid ihr wahnsinnig?«

»Jetzt mach dir mal nicht ins Hemd.« Lauren winkte nachlässig ab. »Die Flaschen sind klein, und der Schnaps hat nur zwischen sechzehn und vierundzwanzig Prozent.«

Hoon grinste schief und klopfte David auf die Schulter,

doch welcher Kommentar auch immer ihm auf der Zunge gelegen hatte, als er den Mund öffnete, wurde von dem Kellner im Keim erstickt, der an unseren Tisch trat.

»Willkommen«, begrüßte er uns auf Englisch mit einem einstudierten Lächeln, das einen schiefen Schneidezahn offenbarte. »Was darf ich Ihnen bringen?«

Lauren sah Hoon an. »Das Übliche?«

»Sicher.« Hoon wechselte ins Koreanische, das ich zwar nicht verstand, dessen Klang mir in den letzten paar Tagen jedoch schon etwas vertrauter geworden war. Er sprach schnell, und der Kellner tippte mindestens genauso zügig die Bestellung in sein Gerät ein, ehe er es zurück in die Tasche steckte, die an seinem Gürtel hing. Das einstudierte Lächeln wich einem ehrlichen, als er noch ein paar Worte mit Hoon wechselte, die offensichtlich nichts mit der Bestellung zu tun hatten. Dann machte er auf dem Absatz kehrt und ging zum nächsten Tisch.

»Jetzt bin ich schon fünf Jahre hier und hab mich immer noch nicht dran gewöhnt«, murrte Hoon und fuhr sich mit der flachen Hand über die Stirn, was Lauren ein mitfühlendes Lächeln abrang. »In Australien war ich immer der Koreaner, und hier bin ich immer der Australier. Verkehrte Welt.«

»Bist du in Korea geboren?« Ich lehnte mich etwas mehr in Hoons Richtung, seine Schultern wirkten angespannt, während seine markanten Gesichtszüge nichts von dem verrieten, was anscheinend gerade in seinem Kopf vor sich ging.

»Nein, ich bin in Australien geboren. Hat aber nicht viel gefehlt.« Er grinste schief. »Meine Mom war hochschwanger, als meine Eltern ausgewandert sind.«

»Woah, deine Mom ist wohl ziemlich hardcore.« David legte sich die Hand auf den Bauch und stöhnte dann. »Was hast du vorhin eigentlich bestellt? Ich komme echt um vor Hunger.«

»So leicht stirbt sich's nicht«, entgegnete Lauren flapsig.

Nein, häufig ist es ein jahrelanger, schmerzhafter Kampf.
Der Gedanke kam schnell und brachte den intensiven Schmerz mit, auf den ich nicht vorbereitet gewesen war. Ich ballte die Hände zu Fäusten und öffnete sie wieder, so als würde das irgendwie gegen die Beklemmung helfen, die sich in meiner Brust ausbreitete wie ein Lauffeuer. Die Erinnerungen an die letzten vier Jahre brachen ohne meine Erlaubnis aus ihrem Gefängnis in meinem Unterbewusstsein aus und schlugen ihre Zähne in mein Herz, aus dem sie in wenigen Sekunden mit ihren scharfen Klauen unzählige Stücke rissen, die ich so mühsam versucht hatte, wieder zusammenzuflicken. Bilder von eingefallenen Wangen und ausdruckslosen Augen suchten mich heim, während mir eiskalt wurde, als ich an dürre Finger dachte, die meine Hand hielten, noch lange nachdem der letzte Atemzug verklungen war.

Meine Erinnerungen legten ihre Hände um meinen Hals und drückten zu, zwangen mich zurück in dieses Zimmer, in dem es so grässlich still gewesen war und alles nach Desinfektionsmittel gerochen hatte. Sie flüsterten mir zu, dass ich nicht ewig so tun konnte, als wäre ich nie dort gewesen, in diesem Raum, in dem der Tod mir gezeigt hatte, wie omnipotent er war, als die gemeinsame Zeit endgültig ablief.

Tief durchatmen, Jay-Jay. Einfach nur tief durchatmen.
»Hey, alles okay?« David ergriff über den Tisch hinweg meine Hand und drückte fest genug zu, dass ich ihn trotz des dichten Nebels meiner Erinnerungen wahrnehmen konnte. »Du siehst aus, als würdest du jeden Moment aus den Latschen kippen.«

Ich holte tief Luft und konzentrierte mich auf das Stimmengewirr um uns herum, auf all diese Menschen, die ein Beweis für das Leben waren. Allmählich verschwand die Gänsehaut, und das Atmen fiel mir mit jeder Sekunde leichter, auch wenn der Druck auf meiner Brust blieb.

»Ja, alles okay.«

»Sicher?« Lauren musterte mich mindestens genauso besorgt wie die beiden Männer, die uns gegenübersaßen. »Du bist ziemlich blass um die Nase.«

»Ich bin immer blass«, erwiderte ich nachlässig und rang mir ein Lächeln ab, das ich mir mühselig antrainiert hatte, um mich lästigen Fragen nach meinem Wohlergehen zu entziehen.

»Ist sicherlich nur mein Blutzucker. Ich hab nämlich auch echt Hunger.«

Eigentlich wollte ich mich übergeben, aber das musste ja niemand wissen.

Hoon schmunzelte, und David gab meine Hand mit einem rauen Lachen wieder frei.

»Dauert sicher nicht mehr lange«, versicherte Lauren mir, und als hätte der Kellner ihre Worte gehört, kam er schon mit unserer Getränkebestellung zurück. Er stellte die drei grünen Flaschen auf dem Tisch ab und huschte wieder davon, nur um kurze Zeit später mit vier ineinander gestapelten Shot-Gläsern und einer Karaffe Wasser zu uns zurückzukehren. Er stellte die Gläser und die Karaffe ab, während Hoon uns je einen der vier Metallbecher reichte, die am Rande des Tisches gestanden hatten. Der Kellner verschwand, und Lauren schenkte uns Wasser ein.

Hoon griff hingegen nach einer der grünen Flaschen. Seine tätowierte Hand schlang sich um den Flaschenbauch, er schwenkte sie ein paar Mal, dabei bildete sich ein Wirbel in der Flasche, der an einen Tornado erinnerte. Dann drehte er sie um und schlug mit dem Ellenbogen gegen den Flaschenboden. Mit einer gekonnten Handbewegung drehte er sie wieder um und schraubte die Kappe ab, die ein lautes Knacken von sich gab. Hoon schnippte gegen den Flaschenhals, und ein bisschen der Flüssigkeit schwappte heraus.

»Angeber«, murmelte Lauren kichernd, als Hoon allen etwas eingoss, bevor er die Gläser verteilte.

»Sei nicht so frech oder du kannst zusehen, wo du heute Nacht pennst.« Hoon schob mir das Glas mit der klaren Flüssigkeit hin und deutete mir an, es zu nehmen, ehe er sein eigenes hob. »Cheers, Leute.«

Ich stieß mit den anderen an und beobachtete aus dem Augenwinkel, wie Lauren den Kopf in den Nacken legte und ihr Glas in einem Zug leerte. Ich folgte ihrem Beispiel und war überrascht, als der Alkohol weich und angenehm meine Kehle wärmte, anstatt mich mit einem brennenden Stich an seinen Alkoholgehalt zu erinnern.

Die Überraschung stand mir wohl ins Gesicht geschrieben, denn Lauren lachte hell auf und stieß mich mit der Schulter an. »Gut, oder?«

Ich nickte und stellte mein Glas ab, das sich dank Hoon im Nu wieder füllte. Ich sah zu ihm rüber, und er zwinkerte mir zu, wobei sich das Licht wie ein kleiner Blitz in seinem silbernen Augenbrauenpiercing brach. »Der Alkohol im Club ist sauteuer. Und vertrau mir, nüchtern willst du da nicht aufschlagen.«

»Man will in keinem Club der Welt jemals nüchtern auftauchen«, kommentierte David trocken und stürzte schon den zweiten Soju. »Außerdem, wenn das echt unser einziger Abend in Seoul ist, dann will ich ihn auch voll und ganz ausnutzen.«

»Ich hoffe wirklich, dass ihr beide in Seoul bleiben könnt.« Lauren hob wieder ihr Glas. »Aber so oder so sollten wir dafür sorgen, dass ihr diese Nacht nie vergesst.«

David lachte auf, und kleine Fältchen zeigten sich um seine Augen und auf seiner Nase. »Ich dachte, das Ziel ist es, morgen nichts mehr von dieser Nacht zu wissen?«

Hoons Lippen formten sich zu einem vieldeutigen Grinsen, und er rammte David seinen Ellenbogen in die Seite, der daraufhin das Gesicht schmerzhaft verzog und sich die Stelle an den Rippen rieb, wo der Australier ihn zielsicher getroffen hatte. »Wir verstehen uns, Kumpel.«

Wir stießen erneut an, nachdem David sein Glas wieder gefüllt hatte, und als ich das zweite Glas Soju trank, das genauso sanft und wohlschmeckend war wie das erste, löste sich auch endlich der Krampf in meiner Brust. Gierig nahm ich einen tiefen Atemzug und spürte, wie mein Brustkorb sich vollständig weitete, während die Hitze im Restaurant auch den letzten Rest an Kälte vertrieb, die sich in mir ausgebreitet hatte.

Einen winzigen Augenblick lang hatte ich nicht aufgepasst und meiner Erinnerung und meiner Trauer die Möglichkeit eröffnet, meinen Verstand zu infiltrieren, obwohl ich beide in die Tiefen meines Unterbewusstseins verbannt hatte. Das würde nicht noch mal passieren. Ich hatte mir geschworen, zu leben und in Seoul neu anzufangen, anstatt in den selbstauferlegten Ketten aus anhaltenden Schuldgefühlen und lähmender Reue zu verharren, was mein Dad weder gewollt noch befürwortet hätte.

Die dritte Runde Soju wurde eingeschenkt, als der Kellner die Holzkohle brachte, und ich erlaubte mir, die warnende Stimme zu ignorieren, die mich um Zurückhaltung bat, während wir erneut anstießen und eine nervenaufreibende Euphorie sich in mir ausbreitete, die halb dem Alkohol und halb meinem ehrgeizigen Lebenswillen zuzuschreiben war, der keine Trauer zuließ. Unsere Gläser klirrten laut gegeneinander. Ein bisschen Soju schwappte heraus und verpuffte zischend auf der heißen Grillplatte.

»Auf heute Nacht.«

4. KAPITEL

매너 = Manieren

Zuckende Neonlichter und dröhnende Beats waren alles, was ich wahrnahm, während mein Körper sich in dem Meer aus Menschen auf der Tanzfläche bewegte, die ich nicht verlassen hatte, seitdem wir den kleinen Club betreten hatten. Sein Name war mir bereits entfallen, obwohl ich genau wusste, dass ich ihn auf dem Schild während unserer Wartezeit in der Schlange gelesen hatte. Wie lange wir schon hier waren, vermochte ich nicht zu sagen. Die Zeit war für mich zu nichts Weiterem als einem bedeutungslosen Konstrukt geworden. Ich hob die Arme über meinen Kopf und ließ mich von der Energie der bunt gemischten Menge mitreißen. Das Herz in meiner Brust hämmerte wie wild mit dem tiefen Bass um die Wette, der den Boden unter unseren Füßen zum Vibrieren brachte, solange der DJ an seinem Pult uns alle zu einem Kollektiv verschmelzen ließ, das atemlos auf den nächsten mitreißenden Beatdrop wartete. Meine Haare klebten mir klamm an der Stirn, aber das machte mir nichts, genauso wenig wie der dünne Schweißfilm auf meiner Haut, der dafür sorgte, dass meine Kleidung sich zu eng anfühlte. Ich hatte entschieden zu viel Spaß, als dass mich irgendetwas stören konnte. Hier, inmitten unzähliger Menschen, die ich nicht kannte, mit all ihrer Wärme und elektrisierender Energie, fühlte ich mich *lebendig*. Der Nebel meiner Erinnerungen war nichts weiter mehr als ein vager Schleier am

Rande meiner Wahrnehmung, die durch den süßen Kuss von Alkohol und die flüchtige Schönheit des Augenblicks in die Schranken gewiesen worden war.

Ich hörte Lauren lachen, als sie mich näher an sich zog, ihre Brust an meine gepresst, als die Menge zu einem Sprung ansetzte, den ich beinahe verpasst hätte. Dankbar drückte ich ihr einen Kuss auf die Wange, ihr Lächeln strahlte wie tausend Sonnen. Meine anfängliche Befangenheit war komplett in den Hintergrund getreten und angetrunkener Anhänglichkeit gewichen. Hoon und David waren direkt neben uns, als wir alle gleichzeitig hochsprangen, und durch den gesamten Club schallte begeistertes Lachen.

Ich wollte mich nicht vom Fleck bewegen, doch ich spürte, wie trocken meine Kehle war, die seit dem Restaurant keinen einzigen Tropfen Flüssigkeit mehr eingeflößt bekommen hatte.

»Ich brauche was zu trinken«, rief ich den anderen drei über den lauten RnB hinweg zu, der Hoon zufolge diesen Club in einer Seitengasse von Itaewon zu einem echten Highlight machte und einen elektrisierenden Mix an Gästen anzog, die aus aller Welt kamen und dafür sorgten, dass dieser Stadtteil genau für solche interkulturellen Begegnungen bekannt geworden war.

»Alles klar«, antwortete Lauren und löste sich von mir. Sie spähte Richtung Bar, die sich am anderen Ende der vollen Tanzfläche befand. »Soll ich mitkommen?«

»Nein, geht schon.« Ich sah zu den Männern und wuschelte David durchs Haar, dessen Locken der Feuchtigkeit in dem kleinen Club nicht standgehalten hatten und in feuchten Wirbeln an seinem Kopf klebten. »Soll ich euch was mitbringen?«

David schüttelte den Kopf. »Nope! Solange ich mir einen Schluck von dir mopsen kann, komme ich klar.«

»Schnorrer!« Ich schlug ihm lachend gegen den Arm. Der Gedanke, mir mit ihm einen Drink zu teilen, kam mir nicht annähernd so abwegig vor, wie er vielleicht hätte sein sollen, wenn man bedachte, wie kurz wir einander erst kannten. »Was ist mit dir, Hoon?«

»Nicht nötig.« Sanft umfasste er meinen Oberarm und zog mich ein Stück näher an sich heran, sein Mund direkt neben meinem Ohr, damit ich ihn besser verstehen konnte und er sich nicht den Hals wund brüllen musste. »Ich begleite dich noch ein Stück. Wollte eh gerade rauchen gehen.«

»Okay.«

Hoon sah Lauren an und gab ihr mit einer Geste zu verstehen, was er vorhatte, was sie mit einem Daumen hoch quittierte, ehe David und sie näher zusammenrückten, um nicht unnötig Platz auf der überfüllten Tanzfläche einzunehmen.

Der Australier legte mir den Arm um die Schultern und manövrierte mich in Richtung des Randes der Tanzfläche, an dem es etwas einfacher war, sich zu bewegen, da hier nicht mehr alle wie Ölsardinen aneinandergepresst waren.

»Hör mal«, rief er über die laute Musik hinweg. »Ich weiß nicht, ob Lauren dich schon vorgewarnt hat, aber –«

Ich runzelte die Stirn, unfähig, den Rest seines Satzes zu verstehen, und rückte näher an ihn heran. »Was?«

»Ich weiß nicht, ob Lauren dich schon vorgewarnt hat, in den Clubs hier läuft es wahrscheinlich etwas anders als bei euch.« Hoon nahm den Arm von meiner Schulter und schlang die Hand stattdessen um meinen Unterarm. »Keine Ahnung, ich war noch nie in London, aber hier ist es nicht ungewöhnlich, dass dich ein Kerl am Arm packt, wenn er mit dir reden will.«

Ich verzog das Gesicht, ohne etwas dagegen tun zu können. »Echt jetzt?«

Hoon nickte. »Ich weiß, es ist nicht die feine englische Art, aber – «

»Ha, ha, sehr witzig.«

Hoon grinste schelmisch und fuhr fort: »Hier ist das nichts Außergewöhnliches. Das macht es nicht besser, aber es ist nun mal, wie es ist, und das ändert sich leider nicht über Nacht. Wenn du nicht mit dem Kerl reden willst, sag einfach Nein, und das Thema ist durch.«

»Einfach so?«, hakte ich etwas skeptisch nach, und Hoon nickte.

»Ja, einfach so.« Er zuckte mit den Achseln. »Diese Typen wollen meist wirklich einfach nur mit dir tanzen und dich kennenlernen. Wenn du Nein sagst, dann sagst du halt Nein.«

»Alles klar.« Mir gefiel der Gedanke zwar nicht, dass mich einfach so jemand am Arm packen würde, aber im Vergleich zu dem, was ich teilweise aus Clubs in London gewöhnt war, würde ich damit schon irgendwie klarkommen. Vor allem wenn es, wie Hoon sagte, mit einem einfachen Kopfschütteln erledigt war. »Vielen Dank für die Vorwarnung, Hoon.«

»Kein Thema.« Er winkte ab und richtete den Ring, der sein Septum zierte. »Soll ich nach dir suchen, wenn du in fünfzehn Minuten nicht wieder bei uns bist?«

Kurz überlegte ich, ob fünfzehn Minuten nicht zu lange wären, doch der Club war brechend voll, und wenn ich tatsächlich mehrmals auf meinem Weg zur Bar aufgehalten werden würde, könnte es wirklich ein Weilchen dauern.

»Das wäre klasse.« Ich tastete kurz nach seinem Arm, seine Haut war genauso klamm wie meine. »Danke, Hoon.«

»Gar kein Ding. Ich hab eine kleine Schwester und weiß, wie der Hase läuft.« Er sah auf seine glänzende Smartwatch hinab und stellte mit zwei gezielten Handgriffen irgendwas ein, ehe er die Hand zum Gruß hob und den Fuß schon auf die unterste Stufe der grobgliedrigen Metalltreppe setzte, die wir vor einiger Zeit heruntergekommen waren. »Bis gleich.«

»Bis gleich.« Ich drehte mich um und zwängte mich am Rand der Tanzfläche an kleinen, fast leeren Sitzecken vorbei Richtung Bar, die zum Glück mit violetten Neonbuchstaben versehen war. Ich ließ meinen Blick über die Menge gleiten, während ich mich vorsichtig an unzähligen Körpern vorbeidrängte, die nicht Teil der tanzenden Menge waren. Der Club war zwar recht klein, aber es mussten dennoch an die fünfhundert Leute hier sein, die genauso wie alle anderen auf der Suche nach Spaß und Ablenkung waren. Die Neonlichter passten zu dem nüchternen Design des Clubs, der mit einem industriellen Look aus Metallstreben und Backsteinwänden im Untergeschoss eines schlichten Gebäudes daherkam. Wären Hoon und Lauren nicht gewesen, wäre ich sicherlich an dem zurückversetzten Eingang mit dem dezenten Schild darüber vorbeigelaufen.

Mir gefiel die Tatsache, dass der Club so klein war, denn so war es leichter, die Stimmung hochkochen zu lassen, die der talentierte DJ am Mischpult zu lenken wusste. Die Musik war eine klasse Mischung aus echten Klassikern des Genres und Neuerscheinungen, die vielleicht gar nicht so neu waren, wie ich glaubte, und ich verstand, warum Hoon und Lauren oft herkamen. Zumindest hatten sie gesagt, dass sie Stammkunden waren, als sie beim BBQ darüber gesprochen hatten, in welchen der unzähligen Clubs der Stadt sie uns zuerst entführen sollten, so als wäre es sicher, dass wir nicht zum letzten Mal gemeinsam die Nacht zum Tag machen würden.

Bei dem Gedanken lächelte ich. Ich mochte unsere kleine illustre Truppe, in der es mir so leichtfiel, alles andere zu vergessen. So sehr sogar, dass ich mich dabei erwischte, wie ich wirklich darauf hoffte, in Seoul bleiben zu können, obwohl es mir bisher eigentlich völlig gleich gewesen war. Die Chancen standen sowieso generell eher schlecht, da es unzählige Lehrer in unserem Programm gab, die in Seoul arbeiten wollten, und niemand wirklich wusste, wie entschieden wurde, wer in welcher Stadt landete. Aber vielleicht hatte ich ja Glück und –

Ich fuhr heftig zusammen, als lange Finger sich plötzlich um meinen Unterarm schlossen, und ich stolperte blindlings in die Richtung, aus der die Hand gekommen war. Ich sah zu dem jungen Mann mit dem roten Shirt und dem selbstbewussten Lächeln, zu dem eben jene Hand gehörte. Mein Körper spannte sich an, als er einen Schritt auf mich zutrat, doch dann erinnerte ich mich an das, was Hoon gerade eben gesagt hatte, und schüttelte deutlich den Kopf. Das Lächeln auf den Zügen des jungen Mannes verrutschte zwar kurz, aber er ließ mich sofort los, und ich war positiv überrascht, dass Hoons Worte sich als wahr erwiesen hatten. In London hätte das nie im Leben funktioniert.

Ich sah dem jungen Mann nach, als er wieder in der Menge verschwand, offensichtlich nicht im Mindesten in seinem Ego verletzt, dass er abgeblitzt war, und ich setzte meinen Weg zur Bar fort. Es kostete mich mehr Zeit, als ich erwartet hatte, da sich immer wieder Finger um meinen Unterarm schlangen, die jedoch immer direkt wieder losließen, sobald ich Desinteresse bekundete, auch wenn es das ein oder andere Mal mehr als ein einziges Kopfschütteln brauchte.

Ich atmete erleichtert aus, als ich die Arme endlich auf dem Tresen der Bar abstützen konnte, die kühle Oberfläche ein willkommener Kontrast zu meiner erhitzten und klammen Haut. Hier an der Bar war es nicht weniger voll als im Rest des Clubs. Laute Rufe und herumgewedelte Geldscheine schienen der einzige Weg zu einem Drink zu sein. Trotz des Trubels hatten die drei Barkeeper, die alle in den gleichen schwarzen

Hemden und Jeans gekleidet waren, die Menge ganz entspannt und ruhig im Griff.

Bewundernd sah ich dabei zu, wie silberne Kronkorken von Bierflaschen durch die Gegend flogen, Softdrinks kamen eher seltener zum Einsatz. Shot-Gläser wurden gefüllt und über den Tresen geschoben, und ich fragte mich ernsthaft, wie sie bei dem Lärm irgendetwas verstehen, geschweige denn sich auch nur eine der unzähligen Bestellungen merken konnten, die ihnen zugerufen wurden, während sie gleichzeitig Bezahlungen entgegennahmen und Wechselgeld rausgaben.

Als einer der Barkeeper in meine Richtung blickte, hob ich schnell die Hand, doch ein anderer hatte mehr Glück und war vor mir an der Reihe. Automatisch dachte ich an Hoon und daran, dass er sich schon gleich besorgt auf die Suche nach mir machen würde, wenn ich mich nicht ein bisschen beeilte. Doch auch mein zweiter und dritter Versuch endeten erfolglos, sodass ich mit einem Prusten eine Strähne aus meinem Gesicht löste. Okay, vielleicht würde das hier doch deutlich länger dauern als zunächst angenommen.

»Brauchst du Hilfe?«

Ich zog eine Augenbraue hoch und sah zu dem Kerl links neben mir, der mich mit seinen nebelgrauen Augen und einem süffisanten Grinsen musterte. »Redest du mit mir?«

»Mit wem denn sonst?« Er lehnte sich mehr in meine Richtung, und ich wich zurück. Er roch nach Wodka und der unverkennbaren Note eines Energydrinks, deren kaugummiartiger Gestank mir immer schon den Magen umgedreht hatte. »Was möchtest du trinken, dann bestelle ich für dich mit, Schönheit.«

Ich widerstand dem Drang, mit den Augen zu rollen, da ich mir nicht sicher war, was dieses deutliche Zeichen der Abneigung wohl bei diesem Kerl mit seinem aufgeblasenen Ego auslösen würde. Er lallte schon leicht, dennoch konnte ich seinen

Akzent meiner Heimat zuordnen. »Danke, nicht nötig, ich kann mir meinen Drink selbst –«

»Ach, du musst nicht schüchtern sein«, säuselte er und rückte noch ein Stück näher. Ich machte einen großen Schritt rückwärts, doch leider ließ der überfüllte Tresen nicht zu, dass ich auch nur annähernd so viel Abstand zwischen uns bringen konnte, wie ich gerne gehabt hätte. »Ist echt kein Ding, Puppe. Überlass das einfach mir.«

Unglauben erfasste mich, und ich spürte, wie heiße Wut in mir aufstieg, die zweifellos meinen Kopf hochrot färbte. »Puppe?«

Er grinste breit, und als er mir eine Hand auf die Schulter legte, stellten sich mir die Nackenhaare auf. »Gefällt dir das?«

»Kein bisschen.« Ich schob seine Hand unsanft weg. »Und wenn du mich noch mal anfasst, zeige ich dir auch, wie wenig mir das gefällt, *Puppe*.«

Er lachte dümmlich, so als hätte ich tatsächlich einen Witz gemacht, und vermutlich unterlag er wirklich der Fehleinschätzung, dass ich meine Abneigung nur spielte, um interessanter zu wirken, obwohl mein Ekel wie in Wellen von mir abstrahlen musste. »Eine Frau mit Temperament. Scharf.«

»Oh mein Gott«, stöhnte ich genervt und holte tief Luft, um dem Kerl zu sagen, wohin er sich seinen dämlichen Kommentar stecken konnte, als er doch allen Ernstes noch einmal seine Hand auf meine Schulter legte. Seine Finger fuhren den dünnen Träger meines Tops entlang, und mir wurde kotzübel. »Nimm die Hand weg, sonst breche ich dir jeden Fingerknochen einzeln.«

Der schmierige Idiot lachte bloß, und sein Griff wurde nur noch fester. »Du brauchst nicht einen auf taff machen, du hast auch so schon meine volle Aufmerksamkeit.«

»Du hättest mich vielleicht vorher erst fragen sollen, ob ich die überhaupt will.« Ich legte die Finger um sein Handgelenk und drückte so fest zu, dass er zischte, als ich es ruckartig überdehnte. Seine Finger hingen wie festgefroren regungslos in der Luft. »Das war keine leere Drohung. Ich habe dir gesagt, dass du deine verfluchten Griffel bei dir behalten sollst, du –«

»Gibt es ein Problem?«

Ein Schatten fiel vor uns auf den Tresen, und ich hörte eine tiefe, männliche Stimme, doch ich wandte den Blick nicht von dem schleimigen Widerling vor mir ab, der mit großen Augen auf meine Hand starrte, während seine Haut eine ungesund käsige Farbe annahm.

Tja, das hast du davon, wenn du ein Mädchen aus dem East End angrapschst.

»Weiß ich nicht«, gab ich zurück und verstärkte meinen Griff, sodass meine Knöchel weiß hervortraten. »Gibt es eins?«

»Bist du blind, Alter? Ruf den Sicherheitsdienst«, japste der Typ und sah Hilfe suchend zu unserem Zuschauer, für den er ganz offensichtlich eine Show hinlegte, denn auch wenn ich Kraft hatte und mich zu verteidigen wusste, kannte ich durchaus die Grenzen meiner eigenen Stärke. »Diese durchgeknallte Irre bricht mir fast das Handgelenk!«

»Wir können aus dieser schamlosen Übertreibung auch gerne schmerzhafte Realität machen.«

»Miss«, sagte die tiefe Stimme neben mir, und der trockene, professionelle Tonfall ließ mich wissen, dass mir nicht gefallen würde, was folgte, »ich muss Sie bitten, den Herrn loszulassen. In diesem Club dulden wir keine Gewalt.«

»Genauso wenig solltet ihr Typen dulden, die Frauen gegen ihren Willen einfach anfassen, obwohl sie klar und deutlich Nein gesagt haben.« Ich schnalzte missbilligend mit der Zunge, ließ den Kerl dann aber los, weil ich keine Szene machen und meinen neuen Freunden damit Probleme in ihrem Lieblingsclub bereiten wollte.

»Durchgeknallte Schlampe.« Der Widerling zog mit einem theatralischen Jaulen das Handgelenk an seine Brust und hielt es ganz fest, als hätte ich es ihm wirklich gebrochen. »Du glaubst doch nicht ernsthaft, dass du mit so einer Scheiße davonkommst, oder, Miststück?«

Ich lachte, trocken und humorlos, sprachlos über so viel Dreistigkeit, die offenbar von einem schwer verletzten männlichen Ego herrührte.

»Sir, ich möchte Sie bitten, nicht so mit unserer verehrten Kundin zu sprechen.«

»Verehrte Kundin?« Der Typ bekam fast Schaum vor dem Mund, die zuckenden Lichter warfen Schatten auf sein Gesicht, als er wie ein bissiger Hund die Zähne zeigte. »Alter, hast du nicht gesehen, was sie –«

»Ich habe gesehen, wie Sie unsere Kundin gegen ihren Willen berührt haben. Etwas, das wir hier ebenfalls nicht dulden, und ich kann Ihnen versichern, dass, wenn ich, wie von Ihnen gewünscht, den Sicherheitsdienst rufe, es nicht die junge Dame sein wird, die unseren Club verlassen muss.«

5. KAPITEL

바텐더 = Barkeeper

Überrascht sah ich in Richtung des Mannes, der mich gerade hatte wissen lassen, dass ich mit dieser beschissenen Situation nicht allein war und auf seine Unterstützung zählen konnte. Er war einer der Barkeeper, leicht erkennbar an der Uniformität des schwarzen Hemdes und der gleichfarbigen Jeans. Gerade eben war er mir in dem arbeitsamen Kollektiv hinter dem Tresen gar nicht aufgefallen, wahrscheinlich weil ich zu sehr darauf fixiert gewesen war, einen Drink zu ergattern. Doch mein Hirn schien diese Nachlässigkeit jetzt korrigieren zu wollen, denn mein Blick blieb wie gebannt an seinen Augen hängen, deren einzigartige goldbraune Färbung in den zuckenden, kühlen Neonlichtern des Clubs warm hervorstach.

Dem Widerling fiel die Kinnlade runter, offensichtlich war er genauso überrascht über diese Solidaritätsbekundung wie ich. »Das ist ein schlechter Scherz, oder?«

»Nein, Sir. Ich bin Angestellter dieses Clubs, und ich werde vom Hausrecht Gebrauch machen, wenn Sie mich dazu zwingen.« Der Barkeeper hob die Stimme nicht und sprach gerade laut genug, dass man ihn über die dröhnende Musik hinweg hören konnte, doch die Drohung in seinen Worten war unmissverständlich. »Wobei ich sehr darauf hoffe, dass das nicht nötig sein wird.«

Eine Weile sagte niemand etwas, doch unterdrückte Aggressionen und Spannung waren deutlich spürbar. Dann warf der unangenehme Typ nur theatralisch die Hände in die Luft, machte auf dem Absatz kehrt und mischte sich wieder unter die feiernde Meute. Ich seufzte leise und sah seinem schwarzen Haarschopf nach, bis er gänzlich aus meinem Sichtfeld verschwand. Das schlechte Gewissen fiel mich mit Zähnen und Klauen an, als ich an die arme Frau dachte, der er als Nächstes zu dicht auf die Pelle rücken würde, und ich ballte die Hände zu Fäusten. Ob ich ihm vielleicht doch hinterhergehen und dem Sicherheitsdienst des Clubs Bescheid geben sollte?

»Ist bei Ihnen alles okay, Miss?«

Als der Barkeeper mich ansprach, wandte ich den Blick von der Stelle ab, an der ich den übergriffigen Idioten von gerade aus den Augen verloren hatte, und sah stattdessen den Mann an, der mir geholfen hatte, ihn loszuwerden.

»Ja, bei mir ist alles okay«, winkte ich nachlässig ab, womit ich ihm versichern wollte, dass es schon irgendwie gehen würde, obwohl allein der Gedanke an den Typen mich wieder rotsehen ließ. »Könnten Sie diesen Kerl vielleicht trotzdem dem Sicherheitsdienst melden? Nur damit irgendwer ein Auge auf ihn hat und er nicht die nächste Frau so behandeln kann?«

»Schon passiert.« Der Barkeeper lächelte mich an, seine Grübchen nahmen den scharfen Linien seiner Wangenknochen die kühle Unnahbarkeit. »Mein Kollege da drüben hat unseren Sicherheitsdienst informiert, während ich mit Ihnen beiden gesprochen habe.«

»Oh.« Ich blinzelte verwundert, weil ich so eine Umsicht nicht gewöhnt war. »Vielen Dank.«

»Immer wieder gerne.« Der Barkeeper lächelte wieder, diesmal allerdings, ohne dass seine Grübchen auftauchten. Es war die Art professionelles Lächeln, die man im Kundendienst antrainiert bekam, bis es mit dem motorischen Gedächtnis verschmolz. Jahre der Erfahrung als Kellnerin ließen mich das sofort durchschauen, und mein Magen zog sich zusammen. Warum ich wollte, dass er mich wieder richtig anlächelte, mit Grübchen und ein bisschen zu viel Zähnen, hinterfragte ich durch den Nebel aus abebbendem Adrenalin und einer guten Menge Alkohol gar nicht erst. »Es tut mir leid, dass Sie ausgerechnet in unserem Club eine so unschöne Begegnung erleben mussten.«

»Ist ja nicht Ihre Schuld. Arschlöcher gibt es überall.« Der Barkeeper schmunzelte, und ich fragte mich, wie alt er wohl war. »Entschuldigen Sie bitte die unschöne Ausdrucksweise.«

»Gar kein Problem. Ich glaube, unschöne Ausdrücke sind für Situationen wie diese gemacht.« Er stützte die Hände auf dem Tresen ab, die Ringe an seinen Fingern funkelten ebenso wie das grobgliedrige Armband an seinem Handgelenk. »Soll ich mich umdrehen, damit Sie noch ein bisschen fluchen können, oder darf ich Ihnen etwas zu trinken bringen?«

Meine Augen blieben einen Augenblick zu lange an den Venen hängen, die sich unter seiner gebräunten Haut abzeichneten, ehe ich meinen Blick losriss, um ihm wieder in seine einzigartigen Augen zu sehen. Ich wusste nicht, ob es am Alkohol lag oder an der Tatsache, dass er mir gerade geholfen hatte, aber ich lächelte wie von selbst und ungekünstelt, als ich mich ihm entgegenlehnte. Ich schnappte einen Hauch von seinem Parfüm auf, und der Geruch nach Wildleder und Thymian war eine willkommene Abwechslung zu dem Aroma zusammengepresster Körper, das der stickigen Luft im Club anhaftete. »Etwas zu trinken reicht, aber vielen Dank für das Angebot.«

»Mit Freuden. Was darf es denn sein?«

»Einen Tequila und ein Bier bitte.«

Er lachte leise, der Klang rau und weit entfernt von dem Lachen, welches man Gäste auf der subtilen Jagd nach Trinkgeld hören ließ. »Tequila gegen den Schock?«

Ich stützte mein Kinn auf meiner Hand auf, durch sein Lachen und sein irreal schönes Gesicht dazu verleitet, die Lippen zu einem schiefen Schmunzeln zu verziehen. »Sozusagen.«

»Alles klar. Das destillierte Vergessen gegen den Schock kommt sofort.« Der Barkeeper warf mir ein weiteres Lächeln zu, diesmal eins mit Grübchen, bevor er sich abwandte. Mir war vollkommen schleierhaft, wie ich ihn vorher nicht hatte bemerken können, denn mit seinen breiten Schultern, den schmalen Hüften und den faszinierend glatten, aber doch eigenwillig markanten Gesichtszügen war er ziemlich genau mein Typ. Aber fairerweise musste man dazu sagen, dass ich mit dem Grabscher alle Hände voll zu tun gehabt hatte, und auch sonst war ich nicht sonderlich versiert im Flirten. Meine letzte Beziehung war Jahre her, gescheitert im Flur eines Krankenhauses, ohne Tränen und jegliches Drama, sondern mit abgeklärter Ernüchterung und getragen von der Erkenntnis, dass nichts und niemand mir jemals so wichtig sein würde wie dieser Kampf, den ich letztendlich doch verloren hatte. Ich wartete auf die Enge in meiner Kehle und das Brennen hinter meinen Augen, doch nichts passierte, und ich atmete erleichtert aus. Vielleicht würde ich es bereuen, aber heute Abend würde ich mir keine Gedanken über die Sorgen von morgen machen. Eine Selbstverständlichkeit für andere, für mich jedoch ein wahrer Luxus, den ich in vollen Zügen genießen würde.

Der Barkeeper kam zurück und stellte das Shotglas vor mir ab, ehe er den Tequila hineinschüttete. Dann öffnete er vor meinen Augen die Bierflasche und stellte sie dazu. »Bitte schön.«

»Vielen Dank.« Ich griff in meine Hosentasche und zog die zwei zerknüllten Banknoten hervor, die nach Essen und Einlass noch übrig waren. »Was macht das?«

»Geht aufs Haus.« Der Barkeeper schnappte sich eine Zitronenscheibe, legte sie auf das Shotglas und schob einen Salzstreuer daneben. »Als Entschuldigung dafür, dass niemand von uns eher eingeschritten ist.«

»Das ist wirklich nicht nötig.« Ich wusste seine Geste zwar zu schätzen, wollte aber nicht, dass er meinetwegen Ärger mit seinem Boss bekam, weil er mir einen Drink spendiert hatte. Wobei der Club sich wohl keine Gedanken um seine Umsätze machen musste, so brechend voll, wie es war. »Ihr Jungs habt hier ja alle Hände voll zu tun.«

Der Barkeeper mit den Honigaugen schüttelte den Kopf, der Zug um seine vollen Lippen wirkte verkniffen, was mich seinen ausgeprägten Amorbogen bemerken ließ, der trotz der Anspannung noch deutlich zu sehen war. »Das ist keine Entschuldigung.«

Es war schmerzhaft offensichtlich, dass er sich wirklich Gedanken wegen dieser Sache machte, und ich zuckte mit den Achseln, in der Hoffnung, ihm ein bisschen was von der Last nehmen zu können, die dafür gesorgt hatte, dass seine breiten Schultern schuldbewusst herabhingen. »Das vielleicht nicht, aber es ist eine Erklärung.«

»Erklärung ist oft nur ein anderes Wort für Ausrede.« Etwas Dunkles huschte für den Bruchteil einer Sekunde über sein Gesicht, verschwand aber ebenso schnell wieder, wie es gekommen war. Mit seinen langen und schlanken Fingern deutete er auf meine Drinks, auf den Lippen wieder dieses professionelle Lächeln, das mich wissen ließ, dass er kein Geld von mir annehmen würde, auch wenn ich mich auf den Kopf stellte. »Bitte, ich bestehe darauf.«

»Wenn du …«, ich ließ das Wort einen Augenblick in der Luft hängen und wartete kurz seine Reaktion ab, ob ihm das plötzliche Du womöglich missfiel, doch er machte nicht den Eindruck, also fuhr ich fort »… darauf bestehst … vielen Dank.« Meine Augen glitten über sein Shirt, in der Hoffnung, ein Namensschild zu finden. Kurz war ich von der Tatsache abgelenkt, dass sein Shirt ein gutes Stück weit aufgeknöpft war und den Blick auf seine Haut und eine Silberkette mit einem filigranen geometrischen Anhänger freigab. Doch dann entdeckte ich den schlichten, goldenen Anstecker, auf dem sein Name sowohl in Hangeul als auch in lateinischer Schrift eingraviert war. »Hyun-Joon.«

Hyun-Joon stützte seine Hände wieder auf dem Tresen ab und lehnte sich mir entgegen, unbeeindruckt von all den anderen Gästen, die mit lauten Rufen und wedelnden Banknoten versuchten, seine Aufmerksamkeit zu erregen. Mein Herz, das in den letzten Jahren wie ein Stein in meiner Brust gelegen hatte, gab ein schwaches Stottern von sich, wie ein eingerosteter Motor, der nach Jahren der Vernachlässigung das erste Mal wieder angelassen wurde.

»Sehr gerne …« Er ließ den letzten Rest des Satzes in der Luft hängen, sein Blick abwartend, als er mich musterte, sein intensiver Blick so explosiv und gänsehauterregend wie der Moment, in dem ich zum ersten Mal ein Gemälde von Maggi Hambling gesehen hatte.

»Jade«, sagte ich, als mein Hirn zu seinen Worten aufschloss. »Ich heiße Jade.«

»Jade«, wiederholte er, so als wollte er testen, wie sich mein Name auf seiner Zungenspitze anfühlte, ehe er wieder lächelte, träge diesmal und nur mit einem Mundwinkel. »Sehr gerne, Jade. Du bist zum ersten Mal hier, oder?«

Ich lachte verlegen, Unsicherheit machte sich in mir breit,

geboren aus meiner mangelnden Erfahrung mit Nachtclubs jeglicher Art. »Ist das so offensichtlich?«

Hyun-Joon schüttelte den Kopf, sein schwarzblaues Haar sah fast wie ein bodenloser See bei Nacht aus, als das Licht darauf fiel, und meine Hände zuckten bei der Erinnerung an das Gefühl, meine Finger in Farbe zu tauchen und einen Anblick wie diesen auf einer Leinwand festzuhalten. Sofort verbannte ich den Gedanken, der mir nichts bringen würde als den bitteren Geschmack von Reue und das schmerzhafte Ziehen tiefempfundener Sehnsucht. »Das nicht, aber ich bin mir sicher, dass du mir aufgefallen wärst.«

Ich öffnete den Mund, um etwas zu sagen, doch meinen Lippen entrang sich nur ein angetrunkenes und albernes Kichern, das ich schnell versuchte, herunterzuschlucken. »Entschuldigung«, presste ich hervor, meine Wangen heiß wie ein Inferno, während ich mir wünschte, dass der Boden sich auftat und mir einen Ausweg aus dieser peinlichen Situation bot. »Das war pein–«

»Niedlich.« Hyun-Joons Augen erinnerten mich an flüssiges Gold, als er lachte. »Das war niedlich.«

Jetzt war ich tatsächlich ein wenig sprachlos. Ich war nicht unbedingt der Typ Frau, den Leute normalerweise niedlich nannten, und das wusste ich genau. Die letzten vier Jahre hatten meinem Gesicht sämtliche weichen Konturen gestohlen, und mein rapider Gewichtsverlust hatte meine Wangenknochen scharf hervortreten lassen, während auch mein Kinn etwas zu deutlich hervorstach und meinem Gesicht in Kombination mit meinen dunklen und eher dichten Augenbrauen etwas Hartes und Unnachgiebiges verlieh. Der Zug um meinen Mund war immer etwas verkniffen, und meine Stimme, eher rau und tief, hatte dafür gesorgt, dass selbst meine engen Freunde mich eher als erwachsen und durchsetzungsfähig beschrieben, als mir Worte wie *niedlich* und *charmant* zuzuordnen.

Ich wusste nicht, was Hyun-Joon in meinem Gesicht las, doch das Lachen auf seinen Zügen erstarb augenblicklich, und mit einem Mal sah er besorgt aus.

»Verzeihung.« Er fuhr sich mit einer Hand durchs Haar, das von einem tiefen Seitenscheitel geteilt wurde, und ich fragte mich, wie es trotzdem wieder in diesen schicken und scheinbar mühelosen Stil zurückfiel, der sicherlich Stunden von Styling brauchte, um so natürlich auszusehen, obwohl nicht eine einzige Strähne aus der Reihe tanzte. »Das war wohl zu viel, und du hast eben erst diesen aufdringlichen Kerl abgeschüttelt. Da brauchst du echt keinen dahergelaufenen Barkeeper, der mit dir flirtet.«

Schnell hob ich abwehrend die Hände. »Nein, nein, das ist es nicht. Du darfst sehr gerne mit mir flirten. Ich bin nur –« Ich stöhnte gequält auf, als ich realisierte, was ich da gerade gesagt hatte, und ließ den Kopf in die Hände sinken. Was war denn heute bloß los mit mir? Ich war doch sonst weder auf den Kopf noch auf den Mund gefallen, und jetzt blamierte ich mich hier völlig, nur weil ein wirklich schöner Mann mir ein bisschen Aufmerksamkeit schenkte. Das war so peinlich. Ich hob den Kopf und sah Hyun-Joon wieder direkt an, nicht gewillt, mich noch mehr von all meinen Unsicherheiten anfallen zu lassen, auch wenn Flirts und Männer die letzten Jahre meines Lebens keine Rolle gespielt hatten. »Was ich sagen wollte, war: Du bist nicht wie der Typ von eben, und wenn du möchtest, darfst du sehr gerne mit mir flirten. Ich bin es nur nicht gewöhnt, dass mich jemand niedlich nennt. Das ist alles.«

Hyun-Joon legte die Hand in den Nacken, und es war beruhigend, festzustellen, dass ich nicht die Einzige war, die mit dieser Situation ein bisschen überfordert zu sein schien.

»Jetzt hab ich es versaut, oder?«

»Nein, kein bisschen.« Hyun-Joon ließ die Hand sinken, sein selbstbewusster Flirt war nun scheinbar ein bisschen aus dem Tritt gebracht, was ihn mir nur noch sympathischer machte. »Ich überlege nur gerade, wie ich subtil nach deiner Nummer fragen kann, ohne dich noch mehr zu verschrecken, aber mir will beim besten Willen nichts einfallen.«

»Ich glaube, du hast mich gerade nach meiner Nummer gefragt.«

Er verzog das Gesicht, die kleinen Fältchen auf seiner Nase schon beinahe süß, was mich wieder zu der Frage zurückbrachte, wie alt er wohl war. »Sieht ganz so aus.«

Stille breitete sich zwischen uns aus, der Konflikt in mir tobte, obwohl die Entscheidung, einem schönen Mann meine Nummer zu geben, nicht so schwer sein sollte. Einerseits wollte ich ihm meine Nummer geben, doch ich hatte noch keine für Südkorea. Ich war bisher noch nicht dazu gekommen, einen passenden Vertrag abzuschließen. Außerdem war ich mir noch nicht so richtig sicher, welcher für mich am geeignetsten war, das kam ja darauf an, wo ich letztendlich landen würde. Als ich mich auf die Stelle beworben hatte, hatte ich angegeben, mich auch für Programme außerhalb von Korea zu interessieren, was mich automatisch auf die Liste für andere Auslandseinsätze gebracht hatte. Jedes Jahr würde neu entschieden werden, wohin ich versetzt werden würde, was mich selbst zu einer einzigen Variablen machte – gedanklich schon wieder mit einem Fuß aus der Tür, bevor ich wirklich angekommen war. Das Leben, das ich gewollt hatte, gelebt einzig und allein zwischen Sonnenaufgang und Sonnenuntergang und ohne jegliche Bindungen, die mich an einem einzigen Ort halten würden. Dieser Mann hingegen war eine Variable, die ich nicht einordnen konnte, und die Tatsache, dass ich ihn anstarrte und sich ein angenehmer Schauer meinen Rücken hinabstahl, wenn er sprach, sagte mir dennoch alles, was ich wissen musste, um so schnell wie möglich das Weite zu suchen. Denn er ging mir unter die Haut, und das war etwas, das ich im Moment einfach nicht gebrauchen konnte.

Meine Augen huschten über Hyun-Joons schöne Gesichtszüge, und Bedauern machte sich in mir breit, doch mein Handy blieb in meiner Hosentasche. »Ich habe noch keine südkoreanische Nummer.«

Hyun-Joons Gesicht erhellte sich, und ich schloss die Finger fest um meine kühle Bierflasche, als mir klar wurde, dass er auch so nach meiner Nummer gefragt hätte, ohne überhaupt zu wissen, ob ich bleiben würde oder nur auf der Durchreise war. »Du bleibst also eine Weile in Seoul?«

»Das weiß ich noch nicht.« Ich trank einen Schluck von dem herben, kühlen Bier und versuchte erneut, meine Augen von dem tiefen Ausschnitt seines aufgeknöpften Hemdes loszureißen. Ob das sein persönlicher Stil war, der so sexy und selbstbewusst daherkam? Da die anderen Barkeeper aber auch nicht viel auf die obersten Knöpfe gaben, war es wahrscheinlich einfach Teil der Uniform. »Ich weiß noch nicht, wo ich eingesetzt werde.«

»Ah. Du bist also Lehrerin?«

Ich runzelte die Stirn. »Woher –«

»Jay!« Hoons laute Stimme erinnerte mich daran, dass ich nicht allein hergekommen war, und ich fluchte schuldbewusst, ehe ich über die Schulter sah. Die Menge teilte sich und machte Hoon Platz, der auf den ersten Blick, so ganz in Schwarz mit all den Tattoos und Piercings, fast einschüchternd aussah.

»Entschuldige, Hoon«, sagte ich und streckte automatisch die Hand nach ihm aus, schon so sehr an Davids und Laurens physische Art der Kommunikation gewöhnt, dass ich sie selbst anwandte. »Ich hab total die Zeit vergessen!«

Hoon ergriff meinen Unterarm und stellte sich neben mich. »Kann passieren. Ich bin nur gekommen, um wie vereinbart, nach dir zu sehen. Ist bei dir denn alles okay?«

»Ja, alles gut.« Ich beschloss, ihm nichts von meiner unangenehmen Begegnung mit dem komischen Typen zu erzählen, weil ich mir relativ sicher war, dass Hoon das mit seinem stark ausgeprägten Beschützerinstinkt nur unnötig aufregen würde. Genauso stellte ich mir einen großen Bruder vor. »Tut mir leid. Ich wollte wirklich nicht, dass du dir Sorgen machst.«

Hoon winkte ab und ließ meinen Unterarm los. »Kein Thema. So kann ich mir wenigstens auch einen Drink holen, wenn ich schon mal hier bin.«

»Okay.« Ich hob den Blick und war froh, dass Hoons Auftreten den schönen Barkeeper nicht vergrault hatte, den ich, wie ein teures Kunstwerk, zumindest noch eine Weile ansehen wollte, auch wenn ich ihn nicht haben konnte. Doch bevor ich die beiden miteinander bekannt machen konnte, hatte Hoon die Hand schon über den Tresen ausgestreckt und Hyun-Joon schlug ein. Hoon legte ihm die andere Hand auf die Schulter und drückte zu.

»Hey, Mann. Wie geht's dir?«, fragte Hoon über die laute Musik hinweg, und ich blinzelte verdattert, als Hyun-Joon lächelte, mit Grübchen und zu viel Zähnen und so ehrlich und einnehmend, dass ich nicht wegsehen konnte.

»Bei mir ist alles okay, *Hyung*. Bei dir denn auch?«

»Sicher. Unkraut vergeht nicht.« Hoon zwinkerte, und seine platte Bemerkung entlockte Hyun-Joon ein Lachen, welches seine Honigaugen wieder zum Strahlen brachte. »Gut siehst du aus, Mann. Mal eine ordentliche Portion Schlaf bekommen oder hast du wieder mit Concealer nachgeholfen?«

»Kein Kommentar.« Hyun-Joons Blick landete auf Hoons Oberarm, der sich warm gegen meine Schulter presste. »Ihr zwei kennt euch?«

»Ja, seit heute schon«, sagte Hoon schlicht, führte aber nicht näher aus, woher genau wir uns kannten. »Jade, das ist Hyun-Joon, ein Freund von Lauren und mir und der beste Barkeeper der Stadt, der aber praktisch hier wohnt und eindeutig zu viele Schichten schiebt.« Er deutete auf Hyun-Joon und dann wieder zu mir. »Und Hyun-Joon, das ist Jade. Lauren hat sie praktisch schon adoptiert, also zeig dich von deiner besten Seite.« Er fügte etwas auf Koreanisch hinzu, das ich nicht verstand, was aber dafür sorgte, dass Hyun-Joon mir einen überraschten Blick zuwarf und Hoon etwas fragte, was von ihm nur mit einem Lachen und einem Nicken quittiert wurde.

»Was?«, hakte ich nach, meine Stimme wegen eines Hauchs von Unsicherheit nicht ganz so fest, wie ich es gerne gehabt hätte.

»Nichts«, beeilte Hyun-Joon sich zu sagen, ehe er den Kopf schief legte, seine Augen wieder eindringlich und beobachtend, als sie über mich glitten. »Hoon hat mich nur gerade darüber aufgeklärt, dass du älter bist als ich, und das hat mich ein wenig überrascht.«

»Wieso?«

»Vielleicht weil du aussiehst wie achtzehn?« Hoons Lachen wurde nur noch lauter, als ich einen empörten Treffer gegen seinen Oberarm landete.

»Das stimmt überhaupt nicht.«

»Ich bin auch fast vom Stuhl gefallen, als du gesagt hast, dass du im Oktober vierundzwanzig wirst.«

»Das musst du gerade sagen. Du siehst auch nicht aus wie dreißig.«

»Na, das will ich auch hoffen.« Hoon grinste sein kindliches Grinsen. »Das hab ich alles meiner Anti-Falten-Creme zu verdanken.«

Hyun-Joon runzelte wieder die Stirn und fragte etwas auf Koreanisch, was Hoon den Kopf schütteln ließ. Dann erklärte er irgendwas.

Ich hätte echt gerne gewusst, was jetzt schon wieder los war, Hyun-Joons Augen, als er zu begreifen schien, lenkten mich allerdings vollkommen ab. Er nickte enthusiastisch, wobei ihm einige Strähnen in die Stirn fielen, und schrieb mit dem Finger die Ziffern meines Geburtsjahres auf den Tresen. Hoon zeigte ihm den Daumen hoch, was das Thema offensichtlich beendete, während ich mich ein bisschen abgehängt fühlte.

»Okay, ich fühle mich gerade ein bisschen außen vor.«

»Oh, sorry.« Hoon brach ab und blickte zwischen Hyun-Joon und mir hin und her, bevor seine Lippen sich zu einem trägen Schmunzeln verzogen. »Ich hab ihm nur erklärt, dass du älter bist und er dich deshalb mit dem nötigen Respekt behandeln soll.«

»Warte ...« Ich rieb mir über die Stirn und versuchte, mich an das Wort zu erinnern, das ich gelernt hatte, aber der ganze Alkohol von heute Abend machte es mir schwer, klar zu denken, vor allem, weil ich auf keinen Fall einen Fehler machen wollte, da die koreanische Gesellschaft stark auf Altershierarchien aufbaute, die ich unbedingt respektieren wollte. »Dafür gab es ein Wort, oder? Die weibliche Entsprechung war *eonni*, wenn ich mich recht entsinne, aber ich komm gerade einfach nicht drauf.«

»*Noona*. Es ist ähnlich wie *Hyung*. In der Familie wird es als Ansprache vom jüngeren Bruder zur älteren Schwester verwendet. Aber außerhalb der Familie nutzt man es als Ansprache für ältere Frauen, die einem nahestehen. Das ist aber nichts, das man einfach so verwendet«, erklärte Hoon, während Hyun-Joons Ohrenspitzen sich rot färbten. »Das ist etwas, das dieser Grünschnabel hier sich erst verdienen muss. Nicht wahr, Hyun-Joon?«

Hyun-Joon hatte anscheinend vor, das unkommentiert zu lassen, denn er ging einfach darüber hinweg. »Was kann ich dir denn bringen, *Hyung?*«, fragte er, und nach Hoons Erklärung von gerade fiel mir auf, dass er Hoon gar nicht mit seinem Namen ansprach, sondern stattdessen einen koreanischen Ausdruck benutzte, den ich heute gelernt hatte. *Hyung*, eine Ansprache zwischen zwei Männern, die von dem jüngeren für den älteren Bruder verwendet wird und außerhalb familiärer Verhältnisse indizierte, dass die beiden sich zumindest in gewissem Maße nahestanden. In meiner Überraschung vorhin hatte ich das gar nicht registriert.

»Ein Bier wäre klasse. Ich bin am Verdursten.«

»Kommt sofort.«

Hyun-Joon wandte sich von uns ab, und ich spürte sofort, wie Hoons volle Aufmerksamkeit sich auf mich richtete. »Du hast also die Zeit vergessen, ja?«

Ich presste die Lippen aufeinander. »Kein Kommentar.«

Hoon warf den Kopf in den Nacken und lachte, was meine Wangen zum Glühen brachte. Schnell griff ich nach dem Tequila und stürzte ihn in einem Zug hinunter, doch leider war er mittlerweile viel zu warm, sodass ich mich schüttelte und eine Gänsehaut sich auf meinem ganzen Körper ausbreitete.

»Kann's dir nicht verübeln. Er ist ein hübscher Kerl.« Hoon stieß mich mit dem Ellenbogen an. »Und er ist übrigens momentan auch in keiner Beziehung.«

Ich biss schnell in die Zitronenscheibe, froh darum, dass die spritzige Säure den fahlen Geschmack von erwärmtem Tequila von meiner Zunge vertrieb. »Und das sollte mich interessieren, weil …«

»Einfach nur so.« Hoon zwinkerte mir zu, und zum Glück ersparte Hyun-Joon mir eine Antwort, als er mit einer Flasche Bier zurückkam, die er öffnete und Hoon reichte, der mit einem zerknüllten Schein bezahlte. »Danke, Mann.«

»Kein Thema.«

»Ist der Rest vom Wolfsrudel auch da?« Hoon reckte sich und sah sich an der Bar um, doch scheinbar, ohne zu finden, wen er gesucht hatte, denn er sah Hyun-Joon abwartend an, der den Kopf schüttelte.

»Nein, aber ich sag den Jungs, dass du nach ihnen gefragt hast.« Hyun-Joons Blick fand meinen, und Bedauern huschte über sein Gesicht, als er hinter sich deutete. »Ich muss jetzt leider zurück an die Arbeit. Meine Kollegen gehen langsam, aber sicher unter.«

»Alles klar«, sagte ich und ärgerte mich, weil ich die Enttäuschung, die meine Stimme färbte, sogar selbst heraushören konnte.

»Welche Schicht hast du?«, fragte Hoon unvermittelt und hob das Bier an seine Lippen. »Lust, nachher noch zu uns zu stoßen, wenn du durch bist?«

Hyun-Joon seufzte schwer. »Liebend gern, aber ich hab bis Ladenschluss, und danach müssen wir wie immer aufräumen, und mein Boss meinte, dass Inventur auch noch ansteht.«

»Mein Beileid, Kumpel. Klingt, als wärst du heute nicht vor zehn Uhr morgens zu Hause.« Er klopfte Hyun-Joon auf die Schulter und wandte sich dann ab. »Meld dich mal. Die Kids fehlen mir.«

»Wird gemacht, *Hyung*.« Er lächelte warm und richtete seine honigbraunen Augen dann wieder auf mich, in ihnen lag ein Ausdruck, den ich nicht lesen konnte, der allerdings meine ganze Haut zum Kribbeln brachte. »Ich hoffe, man sieht sich mal wieder.«

»Das hoffe ich auch«, gab ich zu, ohne weiter darüber nachzudenken, ehe ich mir mein Bier griff, als Hoons lange Finger sich um meinen Unterarm schlangen, und er mich sanft, aber bestimmt von der Bar wegzog. »Vielleicht ja bis bald, Hyun-Joon.«

Hyun-Joons Lächeln mit den Grübchen zeigte sich wieder, und ich war mir sicher, dass es mir heute Nacht noch bis in meine Träume folgen würde, ebenso wie der Moment, in dem er die Hand hob und mir zum Abschied zuwinkte.

»Bis bald, Jade.«

6. KAPITEL

초등학교 = Grundschule

»Das war so eine bescheidene Idee.«
David, der zusammengesunken auf dem roten Sitz neben mir hockte, machte sich nicht einmal die Mühe, so auszusehen, als wäre er einigermaßen wach. Seine Augen waren geschlossen, seine Locken ein wildes Chaos, und er gab ein bestätigendes Murren von sich, das durchaus auch von einem schlafenden Bären hätte stammen können. »Ich sage das wirklich ungern, aber du könntest recht haben.«
»Ich *könnte* recht haben?« Pikiert schüttelte ich den Kopf und schloss die Hand fester um den Pappbecher mit dem braunen, heißen Wasser, das sich wirklich nicht Kaffee schimpfen konnte. »David, wir treffen gleich vielleicht das erste Mal auf die Lehrer, mit denen wir ein Jahr lang zusammenarbeiten werden, und wir haben weder geschlafen noch geduscht und riechen beide wie eine verruchte Bar.« Ich zog an dem Kragen meines übergroßen Hoodies, den ich mir schnell übergeworfen hatte, als ich kurz vor Beginn der Veranstaltung in mein Zimmer gehuscht war, um wenigstens noch meine Tasche zu holen, und wünschte mir, ich hätte zumindest nach einem einigermaßen schicken Pullover gegriffen, anstatt etwas am Leib zu tragen, in dem ich mir vorkam wie eine planlose Uni-Studentin. David hingegen sah mit seinem Hemd zumindest einigermaßen so aus, als hätte er sein Leben unter Kontrolle. Die dunklen

Augenringe mal ausgeklammert. »Ich denke, das ist die Definition einer bescheidenen Idee.«

»Shhh. Trink lieber noch etwas Kaffee. Du bist immer so negativ, wenn du noch kein Koffein intus hast.« Er öffnete träge ein Auge und linste zu meinem großen Leinenbeutel, in den ich heute Morgen in aller Eile nur das Wichtigste hineingestopft hatte. Ich war mir sicher, dass ich die Hälfte vergessen hatte. »Du hast nicht zufällig Kopfschmerztabletten in deiner Zaubertasche, Mary Poppins?«

»Zufällig nicht.« Ich wünschte mir allerdings inständig, ich hätte welche, denn der Druck hinter meinen Augen ließ mich wissen, dass vermutlich nicht mehr viel Zeit blieb, bis auch bei mir der unverkennbare Schmerz schlechter Entscheidungen Einzug halten würde. »Du bist echt so eine Heulsuse. Wer wollte denn unbedingt bleiben, bis der Club schließt?«

»Ich. Und ich verfluche mich dafür.« David hob den Kopf ein wenig, sein zufriedenes Grinsen war ein Indiz dafür, dass es ihm zwar schlecht ging, es aber alles halb so schlimm war. »Wobei, das stimmt nicht. Es war zu geil, um es auch nur eine Sekunde lang zu bereuen.«

Da hatte David durchaus recht, aber ich würde mir eher die Zunge abbeißen, als das zuzugeben. Der Abend war ein voller Erfolg gewesen, und ich hatte alles um mich herum vergessen, bis der Club seine Türen um sieben Uhr früh geschlossen und der goldene Sonnenaufgang uns daran erinnert hatte, dass wir alle ein Leben fernab der Tanzfläche hatten. Ich hatte gehofft, noch einen Blick auf Hyun-Joon erhaschen zu können, da er jedoch mit Aufräumen beschäftigt war, hatte ich diesen Gedanken verwerfen müssen. Während Hoon und Lauren sich auf den Weg in die Federn gemacht hatten, waren David und ich in die U-Bahn zurück in Richtung der *Seoul National University* gesprungen. Bei dem morgendlichen Berufsverkehr der südkoreanischen Hauptstadt, der auch an einem Samstag keine Gnade kannte, hatte allerdings alles deutlich länger gedauert, und so hatten wir beide es nur auf eine Stippvisite in unsere Zimmer geschafft, bevor wir zurück in die Aula mussten, die jetzt aus allen Nähten platzte. Summende Aufregung lag in der Luft, während der Präsident der Organisation eine Rede hielt, der niemand wirklich zuhörte, da alle nur gespannt auf die Verkündung der Einsatzgebiete und Schulen warteten, die vom Personal unterhalb der Bühne an langen Tischen emsig im Halbdunkel vorbereitet wurde.

»Gott«, ächzte David und legte den Kopf wieder auf seine Arme, so als könnte er sich das Elend keine Sekunde länger mit ansehen, obwohl der Präsident ein durchaus attraktiver Mittfünfziger mit grauen Schläfen und einem schicken Anzug war. »Kann diese öde Rede endlich vorbei sein, damit ich aufstehen und so tun kann, als würde die Welt sich nicht um sich selbst drehen?«

Ich erstickte mein Lachen mit der Hand, meine Hemmschwelle war durch den Alkohol, der noch immer die Ränder meines Hirns in Anspruch nahm, deutlich niedriger als sonst.

Mein amerikanischer Freund der ersten Stunde spähte zornig zu mir herüber, doch seine zuckenden Mundwinkel verrieten mir, dass diese bitterböse Miene nur aufgesetzt war. »Warte mal, bis du in mein Alter kommst, *Posh Spice*. Dann wirst du unter deinem Kater genauso leiden wie ich.«

Ich rollte mit einem belustigten Schmunzeln auf den Lippen die Augen, weil David mal wieder maßlos übertrieb. »Jetzt tust du wieder so als wärst du Lichtjahre älter als ich.«

Mit gerümpfter Nase betrachtete er mich missbilligend. »In Lichtjahren misst man Entfernungen und keine Zeit, du Genie.«

Belustigt zwinkerte ich ihm zu, nicht die Bohne peinlich berührt wegen meines Fauxpas'. »Echt?«

David kuschelte seinen Kopf zurück in seine gefalteten Arme. »Ja, Blondie.«

Ich zuckte gleichgültig mit den Achseln, meine Erinnerungen an meine Schulzeit waren längst getrübt durch die Brille der Nostalgie, auch wenn ich jetzt meine staksige und exzentrische Physiklehrerin mit dem lichten, schwarzen Haar wieder direkt vor Augen hatte. Ihr Name war mir allerdings entfallen. »Ich hab in Naturwissenschaften wohl nicht allzu gut aufgepasst.«

»Ist mir aufgefallen. Sonst hättest du das mit der Bremsbeschleunigung in der U-Bahn besser abschätzen können, anstatt dich fast langzulegen.«

Ich rieb mir verlegen über die Stirn, die noch immer ein wenig von der Begegnung mit einer Haltestange schmerzte. »Alkohol schlägt mir halt auf den Gleichgewichtssinn.«

David schnaubte nur, offensichtlich nicht gewillt, mir diese dreiste Lüge durchgehen zu lassen. »Du bist dir auch wirklich für keine Ausrede zu schade, oder?«

»Kein bisschen.« Das hatte ich eindeutig bewiesen, als ich immer wieder Gründe gefunden hatte, warum ausgerechnet ich unbedingt zur Bar gehen musste, um unsere Drinks zu ordern. Aber obwohl ich mehrfach an der Theke gelandet war, hatte ich immer nur kurze Blicke auf Hyun-Joon erhaschen können, er war immer zu beschäftigt gewesen, um mich selbst zu bedienen, sodass ich mit seinen freundlichen Kollegen hatte vorliebnehmen müssen. Mit hängenden Schultern und einem seltsamen Stich in der Brust war ich jedes Mal wieder abgezogen. Die Enttäuschung, über die ich nicht hatte nachdenken wollen, hatte ich mit Lauren auf der Tanzfläche abgeschüttelt, wovon mir auch jetzt noch die Füße schmerzten.

»Einsicht ist ja bekanntlich der erste Weg zur Besserung und so.«

Ich widerstand dem Drang, ihm den Mittelfinger zu zeigen, und beließ es dabei. Der Präsident faselte nach wie vor über Lehraufträge und von Vorbildfunktion. Um nicht vollends von seiner langweiligen Selbstbeweihräucherung eingelullt zu werden, ließ ich meinen Blick durchs Halbdunkel des Auditoriums wandern und entdeckte eine Gruppe Leute, die etwas abseits von den Programmteilnehmern saßen und die ich noch nie zuvor gesehen hatte.

Es waren um die vierzig Personen unterschiedlichen Alters und mit variierenden Ausdrücken von Interesse auf den Gesichtern. Der Präsident der Vereinigung hatte uns erzählt, dass dies die Lehrer waren, mit denen wir zusammenarbeiten würden und dass wir nach der Verkündung unserer Einsatzgebiete in lockerer Atmosphäre die Chance haben würden, einander zu beschnuppern, wobei ich vermutete, dass David und ich uns unauffällig aus dem Staub machen würden, um ein bisschen Schlaf nachzuholen. Doch das schmälerte nicht im Mindesten meine Neugierde, die gegen meinen Sinn für Anstand gewann, als ich alle nacheinander unter die Lupe nahm, wenngleich ich nicht einmal wusste, wer von ihnen mich in Zukunft betreuen würde. Ich musste darüber schmunzeln, wie manche von ihnen in den Sesseln lümmelten, die Augen halb geschlossen, und ähnlich desinteressiert wirkten wie der Rest von uns. Andere wiederum lauschten gebannt, ihre gesamte Aufmerksamkeit auf den Redner gerichtet, der diese Zeremonie deutlich mehr in die Länge zog, als nötig gewesen wäre. Ein älterer Herr mit ergrauten Schläfen und konservativer Kleidung richtete sich in seinem Sessel auf und schob seine Brille zurecht, während eine junge Frau mit kinnlangem, schwarzem Haar und einem weinroten Shirt leise mit ihm sprach. Hin und wieder nickte er, aber das war auch der einzige Beweis dafür, dass er der Frau neben sich zuhörte, die ihm, bei näherer Betrachtung, sogar entfernt ähnlich sah. Ein Stich durchfuhr mich, als mir dämmerte, dass sie womöglich Vater und Tochter sein könnten, schließlich war der Lehrerberuf nicht minder von der Beerbung betroffen, die schon Ärzten und Juristen den Ruf eingebracht hatte, ihre Kinder auf diese Art zu prägen.

»Starren ist unhöflich«, murmelte David und riss mich damit aus meinen Gedanken, die nach der neonfarbenen Euphorie des gestrigen Abends wieder in den Grautönen meiner Trauer zu versinken drohten. »Außerdem siehst du so aus, als würdest du gleich in Tränen ausbrechen.«

»Unsinn«, zischte ich leise, bemerkte aber durchaus, dass meine Sicht ein wenig verschwommen war. »Außerdem habe ich nicht gestarrt.«

»Ich glaube, wenn man auf einen Punkt guckt, sich keinen Millimeter rührt und kaum blinzelt, dann wird das als Starren klassifiziert.«

»Klassifiziert?« Ich zog eine Augenbraue hoch. »Seit wann bist du denn ein laufendes Wörterbuch?«

»Seitdem ich mit dir abhänge, du Oxford-Wörterbuch.« David zwinkerte mir zu, und als ich ein belustigtes Prusten von mir gab, richtete er sich in seinem Sitz auf und streckte sich zufrieden. »Und jetzt vertreib die Gewitterwolke über deinem Kopf und setz dein bestes Zahnpastalächeln auf. Es ist Showtime.«

Wie auf Kommando gingen die Deckenlichter an, David hatte deutlich besser zugehört als ich. Er erhob sich und zog auch mich am Arm auf die Füße. Er bückte sich und reichte mir meinen Leinenbeutel, bevor wir beide uns auf den Weg zu den Tischen vor der Bühne machten, hinter denen das Personal fleißig von A nach B huschte, Listen prüfte und kleine

Umschläge sortierte. Sie hatten vier Gruppen gebildet, aufgeteilt nach dem Anfangsbuchstaben des Nachnamens, ich suchte nach meiner, die sich am zweiten Tisch befand und die die Buchstaben H bis M abdeckte.

»Bereit?«, fragte David mich und trottete mit mir Richtung Tische.

»Nicht wirklich«, gab ich zurück und warf meinen noch halbvollen Pappbecher weg, als wir auf dem Weg nach vorne an einem Mülleimer vorbeikamen. »Aber darauf wird wohl keiner Rücksicht nehmen.«

»Wo du recht hast.« Er verzog unzufrieden das Gesicht, weil er offenbar jetzt erst realisierte, dass wir nicht in derselben Gruppe sein würden, auch wenn Grey und Hall im Alphabet aufeinanderfolgten. »Du musst mir sofort sagen, wo du gelandet bist, okay?«

»Natürlich.« Ich ergriff seine Hand und drückte kurz zu, ehe wir uns in unsere jeweiligen Schlangen stellten. Wir waren einander zwar nah genug, um uns anzusehen, aber zu weit voneinander entfernt, um miteinander sprechen zu können, während wir darauf warteten, zu erfahren, wo es uns das nächste Jahr hin verschlagen würde. Die anderen Lehrer des Programms waren eigenartig still, als wir uns Millimeter für Millimeter vorwärtsbewegten, und mein Magen zog sich vor Anspannung zusammen.

Gestern noch hatte ich gedacht, dass es mir egal sein würde, wo ich landete. Heute allerdings, nach nur einem Abend mit David, Hoon und Lauren, erwischte ich mich dabei, wie sehr ich hoffte, in Seoul bleiben zu dürfen. Ich wusste, die Chancen standen schlecht, da die Plätze in der Hauptstadt hart umkämpft und stark begrenzt waren, und dennoch klammerte ich mich an die Hoffnung, dass ich diesmal vielleicht Glück haben würde. Ich hatte mich mit den dreien wohlgefühlt, etwas, das mir nur sehr selten passierte, weil ich immer schon eher zu der Fraktion *Anti-Social* gehört und meinem Vater damit häufig große Sorgen bereitet hatte. Mit den dreien hatte ich allerdings keinerlei Startschwierigkeiten gehabt, und es war mir beinahe schon beängstigend leichtgefallen, meine Sorgen und meine Trauer hinter mir zu lassen und mich stattdessen in die pulsierende Freude und das elektrisierende Leben zu stürzen. Und jetzt, wo ich einmal die Finger nach diesem Glück ausgestreckt hatte, war ich nicht gewillt, es so schnell wieder aufzugeben.

Als ich endlich an der Reihe war, hielt ich gespannt den Atem an und wischte meine klammen Hände an meiner locker sitzenden Jeans ab, ehe ich dem Mann mit den spinnenartigen Fingern und der tief auf der Nase sitzenden Brille meinen Namen nannte. Er sah nicht einmal von seiner langen Liste auf, sondern setzte nur einen Haken und reichte mir dann einen großen, braunen Umschlag. Mit einer nachlässigen Geste gab er mir zu verstehen, dass wir fertig waren und ich die Schlange zu verlassen hatte.

Ich suchte mir einen Platz etwas abseits vom Chaos und sah zu David, der unruhig von einem Fuß auf den anderen wechselte. Offenbar war er genervt von der Tatsache, dass er noch eine Weile würde warten müssen, wenn man von der Anzahl der Leute ausging, die noch vor ihm an der Reihe waren. Unsere Blicke begegneten sich, und David deutete mit einer Kopfbewegung ungeduldig auf den Umschlag in meiner Hand. Also öffnete ich ihn, es aufzuschieben, würde sowieso nichts bringen, mein Schicksal war längst besiegelt und in Tinte auf Papier gedruckt. Ich zog die gefalteten Dokumente aus dem Umschlag und schüttelte ihn vorsichtig, um sicherzugehen, dass nicht versehentlich irgendwo etwas stecken geblieben war, außer den Papieren und einem Namensschild war nichts weiter darin. Ich pinnte den silbernen Anstecker an meinen Pulli und zwang mich, nicht an ein bestimmtes glänzendes, goldenes Namensschild zu denken, das in den zuckenden Neonlichtern des Clubs beinahe genauso hypnotisch gewirkt hatte wie der schöne Mann, zu dem es gehörte. Ich verbannte die Erinnerung an ihn so gut es ging und überflog stattdessen das Schreiben, das mit einer klassischen Begrüßungsformel und ein paar unnötigen Floskeln begann, bis ich zu dem wirklich interessanten Teil kam: dem Namen und der Adresse der Schule, die im nächsten Jahr meine Arbeitsstelle sein würde.

Yongsan Itaewon Elementary School;
Yongsan-Gu, Seoul (Itaewon 1-dong)

Ich hielt inne, meine Augen fixierten dieses einzige Wort. Seoul. Die Stadt, in der auch Hoon und Lauren unterrichteten. Die mich bereits gestern in ihren Bann gezogen hatte, als wir durch enge Gassen geirrt waren, obwohl ich bisher nicht mehr als einen winzigen Bruchteil von ihr gesehen hatte. Die eine Stadt, in der ich gehofft hatte, bleiben zu können, auch wenn ich mir geschworen hatte, mich nie wieder selbst zu fesseln und das Leben von nun an zu nehmen, wie es kam, mir der Unnachgiebigkeit des Schicksals überdeutlich bewusst. Aber diesmal hatte es sich offensichtlich für mich entschieden und mir einen Wunsch erfüllt, den ich bis gestern nicht einmal gehegt hatte.

Meine Lippen formten sich ganz automatisch zu einem so breiten Lächeln, dass mir davon fast die Mundwinkel schmerzten. Ich sah von dem Schreiben auf und in Davids Richtung, er wartete nach wie vor und kaute nervös an seinen Nägeln. Bei dem Gedanken, dass wir vielleicht nicht in der gleichen Stadt landen würden und ausgerechnet ich bei seinen Freunden bleiben konnte, während er gezwungen wäre, woanders ganz von vorne anzufangen, wurde mir die Kehle eng.

Seine Unruhe steckte mich an, ich wechselte von einem Fuß auf den anderen, bis David endlich seinen eigenen Umschlag in den Händen hielt und aus der Schlange trat. Ich beobachtete ihn, während er mit beinahe kindlicher Ungeduld das braune Kuvert aufriss und die Zettel herauszerrte und seine Augen über den Text flogen. Seine Augen glänzten wie tausend Sonnen, als er aufsah und unsere Blicke sich trafen. Er musste gar nichts sagen, ich wusste auch so, dass wir in einer Stadt bleiben konnten. Gemeinsam mit seinen Freunden und einem Neuanfang voller endloser Möglichkeiten, die mich mit süßem Vergessen und unzähligen Ablenkungen lockten, und denen ich nur zu gerne nachgeben wollte. Mit einem Mal bekam meine graue Welt ein paar bunte Farbspritzer, nicht mehr als ein paar winzige Flecken auf einer großen Leinwand, aber doch wunderschön und ein Zeichen von Leben und Freude.

Warum ich im nächsten Moment an goldenes Honigbraun denken musste, als David laut lachend auf mich zustürmte und mir in die Arme sprang, wusste ich nicht. Ich wusste nur, dass mein Neuanfang zum Greifen nah war, und er schmeckte bittersüß wie Soju, tauchte meine Sicht in Neonfarben und roch nach einer Mischung aus Holzkohle, Thymian und Wildleder.

7. KAPITEL

남색 = Indigo

»Schön, dass du dich auch mal meldest. Ich dachte schon, du wärst verschollen.«

Bei Chris' fürsorglich eingeschnapptem Seufzen umfasste ich den Griff meines Koffers fester auf meinem Weg den scheinbar endlos langen Flur hinunter. Das schlechte Gewissen lastete schwer auf mir, wie ein Gewicht, das man mir um meinen Knöchel gelegt hatte und das jeden meiner Schritte belastete.

»Es tut mir leid, Chris.« Das nagelneue Handy, das ich bei Abschluss des Vertrages bekommen hatte, war zwischen meiner Schulter und meinem Ohr eingeklemmt, und ich hoffte inständig, dass ich es nicht fallen lassen würde, während ich in meiner Umhängetasche nach dem Zettel kramte, den der nette ältere Herr mir im Büro der Hausverwaltung nach Unterzeichnung des Untermietvertrags ausgehändigt hatte. »Ich war die letzten Tage so im Stress, dass ich nie dazu gekommen bin, einen Vertrag abzuschließen.«

»So was in die Richtung hatte ich mir zwar schon gedacht, aber ich bin mir ziemlich sicher, dass es trotzdem irgendwo in Seoul WLAN gibt. Du hättest wenigstens mal eine Nachricht schicken können, Jay-Jay.« Ich hörte das Klappern von Küchengeschirr und Lindas Stimme wie ein sanftes Flüstern im Hintergrund. Ob sie wohl wieder ihre vegetarischen *Cornish*

Pasties gemacht hatte, damit sie diese heute Abend unterwegs zum Pub essen konnten? Ich schluckte schwer, als ich an den deftigen Geschmack der Teigtaschen dachte, die mein Dad geliebt und Linda ihm immer ins Krankenhaus geschmuggelt hatte, entgegen dem ausdrücklichen Rat der Ärzte und sehr zu meinem Leidwesen. Immerhin war ich in neunzig Prozent der Fälle diejenige gewesen, die ihm nach der dritten würzigen Kalorienbombe, üblicherweise gefüllt mit Fleisch, Kartoffeln und ein paar weißen Rüben, einen Riegel hatte vorschieben müssen.

»Es tut mir leid«, murmelte ich erneut und mir war klar, dass ich wie eine gesprungene Schallplatte klang. Meine Worte klangen hohl und waren ohne jegliche Bedeutung, weil ich die Zeit schließlich nicht zurückdrehen und den Hörer in die Hand nehmen konnte, um die Funkstille zwischen uns ungeschehen zu machen.

Schweigen breitete sich zwischen uns aus, und ich war froh, dass ich mich für einen etwas kostspieligeren, dafür aber internationalen Vertrag entschieden hatte, der es mir erlauben würde, mühelos mit Chris in Verbindung zu bleiben. Er mochte zwar jetzt wütend auf mich sein, vollkommen zu Recht, doch ich wusste genau, dass er mich niemals aufgeben würde. Wir zwei Einzelkinder aus dem East End hatten immer zusammengehalten, und das würden wir auch weiterhin tun, ganz egal wie sauer wir auf den anderen waren. Außerdem hatten wir zu viel gemeinsam durchgemacht, Chris' unzählige Beinahe-Trennungen von Linda, ein paar der weniger dramatischen Ereignisse, die uns zusammengeschweißt hatten.

Das protestierende Knarren, dass der in die Jahre gekommene Holzrahmenbau, in dem Chris und Linda sich vor drei Jahren ein Apartment gemietet hatten, von sich gab, war mir ebenso vertraut wie das Rauschen des Radios, aus dem stets

BBC Radio 1 schallte, weil Chris Streaming strikt verweigerte. Seiner Meinung nach würde er dann eh immer nur dieselben Kamellen hören und völlig in die Siebziger und Achtziger abdriften, in die er vielleicht besser hätte hineingeboren werden sollen.

»Vergeben und vergessen.« Christopher atmete tief aus, und trotz seines Federgewichts und dem durchgelaufenen Teppichboden vernahm ich jeden einzelnen Schritt, als er, wie ich vermutete, sich aus der Küche ins Wohn- und Schlafzimmer zurückzog. Mein bester Freund war jemand, der an einem Samstag seine Ruhe brauchte, bevor er sich am Abend mit der extrovertierten Linda in das Gedränge der Pubs stürzen konnte. »Mach das nur nicht noch einmal, okay?«

»Versprochen.«

»Sehr gut.« Er räusperte sich unbeholfen und war offensichtlich nicht darauf vorbereitet gewesen, dass er mir diese Versicherung nicht mühsam entreißen musste wie einem Kind sein liebstes Stofftier. »Hast du deine neue Wohnung schon in Augenschein genommen?«

»Bisher nicht. Heute Vormittag hatten wir noch eine Veranstaltung, und dann hab ich mir erst mal einen Handyvertrag besorgt. Das hat etwas länger gedauert als gedacht.« Dass das allein an meiner Entscheidungsunfähigkeit lag, mir bei all den verschiedenen Vertrags- und Handymodellen einen auszusuchen, ließ ich ungesagt. Chris wusste es auch so. »Aber ich hab mit der Hausverwaltung schon alles geklärt und bin jetzt im Hausflur.« Ich betrachtete die makellosen, weißen Wände und den gepflegten Boden und lächelte schwach. »Sieht ein bisschen anders aus als zu Hause.«

»Mit anders meinst du hoffentlich, dass es nicht halb auseinanderfällt und du auch kein Ungeziefer als Untermieter hast.«

»Ich glaube, Ungeziefer würde hier verhungern. Hier liegt kein einziges Staubkorn auf dem Boden.« Ich blieb vor der graubraunen Tür mit der silbernen Nummer 1534 stehen und sah etwas ratlos auf das elektronische Türschloss. So eins hatte ich in meinem Leben noch nie benutzt, aber der freundliche Herr von der Hausverwaltung hatte es mir geduldig erklärt. Eigentlich hatte er mich sogar bis zur Wohnung begleiten wollen, aber zum Glück hatte ich ihn davon abhalten können, dieses Maß an zuvorkommender Aufmerksamkeit war mir genauso unangenehm wie die lobenden Worte der Trainer der Einführungswoche bei meiner abschließenden Unterrichtsdemonstration. »Es ist fast so sauber wie bei euch.«

»Das kann nicht sein. Niemand ist so ein Putzteufel wie Mrs Webb.« Chris' Stimme wurde warm, als er ihre betagte Nachbarin erwähnte, die regelmäßig bei Tee und Keksen ein Schwätzchen mit uns im Hausflur gehalten hatte, den sie gegen einen geringfügigen Mieterlass blitzeblank hielt. »Du musst mir nachher deine Adresse geben. Das nächste Mal, wenn sie Shortbread backt, schicke ich dir ein paar rüber.«

»Das wäre himmlisch, danke.« Ich löste meine Hand vom Griff meines Koffers und schob das Panel nach oben, welches den Nummernblock verbarg, ehe ich tat, was der Mann von der Hausverwaltung mir erklärt hatte. Ich gab die vier Ziffern der Apartmentnummer rückwärts ein, der Code, der für den Einzug gesetzt worden war, und schloss das Panel dann wieder. Angespannt wartete ich, ich war mir fast sicher, einen Fehler gemacht zu haben. Doch die Elektronik ließ eine bestätigende Melodie hören, bevor das Schloss mit einem mechanischen Surren entsperrte. Ich drückte die Klinke herunter und war froh, als die Tür sich ohne Weiteres öffnete und ich mein Domizil auf Zeit endlich beziehen konnte.

»Was? Mal kein Protest, dass ich mir deinetwegen keinen Aufriss machen soll?«, murrte Chris argwöhnisch.

Ich schleifte den Koffer hinter mir in den kleinen Eingangsbereich, der durch einen Absatz vom Rest des schmalen Flurs getrennt war.

»Bist du auf dem Weg nach Südkorea von Aliens ausgetauscht worden?«

»Nein. Ich denke nur, nach tagelanger Funkstille ist es nicht angebracht, direkt wieder einen Streit mit dir vom Zaun zu brechen, vor allem wenn ich weiß, dass ich dir diese fixe Idee eh nicht ausreden kann.« Ich streifte mir die Schuhe von den Füßen und zog die Tür hinter mir zu, der Eingangsbereich war gerade groß genug, damit ich auch noch neben das blaue Ungetüm von Koffer passte. »Außerdem ist Mrs Webbs Shortbread göttlich, also verkneife ich mir den unnützen Protest und lasse dich einfach machen.« Das Schloss gab ein Surren von sich, als es hinter mir verriegelte. »Ich bin jetzt da. Ich melde mich später, wenn ich ein bisschen Zeit hatte, um anzukommen, okay?«

»Okay. Mach es diesmal aber bitte wirklich, ja?« Chris' flehende Stimme schnürte den eisernen Drahtkorb der Schuld fester um meine Brust. »Ich will einfach nur wissen, dass bei dir alles okay ist, Jay-Jay. Es ist seltsam, dich nicht mehr jeden Tag zu sehen.«

»Für mich ist es genauso seltsam, Hasenzahn.« Ich schloss die Augen, legte den Kopf in den Nacken und stellte mir vor, wie er vor mir stand, der Blick aus seinen vertrauten blauen Augen gleichermaßen vorwurfs- wie liebevoll. »Es gibt so viel, das ich dir erzählen muss.«

»Und ich werde geduldig darauf warten, dass du die Zeit dafür hast.« Er schluckte schwer, und ich rieb mir mit den Knöcheln über das Brustbein, in der Hoffnung, die Enge darin damit vertreiben zu können. »Aber jetzt komm erst mal an. Wir telefonieren bald wieder, okay?«

»Okay.« Ich öffnete die Augen, enttäuscht, den Mann, den ich immer als meinen Bruder betrachtete hatte, nicht wahrhaftig vor mir zu sehen. »Bis die Tage, Christopher.«

»Bis die Tage, Jade.«

Ich legte auf, der Anblick des nagelneuen Handys in meiner Hand war ebenso ungewohnt wie der Geruch von Bodenpolitur und unpersönlicher Leere, der in meine Nase drang. Ich steckte das Handy in die Bauchtasche meines Hoodies und sah mich neugierig um.

Weiße Wände und eingelassene Schränke mit ahornfarbenen Türen ließen den Eingangsbereich deutlich weniger beklemmend wirken, als es auf so engem Raum eigentlich möglich sein sollte, während sie Unmengen an Stauraum suggerierten, ohne dass ich die Türen öffnen musste, um einen Blick hineinzuwerfen. Das Licht, das den kleinen weißen Tresen mit den zwei Barhockern davor golden färbte, schien mich wie eine Sirene flüsternd zu rufen. Und so betrat ich über den kleinen Absatz des grauweiß marmorierten Eingangsbereiches den kleinen Flur, der mit hellem Holzfußboden ausgelegt war und der mich an der dezenten ahornfarbenen und lediglich angelehnten Badezimmertür vorbei direkt in den einzigen Raum der Wohnung führte, der Küche, Wohn- und Schlafzimmer in einem war.

Ich streckte die Finger aus und spürte die Wärme des goldenen Lichts auf meiner Haut, obwohl es im Apartment selbst beinahe schon etwas zu kühl war. Ich hörte das leise Summen der Klimaanlage und kurz dachte ich darüber nach, dass ich gleich unbedingt die Fernbedienung finden und die Temperatur ändern musste. Meine Augen glitten über die weißen Hochglanzfronten der Küche, die, wie der Hauptraum selbst,

L-förmig und offensichtlich sehr neu war. Sie fügte sich in das Gesamtbild aus Weiß und Ahorn ein, das Konzept modern und so anders als die dunklen Holzvertäfelungen der Wohnung, in der ich groß geworden war und die ich hinter mir gelassen hatte.

Die Enge, die meinen Brustkorb fest zusammenschnürte, wurde schlimmer, und ich ballte die Hände zu Fäusten, als ich meiner Vorstellungskraft nicht länger einen Riegel vorschieben konnte, die das Bild meines Vaters in die kleine Küche projizierte. Vor meinem inneren Auge sah ich, wie seine schwieligen und rauen Hände die Schränke aufzogen und den leeren Stauraum dahinter freilegten, während er einen David-Bowie-Song vor sich hin summte. Wahrscheinlich *Space Oddity*, sein Lieblingslied. Er würde mit seinen einen Meter fünfundachtzig, seinem kleinen Bierbauch und in einem seiner blauen Fleecepullis seltsam deplatziert wirken in diesem beinahe schon zu makellosen Konstrukt aus Weiß, Milchglas und Ahornholzfurnier. Er hätte vermutlich gelächelt, die Mundwinkel ein wenig nach unten verzogen durch den Trennungsschmerz, den er erfolglos versucht hätte, vor mir zu verbergen.

Ich hoffe, du wirst ohne mich nicht allzu einsam sein, Jellybean.

Ich schloss die Augen, hinter denen es verdächtig brannte, und schnaubte verächtlich, weil mein Hirn sich diesem Wunschtraum hingab, in dem mein Vater gesund genug gewesen wäre, um mit mir herzufliegen, sein Haar dunkelbraun und etwas zu lang an den Ohren, mit einem Schnauzbart, der schon seit Jahren aus der Mode war, aber in meinen Erinnerungen immer schon zu ihm gehört hatte.

Mein Vater hatte seit vier Jahren nicht mehr so ausgesehen, und doch hielt mein Unterbewusstsein an diesem Bild von ihm fest, das nichts weiter war als eine weit entfernte Erinnerung, an die ich mich klammerte, damit ich nicht stattdessen an kalte Hände und eingefallene Wangen dachte.

Ich wandte mich von der Küche ab, und die Wärme, die ich zuvor nur in meinem Rücken gespürt hatte, strich wie eine sanfte Berührung über meine Wangen, und ich riss die Augen auf, in der Hoffnung, die Trauer, die die sanfte Wärme mit sich brachte, vertreiben zu können.

Alles, was ich sah, war ausblutendes Gold, das sich mit aller Macht gegen das tiefe Dunkelblau durchzusetzen versuchte, welches sich am Himmel ausbreitete, um die Nacht einzuläuten. Die Wolken waren aufgebrochen, ihre Formen nicht weich, sondern wie Reißzähne eines Monsters, das der Nacht zur Hilfe kam, um das Gold der Sonne zu verschlingen und sie zu dem Untergang zu zwingen, gegen den sie sich so vehement wehrte.

Ich schnappte nach Luft, starrte auf das Orange am Horizont, welches langsam in das Gold überging, während ich näher an die Fenster herantrat, die fast drei Viertel der Wand einnahmen und einen atemberaubenden Blick auf Seoul boten. Nur hin und wieder wurde die Sicht durch die anderen Hochhäuser des Apartmentkomplexes verdeckt, die mit ihren siebzehn Stockwerken wie Türme in den Himmel ragten, auch wenn sie hier im Stadtteil Dongjak nicht mit den futuristischen Wolkenkratzern in Gangnam mithalten konnten.

Meine Finger begannen zu zittern. Der Raum zwischen Schreibtisch und Kleiderstange war gerade groß genug, dass ich dazwischen passte. Das Glas unter meinen Fingern war eiskalt, und ehe ich etwas dagegen unternehmen konnte, verschwamm Seoul vor meinen Augen, und das dezente Surren der Klimaanlage mischte sich mit dem tiefen Schluchzen, das sich meiner Kehle entrang.

Ich presste die Hände fester gegen das kalte Glas, und Erinnerungen trafen auf die Gegenwart, wurden zu einer Dimension, der ich mich nicht entreißen konnte, irgendwo zwischen

dem Reich der Lebenden und der Toten, in dem Niemandsland, in das ich meine Gefühle verbannt hatte.
Jellybean, du musst mir etwas versprechen.
Das Zittern meiner Hände wanderte meine Arme hinauf, breitete sich in meinem ganzen Körper aus und schüttelte mich unter der Gewalt der Erinnerung, die mir flüsternd versuchte einzureden, dass meine Haut nicht länger Glas, sondern schwache Hände berührte, die gleichermaßen ungewohnt wie vertraut waren und deren Wärme mit jedem Tag mehr und mehr verschwunden war.
Wenn es so weit ist, dann lass mich gehen. Du kannst mich mitnehmen, wohin du willst. Eingeschlossen hier drinnen. Aber bitte, bitte halt mich nicht länger fest, okay?
Ich taumelte rückwärts, das Zittern war mittlerweile so schlimm, dass ich mich kaum auf den Beinen halten konnte. Blind klammerte ich mich an die Kleiderstange, sie war genauso leer wie das Loch in meiner Brust, das nicht heilen wollte. Ich schwankte und riss das Stück Metall beinahe mit mir, als meine Knie unter mir nachgaben und ich nichts weiter tun konnte, als den schwarzen Schmerz meiner Trauer zu ertragen, der mich daran erinnerte, dass ich vielleicht in einen Flieger steigen und London hinter mir lassen konnte, aber die Erinnerungen sich nicht so leicht würden abschütteln lassen.
Und so saß ich auf dem Fußboden meines neuen Apartments, die Hände um die kühle Metallstange geschlungen, während ich nur daran denken konnte, wie sehr mein Vater dieses Apartment geliebt hätte, und dass ich niemals die Gelegenheit bekommen würde, es ihm zu zeigen. Alles, was mir geblieben war, war die Wärme seines Fleecepullovers, die Songs von David Bowie und der scharfe Schmerz unzähliger Erinnerungen, die sich mit der Schwere der traurigen Konjunktive vermischte, die mich zu Boden zwang.

Jellybean.

Ich ließ die Kleiderstange los und zog die Knie an meine Brust, lehnte den Rücken an die Wand, als ich die Hände auf meine Ohren presste, so als ob ich seine sanfte Stimme damit ausblenden konnte, die sich doch nur noch in meinem Kopf befand und die auch mein verzweifeltes Wimmern nicht zu übertönen vermochte.

Jellybean, es ist Zeit.

Ich hörte das Rascheln von Pillen in meinem Kopf, während die letzten goldenen Sonnenstrahlen verschwanden. Dunkelblau wechselte zu Nachtschwarz, und ich schloss die Augen. Mein Wimmern und Zittern waren ungebrochen, als der Schlaf der Erschöpfung mich fand, in meiner kleinen Ecke auf dem Fußboden, noch immer gefangen in der Dimension aus Schatten, in der mein Vater nur wenige Meter von mir entfernt stand, mit Mitleid und Schmerz in den blaugrauen Augen und einem Seufzen auf den Lippen, getränkt von der Enttäuschung gebrochener Versprechen.

Ich liebe dich, Jellybean.

8. KAPITEL

첫인상 = Erster Eindruck

Augen. Ich spürte sie genau auf mir, als ich wie ein gescholtenes Kind vor dem Büro des Rektors in der *Yongsan Itaewon Elementary School* stand und darauf wartete, hineingebeten zu werden, während immer mehr Kinder an mir vorbeiliefen, um rechtzeitig zum Unterricht zu kommen, der pünktlich um zehn vor neun begann.

Ich würde ihnen allerdings erst nach meinem Gespräch mit dem Rektor folgen können, zu dem man mich geschickt hatte, kurz nachdem ich angekommen war. Ein paar der Kollegen hatten nervös gewirkt, ihre Blicke waren voller Unsicherheit auf mich gerichtet gewesen, bis ein junger Koreaner mit einem schicken gestreiften Hemd das Gespräch mit mir gesucht und mir dann gezeigt hatte, wo ich von nun an meine Schuhe gegen die Hausschuhe austauschen konnte, die jeder Lehrer in der Schule tragen musste. Ich hatte ihn auf Mitte dreißig geschätzt, sein Lächeln gewinnend, als er mich durch die große Schule zum Büro der Schulleitung geführt hatte, welches in dem gleichen Trakt lag wie die sechsten Klassen der gemischten staatlichen Grundschule im Stadtteil Itaewon. Der Mann mit den schwarzbraunen Augen, der sich als Hwang Ga-On vorgestellt hatte, Englischlehrer der Klassenstufe fünf, hatte mich wissen lassen, dass der Rektor sich noch in einem

Gespräch mit einer anderen Lehrkraft befand und dass ich einfach vor der Tür warten sollte, bis er mich hineinrief.

Das war vor knapp fünfzehn Minuten gewesen, und so langsam wurde ich etwas unruhig. Ein schneller Blick auf die schmale goldene Uhr, die mein Vater mir zu meiner Aufnahme an der Universität geschenkt hatte, verriet mir, dass es bereits halb neun war. Ich schloss die Augen und ließ den Kopf gegen die Wand sinken, an der ich lehnte. Innerlich verfluchte ich mich dafür, so früh hergekommen zu sein, aber ich hatte vorbereitet sein und meinen ersten Tag nicht direkt gestresst starten wollen. Auch wenn sich das offensichtlich gerade in Luft auflöste, da ich wertvolle Vorbereitungszeit mit Warten vergeudete, etwas, das ich wirklich absolut nicht leiden konnte, mir aber heute ganz besonders gegen den Strich ging.

Ich seufzte schwer. Mir war klar, dass ich nicht wegen der Verzögerung genervt war. Ich war vollkommen übermüdet und hatte außerdem auf dem Fußboden sitzend geschlafen. Nach meiner tränenreichen Eskapade von gestern war ich dort eingeschlafen, ohne vorher auszupacken, und dementsprechend war mein Morgen gelaufen, als mein Handy meine wenig erholsame Nacht bereits um Viertel nach sechs laut kreischend beendet hatte.

Meine Erinnerungen an den Morgen waren verschwommen, in Windeseile war ich unter die Dusche gesprungen und hatte fluchend und hektisch ein paar Klamotten aus dem Koffer gezerrt. Eigentlich hatte ich mein Haar vernünftig föhnen wollen, aber dafür fehlte mir dann doch die Ruhe, und so hatte ich sie stattdessen nass zu einem Zopf geflochten, eine Entscheidung, die ich heute Abend bitterlich bereuen würde, wenn ich die Strähnen mühsam voneinander lösen und einen unschönen Lockenkopf zum Vorschein bringen würde. Ich zog entnervt an dem Kragen meiner adretten Bluse, die ich in den

Bund meiner Jeans gesteckt hatte, beide Kleidungsstücke zu schick für die schmucklosen Adiletten in denen meine weißbesockten Füße nun steckten.

Da ich einfach auf dem Fußboden eingeschlafen war, hatte ich auch meine Kontaktlinsen nicht mehr herausgenommen, und meine Augen waren heute Morgen so geschwollen gewesen, dass ich zu meiner Brille hatte greifen müssen, die ich eigentlich niemals in der Öffentlichkeit trug, was ein Zeugnis der letzten Überreste meiner Eitelkeit war. Mit ein wenig Make-up hatte ich mich bemüht, Schadensbegrenzung zu betreiben, und als ich um Viertel nach sieben das Haus verlassen hatte, um meinen dreißigminütigen Schulweg anzutreten und mir unterwegs noch einen Kaffee zu holen, war mir mein gestriger Zusammenbruch tatsächlich kaum noch anzusehen.

Trotzdem hatte ich mir meinen ersten Tag irgendwie anders vorgestellt.

Ich zuckte zusammen, als die Tür zum Büro des Schulleiters plötzlich so ruckartig aufgezogen wurde, dass ich den Windhauch spüren konnte. Meine Augen begegneten dem hitzigen und wütenden Blick einer jungen Frau, deren Brust sich schnell hob und senkte, während hektische Flecken ihre hellen Wangen zierten. Automatisch fragte ich mich, ob mein Tag noch schlimmer werden konnte.

Ihr Zorn strahlte in Wellen von ihr ab, und ich verspürte den Drang zurückzuweichen, doch ich stand schon mit dem Rücken zur Wand. Meine Augen huschten den Flur hinab, vielleicht sollte ich die Taktik der alten Römer anwenden und den geordneten Rückzug antreten, um nicht direkt an meinem ersten Tag durch eine Auseinandersetzung negativ aufzufallen. Dann atmete die junge Frau mit dem modischen, schwarzen Bob plötzlich tief durch, und ihre verkrampften Schultern lockerten sich, als sie die Hände an dem Stoff ihres langen Rocks abwischte und auf mich zutrat. Sie war zierlich, aber dennoch ein ganzes Stück größer als ich und kam mir entfernt bekannt vor. Zuordnen konnte ich sie jedoch nicht, und das, obwohl ihr Gesicht mit den weichen Konturen und den runden Wangen recht einprägsam war.

»Sie sind Ms Hall, richtig?«

Ich blinzelte, der schnelle Wechsel von ihren zuvor fest zusammengepressten Lippen zu dem jetzt so freundlichen Lächeln überrumpelte mich ein wenig. »Richtig.«

»Ich bin Han Yeo-Reum. Ihre Co-Lehrerin.« Sie hob ihre Hand. Das feingliedrige goldene Armband an ihrem Handgelenk glänzte im Licht der Deckenlampen, die die Morgenstunden in dem grauen Einheitsbrei hinter den Fenstern erhellten. »Ich freue mich auf die Zusammenarbeit.«

Ich gab ihr die Hand, ihr Händedruck war ebenso zart wie die dünnen Ringe an ihren eleganten, langen Fingern. »Die Freude ist ganz meinerseits.« Das Gefühl, das ich sie schon einmal gesehen hatte, machte mich unruhig. »Verzeihen Sie bitte, Ms Han, aber – «

»Yeo-Reum!« Instinktiv drückte ich den Rücken durch, als ich die donnernde und tiefe Stimme eines Mannes hörte, bereit, mich und die Frau neben mir zu verteidigen, sollte es nötig sein. Ein älterer Herr mit einem schicken Sakko und zurückgestrichenem Haar erschien im Türrahmen des Schulleiterbüros, seine Wangen waren zorngerötet, und seine Nasenlöcher weiteten sich, als er schwer einatmete. Er öffnete die schmalen Lippen, um erneut von seiner Stimme Gebrauch zu machen, doch als sein Blick auf mich fiel, schloss er den Mund wieder. Das Rot auf seinen Wangen glühte mit einem Mal noch intensiver, er schlug die Augen nieder, und ein betretenes Seufzen war zu vernehmen.

Yeo-Reums freundliches Lächeln von gerade eben verwandelte sich augenblicklich in ein verbittertes, der höhnische Spott war, neben ihren Lebensjahren, an den feinen Linien um ihre Mundwinkel herum erkennbar. Sie ließ meine Hand los, strich eine verirrte Strähne hinter ihr Ohr und trat einen Schritt zurück. Sie deutete auf den Mann, mit den ergrauten Schläfen. »Ms Hall, darf ich Ihnen Han Beom-Seok, den Rektor der Schule, vorstellen?«

Schlagartig richtete ich mich auf und erinnerte mich an die Basics koreanischer Umgangsformen, die ich im Workshop gelernt hatte. Ich hielt die Hände dicht an meinen Körper und verbeugte mich, etwas, das ich schon bei Yeo-Reum hätte tun sollen, was ich aber aufgrund ihres stürmischen Auftritts völlig vergessen hatte. »Freut mich, Sie kennenzulernen, Sir.«

»Willkommen an der *Yongsan Itaewon Elementary School*, Ms Hall.« Rektor Han richtete seine Krawatte, wobei seine Hände ein wenig flatterig wirkten. Das Alter hatte tiefe Furchen in sein Gesicht gezogen, und sein Teint ließ erahnen, dass er viel Zeit im Freien verbrachte. »Entschuldigen Sie bitte. Das ist nicht der erste Eindruck, den ich vermitteln wollte.«

Ich wusste nicht wirklich, was ich darauf erwidern sollte, also lächelte ich nur nichtssagend. »Machen Sie sich darüber bitte keine Gedanken, Sir. Es macht mir nichts aus, zu warten.«

»Das ist zu freundlich von Ihnen.« Rektor Han nickte in dieser typischen Manier älterer Herren, die einen wissen ließ, dass sie dem Gespräch folgten. »Kommen Sie doch bitte eben mit in mein Büro, Ms Hall.«

»Natürlich, Sir.« Ich folgte ihm durch die Tür in den rechteckigen Raum mit einer grün-weiß gestreiften Tapete, die überraschend altmodisch daherkam, im Gegensatz zu dem sonst eher modernen Eindruck, den die Schule bisher auf mich gemacht hatte.

Rektor Han ging an dem langen und niedrigen Konferenztisch mit den sieben Sesseln darum vorbei zu einem großen Schreibtisch aus dunklem Holz, der vor den hohen Fenstern thronte. Seine flattrigen und von den Jahren gezeichneten Hände waren zielsicher, als er eine elegante, schwarze Mappe und einen kleinen Schlüsselbund mit fünf Schlüsseln zum Vorschein brachte, womit er wieder zu mir zurückkam. »Eigentlich wollte ich mir ein wenig Zeit nehmen, um Ihnen die Schule zu zeigen und Ihnen alles zu erklären, aber bedauerlicherweise wird das jetzt nicht mehr möglich sein, weil Ihr Unterricht schon bald beginnt.«

Ich nahm die Mappe und den Schlüsselbund entgegen, meine Knöchel wurden ganz weiß, so fest umklammerte ich beides. Ich war davon ausgegangen, dass ich heute nur die Schule und die anderen Lehrkräfte kennenlernen und nicht gleich mit dem Unterrichten beginnen würde. Ich hatte weder die Unterrichtsmaterialien noch sonst irgendetwas bekommen, womit ich mich hätte vorbereiten können. »Sir, ich –«

Er hob die Hand, sein Blick war auf die Uhr an der Wand gerichtet, als sein schwerer Akzent erneut erklang. »Heute werden Sie sich erst mal nur mit Ihren Schülerinnen und Schülern vertraut machen und ihrer Co-Lehrerin bei der Arbeit zusehen. Erst ab nächste Woche werden Sie selbst unterrichten.«

Erleichterung durchflutete mich, und ich lockerte meine Finger. »Vielen Dank, Sir.«

»Meine Tochter wird Ihnen alles im Laufe des Tages erklären. Vielleicht schaffen Sie es ja auch, sich in der Mittagspause ein wenig umzusehen.«

Ich runzelte die Stirn. Seine Tochter? Und dann plötzlich fiel der Groschen. Ich hatte Rektor Han und Yeo-Reum tatsächlich schon mal gesehen, auf der Veranstaltung der Organisation, von der David und ich uns heimlich weggeschlichen hatten, um ein bisschen Schlaf nachzuholen. Wie sehr ich mir wünschte, dass ich geblieben wäre. Vielleicht hätte dieser erste Schultag dann etwas weniger beklemmend begonnen.

»In der Mappe habe ich Ihnen die Kopie Ihres unterschriebenen Arbeitsvertrages, Ihren Arbeitsplan und ein paar Informationen über unsere Schule zusammengestellt. Ich hoffe, das hilft Ihnen weiter.« Wieder sah er auf die Uhr. »Sie sollten jetzt gehen, damit Sie noch etwas Zeit haben, ihre Co-Lehrerin ein wenig kennenzulernen, bevor die Kinder kommen.«

»Vielen Dank, Sir.« Ich verneigte mich, offensichtlich war ich offiziell aus diesem Gespräch entlassen. Mit leisen Schritten verließ ich das Büro und trat zurück auf den Flur.

Yeo-Reum lehnte an der gleichen Stelle, an der ich zuvor gestanden hatte, ihr Lächeln war ansteckend, während sie die Kinder begrüßte, die an ihr vorbei in Richtung ihrer Klassen liefen. Sie gab gerade einem Jungen mit einem sehr unvorteilhaften Haarschnitt ein High five, als unsere Augen sich begegneten. »Sind Sie so weit?«

»Ja.« Ich klemmte mir die schwarze Mappe unter den Arm und hielt mich davon ab, unruhig auf die Uhr an meinem Handgelenk zu spähen. »Vielen Dank, dass Sie auf mich gewartet haben, Ms Han.«

»Überhaupt kein Problem. Wir wollen ja nicht, dass Sie sich direkt an Ihrem ersten Tag verlaufen, nicht wahr?« Sie stieß sich von der Wand ab und ging den langen Flur hinunter, mich im Schlepptau wie einen verirrten kleinen Welpen. »Haben Sie gut hergefunden?«

»Überraschenderweise schon.« Als sie mir über die Schulter hinweg einen fragenden Blick zuwarf, ließ ich eine Erklärung folgen. »Eine Freundin hat mir eine App empfohlen, mit der es leicht ist, in Seoul zu navigieren. Und U-Bahn-Netze sind ja doch irgendwie alle gleich, ganz egal wie verschieden die Städte auch sein mögen.«

»Wo Sie recht haben.« Yeo-Reum deutete auf ein grünes Schild mit einer niedlichen Zeichnung von zwei Kindern und den Worten *English Zone*. »Hier befinden sich unsere Klassenräume für den Englischunterricht. Ich bin Englischlehrerin für die Klassenstufe sechs, und Sie werden montags, mittwochs und freitags zusammen mit mir unterrichten. Die anderen beiden Tage sind Sie bei der Klassenstufe fünf eingeteilt. Da ist Hwang Ga-On ihr Co-Teacher. Ich bin mir sicher, er wird nachher einmal vorbeischauen, um sich vorzustellen.« Sie zog einen Schlüsselbund aus einer Tasche, die ich nicht in dem Rock vermutet hatte, und öffnete die himmelblaue der vier bunten Türen.

Der Raum war rechteckig, lichtdurchflutet und kindgerecht gestaltet. Die Wände waren bunt, ohne zu unruhig zu wirken, und ich nahm mir einen Moment, um die niedlichen Malereien an einer Zwischenwand zu betrachten, die den Hauptraum von einem kleinen Bereich mit Computerarbeitsplätzen abtrennte. Die Malereien zeigten eine Auswahl an Berufen, viele, von denen Kinder, unabhängig von ihrer Nationalität, oft träumten, und ich fand schön, dass man diese Malereien von überall im Klassenraum aus sehen konnte.

»Sie können sich hinten am Fenster einen Platz suchen, Ms Hall«, sagte Yeo-Reum und ging an den fünf Reihen mit Tischen vorbei, die zwar in Zweiergruppen zusammenstanden, eigentlich aber Einzeltische waren. »Ich denke, da lenken Sie die Kinder am wenigsten ab, obwohl sie sich sicher trotzdem immer wieder zu Ihnen umdrehen werden.«

»Okay.« Ich suchte mir einen Platz am Fenster und zog einen der Stühle von den Computerarbeitsplätzen heran, während meine Augen über die Anzahl der Sitzplätze glitten. Es war ein Glück, dass der Klassenraum so groß war, denn ich zählte Tische und Stühle für vierzig Kinder. »Ms Han?«

Yeo-Reum, die den Rechner an ihrem Lehrerpult startete und damit auch den Bildschirm zwischen den zwei Whiteboards zum Leben erweckte, sah von der Tastatur auf. »Ja?«

»Würde es Ihnen etwas ausmachen, mich mit meinem Vornamen anzusprechen, wenn wir allein sind?« Als sie überrascht blinzelte, setzte ich mich auf meinen Stuhl, bemüht, ihrem Blick auszuweichen. Ich wusste nicht, wie ich ihr erklären sollte, dass ich diese förmliche Ansprache in den letzten vier Jahren entschieden zu oft gehört hatte und dass sie in neunzig Prozent der Fälle von schlechten Nachrichten begleitet worden war. »Ms Hall fühlt sich für mich so ungewohnt an.«

Yeo-Reums Gesichtsausdruck war schwer zu deuten, und so fixierte ich meinen Blick lieber auf ihren gelben Pullover mit dem Rundhalsausschnitt und der stilisierten Blumenstickerei an der linken Brust, anstatt mich mit den Emotionen auseinanderzusetzen, die über ihr Gesicht huschten. Die Farbe des Pullovers erinnerte mich an die unaufdringlichen, aber dennoch sattgelben Tagetes im Garten meiner Nan, die ich als Kind immer fleißig ausgerissen hatte, um Haarkränze aus ihnen zu flechten. Mangels Geschwister und dank der Vielzahl an kleinen Blümchen, die im Frühling die Beete im Garten meiner Großeltern in ihrem kleinen Reihenhaus am äußersten Rande Londons immer gelb gefärbt hatten, war ich in den Genuss gekommen, alle Mitglieder meiner kleinen Familie mit den Kronen aus Blümchen zu bestücken, inklusive Jasper, dem zahnlosen und schwerfälligen Kater, den meine Großeltern mindestens so sehr geliebt hatten wie einen zweiten Sohn. Mein Dad hatte immer gescherzt, dass er froh um seinen kleinen Bruder mit Fell war, denn so hatten meine Großeltern wenigstens nicht nur ihn so fett gefüttert.

Ich wurde aus meinen Gedanken gerissen, als Yeo-Reum über ihren Pullover strich, den sie in den Rock gesteckt hatte. Ihr vieldeutiges Lächeln verunsicherte mich ein wenig.

»Was?«, fragte ich vorsichtig und fingerte an meiner Uhr herum, ich konnte nicht einordnen, ob das Lächeln etwas Gutes bedeutete, oder ob ich gerade eine Grenze überschritten hatte, und sie nicht anders zu reagieren wusste als mit einem Lächeln.

»Du erinnerst mich an jemanden, das ist alles.« Yeo-Reum schmunzelte. Sie wandte sich um und schrieb mit großen, eleganten Buchstaben *Miss Hall* an das Whiteboard. »Deine Vorgängerin war dir sehr ähnlich. Sie wollte auch lieber mit ihrem Vornamen angesprochen werden.«

»Ich hoffe, das ist nicht unhöflich.« Ich strich meinen Zopf über meine rechte Schulter und beobachtete Yeo-Reum dabei, wie sie jetzt verschiedene Vokabeln untereinander an das Whiteboard schrieb, die alle mit Ferien oder dem letzten Schuljahr zu tun hatten.

»Nein, ist es nicht.« Yeo-Reum legte den Marker weg und drehte sich dann zu mir um. »Du darfst mich auch gerne Yeo-Reum nennen, wenn du möchtest.«

»Ich habe, um ehrlich zu sein, ein wenig Sorge, deinen Namen zu malträtieren«, gab ich zu und war froh, als ich Yeo-Reum damit ein helles Lachen entlocken konnte. »Könntest du mir beibringen, wie man ihn richtig ausspricht?«

»Natürlich.«

Und so verbrachten wir die nächsten paar Minuten mit meiner Aussprache, bis die Tür geöffnet wurde und die ersten Kinder hineinströmten. Sie alle begrüßten Yeo-Reum, die breit lächelte und offensichtlich auch den letzten Hauch der Verärgerung abgelegt hatte, die sie zuvor noch so verkrampft hatte wirken lassen. Worte wurden gewechselt, und der Klassenraum füllte sich zügig. Dann bemerkten sie mich, und plötzlich waren unzählige Augenpaare auf mich gerichtet, wie schon vorhin im Flur. Ehe ich mich versah, war ich von einer Horde Kinder umringt, deren piepsige Stimmen mich mit Fragen überhäuften. Wer ich war, woher ich kam, und ob ich von nun an Ms Jones ersetzen würde, die ein paar von ihnen wohl aus der Klassenstufe fünf kannten. Obwohl ich zuvor noch so angespannt gewesen war, gaben ihre offenen Gesichter und die kindliche Neugierde mir keine Gelegenheit dazu, diesen Zustand aufrechtzuerhalten. Meine erste Unterrichtsstunde flog nur so an mir vorbei. Der letzte Rest Kälte der vergangenen Nacht war auf einmal wie weggefegt, Wärme entkrampfte meine Finger und zog meine Mundwinkel nach oben, ohne dass ich sie aufhalten konnte.

Als ich mich in der Cafeteria auf den Stuhl neben Yeo-Reum fallen ließ und mein Tablett mit einem bunten und appetitlichen Mittagessen – *Kimchi*, schwarzer Reis, *Galbi Beokkeum Tang*, *Mandu Guk* und ein kleiner gemischter Salat – für gerade mal zwei Pfund vor mir abstellte, fühlte ich mich ziemlich gerädert.

Die ersten vier Unterrichtsstunden waren wie im Flug vergangen, geprägt von Kinderlachen und niedlichen Annäherungsversuchen, die mich zwar mit Wärme erfüllten, aber auch daran erinnert hatten, dass der Umgang mit Kindern eine Menge Energie kostete, die ich nach einer schlaflosen Nacht kaum aufzubringen vermochte. Jetzt freute ich mich auf die Stunde Mittagspause, in der ich kurz abschalten konnte, auch wenn Yeo-Reum in der Pause zwischen den Stunden bereits angekündigt hatte, mich gleich ein bisschen in der Schule herumführen zu wollen. Ich griff nach meinem Becher Wasser und nahm einen großen Schluck. Die große Cafeteria füllte sich rasend schnell mit zahlreichen Schülern, was mir noch mal verdeutlichte, dass ich keinesfalls an einer kleinen Schule gelandet war.

Ich saß an einem der langen Tische der Cafeteria, zusammen mit den anderen Lehrkräften der Schule, und lächelte, als Hwang Ga-On und ein etwas älterer Herr sich gegenüber von Yeo-Reum und mir niederließen.

»Schön, Sie wiederzusehen«, sagte Ga-On mit einem freundlichen Lächeln, als er den Löffel in die Hand nahm, bereit, sich auf sein Mittagessen zu stürzen. »Haben Sie die ersten Unterrichtsstunden mit den Kindern gut gemeistert?«

»Ob ich sonderlich gut war oder nicht, kann ich nicht beurteilen, aber –«

»Doch, doch.« Yeo-Reum zeigte mir mit einer Hand den Daumen hoch. »Du hast das gut gemacht. Die Kinder mochten dich sehr gerne.«

»Das ist schon die halbe Miete.« Ga-On schob sich einen großen Löffel Reis in den Mund und spülte ihn mit einem Löffel der Suppe herunter, fast so, als wäre er in Eile. »Ich bin mir sicher, meine Fünftklässler werden Sie auch mögen. Das sind alles sehr liebe Kids.«

»*Oppa*, das sagst du jedes Jahr wieder, und ich darf mich dann immer mit den Satansbraten herumschlagen.« Yeo-Reum rollte die Augen. »Du bist einfach zu lieb zu den Schülern.« Sie schüttelte missbilligend den Kopf, aber das Zucken ihrer Mundwinkel verriet, dass sie es nicht wirklich ernst meinte. »Seitdem du Vater geworden bist, ist es sogar noch schlimmer.«

»Zu Kindern kann man gar nicht zu lieb sein.« Ich ließ meine Augen über sein Gesicht wandern und versuchte, sein Alter zu schätzen, nachdem Yeo-Reum mir gerade mit der Höflichkeitsansprache verraten hatte, dass er älter war als sie. Sie selbst war bereits zweiunddreißig, wie sie mir in einer der Pausen erzählt hatte, obwohl sie keinen Tag älter aussah als ich.»Oder was meinen Sie, Miss Hall?«

»Ich weiß nicht«, gab ich ehrlich zu und kostete etwas von der Suppe, die ich noch nie zuvor probiert hatte, die aber wirklich gut schmeckte. »Ich habe wenig praktische Erfahrung mit Kindern. Mein Wissen ist eher theoretischer Natur, und das scheint nicht sonderlich zu helfen.«

Yeo-Reum nickte zustimmend und stocherte in ihrer Beilage, die ich als *Kimchi* erkannte. »Theorie und Praxis sind im Umgang mit Kindern tatsächlich grundverschieden«, sagte sie.

»Kinder folgen nun mal keiner wissenschaftlichen Formel.« Ga-On machte eine Geste, die den ganzen Raum und jedes Kind drin einzuschließen schien, die die langen Tische mit ihren kleinen Körpern und die Luft mit ihren aufgeregten Worten füllten, auch wenn der Geräuschpegel überraschend leise war, anders, als ich erwartet hatte. »Jedes Kind ist individuell und hat seine eigenen –«

Ga-Ons Worte gingen in einem plötzlich auftretenden, lauten Stimmengewirr unter. Einige Lehrer am Tisch richteten sich auf, um zu sehen, was die Ursache für den Tumult war, der in der Schlange an der Essensausgabe ausgebrochen war, wenn man von der Kinderschar ausging, die sich dort versammelt hatte.

»Nicht schon wieder. Es ist doch gerade mal der erste Schultag«, fauchte Yeo-Reum neben mir, doch bevor sie aufspringen und dazwischengehen konnte, war schon ein anderer Lehrer aufgestanden, ein Mann Mitte fünfzig mit einem legeren Polohemd und einer schlichten Jeans, und hastete auf die Gruppe zu. Wie Ameisen stoben die Kinder auseinander, jeder von ihnen bemüht, den wachsamen Augen des Lehrers zu entkommen, der mit gehobener Stimme etwas auf Koreanisch sagte, das ganz eindeutig nach Ärger klang.

Mir wurde das Herz schwer, als ich das kleine Kind entdeckte, das allein auf dem Boden kauerte, wo eben noch die Kindermeute getobt hatte. Es hatte die Hände schützend über den Kopf gehoben, der schmale Rücken, der in einem großen weißen Pullover steckte, war mit Essen beschmiert. Das Tablett, das vermutlich seins gewesen war, lag samt Essensresten vor ihm auf dem Linoleum. Das Kind zitterte wie Espenlaub, und als der Lehrer sich hinhockte und zu sprechen begann, zuckte es zusammen.

»Das arme Kind«, murmelte ich leise. »Passiert so was häufiger?«

»Häufiger, als mir lieb wäre.« Ga-On schnalzte mit der Zunge, Mitgefühl und auch ein Hauch von Wut zeichnete sich auf seinem sonst so sanften Gesicht ab. »Kinder können nicht nur unfassbar lieb, sondern auch wahrlich grausam sein.«

Das war eine Tatsache, die auf der ganzen Welt gleichermaßen zutraf. Die Freude und Liebe von Kindern war ungefiltert und nicht hinter einer undurchdringlichen Maske wie oftmals bei Erwachsenen versteckt, die sie aufsetzten, um ihr zerbrechliches Inneres vor der Gesellschaft zu schützen. Im Umkehrschluss bedeutete das aber auch, dass sie noch immer die scharfen Zähne und Klauen ihrer dunkleren Emotionen besaßen, noch nicht geschliffen durch die Maßregelung der Masse und oft angestachelt vom Verhalten unvorsichtiger Erwachsener, die sich nicht bewusst waren, was ihre unbedachten Worte und Handlungen in diesen kleinen Menschen auszulösen vermochten.

Ich rieb mir mit einer Hand über die Brust, als das Kind endlich den Kopf hob, die honigbraunen Augen schreckgeweitet und glänzend. Yeo-Reum versteifte sich neben mir, und Ga-On ließ den Kopf hängen, als der ältere Lehrer dem Kind auf die Füße half.

Es war ein zierlicher Junge, kleiner als die meisten Kinder um ihn herum, nicht älter als sieben oder acht, mit dunkelbraunem Haar und runden Wangen. Er versank völlig in seinem weißen, weiten Pullover und der zu großen Jeans. Seine Ohren standen ein bisschen ab, und mit seiner niedlichen vollen Unterlippe und den langen Wimpern konnte man ihn als hübsch bezeichnen. Selbst aus der Entfernung konnte ich den kleinen Leberfleck erkennen, der seinen linken Nasenflügel zierte und zu dem Fleck unter seiner Augenbraue passte. Der ältere Lehrer klopfte dem kleinen Jungen auf die Schulter, als seine Unterlippe zu beben begann, ehe er ihn aus dem Raum führte.

Stille legte sich über unseren Tisch, während das Gerede der Kinder wieder einsetzte. Mit einem Mal hatte ich keinen Appetit mehr.

Er war noch so jung gewesen. Viel zu jung, um derartig von seinen Mitschülern drangsaliert zu werden. Und so wie Ga-On und Yeo-Reum einander angesehen hatten, war es wohl auch nicht das erste Mal gewesen, dass dieser kleine Junge so was über sich hatte ergehen lassen müssen.

Die Gespräche am Lehrertisch wurden leise wieder aufgenommen. Auch ohne Koreanisch zu sprechen, wusste ich, dass man sich über den Vorfall unterhielt, hinter vorgehaltener Hand und mit gesenkter Stimme, um neugierige Kinderohren auszuschließen.

»Bist du fertig?«, fragte Yeo-Reum mich nach einer Weile, und ich nickte nur knapp. »Okay.« Sie seufzte schwer, so als wüsste sie genau, was mir den Appetit verdorben hatte, und deutete hinter sich in Richtung der Doppeltüren, durch die wir aus der überfüllten Cafeteria würden flüchten können. »Soll ich dir dann die Schule zeigen, bevor wir mit dem Unterricht weitermachen?«

»Gerne.« Ich stand auf und verabschiedete mich von Ga-On, der ebenso nachdenklich wirkte wie ich, ehe ich Yeo-Reum folgte, um mein Essen zu entsorgen. Die nette, ältere Dame, die mein Tablett entgegennahm, warf einen Blick auf meine beinah unangetastete Mahlzeit und wechselte ein paar Worte mit Yeo-Reum, die mit freundlichem Lächeln etwas zu erklären schien, bevor sie mich sanft, aber bestimmt an der Schulter aus dem Raum führte.

Ich gab mir große Mühe, Yeo-Reum aufmerksam zuzuhören, während sie mich über die Geschichte der Schule aufklärte und mir das weitläufige Gelände zeigte, dem es an nichts mangelte und das sicher hinter Schranken und Mauern lag.

Doch alles, woran ich denken konnte, war der kleine Junge mit den traurigen goldbraunen Augen, der keine einzige Träne vergossen hatte, sein Quell scheinbar genauso leer wie meiner, zu sehr gewöhnt an den Schmerz, der sich nicht länger mit feuchten Wangen besänftigen ließ.

Aber irgendwann würde der Quell wieder gefüllt sein und überlaufen. Und ich hoffte inständig, dass dieser kleine Junge dann jemanden hatte, der ihn zusammenhielt, wenn er in seine Einzelteile zerbrach.

9. KAPITEL

추억 = Erinnerung

»Das hab ich gebraucht.«

Mit einem mitfühlenden Schmunzeln klopfte Lauren David auf die Schultern, der, nachdem er seinen Soju gestürzt hatte, so schwer ausatmete, als würde die Last der Welt allein von ihm getragen. In dem lebendigen Stimmengewirr der Bar, in der wir uns getroffen hatten, um das Wochenende einzuläuten, wirkte seine Grabesmiene deplatziert, denn die Stimmung der anderen Gäste war ausgelassen, während sie Alkohol tranken, Snacks aßen und sich die Zeit mit einer Runde Billard oder Dart vertrieben. Heute waren wir in der Nachbarschaft Seogyo unterwegs, die im Stadtteil Mapo lag und die ich heute besonders zu schätzen wusste, nachdem wir uns gestern durch die mit vor Studenten und Studentinnen nur so überquellenden Bars von Hongdae gequält hatten.

Es gab nur wenige Tage, an denen ich die anderen nicht sah, auch wenn Lauren sich uns nicht jedes Mal anschloss, weil sie andere Dinge zu erledigen hatte. Oft trafen wir uns abends, um etwas essen zu gehen, und machten es uns dann noch gemeinsam für eine Stunde oder zwei in einem der unzähligen Cafés der Stadt oder in einer Bar bequem.

Da wir alle zu ähnlichen Zeiten Feierabend hatten und alle maximal dreißig Minuten mit der U-Bahn in die innersten Bezirke von Seoul brauchten, hatte sich diese angenehme Routine eingebürgert, die uns beinah jeden Abend zusammenbrachte und die Einsamkeit der pulsierenden Metropole vertrieb, die ich dank David, Hoon und Lauren kaum spürte.

»So schlimm?« Hoon warf einen Dartpfeil, sein Griff gekonnt und der Schwung genau richtig, um eine hohe Punktzahl zu erzielen, die direkt auf der digitalen Anzeige erschien und ihm ein siegessicheres Grinsen auf die Lippen zauberte. »Du machst den Job doch erst seit zwei Wochen, Kumpel.«

»Ich weiß. Aber die zwei Wochen waren hart.« David schüttelte den Kopf und nickte Lauren dankbar zu, die sein Shotglas erneut mit Soju füllte. »Highschoolkids sind eine andere Nummer, Mann. Überlaufende Hormone, ein ungesunder Cocktail aus Überfliegern und Desinteressierten und die Tatsache, dass sie für den Teil mit mir nicht benotet werden, macht es nicht gerade besser. Ich muss manche von denen zwingen, überhaupt mitzumachen und die Zähne mal auseinanderzukriegen.«

»Und du meinst, das ist in der Mittelstufe anders?« Hoon zuckte mit den Achseln und warf einen zweiten Pfeil, sein Gesicht war in dem gedämmten und stimmungsvollen Licht der Bar von Schatten überzogen. »Die Kids sind nicht das Problem, Dave. Es ist das irre Schulsystem hier, das ihnen das Blut aussaugt. Es gilt nicht umsonst als eins der besten, aber härtesten der Welt. Und wenn wir mal ganz ehrlich sind, treibt die Schule Kids rund um den Globus häufig an den Rand der Verzweiflung.«

»Hoon hat recht«, sagte Lauren, als David unzufrieden das Gesicht verzog. »Die Kids sind gestresst und froh, wenn sie in deiner Klasse dann mal das Hirn abschalten können und sich keine Gedanken über ihre Noten machen müssen.«

»Hast du es schon mal mit einem spielerischen Ansatz versucht?« Ich glitt von meinem Barhocker, als Hoon seinen

letzten Pfeil warf und ich an der Reihe war. Ich hatte mich auf das Match eingelassen, weil kein anderer gewollt und ich, dank meinem Dad, zumindest den Hauch einer Chance gegen den geübten Australier hatte. »Vielleicht kannst du die Kids damit dazu kriegen, mitzumachen.«
David ließ den Kopf hängen. »Das sind keine Grundschüler. Die interessieren sich sicherlich nicht für irgendwelche Spiele.«
Ich schloss die Hand um die Pfeile, nachdem Hoon sie mir gereicht hatte, der direkt wieder nach seinem Bier griff, das auf dem runden Stehtisch schon auf ihn wartete.
»Sei dir da mal nicht so sicher, Kumpel.« Er trank einen großen Schluck und deutete mir mit einem Nicken an, endlich zu werfen. »Wenn du es nicht versuchst, weißt du nicht, ob es klappt.«
»Also bei mir klappt das ganz gut, auch wenn der Wechsel von Grundschule auf Highschool auch für mich holprig war.« Lauren spielte mit einer der dekorativen Perlen in ihrem Haar. »Du musst mit dem arbeiten, was du hast, Dave. Versuch, die Kids zu verstehen, und gib ihnen die Chance, in deinem Unterricht ihrem überfrachteten Alltag ein bisschen zu entkommen, und sie werden dir das Leben nicht mehr annähernd so schwer machen.«
»Meint ihr?«, fragte David unsicher. Ich nickte bekräftigend, um ihn zu bestärken. »Ich bin echt ein mieser Lehrer.«
»Du bist doch kein mieser Lehrer, nur weil du nicht weißt, wie du mit Teenagern umgehen sollst, die du erst seit zwei Wochen vor der Nase hast.« Anders als ich mit meinem Dartpfeil, landete Hoon mit seinen Worten direkt einen Treffer. »In den Job muss man erst mal reinwachsen, Kumpel. Gib dir einfach ein bisschen Zeit.«
»Ich bin aber der Einzige, der Probleme hat.« David klang wie ein trotziges Kind, und ich schmunzelte, auch wenn mein

nächster Pfeil mir nur eine kleine Punktzahl einbrachte. In unserem Gruppenchat mit den anderen Neulingen wurde pausenlos mit schlauen Tipps um sich geworfen, obwohl wir alle in diesem Job noch grün hinter den Ohren waren. »Alle anderen Neuen schwärmen dauernd nur, wie toll und erfüllend das doch alles ist.«

»Die lügen alle.« Lauren griff nach der roten Kappe der Soju-Flasche und drehte ihn zwischen ihren langen Fingern mit den unzähligen Ringen, die mich an Yeo-Reum erinnerten, die einen ähnlichen Stil bevorzugte. Die Ringe waren sehr schmal, bis auf einen an ihrem Ringfinger. Der war etwas breiter, aber ebenso schlicht wie der Rest, und automatisch fragte ich mich, ob Lauren wohl jemanden hatte, der den gleichen Ring trug, der sie beide verband. »Wir alle hatten anfangs Probleme. Die wenigsten haben Lehramt studiert und müssen sich trotz der Einführungswoche erst mal einfinden. Das ist ganz normal.«

David sah wenig überzeugt aus. »Wirklich?«

»Wirklich.« Hoon klopfte mir mitfühlend auf die Schulter, als ich nun auch den letzten Wurf gehörig versaute, ehe er zur Dartscheibe ging und die Pfeile für mich herauszog. »In den ersten vier Wochen war ich so oft kurz davor, hinzuschmeißen und wieder nach Australien zurückzufliegen, weil ich null wusste, was ich mit den Kids anfangen sollte. Ich hatte zwar Lehrmaterialen, aber mein damaliger Co-Teacher hat sich keinen Deut darum geschert, ob ich klarkam, und ich hatte dementsprechend niemanden, den ich um Hilfe bitten konnte. Ich war überfordert, genervt und ratlos. Das hat sich mittlerweile zwar halbwegs gelegt, aber toll ist bei mir auch nicht immer alles. Ich bin mir hin und wieder genauso unsicher und weiß nicht, ob mein Unterricht so wahnsinnig gut ist.« Ich bemerkte, wie Hoon versuchte, eine seiner schulterlangen Strähnen mit einer Kopfbewegung aus seinem Gesicht zu entfernen. Kurzerhand löste ich das Haarband von meinem Handgelenk, das ich immer bei mir hatte, auch wenn mein Haar wie jetzt bereits in einem geflochtenen Zopf auf meiner Schulter ruhte, und band Hoon sein Haar locker im Nacken zusammen. »Außerdem haben wir an meiner Schule viele Probleme mit Kids, die andere drangsalieren, und das, obwohl sie alle noch so jung sind. Und es gibt nichts, was ich dagegen tun kann.«

Lauren rümpfte die Nase. »Das ist leider ein generelles Problem in Südkorea. Aber wir als Aushilfslehrkräfte können da nichts machen.«

»Ja, leider«, sagte ich und nickte Hoon zu, als er sich bei mir bedankte, bevor er den nächsten Pfeil abfeuerte und mich damit nur noch mehr abhängte. »An meiner Schule gibt es da auch so einen kleinen Jungen. Ich hab jetzt schon mehrfach mitbekommen, wie er in der Cafeteria geschubst wurde oder die anderen Kids ihn mit ihrem Essen beschmiert haben. Ich habe jedes Mal direkt einer der anderen Lehrkräfte Bescheid gesagt, und die sind immer sofort dazwischengegangen, doch das scheint alles nur noch schlimmer zu machen.«

»Ist das nicht überall ein Problem?« David rieb sich mit der Hand über die Stirn, die halb von einer Beaniemütze verdeckt wurde. »Mobbing, meine ich?«

»Sicher. Das ist jetzt nichts, was nur in Südkorea passiert. Kids sind überall grausam.« Hoon ließ einen weiteren Pfeil sausen, verfehlte aber diesmal gehörig sein Ziel. Ich legte den Kopf schief und musterte ihn neugierig. Die Linie seines Kiefers war angespannt, seine Augen waren starr auf die Dartscheibe gerichtet. Eben hatte er noch locker an unserem Gespräch teilgenommen, ohne sich allein aufs Spiel zu fokussieren, jetzt schien ausschließlich die blinkende Scheibe vor ihm von Interesse zu sein. »Die finden immer einen Grund, um einander das Leben schwer zu machen. So ist das leider. Und das wird niemand ändern können, ganz gleich, wie engagiert die Person auch ist.« Für Hoon war das eine ungewohnt verbitterte Aussage, wo er doch sonst immer sehr reflektiert und besonnen war. Nun klang seine samtige Stimme rau und bissig, unausgesprochene Worte und ein Schleier aus unterdrücktem Zorn schwangen in ihr mit.

Laurens Blick begegnete meinem, und ich nickte, in der Hoffnung, das Thema schnell wechseln zu können, das bei Hoon offensichtlich einen Nerv getroffen hatte. »Vielleicht hast du recht.«

Hoon schnalzte mit der Zunge, und der nächste Pfeil traf so hart auf sein Ziel, dass die Dartscheibe ins Wanken geriet. »Alles, was du machen kannst, ist, für die betroffenen Kids da zu sein. Aber das ist nicht sonderlich leicht, wenn du kein Koreanisch sprichst. Grade in der Grundschule.«

»Wie läuft es bei euch beiden eigentlich mit dem Lernen?« Lauren winkte einer Frau zu, die zu einer größeren Gruppe an Lehrkräften gehörte, mit der wir vorhin hergekommen waren, die sich aber wegen mangelnder Plätze in der Bar an verschiedene Tische hatte aufteilen müssen.

»Geht so.« David drückte seine Handballen in seine Augenhöhlen, und seine Mundwinkel waren ungewohnt nach unten verzogen. David war eigentlich ein totaler Sonnenschein, dem so leicht nichts die Laune verderben konnte. Die Sorgen über seinen Job mussten ihn also wirklich belasten, und ich wünschte, ich könnte ihm richtig helfen, anstatt ihm nur zuzuhören und ein paar mehr oder weniger sinnvolle Ratschlage zu geben. »Ich hatte noch nicht sonderlich viel Zeit dafür. Einrichten und Unterrichtsvorbereitung und so.«

Lauren fuhr beruhigend und verständnisvoll über seinen Rücken, und an ihrem Gesichtsausdruck erkannte ich sofort, dass sie hoffte, zumindest von mir bessere Nachrichten zu hören. »Und bei dir, Jade?«

»Eigentlich ganz gut. Ich hab mir das Buch gekauft, das du mir empfohlen hast, und ich höre den Podcast dazu meist auf dem Weg zur Schule.« Ich schmunzelte, als ich mich an die witzige Erklärung von heute Morgen erinnerte, die mir den Tag versüßt hatte, bevor ich überhaupt auch nur mit einer einzigen Menschenseele gesprochen hatte. »Es macht Spaß. Auch wenn ich bei dem ein oder anderen ein paar Rückfragen hätte.«

»Zum Beispiel?« Hoon reichte mir die Dartpfeile, setzte sich und machte somit der nächsten Gruppe Platz, die schon an der Wand gelehnt auf ihre Chance auf ein Match nach meinem Zug wartete.

»Beim Konjugieren der Verben habe ich noch so meine Probleme. Ich kann mir leider nicht so gut merken, was an welche Endungen kommt.«

David gab ein lautes Stöhnen von sich und schüttelte den Kopf. »Bitte keine Nachhilfestunden an einem Freitagabend. Ich flehe euch an.«

Hoon schüttelte den Kopf, auf den Lippen ein Lächeln, das die messerscharfen Kanten des Zorns glücklicherweise längst vertrieben hatte. »Geht klar.«

»Ich kenne übrigens einen ganz ausgezeichneten Nachhilfelehrer«, sagte Lauren unvermittelt, und an der Art, wie sie mit den Wimpern klimperte, merkte man, dass sie irgendetwas im Schilde führte. »Ich kann dir gerne seine Nummer geben, wenn du willst, Jade.«

»Wieso habe ich das dumme Gefühl, dass dieser Nachhilfelehrer gar keiner ist?« Ich warf meinen ersten Pfeil. Ein glatter Treffer und damit zwanzig Punkte.

Empört schnappte die Amerikanerin nach Luft und fuchtelte mit dem Deckel herum, von dem wir bei einem Trinkspiel das lose Ende abgeschnipst hatten. »Doch! Er gibt Nachhilfestunden in Koreanisch für Ausländer, die hier leben. Sein Onkel ist Amerikaner und kommt eigentlich ein Mal im Jahr samt Familie her, sodass er gutes Englisch spricht. Sogar sein kleiner Bruder, der erst sieben ist, spricht schon sehr gutes Englisch.« Sie hielt inne. »Also, zumindest hat er mal Nachhilfe gegeben. Letztes Jahr, gemeinsam mit seinem Cousin Tyler, der für ein Jahr aus Amerika hier war.«

Hoon verschluckte sich an seinem Bier, und ich zog eine Augenbraue hoch, ehe der nächste Pfeil sein Ziel fand und mich näher an Hoons Punktestand brachte, auch wenn er längst als Gewinner feststand. »Klingt nicht so, als würde er das jetzt noch machen.«

»Ich frag ihn mal ganz lieb. Für dich macht er sicher eine Ausnahme.« Lauren lächelte mich an und streckte die Hand aus. »Gib mir dein Handy und ich speichere dir seine Nummer ein.«

»Was ist mit mir?«, fragte David, doch als Lauren ihm einen mahnenden Blick zuwarf, zog er die Stirn in Falten und grinste breit. »Vergiss es. Ich bleib bei Hoon.«

»Gute Wahl, Dave. Gute Wahl.«

Skeptisch sah ich auf ihre Handfläche, ein ungutes Gefühl der Vorahnung stieg in mir auf, das ich allerdings ignorierte und mein Handy hervorzog. Ich konnte wirklich ein bisschen Nachhilfe gebrauchen, gerade was die Aussprache anging, die dank diverser Regeln, die einander nicht ausschlossen, sondern sie lustig bunt wie Bauklötze aufeinanderstapelten, alles andere als leicht war. Wenn Lauren jemanden kannte, der mir weiterhelfen konnte, ohne dass ich Hoon ständig belästigen musste, wäre ich dumm, das nicht anzunehmen. Ich zögerte, mein Handy schwebte wenige Zentimeter über ihrer Handfläche.

»Ich kann mir aber keine teure Stundensätze leisten. Ich schicke einen Haufen Geld an meine Bank in England. Da bleibt am Ende des Monats nicht viel übrig.«

»Oh, ich bin mir sicher, dass ihr euch über die Bezahlung einig werdet«, sagte Hoon mit einem Grinsen, das ich nicht zu deuten vermochte, während Lauren mir das Handy aus der Hand stibitzte und mit einem hämischen Kichern zu tippen begann.

Das ungute Gefühl der Vorahnung wurde schlimmer. »Du kennst den auch?«

»Ja. Ist ein klasse Kerl. Und jetzt wirf deinen Pfeil. Die Nächsten warten schon.«

Ich drehte den schwarzen Pfeil zwischen meinen Fingern und seufzte schwer, als ich mich so hinstellte, wie mein Vater es mir beigebracht hatte. Zumindest bei meinem letzten Wurf wollte ich mich nicht blamieren. Ich visierte die Dartscheibe an und kniff ein Auge zu, um mein Ziel besser fixieren zu können, ehe ich warf.

Mein Pfeil traf genau in die Mitte, und meine Freunde und ein paar umstehende Zuschauer ließen enthusiastischen Jubel hören, der meine Wangen erhitzte. Schnell huschte ich nach vorne und zog die Pfeile heraus, die ich dann an die wartende Gruppe weiterreichte, die aus zwei befreundeten Pärchen zu bestehen schien, die sich mit einer Verbeugung bei mir bedankten. Ich erwiderte die Geste, froh, daran gedacht zu haben, bei der Übergabe beide Hände zu verwenden. Dann wandte ich mich wieder dem Tisch zu, an dem David den Barhocker schon für mich zurückgezogen hatte.

»Hier.« Lauren gab mir grinsend mein Handy zurück. »Du kannst dich später bei mir bedanken.«

»Das muss ja ein wirklich toller Nachhilfelehrer sein, wenn –« Ich brach ab, als mein Blick auf mein Display fiel. Der Name des Kontakts leuchtete mir in Großbuchstaben entgegen, die mich zu verhöhnen schienen, als sofort das dazugehörige Gesicht vor meinem inneren Auge erschien. *HYUN-JOON.* Und Lauren hatte allen Ernstes auch noch drei Herzchen dahintergesetzt. »Lauren!«

Die drei Idioten an unserem Tisch, die mir in den letzten zwei Wochen schon ungesund stark ans Herz gewachsen waren, brachen in schallendes Gelächter aus, ihre offensichtliche Verschwörung gegen mich genauso unleugbar wie der *Buchsbaum Award* von Zoe Leonard.

»Ihr drei seid echt unmöglich.«

»Jetzt tu nicht so, als hättest du seine Nummer nicht haben wollen.« Hoon stupste mich mit der Schulter an, und aus einem kindischen Impuls heraus streckte ich ihm die Zunge raus, in der Hoffnung, damit überspielen zu können, dass ich oft genug an ihn gedacht hatte, um seinen Namen noch zu wissen, obwohl unsere Begegnung kaum länger gewesen war als ein Augenblick. »Ich weiß jedenfalls, dass er deine haben will.«

»Der arme Kerl fragt ständig, wann wir das nächste Mal im Club vorbeikommen, und ob du dann auch dabei bist.« Lauren rollte die Augen. »Erbarm dich also meiner und schreib ihm, okay?«

Ich starrte die Buchstaben an, sie lockten mich verführerisch, waren in meiner Vorstellung fast vergleichbar mit dem Ruf von Sirenen: etwas Wunderschönes, solange es im Nebel verborgen blieb, aber absolut tödlich, wenn man nahe genug kam, um den Ursprung zu erkennen. »Vielleicht.«

David zog eine Augenbraue hoch. »Wieso zögerst du? Ein heißer Typ will dich offensichtlich kennenlernen. Da sagt man doch nicht Nein.«

»Vielleicht habe ich momentan einfach keine Lust auf Männer. Oder auf Beziehungen.«

Hoon schnaubte nur belustigt. »Du schlägst dich mit David und mir rum, und wir sind Männer.«

Ich öffnete den Mund in einem schwachen Versuch der Verteidigung. »Ja, aber das ist was anderes.«

Hoon lachte auf, ein unheilvolles Funkeln erschien in seinen Augen, als er mich prompt schachmatt setzte. »Nur weil du mit keinem von uns ins Bett willst.«

»Was eindeutig von Geschmacksverirrung zeugt.« David grübelte einen Augenblick lang, ehe er mit den Achseln zuckte. »Wobei ich neidlos anerkennen muss, dass dieser Typ aussieht wie gephotoshopt. So ein symmetrisches Gesicht hat doch keiner.«

»Doch. Kang Hyun-Joon.«

»Jetzt macht beide mal einen Punkt.« Lauren winkte ab, und ich war ihr dankbar dafür, dass sie diesem sinnbefreiten Austausch ein Ende setzte. »Hoon hat allerdings recht. Ihm zu schreiben ist nicht gleich so, als würdest du ihn heiraten, Jade.«

»Ich weiß.« Ich fuhr mit den Fingerspitzen über den Rand meines Glases, meine Gedanken bei der Ziffernabfolge auf meinem Display, die sich im Bruchteil einer Sekunde in meiner Netzhaut festgebrannt zu haben schien. »Aber wenn er mir so dringend seine Nummer geben wollte, dann hätte er ja einfach mal mitkommen und das selbst machen können. Ich meine, ihr seid doch befreundet, oder nicht?« Ich wusste, ich klammerte mich hier an Strohhalme, aber das war alles, was ich noch hatte, um der süßen Versuchung der unzähligen Möglichkeiten zu widerstehen, die von dem Gegenstand technologischen Fortschritts, den ich jeden Tag in meiner Hosentasche trug, flüsternd nach mir verlangte.

Hoon glitt von seinem Barhocker und zog seine Schachtel Zigaretten aus der Hosentasche. »Er hat selten Zeit. Der Kerl studiert und hat eine Milliarde Nebenjobs. Außerdem ist er im

Café seiner Mom ständig eingespannt, weil sie gerade dabei ist, einen Zweitladen aufzumachen.« Hoon löste das Haarband und stülpte es mir dann übers Handgelenk. »Der hat nicht mal genug Zeit, um zu schlafen.«

Ich suchte Hoons Blick, der undurchdringlich war, als unsere Augen sich begegneten. »Warum?«

»Wenn du das wissen willst, Jade«, sagte Hoon mit einem verschwörerischen Lächeln auf den Lippen, »wirst du ihn schon selbst fragen müssen.«

»Gehst du eine rauchen?«, fragte Lauren, und Hoon nickte gelassen, so als hätte er mich gerade nicht für mein deplatziertes Interesse aufgezogen.

»Willst du mit?«

Lauren stand auf, was mich wenig überraschte, da sie Hoon oft vor die Tür begleitete, obwohl sie selbst nicht rauchte. »Ja, ich könnte ein bisschen frische Luft gebrauchen.«

»Soll ich uns eine neue Runde bestellen?« David erhob sich bereits, als wüsste er die Antwort auf die Frage schon längst, während er seine Brieftasche aus der hinteren Hosentasche hervorzog.

»Sicher«, antworteten Hoon und Lauren im Chor, ehe mich alle abwartend ansahen.

»Ich passe diese Runde.« Ich wollte lieber einen klaren Kopf bewahren, um das Lied der Sirenen zu ignorieren, das von meinem Smartphone ausging und das mit jeder Sekunde lauter und drängender zu werden schien. Die drei verschwanden in der Menge, und ich blieb allein zurück mit meinem Handy. Ich betrachtete es ein paar Sekunden lang und dann, bevor ich es überhaupt realisierte, entsperrte ich es.

HYUN-JOON.

Ich fluchte leise und klickte auf die drei Punkte am oberen Bildschirmrand. Ich starrte auf die rote Schrift des Systems.

Und starrte. Und starrte.

Die Lösung war so einfach, so offensichtlich. Alles, was ich tun musste, war, seine Nummer zu löschen und diese ganze Sache einfach zu vergessen, zusammen mit unserer ersten Begegnung und der Erinnerung an sein Gesicht, das eine Komposition aus weichen Linien und scharfen Kanten gewesen war.

Meine Finger schwebten über dem Display, und ich war im Begriff, seine Nummer zu löschen. Doch als die anderen drei irgendwann zurückkamen, war Hyun-Joons Nummer noch immer in meinem Handy gespeichert. Ich hatte es jedoch ausgeschaltet, nicht gewillt, heute Abend einen dummen Fehler zu begehen, und fest entschlossen, stattdessen diese honigbraunen Augen zu vergessen, die mir in meine Träume folgten, auch wenn ich mir eher die Zunge abbeißen würde, als das zuzugeben.

10. KAPITEL

상처 = Wunde

»Hattest du ein schönes Wochenende?«
»Ja, hatte ich. Ich war mit Freunden aus und hab noch ein paar Sachen für meine Wohnung besorgt.« Es war Montagnachmittag, und ich schlenderte neben Yeo-Reum über das weitläufige Schulgelände in Richtung der Schranken und damit auch meinem wohlverdienten Feierabend entgegen, der hinter der Abgrenzung zwischen der Schule und der Metropole auf mich wartete. Ich rollte mit den Schultern und seufzte schwer, als ich an den Grund dachte, warum Yeo-Reum und ich in den vergangenen acht Stunden noch kaum ein privates Wort miteinander gewechselt und stattdessen unsere Pausen in erschöpftem Schweigen verbracht hatten. »Die Kids waren heute echt verquer, oder?«

Yeo-Reum nickte mit einem verkniffenen Zug um den Mund. Ihre Augen waren wachsam auf die wenigen Nachzügler gerichtet, die sich erst jetzt, lange nach Schulschluss, mit uns zum Ausgang aufmachten. »Irgendwie schon. Ich meine, nach dem Wochenende sind sie immer ein bisschen schwieriger in den Griff zu kriegen, aber heute war es besonders schlimm.«

»Ja, es war wirklich schwer, sie heute zu irgendetwas zu motivieren.« Ich dachte an die Unruhe der anderen Montage zurück, aber die war nicht vergleichbar mit heute gewesen. Die

Kinder waren nur schwer zu bändigen gewesen, deutlich lauter und fordernder als sonst, so als würde etwas in der Luft hängen, das uns Erwachsenen verborgen blieb. »Aber es beruhigt mich ein wenig, dass du das auch so empfunden hast, und ich nicht allein mit meiner Wahrnehmung bin.«

»Nein, bist du auf keinen Fall.« Yeo-Reum lächelte mir aufmunternd zu und kuschelte sich dann tiefer in ihren ausfallenden Schal, als eine kalte Böe uns erfasste, die über den leeren Sportplatz neben uns gefegt war, auf dem die Kids in den Pausen spielten, der aber jetzt, nach Schulschluss, verlassen dalag. »Ich kann den Frühling wirklich kaum erwarten.«

»Ich freue mich auch schon darauf, dass es wärmer wird.« Ich zog meinen Mantel fester um mich und sah zu den Bäumen, die den Weg zur Schule säumten und das Schulgelände sicherlich in ein grünes Paradies verwandeln würden, sobald die ersten Knospen sprossen. »Hast du am Wochenende auch etwas Schönes gemacht?«

Keine Wolke war am Himmel zu sehen, und doch fröstelte ich wegen der anhaltenden Kälte, die uns noch immer dazu zwang, dick gefütterte Jacken zu tragen.

Yeo-Reum brauchte einen Moment, um zu antworten. »Ich bin nach Daegu gefahren, um meine Großeltern zu besuchen.« Yeo-Reum schob die Hände tiefer in ihre Jackentaschen und räusperte sich. »Es war schön, aber ...«

Ich lächelte wissend, als sie abbrach. »Du warst auch froh, als du wieder zu Hause warst?«

Meine Co-Lehrerin ließ den Kopf hängen, ihr Gesicht verborgen hinter einem Vorhang aus rabenschwarzem Haar. »Gott, ich bin eine furchtbare Enkelin.«

»Nein, überhaupt nicht.« Ich dachte an meine Großeltern und daran, wie sehr ich sie geliebt hatte, aber dass auch ich nach einer gewissen Zeit bei ihnen immer froh gewesen war, wieder zu gehen und meinen eigenen Gedanken nachhängen zu können. Nicht weil ich die Gespräche mit ihnen nicht genossen hätte, sondern weil ich in ihrer Anwesenheit immer hatte perfekt sein wollen, um ihnen keinen Grund zur Sorge zu geben, der ihren sonnigen Lebensabend mit dunklen Wolken verhängt hätte. »Ich denke, das ist ganz normal. Wie alt sind deine Großeltern?«

»Mein Großvater ist einundneunzig, und meine Großmutter ist vor zwei Wochen neunundachtzig geworden.«

Wehmütig dachte ich an meine Nan, die die siebzig nur knapp verpasst hatte, während mein Großvater mit zweiundachtzig verstorben war. Meine Nan war immer kerngesund gewesen, aber nach dem Tod ihres Ehemanns hatte sie urplötzlich abgebaut und war nur sechs Monate nach ihm gestorben.

Gebrochenes Herz. Das hatte mein Vater zumindest immer gesagt. Wenn das jemanden wirklich umbringen konnte, wunderte es mich, dass ich noch am Leben war.

»Wow. Herzlichen Glückwunsch.« Ich richtete den Schulterriemen meines Jutebeutels, in dem ich das leise Klimpern des Schulschlüsselbundes hörte. Die feinen, hohen Töne drangen an mein Ohr, und ich nahm mir vor, heute bei dem günstigen Laden für Haushaltsbedarf vorbeizuschauen, um nach einem Windspiel für mein Fenster zu suchen. »Ich verstehe, dass du ein schlechtes Gewissen hast, aber ich glaube, das brauchst du nicht zu haben. Uns geht es immerhin allen so.«

»Meinst du wirklich?«

»Ja, auf jeden Fall. Das Wichtigste ist, dass du sie liebst. Alles andere ist zweitrangig.« Ich zwinkerte Yeo-Reum zu, als sie unsicher zu mir herüberspähte. »Außerdem müssen Großeltern auch nicht alles wissen. Dein Geheimnis ist also sicher bei mir.«

Verdattert hielt ich an, weil Yeo-Reum plötzlich stehen blieb, ihr Gesicht war verschlossen, und ihre Hand umschloss verkrampft den Schulterriemen ihrer großen Handtasche. Ein Wechselbad der Gefühle huschte über ihr Gesicht, und unsicher sah sie zwischen ihren Schuhen und meinem Gesicht hin und her, in den Augen lag ein Funkeln von Misstrauen, das ich nicht einordnen konnte. Was war denn jetzt los?

»Yeo-Reum? Alles okay?«

»Ja. Es ist alles in Ordnung.« Ihre sonst so weiche Stimme klang ungewohnt harsch. Verdattert sah ich dabei zu, wie sie sich stocksteif umdrehte, mit so viel Schwung, dass der Rock ihres Kleides sich wie ein Fächer weitete. »Ich habe etwas im Lehrerzimmer vergessen. Geh ruhig schon mal vor.«

Ich blinzelte und hob die Hand zum Abschied, obwohl Yeo-Reum es schon nicht mehr sehen konnte und mit langen Schritten davonhastete. »Bis morgen, Yeo-Reum.«

»Bis morgen, Jade«, antwortete sie zumindest noch.

Ich schaute ihr noch einen Moment nach, wie sie über den von Bäumen gesäumten Weg in Richtung des rostroten Backsteingebäudes stakste, das mitten auf dem weitläufigen Schulgelände thronte und mit seiner enormen Größe und den vier Stockwerken durchaus eindrucksvoll war. Das erste Mal, als ich das Schulgebäude gesehen hatte, war ich ein wenig überwältigt gewesen. Meine eigene Grundschule in London war nämlich weder annähernd so groß noch so modern gewesen. In meinem Stadtteil war man immer mit dem Nötigsten ausgekommen, und das hatte Schulen miteingeschlossen. Mittlerweile hatte man die Schule renoviert und ihr mit Hilfsgeldern zu neuem Glanz verholfen, das war an der YIES überflüssig. Die Schule wurde augenscheinlich sehr gut instand gehalten, was mich wenig überraschte, wenn man allein die Ausrüstung der Schule in Betracht zog, die stark auf Digitalisierung setzte. Innovation wurde hier großgeschrieben, doch das Zwischenmenschliche blieb oftmals auf der Strecke, wenn ich an den kleinen Jungen mit den goldbraunen Augen dachte, dessen Schicksal mich seit meinem ersten Tag nicht losgelassen hatte. Auch wenn ich als Lehrerin eine Verantwortung trug und einen Lehrauftrag hatte, war ich mit dieser Situation doch etwas überfordert, weil ich nicht wusste, ob in so einer Lage meine Einmischung überhaupt angebracht war. Denn sollte ich nicht erst mal versuchen, die gesellschaftlichen Strukturen und die Kultur zu verstehen und zu respektieren, bevor ich mich einmischte?

Ich seufzte und setzte meinen Weg zu den Schranken fort, fest entschlossen, diesen seltsamen Tag zu verdrängen. Wenn ich damit jedoch genauso erfolgreich sein würde wie mit dem Vergessen eines gewissen Barkeepers, dann war ich bereits jetzt ein hoffnungsloser Fall.

Das ganze Wochenende über hatte ich immer wieder das Handy in die Hand genommen und auf die Ziffern gestarrt, sodass ich seine Nummer nun auswendig kannte. Allerdings hatte ich ihn weder angerufen noch ihm geschrieben. Aber ich hatte mit dem Gedanken gespielt wie mit einem aufgeregten Welpen, mal weit entfernt, wenn ich das Stöckchen der Entscheidung beherzt weggeworfen hatte, mal ganz nah, wenn ich um eben jenes Stöckchen gerungen hatte, in der Hoffnung, es meinen Gedanken entreißen und wieder weit wegwerfen zu können.

Ich war doch offensichtlich nicht mehr ganz bei Trost.

Ich hatte diesen Mann ein einziges Mal gesehen und nur wenige und belanglose Worte mit ihm gewechselt, und doch besaß er die Dreistigkeit, immer wieder in meinem Kopf aufzutauchen, so als wäre er der eigentliche Herr über meine Hirnwindungen, die sich seit unserer Begegnung um ihn zu drehen schienen.

»Du spinnst, Jay-Jay«, murmelte ich leise zu mir selbst und schüttelte den Kopf. »Nur weil er schön ist, brauchst du nicht gleich so den Kopf zu verlieren.«

Schön, das war Hyun-Joon leider wirklich. Wie ein Kunstwerk, bei dem man nicht anders konnte, als stehen zu bleiben, um es zu betrachten. Aber vielleicht spielten meine Erinnerungen mir auch einen Streich, und ich verklärte sein Aussehen, das ich nur durch den Filter von Alkohol und in den Schatten von Neonlichtern gesehen hatte. Daher rührte wahrscheinlich auch meine Faszination – für den eigentlich Unbekannten –, die ich wie ein Geheimnis aufdecken wollte.

Bevor ich meinen Gedanken noch weiter durch die Galerie mitsamt ihrer eigenwilligen Ausstellung dieses einen einzigen Kunstwerkes nachhängen konnte, wurden sie von lautem Kindergeschrei unterbrochen, das eindeutig nicht nach einer harmlosen Spielerei, sondern beunruhigend ernst klang. Ich hatte die Schranken endlich erreicht, und meine Augen suchten alarmiert den Gehweg nach dem Ursprung des Schreis ab.

»Hey! Was macht ihr da?«, rief ich, als ich die Gruppe Kinder entdeckte, die offensichtlich in ein Handgemenge verstrickt waren. Ihre Köpfe schnellten nach oben, es waren fünf oder sechs, mir alle unbekannt. Ihre Augen weiteten sich vor Schreck, bevor sie in alle Himmelsrichtungen davoneilten.

»Stehen geblieben! Hey! Was –«

Mir verschlug es die Sprache, als ich den kleinen Jungen auf dem Boden kauern sah, der die Arme schützend über den Kopf gehoben hatte und mir aus weit aufgerissenen, goldbraunen Augen entgegenblickte. Sofort rannte ich die wenigen Meter den Gehweg hinunter, die mich von dem Kind trennten. Als ich ihn erreichte und mich neben ihn kniete, rutschte mir mein Leinenbeutel vom Arm und der Inhalt vermischte sich mit dem seines zerstörten Tornisters.

»Hey«, sagte ich sanft und hob vorsichtig die Hand, doch als der Junge wegzuckte und den Kopf hinter seinen Armen verbarg, ließ ich sie wieder sinken. »Hey, bist du okay?«

Der Junge antwortete nicht, und ich fluchte leise. Etwas hilflos sah ich mich um, aber es war keine Menschenseele in Sicht, was wenig verwunderlich war, da die Grundschule in einer Seitenstraße lag, in der es nur ein paar Wohnhäuser und einen kleinen Kiosk gab.

»Hey …« Ich versuchte noch einmal, die Aufmerksamkeit des Jungen auf mich zu lenken, und diesmal hob er tatsächlich ein wenig den Kopf und spähte mich durch die Lücke zwischen seinen Armen an. »Bist du okay?«

Der Junge ließ die Arme sinken, und ich sog scharf die Luft ein, als ich ihn als das Kind aus der Cafeteria erkannte, das an meinem ersten Tag schon drangsaliert worden war. Seine Wange war aufgeschürft, seine Haare ein einziges Chaos, da, wo die anderen Kinder ihre Hände hineingegraben hatten. Risse verunstalteten seine Jeans, und auch seine dicke, gefütterte Jacke hatte dem Angriff nicht standgehalten, das weiße Futter kam zwischen dem schwarzen Stoff zum Vorschein. Seine Unterlippe bebte, und mein Herz zog sich schmerzhaft zusammen. Ich öffnete den Mund, wusste aber nicht richtig, was ich sagen sollte, denn es gab nichts, was diese Situation besser gemacht hätte.

Ich begutachtete die Überreste seines Tornisters und hob ihn vorsichtig an. Der Reißverschluss war ausgerissen, und der robuste Stoff hatte einen tiefen Riss. Bei dem Gedanken daran, mit was für einer Gewalt die anderen Kinder an ihm gezerrt haben mussten, um so einen Schaden anzurichten, wurde mir speiübel.

»Kommen deine Eltern bald, um dich abzuholen?«, fragte ich langsam und bedächtig, in einem erneuten Versuch, irgendwie mit ihm zu sprechen. Ich hoffte, dass zumindest das Wort *Eltern* ihn ein bisschen aus seiner Schockstarre befreite.

»Ich bin okay.« Der Junge ließ die Arme sinken und sah mich an, sein Blick war eindringlich, und seine Augen glänzten verdächtig. Ich begann, seine Schulbücher zurück in den Tornister zu packen. »Ich bin wirklich okay, *seonsaengnim*.«

Mir blieb der Mund offen stehen. Der Junge sprach sehr gut Englisch. Sein Akzent war deutlich hörbar, aber nicht mit dem der anderen Kinder in der Schule zu vergleichen. Der Einschlag war Amerikanisch, das erkannte ich sogar an den wenigen Worten, die er gesprochen hatte, und automatisch fragte ich mich, wo er das gelernt hatte. Dann fiel mir Hoon ein, der koreanische Wurzeln hatte, aber in Australien aufgewachsen war.

Ich schob meine Gedanken beiseite und konzentrierte mich wieder auf den Jungen. Vorsichtig deutete ich auf die Schürfwunde in seinem Gesicht, und das Beben seiner Unterlippe wurde stärker. »Tut es doll weh?«

»Ein bisschen.« Seine Stimme zitterte, und ich wappnete mich innerlich für die Tränen, die gleich zweifellos fließen würden.

»Passiert das oft?« Ich packte den Rest seiner Schulsachen ein und sah dem Jungen fest in die Augen. »Tun die anderen Kids dir oft weh?«

Er presste die Lippen aufeinander und schniefte. Ihm war deutlich anzumerken, wie sehr er mit sich rang, und ich seufzte leise.

»Es ist okay. Du brauchst es mir nicht zu sagen, wenn du nicht möchtest. Aber du kannst, wenn du es dir doch mal anders überlegen solltest, okay?« Ich fuhr mir mit der Hand durchs Haar, das ich heute Morgen aus einer Laune heraus offen gelassen hatte. »Wie heißt du?«

»Hyun-Sik.« Er schniefte wieder, diesmal lauter. »Ich heiße Hyun-Sik, *seonsaengnim*.«

»Du kannst mich Jade nennen, wenn du magst.« Die Vokabel kannte ich. Es war die formelle Ansprache für uns Lehrkräfte, und ich lächelte Hyun-Sik sanft an, während ich ihm dieses Angebot unterbreitete, das ich mir nur erlaubte, weil ich ihn nicht selbst unterrichtete. »Kommen deine Eltern dich bald abholen, Hyun-Sik?«

Hyun-Sik guckte mich aus seinen großen Augen an, und dann plötzlich passierte es: Der Glanz in seinen Augen verwandelte sich in Tränen, und ehe ich mich versah, lag sein lautes Schluchzen in der Luft. Er schlug sich die kleinen Hände vor die Augen und weinte herzzerreißend. Mit Kindertränen hatte ich noch nie besonders gut umgehen können, und so hockte ich etwas unbeholfen neben ihm auf dem Boden, bevor ich bedächtig die Hand ausstreckte und sie auf seine Schulter legte. Am liebsten hätte ich ihn in den Arm genommen, aber ich kannte den Jungen nicht, und mir kam es deshalb unangebracht vor, ihn auf diese Art zu trösten. Also konnte ich nichts weiter tun, als ihm die Schulter zu tätscheln und mich Hilfe suchend umzusehen, während Hyun-Sik sich die Augen ausweinte, endlich am Limit seines Schmerzes angekommen, den er noch vor ein paar Wochen in der Cafeteria so bitterlich zu verstecken versucht hatte.

Wo zum Geier war nur Yeo-Reum, wenn man sie brauchte? Sie würde mit dieser Situation sicherlich tausendmal besser umgehen können als ich, und wüsste auch, was angebracht war. Ich hingegen fühlte mich einfach nur verloren und auch ein bisschen überfordert, in meinem Unwissen und meiner Unsicherheit, nicht in der Lage, dem Jungen so richtig zu helfen. Stattdessen konnte ich nur auf den Gehweg starren, auf die Überreste von Hyun-Siks Tornister und meinem Jutebeutel, den ich noch immer nicht aufgehoben hatte und dessen Inhalt auf dem Gehweg verteilt lag.

Ein paar klobige, aber modische schwarze Turnschuhe erschienen plötzlich zwischen meinen Lehrmaterialen, der schwarzen Maske gegen Feinstaub und meinem Lippenpflegestift. Ich sah auf und war im nächsten Moment völlig sprachlos, als ich die goldbraunen Augen erkannte, die auf mich hinabschauten, auch wenn sie gerade von schockgeweitet zu wutentbrannt wechselten. Sie wanderten von mir zu Hyun-Sik, und ihr Blick wurde weicher und zuneigungsvoll.

»Hyuni.« Hyun-Joon war blass, die tiefen Schatten unter seinen Augen ließen ihn, in Kombination mit der Sorge, die seine Gesichtszüge verhärtete, um Jahre altern. Er sagte etwas auf Koreanisch und klang dabei sehr angespannt. Er stützte die Hände auf die Knie und lehnte sich zu uns herunter.

Hyun-Sik hob den Kopf, und sein Schluchzen wurde nur noch schlimmer, als er nun bemerkte, wer da vor ihm stand. Verzweifelt streckte der kleine Junge die Arme nach Hyun-Joon aus, wie nach einem Rettungsring, der ihn vor dem Untergang bewahrte.

»*Hyung!*«

11. KAPITEL

감사합니다 = Dankeschön

Irgendetwas in mir zerbrach in tausend kleine Einzelteile, als Hyun-Joon sich hinunterbeugte, um Hyun-Sik hochzuheben. Der kleine Junge klammerte sich sofort an ihn. Ihre Ähnlichkeit war frappierend. Beinahe hätte man glauben können, dass sie Vater und Sohn wären, aber dafür waren ihre Züge zu ähnlich, offensichtlich geschmiedet aus dem gleichen Genmaterial anstatt nur zu fünfzig Prozent identisch.

Hyun-Sik hatte die gleichen Augen wie Hyun-Joon, auch die gleiche Nase, und sogar eine ähnlich scharfe Linie des Kiefers ließ sich unter dem Babyspeck erahnen, der seine Wangen noch niedlich rundete. Sogar die Form ihrer Ohren war sehr ähnlich, wenn auch Hyun-Siks leicht abstanden. Ob Hyun-Joons Ohren auch so abgestanden hatten, als er noch klein gewesen war?

Hyun-Joon redete mit gesenkter und sanfter Stimme auf Hyun-Sik ein, seine große Hand lag beschützend im Rücken des Kindes, das so dringend Trost brauchte. Der tiefe Bariton seiner Stimme war seichter, als ich ihn in Erinnerung hatte. Verstohlen ließ ich meine Augen über den Barkeeper gleiten, den ich nicht aus dem Kopf bekommen hatte.

Hyun-Joon sah aus wie ein vollkommen anderer Mensch. Während die Jeans und das Hemd, die er im Club getragen hatte, wie eine zweite Haut gewirkt hatten, versank er in dem auberginefarbenen Hoodie, der unter einer offenen Jeansjacke hervorlugte. Seine Beine, die ich als muskulös in Erinnerung hatte, waren in der weiten, schwarzen Stoffhose kaum zu erkennen, die dem Outfit zusammen mit den Turnschuhen etwas Legeres und Modisches verlieh. Die größte Veränderung war aber wohl an seinen Haaren erkennbar, die er heute nicht schick gestylt trug, sondern die ihm wirr in die Stirn fielen.

Er sah jünger aus, wie ein stinknormaler Universitätsstudent, der gerade aus einer Vorlesung kam, wofür auch die lederne Kuriertasche sprach, die locker von seiner Schulter baumelte.

Ertappt zuckte ich zusammen, als unsere Augen sich begegneten und mir klar wurde, dass Hyun-Joon mich gerade beim Starren erwischt hatte.

Seine Züge verhärten sich, und er legte seine Hand schützend auf den Hinterkopf des kleinen Jungen, während er mich mit verengten Augen ansah. Er machte keinen Hehl daraus, was er von meiner Gafferei hielt. »Er ist mein kleiner Bruder.«

»Davon bin ich ausgegangen.« Verdattert blinzelte ich, überrascht, warum Hyun-Joon offenbar meinte, das in so einem scharfen Ton klarstellen zu müssen, wenn die Ansprache, die Hyun-Sik verwendet hatte, doch schon deutlich genug gewesen war. *Hyung.* Großer Bruder. »Ihr beide seht euch sehr ähnlich.«

Verärgerung flackerte über Hyun-Joons Züge, doch bevor ich ihn fragen konnte, wo das Problem lag, war der Ausdruck wieder verschwunden, und er nickte in Richtung des ruinierten Tornisters, den ich gegen die hohen Mauern gelehnt hatte, die das Schulgelände umgaben. »Was ist passiert?«

»Ich weiß es nicht so genau«, gab ich offen zu und blickte auf Hyun-Siks Schultern, die noch immer bebten, aber immerhin hatte das laute Schluchzen aufgehört. »Ich war an den Schranken, als ich einen Schrei gehört habe. Es sah so aus, als gäbe es zwischen ein paar Kids ein Handgemenge, also bin ich dazwischengegangen. Ich habe deinen Bruder erst gesehen, als die Traube sich aufgelöst hatte.«

»Unterrichtest du hier?«

»Ja. Aber ich bin nicht Hyun-Siks Lehrerin. Ich unterrichte die Klassen fünf und sechs.«

»Verstehe.« Ich stand ein gutes Stück von Hyun-Joon entfernt, hörte aber trotzdem, wie er mit den Zähnen knirschte, ehe er seine Wange gegen das Haar seines Bruders schmiegte. »Hast du eins der Kinder erwischen können?«

»Leider nicht.« Ich seufzte und bereute es, nicht schneller gewesen zu sein. »Sie sind in alle Himmelsrichtungen davon, als sie mich bemerkt haben, und dann war es mir wichtiger, mich um Hyun-Sik zu kümmern, als ihnen nachzujagen.« Ich betrachtete Hyun-Joons große Hand, die Hyun-Siks Hinterkopf hielt, und an deren Fingern unzählige silberne Ringe steckten, wie an dem Abend, an dem ich ihm zum ersten Mal begegnet war. »Es tut mir leid.«

Hyun-Joon schwieg einen Augenblick, schüttelte aber dann bedächtig den Kopf. »Muss es nicht. Das alles ist immerhin nicht deine Schuld.« Er lächelte mich an, die Traurigkeit und Sorge noch immer Gast in seinen Augen, und mein Magen machte wieder diesen eigenwilligen Salto, den er beim besten Willen nicht machen sollte. »Danke, dass du meinem kleinen Bruder geholfen hast.«

Ich winkte ab. »Das ist doch selbstverständlich.«

»Nein, ist es leider nicht.« Ich hatte nicht die Chance, Hyun-Joon zu fragen, was er damit meinte, denn er zog den Kopf zurück, um Hyun-Sik ansehen zu können, der seine dürren Ärmchen nur widerwillig vom Hals seines Bruders löste. Die Geschwister guckten einander an, und Hyun-Joon sprach leise mit dem Jüngeren, der hin und wieder nickte, während

Hyun-Joon ihm mit einer unglaublichen Zärtlichkeit die Tränen von den Wangen strich, bis sie endgültig versiegten. Die Geschwister sprachen noch kurz miteinander, und ich brauchte einen Moment, um mich von dem Anblick familiärer Liebe loszureißen, ehe ich mich dann aber an meine Manieren erinnerte und damit begann, den Inhalt meiner Tasche vom Gehweg aufzusammeln, anstatt die beiden weiterhin anzustarren.

Ich packte alles zurück in meinen Leinenbeutel, froh, dass der Inhalt meines Geldbeutels nicht auch noch herausgefallen war, bevor ich mich wieder aufrichtete. Erleichterung erfasste mich, als ich sah, dass Hyun-Sik breit lächelte und damit eine niedliche Zahnlücke offenbarte, die hoffentlich von ausfallenden Milchzähnen und nicht von Vorfällen wie heute zeugte.

Etwas unschlüssig stand ich da, unsicher, ob ich einfach gehen oder mich zumindest verabschieden sollte. Unbeholfen strich ich mit den Händen über meine Oberschenkel. Okay, das war jetzt wirklich irgendwie unangenehm. Ich sollte besser verschwinden und dann –

»*Seonsaengnim*«, sagte Hyun-Sik plötzlich. Ich fuhr herum und sah gerade noch, wie Hyun-Joon seinen Mund von Hyun-Siks Ohr wegzog. Er hatte ihm wohl etwas zugeflüstert, und sein kleiner Bruder nickte bekräftigend. »*Hyung* und ich wollen *Tteokbokki* essen gehen. Möchten Sie mitkommen?«

Unruhig wechselte ich von einem Fuß auf den anderen, doch ein Lächeln breitete sich dennoch auf meinen Zügen aus. »Was ist denn *Tteokbokki*, Hyun-Sik?«

Mit dem nachdenklichen Gesichtsausdruck eines Philosophen schien Hyun-Sik über meine Frage nachzusinnen, ehe er Hilfe suchend zu seinem großen Bruder sah, der nur lachte und Hyun-Sik mit einer Hand durchs Haar wuschelte, als er ihn absetzte. »Das sind kleine Reiskuchen, die in einer Chilipaste gebraten werden. Sie sind sehr scharf.«

»Mir macht das aber nichts«, verkündete Hyun-Sik stolz. »Ich kann sogar schon *Hyungs* super scharfe *Tteokbokki* probieren.«

»Ach wirklich?« Ich gab mich überrascht und schwer beeindruckt, auch wenn ich keine Ahnung hatte, ob das etwas so Besonderes war oder nicht. »Magst du die gerne, Hyun-Sik?«

»Ja. Es ist mein Lieblingsessen.«

»Ach ja?« Hyun-Joon zog eine Augenbraue hoch. »Ich dachte, du magst *Eommas Omurice* am liebsten?«

»Auch.« Der Brustton der Überzeugung war so niedlich, dass ich nicht anders konnte, als leise zu lachen. »Kommen Sie mit, *Seonsaengnim? Hyung* hat gesagt, dass er mir ein neues Videospiel kauft, wenn – «

Hyun-Joon verschloss Hyun-Siks Mund schnell mit seiner Hand und zischte etwas auf Koreanisch, das ich nicht verstand, was aber eindeutig so klang, als würde Hyun-Siks neues Videospiel gerade beträchtlich ins Wanken geraten. Als er mich ansah, lag ein verlegenes Lächeln auf seinen Lippen. »Hör nicht darauf, was Hyun-Sik so plappert. Sein Englisch ist nicht so gut.«

Das war eine offensichtliche Lüge, aber diesen Kommentar behielt ich für mich. Ich beugte mich stattdessen zu dem kleinen Jungen hinunter, bevor ich seinen Bruder anschaute und auf die Hand deutete. »Wärst du so nett?«

Hyun-Joon verzog unzufrieden das Gesicht, nahm jedoch dann seine Hand von Hyun-Siks Mund, der diese sofort ergriff und festhielt.

»Ich komme mit«, sagte ich, und Hyun-Sik wollte schon in Begeisterungsstürme ausbrechen, doch ich setzte schnell nach.

»Aber nur unter einer Bedingung.« Unsicher sah er mich an, und ich schmunzelte. »Ich komme mit, wenn du mich ab sofort Jade nennst, okay?«

Das Lächeln, das Hyun-Sik mir zuwarf, strahlte so hell wie tausend Sonnen, und ich war froh, als auch das letzte bisschen Traurigkeit aus seinen Zügen verschwand und freudige Aufregung die Regentschaft übernahm und ihn endlich wieder so jung und kindlich aussehen ließ, wie er wirklich war. »Okay, Jade-*seonsaengnim*.«

Nicht ganz das, was ich gemeint hatte, aber es war ein Anfang.

Ich richtete mich wieder auf und begegnete den honigfarbenen Augen von Hyun-Joon, der mich mit einem Ausdruck auf dem Gesicht musterte, den ich weder deuten konnte noch wollte. Betreten räusperte ich mich und zeigte die Straße hinunter. »Sollen wir dann?«

»Klar.« Hyun-Joon hob Hyun-Siks Tornister vom Boden auf, und ich war erleichtert, dass er nichts zu dem ausgerissenen Reißverschluss sagte, sondern ihn sich nur seufzend über die Schulter hängte und seinem Bruder folgte, der ungeduldig an seiner Hand zog.

Erst als ich neben den beiden an der großen Kreuzung stehen blieb, wurde ich mir Hyun-Joons Präsenz wirklich bewusst, die mich warm einhüllte, so dicht wie er neben mir stand, während der Geruch seines Parfüms in meine Nase drang. Eine Gänsehaut breitete sich auf meinem ganzen Körper aus, und mir wurde schlagartig klar, was für eine dumme Idee meine Zustimmung gewesen war.

Und als ich Hyun-Joons selbstzufriedenes Lächeln bemerkte, wusste ich, dass ich ab jetzt wirklich knietief in Schwierigkeiten steckte.

»Bist du sicher, dass du nicht doch lieber von Hyun-Siks Portion mitessen willst? Das ist *Gungjung Tteokbokki* und überhaupt nicht scharf. Die Soße basiert auf Sojasoße, und es wurde früher von den Königen gegessen.« Hyun-Joon sah mich skeptisch an, ein frustrierend attraktives Schmunzeln auf den vollen Lippen, das mich beinahe in den Wahnsinn trieb.

»Ganz sicher.« Ich verschränkte die Arme vor der Brust wie ein trotziges Kind und nickte zum Menü. »Wie scharf kann das schon sein?«

»Das wirst du dann gleich feststellen.« Hyun-Joon schnalzte nur mit der Zunge, ehe er in seine hintere Hosentasche langte und seine Brieftasche zutage förderte, nachdem er die Bestellung heruntergerattert hatte, die deutlich mehr Dinge zu beinhalten schien als nur die *Tteokbokki*, die wir ausgesucht hatten. »Verträgst du denn scharfes Essen?«

»Ja.« Ich dachte an die unzähligen Male, die Dad und ich beim Thailänder um die Ecke bestellt hatten, vor seiner Diagnose, als er noch alles hatte essen dürfen, und bei dem ich immer die schärfsten Optionen auf der Karte gewählt hatte. Hyun-Joons übermäßige Sorge machte mich allerdings doch etwas stutzig. »Eigentlich schon.«

Hyun-Joon lachte nur leise, und der Klang seiner tiefen Stimme raste direkt meine Wirbelsäule hinunter und ließ mich erschaudern. »Und uneigentlich?«

»Uneigentlich auch.« Ich versuchte, mich auf die ein wenig in die Jahre gekommene, hölzerne, gemütliche Inneneinrichtung des kleinen Restaurants zu konzentrieren, nur um nicht noch länger auf die Grübchen auf Hyun-Joons Wangen zu starren. »Du willst mich nur verunsichern.«

»Eigentlich wollte ich dich wirklich nur vorwarnen, aber dich zu verunsichern macht auch Spaß.« Er zahlte unser Essen mit seiner Karte und sah über die Schulter hinweg zu Hyun-Sik, der bereits an einem der acht Tische saß und die Beine von der hohen Sitzbank baumeln ließ. »Hyuni!«

Hyun-Sik sah von Hyun-Joons Handy auf, offensichtlich gewöhnt an diesen doch sehr niedlichen Spitznamen, und sah seinen großen Bruder aufmerksam an, der in Richtung des Kühlschranks deutete, in dem sich eine Auswahl an Getränken befand. Hyun-Sik sagte etwas auf Koreanisch und blickte dann wieder auf Hyun-Joons Handy hinab, was auch immer auf dem Display zu sehen war, musste deutlich interessanter sein als sein großer Bruder und die Lehrerin, die sie aufgegabelt hatten.

»Was möchtest du trinken?«, fragte Hyun-Joon mich, als er zum Kühlschrank ging und diesen aufzog. »Du kannst dir einfach irgendwas aussuchen.«

Überrascht sah ich auf die großen Tetra Paks, mit den verschiedenen bunten Designs, meistens mit irgendwelchen Früchten. »So ein ganzes Ding?«

»Ja, so ein ganzes Ding.« Hyun-Joon hob die Hand, das Grinsen dahinter konnte ich trotzdem sehen, weil sich kleine Lachfältchen um seine Augen bildeten. »Glaub mir, du wirst es brauchen.«

»Versuchst du mir Angst zu machen?«

»Nein, wieso? Klappt es?«

»Nein.« Ich ging zum Kühlschrank, öffnete ihn und griff mir ein Tetra Pack mit einem Pfirsich darauf und nahm dann drei Becher von dem Stapel daneben. »Was schulde ich dir denn für das Essen?«

»Gar nichts.« Hyun-Joon wählte selbst zwei Kartons aus, einen mit einer Kirsche und einen mit einer Mango darauf, und schloss den Kühlschrank mit seinem Ellenbogen. »Ich lade dich ein. Als Dankeschön dafür, dass du meinem kleinen Bruder geholfen hast.«

Sofort schüttelte ich den Kopf, unwillig eine solche Geste anzunehmen. »Das ist nicht nötig.«

Hyun-Joon lächelte, jetzt aber etwas reservierter als noch zuvor, während er die beiden Kartons auf dem Tisch abstellte und dann noch mal zum Kühlschrank ging, neben dem sich eine Station mit Besteck befand. »Ich bestehe darauf.«

Ich verteilte die Becher auf dem Tisch und setzte mich auf einen der Stühle, die ganz ohne Polsterung daherkamen. »Es ist wirklich nicht nötig, Hyun-Joon.«

»Bitte, lass mich einfach das Essen für dich bezahlen, in Ordnung?« Seine Stimme war etwas nachdrücklicher als noch zuvor, und er legte die drei Paar Essstäbchen zusammen mit den drei kleinen weißen Schälchen auf den Tisch, nachdem er auch Servietten geholt hatte.

»Es ist aber wirklich nicht nötig.«

»Das sehe ich anders.« Hyun-Joon ging an mir vorbei und ließ sich gegenüber von mir auf den Stuhl neben seinem Bruder sinken, dem er einmal durchs Haar wuschelte, was dieser nur mit einem unzufriedenen Quietschen quittierte. »Außerdem haben Hyun-Sik und ich dich eingeladen.«

Ich dachte an die Drinks, die er mir im Club bereits ausgegeben hatte, und schüttelte erneut den Kopf, obwohl ich ahnte, dass ich auch diesmal auf taube Ohren stoßen würde. »Ich bin aber nicht mitgekommen, um ein Gratisabendessen abzustauben.«

»Darum geht es auch gar nicht.« Hyun-Joon sah mich durchdringend an, was wirklich unfair war, weil Augen mit solch einer Ehrlichkeit darin entwaffnend waren. »Lass mich bitte einfach zahlen, okay?«

Es schien ihm wirklich ein Bedürfnis zu sein, und ich dachte an all die Male, die ich Muffins oder Kuchen mit ins Krankenhaus gebracht hatte, um mich beim Krankenhauspersonal zu bedanken, die immer etwas verlegen gewirkt hatten. Aber ich hatte das gebraucht. Für mich selbst. Um mich in der Situation ein bisschen weniger hilflos zu fühlen.

Ich seufzte und lenkte ein. »In Ordnung. Aber nur dieses eine Mal.«

»Ist übrigens ein lustiger Zufall, dass du an der Schule meines Bruders unterrichtest.« Hyun-Joon grinste breit und sichtlich zufrieden mit sich selbst, ehe er Hyun-Siks Becher füllte. Es war ein Joghurtdrink, sehr dickflüssig, und ich fragte mich, ob das Essen tatsächlich so scharf war, dass sie direkt ein milchbasiertes Getränk mitservierten. »Ich musste zweimal hinsehen, weil ich mir gedacht habe, dass ich mir das sicherlich nur einbilde.«

Ob dieser Zufall nun sonderlich lustig war oder nicht, ließ ich unkommentiert, doch das schwere Gefühl in meiner Magengegend, das mir leise das Wort *Schicksal* zuflüsterte, ließ sich genauso wenig ignorieren wie Hyun-Joons intensiver Blick, der mich im Club schon so in seinen Bann gezogen hatte. »Ich war auch total überrascht. Wobei ich mir das vielleicht hätte denken können, so ähnlich wie ihr beide euch seht.«

»Sehe ich wirklich aus wie *Hyung*?«, fragte Hyun-Sik, doch sein Blick blieb auf das Display des Handys gerichtet, von dem er sich gar nicht losreißen konnte, aber trotzdem an unserem Gespräch teilhaben wollte, und ich lächelte erleichtert, weil er all seine Kindlichkeit trotz allem noch nicht verloren hatte.

Ich nickte, ohne weiter darüber nachzudenken. »Ja. Sehr. Ihr habt die gleichen Augen und auch sehr ähnliche Ohren.«

Hyun-Sik unterbrach, was er tat, und fasste sich ans Ohr, in den Augen ein fragender Ausdruck, als er seinen großen Bruder betrachtete, der ihn warm anlächelte, bevor der kleine Junge wieder zurück auf das Handy sah.

»Du bist sehr aufmerksam«, murmelte Hyun-Joon nach einer Weile, in seiner Stimme schwang ein Unterton mit, den ich nicht benennen konnte, der meinen Magen aber auf dem Drahtseil zwischen freudiger Aufregung und ungesunder Nervosität tanzen ließ.

Hyun-Sik griff nach seinem Drink und trank einen Schluck, bevor Hyun-Joon etwas zu ihm sagte, das er mit einem Nicken bedachte. Hyun-Joon wühlte in seiner Tasche herum und brachte dann ein schickes, schwarzes Kästchen zum Vorschein, aus dem er ein Paar kabellose Kopfhörer zog, die Hyun-Sik sich sofort in die Ohren steckte.

»Hyuni?« Hyun-Joon sagte den Spitznamen seines kleinen Bruders ein paarmal, bekam aber keine Antwort. Zufrieden lächelte er, bevor er sich wieder mir zuwandte, und sein Lächeln schwand. Automatisch setzte ich mich gerader hin, wie ein unschuldiger Zeuge, den das kommende Verhör trotzdem nervös machte. Ernsthaftigkeit und Sorge überschatteten Hyun-Joons vorher noch so entspannte Züge, als er sich auf dem Stuhl zurücklehnte und seine Augen auf Hyun-Siks Hinterkopf heftete. »Passiert das öfter?«

Ich hätte mit der Frage rechnen müssen, und trotzdem traf sie mich ein wenig unvorbereitet. Sollte ich ihm sagen, was ich beobachtete hatte? Aber war das nicht eigentlich etwas, das man mit den Eltern des Kindes besprach? Und überhaupt, ich war nicht einmal Hyun-Siks Lehrerin, sondern lediglich eine stumme Beobachterin des Geschehens, die sich ihrer Machtlosigkeit schmerzhaft bewusst war. Ich sah auf meine Hände herab, und plötzlich wünschte ich mir, zumindest etwas mehr Wert auf Accessoires zu legen, die mir jetzt eine gute Beschäftigung für meine unruhigen Finger geboten hätten. »Das sollten vielleicht besser eure Eltern mit Hyun-Siks Klassenlehrerin besprechen.«

Hyun-Joon fuhr sich mit beiden Händen über das Gesicht, und ich fühlte mich schlecht, weil ich diejenige war, die gerade zu der Erschöpfung beitrug, die seine Schultern gemeinsam mit seinen Mundwinkeln herabzog. »Bitte, Jade.«
»Hyun-Joon, ich bin nicht seine Lehrerin. Ich kann die Situation nicht vollständig einschätzen und –«
»Nicht vollständig bedeutet, dass du etwas gesehen hast.«
Ich schloss meinen Mund, bevor ich mich noch tiefer in mein eigenes Verderben reden konnte, das für mich mehr und mehr die Farbe Honigbraun annahm, anstatt in seinen unheilvollen Grau- und Schwarztönen zu verweilen.
Schweigen breitete sich zwischen uns aus, während wir einander einfach nur ansahen, ich nicht gewillt, Grenzen zu überschreiten, während Hyun-Joon scheinbar überlegte, ob er sie zur Not einreißen sollte. Er verengte die Augen, und der Zug um seinen Kiefer verhärtete sich, wie letztens im Club, als er diesen unangenehmen Kerl in seine Schranken gewiesen hatte. Doch mit einem Mal, so als hätte man einen Stecker gezogen, ließ Hyun-Joon ein kapitulierendes Seufzen hören, ehe er die Hand nach Hyun-Siks Haar ausstreckte und ein paar seiner verirrten Strähnen richtete, die vom Handgemenge noch immer ein wenig zerwühlt waren. Sämtliche Härte wich aus seinem Gesicht, sobald er seinen kleinen Bruder ansah, die scharfen Linien seines Kiefers und seiner Wangenknochen wirkten nicht länger so markant wie noch vor wenigen Sekunden, als er wahrscheinlich überlegt hatte, wie er mich am besten zum Reden bringen konnte.
»Unserer Mutter gehört ein Café«, begann Hyun-Joon unvermittelt und lenkte mich damit von dem seichten Pop-Song ab, der aus den altmodischen Boxen drang und der die Stille zwischen uns ein bisschen erträglicher gemacht hatte. »Sie geht morgens um sechs Uhr früh hin, um die Backwaren für

den Tag anzunehmen und alles vorzubereiten, bevor sie dann um neun Uhr öffnet.« Er lächelte Hyun-Sik warm an, als dieser zu ihm herüberspähte, bevor Sorge sich wieder über Hyun-Joons Züge legte, nachdem sein kleiner Bruder sich abermals auf das Display des Handys konzentrierte. »Das Café ist bis zweiundzwanzig Uhr geöffnet, und dann macht sie noch sauber und kümmert sich um die Buchhaltung. Vor Mitternacht ist sie so gut wie nie zu Hause. Das ist jetzt vermutlich nicht gerade die Zeit, zu der Hyun-Siks Klassenlehrerin noch Zeit und Lust hat, irgendwelche Gespräche zu führen. Ihr Café läuft zwar auch ohne ihre dauerhafte Hilfe, was auch gut so ist, aber sie ist im Moment dabei, ein zweites Café zu eröffnen, damit sie bald nur noch administrative Arbeiten übernehmen muss, um mehr Zeit für meine Geschwister zu haben. Aber bis dahin ist es noch ein langer Weg.« Hyun-Joon ließ die Hand sinken und faltete sie auf dem Tisch, die Knöchel stachen weiß hervor. »Ich kümmere mich fast allein um meine Geschwister, und keiner der Lehrkräfte redet mit mir, eben weil ich nur sein Bruder bin und sie, wenn überhaupt, mit unserer Mutter sprechen wollen.« Über seinen Vater verlor er kein Wort, und ich fragte nicht nach. Es war deutlich, dass er nicht Teil der Familie war, auf die eine oder andere Art. »Ich hab schon ein paar Mal bemerkt, dass Hyunis Sachen kaputt sind oder er blaue Flecken hat, aber ich hab das bisher immer für kindlichen Übermut gehalten. Ich meine, ich hab mir selbst ständig die Rübe angeschlagen oder die Klamotten zerrissen, als ich noch klein war. Aber das hier«, er nickte in Richtung der Schürfwunde auf der Wange des kleinen Jungen, die die helle Haut dort dunkelrot durchriss, »das ist was anderes.«

Die Müdigkeit und Erschöpfung, die ungesunde Schatten unter seine Augen zeichnete, erklärten sich mit einem Mal so viel besser. Genau wie das, was Hoon über Hyun-Joons chronischen Schlafmangel gesagt hatte. Er studierte, hatte Nebenjobs und kümmerte sich um seine Familie. Dass da sein Tag mit vierundzwanzig Stunden knapp bemessen war, glaubte ich sofort. Ich selbst hatte im letzten Semester meine Bachelorarbeit, zwei Nebenjobs und die ganzen Arzttermine mit meinem Vater unter einen Hut kriegen müssen, und wenn ich heute auf diese Zeit zurückblickte, konnte ich mich nicht mal mehr daran erinnern, wie oft ich in der U-Bahn oder im Wartezimmer der Onkologie eingeschlafen war. »Wie viele Geschwister hast du?«

»Zwei. Hyun-Sik und Hyun-Ah.« Er legte seine rechte Hand in den Nacken und schloss erschöpft die Augen. »Hyun-Ah ist sechzehn. Sie kommt gut allein zurecht, und wenn ich arbeite, passt sie auf Hyun-Sik auf. Aber sie geht halt auch noch zur Schule und …« Er ließ seinen Satz unbeendet und zuckte stattdessen resigniert die Schultern. »Ich will einfach nur dafür sorgen, dass es ihm gut geht, auch wenn ich nicht da bin. Das ist alles.«

Ich erinnerte mich an Hyun-Siks Art, die Lippen fest aufeinanderzupressen und die Attacken seiner Mitschüler einfach zu ertragen, ohne sich jemals zu wehren. Ich hatte mich gefragt, warum, doch langsam glaubte ich, zu verstehen. »Hast du ihn schon Mal darauf angesprochen?«

»Ja.« Hyun-Joon atmete geräuschvoll durch die Nase aus. »Er sagt immer nur, dass alles okay ist und dass er beim Spielen hingefallen wäre.«

Das bestätigte meine Vermutung und brachte mich in eine noch misslichere Lage. »Er will sicherlich nicht, dass du dir Sorgen machst.«

»Ich mache mir viel mehr Sorgen, wenn ich nicht weiß, was los ist.« Hyun-Joon hörte auf, seinen Nacken zu kneten. Er nahm seinen Becher in die Hand. Der Mango-Joghurtdrink darin schwappte fast über den Rand, als er diesen schwenkte wie andere ein Weinglas. Aber eben nur fast. »Außerdem ist es nicht sein Job, sich Sorgen zu machen. Das ist meiner. Er ist noch ein kleines Kind, und ich möchte, dass er das noch eine Weile länger bleiben kann.«

Hyun-Joons Vorhaben war nobel, sehr sogar, doch als ich an die unvergossenen Tränen in den Augen seines kleinen Bruders dachte, verkniff ich mir, ihn darüber in Kenntnis zu setzen, dass es dafür vielleicht schon zu spät war. Aber Hyun-Joon hatte recht: Hyun-Sik war noch ein kleines Kind. Ich wusste zwar nicht, ob ich ihm wirklich damit helfen würde, wenn ich seinen großen Bruder über seine Lage ins Bild setzte, aber ich würde es auf einen Versuch ankommen lassen müssen, in der Hoffnung, dass es uns alle drei von unserer Hilflosigkeit in dieser Situation befreien würde.

»Hyun-Sik wird regelmäßig gehänselt, soweit ich das beurteilen kann«, sagte ich zögerlich und hob mahnend eine Hand, als Hyun-Joon den Mund öffnete, um etwas zu sagen. »Ich bin nicht seine Lehrerin, sondern sehe ihn nur in der Mittagspause in der Cafeteria oder im Vorbeigehen auf dem Schulgelände, also kann ich dir nicht richtig sagen, wie der Schulalltag für ihn ist.« Ich fuhr fort, als Hyun-Joon seinen Mund wieder schloss und stattdessen genauso folgsam nickte wie eins der schüchternen Kinder in meinem Unterricht. »Aber ich hab gesehen, wie er geschubst und gehauen worden ist. In der Cafeteria. Die anderen Kinder haben ihn auch mit ihrem Essen beschmiert.«

Hyun-Joons Nasenlöcher blähten sich auf, und der Joghurt in seinem Becher schwappte über den Rand und lief ihm über die Hand. Er zischte etwas auf Koreanisch, was bei seinem Tonfall nichts anderes sein konnte als eine Profanität, und griff sich die Serviette. Seine Hände krallten sich in das Papier, als er mit fahrigen Bewegungen den klebrigen Drink von seinen Fingern wischte.

»Es tut mir leid.«

»Es gibt nichts, wofür du dich entschuldigen müsstest.« Hyun-Joon zog die Ringe von seinen Fingern, die mit lautem Klirren auf dem Tisch landeten, der auch schon bessere Tage gesehen hatte.

Ich nahm eine Serviette und säuberte damit einen der Ringe, um mich irgendwie nützlich zu machen. Das Metall war noch warm von Hyun-Joons Haut. »Trotzdem.«

»Es ist wirklich nicht nötig, Jade.« Hyun-Joon sah auf den Ring zwischen meinen Fingern, und ich war überrascht, dass seine Mundwinkel sich ein wenig hoben. »Ich bin dir dankbar, dass du es mir sagst.«

»Es ist immer besser zu wissen, mit welchem Teufel man es zu tun hat.« Die Worte platzten aus mir heraus, bevor ich sie hatte aufhalten können, und ich war froh, mich auf den Ring in meiner Hand konzentrieren zu können, auch wenn er längst sauber war. Er verriet mir, wie viel größer Hyun-Joons Hände sein mussten als meine. Ich ließ das silberne Stück Metall auf den Tisch fallen, als hätte ich mich daran verbrannt, und schob es zu Hyun-Joon hinüber. »Hier.«

»Danke.« Seine Finger streiften meine. »Und danke noch mal, dass du es mir gesagt hast.«

»Bitte. Auch wenn ich wünschte, dass ich mehr tun könnte.«

»Das war schon mehr, als viele andere getan hätten.« Hyun-Joon sah mir in die Augen, sein kleiner Finger war warm, da, wo er meinen berührte. »Also vielen Dank.«

Ich konnte mich nicht von seinen honigfarbenen Augen losreißen, die mich so eindringlich anschauten, als wollte er bis zum Grund meiner Seele sehen. Sofort zog ich meine Hand zurück, nicht gewillt, ihm einen noch tieferen Einblick zu gewähren, und ich war erleichtert, als der Mann, der zuvor unsere Bestellung aufgenommen hatte, mit einer flachen Pfanne an unseren Tisch kam. Er schaltete den Gaskocher ein, der in den Tisch eingelassen war, und stellte die Pfanne darauf ab, während die Frau, die hinter ihm in der Küche gelangweilt auf ihr Handy gestarrt hatte, einen Teller mit frittierten Speisen und einen mit Glasnudeln und Gemüse in einer roten Soße auftischte. Der Gaskocher wurde eingeschaltet, und die Flamme so aufgedreht, dass die Soße zu köcheln begann und sich ein süßlich scharfer Geruch ausbreitete, der mir das Wasser im Mund zusammenlaufen ließ.

Hyun-Sik hatte das Essen auch kommen sehen, denn sofort wurden seine Augen groß, und mit kindlicher Vorfreude begann er, auf der Bank herumzurutschen. Er schien zu grübeln, seine Nase in kleine Fältchen gezogen, als er zwischen der Pfanne und dem Display hin und her sah.

Hyun-Joon lachte leise und mit so viel Zuneigung, dass es meinen Magen mit Wackelpudding füllte. Er vermengte die Nudeln und füllte Hyun-Siks Schälchen mit ein paar der frittierten Speisen. Hyun-Sik hatte das Handy endgültig beiseitegelegt und die Kopfhörer aus den Ohren genommen, als seine separate Portion mit milden Reiskuchen und viel Gemüse kam, die, anders als unsere, nicht mehr kochen musste, sondern fertig serviert wurde, was wohl daran lag, dass sie deutlich kleiner war.

»*Seonsaengnim*«, sagte er aufgeregt, während er es seinem großen Bruder überließ, die Kopfhörer und das Handy wegzuräumen. »Kennst du *Kimmari*?«

»Nein.« Ich versuchte, mir das Lächeln zu verkneifen, das sich bei Hyun-Siks niedlicher Aussprache auf meinen Lippen ausbreiten wollte. »Was ist das denn?«

Hyun-Sik öffnete den Mund, schloss ihn aber dann wieder, während er die Stirn runzelte. »Na ja, *Kimmari* halt.«

Ich blinzelte und erstickte mein Lachen schnell mit meiner Hand, um die Stille im Restaurant nicht zu unterbrechen, während das *Tteokbokki* noch immer vor sich hin brutzelte, das Blubbern der Soße ein leises angenehmes Säuseln, das meinen Magen zum Knurren brachte. Hyun-Sik bemühte sich, mir weiter die Speisen auf dem Tisch zu erklären, scheiterte jedoch kläglich, und es war niedlich mit anzusehen, wie er versuchte, mir begreiflich zu machen, was er meinte. Manchmal erbarmte Hyun-Joon sich und half ihm aus, doch die meiste Zeit beobachtete er nur mit einem Grinsen, wie sein kleiner Bruder die Dinge sehr geduldig erläuterte, die für ihn so selbstverständlich waren. Er aß seine Portion Reiskuchen, seine Wangen so prall wie die eines Hamsters, als er mit Elan so viel wie möglich in sich hineinstopfte. Seine Augen schielten immer wieder zu der großen Pfanne mit der feuerroten Soße hinüber, so als hoffte er, etwas davon abzubekommen.

»Hyuni, dein *Tteokbokki* ist fertig.«

Hyun-Sik machte ein aufgeregtes und zufriedenes Geräusch und hielt seinem großen Bruder das weiße Schälchen hin, das dieser mit zwei zylinderförmigen Reiskuchen und der roten Soße füllte und ein bisschen Wasser von der Flasche auf dem Tisch hinzugab. Es waren noch ein paar andere Zutaten darin, die ich aber nicht kannte, doch Hyun-Sik schien im siebten Himmel zu sein, so schnell, wie er sich auf die heiße Speise stürzte, was ihm ein paar mahnende Worte seines großen Bruders einbrachte.

Ich reichte Hyun-Joon meine Schüssel, die er mit einem Lächeln füllte, bevor er sich entspannt auf dem Stuhl zurücklehnte und mich beobachtete.

Unsicher sah ich auf das Essen hinab, das fantastisch roch, wovon mir das Wasser im Mund zusammenlief, doch Hyun-Joons aufmerksamer Blick und sein Schmunzeln ließen mich zögern. »Wenn du mich so anstarrst, werde ich keinen Bissen herunterkriegen.«

Mein Gegenüber stützte nur seinen Kopf auf seiner Faust ab und grinste jungenhaft, machte aber keine Anstalten wegzusehen, sondern deutete lediglich auf das Essen vor mir. »Ich bin einfach gespannt, ob es dir schmeckt. Das ist alles.«

Ich schnaubte leise, nahm mir aber dann die Essstäbchen und probierte den ersten Reiskuchen, der erst nach mehreren gescheiterten Versuchen zwischen meinen Stäbchen stecken blieb. Die Textur war zäh und ein wenig klebrig, aber ich konnte mich nicht länger darauf konzentrieren, nachdem die Soße meine Zunge benetzt hatte und ich harsch die Luft durch die Nase einsog, als die Schärfe dafür sorgte, dass mir sofort der Schweiß ausbrach.

Hyun-Joon warf den Kopf in den Nacken und lachte, ungehemmt und ehrlich, und als sich erneut eine Gänsehaut auf meinem Körper ausbreitete, dämmerte mir, dass der Schärfegrad des *Tteokbokki* nicht das Einzige war, das ich hoffnungslos unterschätzt hatte.

12. KAPITEL

실수 = Fehler

»Bist du sicher, dass es geht?« Skeptisch betrachtete ich Hyun-Joon, der einen schlafenden Hyun-Sik Huckepack den Hügel hinauftrug. Der Anstieg war nicht dramatisch, machte sich aber doch mit einem seichten Ziehen in meinen Oberschenkeln bemerkbar, und ich fragte mich, wie Hyun-Joon weiterhin diese großen Schritte beibehalten konnte, obwohl er zusätzlich das Gewicht seines kleinen Bruders trug. Ich schloss meine Hand fester um den Riemen von Hyun-Siks Tornister, den ich Hyun-Joon abgenommen hatte, als wir mit Hyun-Sik aus der U-Bahn ausgestiegen waren. Er hatte protestiert, doch ich hatte ihn nur ignoriert und mich stattdessen mit der Schultasche im Arm die vollen Treppen hinaufgeschlängelt, Hyun-Joon die ganze Zeit direkt vor mir, als er mir stumm den Weg zeigte.

»Ja, das ist echt kein Problem.« Hyun-Joon blieb stehen und korrigierte seinen Griff in Hyun-Siks Kniekehlen, ehe er weiterging, unsere Schritte eine gleichförmige Symphonie auf dem roten Asphalt in der Seitenstraße unweit der U-Bahn-Station. »Es ist nicht das erste Mal.«

»Das habe ich mir gedacht, so sicher, wie du ihn in der vollen U-Bahn auf deinen Rücken verfrachtet hast.« Ich hatte nur mit offenem Mund zusehen können, wie Hyun-Joon den schlafenden Hyun-Sik in einer flüssigen Bewegung auf seinen Rücken gehievt und sich dann mit gemurmelten Entschuldigungen durch die volle Bahn zur Tür gedrängelt hatte. »Schläft er oft einfach irgendwo ein?«

»Nicht mehr so häufig wie früher, aber ab und an schon noch.« Hyun-Joons Lächeln wirkte traurig unter dem hellen Licht der Laternen, die unseren Weg durch die schmale Straße erleuchteten, in der diverse Autos geparkt waren. »Außerdem hatte er heute einen ereignisreichen Tag.«

»Da hast du wohl recht.« Ich hob den Blick gen Himmel, sah aber keine Sterne, sondern nur die dunklen Linien der Stromleitungen über uns, die den Abendhimmel durchzogen. Die Sonne war vor knapp einer halben Stunde untergegangen und hatte auch den letzten Rest Wärme mit sich fortgenommen, sodass die kalte Abendluft ungehindert durch meinen Mantel dringen konnte.

»Tut mir leid, dass wir dich so lange aufgehalten haben.«

»Das muss es nicht. Ich hatte viel Spaß.« Und das war nicht einmal gelogen, denn ich hatte tatsächlich eine schöne Zeit mit Hyun-Sik und Hyun-Joon gehabt. Eigentlich hatte ich längst zu Hause sein wollen, aber nachdem wir in aller Ruhe unser scharfes Festmahl beendet hatten, hatte Hyun-Sik mich noch dazu überredet, mit ihm und Hyun-Joon nach Mapo zu fahren, um dort in seinem Lieblingsladen ein Videospiel auszusuchen. Und jetzt war es schon kurz vor acht, und ich hatte weder den Unterricht für morgen vorbereitet noch einen Blick auf die Lehrmaterialien für die kommende Woche geworfen. Bereuen tat ich es trotzdem nicht, Hyun-Siks kindliches Lachen und das Leuchten in seinen Augen waren wie Balsam für meine von Sorgen geplagte Seele. »Außerdem hätte ich ja auch einfach Nein sagen können.«

»Dann hast du mir etwas voraus.« Hyun-Joon sah über die Schulter auf Hyun-Siks schlafendes Gesicht und schüttelte den Kopf. »Ich kann nur sehr schwer Nein zu ihm sagen.«

»Das ist mir bereits aufgefallen.« Ich ging ein paar Schritte vor, nur um mich dann umzudrehen und rückwärts vor den beiden her zu schlendern. In dieser Straße konnte ich das durchaus riskieren, weil es zwar einige Fußgänger, aber so gut wie keine Autos gab. Außerdem war es so leichter, in Hyun-Joons Gesicht zu sehen. »Wolltest du ihm nicht eigentlich nur ein einziges Spiel kaufen?«

»Eigentlich schon.«

»Und uneigentlich?«, zog ich ihn auf, und Hyun-Joon grinste mich an, mit Grübchen und ein bisschen zu viel Zähnen, was dafür sorgte, dass ich beinahe über meine eigenen Füße stolperte, während die Knospen beginnender Vertrautheit sich wie Ranken um meinen Brustkorb schlangen.

»Uneigentlich auch.«

Um dem intensiven und warmen Ausdruck in seinen Augen zu entkommen, machte ich auf dem Absatz kehrt und verfiel neben ihm wieder in einen Gleichschritt, der fast beängstigend synchron war, obwohl seine Beine ein ganzes Stück länger waren als meine. Ich legte mir den Riemen von Hyun-Siks kaputtem Tornister über die Schulter und rieb die Hände aneinander, um mich ein bisschen aufzuwärmen und abzulenken, auch wenn ich wusste, dass es nur von kurzer Dauer sein würde.

»Ist dir kalt?«

»Ein wenig«, gab ich widerwillig zu und hob die Hände an meinen Mund, um sie warm zu hauchen. »Ich hoffe wirklich, dass es bald etwas milder wird.«

»Das wird es. Und dann ist auch schon bald *beotkkot gyejol*.«

Ich blinzelte etwas ratlos und sah ihn von der Seite her an und fühlte mich im gleichen Moment so ignorant, weil ich die Sprache des Landes nicht beherrschte. »Entschuldige bitte, aber was ist bald?«

»Oh, tut mir leid.« Hyun-Joon verzog das Gesicht, so als würde es ihn ärgern, nur auf den Ausdruck in seiner Muttersprache zu kommen. Er öffnete den Mund, schloss ihn dann aber wieder, ehe er verlegen lachte. »Ich hab einen Aussetzer. Mir fällt die Übersetzung gerade nicht ein. Wenn mein Cousin Tyler hier wäre, würde er mir was erzählen. *Beotkkot gyejol* ist, wenn die Bäume mit den weiß-rosa Blüten –«

»Kirschblüten?«

»Genau! Kirschblüten. Danke. Ich kam nicht drauf.« Er schüttelte über sich selbst den Kopf. »Es ist die Kirschblütensaison. Das war das Wort, das ich gesucht habe.«

Aufregung erfasste mich, als ich an die wunderschönen rosa-weißen Blüten dachte, auf die ich in London immer ungeduldig gewartet und mir dann zusammen mit Chris angesehen hatte, der immer eher widerwillig mitgekommen war. »Wann beginnt die Saison hier?«

»In der Regel Anfang April.« Das waren nur noch knapp zwei Wochen. Ein aufgeregtes Kichern entfuhr mir, und Hyun-Joon blickte aufmerksam zu mir herüber. »Magst du Kirschblüten?«

Ich nickte so schnell, dass mein Nacken ein protestierendes Knacken von sich gab. »Sehr. In London bin ich immer extra nach Kensington oder Kew Gardens gefahren, um sie mir anzusehen.«

»Wenn du möchtest, kann ich dir ein paar Orte aufschreiben, wo die Kirschblüten besonders schön sind.«

»Wirklich?« Ich sah Hyun-Joon mit großen Augen an, der versichernd nickte. »Das wäre superlieb von dir.«

»Dann mache ich das auf jeden Fall.« Hyun-Joon schmunzelte nur, in den Augen ein zufriedenes Funkeln, ehe er sich räusperte. »Wie gefällt dir Korea bisher?«

»Es ist wirklich schön«, sagte ich ehrlich, verzog aber dann das Gesicht, als ich daran dachte, wie wenig ich bisher von meiner Sightseeing-Liste hatte streichen können. »Aber ich habe bisher nicht annähernd so viel sehen können, wie ich wollte. Ich war ziemlich beschäftigt mit dem Umzug und mit dem Einfinden in meinen neuen Job und all diesen Dingen.«

»Das kann ich mir vorstellen.« Hyun-Joons Schritte wurden langsamer, unser Gleichschritt wieder völlig automatisch, was dafür sorgte, dass meine Gedanken mindestens genauso verworren waren wie die Stromleitungen über unseren Köpfen. »Hast du dich denn mittlerweile ein wenig einleben können?«

Ich dachte an die niedliche Badematte mit dem Katzengesicht und an die Tasse, die aussah, als hätte man sie mit Wasserfarben bemalt. Beides hatte ich in einem kleinen Laden um die Ecke von meinem Apartment erstanden sowie ein paar weitere Dinge, und so langsam wurde es richtig gemütlich bei mir. Alles kleine Anzeichen dafür, dass ich begonnen hatte, die Wohnung als mein neues Zuhause zu betrachten. »Ja. Zumindest ein wenig.«

»Wie wäre es, wenn ich dir dieses Wochenende ein bisschen was von der Stadt zeige? Als Dankeschön dafür, dass du Hyun-Sik geholfen hast.«

Abrupt und unvermittelt blieb ich stehen, doch Hyun-Joon ging einfach weiter, seine Schritte schlendernd, während Hyun-Sik noch immer friedlich auf seinem Rücken schlief. Meine Hand schloss sich fester um den Riemen von Hyun-Siks Tornister. »Dafür hast du mich doch schon zum Essen eingeladen.«

Hyun-Joon sah nur kurz über die Schulter, und im Halbdunkel der Straße konnte ich sein Gesicht kaum erkennen, als er antwortete. »Dann sieh es als Gegenleistung für die Zeit, die wir dir heute gestohlen haben.«

»Ihr habt meine Zeit nicht gestohlen«, sagte ich, meine Augen fest auf das Café gerichtet, das die Straßengablung hell erleuchtete. Lichterketten schmückten den kleinen Außenbereich wie Glühwürmchen. »Ich habe sie euch freiwillig gegeben.«

»Dann würde ich mich freuen, wenn du das noch einmal tun könntest.« Ich spürte Hyun-Joons Blick auf mir, als seine Schritte verklangen, gleißend heiß wie die Berührung von Haut auf Haut, doch ich weigerte mich, ihn anzusehen. Ich wusste nämlich nicht, was gerade auf meinem Gesicht passierte, mit all den Emotionen, die durch meinen Körper rauschten und die Kälte des Märzabends vertrieben.

Es war keine gute Idee, mehr Zeit mit Hyun-Joon zu verbringen. Das wusste ich genau, und der heutige Tag hatte diese Erkenntnis praktisch in Stein gemeißelt. Immer wieder hatte ich ihn angesehen, hatte mich in seinen Augen verloren oder mir sein Lächeln herbeigewünscht, das die Erschöpfung aus seinen Zügen vertrieb, und ihn unbekümmert aussehen ließ. In seiner Nähe zu sein war so natürlich wie Atmen, und gleichzeitig erfüllte es mich mit einer nervösen Aufregung, die mein Herz zum Flattern brachte, sodass ich fürchtete, dass es davoneilen könnte, wenn ich es nicht fest genug hielt.

Wenn ich zu diesem Angebot *Ja* sagte, dann würde ich wieder und wieder *Ja* sagen, und irgendwann würde sich diese Anziehung zwischen uns, die ich bis tief in meine Knochen spüren konnte, in etwas wandeln, das ich nicht länger würde kontrollieren können. Es würde ein Eigenleben entwickeln, das kaum geflickte Herz aus meiner Brust herausreißen und es noch blutend in Hyun-Joons Hände legen. Und alles, was ich würde tun können, wäre, dabei zuzusehen, wie seine Haut sich rot färbte und die kleinen Lachfältchen an seinen Augenwinkeln erschienen, wenn er seine Hände fest darum schloss, dem Irrtum unterlegen, dass es ihm gehörte.

Dabei gehörte es nicht einmal wirklich mir selbst.

Mein Herz war ein Mosaik, zusammengesetzt aus den Scherben, die die letzten Jahre hinterlassen hatten. Ich hatte es mühsam zusammengesetzt, meine nicht vergossenen Tränen und meine zwanghafte Verdrängung der Kleber zwischen den scharfen Kanten, die meine Erinnerungen in das zerbrechliche Glas geschlagen hatten.

Es war nichts, das ich verschenken konnte oder wollte. Nicht so, wie es derzeitig war. Nicht, wenn ich wusste, dass es nicht ihm gehören konnte und er Gefahr lief, sich an den scharfen Kanten zu schneiden, wenn er versuchte, mit seinen Händen den Scherbenhaufen zusammenzuhalten, der irgendwann auseinanderfallen würde. So wie er vor zwei Wochen auseinandergefallen war.

Ich konnte nicht Ja sagen. Selbst wenn ich wollte.

Fest entschlossen, Hyun-Joon eine Absage zu erteilen, trieb ich meine Füße zur Eile an, die Worte bereits auf meiner Zungenspitze, die jedoch erstarben, als er an der niedrigen Mauer vor dem Café stehen blieb und sich zu mir umdrehte. Seine Züge wurden von dem sanften Licht der Lichterketten angestrahlt, die die scharfen Linien seines Gesichts golden herausarbeiteten. Meine Fingerspitzen zuckten, mein Verstand war von Erinnerungen erfüllt, an den beißenden Geruch von Acrylfarbe und das Gefühl von Bleistiftspitzen, wenn ich sie über das Papier jagte. Ich sah auf meine Hände hinab, überzeugt, dort den Bleistiftstaub zu entdecken, der meine Fingerspitzen und Handkanten über Jahre hinweg silbern gefärbt hatte, doch dort war nichts außer dem wütenden Rot eiskalter Haut.

»Jade?« Hyun-Joons Stimme klang ein wenig alarmiert, und ich konnte es ihm nicht verübeln, immerhin stand ich ein paar

Meter von ihm entfernt mitten auf der Straße und starrte auf meine Hände. »Ist alles okay?«

»Ja, alles okay«, murmelte ich und steckte meine Hände tief in meine Manteltasche, ehe ich zu ihm aufschloss. Meine Hände ballten sich zu Fäusten, und ich atmete tief ein. »Du, Hyun-Joon, ich denke nicht, dass …«

Die Türen des Cafés glitten auf und trugen den Geruch von frisch gemahlenen Kaffeebohnen hinaus, ebenso wie die laute Stimme eines jungen Mannes, der aufgeregt vor sich hinredete, als er die drei Stufen hinab in den kleinen Vorgarten stiefelte. Silbern glänzten seine unzähligen Ohrringe im Licht, als er die übergroße, grüne Jacke aus samtigem Teddyfleece enger um seine zierliche Gestalt zog.

Hyun-Joon setzte eine unzufriedene Miene auf und zischte mahnende Worte, während er Hyun-Sik auf seinem Rücken zurechtrückte, was dafür sorgte, dass der Mann mit dem fuchsroten Haar die Stimme senkte, aber dennoch ununterbrochen weitersprach, seine Worte wie ein Wasserfall, der beständig von seinen Lippen fiel.

Der Ausdruck in Hyun-Joons Augen wurde weicher, als er einige Male nickte, bevor er antwortete, und mir fiel auf, dass seine Stimme noch eine Nuance tiefer klang, wenn er Englisch sprach. Er deutete Richtung Café, und der junge Mann mit den zerschlissenen Jeans und der niedlichen Stupsnase gab einen Laut der Zustimmung von sich, ehe er seinen Blick auf mich richtete. Überraschung weitete seine dunkelbraunen Augen, die von ein paar roten Strähnen verdeckt wurden, ehe er zu Hyun-Joon zurücksah, der sich nur leise räusperte.

»Hi«, sagte ich nach einer Weile der unangenehmen Stille und hob die Hand zum Gruß. »Ich bin Jade.«

Mein Gegenüber hob ebenfalls die Hand. »Hi.«

Hyun-Joon ließ ein gequältes Grollen hören, und ich

schmunzelte, als ich realisierte, dass ihm diese Situation offensichtlich sehr unangenehm war. »Jade, dass ist Kim In-Jae, mein bester Freund und eine neugierige Nervensäge.«

In-Jae reagierte auf seinen Namen, nicht aber auf die freundschaftlich gemeinte Beleidigung. Er sprach vermutlich kaum oder nur gebrochenes Englisch.

»Freut mich, dich kennenzulernen, Kim In-Jae-*shi*.« Ich hängte das Höflichkeitssuffix an, das Ga-On mir beigebracht hatte, und entlockte In-Jae damit ein Lächeln, das Fältchen um seine Augen legte und seine etwas zu spitzen Schneidezähne präsentierte. Hyun-Joon sagte etwas zu ihm, das sein Lächeln nur noch breiter werden ließ, und ich bemerkte, dass er irgendwie unbeschwert und damit so völlig anders als der ernstere und nachdenklichere Hyun-Joon wirkte.

»Wie trinkst du deinen Kaffee, Jade?«

Hyun-Joons plötzliche Frage brachte mich etwas aus dem Konzept, aber ich antwortete ihm schnell, um nicht unhöflich rüberzukommen. »Äh. Schwarz. Ohne Milch oder Zucker. Wieso?«

»Weil du eben gesagt hast, dass dir kalt ist.«

In-Jae, der seinen Blick nicht ein einziges Mal von mir abgewendet hatte, verbeugte sich in üblicher Grußmanier und wandte sich dann Hyun-Joon zu. Die beiden wechselten noch ein paar Worte, dann verschwand In-Jae wieder im Café. Ich sah durch die großen Fenster in das Innere des Cafés, das mit grauen, samtbezogenen Bänken und vereinzelten Akzenten von Kupfer unglaublich einladend aussah. Ich konnte hohe Bücherregale und diverse Gemälde an den Wänden erspähen und nahm mir vor, den Laden bei nächster Gelegenheit einmal genauer unter die Lupe zu nehmen. Der Name es Cafés stand in weißen Großbuchstaben auf den Fenstern.

SONDER.

»Arbeitet dein Freund hier?«, fragte ich, als ich beobachtete, wie In-Jae zur Theke flanierte, hinter der eine ältere Frau mit adrett zurückgebundenem Haar in einer weißen Bluse gerade eine Bestellung entgegennahm und ihn mit einem mütterlichen Lächeln bedachte.

»Nein. Er hilft nur manchmal aus.« Hyun-Joon rückte Hyun-Sik erneut zurecht, sein kleiner Körper war vermutlich langsam, aber sicher ein bemerkbares Gewicht auf dem Rücken seines älteren Bruders. »Das hier ist das Café meiner Mutter.«

Meine Augen weiteten sich vor Schreck, und ich linste zu der Frau hinter dem Tresen, die natürlich genau in diesem Moment zu uns herübersah. Unsere Augen begegneten sich durch das Glas der modernen Türen, und entfernt registrierte ich, dass ihre Augen deutlich dunkler waren als die von Hyun-Joon, der leise lachte, als ich mich schnell verbeugte, auch wenn ich nicht einmal direkt vor ihr stand.

»In welchem Stadtteil wohnst du noch gleich?« Hyun-Joons rasanter Themenwechsel verursachte ein halbes Schleudertrauma bei mir, und ich sah ihn verdattert an, mir den Augen seiner Mutter überdeutlich bewusst.

»Dongjak«, antwortete ich geistesabwesend, froh darüber, zumindest meine Adresse für Notfälle bereits auswendig gelernt zu haben.

»Das ist ein ganzes Stück von hier. Du solltest dich besser auf den Weg machen, bevor es zu spät wird.« Hyun-Joon schnalzte leise mit der Zunge, seine Augen waren wachsam, als er in die Richtung spähte, aus der wir gekommen waren. »Ich würde dich nach Hause begleiten, aber ich muss Hyun-Sik ins Bett bringen.«

»Hyun-Joon, das ist sehr fürsorglich, aber ich gehöre mehr zur Gattung Unkraut als zartes Pflänzchen. Ich komme schon klar. Übrigens ist es gerade einmal acht Uhr.« Einerseits fand ich seine Sorge niedlich, andererseits war ich nicht der Typ, der gerne bemuttert wurde. »Außerdem komme ich aus London. Ich bin mir sicher, die Kriminalitätsrate hier ist niedriger als dort.«

»Dennoch«, er klang ehrlich besorgt, was die Kälte der Abendluft vertrieb, »kann es auch hier nachts ziemlich gefährlich werden.«

»Okay.« Ich nickte und nahm mir vor, seine Worte zu beherzigen, denn immerhin lebte er in dieser Stadt, die mir noch gänzlich unbekannt war, und über die ich kaum etwas wusste, außer die Dinge, die man mit einer schnellen Suche im Internet herausfinden konnte. »Danke für das *Tteokbokki*.«

»Gerne.« Als ich unschlüssig mit dem Tornister in der Hand vor Hyun-Joon stand, löste er drei Finger von Hyun-Siks Kniekehle und bedeutete mir, ihn ihm zu geben. Ich hängte den Riemen an seine Finger und machte einen Schritt rückwärts. »Ich wünsche dir noch einen schönen Abend, Jade.«

»Danke, ich dir auch, Hyun-Joon.«

Er warf mir ein flüchtiges Lächeln zu und ging dann an mir vorbei. An der Gabelung, die sich weiter den Hügel hochschlängelte, hielt er sich rechts, und ich fragte mich, wie weit er wohl vom Café entfernt wohnen mochte. Er hatte weder erneut angeboten, mir dieses Wochenende die Stadt zu zeigen, noch nach meiner Nummer gefragt.

Das war doch genau das, was ich gewollt hatte, oder nicht? Warum hatte ich also den bitteren Belag von Enttäuschung auf der Zunge? Und warum schrie alles in mir danach, diesen Fehler zu korrigieren und ihm zumindest meine Nummer zu geben, obwohl ich wusste, dass das eine ganz, ganz dumme Idee war?

Bevor ich noch tiefer in meinen Grübeleien versinken konnte, tippte mir jemand auf die Schulter, und ich fuhr erschrocken herum.

In-Jae stand neben mir, zwei Kaffeebecher in der Hand, von denen er mir einen hinhielt. Verdattert sah ich auf den Pappbecher mit der Banderole, auf der das Logo des Cafés aufgedruckt war.

»Für mich?«, fragte ich geistreich, und In-Jae nickte. Ich nahm den Becher entgegen und erschauderte, als die Wärme sich von meinen Händen direkt in meinem ganzen Körper ausbreitete. »Danke schön.«

»Bitte«, antwortete er mit starkem Akzent und lächelte mich etwas unsicher an, bevor er sich zum Gehen wandte. »Hyun-Joon-Ah!«

Hyun-Joon, der schon einige Meter weit den Hügel hinaufgegangen war, blieb stehen und drehte sich halb zu uns um, eine Reaktion auf das freundliche Suffix, das In-Jae an seinen Namen angehangen hatte, das einzig und allein engen Freunden und älteren Verwandten vorbehalten war. Seine Augen huschten erst zu In-Jae und dann zwischen dem Kaffeebecher und mir hin und her, dann lächelte er.

Weil du gesagt hast, dass dir kalt ist.

Plötzlich dämmerte mir, warum Hyun-Joon hatte wissen wollen, wie ich meinen Kaffee trank, und eine andere Art von Wärme breitete sich in mir aus, die nichts mit dem Heißgetränk in meiner Hand zu tun hatte.

Ich sah In-Jae hinterher, als er auf Hyun-Joon zuging, und gemeinsam machten die beiden sich auf den Weg den Hügel hinauf. Ich sah ihnen nach, bis sie vollständig aus meinem Sichtfeld verschwanden, während diese heimtückische Wärme sich immer weiter in mir ausbreitete, ehe ich, ohne über die Konsequenzen nachzudenken, mein Handy zückte.

Ich öffnete den Kontakt, den ich das ganze letzte Wochenende angestarrt hatte, und tippte auf das Icon des Messengers, der sich ohne Umwege öffnete. Und ehe ich mich versah, flogen meine Finger über das Display und besiegelten mein Schicksal, während das glanzlose Mosaik, das einst mein Herz gewesen war, zu einem kräftigen Schlag ansetzte, der bittersüß schmerzte.

Jade: *Hallo, Hyun-Joon. Hier ist Jade. Lauren hat mir deine Nummer gegeben. Ich würde sehr gerne auf dein Angebot zurückkommen, wenn du dieses Wochenende Zeit hast.*

Ich schickte die Nachricht ab und steckte das Handy zurück in meine Jackentasche, dann machte ich mich auf den Weg zur U-Bahn-Station. Mit jedem Schritt, den ich mich von Hyun-Joon entfernte, schienen meine Gedanken sich zu klären, und als ich mit meinem Kaffee in der Hand schließlich in der Bahn saß, fragte ich mich ernsthaft, was ich mir eigentlich dabei gedacht hatte.

13. KAPITEL

커스터드 = Vanillepudding

Das hier ist kein Date. Kein Grund zur Panik. Er zeigt dir nur die Stadt als kleine Gefälligkeit. Mehr nicht.

Mit nervösen Fingern strich ich über die ledernen Ärmel der College-Jacke, froh darum, dass sie zwei Nummern zu groß war und mir Gelegenheit bot, mich in ihr zu verstecken, während ich meinen Rücken dichter gegen die Wand der U-Bahn-Station presste, in der Hyun-Joon und ich uns an diesem Samstag treffen wollten. Es war mittags, kurz nach Lunchtime, und in dem Strom aus Menschen, die sich mit der beklemmenden Uniformität eines Fischschwarms bewegten, fühlte ich mich irgendwie unwohl. Klar war die U-Bahn morgens auf meinem Weg zur Schule auch brechend voll, und ich kam den anderen Menschen oft deutlich näher, als mir lieb war, aber der Andrang in der *Gyeongbokgung Station* war doch irgendwie von gänzlich anderem Kaliber.

Dicht an dicht schlängelten die Leute sich durch die unterirdischen Gänge, ihre Stimmen vermischt zu einem Cocktail aus Leben und Freude und Aufregung, der in meine Ohren drang, die dafür heute unempfänglich waren. Sonst konnte ich mich an dem bunten Treiben in den *Jihasangga*, den unterirdischen Geschäften, die sich weit über die Grenzen der U-Bahn-Haltestellen erstreckten und oft auch den Beinamen *Underground City* trugen, erfreuen, aber heute war es mir einfach zu viel, meine Augen blind für die kleinen käuflichen Freuden, die mich viel zu oft zu unüberlegten Einkäufen verlockten. Denn ich war mit nassen Wangen und dem fahlen Geschmack von Trauer auf der Zunge aufgewacht und hatte die Überreste von Tod und Verlust den ganzen Vormittag nicht abschütteln können, als ich mich mechanisch angezogen und auf den Tag vorbereitet hatte.

Ich zog die Schultern hoch, und ein Blick auf mein Handy verriet mir, dass ich deutlich zu früh dran war und noch satte fünfzehn Minuten totzuschlagen hatte, obwohl ich gar nicht vorgehabt hatte, so verfrüht hier aufzuschlagen. Aber wie auch die anderen Wochenenden zuvor hatte ich es in meinem Apartment nicht ausgehalten, vertrieben von den traurigen Konjunktiven, die meinen Kopf erfüllten und das Bild meines Vaters in meine eigenen vier Wände projizierte, so real und einnehmend, als wäre er wirklich dort und nicht in einem tiefen Loch zwei Meter unter der Erde.

Um mich von meinen düsteren Gedanken abzulenken, kramte ich in meinem Leinenbeutel und zog die Tüte mit den *Delimanjoo* hervor, die ich gerade eben auf Empfehlung von Lauren als Frühstücksersatz bei einer netten Dame mit tiefen Falten und langem, ergrautem Haar gekauft hatte. Mit freundlichen, aber wachsamen Augen hatte die ältere Dame mich betrachtet und dann noch drei weitere der kleinen süßlichen Gebäcke in die Tüte gesteckt, obwohl ich nur neun Stück geordert hatte. Meine Versuche, ihr die drei zusätzlichen kleinen Köstlichkeiten zu bezahlen, hatte sie mit einem vehementen Kopfschütteln abgetan, und so war ich von dannen gezogen, weil Hoon mir dazu geraten hatte, mich in Korea niemals gegen Freundlichkeiten zu wehren, erst recht nicht, wenn sie von einer *halmeoni* kamen. Und auch wenn ich nicht der Typ war, der gerne Geschenke annahm, fiel es mir bei dem Großmütterchen leichter, deren warmer Blick mich an meine Nan erinnert hatte, was heute irgendwie tröstlich gewesen war.

Ich öffnete die Tüte und nahm eine der noch warmen *Delimanjoos* heraus und biss genüsslich hinein. Ich schmeckte süßlichen Teig und Vanillepudding und bevor ich mich versah, zerrten meine Erinnerungen mich an einen runden Holztisch in einem altmodischen Esszimmer. Die sanfte Stimme meiner Nan drang, wie durch dichten Nebel, an mein Ohr, die mir versicherte, dass alles wieder gut werden würde, während sie mir frischen *Kirsch-Crumble* mit einem Klecks ihres selbst gemachten Vanillepuddings auftischte, um mich die Mädchen vergessen zu lassen, die sich in der Schule mal wieder auf mich gestürzt hatten. Ich hatte ganz schrecklich geweint und mich nicht nach Hause getraut, weil die Mädchen ein paar Knöpfe an meinem Mantel abgerissen hatten, um den ich meinen Dad angefleht hatte, obwohl wir ihn uns eigentlich nicht hatten leisten können. Als mein Dad mich gefunden hatte, hatte er mir die Abreibung meines Lebens verpasst, aber nicht, weil mein Mantel kaputt gewesen war, sondern weil ich einfach ganz allein in den Zug nach Hatfield gestiegen und zum Haus meiner Großeltern gelaufen war, ohne auch nur einer Menschenseele Bescheid zu geben. Damals war ich neun Jahre alt gewesen und hatte meinen Vater zum ersten Mal richtig wütend erlebt, der mich nach einer ordentlichen Schimpftirade stürmisch in seine Arme gezogen und mich festgehalten hatte, bis meine Tränen versiegt waren.

Seltsam. Heute wusste ich nicht einmal mehr, warum ich diesen Mantel überhaupt so unbedingt hatte haben wollen, aber das Lächeln meiner Nan, als sie nach unserer Versöhnung auch ihrem Sohn eine Portion Crumble vorgesetzt hatte, war in meiner Erinnerung noch glasklar.

»Wie ich sehe, hast du den besten Stand der Station schon gefunden.«

Vor Schreck ließ ich die Tüte zurück in meine Tasche fallen und verschluckte mich an den letzten Krümeln *Delimanjoo*, die auf meiner Zunge verblieben waren.

Eine große Hand legte sich auf meinen Rücken und klopfte sanft, aber kräftig zu, und ich stolperte ein paar Schritte vorwärts, während ich so lange hustete, bis mir die Tränen in die Augen traten, von denen ich mir nicht einmal sicher war, ob sie nicht vorher schon dort gewesen waren.

»Oh Gott, Jade, das tut mir leid.« Hyun-Joon, den ich nur verschwommen erkannte, klang ehrlich besorgt, und seine tiefe Stimme legte sich wie Balsam auf die Risse, die meine Erinnerungen in meine Fassade geschlagen hatten. »Ich wollte dich wirklich nicht so erschrecken.«

Ich winkte ab, in der Hoffnung, ihn wissen zu lassen, dass es nicht seine Schuld war, dass ich mit meinen Gedanken einfach woanders gewesen war, der Husten quälte mich jedoch noch eine Weile, bis er verebbte und mich mit einer schmerzenden Kehle und vor Scham brennenden Wangen zurückließ. Vor meinen Augen erschien wie von Geisterhand eine Wasserflasche, und ich tastete blind danach, bevor die Tränen sich über meine Wangen stahlen. Als meine Sicht endlich wieder klar war, schraubte ich die Flasche auf und trank ein paar große Schlucke, um auch die letzten Krümel zu verbannen und eine weitere Blamage dieser Art auszuschließen.

»Geht es wieder?«

Bei Hyun-Joons Frage klopfte ich mir auf die Brust und nickte, ehe ich die Wasserflasche zuschraubte und sie ihm wieder hinhielt. »Ja. Vielen Dank für –«

Das Ende meines Satzes blieb unausgesprochen in der Luft hängen, als ich Hyun-Joon jetzt das erste Mal wirklich ansah, der neben mir stand und mich mit besorgtem Blick musterte, während mein Hirn mir mit hämischer Stimme vorhielt, dass ich mir heute Morgen beim Anziehen ruhig etwas mehr Mühe hätte geben sollen.

Denn Hyun-Joon sah absolut umwerfend aus.

Er trug weiße Turnschuhe zu schwarzen Slacks, in die er ein kariertes Hemd in verschiedenen Brauntönen gesteckt hatte. Der Kragen war ein Stück weit aufgeknöpft, und mein Blick blieb automatisch an der Kette hängen, die ich im Club schon bemerkt und die er heute mit einer grobgliedrigen Kette kombiniert hatte, die die schlanke und kräftige Linie seines Nackens betonte. Meine Fingerspitzen zuckten, weil ich wieder einmal zu einem Bleistift greifen und das Ganze auf Papier festhalten wollte, obwohl ich seit Jahren nicht gezeichnet und den Drang auch nicht verspürt hatte. Ich erinnerte mich an den Moment vor dem *SONDER* und an den surrealen Schein, in den das goldene Licht der Lichterketten ihn gehüllt hatte. Oder an den Augenblick im Club, in dem ich meine Finger in Farbe hatte tauchen wollen, um die Neonlichter festzuhalten, die dramatische Schatten auf sein Gesicht geworfen hatten.

Ich wusste nicht, was Hyun-Joon mit mir machte. Und ich war mir auch nicht sicher, ob ich es herausfinden wollte. Aber die Anziehung zwischen uns hatte in dem Moment, in dem ich Ja zu diesem *was-auch-immer-das-hier-war* gesagt hatte, begonnen, ein Eigenleben zu entwickeln, und ich spürte bereits jetzt, wie sich ihre Klauen um mein Herz schlossen, bereit, es herauszureißen und dieses nutzlose, flatternde Ding in neue Hände zu legen, ohne dass ich etwas dagegen tun konnte.

»Jade?« Hyun-Joon hob die Hand, an der wieder einige Ringe funkelten und die zu der Uhr mit dem großen Ziffernblatt an seinem Handgelenk passten, die unter dem Ärmel seines schlichten, hellbraunen Trenchcoats hervorlugte, als er versuchte, meine Aufmerksamkeit zu erregen. »Bist du wirklich okay?«

»Ja, alles in Ordnung«, presste ich hervor und bemühte mich, nicht allzu verunsichert zu wirken und an meiner grünen Collegejacke oder dem weißen Rundhalspullover darunter herumzuspielen. Zumindest trug ich nicht auch noch meine Brille, die mindestens seit vier Saisons aus der Mode war. »Also, was machen wir hier?«

Wenn Hyun-Joon überrascht war, dass ich derartig mit der Tür ins Haus fiel, anstatt anfänglichen, höflichen Small Talk zu halten, ließ er es sich nicht anmerken. Er richtete den Riemen seiner ledernen Kuriertasche und schob lässig die Hände in seine Jackentaschen. Dann nickte er in die Richtung, aus der die meisten Menschen in der U-Bahn-Station kamen und gingen. »Ich dachte, ich zeige dir heute in aller Ruhe *Gwanghwamun* und *Gyeongbokgung*, weil die Palastanlage schon recht groß ist. Und wenn es nachher dunkel wird, machen wir uns auf den Weg zum *Namsan Tower*. Von da hat man eine tolle Sicht über die ganze Stadt.«

Erstaunt darüber, dass er offensichtlich den ganzen Tag für seine Führung eingeplant hatte, legte ich den Kopf ein wenig schief und musterte ihn genauer, auf der Suche nach den Anzeichen von Erschöpfung und Müdigkeit, fand allerdings nichts weiter als den ebenmäßigen, goldenen Teint seiner Haut. Ich hatte von allen drei Orten in diversen Reiseführern gelesen, und sie standen ganz oben auf meiner Liste an Dingen, die ich mir unbedingt ansehen wollte. Schon allein um mehr über die Geschichte des Landes zu erfahren, in dem moderne Wolkenkratzer hinter majestätischen Palastanlagen in den Himmel ragten, und das stets auf einem schmalen Grat zwischen Tradition und Moderne zu wandeln schien. Aber im

Internet hatte man davon abgeraten, sich an einem Wochenende auf die Spuren der Joseon-Dynastie zu begeben oder das populärste Wahrzeichen der Stadt aufzusuchen, weshalb ich auf die Tage, an denen es länger hell blieb, oder gar Ferien gewartet hatte. »Sicher?«

»Ganz sicher.« Hyun-Joon deutete mir mit der Geste eines waschechten Tourguides an, in welche Richtung wir gehen würden, und mischte sich dann schon in den Menschenstrom, welcher uns wie eine Welle mit sich forttrug, sobald wir einen Fuß hineingesetzt hatten. »Wieso fragst du?«

»Weil Hoon erzählt hat, dass du viel arbeitest.« Ich presste den Leinenbeutel fest an meine Seite, als ich Hyun-Joon die Treppe hinauf folgte, die nicht weniger voll war als die U-Bahn-Station. »Ich dachte, du möchtest deinen Samstag vielleicht etwas ruhiger verbringen, anstatt dich in touristisches Getümmel zu stürzen.«

»Ich muss erst heute Nacht arbeiten, weil meine Familie meinen Wochenendschichten im Café durch zwei neue Aushilfen einen Riegel vorgeschoben hat, damit ich auch mal mein eigenes Leben genießen kann. Außerdem gibt es Schlimmeres als touristisches Getümmel.« Hyun-Joon runzelte missbilligend die Stirn, als eine Gruppe von Touristen mit Kameras uns auf der falschen Seite der Treppe entgegenkam, und schlang seine Hand um meinen Unterarm, um mich sanft in der Enge aus dem Weg zu manövrieren. »Wobei es heute schon wirklich voll ist.«

Ich war froh, als wir endlich draußen an der frischen Luft waren, die heute zum ersten Mal wirklich frühlingshafte Temperaturen hatte und den Geruch von Tau und Blättern mit sich brachte, der den Bäumen anhaftete, die die vielbefahrene Straße säumten. Menschen tummelten sich auf den Gehwegen und dem Platz vor der U-Bahn-Station, sie alle ein lebendiges Chaos aus Farben und Geräuschen, das mir heute irgendwie zu viel war. Ich schluckte, als eine Gruppe junger Frauen verschiedenster Nationalitäten in farbenfroher traditioneller koreanischer Kleidung in schallendes Gelächter ausbrach, als eine von ihnen sich um ihre eigene Achse drehte, der Rock ausladend und himmelblau, und dabei ihre Blumenkrone verlor, die sie vermutlich in dem Laden hinter sich erstanden hatte, der genau diese Kleidung im Schaufenster präsentierte. *Hanbok*, wenn ich mich nicht irrte. Ich hatte viel über die traditionelle Kleidung gelesen, die man heute eigentlich nur noch zu besonderen Anlässen trug, die damals aber als Statussymbol dienten und von denen es viele verschiedene Arten gab, die zusammen mit Make-up und Accessoires ein komplexes Ganzes bildeten, das so viel über seinen Träger preiszugeben vermochte. Die Bedeutung des *Hanbok* war so zentral, dass die Einflüsse auch heute noch in der Fashionwelt mit Formen und Mustern vertreten waren. Ich hatte gehört, dass es viele Menschen gab, Touristen und Einheimische zugleich, die sich gegen eine geringe Gebühr bei einem der unzähligen Leihdienste für ein paar Stunden mit einem der traditionellen Gewänder ausstatten ließen, um die Paläste der Stadt und auch das *Bukchon Hanok Village* zu erkunden. Die meisten schossen Fotos von sich mit dieser Aufmachung, die Bilder wie Erinnerungen aus lang vergessener Zeit, und wenn ich ganz ehrlich sein sollte, dann wollte auch ich einmal einen *Hanbok* tragen und mich darin fotografieren lassen.

Irgendwann. Aber nicht heute.

Ich hörte unzählige Sprachen und das Klicken von Kameras um mich herum, das sich mit dem Hupen von Autos und den Rufen einiger Leute mit Flyern in den Händen mischte. Ich versuchte, mich darauf einzulassen, die Energie um mich herum einzuatmen und aufzunehmen, wie in der Nacht im

Club, aber die Schatten des Morgens ließen mich nicht los und hielten meine Welt in gedimmten Grautönen, denen ich mich nicht entziehen konnte, egal wie sehr ich es wollte.

»Hyun-Joon?« Sogar in meinen eigenen Ohren klang meine Stimme kraftlos, aber auch ein wenig alarmiert, als ich meine Hand auf seine legte, die noch immer meinen Unterarm umfasste. »Ich will wirklich nicht undankbar oder respektlos klingen, aber ...« Ich brach ab und schluckte schwer. »Können wir vielleicht woanders hingehen? Irgendwohin, wo es nicht ganz so voll ist?«

Hyun-Joon hob fragend die Brauen, doch was auch immer er in meinem Gesicht fand, sorgte dafür, dass seine Züge weicher wurden, und er nickte verstehend.

»Natürlich.« Er zog mich etwas enger an sich, und die Welt schien hinter seinen Schultern zu verschwinden, während ich ihm nun so nah war, dass ich den Kopf in den Nacken legen musste, um in seine Augen zu sehen, in deren warmen Goldtönen ich mich prompt wieder verlor. »Gibt es irgendetwas, das du machen möchtest?«

Dankbarkeit erfüllte mich von Kopf bis Fuß und gesellte sich zu der beunruhigenden Wärme, die in meiner Brust ruhte, wann immer ich Hyun-Joon anschaute. Ich ließ die Augen über seine Züge gleiten, die so symmetrisch waren, dass sich immer wieder Leute nach ihm umdrehten, die er nicht einmal zu bemerken schien, und unwillkürlich fragte ich mich, wer dieser junge Mann hinter diesem perfekten Haarschnitt und den stylischen Klamotten wohl war. Ich wollte mehr über ihn erfahren, wollte wissen, wie er tickte und was ihn bewegte. Was er mochte und was er mied und was ihn tatsächlich ausmachte, fernab seiner kontrastreichen Rollen als umsorgender großer Bruder und charmant flirtender Barkeeper. Ich wollte Hyun-Joon kennenlernen. Wirklich kennenlernen. Denn jetzt, wo ich mein Vorhaben, ihm fernzubleiben, eh über Bord geworfen hatte, wollte ich herausfinden, was genau das war, das mich an ihm so wahnsinnig anzog und derartig umtrieb und mir ungefiltert unter die Haut ging. Den Kampf gegen mich selbst hatte ich eh in dem Moment verloren, in dem ich mein Handy gezückt und seinem Vorschlag zugestimmt hatte.

»Zeig mir, was du gerne machst«, murmelte ich leise und ohne weiter über die Konsequenzen meines Handelns nachzudenken. »Zeig mir deine Welt, Hyun-Joon.«

Überraschung blitzte in seinen Augen auf, so als hätte ihn noch niemals jemand um so etwas gebeten, bevor seine Mundwinkel sich nach oben verzogen. Ich spürte genau, wie seine Hand von meinem Unterarm weiter hinabrutschte, und ich hielt den Atem an, als er unsere Hände miteinander verschränkte. Seine Haut war überwältigend warm, während seine Ringe sich kalt anfühlten, als seine Finger mühelos zwischen meine glitten, so als würden sie genau dorthin gehören, gänzlich ungeachtet der Tatsache, dass es heute erst das dritte Mal war, dass wir einander begegneten und wir uns eigentlich gar nicht kannten. Warum ich das Gefühl hatte, Hyun-Joon trotzdem schon zu kennen, wusste ich nicht. Und als er mich anlächelte, mit zu viel Zähnen und den beiden Grübchen, war es mir auch vollkommen egal.

»In Ordnung«, sagte er, und in seiner Stimme hörte ich die gleiche freudige Erwartung, die sich auch zaghaft in meiner Brust regte. Schimmerndes Gold bahnte sich seinen Weg durch den Grauschleier meiner Trauer. »Ich habe das Gefühl, dass ich sie sowieso irgendwann mit dir geteilt hätte, Jade.«

14. KAPITEL

뷰파인더 = Kamerasucher

»Und hierher kommst du, wenn du mal einen Tag frei hast?«
»Nicht immer, aber häufig.« Faszination durchflutete mich bei Hyun-Joons Worten, die unsicher in der Weite der umfunktionierten Lagerhalle verklangen. »Gefällt es dir?«

Ob es mir gefiel? Das war gar kein Ausdruck für das, was ich empfand, als ich, mit einem Iced Americano in der Hand, auf die freigelegten Metallstrukturen starrte, die das in die Jahre gekommene Gebäude aufrechthielten, an dessen hohen Wänden atemberaubende Kunstwerke ausgestellt wurden. An einigen kleinen Tischen saßen ein paar Leute und genossen zwischen Efeu, Glas und Kunst ihren Kaffee.

»Gott ja.« Ich sah zur Decke auf, die halb eingefallen wirkte und deren scheinbar ruinierte Struktur man durch Glas ersetzt hatte, das die Galerie mit hellem Licht flutete. Wir waren zwar nicht die einzigen Besucher, doch es war bei Weitem kein Vergleich zu den Menschenmassen an der *Gyeongbokgung Station*. »Es ist wunderschön hier.«

Hyun-Joon stieß einen langen Atemzug aus, und die Erleichterung darin ließ mich lächeln. Wir schlängelten uns gemeinsam zwischen den Tischen hindurch, auf der Suche nach einer freien Sitzgelegenheit. »Freut mich, zu hören.«

Ich blieb stehen und nahm Hyun-Joon das Tablett mit den beiden Desserts aus den Händen, was er mit einem Murren über sich ergehen ließ, bevor er realisierte, dass ich ihm das Tablett nur abgenommen hatte, damit er vorgehen und uns sicher zwischen den anderen Besuchern hindurchmanövrieren konnte. »Der Weg hat sich wirklich gelohnt.«

Wir waren eine Weile mit der U-Bahn unterwegs gewesen und einmal umgestiegen, um nach Seongsu zu gelangen.

»Magst du Kunst?«, fragte ich Hyun-Joon, während er mich aus der Haupthalle des Cafés hinaus durch eine Art Wintergarten in eine kleinere Halle führte, in der es weniger Tische und Besucher, dafür aber noch mehr Gemälde und Skulpturen zu betrachten gab.

»Ja, allerdings verstehe ich nicht viel davon.« Hyun-Joon blieb vor einem kleinen Tisch mitten im Raum stehen, der direkt unter einem Kronleuchter aus Metallstreben und Efeu stand, und rückte meinen Stuhl zurecht, auf den ich mich sinken ließ, nachdem ich das Tablett abgestellt hatte. Sorgfältig nahm er seine Kuriertasche ab und platzierte sie auf dem Stuhl neben seinem, ehe er aus seinem Trenchcoat schlüpfte und die Ärmel seines Hemdes hochkrempelte, was mich für einen Augenblick von der Kunst um mich herum ablenkte.

Auch ich zog meine Jacke aus und hängte sie über die Stuhllehne, ehe ich mein Handy zückte und ein paar Fotos schoss, dieser Ort war einfach zu magisch und zu schön, um diesem Drang zu widerstehen. Dann legte ich mein Smartphone mit dem Display nach unten auf den Tisch und ließ meine Augen wieder durch den Raum und über sämtliche Kunstgegenstände wandern. Atemberaubende Fotografien, meisterhafte Skulpturen und expressive Gemälde bildeten ein wunderschön kuratiertes Gesamtwerk. »Kann man Kunst denn jemals wirklich verstehen?«

Hyun-Joon sah mich an, in seinem Blick lag solch ein kurioses Unverständnis, das mich an seinen kleinen Bruder erinnerte, der mich, während unseres Ausflugs zum Videospielladen, mit unzähligen Fragen gelöchert hatte. »Wie meinst du das?«

Ich überlegte, wie ich es ihm am besten erklären sollte, und sah mich dann prüfend um. Außer unserem Tisch waren nur drei weitere belegt, und die anderen Besucher wirkten ziemlich vertieft in ihre Gespräche. »Können wir aufstehen, um uns die Kunstwerke näher anzusehen?«

»Natürlich.« Hyun-Joon sprang sofort auf, ließ seine Kuriertasche aber auf dem Stuhl zurück, und ich warf unsicher einen Blick darauf. »Hier kommt nichts weg. Vertrau mir.«

Skeptisch sah ich auf die Tasche, die er gerade eben noch mit so großer Sorgfalt behandelt hatte. »Sicher?«

»Ganz sicher.«

»Okay.« Ich stand auf und griff nach meinem Handy, ließ es dann aber auch liegen, als Hyun-Joon mir versicherte, dass es niemand nehmen würde.

Wir gingen zu einem großen Gemälde ganz am Ende des rechteckigen Raums. Ich deutete auf die Leinwand voller Farben, die ineinander verwischt waren, und lächelte Hyun-Joon an, als er es interessiert betrachtete. »Was siehst du?«

Er nahm sich Zeit, um über meine Frage nachzudenken, und so tat ich es ihm gleich und begutachtete das Bild, das sofort meine Aufmerksamkeit erregt hatte, als wir hier reingekommen waren. Alle Farben des Regenbogens waren vereint, durchbrochen von Schwarz, Braun und Grau. Doch wer meinte, dass die Anordnung nicht weiter von Bedeutung wäre, lag vollkommen falsch. Nichts an diesem Bild wirkte wie zufällig entstanden, welches allein schon durch seine Größe beeindruckte, auch wenn es vielleicht an künstlerischer Finesse fehlte. Ich versuchte, den Pinselduktus auszumachen, realisierte aber dann, dass es keinen gab, weil das Bild nicht mit Pinseln, sondern mit den Händen erschaffen worden war. Es verlieh dem Bild für mich eine völlig neue Perspektive, die ich mit einem Staunen in mich aufsog, weil sie mein Herz in einen Klammergriff nahm und die letzten Reste von Trauer vertrieb, die weiterhin versuchte, alles in einen Schleier zu hüllen.

»Also?«, sagte ich nach einer Weile und sah zu Hyun-Joon, der die Arme vor der Brust verschränkt hatte und in seinen eigenen Gedanken versunken zu sein schien. »Was siehst du?«

»Chaos. Wut.« Er grübelte noch einen Moment, ehe er die Schultern rollte, so als wollte er einen Gedanken oder ein Gefühl abschütteln. »Vielleicht auch ein wenig Verzweiflung.«

Ich ließ seine Worte sacken und versuchte, das Gemälde mit seinen Augen zu sehen, auch wenn ich wusste, dass es unmöglich war, weil unsere Lebenswirklichkeiten so verschieden waren und damit auch unsere Wahrnehmung in unsere ganz eigenen Töne gefärbt war. Doch ich verstand durchaus, was er sah. Mit den unzähligen Rottönen und dem tiefen Schwarz, das all die Farben durchbrach, wirkte es tatsächlich auf die ein oder andere Art aggressiv und beinahe schon gewalttätig.

»Willst du wissen, was ich sehe?« Als er energisch nickte, musterte ich ihn einige Sekunden lang, bevor meine Augen zurück zu dem Gemälde wanderten, das unfassbar schön war, mit der Schönheit des Mannes neben mir aber kaum konkurrieren konnte. »Ich sehe Obsession.«

»Obsession?« Hyun-Joon legte den Kopf schief und betrachtete die Leinwand eindringlich, verzog jedoch nach einer Weile das Gesicht, was mich zum Lachen brachte. »Wieso?«

»Siehst du all diese Farben? Wer auch immer dieses Bild gemalt hat, konnte sich nicht für ein Thema entscheiden. Stattdessen hat diese Person die Leinwand in Tausende von Farben getaucht und damit die Einzigartigkeit jeder einzelnen ruiniert. Und das alles nur, um sie alle auf ein Bild zu bekommen.« Ich trat einen Schritt näher an das Ausstellungsstück heran und deutete vorsichtig auf eine Stelle, in der sich Orange, Gelb, Blau, Grün und Violett trafen und in ein ausgewaschenes Braun verliefen, das wiederum ins Grau überlief, zu sehr angereichert mit unzähligen Pigmenten, ohne noch zu wissen, welche Farbe es selbst hätte sein sollen. »Die Person, die das hier gemalt hat, hat es mit den Händen getan und auf Pinsel verzichtet, um richtig aus dem Vollen schöpfen zu können und so seiner Liebe zur Kunst Ausdruck zu verleihen. Dabei hat diese Person völlig vergessen, dass zu viel Liebe uns genauso ruinieren kann wie zu wenig.« Ich atmete tief ein und genoss das Gefühl meiner sich weitenden Lungenflügel, die sich zum ersten Mal seit heute Morgen wieder wirklich auszudehnen schienen. »Und ist das nicht die Definition von Obsession? Es beginnt mit Liebe, von der wir alles wollen, aus der wir alles zu schöpfen versuchen, bis nichts mehr von ihr übrig ist, weil wir vergessen haben, worum es eigentlich wirklich ging, bis Dunkelheit alles andere überfrachtet. Vielleicht wollte uns die Person aber auch etwas völlig anderes damit sagen. Kunst ist subjektiv und obliegt allein der Interpretation des Betrachters.«

Schweigen folgte meinen Worten, nur gefüllt von der sanften Indie-Musik, die wie ein Flüstern durch den Raum waberte. Ich sah nach links und war überrascht, dass Hyun-Joons Blick nicht länger grübelnd auf dem Gemälde, sondern nun auf mir lag. In seinen Augen bemerkte ich einen Ausdruck, der ein loderndes Feuer in mir entfachte, dessen Flammen mich zu verschlingen drohten. Die Intensität seines Blicks war entwaffnend und fühlte sich auf eigenartige Art und Weise so intim an, als würde er an meinen Worten vorbei und direkt in mein Herz sehen können, das nur unter Anstrengung schlug und dessen Scherben von außen vielleicht wunderschön anzusehen waren, aber bei genauerer Betrachtung sein wahrer Zustand zum Vorschein kam.

»Was?«, wisperte ich, als ich seinem Blick nicht länger standhalten konnte, der mich gleichermaßen im Hier und Jetzt hielt und in eine Welt entführte, in der außer Hyun-Joon nichts zu existieren schien.

Hyun-Joon trat einen Schritt näher an mich heran, bis seine Brust meinen Oberarm streifte, und ich wusste nicht, warum, aber ich wich nicht zurück, obwohl mir entfernt bewusst war, dass wir nicht allein waren und unsere Wege sich heute erst zum dritten Mal kreuzten. »Du liebst Kunst, oder?«

Mir stockte der Atem, und ich fühlte mich durchschaut und von den Schatten heraus ins gleißende Licht gezerrt. »Ja«, gab ich zu. »Schon immer.«

»Das merkt man.« Seine Augen glitten wie eine Berührung über mein Gesicht, und ich entdeckte ein Funkeln darin, das ich schon in meinen eigenen gesehen hatte, was aber Jahre zurücklag, als der Geruch von Acrylfarbe noch täglich an mir haftete und meine Hände mit Bleistiftstaub bedeckt gewesen waren. »Malst du selbst?«

Ich hätte die Frage erwarten müssen, aber ich war dennoch nicht auf sie vorbereitet gewesen. Das Ziehen direkt neben meinem Herzen kam irgendetwas zwischen Sehnsucht und Verlust gleich, und ich rieb mir über das Brustbein, so als wollte ich den Dorn entfernen, der in meiner Vorstellung darin steckte. »Habe ich mal.«

»Jetzt nicht mehr?«

Ich schüttelte den Kopf und wandte mich von dem Gemälde ab, das mit seiner Expressivität meine ganze Aufmerksamkeit gefordert hatte, und widmete mich stattdessen einer Fotografie von einer dunklen Gasse, die fernab der Neonlichter der belebteren Teile der Stadt lag, die weit entfernt von dem Mann war, der in einem Hauseingang kauerte und die Pfützen vor sich betrachtete, die den Asphalt in glänzendes Schwarz tauchten. »Nein, nicht mehr.«

»Wieso?« Ich spürte Hyun-Joon hinter mir, seine Wärme ein Zeichen für seine Präsenz, derer ich mir auch so überdeutlich bewusst war. »Wenn ich das fragen darf, versteht sich.«

Ich blieb stehen und suchte in dem Dunkel der Gasse nach weiteren Motiven, fand aber nur die Silhouetten anderer Menschen außerhalb des Fokus des Fotografen, der sich einzig und allein auf den Mann im Hauseingang konzentrierte, der an dem pulsierenden Leben ein paar Meter von ihm entfernt kein Interesse zu haben schien. »Ich hatte andere Dinge zu tun. Malen war da nicht so wichtig.«

»Das ist schade.« Hyun-Joon trat neben mich, und ich sah ihn von der Seite her an, die Linien seines Gesichts fast noch faszinierender als die Kunstwerke, die uns umgaben. »Ich würde den Verstand verlieren, wenn ich aufhören würde, zu fotografieren.«

»Du bist Fotograf?«

Dezentes Rot breitete sich auf Hyun-Joons Wangen aus, und ich hielt den Atem an, in der Hoffnung, damit das Zucken in meinen Fingerspitzen besänftigen zu können, das mich dazu verleiten wollte, ihn entweder zu berühren oder zu zeichnen – oder am besten beides gleichzeitig.

»Nicht wirklich.« Er kratzte sich am Hinterkopf, als wäre er plötzlich ehrlich verunsichert, eine willkommene Abwechslung zu seiner sonst so selbstsicheren Art. »Ich bin nicht unbedingt gut darin. Ich tue es nur gern.«

Mein Blick huschte zurück zu der Kuriertasche, die noch immer auf dem Stuhl stand und Zeugnis dafür war, dass Hyun-Joon nicht nur versucht hatte, mich zu beruhigen, sondern dass Diebstahl in Cafés wirklich kein Problem zu sein schien. Deshalb hatte er die Tasche also so behutsam behandelt. Weil er seine Kamera dabeihatte. »Würdest du mir deine Fotos zeigen?«

Hyun-Joon verzog das Gesicht und nickte dann in Richtung der Fotografie vor uns. »Sie sind aber nicht so gut wie die Fotos hier.«

»Was haben wir gerade über Kunst gelernt? Ihre Bedeutung und Schönheit liegt allein im Auge des Betrachters«, sagte ich und lächelte ihn an. Ich verspürte jetzt eine ganz andere Art von Aufregung tief in meiner Brust, die ich nur zu gern willkommen hieß, als ich daran dachte, Hyun-Joons Welt tatsächlich durch seine Augen betrachten zu können.

Hyun-Joon zog die Unterlippe zwischen seine Zähne und grübelte einen Augenblick, dann seufzte er schicksalsergeben und mit einem Schmunzeln auf den Lippen.

»Okay.« Er schüttelte den Kopf, ob über sich selbst oder mich, wusste ich nicht. Mit beschwingten Schritten folgte ich ihm zum Tisch. »Weißt du, dass es wirklich schwer ist, Nein zu dir zu sagen?«

Ich stolperte beinahe über meine eigenen Füße, bemühte mich aber um ein gelassenes Lächeln, obwohl das Herz in meiner Brust erneut zu einem Schlagzeugsolo ansetzte. »Das wusste ich nicht, aber ich werde es ab sofort eiskalt zu meinem Vorteil nutzen.«

Hyun-Joon hob die Tasche vom Stuhl, und ich rückte ihn mir zurecht und setzte mich darauf, bevor er es sich anders überlegen konnte. Überraschung huschte über sein Gesicht, wich aber dann einem beinahe schon zufriedenen Grinsen, als er sich neben mich fallen ließ. Er schob mir meinen Kaffee und mein Stück Tiramisu-Torte herüber, öffnete seine Kuriertasche und fischte eine Kamera heraus. Bewundernd betrachtete ich das Stück Technik mit dem dezenten Objektiv in einem edlen Vintage-Stil, der so fabelhaft zu dem Mann passte, der diese

Kamera besaß. Behutsam schaltete er die Kamera ein, und ich war überrascht, weil das Display nicht automatisch ansprang. »Benutzt du das Display nicht, wenn du Fotos machst?« Hyun-Joon schüttelte den Kopf. »Nein. Ich benutze immer nur den Sucher.« Er schaltete etwas an der Kamera um, und das Display erwachte zum Leben, auf dem ich sofort brillante Farben erkennen konnte, die mir die Sprache verschlugen. »Ich habe gerne einen ungefilterten Blick auf die Dinge.«

Das glaubte ich gern, denn irgendetwas an Hyun-Joons Blick war so bestechend und durchdringlich, dass man es nur als schonungslos beschreiben konnte. Es war etwas, das mich schon im Club in seinen Bann gezogen hatte, als er mir mit seiner fokussierten Aufmerksamkeit das Gefühl gegeben hatte, zwischen Hunderten von Menschen ganz allein mit ihm zu sein.

Hyun-Joon hielt sich die Kamera näher ans Gesicht, und seine Mundwinkel sackten nach unten, als er durch die Bilder klickte.

»Was ist?« Meine Stimme war sanft, doch ich rutschte unruhig auf meinem Stuhl hin und her, meine Neugierde Hyun-Joon gegenüber war mit Ikarus und seinem Aufstieg zur Sonne vergleichbar: ungebremst und unvernünftig.

»Die Bilder sind alle nicht bearbeitet.« Er murmelte etwas auf Koreanisch vor sich hin, bevor er den Kopf schief legte und augenscheinlich mit sich rang, während ich darauf brannte, zu erfahren, wie er die Welt sah. Erst recht, wenn sein Blick nicht perfekt war. »Bei manchen stimmt die Belichtung nicht ganz, und auch die Farbkorrektur hab ich noch nicht gemacht.«

»Das macht mir nichts aus.« Ich rutschte auf meinem Stuhl noch näher in seine Richtung, und Hyun-Joon sah endlich vom Display auf und in mein Gesicht. Dass er die Kamera ein Stückchen sinken ließ, als unsere Augen sich begegneten, wertete ich als gutes Zeichen, das Ziehen in meiner Magengegend jedoch, als sein Blick für einen Augenblick zu meinen Lippen huschte, nicht. Doch ich besann mich stattdessen darauf anzuerkennen, wie schwer das hier für ihn sein musste, denn mit Kunst jeglicher Art legte man immer auch ein Stück von sich selbst offen. »Ich verstehe, wenn du die Bilder nicht zeigen willst, weil du mit ihnen nicht zufrieden bist, Hyun-Joon. Du kannst sie mir auch ein anderes Mal zeigen, wenn dir das lieber wäre. Ich wollte nur sagen, dass es mir egal ist, wenn sie nicht perfekt sind. Das ist alles.«

Ich wusste nicht, womit ich ihn überzeugt hatte, doch nur wenige Sekunden später legte er die Unterarme auf dem Tisch ab und hielt die Kamera so, dass ich einen ungehinderten Blick auf seine Fotografien hatte. Am liebsten hätte ich ihm die Kamera aus den Händen genommen und die Bilder im Detail betrachtet, doch ich verstand, dass er die Kontrolle über diesen Moment brauchte. Immerhin offenbarte er hier einen Teil von sich selbst. Einen Teil, der niemanden etwas anging, den ich aber unbedingt näher erkunden und für mich beanspruchen wollte.

Schweigen breitete sich zwischen uns aus, als ich mich über das Display lehnte und das Foto betrachtete, das zuerst angezeigt wurde. Es war ein Bild von Fahrrädern, die feinsäuberlich in einer Station aufgereiht waren, ihre Vorderräder der Fokuspunkt, während der Rest der Fotografie verschwommen wirkte. Es war ein alltägliches Bild. Eines, das ich selbst schon unzählige Male gesehen hatte. Doch irgendetwas daran sorgte dafür, dass meine Brust sich zwei Nummern zu klein anfühlte. Ob es die Belichtung oder der Bildausschnitt war, vermochte ich nicht zu sagen, aber dem Foto haftete etwas Melancholisches an. Ein Sehnen nach dem Alltäglichen, das ich nur zu gut kannte.

Meine Finger schlossen sich um das kühle Plastik meines Bechers, und ich spürte die Feuchtigkeit des Kondenswassers auf meiner Haut. Hyun-Joon klickte zum nächsten Bild.

Auch diese Fotografie war eine alltägliche Situation, aufgenommen aus den Türen einer U-Bahn heraus, die den unterirdischen Tunneln ihrer Existenz für einen Augenblick entkommen war und ihren Passagieren einen Blick auf die Welt außerhalb der Dunkelheit erlaubte. Vieles in dem Bild war verschwommen, durch die Geschwindigkeit des Zuges verzerrt, der durch die Stadt raste, die sich dem Tempo seiner ruhelosen Bewohner unterworfen hatte. Aber ein einziges Gebäude stach zwischen all den Oberleitungen und Pfeilern, die das Bild so unruhig machten, hervor. Grau ragte es aus den Farben des beginnenden Sonnenaufgangs empor, und ich fragte mich, warum er ausgerechnet dieses Gebäude ausgewählt hatte, denn es war weder besonders schön noch in einem guten Zustand. Vielleicht war es auch nicht das Gebäude an sich, das er hatte festhalten wollen. Vielleicht war es mehr der Moment, aufgenommen in den frühen Morgenstunden, die entweder eine lange Nacht beendeten oder einen langen Tag einläuteten. Gott, wie oft hatte ich genau den gleichen Himmel gesehen, der meine Tage verschwimmen ließ und meine Nächte bedeutungslos machte, in denen ich eh kein Auge hatte zutun können.

Hyun-Joon klickte weiter, und je mehr Bilder ich betrachtete, desto mehr realisierte ich, dass Hyun-Joon Schönheit in den alltäglichen Dingen entdeckte, sein Blick aber von einer namenlosen Traurigkeit gefärbt war, die niemand in unserem Alter empfinden sollte, die mir aber nur allzu bekannt war.

Ich schaffte es kaum, mich von dem Einblick in Hyun-Joons Welt loszureißen, um in sein Gesicht zu sehen, das mich bisher immer mit Schönheit und scharfen Kanten geblendet und völlig von den strengen Linien um seinen Mund abgelenkt hatte, die bei seinem jungen Alter noch gar nicht dort sein sollten.

»Deine Fotos«, begann ich, meine Stimme heiser und getränkt mit einem tieferen Verständnis, für das es keinen Namen gab, »sind wunderschön.«

Hyun-Joon drehte ruckartig seinen Kopf in meine Richtung, doch ich zuckte nicht zurück, auch wenn er mir jetzt so nah war, dass sein Atem sich beinahe mit meinem mischte, so dicht wie wir beieinandersaßen. Ich wusste nicht, wann wir derartig zusammengerückt waren, aber zum ersten Mal löste es keine Panik in mir aus. Stattdessen hatte ich das Gefühl, hier genau richtig zu sein, auf dem schmalen Grat zwischen *viel zu nah* und *nicht annähernd nah genug*.

Hyun-Joon runzelte die Stirn. Überraschung und Unverständnis schienen in ihm um die Wette zu kämpfen, bis keiner von beiden gewann, und sie beide der Erleichterung Platz machten, die den Griff um seine Kamera und den angespannten Zug um seinen Mund lockerte. »Danke.«

Ich spürte das Gewicht dieses einzigen Wortes, aber es presste mir nicht die Luft aus den Lungen, sondern legte sich wie eine schwere, warme Decke um meine Schultern, die mich wissen ließ, dass ich mit den gedämpften Farben meiner Existenz nicht allein war. »Bitte.«

Hyun-Joon lächelte, zaghaft, aber ehrlicher als jemals zuvor, ehe er ein raues und überraschtes Lachen hören ließ. »Es ist komisch, meine Fotos mit jemandem zu teilen.«

Die Zeit blieb stehen, als mein Verstand seine Worte auf ihre Essenz reduzierte. »Hast du das noch nie getan?«

»Nein. Seit Jahren nicht.«

Ich wusste nicht, was ich sagen sollte, also blieb ich stumm, während das Blut in meinen Ohren rauschte und ich spürte, wie meine Mundwinkel sich ohne mein Zutun nach oben zogen, und eine Welle mich erfasste, die ich mit nichts anderem beschreiben konnte als törichter Glückseligkeit, die den Grauschleier von meiner Welt riss und sie stattdessen in Pastellfarben tauchte.

Hyun-Joon räusperte sich und lehnte sich zurück, als das Kichern von zwei jungen Männern erklang, die ich nicht einmal wahrgenommen hatte und die kaum älter sein konnten als sechzehn. Sie starrten zu uns herüber und steckten dann lachend die Köpfe zusammen, offensichtlich nicht im Mindesten peinlich berührt, dass wir sie beim Gaffen erwischt hatten.

Hyun-Joon legte seine Kamera auf den Tisch und griff sich seinen schwarzen Kaffee. Angeekelt verzog er das Gesicht, nachdem er einen Schluck davon getrunken hatte. »Ich hätte mir auch besser direkt etwas Kaltes bestellen sollen. Abgestandener Kaffee ist einfach widerlich.«

»Möchtest du einen Schluck von mir?«, bot ich an, ohne darüber nachzudenken, was ich da eigentlich sagte. Hitze stieg in mir auf, als Hyun-Joon mich völlig verdattert ansah. Gott, meine Freunde und ihre Angewohnheit, einfach alles zu teilen, hatte sich mittlerweile komplett auf mich übertragen, und ließ mich vergessen, wie man sich normalerweise jemandem gegenüber benahm, den man erst so kurz kannte. »Entschuldige. Das war unangebracht.«

»Alles gut. Das ist sehr nett von dir.« Hyun-Joon schmunzelte. »Das ist nur nicht die Kategorie, in die ich gehören möchte.«

»Kategorie?«, hakte ich verwirrt nach. »Welche Kategorie?«

»Die Kategorie, zu der Hoon-*hyung* gehört. Die Kategorie der Kumpels, denen du einen Schluck von deinem Drink anbietest, ohne darüber nachzudenken.« Hyun-Joon schob seinen Stuhl zurück und erhob sich in einer flüssigen Bewegung, ehe er seine Geldbörse aus seiner hinteren Hosentasche fischte. »Ich will mehr sein als das.«

Mit großen Augen sah ich zu ihm auf und öffnete den Mund, um etwas zu sagen, doch kein einziger Ton kam heraus. Ich konnte nur dabei zusehen, wie Hyun-Joon eine Hand auf dem Tisch abstützte und sich zu mir herunterbeugte, während meine ganze Welt sich erneut golden färbte und alles andere in den Hintergrund trat.

»Es gibt noch unzählige Dinge, die ich dir zeigen will. Und ich hoffe, heute ist nicht das letzte Mal, dass du mir erlaubst, Zeit mit dir zu verbringen.« Er lächelte mich an, und ich schloss die Hand fester um meinen Iced Americano, der nichts gegen die Hitze meiner Haut auszurichten vermochte. »Also, darf ich dich nach heute wiedersehen?«

Ich schluckte, kaum in der Lage, einen klaren Gedanken zu fassen, wenn er mich so ansah. Und vielleicht war auch das der Grund, warum ich nach einem langen Moment des Schweigens nickte. »Ja.«

Hyun-Joon grinste schief und stieß sich dann vom Tisch ab. »Ich bin gleich wieder da. Soll ich dir das einpacken lassen?«

Erstaunt über den plötzlichen Themenwechsel blickte ich auf mein Stück Kuchen hinab, dass noch immer unangetastet vor mir stand, genau wie Hyun-Joons, welches noch immer in seiner cremigen Makellosigkeit auf dem grauen Teller lag. »Wieso? Wollen wir noch irgendwo hin?«

»Ja, wollen wir.«

»Okay«, sagte ich etwas verwirrt und schaute mich dann in dem Café um, von dem ich noch nicht bereit war, Abschied zu nehmen, weil ich nicht mal einen Bruchteil der Ausstellungsstücke gesehen hatte. »Können wir nicht noch ein bisschen bleiben?«

»Können wir«, versicherte Hyun-Joon und lächelte dann. »Dann gehörst du aber noch ein wenig länger heute allein mir.«

Wieder setzte mein Hirn aus, vollkommen überrumpelt von seiner offensiven Art. Doch anstatt vor mich hinzustottern, strich ich lediglich die Ärmel meines Pullovers glatt und holte tief Luft, um mir nicht anmerken zu lassen, wie sehr seine Worte mir unter die Haut gingen. »Wohin wollen wir denn noch?«, erkundigte ich mich und trank schnell einen Schluck, um meine trockene Kehle zu besänftigen.

»Das wirst du dann schon sehen.« Hyun-Joon lachte leise, weil ich nach dieser kryptischen Antwort nur die Augen verdrehte. »Ich bin gleich zurück.«

Ich sah ihm nach, als er zwischen den Tischen hindurch Richtung Haupthalle ging, und nachdem sein blauschwarzer Haarschopf verschwunden war, erwischte ich mich dabei, wie ich ihn mir bereits zurück auf den Platz direkt neben mir wünschte. Und mein dummes Herz flüsterte mir auch noch zu, dass er genau dorthin gehörte.

15. KAPITEL

무지개 = Regenbogenfarben

»Wohin gehen wir denn jetzt?«
»Das siehst du gleich.« Hyun-Joon schlenderte neben mir her, das Sinnbild selbstzufriedener Gelassenheit, während mein ganzer Körper voller Ungeduld vibrierte. Wir flanierten durch die Straßen von Seongsu, die sich langsam in Blautöne färbten, jetzt, wo die letzten Sonnenstrahlen verschwanden und den Lichtern der Straßenlaternen Platz machten. »Geduld ist nicht gerade deine Stärke, oder?«

»Nicht unbedingt«, gab ich zu und sah zu den Stromleitungen, die sich auch hier wie Adern durch den Himmel zogen. »Außerdem weiß ich gerne, wohin es geht.«

Hyun-Joons zielstrebige Schritte gerieten niemals aus dem Takt, wohingegen er mich heute schon mehrfach ins Straucheln gebracht hatte. »Mir zu vertrauen, hat dir bisher heute nicht geschadet, oder?«

»Nein.« Das musste ich zugeben, denn die letzten Stunden hatte ich mit Staunen verbracht, zwischen Kunst und Unglauben und Glückseligkeit, die die scharfen Kanten meines Herzens zumindest für heute ein wenig abgeschliffen hatten, sodass nicht länger jeder Atemzug schmerzte. Heute Morgen, als ich aufgestanden war, hatte ich das noch für unmöglich gehalten. Aber Hyun-Joon hatte die letzten grauen Schatten des Tages vertrieben und mich stattdessen in eine Welt voller

Farben entführt, in der ich gar nicht wusste, wohin ich als Erstes sehen sollte.

»Na also.« Er wechselte die Seite, sein Körper war nun zwischen mir und dem Auto, das uns in Schrittgeschwindigkeit entgegenkam, während es sich zwischen den parkenden Fahrzeugen hindurchschlängelte, die die Straßen säumten wie eine Mauer aus Prestige und glänzendem Lack.

Ich deutete auf Hyun-Joons Kamera, die locker am Riemen über seiner Schulter hing und nicht länger in den Untiefen seiner Tasche ihr Dasein fristen musste. Ich hatte aufgehört zu zählen, wie oft er sie heute gezückt hatte, nachdem wir das Café verlassen und stattdessen die Straßen der Nachbarschaft erkundet hatten, der es vielleicht an klassischer Schönheit, nicht aber an industriellem Charme mangelte. »Du musst mir die Fotos, die du heute geschossen hast, unbedingt schicken.«

»Wird gemacht.« Er nahm die Kamera von seiner Schulter, steckte sie jedoch nicht zurück in seine Tasche, was mich wissen ließ, dass er gleich erneut stehen bleiben würde, um etwas zu fotografieren, das meinem Blick völlig entgangen wäre, wenn Hyun-Joon nicht meine Aufmerksamkeit darauf gelenkt hätte. Generell hatte er ein feines Auge, das Details bemerkte, die anderen verborgen blieben, und mich vielleicht hätte in Alarmbereitschaft versetzen sollen, mir aber seltsamerweise zum ersten Mal seit Jahren das Gefühl gab, nicht nur gesehen, sondern tatsächlich auch wahrgenommen zu werden. »Aber erst, nachdem ich sie bearbeitet habe.«

Ich lachte, wie schon so oft heute, und schüttelte den Kopf. »Das wurmt dich ziemlich, oder?«

»Ziemlich ist gar kein Ausdruck.« Hyun-Joon blieb stehen, und ich tat es ihm gleich, und rückte dichter an ihn heran, um zu sehen, was er durch seinen Sucher ins Visier nehmen würde. Erst hatte ich mich geweigert, selbst vor seine Linse zu treten,

aber als wir dann die großen bunten Kunstwerke an diversen Backsteinmauern entdeckt hatten und er mit sanfter Stimme darum gebeten hatte, mich davor ablichten zu dürfen, war ich eingeknickt und hatte für ihn posiert. Ich war absolut unfähig, diesen goldenen Augen, die kleine Lachfältchen formten, wenn er ehrlich und aufrichtig lächelte, irgendetwas abzuschlagen.
»Du wirst darüber hinwegkommen. Irgendwann.«
Hyun-Joon wurde ganz still, wie immer, wenn er den Sucher seiner Kamera vor sein Auge schob. Ich folgte seinem Blick und lächelte, als ich sein Ziel entdeckte. Einige Tauben saßen dicht aneinandergekuschelt auf einer der Stromleitungen und beobachteten das Treiben unter sich. Das Klicken des Auslösers erklang, und Hyun-Joon nickte zufrieden, ehe er die Kamera wieder sinken ließ und weiterging. Er warf einen Blick auf die Uhr an seinem Handgelenk, und seine Schritte wurden schneller. »Du wohnst in Dongjak, richtig?«
»Ja, genau.« Ich beschleunigte meine Schritte ebenfalls, und war Hyun-Joon dankbar, als er eine Hand zwischen meine Schulterblätter legte, um mich über die Straße zu manövrieren, die belebter war als die Seitengassen, in denen wir bisher unterwegs gewesen waren. »Wie kommst du da jetzt drauf?«
»Nur damit ich weiß, wie lange du ungefähr nach Hause brauchst.« Hyun-Joon schob mich sanft an einer Gruppe Passanten vorbei, eine Gruppe aus Männern und Frauen in unserem Alter, mit unzähligen Shoppingtaschen in den Händen, die miteinander lachten und sprachen, bevor wir in eine weitere Seitengasse abbogen, von der es in Seoul unzählige gab. »In welcher Nachbarschaft wohnst du denn?«
Ich brauchte einen Moment, um mich an die lange Adresse zu erinnern, die ich auswendig gelernt hatte, in der nicht nur der Stadtteil, sondern auch die genaue Nachbarschaft vermerkt war. Erst hatte ich das verwirrend gefunden, aber jetzt wusste

ich die langen Angaben zu schätzen, die es mir erlaubten, in einer verschachtelten Metropole wie Seoul überraschend leicht mein Ziel zu finden.»Heukseok.«

»Heukseok?«

»Ja. Ich wohne sogar ziemlich nah an der U-Bahn-Station da. Es sind, glaube ich, nur fünf Minuten zu Fuß. Und der Hangang ist auch nicht weit weg.« Ich hatte mir, seitdem ich in mein Apartment eingezogen war, hin und wieder die Zeit genommen, meine Nachbarschaft zu erkunden, und auch wenn es nicht so viel Spektakuläres zu sehen gab wie auf der anderen Seite des Flusses, hatte ich mich trotzdem in all die schmalen Straßen und kleinen Gassen verliebt, die sich erst wie ein Labyrinth angefühlt hatten, aber nach drei Wochen abendlicher Spaziergänge mir langsam, aber sicher vertrauter wurden.»Du wohnst in Itaewon, oder? In der Nähe von dem Café deiner Mom?«

»Ja. Unser Haus ist knappe zehn Minuten vom Café entfernt.«

»Das ist ein ganzes Stück von hier entfernt.«

»Ja, leider.« Hyun-Joon blieb unter einer Straßenlaterne stehen und zückte sein Handy. Seine Daumen flogen in beeindruckender Geschwindigkeit über das Display, und kurz darauf gab mein Handy einen kleinen Singsang von sich.»Ich habe dir gerade die Wegbeschreibung bis zur *Heukseok Station* geschickt.« Er steckte das Handy zurück in die Tasche seines Mantels, und Bedauern huschte über sein Gesicht.»Ich wünschte, ich könnte dich nach Hause bringen, aber ich hab heute noch eine Schicht im Club, und ich will, dass du dir in aller Ruhe Zeit lassen kannst.«

Verwirrung und Rührung mischten sich gleichermaßen in meinem Kopf. Ich schwankte noch zwischen den Worten *Das ist nicht nötig* und *Zeit lassen bei was genau?*, als Hyun-Joon seine Hände behutsam auf meine Schultern legte und mich sanft in die Richtung drehte, aus der rosafarbenes und blaues Neonlicht auf die Straße fiel und die Gasse in einen märchenhaften Ort verwandelte, in dem ganze Galaxien im Asphalt hätten existieren können, ohne dass ich an ihrer Echtheit gezweifelt hätte.

Mit großen Augen starrte ich auf einen Laden in einem Gebäude aus unscheinbarem Backstein, an dem sich Efeu emporschlängelte. Ein paar Fahrräder standen davor, einige halb verrostet, andere nagelneu. Ich spähte durch die großen Schaufenster in das Innere des Ladens, dessen Name in Hangeul auf dem Schild stand, und mir verschlug es fast die Sprache, als mir alle Farben des Regenbogens hinter dem Glas entgegenleuchteten. Sie waren feinsäuberlich aufgereiht und bildeten doch ein so vertrautes und wunderschönes Chaos, dass es mir beinahe die Tränen in die Augen trieb.

»Du sagtest, du hättest seit Langem keine Zeit mehr zum Malen gehabt, und höchstwahrscheinlich hätten Leinwände und Farben sowieso nicht in deine Koffer gepasst.« Hyun-Joon nahm die Hände von meinen Schultern und rieb sich unsicher über den Nacken, als ich keinen Ton sagte, sondern nur dämlich vor mich hinstarrte wie ein Goldfisch. »Entschuldige, wenn es eine dumme Idee war. Es hat nur heute den Eindruck auf mich gemacht, als würdest du die Malerei wirklich vermissen, also habe ich mir gedacht, es könnte nicht schaden, dir einen Laden für Künstlerbedarf zu zeigen.«

»Wieso?«, wisperte ich atemlos, unfähig, irgendwo sonst hinzusehen als zu dem bunten Sammelsurium aus Farben, Pinseln, Stiften und unzähligen anderen Dingen, die man zum Malen brauchte.

»Weil es so auf mich wirkte, als würde Kunst dich glücklich machen.« Er räusperte sich und steckte seine Kamera zurück in seine Kuriertasche. »Du musst nicht reingehen. Ich dachte nur, dass du vielleicht jetzt in Seoul die Zeit findest, dein Hobby wieder aufzunehmen.«

»Ich habe Kunstpädagogik studiert«, flüsterte ich, ohne überhaupt recht zu wissen, warum ich ihm das anvertraute. »Es war mehr als nur ein Hobby für mich. Ich wollte mich später mit einem Master auf Kunsttherapie für Kinder spezialisieren.«

Als unsere Blicke sich begegneten, konnte ich die tausend Fragen förmlich hören, die auf seiner Zungenspitze ruhten, doch anders, als ich erwartet hatte, drängte Hyun-Joon mich nicht dazu, mehr zu verraten. Stattdessen nickte er nur, als würde er etwas verstehen, das unausgesprochen zwischen uns in der Luft hing, bevor er die Hände in seine Jackentaschen steckte.

»Geh hinein und schau dich um. Du musst ja nichts kaufen, wenn dir nicht der Sinn danach steht.« Er wippte auf seinen Füßen vor und zurück. »Entschuldige, wenn ich eine Grenze überschritten habe.«

Das hatte er. Und doch konnte ich deshalb nicht wütend auf ihn sein. Denn dass er bemerkt hatte, was Kunst mir bedeutete, und dann beschlossen hatte mich herzubringen, weil er glaubte, dass es mich glücklich machen würde, sagte mir so viel mehr über Hyun-Joon, als jedes Gespräch mir jemals hätte vermitteln können.

»Danke«, sagte ich, auch wenn ich keine Ahnung hatte, ob ich den Mut würde aufbringen können, hineinzugehen. »Vielen Dank.«

»Kein Problem.« Er räusperte sich und deutete die Gasse hinunter. »Ich sollte mich auf den Weg machen. Sonst komme ich zu spät zur Arbeit.« Er sah auf den Laden und dann lächelnd wieder zu mir. »Schreib mir bitte, wenn du gut zu Hause angekommen bist. Völlig egal, wann das sein wird.«

»Mache ich.« Ich schloss die Hand fester um den Riemen meines Jutebeutels und sah Hyun-Joon zögerlich an, weil ich ein wenig unsicher war, wie ich mich von ihm verabschieden sollte. Am liebsten hätte ich ihn in den Arm genommen, wusste aber nicht, ob das angebracht war, nachdem Hoon mir vor einer Weile erklärt hatte, dass Umarmungen zwischen Männern und Frauen eher mit Pärchen als mit Freunden in Verbindung gebracht wurden, auch wenn sich das langsam zu ändern begann. Meine Wangen färbten sich rot, als ich daran dachte, was er heute im Café zu mir gesagt hatte. Dass er mehr sein wollte als nur mein Kumpel. Und während ich bei Hoon oder David nicht einen einzigen Gedanken daran verschwendete, machte es mich irgendwie hibbelig, wenn ich mir vorstellte, Hyun-Joon zu umarmen. Also hob ich die Hand und winkte ihm etwas ungelenk und wollte direkt im nächsten Moment im Erdboden versinken. »Bis dann, Hyun-Joon.«

Hyun-Joon sah mich einen Moment lang verdattert an, bevor sein raues Lachen durch die Gasse schallte, weshalb ein Mädchen in einem knielangen Rock und dünnen Mantel zu uns herübersah.

»Bis dann, Jade«, sagte er nach einer Weile und hob, wie ich, die Hand zum Gruß, bevor er sich abwandte.

Ich blickte auf seine Schultern, als er fortging, und ballte die Hände zu Fäusten, weil alles in mir danach schrie, ihn aufzuhalten. Instinktiv wusste ich, dass ich es bereuen würde, wenn ich ihn so in die Nacht hinein verschwinden ließe, die für ihn noch lange kein Ende finden würde. »Hyun-Joon!«

Er blieb stehen und drehte sich zu mir um. Ich nahm mir einen Augenblick Zeit, ihn einfach nur zu betrachten, in dem fahlen Licht der Straßenlaternen mit den pinken und blauen Schatten, die auf eine Hälfte seines Gesichtes fielen. Er sah mich abwartend, aber nicht ungeduldig an. Ungeduldig war er nicht ein einziges Mal gewesen. Weder als ich heute Mittag seine Pläne durchkreuzt, noch als ich darum gebeten hatte, noch länger im Café bleiben zu können, oder grübelnd vor einem Graffiti stehen geblieben war. Jedes Mal war er mir mit solchem Verständnis begegnet, wie es mir noch nie irgendjemand entgegengebracht hatte.

»Danke. Für alles heute.« Seine Lippen formten sich zu einem breiten Grinsen, und die Grübchen auf seinen Wangen zeigten sich in voller Tiefe. »Vielen Dank.«

»Nichts zu danken.« Er ging ein paar Schritte rückwärts, nach wie vor mit diesem Grinsen im Gesicht, zu dem sich jetzt ein Funkeln in seinen Augen gesellte, das für einen wohligen Schauer auf meinem Rücken sorgte. »Aber wenn du dich revanchieren willst, sage ich zu einem zweiten Date definitiv nicht Nein.«

Aus einem Reflex der Selbsterhaltung heraus wollte ich protestieren und ihm sagen, dass das heute kein Date gewesen war, doch als ich den Mund öffnete, wusste ich, dass das nichts weiter war als eine Lüge, die weder er noch ich mir selbst abkaufen würde. Das heute war ein Date gewesen. Noch dazu eines der besten, die ich je gehabt hatte. Also sagte ich stattdessen etwas gänzlich anderes, das mir in dieser Situation dennoch wie die einzig richtige Antwort vorkam. »Okay!«

Er hielt kurz inne, und es war mir ein persönlicher Genuss, dabei zuzusehen, wie es nun an ihm war, ins Straucheln zu geraten. Doch so schnell, wie der Moment gekommen war, war er auch vorbei, und Hyun-Joon war wieder die Ruhe selbst, mit jenem Lächeln auf den Lippen, zu dem ich vermutlich niemals würde Nein sagen können. »Gute Nacht, Jade.«

»Gute Nacht, Hyun-Joon.«

Er lief noch eine Weile rückwärts, sein Blick ruhte intensiv auf mir, dann machte er auf dem Absatz kehrt und verschwand in dem Labyrinth aus Gassen, in denen ich selbst mich nur mithilfe meines Handys würde zurechtfinden können. Ich sollte einfach nach Hause gehen und nicht diese Welt betreten, der ich so gewissenhaft den Rücken gekehrt hatte, um meine Energie für etwas anderes aufzuwenden als für einen Traum, der niemals wahr werden würde.

Ich hatte mit diesem Traum abgeschlossen. Hatte mit dem Malen abgeschlossen. Und auch wenn sich viele Dinge geändert hatten, seitdem ich einen Fuß auf südkoreanischen Boden gesetzt hatte, war das etwas, das sich niemals ändern würde.

Drei Stunden später saß ich mit einem Tee in der Hand in meinem Apartment und starrte auf das unberührte Blatt Skizzenpapier vor mir. Ich hatte nicht den Hauch einer Ahnung, warum ich den Block mit dem raufaserigen Papier gekauft hatte. Oder warum ich ausgerechnet zu einem Komplettset für Kohlemalerei gegriffen hatte, was in der Uni weder mein Spezialgebiet gewesen war noch zu den Fachbereichen gehört hatte, für die ich mich sonderlich hatte begeistern können.

Innerlich schob ich es auf die Kassiererin, die mir, nachdem ich über eine Stunde wie ein ruheloser Tiger durch den Laden gestreift war, mit einem einzigen Blick zu verstehen gegeben hatte, dass a) der Laden bald schließen würde und b) mein Verhalten alles andere als gern gesehen wurde. Doch ich wusste es eigentlich besser, denn meine nervösen Fingerspitzen hörten nicht auf zu zucken, auch wenn meine Haut von einem dünnen Schweißfilm überzogen war, den ich nicht mal mit einer heißen Dusche hatte abwaschen können.

Ich seufzte leise und starrte auf mein Handy, das, wie zur Strafe, umgedreht direkt neben dem Block lag, da es das Verbrechen begangen hatte, mir keine Nachricht von Hyun-Joon anzuzeigen, dem ich direkt geschrieben hatte, als ich vor einer Stunde zur Tür hereingekommen war. Somit hatte ich nämlich noch nicht mal diese kleine Ablenkung von dem Kribbeln in meinen Fingern, das sich kaum noch unter Kontrolle bringen ließ.

Was, wenn ich alles verlernt hatte? Wenn es mir keinen Spaß mehr machte, weil ich nicht annähernd so gut war wie früher, als an der Uni hinter vorgehaltener Hand von einer einmaligen Begabung die Rede war, wann immer man einen Blick auf meine Bilder geworfen hatte. Mir kam es wie Jahrzehnte her vor, dass ich das letzte Mal gezeichnet oder gemalt hatte, dabei war es kaum mehr als zwei Jahre her, die ich ohne Bläschen an den Händen und Farbe in meinem Haar verbracht hatte.

Eigentlich war es lächerlich, dass ein weißes Blatt Papier Beklemmungen in mir auszulösen vermochte, während es mein Leben lang ein Zufluchtsort für mich gewesen war. Doch nachdem ich meinen Traum, Malerin zu werden, endgültig an den Nagel gehängt hatte und die Leinwände mit all meinen Emotionen darauf im Müll gelandet waren, hatte ich diesen Teil von mir verbannt und bis jetzt nicht gewagt, ihn wieder in mein Leben zu lassen.

Ich schloss gequält die Augen, als ich mich an die Enttäuschung im Gesicht meines Vaters erinnerte, der in eine Decke gehüllt auf dem Sofa gelegen und mich dabei beobachtet hatte, wie ich ein Jahrzehnt voll Liebe und Leidenschaft in Kisten und Müllbeutel verfrachtete, um mich von der einen Sache abzuwenden, die immer so selbstverständlich zu mir gehört hatte wie das Blut, das durch meine Adern floss.

»*Jellybean*«, hatte er sanft und mit schuldbewusster Stimme gesagt, obwohl ihn gar keine Schuld traf, es war allein meine Entscheidung gewesen. »*Bitte tu das nicht. Du liebst das Malen.*«

»*Dich liebe ich mehr*«, hatte ich wie ein trotziges Kind entgegnet und den letzten Müllbeutel, bis obenhin voll mit Pinseln, Skizzenblöcken und Acrylfarben, zugezogen. »*Ich fange wieder an, wenn du gesund bist. Versprochen.*«

Genesen war er nur nie, und eigentlich hatte ich nicht vorgehabt, jemals auch nur wieder ans Malen zu denken. Denn was war es wert, wenn ich es mit niemandem teilen konnte? Wenn mein größter Fan und Unterstützer nicht länger hier war, um zu bestaunen, was ich erschaffen hatte, nie müde wurde, mir zu sagen, dass ich es irgendwann mit meiner Kunst weit bringen würde, auch wenn ich mich entschlossen hatte, einen bodenständigeren Weg einzuschlagen und mit Kunsttherapie meine Brötchen zu verdienen, anstatt auf das Wunder der Entdeckung zu hoffen.

Ich werde immer dein größter Fan sein, Jellybean.

Mein Handy gab ein lautes Vibrieren von sich und riss mich damit aus meinen Gedanken, die heute abwechselnd von tiefster Dunkelheit in helles Licht und wieder zurück sprangen, als wären meine Emotionen ein Pingpongball in einem Match zwischen meiner schwermütigen Trauer und meiner euphorischen Freude, die problemlos bei Olympia hätten antreten können. Ich rieb mir über die Stirn, die Erschöpfung lag wie ein Gewicht auf meinen Schultern, das jedoch blitzartig verschwand, als ich den Namen auf meinem Display sah. Für einen Augenblick überlegte ich, ob ich Hyun-Joon schmoren lassen sollte, doch mein Herz nahm mir die Entscheidung ab, als ich den Chat mit einem Lächeln auf den Lippen öffnete.

Hyun-Joon: *Danke, dass du mir Bescheid gesagt hast. Ich habe die Nachricht leider jetzt erst gesehen, wollte dir aber unbedingt antworten, bevor meine Schicht anfängt. Schlaf gut, Jade. Ich hoffe, du hast gefunden, wonach du gesucht hast.*

Hyun-Joon: *Ich freue mich schon darauf, dich wiederzusehen.*

Die Nachricht war nichts Besonderes, dennoch brachte sie mein Herz zum Hüpfen. Ich überlegte, was ich ihm antworten sollte, und entschied mich dann dafür, es auf morgen zu vertagen.

Ich sperrte mein Handy, legte es beiseite und richtete den Blick wieder auf den Skizzenblock, der meine gesamte Aufmerksamkeit einforderte.

Ich hoffe, du hast gefunden, wonach du gesucht hast.

Entschlossen flocht ich mein noch nasses Haar und warf es über meine Schulter, ehe ich den Block zu mir heranzog und das Etui mit den Kohlestiften und Utensilien öffnete. Einen Versuch war es wert. Es musste ja kein Meisterwerk werden. Ich könnte einfach meine Tasse zeichnen, ein simples Stillleben wie eine Momentaufnahme. Meine Finger schlossen sich zitternd um den Stift, und ich hielt inne, bevor die Spitze das Papier berühren konnte. Unsicherheit keimte erneut in mir auf, doch ich drängte sie zurück und dachte an etwas, das mein Vater einmal zu mir gesagt hatte, als ich kaum älter gewesen war als fünf und in die Tiefen eines Schwimmbeckens starrte.

Hab keine Angst, Jellybean. Es gibt nichts auf dieser Welt, das du nicht schaffen kannst.

Ich setzte den Stift an und zeichnete den ersten Strich aufs Papier. Schwarz durchbrach das unangetastete Weiß, und ich starrte wie gebannt darauf. Mit der Fingerkuppe fuhr ich darüber und beobachtete, wie die Kohle einen grauen Schleier hinterließ, ohne jeglichen Glanz, aber so wunderschön wie das Spiel der Schatten an einem sanften Sonntagmorgen.

Das Zittern verschwand, als ich den Stift erneut ansetzte. Dann wieder. Und wieder. Und ehe ich mich versah, flutete goldenes Licht meine Küche, als der Morgen schließlich anbrach und ich mit kohlebeschmierter Stirn in mein Bett kroch. Auf meinem Küchentresen lag die Zeichnung einer Vintagekamera, gehalten von schlanken, mit Ringen verzierten Fingern, die mir in meine Träume folgten und mich sanft berührten und die Dunkelheit vertrieben, die meine Träume zu verschlucken drohte.

16. KAPITEL

썸 = (Slang) Stadium zwischen Flirt
und Beziehung

»Eigentlich würde ich ja jetzt sagen, wie unfassbar unhöflich das ist, aber dich so lächeln zu sehen, ist einfach zu niedlich.«
Ruckartig hob ich den Kopf, plötzlich fühlte sich mein Handy wie ein schwerer Backstein in meiner Hand an, als die Schuld sich wie ein Schleier über die nervöse Aufregung legte, die mich mit jeder Nachricht neu erfasste.
»Entschuldigung«, murmelte ich kleinlaut und sperrte das Display, ehe ich das Handy auf den Couchtisch legte, auf dem Lauren Tee und Kekse serviert hatte, die zu dem gemütlichen Ambiente ihres Studio-Apartments in Yangcheon passten. »Was hast du gesagt?«
Lauren, die heute an diesem warmen Frühlingstag ein gelbes Kleid mit floralem Muster und unzähligen Goldringen an ihren Armen trug, lächelte in sich hinein, während sie sich gegenüber von mir auf dem flauschigen Teppich niederließ, auf dem der ovale, weiße Tisch überraschend sicher stand. »Ich habe gesagt, dass ich froh bin, dass du hergekommen bist.«
»Wie könnte ich nicht?« Ich schloss die Finger um die Tasse und sah zu der Fotografie, die über der grauen Couch mit diversen bunten Kissen hing und eine Vielzahl von Schlössern zeigte, ohne wirklich eins davon in den Fokus zu rücken, während im Hintergrund der *Namsan Tower* thronte. »Es ist das

erste Mal, dass du mich zu dir einlädst. Außerdem hast du gesagt, es gibt etwas, worüber du mit mir reden möchtest.«

Lauren, die sonst immer so locker war und die Menschen um sich herum mit ihrer gewinnenden Art zu verzaubern wusste, lächelte angespannt. Sie legte die Hände in ihren Schoß und wich meinem Blick aus, ehe sie in Richtung meines Handys nickte, das erneut ein Brummen von sich gab, welches ich aber ab jetzt zumindest für eine kurze Weile ignorieren wollte.

»Also, wer schafft es, dir mit ein paar Nachrichten so ein Lächeln ins Gesicht zu zaubern?«

Skeptisch zog ich eine Augenbraue hoch und versuchte erst gar nicht, das Lächeln zu leugnen, von dem sie gesprochen hatte, das ich selbst auf meinen Lippen spüren konnte, wenn ich eine Textnachricht bekam. »Als ob du das nicht wüsstest.«

Die sanften Klänge des Neo Soul, die aus dem schicken Retro-Bluetooth-Lautsprecher drangen, der auf dem weißen Sideboard neben einer Ansammlung diverser Magazine und einem Flachbildfernseher stand, waren für einen Moment das einzige Geräusch, das man neben dem Surren des Kühlschranks hören konnte, bevor Lauren ein verschwörerisches Lachen hören ließ.

»Schuldig im Sinne der Anklage.« Sie stützte ihr Kinn auf ihrer Faust auf und nahm sich mit der freien Hand einen der Kekse, die selbst gebacken aussahen und herrlich nach Orangenschale dufteten. »Hyun-Joon also, hm?«

»Wir hatten ein einziges Date.« Die Worte fühlten sich auf meiner Zunge irgendwie falsch an, doch ich schluckte sie mit dem süßlichen Pfirsichtee hinunter. »Du brauchst also gar nicht so zu grinsen.«

»Wie grinse ich denn?«

»Genauso selbstzufrieden wie die Grinsekatze.« Kindisch streckte ich ihr die Zunge heraus, was sie nur noch mehr zum

Kichern brachte, ehe ich beschloss, dass wir beide mal auf den Boden der Tatsachen zurückkommen mussten. »Wir haben uns wirklich gut verstanden, und er ist ein echt netter Kerl, das heißt aber nicht, dass aus uns etwas wird.«

»Das muss es ja auch gar nicht.« Lauren zuckte mit den Schultern, ihre Stimme war so warm wie das sanfte Licht der Stehlampe in der Ecke, die das Apartment erhellte, während die Sonne draußen langsam unterging und die Lichter der U-Bahn-Station ein paar Stockwerke unter uns zum Leben erwachten. »Auch wenn es ewig bei diesem *Some*-Verhältnis bleibt, ist es das Lächeln auf deinen Lippen allemal wert.«

Verwirrt runzelte ich die Stirn. »Was für ein Verhältnis?«

»*Some*.« Als ich keine Reaktion zeigte, schien Lauren endlich zu begreifen, dass ich absolut keine Ahnung hatte, wovon sie sprach, und sie biss erneut von ihrem Keks ab, bevor sie sich erklärte. »Das ist koreanischer Slang. Es ist mehr als harmloses Flirten, aber weniger als eine feste Beziehung. Es drückt aus, dass man ehrliches Interesse aneinander hat, aber noch nicht weiß, ob mehr daraus werden soll.«

Ich presste meine Finger gegen meine hitzigen Wangen. »Ein einziges Date! Jetzt mach mal halblang.«

»Habt ihr schon ein zweites Date ausgemacht?«

Ertappt zuckte ich zusammen. »Ja. Wir wollen Samstagnachmittag ins *Leeum Samsung Museum of Art*.«

»Ich nehme an, ihr schreibt euch jeden Tag?« Laurens Grinsen wurde breiter, als mein Blick zum Handy schnellte. »Zu jeder Tages- und Nachtzeit?«

»Das heißt nichts.« Ich räusperte mich. »Er will nur nett sein.«

»Jade, Hyun-Joon hat keine Zeit fürs Nettsein. Wenn ich ihm schreibe, muss ich manchmal stundenlang auf eine Antwort warten, und wir sind seit drei Jahren befreundet.« Sie schüttelte verständnislos den Kopf. Wahrscheinlich war sie wirklich über meinen Widerwillen erstaunt, anzuerkennen, dass das zwischen uns vielleicht mehr war als eine harmlose Flirterei.

»Aber –«

»Samstagnachmittags arbeitet er normalerweise im Café oder lernt oder schläft für seine kommende Schicht vor oder holt Schlaf von der Freitagsschicht nach oder er kümmert sich um Hyun-Sik, damit Hyun-Ah in Ruhe lernen kann.« Sie nickte zufrieden, als ich sofort schicksalsergeben den Mund hielt, anstatt mich weiter in sinnbefreiten Halbwahrheiten zu verstricken, die allein dazu dienten, mich selbst zu überzeugen, weil es bei ihr eh nur auf taube Ohren zu stoßen schien. »Noch Fragen?«

»Keine Fragen, euer Ehren«, sagte ich leise und rieb mir gedankenverloren über die Stirn, bevor ich aus reiner Gewohnheit alarmiert die Hand wegzog. Aber in der nächsten Sekunde fiel mir auch schon wieder ein, dass meine Hände ja gerade ausnahmsweise mal nicht von Kohle geschwärzt waren, und ich mein Gesicht berühren konnte, ohne mich gleich vollzuschmieren. »Können wir jetzt bitte das Thema wechseln?«

»Wieso?« Lauren rührte mit ihrem Löffel in ihrem Tee herum, obwohl die zwei Zuckerwürfel, die sie hineingetan hatte, längst aufgelöst sein mussten. »Fallen dir keine Ausreden mehr ein?«

»Gott, ich kann dich wirklich nicht leiden.«

»Genauso wenig wie Hyun-Joon, schon klar.« Lauren lächelte mich frech an, doch als die Stille zwischen uns sich in die Länge zog, schwand es, und machte stattdessen einem ungewohnt ernsten Ausdruck Platz. »Jade, wir sind Freunde, oder?«

»Natürlich.« Über die Antwort brauchte ich nicht einmal nachzudenken. Ich mochte Lauren noch nicht lange kennen, aber sie war mir bereits ans Herz gewachsen. Genauso wie Hoon und David, die, neben Chris, so ziemlich die ersten Menschen waren, mit denen ich mich so richtig wohlfühlte.

Laurens Mundwinkel zuckten zwar nach oben, aber es war nicht mehr als der Flügelschlag eines Schmetterlings, bevor Ernsthaftigkeit und Sorge ihre Züge erneut überschatteten. »Und ich kann dir voll und ganz vertrauen?«

Ich wusste nicht, ob es Laurens Tonfall oder die Art war, wie ihre Augen in Richtung der Wohnungstür schielten, was mich nervös werden ließ. Ich setzte mich gerader hin und ergriff ihre Hände. Es war, als hätten wir unsere Rollen getauscht, da in diesem Augenblick nun ich diejenige war, die ihre physische Nähe brauchte. »Okay, langsam fange ich an, mir Sorgen zu machen. Was ist los, Lauren?«

Lauren schüttelte meine Hände nicht ab, aber ihr intensiver Blick presste mir die Luft aus den Lungen, als sie mich mit ihren großen Augen schachmatt setzte. »Ich kann dir also vertrauen?«

»Ja.« Ich drückte ihre Hände, die warm, aber klamm in meinen lagen, und versuchte, die Stimme zu ignorieren, die mir leise zuflüsterte, dass Vertrauen keine Einbahnstraße war, in der man Dinge voreinander geheim hielt, aber ich ignorierte sie und konzentrierte mich allein auf meine Freundin, die so aufgewühlt wirkte. »Ja, auf jeden Fall.«

»Gut.« Sie räusperte sich. »Das ist gut. Es gibt da nämlich etwas, dass ich dir sagen möchte. Oder eher etwas, dass wir dir sagen möchten.«

Mein Blick huschte zu dem schlichten Goldring an ihrem Finger, der schon mehr als einmal meine Aufmerksamkeit erregt hatte, und ich lächelte. »Es gibt also jemanden in deinem Leben?«

»Ja.« Lauren schien nur noch nervöser zu werden. »Wir wohnen gemeinsam hier und –« Sie brach ab, als das Türschloss erklang, das uns mit einem hohen Piepton wissen ließ, dass jemand den Code eingab, bevor der Singsang zu hören war, der von dem mechanischen Surren begleitet wurde, als das Schloss entriegelte. Ihre Hände drückten meine ganz fest, und ich spürte, wie ihr Blick sich auf meine Züge heftete, war aber zu neugierig, den Menschen in Laurens Leben kennenzulernen, als dass ich mich vom Eingangsbereich hätte abwenden können. Umso überraschter war ich, als eine sich mir nur allzu vertraute Gestalt durch die Wohnungstür ins Innere schob, mit einer Plastiktüte in der Hand und genau der gleichen dunkelgrünen Slacks an den Beinen, die sie schon heute Morgen getragen hatte.

»Yeo-Reum?«

Yeo-Reum stand im Eingangsbereich. Ihr Gesicht wurde von den Deckenspots angeleuchtet, und sie zog defensiv die Schultern hoch, während sie zwischen mir und Lauren hin und her blickte, bevor sie sich die Schuhe von den Füßen streifte und ein Paar rosa Katzenhausschuhe aus dem Schrank fischte. »Hallo, Jade.«

Ich blinzelte überrascht, als sie die Hausschuhe fallen ließ, die haargenau zu denen von Lauren passten, ehe sie hineinschlüpfte und mit der Tüte in der Hand zur Küche hinüberschlenderte. »Ich habe zum Abendessen *Manduguk* besorgt. Ich hoffe, das war okay.«

Ich wusste nicht wirklich, mit wem von uns beiden sie jetzt sprach, doch als Lauren noch immer kein Wort von sich gab, war ich mir fast sicher, dass ich damit gemeint war. »Klingt super.«

»Gut.« Yeo-Reum räusperte sich und stellte die Plastiktüte auf den Küchentresen, dann kam sie zu uns zurück. »Hallo, Schatz.«

Lauren ließ meine Hände los und lächelte Yeo-Reum sanft an, während sie sich ihr entgegenreckte und meine Co-Lehrerin sich herunterbeugte. »Hallo, Baby.«
Der Kuss war kurz und keusch, so als wären die beiden sich unsicher, was in meinem Beisein angebracht war. Yeo-Reum wandte sich ab und ging wieder in die Küche. »Du bleibst doch zum Essen, oder, Jade?«

Ich spürte die Anspannung, die in der Luft lag, und wusste instinktiv, dass diese Frage so viel mehr bedeutete. Für mich gab es darauf nur eine Antwort. »Auf jeden Fall.«

Lauren stieß hörbar erleichtert die Luft aus und sank mit dem Rücken zurück gegen die Sofalehne. Sie presste sich die Hand gegen die Brust. »Gott sei Dank.«

»Hast du wirklich angenommen, dass ich aufstehe und gehe?«, wollte ich wissen und konnte nicht leugnen, dass mir das irgendwie einen Stich versetzte, auch wenn mir klar war, dass Laurens Reaktion vermutlich von ihren Erfahrungen herrührte. »Mir ist völlig egal, mit wem du zusammen bist, solange du glücklich bist.« Ich hielt inne und sah zu Yeo-Reum, die mich ansah, die Hände tief in der Plastiktüte versunken. »Das Gleiche gilt übrigens für dich.«

Yeo-Reum lächelte, und Lauren schniefte gerührt. Dann begann Yeo-Reum diverse Behälter aus der Plastiktüte zu fischen und holte ein paar Schüsseln aus einem der Hängeschränke. »Das ist leider nicht selbstverständlich, Jade.«

»Ich weiß.« Ich seufzte leise. Ich war längst nicht so naiv, zu glauben, dass gleichgeschlechtliche Beziehungen für die Gesellschaft zur Norm gehörten, obwohl sie das sollten. Als ich Tee und Kekse an den Rand des Couchtisches schob, um Platz für das Abendessen zu machen, weil ich in dem kleinen Apartment nirgendwo einen Esstisch entdecken konnte. »Sollte es aber.«

»Sollte es«, pflichtete Lauren mir bei, bevor sie aufstand und zu Yeo-Reum hinüberging, der sie die Schüsseln aus den Händen nahm und damit zurück an den Couchtisch kam. »Aber die Gesellschaft ist noch nicht so weit.«

»Kommst du deshalb nie mit, wenn wir ausgehen?«, fragte ich Yeo-Reum, die mit dem größten der Behälter zu uns herüberkam, in dem Teigtaschen, Fleisch und Eierstich in einer klaren Brühe schwammen. »Oder wissen die anderen nichts von euch beiden?«

»Hoon weiß Bescheid. Und David auch. Außerdem noch einige Freunde von Yeo-Reum. Aber sonst niemand.« Lauren sah mich ernst an, als sie eine weitere Tasse holte, die mit Wasser gefüllt war. »Und wir wollen auch, dass das so bleibt.«

Die Nachricht war unmissverständlich, und sofort nickte ich. »Natürlich.«

Yeo-Reum holte drei kleinere Schüsseln mit Reis und setzte sich neben Lauren. »Es geht nicht darum, dass niemand wissen darf, dass wir zusammen sind. Wir beide hatten unser Coming-out und sind okay damit, wenn die Leute uns anstarren. Es ist, wie es ist, und auch wenn es nicht schön ist, begafft oder sogar angespuckt zu werden, stehe ich dazu, wer ich bin und wen ich liebe.«

Lauren legte Yeo-Reum eine Hand auf die Schulter und drückte sanft zu, die Stille wurde von einem ruhigen Song durchbrochen, der die schwermütige Stimmung im Raum nur noch verstärkte. Tausend Fragen schwirrten mir durch den Kopf, aber ich sprach keine davon aus, sondern wartete geduldig ab, was die beiden überhaupt mit mir würden teilen wollen.

Yeo-Reum nahm Laurens Hand in ihre und holte tief Luft, bevor sie mir direkt in die Augen sah. »Lauren und ich haben uns vor drei Jahren an der YIES kennengelernt. Ich war ihre Co-Lehrerin für die Klassenstufe sechs.«

Überrascht sah ich zu Lauren, die mir nur ein entschuldigendes Lächeln schenkte, das so viel sagte, wie *Sorry, dass ich dir nichts gesagt habe.* »Das war ziemlich direkt, nachdem ich nach Korea gekommen bin. Ich habe Yeo-Reum gesehen und war sofort hin und weg, wusste aber, dass es keine gute Idee ist, sich auf jemanden einzulassen, mit dem man zusammenarbeitet.« Sie lachte leise. »Außerdem wusste ich nicht einmal, ob sie überhaupt auf Frauen steht, auch wenn ich da so eine Vorahnung hatte.«

Yeo-Reum schmunzelte nur und zuckte mit den Schultern. »Ich kann eben nicht verbergen, was ich für dich empfinde.«

Laurens gespieltes Lachen troff nur so vor Spott, doch das Funkeln in ihren Augen verriet sie. »Ganz schön dick aufgetragen für jemanden, der mich die ersten sechs Monate quasi ignoriert hat.«

Yeo-Reums Züge verdunkelten sich für einen Moment, bevor sie Lauren ihre Hand entzog und in ihren Schoß legte. »Du weißt ja, dass mein Vater der Schulleiter der YIES ist.«

»Ja.« Ich erinnerte mich noch gut an meinen ersten Tag, als ich Yeo-Reum und ihrem Vater begegnet war, und wie seine Wangen von hektischen roten Zornesflecken überzogen gewesen waren, als er seiner Tochter wutentbrannt auf den Flur gefolgt war. »Weiß er von euch beiden?«

Yeo-Reum nickte. »Ja. Ich habe es ihm gesagt, nachdem Lauren und ich ungefähr ein Jahr zusammen waren.«

Lauren seufzte schwer, und ich konnte mir vorstellen, wie das gelaufen war, wenn man bedachte, dass sie nicht länger gemeinsam mit der Frau, die sie liebte, an derselben Grundschule unterrichtete, sondern an eine Highschool gewechselt war.

»Mein Vater ist ein sehr konservativer Mann. Für ihn ist es schwer, zu akzeptieren, dass ich homosexuell bin. Für ihn kommt das Ansehen der Familie an erster Stelle, und er weiß, wie die Leute reagieren werden, wenn sie herausfinden, dass sein einziges Kind homosexuell ist.« Yeo-Reum rieb sich den Nacken, in ihren Augen glänzte ein alter Schmerz, gepaart mit neuen Wunden. »Es hat eine Weile gedauert, bis er überhaupt wieder ein Wort mit mir gewechselt hat, was ich auch ein wenig meiner Mutter zu verdanken habe, die zwischen uns vermittelt hat, aber es war schwer für uns alle, mit dieser neuen Situation umzugehen, und nach langem Hin und Her haben wir beschlossen, dass es besser ist, wenn ich zu Lauren ziehe und sie sich versetzen lässt, damit es nicht zu noch mehr Konflikten kommen kann.« Yeo-Reum ergriff Laurens Hand, ihre goldenen Ringe schimmernd, doch ihr Lächeln traurig, als sie weitersprach. »Mein Vater ist kein schlechter Mann. Er ist geformt von der Gesellschaft, in der er großgeworden ist, und mein Land ist, was LGBTQI+-Themen angeht, leider noch nicht annähernd so weit, wie ich es gerne hätte.«

»Aber die Dinge verändern sich.« Lauren strich Yeo-Reum über den Hinterkopf, ihr schwarzes Haar glich Rabenschwingen, als es durch Laurens zärtliche Finger glitt. »Langsam, aber sicher, richtig?«

»Richtig.« Yeo-Reum räusperte sich und sah mich wieder an. »Seitdem ich ausgezogen bin, hat die Lage sich etwas entspannt, aber es fällt ihm noch immer schwer, zu akzeptieren, dass ich eine Frau liebe, und manchmal explodiert es dann zwischen uns, besonders dann, wenn er darauf zu sprechen kommt, dass es besser war, dass Lauren die Schule gewechselt hat.«

»Alle Kinder streiten mal mit ihren Eltern, Baby. Das ist ganz normal und auch gesund. Und unrecht hat er nicht. Beziehungen am Arbeitsplatz sind schwierig, und auch zwischen uns hat es deshalb das ein oder andere Mal geknallt. Außerdem war der Wechsel nicht schwierig.« Lauren zuckte mit den Schultern. »Ich habe die Organisation kontaktiert und ihnen gesagt, dass ich eine neue Herausforderung brauche, also haben sie mir eine andere Stelle angeboten, die gerade frei geworden war.«

»Seitdem ist die Gesamtsituation etwas entspannter.« Yeo-Reum drückte die Schultern durch, die Trauer in ihrem Gesicht war hoffnungsvoller Entschlossenheit gewichen. »Er hat gesagt, dass er noch nicht so weit ist, uns vollständig zu akzeptieren, dass er aber darüber nachdenkt. Er hat uns darum gebeten, unsere Beziehung unter Verschluss zu halten, und auch wenn ich mich nicht verstellen will, verstehe ich, warum das wichtig für ihn ist.«

Lauren nickte und trank einen Schluck Tee, das Abendessen blieb unangerührt, während die beiden mir ihr Vertrauen schenkten, dessen großer Bedeutung ich mir mit jeder Sekunde mehr und mehr bewusst wurde. »Wir wollen also den Kreis der Menschen, die über unsere Beziehung Bescheid wissen, klein halten. Zumindest so lange, bis Yeo-Reums Vater unsere Beziehung gänzlich akzeptiert hat.«

Yeo-Reum warf Lauren einen Seitenblick zu, der Zug um ihren Mund wurde härter. »Allerdings werden wir nicht ewig darauf warten. Höchstens noch ein weiteres Jahr.«

Lauren seufzte leise. »Yeo-Reum, du hast dreißig Jahre gebraucht, um zu begreifen, dass du homosexuell bist. Gib ihm ein bisschen Zeit.«

Yeo-Reum öffnete den Mund, um etwas zu entgegnen, schloss ihn aber dann wieder und schüttelte nur den Kopf. Sie wandte sich mir zu. »Da du mit mir arbeitest und mit Lauren befreundet bist, wollten wir, dass du es weißt. Wir beide vertrauen dir und würden dich bitten, es für dich zu behalten. Zumindest für eine Weile.«

»Natürlich.« Ich trank einen Schluck Tee, der jetzt noch süßer schmeckte, als mir der hohe Stellenwert dieses Abends so richtig bewusst wurde. »Vielen Dank, dass ihr beide mir genug vertraut, um euer Geheimnis und eure Liebe mit mir zu teilen. Es bedeutet mir die Welt.«

Das hohe Geräusch der Euphorie, das Lauren ausstieß, brachte mich zum Lachen. Sie richtete sich auf, kroch um den Tisch herum auf mich zu und schlang ihre Arme um meinen Hals. Ich spürte ihre Erleichterung und Zuneigung durch meine Haut sickern, die auf die Knospen goldenen Lichts trafen, die seit wenigen Tagen in meiner Brust ruhten, und sie zum Blühen brachten. »Du bist die Beste, weißt du das?«

»Ich erinnere dich dran, wenn du mich verfluchst, weil Yeo-Reum und ich mal wieder länger bei der Unterrichtsvorbereitung brauchen.« Ich tätschelte Laurens Arm, die uns beide sanft hin und her wiegte, während Yeo-Reum uns liebevoll betrachtete.

»Wo wir gerade beim Thema wären –«

Lauren löste sich von mir und verengte mahnend die Augen, was ihrer Freundin einen Laut, der irgendwas zwischen Schnauben und Lachen war, entlockte. »Untersteh dich. Wir alle haben Feierabend!«

»Okay, okay.« Yeo-Reum hob abwehrend die Hände und deutete dann auf die Schüsseln. »Wir sollten essen, bevor es ganz kalt ist.«

Lauren rutschte zurück auf ihren Platz neben Yeo-Reum, und als die beiden einander ansahen, schaute ich weg, um diesen intimen Moment nicht zu stören, in dem sie sich mit ihren

Blicken tausend Dinge beteuerten, ohne auch nur ein einziges Wort davon zu sagen.

Meine Kehle wurde eng, als ich auf mein Telefon starrte, das unangetastet am Rand des Couchtisches lag, und fragte mich, ob ich irgendwann jemanden finden würde, der mich verstand, ohne dass ich ein einziges Wort sagte. Ich dachte an Honiggold, Kohlestifte und daran, dass ich für diese Art von Liebe wahrscheinlich überhaupt noch nicht bereit war, die jedoch vielleicht schon längst ganz in der Nähe auf mich wartete, auch wenn ich nicht gewillt war, mir das einzugestehen.

17. KAPITEL

레몬 케이크 = Zitronenkuchen

Okay, ich hätte mich wirklich nicht von Lauren bequatschen und mir etwas aus ihrem Kleiderschrank ausleihen sollen.

Meine Augen glitten über mein Spiegelbild, und mir fiel es wirklich schwer, mich selbst wiederzuerkennen. Das rostbraune, knöchellange Wickelkleid mit weit ausladenden Kimonoärmeln hatte einen V-Ausschnitt und stellte meine Schlüsselbeine ganz schön zur Schau. Die filigrane Goldkette um meinen Hals, die ich mir aus einer Laune heraus in einem Schmuckgeschäft in einer U-Bahn-Station gekauft hatte, sah zwar sehr gut zu dem frühlingshaften Outfit aus, wollte in meinem Kopf aber nicht so recht zu der Frau passen, die mehr von Kunstzubehör und Motoröl verstand als von Mode und Dates. Wenigstens meine weißen Turnschuhe brachen den schicken Look etwas auf, genauso wie mein Jutebeutel, der wie gewohnt locker von meiner Schulter hing, außerdem trug ich mein langes Haar heute ausnahmsweise mal offen.

Ob ich mich vielleicht doch lieber noch mal umziehen sollte? Doch ein schneller Blick auf die Uhr ließ mich wissen, dass dafür keine Zeit blieb. Wenn ich zu meinem zweiten Date mit Hyun-Joon nicht zu spät kommen wollte, musste ich jetzt los. Bis zu meinem Ziel hatte ich eine dreißigminütige Busfahrt vor mir, die eventuell länger dauern würde, sollte ich mich beim Umsteigen mal wieder nicht zurechtfinden.

Ich fischte mein Handy aus dem Jutebeutel und rief erneut den Wetterbericht für heute auf, der mir verriet, dass der Frühling endlich begonnen hatte und es an diesem Samstagmittag sogar bereits sechzehn Grad waren und auch die Nacht nicht bitterkalt werden würde, was auch die Zierkirschen bewiesen, die gestern zum ersten Mal in Blüte gestanden und mit ihrer weiß-rosa Pracht nicht nur meine Schulkinder in helle Aufregung versetzt hatten. Obwohl es warm bleiben sollte, packte ich eine Jeansjacke ein und wollte gerade mein Apartment verlassen, als das Handy in meiner Hand lautstark zu plärren begann.

Als Hyun-Joons Name auf dem Display erschien, erfasste mich eine Welle besorgter Unruhe, und ich runzelte die Stirn. Hatte ich doch die Zeit vergessen? Stand er schon vorm Museum, wie bestellt und nicht abgeholt, und wartete auf mich? Aber eigentlich war ich mir sicher, dass wir für ein Uhr verabredet waren, und jetzt war es gerade mal Viertel nach zwölf. Ich nahm den Anruf entgegen.

»Hallo, Hyun-Joon.«

»Jade!« Hyun-Joons Stimme klang angespannt, und ich schloss die Hand fester um die glatten Kanten meines Smartphones. »Bist du schon unterwegs?«

Ich erwog einen Augenblick lang, zu lügen, weil er so aufgeregt klang, entschied mich aber dann für die Wahrheit. »Ich bin gerade auf dem Sprung. Wieso?«

»Gott sei Dank.« Er klang ehrlich erleichtert, und Erschöpfung mischte sich unter seinen tiefen Bariton, der sich gegen das Stimmengewirr im Hintergrund kaum durchzusetzen vermochte. »Es tut mir wirklich leid, aber ich muss unser Date absagen.«

»Oh.« Enttäuschung machte sich in mir breit, auch wenn ich mir Mühe gab, mir das nicht allzu sehr anmerken zu lassen. Ich warf einen Blick auf mein Spiegelbild, das mich in dem hübschen Kleid jetzt erst recht zu verhöhnen schien. »Okay.«

»Es tut mir wirklich unfassbar leid.« Er klang aufrichtig, was meine Enttäuschung aber nur ein wenig milderte. »Meine Mutter hat heute einen Termin mit Hyun-Siks Lehrerin, sie müsste längst zurück sein, aber es dauert wohl noch etwas länger, und ausgerechnet jetzt platzt das Café wegen der verfluchten Kirschblüten aus allen Nähten.« Ich hörte das Klappern von Tassen im Hintergrund und zuckte zusammen, als etwas hörbar zu Bruch ging. »Ich hab keine Ahnung, ob und wann ich hier wegkomme, und das Letzte, was ich will, ist, dass du vor dem Museum endlos auf mich wartest, vor allem wenn ich nicht einmal weiß, ob ich es überhaupt schaffe.«

»Mach dir deshalb mal keinen Kopf.« Ich hatte ehrliches Verständnis für seine Situation und wusste genau, wie es war, Termine abzusagen, weil man für seine Familie da sein musste. »Ich verstehe das.«

»Scheiße.« Es war das erste Mal, dass ich Hyun-Joon fluchen hörte, und es entlockte mir trotz des verpassten Dates ein Lachen. »Ich hatte mich so darauf gefreut, dich zu sehen, Jade.«

Ich lächelte und presste das Handy mehr an mein Ohr. »Deine Familie geht vor.«

»Ich weiß.« Er schluckte schwer und bellte dann etwas auf Koreanisch, das ich nicht verstand, was aber nicht unbedingt freundlich klang. »Danke, dass du es verstehst«, sagte er dann zu mir.

»Kein Problem.« Er hatte keine Ahnung, *wie* gut ich es verstand, für die Belange der Familie all die Dinge zurückzustecken, die man liebte, aber das war ein Geständnis, welches ich noch lange nicht bereit war preiszugeben. Stattdessen ließ ich einfach zu, dass diese Wärme in meiner Brust sich weiter ausbreitete, als sich ein Entschluss in meinem Kopf formte und ich mich auf den Weg zur Tür machte. »Konzentrier du dich mal darauf, dass nicht noch mehr Tassen kaputtgehen, und wir sprechen uns später, okay?«

»Okay.« Hyun-Joon klang so müde und enttäuscht, dass es meinen Entschluss nur noch mehr bestätigte, als ich die Wohnungstür hinter mir zuzog und nicht mal darauf wartete, dass es ein Summen von sich gab, bevor ich mich schon auf den Weg den langen Hausflur hinunter machte. »Es tut mir wirklich leid.«

»Muss es nicht.« Ich rief den Fahrstuhl und lächelte, als ich hineintrat. »Bis später, Hyun-Joon.«

»Bis später, Jade.«

Ich legte auf, die Türen schlossen sich, und ich grinste, während ich auf meinem Handy eine Adresse aufrief und die Navigation einschaltete.

Hyun-Joon hatte gesagt, dass er mich sehen wollte. Und ich würde dafür sorgen, dass er zumindest diesen Wunsch heute nicht in den Wind schießen musste.

Auch ohne die Navigation hätte ich das *SONDER* sicherlich gefunden, das einladend inmitten der Weggabelung thronte und heute tatsächlich aus allen Nähten zu platzen schien, wenn man den besetzten Tischen in dem kleinen Vorgarten und der langen Menschenschlange vor dem Tresen drinnen trauen konnte, die ich durch die bodenhohen Fenster des Cafés erspähen konnte.

Mit wenigen Schritten durchquerte ich den Vorgarten, wo ich einen wilden Mix aus Sprachen vernehmen konnte, und ging die drei Stufen hinauf zu den Schiebetüren. Sie öffneten sich mit einem fast lautlosen Surren, als ich in den Bereich des Sensors trat, und sofort drang mir der Geruch von Kaffee und Büchern in die Nase, der sich mit dem Stimmengewirr um mich herum und der kaum merklichen Brise der Klimaanlage zu einer Symbiose verband, die sich instinktiv anfühlte wie nach Hause zu kommen.

Alle Tische im Café waren belegt. Menschen aus aller Welt saßen verteilt auf Sitzgelegenheiten variierender Größen, die aber alle in dem gleichen Stil von opulentem Samt und industriell anmutendem Kupfer gehalten waren. Die meisten Gäste schienen in Gruppen hier zu sein. Ihre Gespräche mischten sich mit dem Pop, der dezent aus den Lautsprechern klang, während vereinzelt auch einige allein dort waren, die Bücher in den Händen hielten und in ihren eigenen Welten versanken, scheinbar unbeeindruckt von dem lebendigen Chaos um sie herum, das nicht zu den eher ruhigen, zurückhaltenden Motiven auf den Fotografien und Gemälden passen wollte, die an den Wänden hingen.

Ich hielt nach Hyun-Joon Ausschau, fand aber zuerst In-Jae, der mit seinem fuchsroten Haar hinter dem Tresen kaum zu übersehen war. Die unzähligen Ringe, mit denen er wieder seine Ohren geschmückt hatte, funkelten diesmal golden, und sein weites Hemd flatterte an seinem dünnen Körper, als er sich hektisch umdrehte, um zwei To-go-Becher vor einem Pärchen abzustellen, die mit einem dankbaren Lächeln ihre Bestellung entgegennahmen und sich dann umdrehten und in meine Richtung kamen.

Ich hob die Hand, um seine Aufmerksamkeit zu erregen, doch er war bereits mit dem nächsten Kunden beschäftigt, nahm die Bestellungen auf, und drehte mir im nächsten Moment wieder den Rücken zu, um die bestellten Getränke zuzubereiten. Hyun-Joon konnte ich nach wie vor nirgends entdecken. Als eine ältere Frau mit schwarzem Haar und einer Cartier am Handgelenk den Kopf hob und nach einer Bedienung Ausschau hielt, dachte ich nicht lange nach, sondern huschte schnell zu In-Jae hinter die Theke, der beinahe die Milch vor Schreck verschüttete und mich überrascht ansah. Ich legte meinen Jutebeutel unter den Tresen, bevor ich zu der schwarzhaarigen Frau in dem schicken Powersuit zurückkehrte, die mit drei weiteren Personen an einem runden Tisch am Fenster saß. Unzählige Unterlagen waren zwischen ihnen ausgebreitet, was darauf schließen ließ, dass sie nicht zum Vergnügen hergekommen waren.

»Wie kann ich helfen?«, fragte ich höflich, in der Hoffnung, dass sie nicht erwarteten, dass ich Koreanisch sprechen konnte, sondern mit meinem Englisch vorliebnahmen.

Freundlich lächelte die ältere Frau mich an. »Ich hätte gern noch einen schwarzen Kaffee und ein Stück von dem Zitronenkuchen, den Sie vorhin in der Vitrine hatten.«

Ich lächelte zurück und deutete hinter mich in Richtung In-Jae. »Ich werde sehen, was sich machen lässt. Bitte haben Sie Verständnis, sollte es mit dem Kaffee etwas länger dauern. Wir tun unser Möglichstes, um all Ihren Bestellungen nachzukommen.«

»Überhaupt kein Problem.« Die Frau lehnte sich entspannt auf der Bank zurück, so als wollte sie mich mit dieser Geste wissen lassen, dass sie wirklich nicht vorhatte, wegen einer längeren Wartezeit eine große Welle zu machen. »Wir haben es nicht eilig. Sind Sie eine weitere Aushilfe für die Kirschblütensaison? Ich habe Sie hier noch nie gesehen.«

»Nein. Ich springe heute nur ausnahmsweise kurz ein.« Ich warf einen Blick in die Runde, die aus zwei weiteren Frauen und einem Mann bestand, die alle ungefähr im Alter der Frau sein mussten, mit der ich gerade gesprochen hatte, und die eine Stammkundin sein musste, die ich hoffentlich nicht vergraulen würde. »Kann ich Ihnen auch noch etwas bringen?«

Sie verneinten dies freundlich, und ich ging zurück hinter

den Tresen, wo In-Jae mich wieder verdattert musterte, aber keine Fragen stellte, als ich die Bestellung von gerade auf einen Zettel kritzelte. Ich tippte mir mit den Fingern gegen die Brust und lächelte ihn an. »Ich bin hier, um zu helfen.«

Die Erleichterung auf In-Jaes Gesicht sprach Bände und bestätigte mir, dass ich mit meiner dreisten Einmischung durchaus trotzdem die richtige Entscheidung getroffen hatte. Es mochte vielleicht unhöflich sein, am Arbeitsplatz seines Dates einfach so aufzukreuzen und sich als Kellnerin auszugeben, aber es war offensichtlich, dass In-Jae und Hyun-Joon mit diesem Ansturm an Gästen heillos überfordert waren. Und wenn ich da etwas Abhilfe schaffen konnte, war es mir egal, ein bisschen unhöflich zu sein.

Ich schnappte mir eins der herumliegenden Tabletts und einen kleinen Notizblock und blickte mich erneut um. »Wo ist Hyun-Joon?«

»In-Jae-Ya.« Ich wich instinktiv mit dem Rücken an den Tresen zurück, als die Tür neben der Kuchentheke, auf der in weißen Lettern sowohl in Hangeul als auch in lateinischer Schrift *PRIVAT* stand, plötzlich aufflog und Hyun-Joons tiefer Bariton erklang, als er mit einer großen Platte voller Kuchen auf dem Arm ins Café eilte. Das Suffix an In-Jaes Namen, das gleichbedeutend mit dem Suffix *-ah* war, das In-Jae für Hyun-Joon verwendete, rollte ganz natürlich von seiner Zunge, während er sprach. »*Lemon keikeu-ga obnae. Gureom Onuleun menu-aesso bba –*«

Unsere Augen begegneten sich, und Hyun-Joons Worte brachen genauso abrupt ab wie seine hastigen Schritte, mit denen er gerade eben noch durch die Tür gestürmt war. Er starrte mich mit großen Augen und offenem Mund an, so als wäre ich ein Produkt seiner Fantasie und nicht wahrhaftig hier, direkt vor ihm.

»Hi«, sagte ich zaghaft nach einem kurzen Moment der unangenehmen Stille, die sich wie ein Netz zwischen uns spannte. »Ich habe mir gedacht, du könntest vielleicht ein bisschen Hilfe gebrauchen.«

Hyun-Joon regte sich keinen Millimeter und zeigte auch keine Anzeichen dafür, dass er auch nur ein Wort von dem verstanden hatte, was ich gerade gesagt hatte. Stattdessen starrte er mich einfach nur weiter an, seine Augen groß wie Untertassen, als er den Blick über mich gleiten ließ.

Unruhig wechselte ich von einem Fuß auf den anderen, unsicher, was ich nun tun sollte, bevor In-Jae schließlich zwischen uns trat und Hyun-Joon die Platte aus der Hand nahm. Er zischte etwas in Hyun-Joons Richtung, was diesen aus seiner Schockstarre zu lösen schien, denn plötzlich ergriff er meine Hand und zog mich mit sich durch die Tür, aus der er gerade gekommen war.

Die Küche, in der scheinbar die Kuchen und Törtchen gebacken wurden, die die Vitrine füllten, war deutlich weniger stylisch und opulent gestaltet als das Café, aber mit einer sehr modern aussehenden Ausstattung und dem ganzen Metall nicht weniger beeindruckend. Die Tür fiel hinter uns zu und schloss sämtlichen Lärm aus, der in dem vollen Café herrschte. Stille verschluckte uns, und mit einem Mal war ich mir überdeutlich bewusst, dass wir allein waren, zwischen uns und Hyun-Joons Verpflichtungen nichts weiter als eine Tür.

Seine Hand, die meine hielt, brannte wie Feuer, und ich wollte sie schon loslassen, als Hyun-Joons Blick meinen fand und das flüssige Gold seiner Iris mich vollkommen in ihren Bann zog und mir beinah den Atem raubte. Die Welt um uns herum hörte auf, sich zu drehen.

Wenn ich gerade eben noch Sorge gehabt hätte, dass er eventuell sauer auf mich sein könnte, so sprachen seine Augen eine ganz andere Sprache, denn darin erkannte ich nur ehrliche Überraschung, tief empfundene Dankbarkeit und etwas Dunkleres, über das ich mir jetzt gerade lieber keinen Gedanken erlauben würde. Nicht wenn es außerhalb dieser Küche ein geschäftiges Chaos gab, zu dem wir zurückkehren mussten.

»Was machst du hier?« Seine Hand hielt meine ganz fest, sein Körper war nur wenige Zentimeter von meinem entfernt.

»Ich wollte helfen«, murmelte ich leise und spürte das Lächeln auf meinen Lippen nicht nur, sondern konnte es sogar in meiner Stimme hören. »Außerdem hast du am Telefon gesagt, dass du dich so darauf gefreut hast, mich zu sehen. Also: Hier bin ich.«

Hyun-Joons Augen huschten zwischen meinen Augen, meinen Lippen und meinem Haar hin und her, als er offensichtlich einen Augenblick brauchte, um das Gesagte zu verarbeiten. »Aber du hast heute deinen freien Tag.«

»Richtig.«

»Und du wolltest zu einer Ausstellung gehen.«

»Auch richtig.« Ich hielt Hyun-Joons Hand genauso fest, wie er meine, als meine Lippen Worte formten, die mir so schnell entwischten, dass ich sie nicht zurückhalten konnte. »Aber ich wollte dich mindestens genauso gerne sehen wie du mich.«

Hyun-Joon sog scharf die Luft ein und zog mich sanft noch ein Stück näher zu sich, sodass ich den Kopf in den Nacken legen musste, um ihn weiterhin anzusehen. »Du siehst sehr hübsch aus.«

Ich bemerkte, wie meine Wangen zu glühen begannen, und versuchte, mir bloß nicht anmerken zu lassen, wie sehr seine Worte mir zu Kopf stiegen. »Danke.«

Er räusperte sich und hob seine andere Hand, mit der er mir beinahe zärtlich eine Strähne aus der Stirn strich. Seine

Fingerspitzen streiften meine Haut genau an der Stelle, an der ich so oft Kohlereste entdeckte, bevor ich ins Bett ging, und ich spürte einen Schauer über meinen Rücken laufen. »Du brauchst mir nicht zu helfen.«

»Ich weiß, dass ich das nicht brauche. Ich möchte aber.«

Falten zogen sich über seine Stirn, und ich versuchte, den Stich in meiner Brust zu ignorieren, als mir jetzt die dunklen Schatten unter seinen Augen auffielen, zu denen ich sicherlich auch meinen Teil beigetragen hatte, so oft wie ich nachts mit ihm schrieb. »Warum?«

»Weil ich Zeit mit dir verbringen möchte.« Es war eine scheinbar simple Wahrheit, die mir aber bei jemand anderem so viel schwerer über die Lippen gekommen wäre als bei diesem Mann, über den ich eigentlich kaum etwas wusste, in dessen Augen ich mich aber wiedererkannte und gleichermaßen gesehen fühlte. »Und weil ich weiß, wie es ist, wenn man das Gefühl hat, alles allein schaffen zu müssen.«

Er schluckte schwer, sein Adamsapfel bewegte sich unter dem kurzen Rollkragen seines schwarzen T-Shirts, das seine Arme bis zu den Ellenbogen bedeckte und trotz des weiten Schnitts seine breite Brust betonte. »Jade –«

»Lass mich dir helfen, Hyun-Joon.« Ich drückte seine Hand sanft, in der Hoffnung, zu ihm durchzudringen und ihm verständlich zu machen, dass ich genau wusste, wie er sich fühlte und wie schwer es für ihn sein musste, meine Hilfe anzunehmen. Auch ich hatte mich immer mit Händen und Füßen gegen alles und jeden gewehrt, der einen Blick hinter meine Fassade hatte werfen wollen, weil ich der Meinung gewesen war, immer alles selbst unter Kontrolle haben zu müssen, um niemanden zu enttäuschen. »Bitte. Ich hab schon mal gekellnert, und auch wenn ich kein Koreanisch spreche, kann ich mich doch um die ganzen internationalen Gäste kümmern, die ich beim Reinkommen gesehen habe. Ich hab auch eine Weile als Barista gearbeitet, aber ich kenne eure Karte nicht und weiß auch nicht, wie ihr eure Drinks zubereitet. Aber im Servicebereich könnte ich euch eine Hilfe sein, wenn du – «

Meine Worte wurden an Hyun-Joons Schulter erstickt, als er plötzlich meine Hand losließ und seine Arme um mich schlang. Seine Hand lag auf meinem Hinterkopf, und seine Arme waren um meine Schultern und Taille geschlungen, während er mich so dicht an sich zog, dass meine Brust an seine gepresst war. Etwas hilflos stand ich da, die Arme nutzlos in der Luft, von Überraschung genauso wie Hyun-Joons Wärme erfasst, die durch seine Kleidung auf mich überging und etwas in mir zum Schmelzen brachte, das einen Nerv freilegte, den ich für lange Zeit vergessen hatte.

»Okay.« Hyun-Joons Stimme klang beinahe erstickt, und ich war froh, dass er mich hielt, weil ich sonst wohl ins Taumeln geraten wäre. »Danke, Jade.«

Ich hob die Hände und legte sie zaghaft auf seine Schulterblätter, ehe sie ein Eigenleben entwickelten und sich in den Stoff seines T-Shirts krallten. Ich wusste nicht, was ich sagen sollte. Wusste nicht, was ich fühlen sollte. Was ich jedoch spürte, war, dass die Wärme seiner Haut sich mehr und mehr in Hitze wandelte, die mich zu versengen drohte, während das kühle Metall seiner Ringe in meinem Nacken die Flammen nur noch anzufachen schien.

Ich wusste nicht, wie lange wir dort standen, aber als Hyun-Joon mich losließ, schwirrte mir der Kopf, und ich fing mich schnell, aber glücklicherweise unauffällig, mit der Hand an dem Metalltresen hinter mir ab.

Hyun-Joon musterte mich einen Augenblick lang, dann sah er sich in der Küche um, so als würde er erst jetzt wirklich realisieren, wo wir waren. Er räusperte sich und fuhr dann mit den

Händen über sein Gesicht. »Entschuldige. Ich bin es nicht gewöhnt, Hilfe anzunehmen.«

Ich schmunzelte, weil sich meine Vermutung bestätigte, und winkte ab. »Kein Problem. Ich auch nicht. Sieh es einfach als Dankeschön.«

»Als Dankeschön?« Er legte den Kopf schief. »Als Dankeschön wofür?«

»Dafür, dass du mich zu dem Kunstladen gebracht hast.« Ich stieß mich vom Tisch ab. »Ich habe wieder mit dem Zeichnen angefangen.«

»Wirklich?«

»Ja, auch wenn ich mich eigentlich nicht bei dir bedanken sollte, wenn ich daran denke, wie viele Nächte ich schon durchgezeichnet habe.«

Hyun-Joon wirkte so aufgeregt wie ein Kind am Weihnachtsmorgen, und das euphorische Lächeln, das sich auf seine Lippen legte, ließ mich die Schatten unter seinen Augen beinahe vergessen. »Kann ich eine deiner Zeichnungen irgendwann mal sehen?«

Ich dachte an die unzähligen Seiten, die ich bisher gefüllt hatte, und presste die Lippen fest aufeinander. Allein der Gedanke, sie Hyun-Joon zu zeigen, fühlte sich auf seltsame Art und Weise intim an. »Vielleicht. Irgendwann.«

Es war offensichtlich, dass Hyun-Joon noch etwas sagen wollte, doch zum Glück steckte In-Jae den Kopf zur Tür herein, und der verkniffene Zug um seinen Mund ließ uns wissen, dass wir viel zu lange hier drinnen gewesen waren und die Situation im Café sich in der Zeit nicht zum Besseren entwickelt hatte.

»Komm«, sagte ich und trat an Hyun-Joon vorbei in Richtung des Cafés. »Lass uns arbeiten, bevor dein bester Freund noch untergeht.«

»Okay.« Hyun-Joon war dicht hinter mir, als wir gemeinsam zur Tür gingen. »Jade?«

Ich sah über die Schulter zu ihm zurück. »Ja?«

»Ich hoffe, dass du mir irgendwann genug vertraust, um alles von dir mit mir zu teilen.«

Ich wusste nicht, warum, aber die Worte, die er zwischen Tür und Angel in rauem Ton in mein Ohr raunte, verfolgten mich für den Rest des Tages, als ich Bestellungen aufnahm, Desserts und Getränke servierte und mit einem gekonnten Lächeln die internationalen Gäste begrüßte und verabschiedete. Sie folgten mir selbst dann noch, als Hyun-Joon mich nachmittags wissen ließ, dass seine Mutter bald zurückkommen würde und sie von da an auch ohne meine Hilfe zurechtkommen würden.

Er hatte es mir offengelassen, ob ich bleiben wollte, um sie kennenzulernen und Hyun-Sik zu sehen, doch ich hatte gekniffen, die Erleichterung in Hyun-Joons Gesicht darüber war eindeutig und absolut verständlich. Es war noch viel zu früh, um mich Hyun-Joons Mutter vorzustellen, die sicherlich eine Menge Fragen an die unbekannte Frau hatte, die ihrem Sohn den ganzen Tag im Café geholfen hatte. Zur Ablenkung traf ich mich mit Hoon und David zum Abendessen, erwähnte aber mit keinem Wort mein Date mit Hyun-Joon, obwohl mein Kleid einige Fragen aufzuwerfen schien. Doch die beiden taten, was sie am besten konnten, und lenkten mich von meinem Gefühlschaos ab, sodass ich erst wieder an Hyun-Joons Worte dachte, als ich frisch geduscht und in kuscheligen Klamotten an meinem Küchentresen saß und den Kohlestift zwischen meinen Fingern drehte.

Ich hoffe, dass du mir irgendwann genug vertraust, um alles von dir mit mir zu teilen.

Ich wusste nicht einmal, was das eigentlich genau heißen sollte, doch es löste zwei völlig entgegengesetzte Gefühle in mir aus, die um ihre Vorherrschaft kämpften. Ich setzte den Kohlestift an, hielt aber inne, bevor die Spitze das Papier berühren konnte.

Ich hoffe, dass du mir irgendwann genug vertraust, um alles von dir mit mir zu teilen.

Wie ferngesteuert stand ich auf und ging zu meinem Jutebeutel, den ich auf mein Bett geworfen hatte, als ich zur Tür hereingekommen war. Mit unsicheren Fingern hob ich ihn an, sein Stoff in meiner Vorstellung so messerscharf wie die Zähne eines Tigers, als ich die Hand hineinsteckte und die Packung mit Buntstiften herauszog, die ich aus einer Laune heraus auf dem Weg zwischen Café und Restaurant in einem kleinen Laden in einer *Jihasangga* gekauft hatte.

Mit der Packung Stifte in der Hand, die eigentlich für Kinder und nicht für Künstler gedacht waren, ging ich zurück zu meinem Skizzenblock, dessen Papier viel zu rau sein würde, um darauf mit diesen Stiften vernünftig zeichnen zu können. Ich nahm einen braunen Buntstift in die Hand und drehte ihn unter dem sanften Licht der Decke, ehe ich zu zeichnen begann. Mit jedem Strich kam ich der farbenfrohen Welt ein Stück näher, vor der ich so lange meine Augen verschlossen hatte, die aber jetzt mit jedem Lächeln und jedem Sonnenstrahl durch meine Haut zu schimmern schien und verlangte, dass ich sie auf Papier festhielt.

Während ich zeichnete, musste ich immer wieder innehalten, die filigranen Spitzen der Stifte waren weder für das raue Papier gemacht noch für die ungeduldigen Finger, die sie führten. Doch ganz gleich, wie oft die Spitzen auch abbrachen, ich zeichnete weiter und immer weiter, angetrieben von etwas, das ich nicht benennen konnte, dessen Quell Hyun-Joons Worte waren, die wie ein Flüstern in meinen Ohren ruhten und mich nicht vergessen ließen. Weder wie rau seine Stimme geklungen hatte, noch, wie warm seine Hände gewesen waren oder, wie kühl seine Ringe sich gegen meine Haut gedrückt hatten.

Und als unzählige abstrakte Blumen unter meinen Händen Gestalt annahmen, erwischte ich mich dabei, wie ich dachte, dass das vielleicht wirklich eine Zeichnung sein könnte, die ich irgendwann mit Hyun-Joon teilen wollte.

Irgendwann.

18. KAPITEL

선 = Grenze

Erschöpft ließ ich den roten Buntstift fallen, der daraufhin klackernd über die glatte Oberfläche des Küchentresens rollte und seine Reise erst an meiner Teetasse stoppte, deren Inhalt sicherlich längst kalt war. Müdigkeit, die ich bisher geflissentlich ignoriert hatte, überfiel mich schlagartig, und gähnend tastete ich nach meinem Handy, das mit dem Display nach unten auf dem Tresen gelegen hatte.

»Scheiße«, murmelte ich leise vor mich hin, als ich ungläubig auf die weißen Ziffern starrte, die mich zu verhöhnen schienen. Es war halb drei morgens, und ich hatte wieder eine Nacht mit Zeichnen verbracht, was viel zu häufig vorkam, seitdem ich nach Jahren das erste Mal wieder einen Stift in die Hand genommen hatte. »Du musst dir wirklich angewöhnen, den Wecker zu stellen, Jay-Jay. Das geht so nicht weiter. Ab ins Bett mit dir.«

Mit einem Ächzen erhob ich mich von dem Barhocker, auf dem ich die letzten Stunden in gekrümmter und angespannter Haltung verbracht hatte, und streckte mich, was meine Wirbelsäule mit einem dankbaren Knacken honorierte. Ich schüttete den Rest von meinem schwarzen Tee weg, den ich mir gemacht hatte, als die erste abstrakte Blüte gegen Mitternacht fertig gewesen war. Schon da hatte ich mir vorgenommen, nur noch die Blätter hinzuzufügen, doch diese Blätter hatten neue

Blüten hervorgebracht, und jetzt, zweieinhalb Stunden später, war ich immer noch nicht im Bett und todmüde, aber auf eine unbeschreibliche Art und Weise unfassbar zufrieden. Ich schlurfte ins Badezimmer und putzte mir erst die Zähne, entfernte dann die Kontaktlinsen aus meinen Augen, bevor ich das Licht ausschaltete und blind Richtung Bett tapste.

Glücklicherweise würde mein Wecker morgen nicht klingeln. Den verpassten Schlaf von heute Nacht würde ich also problemlos nachholen können. Ich checkte noch kurz auf meinem Handy, ob eine Nachricht reingekommen war, das letzte Mal hatte ich gegen Mitternacht nachgesehen. Die kleine, gelbe Sprechblase, neben der ein gewisser Name auftauchte, ließ mein Herz in die Höhe hüpfen.

Ungeduldig öffnete ich Hyun-Joons Nachricht und las sie mit einem erwartungsvollen Kribbeln im Bauch.

Hyun-Joon: *Vielen Dank noch mal für heute, Jade. Ich wünschte wirklich, dass unser zweites Date anders gelaufen wäre, aber ich bin froh und dankbar, dass ich dich heute trotzdem sehen konnte. Meine Schicht endet bald, und ich hoffe, dass du längst schläfst, aber ich wollte dir unbedingt heute noch schreiben, damit du weißt, wie viel deine Hilfe mir bedeutet hat, auch wenn ich die Chance verpasst habe, es dir noch mal persönlich zu sagen. Ich bin nicht gut darin, Hilfe anzunehmen, aber bei dir war es irgendwie leicht. Also: Vielen Dank, und ich hoffe, dass ich dich sehr bald wiedersehen kann.*

Hyun-Joon: *Denn, wenn ich ehrlich sein soll, vermisse ich dich jetzt schon ein wenig.*

Ich war auf den Füßen, bevor ich wirklich darüber nachdenken konnte, und starrte auf seine Worte auf meinem Display.

Die erste Nachricht war zehn Minuten alt. Die zweite gerade mal fünf. Ich stellte mir vor, wie Hyun-Joon mit dem Handy in seiner Hand am Tresen lehnte und mir mit flinken Fingern schrieb, ohne dass jemand mitbekam, was er während seiner Schicht zwischen Cocktailgläsern und Bierflaschen trieb, anstatt zu arbeiten. Ich biss mir auf die Unterlippe, um das dämliche Grinsen zurückzuhalten, das sich auf meine Züge schlich, scheiterte aber kläglich. Es sorgte lediglich dafür, dass meine Gedanken direkt wieder zu dem Mann abdrifteten, dessen Angewohnheit es war, seine Unterlippe zwischen seine Zähne zu ziehen, wann immer er über irgendetwas nachgrübelte.

Seine Worte, die normalerweise immer einen Brechreiz bei mir ausgelöst hätten, weil ich ein fadenscheiniges Motiv dahinter gewittert hätte, sorgten jetzt für einen Purzelbaumwettkampf zwischen meinem Magen und meinem Herzen. Hyun-Joons Worten unterstellte ich nämlich keine falschen Absichten, sie kamen aufrichtig und ehrlich rüber, und erweckten einen Funken in mir, den ich schon zu lange tot geglaubt hatte.

Ich tippte eine Antwort, die gleichermaßen leichtsinnig wie dämlich war. Aber das war mir gerade herzlich egal.

Jade: *Wenn du mich vermisst, dann bleib, wo du bist.*

Ich knipste die Nachttischlampe an und hastete zu meiner Kleiderstange. Ich schlüpfte in die nächstbeste Jeans, zog mein Shirt aus und stülpte mir auf dem Weg zur Wohnungstür hektisch einen Hoodie über den Kopf, den ich vom Boden auflas. Doch als ich schon im Begriff war, die Tür aufzureißen und auf den Hausflur zu stürmen, nachdem ich in Windeseile Jacke und Chucks angezogen hatte, fiel mir auf, dass ich außer meinem Handy überhaupt nichts bei mir hatte. Also stolperte ich noch mal zurück in den Wohnraum, wo ich aus meinem Jutebeutel mein Portemonnaie fischte, es in die Jackentasche steckte und dann zur Tür hinauseilte.

Ich nahm den Fahrstuhl, verließ kurz darauf das Gebäude und bahnte mir meinen Weg durch die spärlich beleuchteten Gassen Richtung Hauptstraße. Die U-Bahn fuhr um diese Zeit schon längst nicht mehr, mir blieb nichts anderes übrig, als ein Taxi zu nehmen, und ich hoffte auf eine ordentliche Prise Glück, denn Heukseok hatte weder eine Amüsiermeile noch sonst irgendetwas, das Taxifahrer nachts in dieses Gebiet führen könnte, außer vielleicht, ein paar Feierlustige nach ihren Streifzügen durch Seouls trubeligere Bezirke heimzufahren.

Die Nachtluft war kühl, und ich zog meine Jeansjacke enger um mich, auf den Lippen einen Fluch, dass ich mir ausgerechnet einen bauchfreien Hoodie geschnappt hatte, während ich auf der Hauptstraße nach einem Taxi Ausschau hielt. Und tatsächlich hatte ich Glück, ein Taxi stand am Straßenrand geparkt direkt vor der U-Bahn-Station und ließ gerade ein junges Pärchen aussteigen. Ich schaute nach links und rechts, bevor ich über die Straße rannte und auf den Rücksitz des Taxis hechtete. Der Fahrer schien erst wenig begeistert, doch als ich ihm die Adresse des Clubs nannte, die nahe diverser beliebter Clubs lag, fuhr er los.

Ich zog mein Handy aus der Jackentasche und öffnete den Chat, während Seoul an uns vorbeiflog, die Lichter fast nur noch wie ein Schweif zu erkennen, bei dem Tempo, das der Taxifahrer an den Tag legte.

Hyun-Joon hatte meine Nachricht noch nicht gelesen, und ich wusste nicht, ob das ein gutes oder schlechtes Zeichen war, hoffte aber auf Ersteres, denn das bedeutete höchstwahrscheinlich, dass seine Schicht noch nicht vorbei und er damit auch noch nicht aus dem Club heraus war. Ebenso hoffte ich, dass ich mit meiner unüberlegten Aktion nicht vollkommen danebenlag. Ich sperrte das Display, behielt mein Handy aber in den Händen.

Ich sah aus dem Fenster, die Straßen von Seoul waren auch um diese Zeit noch wahnsinnig belebt, die Stadt immer wach und Zeuge der *Work-Hard-Play-Hard*-Kultur, die ich schon in den wenigen Wochen in diesem Land hatte beobachten können. Niemand schien hier wirklich jemals zur Ruhe zu kommen, und ich dachte an Hyun-Joon, der in seinem jungen Alter seine Familienverpflichtungen, sein Studium und seine unzähligen Nebenjobs unter einen Hut kriegen musste. Ich hatte keine Ahnung, warum er sich so viel aufhalste. Eigentlich wusste ich generell wenig über den Mann, dem ich gerade mitten in der Nacht liebestoll nachjagte. Und doch hatte ich das törichte Gefühl, dass uns irgendetwas verband, das außerhalb des Erklärbaren lag. Wie ein Faden, der sich um mein Handgelenk schlang und mich stetig in Hyun-Joons Richtung zog. Und mich jetzt gerade dazu verleitete, unbedacht in das nächstbeste Taxi zu springen, nur weil er geschrieben hatte, dass er mich vermisste.

Vermutlich war es eine Floskel. Etwas, das man sagte, wenn man an jemandem interessiert war, um dessen Aufmerksamkeit zu erregen. Und wer weiß, vielleicht machte ich mich auch gerade lächerlich, aber die Vorstellung, sein Lächeln zu sehen, dieses mit zu viel Zähnen und Grübchen auf den Wangen, fegte meine Bedenken fort. Denn ich wollte es sehen. Wollte ihn sehen. Warum also sollte ich mir selbst diesen Wunsch verwehren? Nur, um unnahbar zu wirken? Und stark? War seine Verletzlichkeit, die Hyun-Joon heute in der Küche und eben in seiner Nachricht mit mir geteilt hatte, es nicht wert, dass auch ich ein Stück weit Verletzlichkeit offenbaren konnte?

Ich schüttelte den Kopf, um die wirren Gedanken loszuwerden, und konzertierte mich stattdessen wieder auf die Lichter von Seoul, die den Nachthimmel erhellten. Die Hochhäuser und Wolkenkratzer, die in den Himmel ragten, sahen mit all ihren Lichtern aus, als wären sie mit Diamanten besetzt. Die Vielfalt ihrer Farben war genauso atemberaubend wie das dunkle Blau des Nachthimmels, der mich an den opulenten Satin erinnerte, auf dem feinste Juwelen ausgestellt wurden. Sterne suchte man vergeblich, alle verschluckt von den Lichtern der Stadt, doch bei diesem Anblick tat es mir nicht leid um sie. Wir verließen die Schnellstraße und fuhren auf eine der unzähligen beleuchteten Brücken, die die Ufer des Hangang miteinander verbanden, der die Metropole teilte wie eine blaue Ader. Diese Stadt, die mir einen Neuanfang geschenkt hatte, war wunderschön, und zum ersten Mal hatte ich wirklich nur Augen für sie, während das Taxi durch die Nacht glitt und mich dem pulsierenden Kern näher brachte, der niemals schlief. In diesem Moment nahm ich mir vor, das nächste Wochenende mit meinem Zeichenblock draußen zu verbringen, und etwas von der Schönheit dieser Stadt einzufangen, in der Moderne und Tradition um die Vorherrschaft rangen, die mich beide gleichermaßen mit Ehrfurcht erfüllten.

Unsere rasante Fahrt dauerte fünfzehn Minuten, in denen mein Handy keinen Ton von sich gegeben hatte. Darum war ich ein wenig nervös, als ich vor dem Club aus dem Taxi stieg, das sofort wieder mit neuen Fahrgästen davonbrauste. Es war brechend voll, das konnte ich allein schon an den Menschen erkennen, die in der Straße vor dem Club eine Zigarette rauchten und sich unterhielten, und die Musik war selbst eine Etage über dem unterirdischen Club noch deutlich zu hören. Die Stimmung schien ausgelassen, denn ein paar der Menschen, die sich für eine Prise Frischluft und Tabak nach draußen verzogen hatten, bewegten ihre Körper in den Halbschatten zwischen den Häusern trotzdem noch weiter zum Beat, den der DJ des kleinen Clubs vorgab.

Ich suchte das Gebäude, das vier Stockwerke in den Himmel und mindestens zwei in die Erde ragte, nach dem Personaleingang ab. Es dauerte eine Weile, aber schließlich fiel mir eine kleine Gasse neben dem Eingang auf, die kaum mehr Platz bot als für zwei Leute, wenn sie dicht aneinander gedrängt hindurchgingen. Dort musste der Personaleingang sein.

Ich zog die Schultern hoch und drängelte mich leicht geduckt an den angetrunkenen Gästen vorbei zum Anfang der Gasse. Sie war düster, und zunächst konnte ich nur schemenhaft die Umrisse von Klimaanlagen und gestapelten Müllbeuteln ausmachen, doch dann entdeckte ich weiter hinten ein schwaches Licht direkt über einer unscheinbaren, schwarzen Tür.

Das musste der Personaleingang sein.

Kurz überlegte ich, ob ich zu der Tür gehen sollte, entschied mich dann jedoch dagegen. Nachher würde mir jemand in die Gasse folgen, und dort wäre ich jedem hilflos ausgeliefert. Ich blieb also in der Nähe des Eingangs, die Hände tief in den Jackentaschen vergraben und die Schulter an die Hauswand neben mir gelehnt. Ich wartete eine Weile, zog dann wieder mein Handy hervor und sah unsicher aufs Display.

Hätte ich vielleicht doch nicht herkommen sollen?

Ich öffnete den Chat, meine Nachricht hatte Hyun-Joon noch immer nicht gelesen, was mich nervös machte. Was, wenn ich mich verkalkuliert hatte und er längst zu Hause war? Dann würde ich morgen vor Scham im Erdboden versinken, wenn er sie lesen und mich zweifelsohne fragen würde, ob ich allen Ernstes mitten in der Nacht den ganzen Weg nach Itaewon gekommen war, nur um ihn zu sehen. Mein Daumen schwebte über der Nachricht, und ich überlegte kurz, ob ich sie löschen sollte, die Entscheidung wurde mir jedoch abgenommen, als im nächsten Moment der kleine Text unter der Nachricht von *zugestellt* auf *gelesen* wechselte.

Jetzt gab es kein Zurück mehr.

Ich hielt den Atem an und wartete gespannt auf seine Antwort, doch nichts passierte. Stattdessen flog wenige Minuten später die Tür des Personaleingangs auf, und als ich Hyun-Joon erblickte, der mit dem Handy in der Hand auf dem kleinen Absatz vor der Tür stand, wünschte ich mir, ich hätte mir vielleicht doch einen Augenblick länger Zeit gelassen, um mich für meine unüberlegte Aktion ein wenig hübsch zu machen, anstatt in Hoodie und mit meiner unschönen Brille mit dem dunklen Rahmen hier aufzukreuzen.

Denn Hyun-Joon war die Perfektion in Person. Genauso wie ich ihn von unserer ersten Begegnung in Erinnerung hatte. Er trug wieder die gleiche schwarze Jeans, die seine langen Beine betonte, und dasselbe schwarze Hemd, das etwas zu weit aufgeknöpft war und den Blick auf die Kette mit dem Pendelanhänger freigab. Die Ärmel waren hochgekrempelt, und ich fragte mich, ob er in dieser kühlen Nachtluft nicht fror. So warm wie seine Hände allerdings jedes Mal gewesen waren, wenn er mich bei unseren Begegnungen flüchtig berührt hatte, bezweifelte ich, dass diesem Mann jemals kalt war.

Ich schmunzelte und beobachtete ihn, wie er sein Haar in der Reflexion des Displays richtete, sein Gesicht hin und her drehte und leise vor sich hin fluchte, als seine Fingerspitzen über die Schatten unter seinen Augen glitten, ehe er das Handy in seine hintere Hosentasche steckte und in meine Richtung kam. Er lief mir mit großen, hastigen Schritten entgegen, fand sich in der dunklen Gasse scheinbar problemlos zurecht, die Art, wie er sich an der Klimaanlage vorbeiduckte und über eine Palette stieg, um den Müllbeuteln auszuweichen, zeugte von jahrelanger Erfahrung.

Ich schob mein Handy in meine Jackentasche, als Hyun-Joon nur noch wenige Meter von mir entfernt war, und stieß mich dann von der Wand ab, um etwas mehr ins Licht zu treten und ihn nicht zu erschrecken. Als unsere Blicke sich im Halbdunkeln trafen, spürte ich es wieder, dieses Ziehen, und ging einen Schritt näher in seine Richtung, so als würde mich etwas beständig in Hyun-Joons Richtung schieben.

»Hey«, murmelte ich leise und auch ein wenig lahm, als ich unsicher die Hand hob, mir nicht wirklich im Klaren darüber, wie es jetzt weitergehen sollte, wo ich einfach so bei ihm aufgetaucht war, mitten in der Nacht und ohne Plan. »Wie war deine Schicht?«

Hyun-Joon blieb nicht stehen, sondern kam direkt auf mich zu, und ich erwartete fast, dass er mich wie in der Küche in seine Arme ziehen würde, doch stattdessen hielt er ganz dicht vor mir abrupt inne. Schatten tanzten über sein Gesicht, als er mich mit diesen intensiven Augen musterte, von denen ich wusste, dass ihnen nichts entging.

»Meine Schicht war grauenhaft«, sagte er nach einer Weile der Stille, in der er mich betrachtet hatte. »Aber mein Abend ist gerade ein ganzes Stück besser geworden.«

Gänzlich ohne mein Zutun verzogen meine Lippen sich zu einem Lächeln, auch wenn sein Süßholzraspeln mich vielleicht in Alarmbereitschaft hätte versetzen sollen. »Das war mein erklärtes Ziel.«

»Dann hast du deine Mission erfüllt«, raunte er leise, doch dann verdunkelte Sorge seine Züge. »Wieso bist du überhaupt noch wach?«

»Das ist deine Schuld.« Ich lachte leise, als er mich voller Unverständnis ansah. »Ich habe gezeichnet. Dabei vergesse ich gerne mal die Zeit.«

»Ich würde gerne sagen, dass du das nicht tun solltest, aber angesichts der Tatsache, dass ich nachts auch arbeite und dich wegen deiner nächtlichen Malsession heut gleich zweimal zu Gesicht bekomme, werde ich dir sicherlich keine Moralpredigt halten.«

»Gute Entscheidung.« Ich konnte mich kaum von seinem Gesicht losreißen, doch die Schatten unter seinen Augen erinnerten mich daran, dass ich es lieber tun sollte, um seine Nacht nicht noch mehr in die Länge zu ziehen. »Komm, ich bringe dich nach Hause.«

Hyun-Joon zog eine Augenbraue hoch. »Du bist hergekommen, um mich nach Hause zu begleiten?«

»Ich bin hergekommen, weil jemand gesagt hat, dass er mich vermisst, obwohl wir uns vor ein paar Stunden noch gesehen haben.« Ich lächelte, als Hyun-Joon sich peinlich berührt räusperte. »Und ich bringe dich jetzt nach Hause, weil du so aussiehst, als würdest du jeden Moment im Stehen einschlafen.«

Ich wollte mich abwenden, um mich auf den Weg zu machen, auch wenn ich nicht wirklich wusste, in welche Richtung, doch Hyun-Joon hielt mich sanft am Oberarm zurück, der Ausdruck in seinen Augen irgendwo zwischen müder Erschöpfung und ehrlichem Flehen. »Können wir noch eine Weile spazieren gehen?«

Ich sah ihn abschätzend an, schüttelte dann aber entschieden den Kopf. »Es ist mitten in der Nacht, und du siehst so aus, als würden deine Beine gleich unter dir nachgeben. Lass mich dich einfach nach Hause bringen, damit du eine Mütze Schlaf abkriegst. Wir können ja spazieren gehen, sobald du wieder fit bist.«

»Selbst wenn ich jetzt direkt neben meinem Bett stehen würde, könnte ich trotzdem kein Auge zumachen.« Er nickte Richtung Club, der noch lange nicht schließen würde. »Nach meiner Schicht brauche ich immer ein bisschen, um runterzukommen. Und ich habe dich heute zwar gesehen, hatte aber keine Gelegenheit, richtig Zeit mit dir zu verbringen. Und das ist alles, was ich jetzt brauche.«

Ich verfluchte ihn innerlich für das Gold seiner Augen und die bestechende Symmetrie seines Gesichts, aber noch mehr verfluchte ich mich selbst dafür, dass ich diesem bittenden Blick nichts entgegenzusetzen hatte. »Okay«, flüsterte ich. »Aber nur kurz.«

Das Lächeln, das er mir schenkte, jagte einen Schauer über meinen Rücken. »Nur kurz. Versprochen.«

»Also dann.« Ich klatschte in die Hände und deutete über meine Schulter in eine unbestimmte Richtung. »Lass uns gehen.«

»Okay.« Hyun-Joon legte einen Arm um meine Schultern und zog mich fest an sich. »Ist das okay?«

Nichts davon war okay.

Nicht die Art, wie mein Herz ins Stolpern geriet, wie sein Parfüm meinen Verstand vernebelte, geschweige denn die Wärme seines Körpers, die dafür sorgte, dass ich mich noch enger an ihn schmiegen wollte. Denn mit jeder Nachricht, jedem Treffen und jeder Berührung übertrat Hyun-Joon mehr und mehr die Grenzen, die ich um mich selbst gezogen hatte, um das fragile Mosaik in meiner Brust zu beschützen, das flatternd seinen Dienst verrichtete. Aber als ich meinen Arm, ohne zu zögern, um seine Taille schlang und seine Finger, die auf meiner Schulter lagen, mit meinen verflocht, wurde mir klar, dass all die Grenzen, die ich zwischen uns hatte abstecken wollen, eh nutzlos waren, nicht länger existent und nur noch ein Mahnmal für meine kläglichen Versuche, ihn auf Abstand zu halten.

»Ja, das ist okay«, sagte ich und ging los. Mit Hyun-Joon dicht an meiner Seite. »Mehr als okay.«

19. KAPITEL

야간 산책 = Nachtspaziergang

Ich hätte wissen müssen, dass es nicht bei einem kurzen Spaziergang bleiben würde. Als wir uns auf den Weg gemacht hatten, hatte ich noch geglaubt, dass es eventuell doch gut gehen würde, aber jetzt hatte ich jegliches Zeitgefühl verloren. Mir taten ein bisschen die Füße weh, und auch meine Oberschenkel beschwerten sich, als wir erneut einen Hügel erklommen, der uns weiter weg vom *Namsan Tower* und damit auch weiter weg von Hyun-Joons Haus brachte. Wir mussten auf jeden Fall schon eine Weile unterwegs sein, denn das dunkelblaue Satin, das sich über die Stadt spannte, begann bereits weit in der Ferne ein wenig aufzuhellen. Bereuen konnte ich es trotzdem nicht, denn hier, dicht an Hyun-Joons Seite geschmiegt, mit seiner Stimme im Ohr, als er langsam, aber sicher die Lücken füllte, die in meinem Wissen über ihn noch vorhanden waren, fühlte ich mich so viel wohler als in meinem Apartment, auch wenn die Müdigkeit sich immer mehr in mir ausbreitete und meine Schritte klein und schwerfällig machte.

»Ich hätte dich, um ehrlich zu sein, nicht für den Typ gehalten, der Internationales Businessmanagement studiert.« Ich verbarg mein Gähnen, so gut ich konnte, in der Kapuze meines Hoodies, während wir dem Pfad folgten, der von sanften Lichtern erhellt wurde, welche die *Hanyangdoseong*, die eindrucksvolle Befestigungsmauer zu unserer Rechten, gekonnt in Szene setzten.

»Komisch, das höre ich häufiger.« Hyun-Joon lächelte mich von der Seite her an, seine Züge waren nicht mehr ganz so angespannt wie vorhin noch vor dem Club, aber seine Augen sahen irgendwie kleiner aus, so als würde auch er krampfhaft versuchen, seine Müdigkeit zu überspielen. »Was hast du denn gedacht, was ich studieren würde?«

»Fotografie«, sagte ich geradeheraus und schmunzelte, als mir die Ironie unserer Situation bewusst wurde, in der Hyun-Joon zärtlich und beinahe schon vertraut einen Arm um meine Schultern gelegt hatte, ich aber bis jetzt nicht einmal gewusst hatte, was er studierte. Bei unserem ersten Date hatten wir uns so in Diskussionen über Kunst vertieft, dass alles andere auf der Strecke geblieben war. Wie zum Beispiel Alter *(22 Jahre)*, *Geburtstag (11. Februar),* Studienfach *(Internationales Businessmanagement)* oder Lieblingsfarbe *(Blaugrün).* »Oder irgendetwas anderes Kreatives wie Filmdesign.«

»Schmeichelhaft, aber nein.« Der Ausdruck in seinen Augen wurde grüblerisch, während er in die Ferne sah, auf die Stadt am Horizont, die für mich nach wie vor in ihrer funkelnden Pracht so beeindruckend wunderschön war, für Hyun-Joon vielleicht jedoch längst ein gewohnter Anblick, gegen den er immun war. »Internationales Businessmanagement ist ein Bereich, mit dem man viel machen und auch gutes Geld verdienen kann.«

Mir kam das in den Sinn, was Hoon gesagt hatte. »Das ist dir wichtig, oder?«

»Was?«

»Gutes Geld mit deinem Job zu verdienen?« Meine Hand grub sich fester in den Stoff seines Hemdes. »Hoon hat erzählt, dass du viele Nebenjobs hast.«

Hyun-Joon blieb abrupt stehen, und ich dachte schon, dass ich ihn mit meiner Frage womöglich vor den Kopf gestoßen hatte, doch als ich diesen selbstzufriedenen Ausdruck auf seinen Lippen entdeckte, realisierte ich, was ich da eigentlich gerade gesagt hatte. »Du hast also nach mir gefragt, huh?«

Ich überlegte kurz, ob ich es leugnen sollte, entschied mich aber dann dagegen und ergab mich meinem Schicksal, von dem Hyun-Joon offensichtlich ein Teil war, in welcher Form auch immer. »Habe ich. Verklag mich doch.«

»Dann müsste ich mich mit anzeigen, so oft wie ich Lauren und Hoon über dich ausgequetscht habe.« Er verzog das Gesicht und setzte sich wieder in Bewegung. »Aber um deine Frage zu beantworten: Ja, gutes Geld zu verdienen, ist mir wichtig.«

»Wieso?« Als er mich verständnislos ansah, zuckte ich mit den Schultern. »Mein Vater hat immer gesagt, dass es wichtiger ist, dass man seinen Job liebt, als dass man viel Geld damit verdient.«

»Für mich hat es etwas mit Unabhängigkeit zu tun. Ich will mich auf nichts und niemanden verlassen müssen und selbst für mich und die Menschen in meinem Leben sorgen können.« Seine Miene wurde undurchdringlich, und ich ahnte, dass er es nicht weiter erklären würde, doch noch etwas anderes schien ihn zu beschäftigen, denn er schwieg für einen Augenblick, ehe er wieder zu sprechen begann. »Dein Vater«, begann er, und ich verspannte mich, als mir bewusst wurde, dass ich ihn das erste Mal erwähnt hatte, seitdem ich einen Fuß auf koreanischen Boden gesetzt hatte. »Du meintest gerade, er *hat immer gesagt* und nicht *sagt immer*. Das klingt so, als –«

»Als wäre mein Vater nicht mehr am Leben. Richtig.« Ich räusperte mich, um zu überspielen, wie unangenehm mir dieses

Thema war, wild entschlossen, die Starke zu mimen, aber meine Hand, die Hyun-Joons wie von selbst fester umschloss, verriet mich. Ich wappnete mich für das Mitleid, das mir sicherlich gleich entgegenschlagen würde, und welches ich mehr hasste als alles andere, und versuchte es deshalb mit scheinbarerer Gleichgültigkeit. »Mein Vater ist gestorben. Zu meiner Mutter habe ich keinen Kontakt. Geschwister habe ich auch keine«, ratterte ich herunter und zuckte unbeteiligt die Schultern, so als würde ich den traurigen Familienstand einer Fremden darlegen, anstatt mir meine eigene Einsamkeit vor Augen zu führen. »Nicht das schönste Thema fürs zweite Date, aber so ist das nun mal.«

Schweigen folgte meinen Worten, nur unterbrochen von dem Wiegen der Blätter im Wind, der ein paar einzelne blassrosa Kirschblüten mit sich trug, die ihre Reise von einem der Bäume um uns herum angetreten haben mussten, deren Kronen zart und zerbrechlich gegen die Dunkelheit antraten und in der Nacht ihre ganz eigene Schönheit entfalteten.

»Weißt du«, sagte Hyun-Joon nach einer Weile, in der nur unsere Schritte zu hören gewesen waren. »Du musst das nicht machen.«

Ich heftete meine Augen auf das Unkraut, das zwischen den Fugen des gepflasterten Pfads vor sich hinwuchs. »Was genau?«

»Mit mir über Dinge reden, über die du eigentlich nicht reden möchtest.« Ich war schockiert darüber, wie leicht Hyun-Joon mich durchschaute, und hielt abrupt inne. »Niemand sollte über seinen Schmerz reden müssen, wenn er noch nicht so weit ist. Niemand hat Anrecht auf dieses Wissen oder auf deinen Schmerz. Absolut niemand. Ganz egal, ob die Leute das anders sehen oder nicht.«

Ich sah ihn an und erkannte in seinen Augen pure Aufrichtigkeit und Spuren von Wut, die Funken darin tanzen ließen und seinen Kiefer verhärteten. »Das klingt so, als hättest du Erfahrung damit.«

»Mit neugierigen Leuten, die meinen, Anrecht auf alle Details meines Lebens zu haben?« Er zuckte gleichgültig die Achseln, doch die Art, wie seine Nasenflügel beim Einatmen bebten, entlarvte seine vorgetäuschte Gelassenheit. »Wer hat das nicht?«

»Nein.« Ich schluckte leise, war mir unsicher, ob ich mich mit meinen nächsten Worten zu weit aus dem Fenster lehnte, obwohl mir der Ausdruck in Hyun-Joons Augen grässlich vertraut vorkam. »Ich meinte mit Schmerz.«

Hyun-Joon, der mir mehr und mehr wie ein Spiegel meiner selbst vorkam, verspannte sich für einen Augenblick, bevor seine Züge wieder weicher wurden, als er mich ansah. »Schmerz ist etwas Universelles. Genauso wie der Tod. Davor kann niemand weglaufen. Die einzige Entscheidung, die wir haben, ist, wie wir damit umgehen, wenn er uns begegnet.«

Ich dachte an Hyun-Joons Fotos und an diese Melancholie, die jedem einzelnen von ihnen anhaftete. Daran, wie sein schönes Gesicht immer von etwas überschattet zu sein schien, was nie ganz verschwand, selbst wenn er lächelte. Es war mir schon vorher aufgefallen, ich hatte aber nie meinen Finger darauflegen und der Sache einen Namen geben können. Doch nun hatte ich einen dafür: Schmerz.

Und jetzt, wo ich verstand, schien er Hyun-Joon aus allen Poren zu dringen. Er fand sein Zuhause in den dunklen Schatten unter seinen Augen, den Linien um seinen Mund, für die er eigentlich noch viel zu jung war und der stets ein wenig zu angespannten Haltung. Der Schmerz war so überdeutlich, dass ich mich fragte, wie ich ihn vorher nicht hatte erkennen können. Doch als Hyun-Joon die Lippen zu einem Lächeln verzog, trotz der Worte, die gerade seinen Mund verlassen hatten, begriff ich.

Ich hatte den Schmerz nicht erkannt, weil Hyun-Joon es nicht gewollt hatte. Weil er ihn versteckte, hinter dieser schönen Maske aus honigbraunen Augen, geschwungenen Wimpern und einladenden Lippen. Aber jetzt ließ er mich ihn sehen, ungefiltert wie gleißende Sonnenstrahlen im August, die einen beinahe erblinden ließen, wenn man zu lange direkt hineinsah.

Weil wir gleich waren. Er und ich.

Gleich in unserem Schmerz.

Gleich in unserer Art, ihn zu maskieren.

Gleich in unserer Entscheidung, nie darüber zu sprechen.

Ich wusste nicht, ob das diese Verbindung war, die ich zu ihm spürte. Ob der Schmerz in mir den Schmerz in ihm erkannt hatte, sobald unsere Augen sich das erste Mal begegnet waren. Ich wusste nur, dass ich nicht länger etwas gegen diese Verbindung zwischen uns tun konnte, die ihren Griff um mein Handgelenk verstärkte und mich in Hyun-Joons Richtung taumeln ließ, der seinen Halt um meine Schultern sofort verstärkte, als meine Brust mit seiner kollidierte. Ich krallte die Hände in sein Shirt, direkt über seinem Herzen, das unruhig darunter flatterte, und sah zu ihm auf.

»Und wie gehst du damit um?«, fragte ich unvermittelt, mit einem Ton in der Stimme, der irgendwo zwischen atemlos und verzweifelt anzusiedeln war.

»Ich lebe.« Hyun-Joon schaute auf mich herab, seine Augen glühten förmlich, als sie einen Augenblick an meinen Lippen hängen blieben. »Einen Tag nach dem anderen.«

Leben.

Aber wie lebte man überhaupt, wenn man die letzten Jahre lediglich funktioniert hatte? Wenn jeder Tag ein Kampf um das Leben eines anderen gewesen war, verbracht in einer Schockstarre und immer wieder mit dem Tod konfrontiert, der irgendwann zu jeder Sekunde hätte hereinschneien und alles mit sich fortnehmen können?

In meinem vierjährigen Kampf mit dem Tod hatte ich vollkommen vergessen, was es hieß, zu leben. Aber hier, mit Hyun-Joons Körper dicht an meinem, seinem Herzschlag unter meinen Fingern und der Wärme in seinen Augen, erinnerte ich mich langsam wieder daran, wie es war, zu leben, ohne auch nur einen einzigen Gedanken an morgen zu verschwenden. Wie es sich anfühlte, zu zeichnen, mit unzähligen Möglichkeiten direkt an der Spitze des Stifts. An dieses Kribbeln, das sich in einem ausbreitete, wenn man einem anderen Menschen so nahe war, dass man seinen Atem auf den eigenen Lippen spüren konnte. Wie die Welt aussah, wenn sie in tausend Farben erstrahlte, anstatt ein trauriges Dasein in Grautönen zu fristen.

»Jade.« Hyun-Joons Stimme klang so atemlos, wie ich mich fühlte. Seine Augen huschten zwischen meinen Lippen und meinen Augen hin und her, während er mich dichter an sich zog. Seine Hand wanderte von meiner Schulter in meinen Nacken, und ich erschauderte, als ich das kühle Metall seiner Ringe auf meiner Haut spürte. »Ich würde dich wirklich gerne küssen. Darf ich?«

Anstatt ihm eine Antwort zu geben, zog ich ihn an seinem Hemd zu mir herunter, bis seine Lippen auf meinen lagen und alles um mich herum im Nichts versank.

Denn so fühlte es sich an, Hyun-Joons Lippen auf meinen zu spüren. Nichts weiter war von Bedeutung, außer dass seine Lippen warm auf meinen lagen. Die erste Berührung war zaghaft, so als wäre er sich nicht sicher, ob es wirklich okay war, mich zu küssen, mitten in der Nacht vor einem Wahrzeichen der Stadt, verborgen zwischen den Kirschbäumen, die den

Weg säumten. Doch als ich meine Lippen für ihn teilte und mich enger an ihn schmiegte, um ihn wissen zu lassen, dass ich genau das wollte, ließ Hyun-Joon los, und von einer Sekunde auf die nächste gab es in meinem Kopf nur noch ihn.

Ich spürte nur ihn und wie er mit der Hand in meinem Nacken meinen Kopf behutsam zurückbog, um unseren Kuss zu vertiefen, während sein Geschmack meinen Mund erfüllte, als unsere Zungen sich berührten. Nichts war mit diesem Augenblick vergleichbar, und es fühlte sich so richtig an. Es war richtig, Hyun-Joon zu küssen, obwohl wir kaum etwas übereinander wussten. Es war richtig, in diesem Moment hier zu sein, anstatt Tausende Meilen entfernt. Und nichts würde mich davon abhalten können, hier bei Hyun-Joon zu bleiben, die Hände in sein Shirt gekrallt und weit entfernt von jeder Realität, in der die *Hanyangdoseong* neben uns, die die Stadt für Jahrhunderte vor Feinden und Gefahren beschützt hatte, zu Staub hätte zerfallen können, ohne dass ich es auch nur bemerkt hätte. Leise seufzte ich in den Kuss, von dem ich nicht einmal gewusst hatte, wie sehr ich ihn wollte, und gab mich Hyun-Joon voll und ganz hin, der mich hielt, wo ich war, an seinen Lippen und ein Stück verliebter in das Leben, das zaghaft begann, wieder in all seinen Farben zu leuchten.

20. KAPITEL

왕자님 = Prinz

»Hallo, Lehrerin!«

»Hallo.« Ich hob die Hand zum Gruß, ein Lächeln auf den Lippen, als ich versuchte, mich zwischen den Kindern durchzuschlängeln, die mit mir über das Schulgelände Richtung Ausgang liefen. Yeo-Reum hatte mich heute zusammen mit den Kids nach Hause geschickt, nachdem ich die letzten zwei Tage noch ewig nach Schulschluss im Lehrerzimmer geblieben war, um Unterrichtsmaterialien vorzubereiten. Auf dem Schulhof herrschte ein großes Tohuwabohu, und ich verstärkte den Griff um mein Handy, als ein paar Raufbolde laut schreiend an mir vorbeipesten und sich gegenseitig jagten.

»Entschuldige, es ist Schulschluss, hier ist die Hölle los«, lachte ich in den Hörer.

»Kein Problem.« Chris klang verständnisvoll. »Ich freu mich ja, wenn du anrufst.«

»Auch um acht Uhr morgens?«

»Auch um acht Uhr morgens.« Chris hörte sich kein bisschen verschlafen an, aber er musste ja auch um neun bei der Arbeit sein und zog sich höchstwahrscheinlich gerade schon seine Schuhe an, um sich auf den Weg zu machen. »Sonst bekommt man dich ja nicht an die Strippe.«

»Tut mir leid.« Ich schmunzelte verlegen. »Seitdem ich in Seoul bin, geht irgendwie alles drunter und drüber.«

»Den Eindruck habe ich auch.« Der Vorwurf in seiner Stimme war zärtlich, aber dennoch da. »Wäre nur schön, wenn ich davon ein bisschen mehr mitkriegen würde als gelegentliche Sprach- oder Textnachrichten. Besonders was deinen Traumprinzen angeht.«

Ich verzog das Gesicht und bereute es augenblicklich, Chris von Hyun-Joon und dem Kuss erzählt zu haben, auch wenn er mein bester Freund war. »Er ist nicht mein Traumprinz.«

»Klar. Weshalb du auch mitten in der Nacht zu dem Club gefahren bist, in dem er arbeitet, nur um ihn abzuholen.« Ich vernahm ein gedämpftes Murmeln in der Leitung, als Chris sich vermutlich von Linda verabschiedete, die wahrscheinlich noch im Bett lag. »Das würdest du nicht mal für mich tun, und ich bin praktisch dein Bruder.«

»Ich würde das wohl für dich tun.« Ich hatte das dringende Bedürfnis, das klarzustellen, denn es gab nichts, was ich nicht für Christopher tun würde, den ich tatsächlich in letzter Zeit sträflich vernachlässigt hatte, was schwerer als ein Zweiundzwanziger-Maulschlüssel auf meinem Gewissen lastete. »Du bist nur nicht der Typ, den man nachts irgendwo einsammeln muss, du Grandpa.«

»Was soll ich sagen? Das Alter meiner Freundin färbt halt auf mich ab.« Ich hörte, wie er die Wohnungstür hinter sich ins Schloss zog, deren Scharniere wie immer ein lautes Quietschen von sich gaben. »Aber du lenkst vom Thema ab.«

»Ich lenke nicht vom Thema ab. Und lass Linda das bloß nicht hören. Die arme Frau hat eh schon Komplexe, weil sie einen sechs Jahre jüngeren Freund hat.« Die Tränen an ihrem Dreißigsten dieses Jahr waren vorprogrammiert. »Wie läuft es eigentlich mit der Jobsuche?«

»Beschissen.« Chris' Schritte polterten laut, als er die Treppen hinunterstampfte. Mit seinem Federgewicht verursachte er sonst eigentlich nicht annähernd so viel Lärm, was mich wissen ließ, wie wütend ihn das Thema machte, das ihn schon seit fast zwei Jahren dazu verdonnerte, der Alleinverdiener zu sein. »Da soll noch mal einer sagen, dass ein Uniabschluss automatisch zu einer Anstellung führt. Was für ein saudummes Geschwätz.«

Seine Verbitterung klang aus jedem seiner Worte mit, und ich konnte es ihm nicht verübeln. Meine ganze Generation war Opfer der Studentenlüge geworden, in der man uns versichert hatte, dass man mit einem Universitätsabschluss alles haben und erreichen konnte. In der Realität warteten allerdings nur abartige Konkurrenzkämpfe und schlecht bezahlte Jobs auf uns, für die manche sich jahrelang in der Uni krumm gemacht hatten. »Gibt es irgendetwas, das ich tun kann?«

»Ja. Lenk mich ab.« Seine Schritte verhallten, und ich schloss einen Augenblick die Augen, als das Kindergeschrei um mich herum sich mit den vertrauten Geräuschen von London im morgendlichen Chaos mischte, das mein ganzes Leben lang mein Alltag gewesen war. »Was sind du und dein Prinz jetzt eigentlich?«

»Er ist nicht mein Prinz.« Ich rollte die Augen und fragte mich, ob Chris das Lächeln wohl trotzdem in meiner Stimme hören würde. »Und ich hab keine Ahnung. Wir haben noch nicht darüber gesprochen.«

»Ihr habt euch geküsst, und danach hat er dafür gesorgt, dass du mit dem Taxi gut nach Hause kommst. Was gibt es denn da zu reden?« Mein bester Freund schnaubte nur, und ich stellte mir vor, wie er durch die morgendliche Aprilkälte Richtung U-Bahn stapfte, während ich am anderen Ende der Welt in Jeans und leichter Bluse die Sonnenstrahlen genoss. »Oder meinst du, er ist nicht der Typ, der einen Kuss als irgendwas von Bedeutung sieht?«

Ich dachte an die Art, wie Hyun-Joon mich im Arm gehalten hatte, als er sich am Taxi von mir mit süßen Worten verabschiedet hatte, und spürte die Wärme, die mir in die Wangen stieg. »Doch, ich glaube schon.«

»Richtig. Sonst hätte er dich mit nach Hause genommen wie jeder andere Fuckboy auch.«

Meine Augen weiteten sich, und hektisch sah ich mich um, aber keins der Kinder schien Notiz von meinem Schock zu nehmen. »Christopher!«

»Ist doch wahr.« Er klang so trotzig, dass ich sein klassisches Augenrollen praktisch vor mir sehen konnte, welches über die Jahre zu seinem Markenzeichen geworden war. »Und jetzt tu nicht so, als hättest du nicht selbst darüber nachgedacht, ihn mit nach Hause zu nehmen. Ihr seid beide erwachsen.«

Da hatte er zwar recht, aber von Lauren und Hoon wusste ich, dass Korea eine eher konservative Gesellschaft war, in der *Hook-Up-Culture* zwar existierte, aber nicht so offensiv ausgelebt oder besprochen wurde wie in Großbritannien. »Das –«

»Du hast ihn nur nicht mit nach Hause genommen, weil du hoffst, dass mehr daraus wird als nur eine einmalige Sache. Und je schneller du dir das eingestehst, desto leichter wird es sowohl für dich als auch für ihn.«

Ich schnalzte leise mit der Zunge, genervt darüber, wie leicht es Christopher fiel, mich zu durchschauen und mir damit wie kein anderer auf den Keks zu gehen. »Du bist unverbesserlich, weißt du das?«

»Ist mir durchaus bewusst. Ich hatte mein ganzes Leben lang ein sehr gutes Vorbild dafür.«

»Deine Mutter?« Ich kicherte, als er aufstöhnte. »Die steckt ihre Nase nämlich auch immer in Angelegenheiten, die sie nichts angehen.«

»Du weißt genau, dass ich dich meinte, Jay-Jay. Warte mal kurz.« Ich hielt inne, als ich das Klingeln einer Ladentür hörte, und grinste schief, weil ich mitbekam, wie Christopher sich was zu frühstücken beim Bäcker um die Ecke bestellte, der offensichtlich schon auf ihn gewartet hatte, so schnell wie seine Bestellung fertig war und mein bester Freund wieder in den Straßenlärm von London eintauchte. »Außerdem geht mich dein Liebesleben sehr wohl etwas an. Die Pflichten eines großen Bruders und der ganze Kram.«

»Komisch, letztes Mal, als ich ins Familienregister geschaut habe, hatte Dad dich nicht adoptiert.« Ich runzelte die Stirn, als ich keine Antwort bekam, und nahm das Handy vom Ohr, doch die Verbindung bestand noch. »Chris?«

»Das war das erste Mal, dass du Scott erwähnt hast, seitdem er tot ist.«

Ich presste die Lippen fest aufeinander, als ich den Vornamen meines Vaters hörte, den ich seit der geschwollenen Rede des Priesters beim Begräbnis nicht mehr gehört hatte. »Ich will nicht drüber reden, Christopher.«

»Das hab ich schon verstanden, als du es mir das letzte Mal gesagt hast.« Chris schnalzte mit der Zunge, seine Missbilligung war genauso offensichtlich wie die Wunde, die meine scharfen Worte vor wenigen Wochen hinterlassen hatte. »Du wirst allerdings irgendwann darüber reden müssen, Jay-Jay.«

Ich dachte daran, was Hyun-Joon zu mir gesagt hatte, und drückte die Schultern durch. »Nicht, solange ich nicht so weit bin. Und ganz allein ich entscheide, wann es so weit ist.«

»Und das ist vollkommen okay. Es ist nur wichtig, *dass* du irgendwann darüber sprichst.« Ich hörte das hohe Piepen des Ticketterminals, Chris betrat vermutlich gerade die U-Bahn-Station. »Wenn du willst, dass das mit dir und deinem Prinzen funktioniert, dann muss er wissen, was du die letzten paar Jahre durchgemacht hast, Jay-Jay.«

Ich wusste, dass Christopher recht hatte, doch alles in mir sträubte sich dagegen, Hyun-Joons schöne, honigbraune Augen mit Mitleid gefüllt zu sehen, wenn er mich ansah. »Warum?«

»Jay-Jay …«

»Warum muss er das alles wissen? Warum kann ich nicht einfach das ganz normale Londoner Mädchen sein, ohne gleich meine ganze Lebensgeschichte ausbreiten zu müssen?« Ich hielt die Hand vor meinen Mund und zischte die Worte, damit die Kinder um mich herum nichts von dem Gesagten mitbekamen. »Vielleicht will ich nicht, dass er es weiß und mich ansieht, als wäre ich das traurigste Geschöpf, das ihm auf dieser Welt je untergekommen ist? Vielleicht will ich, dass er mich weiterhin ansieht wie jetzt und nicht durch den Filter, durch den du und alle anderen mich sehen.«

»Jade, ich sehe dich nicht durch einen –«

»Wag es ja nicht, mir jetzt zu sagen, dass du mich nicht bemitleidest. Ich weiß genau, dass du es tust, Christopher. Ich kenne dich mein Leben lang, und auch wenn du meinst, dass ich nicht weiß, wie du mich ansiehst, wenn du glaubst, dass ich es nicht mitkriege, dann machst du uns beide zu verfluchten Lügnern.«

»Jade, beruhige dich.« Chris klang ernsthaft alarmiert, doch durch den dichten Nebel meiner Wut bekam ich das kaum mit. »Ich wollte nicht mit dir streiten.«

»Und ich wollte nicht direkt wieder eine Moralpredigt gehalten bekommen, wenn ich dich anrufe.« Ich versuchte, meinen Zorn wieder in den Griff zu kriegen, doch jetzt, wo er einmal seinen Kopf erhoben hatte, schien er sich nicht länger unterdrücken zu lassen. »Glaubst du allen Ernstes, ich bin nur wegen des Geldes aus London weg? Ich mag in Schulden ertrinken, Chris, aber das hätte ich schon irgendwie geschafft. Ich bin weg, weil ich einen Neuanfang wollte, wo ich nicht das arme Kind ohne Mutter bin, die ohne Geschwister aufwächst, ihre Großeltern innerhalb von sechs Monaten verliert und dann noch vier Jahre ihren krebskranken Vater pflegt, der dann auch noch verstirbt, obwohl sie ihr Bestes gegeben hat.«

Meiner Tirade folgte bleierne Stille, und das Kinderlachen um mich herum drohte mein Trommelfell zu zerreißen, so deplatziert wie es mir in diesem Augenblick vorkam, in dem ich das Gefühl hatte, auch das letzte bisschen Familie zu verlieren, das mir noch geblieben war.

»Jay-Jay«, begann Chris mit brüchiger Stimme, getränkt mit so viel Mitleid, dass es mir den Magen umdrehte, »es tut mir so leid.«

»Vergiss es einfach.« Ich legte auf, doch irgendwie fühlte es sich so an, als hätte ich eine gänzlich andere Verbindung gekappt, und ich schluckte schwer gegen die Tränen an, die in meinen Augen brannten.

Ich holte tief Luft und drängte die Trauer zurück, die sich in mir breitmachen wollte. Stattdessen legte ich ein Lächeln auf, als eines der Kinder aus meiner Englischklasse mich erspähte und mir freudig und aufgeregt zuwinkte.

Ich war nach Südkorea gekommen, um neu anzufangen. Und genau das würde ich auch tun, ohne Trauer, ohne Wut und ohne den Schmerz, der es sich in den letzten Jahren in meiner Brust viel zu bequem gemacht hatte. Denn auch wenn ich Chris liebte wie einen Bruder, hatte er kein Anrecht auf meine Gefühle, geschweige denn ein Recht darauf, zu bestimmen, wie ich mit ihnen umzugehen hatte. Ich wusste zwar, dass er es nur gut meinte, aber seine ununterbrochene Sorge und das Mitleid, das er nicht verbergen konnte, wenn er mich ansah, zerrte mich immer wieder zurück in die kühle Hilflosigkeit von Krankenhauszimmern, die ich einfach nur vergessen wollte.

»Jade-*seonsaengnim*.« Die Stimme von Hyun-Sik unterbrach meine düsteren Gedanken, und ich drehte mich in die Richtung, aus der der kindliche Ruf gekommen war. Hyun-Sik lief auf mich zu, mit einem breiten Grinsen im Gesicht, das dem seines älteren Bruders so unfassbar ähnlich war, dass es mein Herz ins Stolpern brachte. Er trug ein zu großes T-Shirt, das um seine kleine, dürre Gestalt flatterte, und als ich den neuen Rucksack erspähte, der mit seinem grünen Zelda-Design aus der Masse herausstach, wurde das Lächeln auf meinen Lippen sogar noch ein bisschen breiter als seins.

»Hallo, Hyun-Sik.« Ich hob die Hand und wuschelte dem Jungen durch die Haare, der das mit einem kindlichen Lachen belohnte. Ich spähte über seinen Kopf hinweg, konnte aber keine Kinder entdecken, die ihm nachsetzten. »Bist du auf dem Weg nach Hause?«

»Ja.« Hyun-Sik richtete einen seiner Schulterriemen und deutete aufgeregt in Richtung der Schultore. »*Hyung* holt mich ab, und er hat versprochen, dass er mir zeigt, wie man Skateboard fährt, weil er heute mal Zeit hat.«

»Oh wirklich?« Ich spürte, wie mein Magen einen Salto machte, weil ich Hyun-Joon so unverhofft wiedersehen würde. »Freust du dich schon?«

»Oh ja.« Hyun-Sik hüpfte aufgeregt um mich herum, und es tat wahnsinnig gut, ihn so ausgelassen zu sehen, völlig unbedarft von all den Dingen, die sonst auf diesen schmalen Schultern lasteten. »*Hyung* ist der beste Skateboardfahrer der Welt! Sogar noch besser wie unser Cousin Tae-Il-*hyung*.«

Ich lächelte über den grammatikalischen Fehler, der zu der neuen Zahnlücke passte, die den Jungen ein wenig lispeln ließ. »Kannst du mir verraten, was Skateboard auf Koreanisch heißt?«

»*Seukeiteubodeu*«, erklärte er mir im Brustton der Überzeugung. »Einfach, oder?«

»*Seukeiteubodeu*«, wiederholte ich und lachte leise, als Hyun-Sik enthusiastisch nickte. »Ja, das ist wirklich einfach.«

»Weißt du, wie man Skateboard fährt, Jade-*seonsaengnim*?«

»Nein, leider nicht.« Ich rieb mir über das Brustbein, als Enge sich ankündigte. »Aber mein bester Freund kann das ganz toll. Er heißt Christopher.«

»Willst du es auch lernen?« Hyun-Sik klatschte aufgeregt in die Hände, die Trinkflasche in dem Beutel an seinem Arm kam dabei gehörig ins Schwingen. »*Hyung* kann es dir bestimmt auch beibringen. Ich kann ihn fragen, ob du mitkommen darfst.«

Ich sog die Luft scharf zwischen den Zähnen ein, unsicher, ob ich Hyun-Joons Nachmittag mit seinem kleinen Bruder einfach so kapern durfte. Zumal wir bisher noch nicht einmal geklärt hatten, was das zwischen uns nun war, auch wenn es dafür nach einem einzigen Kuss eigentlich auch gar keinen Anlass gab, selbst wenn mein einfältiges Herz mir etwas anderes zuflüsterte, so als wollte es sichergehen, dass Hyun-Joon uns gehörte. »Ich weiß nicht. Möchtest du nicht lieber alleine Zeit mit deinem Bruder verbringen?«

Hyun-Sik schien einen Augenblick darüber nachzugrübeln, ehe er kurzerhand den Kopf schüttelte und zu meiner Überraschung meine Hand ergriff. »Nein. Ich sehe ihn ja jeden Tag. Außerdem mag *Hyung* dich. Hat er gestern selbst gesagt. Er freut sich bestimmt, wenn du mitkommst.«

Das Kichern, dass sich über meine Lippen schlich, erkannte ich kaum als mein eigenes, während Hyun-Sik und ich das Tor der Schule passierten. »Das hat dein Bruder gesagt?«

»Ja. Als *noona* ihn gefragt hat, ob er dich mag, hat er Ja gesagt.«

Kinder hatten wirklich absolut keinen Filter, und gerade war ich seltsam froh darüber, da es mir einiges an Grübelei ersparte. Hyun-Joon hatte mit seinen Geschwistern über mich gesprochen und hatte ihnen gesagt, dass er mich mochte. Das hatte doch irgendetwas zu bedeuten, oder? »Na gut, dann lass ihn uns zusammen fragen, okay?«

»Okay.« Hyun-Sik grinste mich breit an und zog ungeduldig an meiner Hand. Ich folgte ihm den Gehweg hinunter, auf dem sich Kinder und Eltern gleichermaßen tummelten, die Straße war komplett mit Autos zugeparkt, in die Kinder und Erwachsene ein- und ausstiegen. »Bist du schon mal Skateboard gefahren?«

»Nein, noch nie.« Ich erinnerte mich an die Sommer in London, die ich mit Christopher und ein paar anderen Kids aus der Nachbarschaft verbracht hatte. »Aber ich kann Rollerskates fahren.«

Der Junge runzelte die Stirn. »Was sind Rollerskates?«

»Das sind Schuhe mit Rollen dran.« Ich blieb stehen, als wir aus der Traube von Menschen heraus waren, und zückte mein Handy, um ihm ein Foto zu zeigen. »Siehst du?«

»Ah!« Er nickte. »Ich hab ein paar Mädchen mit solchen Schuhen gesehen. Das sah ganz schön schwierig aus.«

»Einfach ist es nicht, aber es ist bestimmt nicht schwerer als Skateboard fahren.« Ich sperrte das Handy und steckte es zurück in die Tasche meiner etwas zu locker sitzenden Jeans, die ich heute Morgen nur angezogen hatte, weil meine ganzen schickeren Hosen, die für die Schule eher angebracht waren, gewaschen werden mussten. »Hast du Hyun-Joon schon gesehen?«

Hyun-Sik schüttelte den Kopf, sein dunkelbraunes Haar,

welches an den Seiten ein bisschen zu lang war, flog von rechts nach links. »*Hyung* ist immer ein bisschen zu spät.«

»Okay.« Ich sah zu Hyun-Sik hinunter, der unfassbar zufrieden wirkte, und auf seine Hand, die fest meine hielt. Ich spürte unzählige Augen auf uns, bemerkte, wie ein paar der Eltern die Köpfe zusammensteckten, während einige Kinder Hyun-Sik mit einer Mischung aus Neid und Überraschung anblickten. Ich verstärkte meinen Griff um seine Hand und drückte die Schultern durch, denn mir war vollkommen bewusst, dass ich vermutlich gerade als Puffer zwischen ihm und dem Rest der Welt fungierte, die zu dem kleinen Jungen bisher alles andere als sanft gewesen war. Damit er nicht mitbekam, wie die Leute uns anstarrten, versuchte ich, ihn abzulenken. »Wie war dein Schultag, Hyun-Sik?«

Der Kleine verlor sich sofort in seinem kindlichen Enthusiasmus, mit dem er mir bis ins kleinste Detail von seinem Schultag und all den Dingen berichtete, die er gelernt hatte, wobei er mit der freien Hand wild gestikulierte, seine andere Hand meine aber niemals losließ. Die Minuten verstrichen, und mehr und mehr Kinder und Eltern verschwanden, während wir einfach warteten, in unserer eigenen Welt, in der ich ganz gebannt davon war, wie Hyun-Sik Wissen verarbeitete und abrief. Es war offensichtlich, dass er nicht auf den Kopf gefallen war. Seinen Worten haftete etwas so Erwachsenes an, das mir das Herz schwer machte. Andere Kinder hätten wahrscheinlich von ihren Freunden erzählt, Hyun-Sik hingegen sprach einzig und allein vom Unterricht und darüber, was er in der Cafeteria zu Mittag gegessen hatte. Über die Pause verlor er keinen einzigen Ton, und während andere Kinder mir jeden einzelnen Spielzug ihrer Fußballpartie beschrieben hätten, berichtete er nur von dem großen Lob seines Mathelehrers, weil Hyun-Sik in der Lage gewesen war, eine Formel zu lösen, die eigentlich erst in der nächsten Klassenstufe unterrichtet wurde.

»Er hat mir sogar einen Tiger in mein Heft geklebt!« Hyun-Sik grinste mich breit an. »Ich mag Tiger. Magst du auch Tiger?«

Ich dachte an die großen Wildkatzen und legte den Kopf schief. »Sie sind sehr hübsch.«

»Ja, oder?« Hyun-Sik wechselte von einem Fuß auf den anderen. »Es ist *Hyungs* Lieblingstier. Er hat gesagt, er will mal ein Tattoo von einem haben, aber *eomma* hat es ihm verboten, damit er nicht aussieht wie ein *Kkangpae*.«

»Wie ein was?«

Hyun-Sik zog grüblerisch die Nase kraus, scheinbar auf der Suche nach der richtigen Übersetzung. »Ein böser Mann?«

Ich dachte an meinen Vater, der unzählige Tattoos gehabt hatte, und lachte leise. »Ich glaube nicht, dass Tattoos einen zu einem bösen Mann machen.«

»Das hat *Hyung* auch gesagt. Yohan-*hyung* hat sogar *gaaaannnnz* viele davon.«

»Und ist der ein böser Mann?«

Hyun-Sik schüttelte den Kopf. »Nein. Er ist einer von *Hyungs* Freunden. Er schläft manchmal bei uns auf der Couch, wenn Eun-Ho-*hyung* und er –«

»Hyuni!«

Hyun-Siks ganzes Gesicht begann zu strahlen, als er die Stimme seines großen Bruders hörte, der die Straße hinaufgejoggt kam. Wild ruderte er mit einem Arm in der Luft und sprang übermütig auf der Stelle. »*Hyung!*«

Ich genoss Hyun-Joons Anblick. Er trug die Haare heute wieder so, dass sie seine Augenbrauen berührten und auf und ab hüpften, während er auf uns zu lief. Über seine Schulter hing wie immer seine Kuriertasche, und unter seinem Arm klemmten ein Kinderskateboard und ein Longboard. Als er mich erblickte, geriet er kurz aus dem Tritt, grinste dann aber mindestens genauso breit wie sein kleiner Bruder, und mir wurde automatisch ganz warm, weil ich an das letzte Mal denken musste, das wir uns gesehen hatten.

Hyun-Sik machte sich von mir los und eilte auf Hyun-Joon zu, der ihn geübt mit dem freien Arm hochhob und sich auf die Hüfte setzte, als wäre er kaum größer und schwerer als ein Kleinkind. Aufgeregt redete er auf seinen großen Bruder ein, der in seinem T-Shirt mit den weiten Ärmeln und den schlichten Slacks mal wieder fantastisch aussah. Ein paarmal nickte Hyun-Joon, während er zwischen mir und Hyun-Sik hin und her guckte. Seine Lippen umspielte dabei ein unbeschreibliches Lächeln, das dafür sorgte, dass ich unruhig von einem Fuß auf den anderen wechselte und meine Fingerspitzen sich anfühlten, als würden sie unter Strom stehen.

»Du willst also auch lernen, wie man Skateboard fährt?«, fragte Hyun-Joon mich unvermittelt in einem Tonfall, der mich wissen ließ, dass uns beiden klar war, dass es sich dabei lediglich um einen Vorwand handelte, ihn wiederzusehen.

»Ja.« Ich spürte, wie Verlegenheit mich überkam, und ich schloss die Hand fester um den Riemen des Jutebeutels. »Natürlich nur, wenn es dir nichts ausmacht.«

Überraschung machte sich auf seinen Zügen breit, gefolgt von so einer Zärtlichkeit, dass sich die Klebestellen in den Lücken zwischen den Mosaikscherben meines Herzens ein wenig füllten. »Ich würde mich sehr freuen, wenn du mitkommen würdest, Jade.«

»Dann los!«, rief Hyun-Sik ungeduldig aus und deutete den Hügel hinunter in Richtung Hauptstraße. »Los, Hyung.«

Hyun-Joon setzte Hyun-Sik ab, der die Hände sofort nach dem Skateboard ausstreckte, das sein großer Bruder ihm mit ein paar offensichtlich mahnenden Worten reichte, die der Junge nur mit einem flüchtigen Nicken honorierte, das vermuten ließ, dass er gar nicht richtig zugehört hatte. Doch anstatt ihn zu maßregeln, sah Hyun-Joon seinem Bruder nur nach, als er das Skateboard über seinen Kopf hielt und aufgeregt damit ein paar Meter die Straße hinunterrannte.

»Ist es wirklich okay, wenn ich mitkomme?«, fragte ich skeptisch, als Hyun-Sik außer Hörweite war. Hyun-Joon sah jedoch nicht unbedingt so aus, als würde er mir zuhören, während er nach rechts und links guckte, den Hals gereckt, so als würde er nach etwas oder jemandem Ausschau halten. »Es ist auch völlig in Ordnung, wenn du lieber Zeit allein mit deinem kleinen Bruder verbringen will – «

Hyun-Joons Lippen landeten so schnell auf meinen, dass ich gar keine Chance hatte, ihn aufzuhalten. Er legte eine Hand in meinen Nacken und zog mich dicht an sich. Nicht dass ich ihn wirklich hätte aufhalten wollen, auch wenn der rationale Teil meines Gehirns mich mahnend daran erinnerte, dass wir bisher nicht geklärt hatten, was wir waren, und wir dazu auch noch vor der Schule seines kleinen Bruders standen, der selbst nur ein paar Meter von uns entfernt war. Doch der Kuss dauerte nicht lange genug, als dass irgendjemand etwas von ihm hätte mitbekommen können, und mit einem schalkhaften Grinsen ließ Hyun-Joon mich wieder los und steckte die Hand, die vor wenigen Sekunden noch in meinem Nacken gelegen hatte, lässig in seine Hosentasche.

»Hyun-Joon, was – «

»*Hyung! Seonsaengnim!*« Hyun-Sik klang genervt, als er mit einem Fuß ungeduldig auf dem Fußboden aufstampfte. »Kommt ihr?«

»Ja! Wir kommen.« Hyun-Joon lachte leise, als er mich von der Seite her ansah und damit meine ganze Welt erneut in einen goldenen Schein hüllte. »Lass uns gehen, bevor mein Bruder noch auf dumme Ideen kommt.«

Ich schüttelte den Kopf und verfiel mit Hyun-Joon automatisch in einen Gleichschritt, sein Körper so dicht an meinem, dass unsere Arme sich bei jedem Schritt berührten, was mich das Gespräch mit Chris völlig vergessen ließ. »Ich glaube nicht, dass Hyun-Sik derjenige ist, der auf dumme Ideen kommen würde.«

Das raue Lachen, das ich dafür erntete, war Antwort genug.

21. KAPITEL

흙 = Erde

»Jade, stopp!«

Instinktiv streckte ich die Hände aus, mir sicher, dass ich mit der Nase bald auf dem Boden aufschlagen würde, doch wie so oft in der letzten Stunde stellte Hyun-Joon sich mir in den Weg, und sein Ächzen war unüberhörbar, als mein Körper mit seinem kollidierte. Ich hatte keine Ahnung, wie oft das heute schon passiert war, aber oft genug jedenfalls, dass das Gefühl von Hyun-Joons Händen an meinen Hüften mir mittlerweile allzu vertraut war, wenn er mich bremste, damit mir nicht ernsthaft etwas passierte. Gemeinsam stolperten wir rückwärts, das Longboard schnellte unter uns durch und verschwand in der Weite des modernen gepflasterten Sportplatzes.

»Du hast wirklich so gar keinen Gleichgewichtssinn«, stellte Hyun-Joon mit einem belustigten Funkeln in den Augen fest, während er in Hyun-Siks Richtung nickte, der mit Helm und Knieschonern wie ein Profi seine Runden drehte. »Sogar Hyuni stellt sich besser an als du.«

Meine Hände, die nutzlos auf Hyun-Joons Schultern lagen, ballten sich vor Scham zu Fäusten, und ich boxte ihn gegen die Brust, was er mit einem theatralischen Ausatmen belohnte. »Vielleicht bist du einfach ein superschlechter Lehrer.«

»Dann würde Hyun-Sik auch ständig beinahe auf der Nase landen.«

Anstatt diese Tatsache mit einer Antwort zu würdigen, entwand ich mich Hyun-Joons Griff und joggte dem Board hinterher. Jedes Mal, wenn ich es hochhob und die weiße Fläche darunter mit dem traditionellen Tiger darauf ansah, stockte mir ein bisschen der Atem aufgrund der Schönheit dieser Bestie, die mit offenem Maul den Betrachter vor dem Näherkommen warnte.

»Sollen wir eine Pause einlegen?«, fragte Hyun-Joon mich, als ich mit dem Longboard auf dem Arm zu ihm zurückkehrte.

»Klingt gut.« Ich schlenderte zu der Bank, auf der wir unsere Sachen abgelegt hatten, als wir vor gut eineinhalb Stunden angekommen waren, und setzte mich. Meine Haut war ganz klamm vor Schweiß von der Anstrengung, etwas Neues zu lernen. »Hast du das Board so gekauft?«

»Wie?« Hyun-Joon griff nach seiner Kuriertasche und zog eine Wasserflasche heraus, die er öffnete und mir hinhielt.

»Danke.« Ich trank gierig ein paar Schlucke und reichte sie ihm dann zurück, damit auch er etwas trinken konnte, doch Hyun-Joon verschloss die Flasche lediglich und zog stattdessen seine Kamera hervor. »Ich meine, mit dem Tiger.«

»Nein.« Hyun-Joon schaltete die Kamera ein und sah sofort durch den Sucher, mit flinken Fingern schoss er Fotos von Hyun-Sik, der mit breitem Grinsen sein Skateboard über den Platz jagte. »Das hat Yohan-*hyung* für mich gemalt.«

»Der Freund mit den vielen Tattoos, der hin und wieder bei euch auf dem Sofa schläft?«

Überrascht hob Hyun-Joon den Blick, ehe es ihm dämmerte und er schmunzelte. »Hyun-Sik?«

Ich nickte nur mit einem verschwörerischen Lächeln.

»Ja, genau der. Er studiert Kunst an meiner Uni und verdient sich nebenbei was als Tätowierer.« Er sah auf seine Kamera hinab und veränderte ein paar Einstellungen, bevor er sie wieder an sein Auge hob. »Er war so nett, das für mich zu malen.«

»Er ist sehr talentiert.« Ich strich über das Maul des Tigers und dachte an das, was Hyun-Sik gesagt hatte. »Vielleicht kann er dir ja bei deinem Tattoo-Wunsch behilflich sein.«

Hyun-Joon lachte nur. »Mein Bruder hat wirklich viel zu spitze Ohren und eine viel zu lose Zunge.« Der Auslöser klickte noch ein paar Mal, dann wandte Hyun-Joon sich plötzlich mir zu und machte ein Foto von mir. »Aber das mit dem Tattoo wird nur ein Wunsch bleiben.«

»Weil deine Mom nicht möchte, dass du dir eins machen lässt?« Ich lehnte mich zurück, damit mein Gesicht nicht auf jedem Foto kugelrund aussah, da ich wusste, dass ich Hyun-Joon eh nicht davon abhalten konnte, Fotos zu schießen.

»Auch.« Er rückte auf der Bank ein Stück von mir weg, scheinbar versunken in seine eigenen Gedanken, denn er sprach erst weiter, nachdem der Auslöser ein paarmal geklickt hatte. »Außerdem will ich es mir selbst nicht noch schwerer machen.«

»Schwerer?«, hakte ich nach, weil ich ihm schlichtweg nicht folgen konnte. »Inwiefern?«

»Tattoos sind in Südkorea stark stigmatisiert, da sie oft im schlimmsten Fall mit organisiertem Verbrechen oder im besten Fall mit Rebellion, Ungehorsam und einer generell zu lockeren Lebenseinstellung in Verbindung gebracht werden. Auch wenn sich das in meiner Generation gerade stark ändert, ist es trotzdem noch in den Köpfen der Älteren verankert, und da diese Leute einen einstellen und beschäftigen, will ich mich nicht noch weiter ins Abseits schießen.« Er ließ die Kamera ganz sinken und sah einen Moment darauf, bevor er sich räusperte. »Ich liebe dieses Land, aber manchmal möchte ich einfach nur schreien. Gerade wenn ich bei Hyun-Sik mitkriege, wie er drangsaliert wird, weil manche Leute nichts Besseres zu tun haben als zu tratschen und voreilige Schlüsse zu ziehen.«

»Wie meinst du das?«

Hyun-Joon seufzte schwer und steckte die Kamera zurück in seine Kuriertasche. Er schlug die Beine elegant übereinander und betrachtete seinen Bruder, der im Licht der untergehenden Sonne stolz mit ihr um die Wette strahlte. »Hyun-Sik ist deutlich jünger als ich, und weil viele der Eltern an seiner Schule nur mich zu Gesicht bekommen und nie meine Mutter, gehen viele von ihnen davon aus, dass ich sein Vater bin.« Er stieß ein müdes Seufzen aus, und der gleiche Schmerz, den ich schon auf unserem nächtlichen Spaziergang gesehen hatte, schimmerte für den Bruchteil einer Sekunde durch, ehe er Resignation wich. »Gerüchte machen überall schnell die Runde, und bevor irgendeiner von uns etwas dagegen tun konnte, war Hyun-Sik der Sohn eines unvorsichtigen Teenagers, der versucht, ihn als seinen Bruder auszugeben.« Er rollte die Augen. »Fast, als wären wir Hauptdarsteller in einem schmalzigen Melodrama und keine echten Menschen.«

»Aber die Schule weiß doch, dass das nicht stimmt.«

»Klar.« Er zuckte mit den Schultern. »Die Schule kann allerdings gegen das lose Mundwerk von Eltern auch nichts ausrichten, die diesen Unfug an ihre Kinder weitergeben.«

Ich nickte verständnisvoll, das tonnenschwere Gewicht von Blicken und Gerüchten als einzige Tochter eines alleinerziehenden Vaters kannte ich nur zu gut. »Also nehme ich an, dass das Gespräch deiner Mutter mit der Schule nicht so toll gelaufen ist?«

Hyun-Joon lachte bitter und freudlos. »Es ist gelaufen, wie solche Gespräche immer laufen. Die Verantwortlichen der Schule sagen zwar, dass sie jetzt besser aufpassen und mit den involvierten Kindern reden werden, aber das hält dann vielleicht zwei Wochen an, und dann geht der ganze Spaß wieder von vorne los.«

»Vielleicht ist es diesmal ja anders«, versuchte ich, ihn aufzumuntern, auch wenn es sogar in meinen Augen abgedroschen und halbherzig klang. »Ich meine, Dinge können sich ändern, richtig?«

»Können sie. Tun sie aber meistens nicht.« Hyun-Joon faltete die Hände auf seinem Knie und lächelte Hyun-Sik strahlend an, als er zu uns herübersah, was mir auf seltsame Art und Weise das Herz brach, weil ich so viel von mir selbst in Hyun-Joon wiedererkannte. Auch ich hatte stets versucht, meine Sorgen nicht zu teilen, immer der Meinung, alles allein schaffen zu müssen, um die Menschen um mich herum nicht zu belasten. »Das Problem sind nicht die Kids und die Schule. Das Problem sind die Eltern, die mit ihren Gedanken nicht von der Tradition loskommen, in der sie großgeworden sind. In der es schlimmer ist, einen Teenager zum Vater zu haben als beschissene Eltern, die ihn vielleicht vernachlässigen oder sich keinen Deut um ihn scheren. Natürlich gilt das nicht generell für alle, aber Image, sowohl das äußerliche als auch deine Reputation, ist vielen Leuten wichtiger, als es sein sollte.« Er rieb sich mit einer Hand übers Gesicht und schaute dann in den Himmel, seine Züge waren von Sorge gezeichnet, die er sonst offensichtlich zu verstecken versuchte. »Das hasse ich manchmal an Korea. Dass alles und jeder meint, sich eine Meinung bilden und diese Meinung hinter deinem Rücken auch kundtun zu dürfen. Wir als Gesellschaft sind so verstrickt in diese traditionellen Denkweisen, dass wir gar nicht bemerken, wie verstaubt sie eigentlich sind, während wir kommende Generationen in Korsetts schnüren, in die sie längst nicht mehr passen. Es ist dieses ständige Tauziehen zwischen allen: Alt gegen Jung, Frauen gegen Männer, Reich gegen Arm, Akademiker gegen Arbeiter. Es macht mich manchmal einfach nur müde und wütend.« Er lachte auf, doch es klang so erschöpft, dass es mir einen Stich versetzte. »Und trotzdem würde ich niemals woanders hinwollen. Hier ist alles, was ich jemals brauchen und wollen werde. Sei es die Wolkenkratzer, die Poesie der Sprache, die reiche Kultur, die mir unsterblich vorkommt, oder die Freundlichkeit und Hilfsbereitschaft der Menschen, die mir das Gefühl geben, als wären wir eins, trotz all der Unterschiede, die uns trennen. Mein Herz und mein Verstand sind hier verwurzelt, ganz egal wie vergiftet der Boden manchmal auch ist. Bescheuert, oder?«

Ich sah mich um, sah zu den Hochhäusern, die in den Himmel ragten und ihre Schatten warfen, unangetastet von den Sorgen der Menschen, die in ihnen lebten. Ich verstand nicht, wovon Hyun-Joon sprach. Ich hatte diese Liebe für mein Heimatland nie empfunden. Für mich war Großbritannien zwar meine Heimat, mit der ich viele Erinnerungen verband, aber zu Hause fühlte ich mich dort nicht mehr, seitdem mein Vater gestorben war. Denn mein Zuhause war nie ein Land, sondern ein einziger Mensch gewesen, der mich immer hatte auf Reisen schicken wollen, weil er gewusst hatte, welche Unruhe mich im Inneren umtrieb. Aber jetzt, wo ich in Südkorea war, verstand ich es schon ein bisschen mehr. Denn ich hatte mich in die Schönheit des Landes schockverliebt, das ich als Außenseiter nie wirklich verstehen, für seine farbenfrohe Anmut aber durchaus bewundern konnte.

»Ich denke nicht, dass es bescheuert ist«, gab ich nach einer Weile der Grübelei zu. »Ich denke, dass es etwas Schönes ist, dass du dich so mit deinem Heimatland verbunden fühlst. Außerdem ist kein Land frei von Fehlern. Ich verstehe diese Verbundenheit nur nicht.« Ich sah auf meine Hände hinab und atmete schwer aus. »Das alles scheint dich ziemlich zu belasten. Ich verstehe also nicht, warum du mit deiner Familie nicht einfach deine Sachen packst und gehst, sobald du mit deinem Studium durch bist. Ich meine, mit *International Businessmanagement* kannst du so ziemlich überall Arbeit finden.«

»Weil nichts besser wird, wenn ich davonlaufe.« Seine Antwort kam wie aus der Pistole geschossen, und ich war erstaunt, als ich die Entschlossenheit in seinen Augen sah. »Wenn ich gehe, dann kann ich nicht aktiv daran teilhaben, dass die Dinge sich ändern. Dann kann ich dieses großartige Land nicht besser machen, vor dem zwar noch so viel Arbeit liegt, in dem sich aber in kürzester Zeit auch schon so viel verändert hat. Denn was uns trennt, ist auch das, was uns besonders macht, und auch wenn ich es hasse, dass alle sich überall einmischen, liebe ich es, wie wir gleichzeitig aufeinander achtgeben und füreinander da sind, wenn man wirklich Hilfe braucht. In Korea haben wir ein Wort dafür. *Jeong.* Ich denke, es lässt sich am ehesten mit *Zuneigung* umschreiben, auch wenn es für dieses Wort keine direkte Übersetzung gibt, da es so tief in der koreanischen Gemeinschaft verankert ist. Es ist die tiefe Verbundenheit, die wir füreinander empfinden, auch für Unbekannte, und die uns eint. Wenn Hyun-Sik allein auf der Straße verloren gehen würde, bin ich mir sicher, dass jemand dort wäre, um ihm zu helfen, völlig egal, was sie darüber denken würden, warum er überhaupt allein ist. Ich müsste nicht befürchten, mit dem Problem und der Sorge allein zu sein, selbst wenn ich mich danach dem Urteil durch andere stellen müsste.« Er schaute mich an und lächelte. Er streckte die Beine aus, lehnte sich zurück und stützte sich mit den Ellbogen oben auf der Bank auf. »Außerdem habe ich schon einen ganz genauen Plan davon, was ich machen will, sobald ich mit dem Studium durch bin.«

Seltsamerweise überraschte mich das überhaupt nicht. »Und was willst du machen?«

»Ich will aus dem Café meiner Mom ein Franchise machen.«
Ich lachte auf und erstickte es schnell hinter vorgehaltener Hand, als ein paar der Leute auf dem Sportplatz zu uns herübersahen. »Go big or go home, huh?«

Hyun-Joon grinste selbstsicher. »Ich finde, CEO Kang klingt ziemlich gut, oder nicht?«

»Doch. Auf jeden Fall.« Ich lächelte in mich hinein, als er auf der Bank ein Stück näher zu mir herüberrückte, und zog eine Augenbraue hoch. »Ich glaube, du gehörst eh zu der Sorte Menschen, die das bekommen, was sie sich in den Kopf gesetzt haben.«

»Ich werte das einfach mal als Kompliment.«

»Das war auch eins.« Ich blickte auf die Ringe an seinen Händen, die die Sonnenstrahlen reflektierten. »Darf ich dich etwas fragen?«

»Natürlich.« Hyun-Joon hatte nicht einmal den Bruchteil einer Sekunde gezögert, und allein das beförderte mich auf Wolke sieben. Gerade weil er gesagt hatte, wie sehr er es eigentlich hasste, wenn Menschen meinten, ein Anrecht auf seine Geschichte und seine Gefühle zu haben.

»Wie ist es so, Geschwister zu haben?«

Hyun-Joon sah mich so an, als wäre das nicht die Frage, mit der er gerechnet hatte. »Wie es ist, Geschwister zu haben?«

»Ja.« Ich rieb mir mit beiden Händen über die Arme, jetzt, wo die Sonne langsam unterging, wurde es frisch. »Ich habe keine Geschwister, deshalb frage ich.«

Er schien meine Frage abzuwägen, denn er antwortete nicht sofort, hatte seine Augen wieder auf Hyun-Sik geheftet, der mit einem anderen Kind sprach, das auf einem Skateboard ebenfalls seine ersten Versuche startete. »Ich weiß nicht, ob ich für alle Geschwisterkinder auf diesem Planeten sprechen kann, aber für mich ist es ein bisschen so, als wären sie Teil eines großen Ganzen, zu dem du auch gehörst, und das du um jeden Preis beschützen willst.«

Ich verzog das Gesicht. »Ein Teil eines großen Ganzen?«

»Schon ein bisschen.« Er kratzte sich am Hinterkopf, als wüsste er nicht genau, wie er sonst in Worte fassen sollte, was er empfand. »Familie sind die Menschen, die dir am ähnlichsten sind. Die Menschen, die dir besonders am Herzen liegen, und für die du absolut alles tun würdest, vollkommen egal, was es auch sein mag. Und wenn du für sie ganze Länder niederbrennen müsstest.«

Ich wollte ihn gerade mit einem Lachen darauf hinweisen, dass das vielleicht ein bisschen melodramatisch war, schluckte es aber herunter, als ich sah, mit welcher Entschlossenheit Hyun-Joon seinen kleinen Bruder betrachtete, der fröhlich vor sich hin kicherte, als der andere Junge ihm einen Trick zeigte, der gehörig nach hinten losging, sodass er auf seinem Hosenboden landete.

»Sie sind wie du. Gemacht aus dem gleichen Fleisch und Blut. Und trotzdem sind sie anders, mit ihren Problemen und Fehlern und Eigenarten, die dir absolut auf die Nerven gehen können und für die du sie manchmal am liebsten erwürgen würdest.« Er grinste in sich hinein, so als würde er sich an eben genauso einen Vorfall erinnern, ehe er weitersprach. »Aber ganz gleich, wie sehr sie dir auch auf den Wecker gehen, du willst, dass sie glücklich sind, und das um jeden Preis. Auch wenn du selbst dafür auf der Strecke bleiben musst.« Er rieb sich über den Nacken und räusperte sich unbeholfen. »Wobei der letzte Teil vermutlich echt nicht auf alle zutrifft.«

Ich dachte an Chris und daran, wie ich für ihn durch die Hölle gehen würde, wenn es nötig wäre, obwohl wir nicht einmal blutsverwandt waren. Schmerz explodierte in meiner Brust und verstärkte das schlechte Gewissen, das an mir nagte, seitdem ich vorhin einfach aufgelegt hatte, was ich dank Hyun-Joon aber für ein paar Stunden hatte ignorieren können. »Vielleicht doch.«

»Ist alles okay?«

Ich schüttelte den Kopf, anstatt dem Instinkt nachzugeben, zu sagen, dass alles in Ordnung war. »Ich habe mich mit meinem besten Freund gestritten. Und so wie du Geschwister beschreibst, ist er so was wie ein Bruder für mich, auch wenn wir nicht wirklich verwandt sind.«

»Familie können auch Menschen sein, mit denen uns kein einziger Tropfen Blut verbindet. Wie heißt er?«

»Christoper. Aber alle nennen ihn nur Chris.« Ich schluckte, als ich an all die Dinge dachte, die ich meinem besten Freund heute an den Kopf geworfen hatte und die ich wünschte, zurücknehmen zu können, obwohl ich wusste, dass es unmöglich war. »Wir sind zusammen aufgewachsen und haben viel zusammen durchgemacht. Ich war heute wirklich hässlich zu ihm.«

»Wenn er wie ein Bruder für dich ist«, begann Hyun-Joon, und ich hielt den Atem an, »dann wird er dir verzeihen. Was auch immer du gesagt hast.«

Meine Erinnerungen versetzten mich zurück in die letzten vier Jahre, die vor meinem inneren Auge wie Farbkleckse auf einer weißen Leinwand erschienen, die sich sofort vermischten und ein zusammenhangloses Chaos aus Tränen, Schreien und Streits zeichneten. Christopher war schon immer der einzige Mensch gewesen, dem gegenüber ich Schwäche hatte zulassen können, was ihn in meiner schlimmsten Zeit zu der einzigen Projektionsfläche gemacht hatte, die mir geblieben war, und in die ich meine blutigen Klauen schlug, wann immer der Druck zu groß gewesen war, der mich in die Knie gezwungen und meine Kontrolle entzweigebrochen hatte. »Ich glaube, im

Laufe der letzten vier Jahre habe ich mein Kontingent an bedingungsloser Vergebung restlos ausgeschöpft.«

Hyun-Joon sah mich von der Seite her an, und ich konnte seinen bohrenden Blick deutlich spüren. Doch er fragte nicht, warum, und ich erklärte mich nicht. Ich war noch nicht bereit, diese Art von Gespräch mit Hyun-Joon zu führen, bei dem ich ihm zwangsläufig all die Dinge offenbaren würde, die meine Nächte noch viel zu oft mit Tränen füllten. Stattdessen streckte er lediglich die Hand aus und ergriff meine. Sein Daumen zeichnete kleine Kreise auf meinen Handrücken, während wir uns in Schweigen verloren, das kein bisschen unangenehm, sondern tröstlich und beruhigend zugleich war.

Ich schaute zu Hyun-Sik, der noch immer mit dem anderen Kind spielte, und sah auf unsere verschlungenen Hände, so vertraut und gleichzeitig völlig neu. »Ist das wirklich okay?«

»Was?« Hyun-Joon folgte meinem Blick und lachte auf. »Ich glaube, das bisschen PDA kann er verkraften, meinst du nicht?«

PDA. Public display of affection. Mein Herz machte einen dämlichen kleinen Satz, aber ich gab mir alle Mühe, es zu ignorieren, und nickte in Hyun-Siks Richtung. »Ja, aber er ist dein kleiner Bruder.«

»Und?« Hyun-Joon schien mir wirklich nicht folgen zu können, und ich wusste nicht, ob ich das nun niedlich oder etwas aufreibend finden sollte. »Wenn ich dich jetzt küssen würde, wäre es was anderes. Aber deine Hand zu halten, wird ja wohl noch erlaubt sein.«

Weil ich mit dem durchdringenden Blick, mit dem er mich betrachtete, völlig überfordert war, probierte ich es mit einem neckenden Scherz. »Also eigentlich habe ich ja dich geküsst.«

»Nachdem ich dich um Erlaubnis gefragt habe.« Er stieß mich mit der Schulter an, und ich lachte leise und eine Spur zu hoch, sodass ich schnell die Lippen aufeinanderpresste, um diese naive Euphorie in mir gefangen zu halten, die mein Herz zum Flattern und meine Stimmbänder zum Versagen brachte. »Ich denke, der Punkt geht damit an mich.«

»Wir führen eine Strichliste?« Ich lehnte meine Schulter gegen seine, ihm so nah, wie ich ihm auf dieser Parkbank nur sein konnte, ohne gänzlich gedankenlos hier in der Öffentlichkeit auf seinen Schoß zu kriechen. »Wer hat wen wie oft geküsst?«

Einen Moment lang schien er dieses kindische Spiel durchaus in Erwägung zu ziehen, doch dann rümpfte er die Nase und schüttelte den Kopf, so entschlossen, als würden wir gerade eine Grundsatzdiskussion führen und dabei nicht auf einen Nenner kommen, anstatt von einem Thema abzulenken, das schwer zwischen uns in der Luft lag, aber von unseren gemurmelten Worten und getauschten Blicken langsam, aber sicher vertrieben wurde. »Das sollten wir besser nicht tun.«

Ich drückte seine Hand fester, dankbar um den Halt, den er mir heute gegeben hatte, indem er mich abgelenkt und mich mit in seine Welt genommen und mich nicht allein in meiner gelassen hatte. »Wieso nicht?«

»Weil ich vorhabe, dich noch unzählige Male zu küssen. Da eine Liste zu führen, wäre nur unnötig kompliziert.«

Für einen Moment blieb mir der Mund offen stehen, aber dann warf ich den Kopf in den Nacken und lachte, offen, ehrlich und ungefiltert, während die Welt um mich herum mehr und mehr in dem Gold seiner Augen versank, obwohl der Himmel weit entfernt längst begonnen hatte, sich tiefblau zu färben.

22. KAPITEL

희망 = Hoffnung

»Und, wie geht es deinem Freund?«

Ich versuchte, Yeo-Reum zu ignorieren, die mich mit einem wissenden Ausdruck auf dem Gesicht bedachte, während ich meine Unterrichtsmaterialien und eine leere Wasserflasche zusammen mit meinem kleinen Ringbuchblock, der mit Bleistift- und Buntstiftskizzen gefüllt war, in meinen Jutebeutel packte, um in meinen wohlverdienten Feierabend zu verschwinden.

»Ich weiß nicht, wen du meinst.«

»Oh bitte.« Sie schlug mir freundschaftlich gegen die Schulter, und ich rieb mir in gespieltem Schmerz über die Haut, die unter meiner Bluse hervorguckte und die Yeo-Reum zielsicher getroffen hatte. »Wir wissen beide, dass Hyun-Joon dein Freund ist. Jetzt tu nicht so.«

»Du übertreibst«, murmelte ich leise und drehte meinen Pferdeschwanz zu einem Dutt zusammen, in der Hoffnung, somit der Hitze ein bisschen besser die Stirn bieten zu können, die heute schwer und feucht über Seoul hing. »Hyun-Joon und ich sind nicht zusammen.«

»Aber sicher doch.« Yeo-Reum, die heute ein sommerliches Kleid trug, das zu den stetig steigenden Maitemperaturen passte, aber dennoch bis über ihre Knie reichte, schnappte sich ihre Handtasche und warf einen Blick auf die Uhr, bevor sie den Stuhl unter ihren Tisch schob und den Bildschirm ihres

Computers ausschaltete, vor dem wir bis gerade eben noch zusammen gehockt und die Materialien für die kommende Woche vorbereitet hatten, damit Yeo-Reum und Lauren ihren Wochenendtrip nach Busan am Freitag vielleicht etwas eher würden antreten können. »Wem willst du das denn bitte weismachen?«

Ich räusperte mich und wollte ihr erklären, dass Hyun-Joon und ich bisher nie darüber gesprochen hatten, was das zwischen uns war, kam aber nicht dazu, weil sie mir direkt über den Mund fuhr.

»Ihr schreibt euch täglich, seht euch so oft, wie sein voller Terminkalender es zulässt, notfalls auch nachts, und manchmal gehst du sogar nur in den Club, um an der Bar zu sitzen und ihm bei der Arbeit Gesellschaft zu leisten, was, um ganz ehrlich zu sein, schon fast ein bisschen gruselig ist.« Ihre Worte überschlugen sich, so schnell wie sie sprach, und ich spürte meine Wangen aufflammen, als sie mir vor Augen führte, wie viel ich offensichtlich in den letzten sechs Wochen über Hyun-Joon, mich und das, was das zwischen uns auch immer sein mochte, preisgegeben hatte. »Außerdem redest du ständig über ihn, hast ein Foto von euch beiden als Sperrbildschirm, und anscheinend stehst auch du bei ihm ganz hoch im Kurs, denn Lauren hat mir erzählt, dass Hyun-Joon niemandem, außer seinem Cousin, seiner kleinen Schwester und seinem besten Freund, erlaubt, Hyun-Sik abzuholen, nur damit er ein bisschen mehr Zeit für sich selbst hat. Ich meine, ich kenne ihn nicht so gut wie Lauren, aber selbst mir ist schon aufgefallen, dass der Kerl mehr der Typ Kampfhund ist, wenn es um seine Familie geht, und dass er dich überhaupt so nah an sie heranlässt, grenzt schon fast an ein Wunder, abgesehen von der klitzekleinen Kleinigkeit, dich so zumindest kurz jeden Tag zu Gesicht zu bekommen, wofür er sogar das

Risiko eingeht, dass seine Mutter rauskriegen könnte, wie viel mehr du bist als eine nette Lehrerin, die versucht, der Familie ein bisschen unter die Arme zu greifen. Nicht dass es dramatisch wäre, aber ich denke, dass Hyun-Joon mit der Vorstellung warten will, bis er vorhat, dir einen Ring an den Finger zu stecken.«

»Könntest du bitte nicht über Ringe reden?«

»Sollen wir lieber über die Kette um deinen Hals reden, die ziemlich genau zu seiner passt?« Sie hob in mahnender Lehrermanier den Zeigefinger, als ich mich rechtfertigen wollte, ihr Blick war schonungslos und scharf, so als wäre ich ein Störenfried in ihrem Unterricht. Ich fuhr mit den Fingern über die filigrane Silberkette mit dem dezenten Kompassanhänger, der sich auch an Hyun-Joons Kette wiederfand, die nun zwei Anhänger trug. »Außerdem hast du seine Freunde und seine Geschwister kennengelernt, weißt den Pin von seinem Telefon und seine T-Shirt-Größe, weil ihr euch zueinander passende Shirts gekauft habt. Ich meine, es ist lange her, dass ich frisch verliebt war, aber ich bin mir ziemlich sicher, dass Beziehungen meistens so anfangen. Und du bist in einer. Knietief.«

Ich nahm mir einen Augenblick, um ihre Worte auf mich wirken zu lassen. War ich das wirklich? In einer Beziehung? Ich wusste nicht mal mehr, wie sich das überhaupt anfühlen sollte, aber der Gedanke, dass Hyun-Joon eventuell mein fester Freund sein könnte, löste in mir keine Beklemmungen aus. Eher im Gegenteil, denn ein Lächeln stahl sich auf mein Gesicht, und ein Gefühl breitete sich in meiner Brust aus, das so warm und vertraut war wie Hyun-Joons Hand in meinem Nacken, wenn er mich küsste, sobald wir allein und fernab aller Augen waren.

»Wir haben nie darüber gesprochen, was das zwischen uns

ist«, wiederholte ich. Wir hatten das kleine Büro mittlerweile verlassen, das wir für die Unterrichtsvorbereitungen nutzen konnten, und bewegten uns Richtung Ausgang.

»Müsst ihr das denn überhaupt noch?« Yeo-Reum zuckte mit den Schultern, ihre Schritte waren schlendernd und entspannt, während ich versuchte, ein etwas zügigeres Tempo an den Tag zu legen, um noch ein bisschen schneller am *SONDER* und damit bei Hyun-Joon zu sein. »Ich denke, es ist glasklar, was das zwischen euch ist. Die Einzige, der das nicht klar zu sein scheint, bist du.«

»Vielleicht sieht Hyun-Joon das auch anders.« Ich dachte an unsere unzähligen Dates und daran, dass es immer vor den Türen meines Apartmentkomplexes endete, in den Halbschatten neben dem Gebäude, mit seinen Lippen auf meinen, bis wir beide atemlos waren und die Sonne begann aufzugehen.

»Wie kommst du darauf?«

Ich sah nach rechts und links, um sicherzugehen, dass niemand uns hören konnte, ehe ich mich räusperte und überlegte, ob ich tatsächlich mit Yeo-Reum darüber reden sollte, was mich beschäftigte. Allerdings waren Lauren, Hoon, David und sie in den letzten Wochen zu meinen engsten Freunden geworden, unsere Gespräche waren tiefgründig und ehrlich, was ich in meinem Leben bisher kaum mit Freunden erlebt hatte. Außer mit Christoper, und seit unserem Streit verbot ich mir jeden Gedanken an ihn, das Handy in meinem Jutebeutel wog tonnenschwer. Diese Stille, die seitdem zwischen uns herrschte, hatte sich zu etwas verselbstständigt, das eine einfache Entschuldigung sicherlich nicht aus der Welt schaffen würde. In einem Versuch, meine Schuldgefühle erneut herunterzuschlucken, konzentrierte ich mich wieder auf das Gespräch mit Yeo-Reum.

»Weil …«, ich zögerte, nicht wirklich daran gewöhnt, diese Dinge mit irgendjemandem zu besprechen, »… zwischen uns bisher nicht mehr passiert ist als Knutschen.«

Yeo-Reum zuckte bei meinen Worten nicht einmal mit der Wimper, so als wäre es für sie völlig normal, ihr Sexleben mit ihren Freunden zu besprechen. Und vielleicht war es das auch, aber da bisher alle Einflüsse in meinem Leben primär männlich und dazu auch noch in entweder einem realen oder emotionalen Verwandtschaftsverhältnis zu mir gestanden hatten, war das für mich durchaus eine neue Erfahrung.

»Da mach dir mal keinen Kopf.« Yeo-Reum winkte ab, als wir wie üblich eine Abzweigung in Richtung Schulbibliothek nahmen, und wir nickten dem Hausmeister freundlich zu, der uns mit einem Lächeln entgegenkam. »Südkorea ist ein Land, in dem *Hookup Culture* zwar durchaus existiert, aber auch in der jüngeren Generation gibt es durchaus noch einige, die daran festhalten, dass man erst mal eine Weile datet, bevor man miteinander schläft, um zu zeigen, dass man es ernst miteinander meint. Mag vielleicht antiquiert wirken, aber ich habe auch ein paar Freunde, die diese Ansicht vertreten. Außerdem hat jedes Paar sein völlig eigenes Tempo, aber wenn es dich beschäftigt, dann sprich mit ihm darüber.«

Von der Warte aus hatte ich noch gar nicht darüber nachgedacht, viel zu sehr auf meine eigene Panik fokussiert, dass Hyun-Joon mich vielleicht gar nicht auf diese Art wollte, auch wenn seine Küsse und die Art, wie er mich Samstagnacht gegen die Hauswand gedrängt hatte, eine ganz andere Sprache sprachen. »Meinst du?«

»Ja, meine ich.« Yeo-Reum schmunzelte. »Außerdem hat Lauren mir erzählt, wie Hyun-Joon dich ansieht, wenn er glaubt, es sieht keiner. Ich würde tippen, dass du gar nicht mehr so lange wirst warten müssen.«

»Deine Freundin ist ein ziemliches Waschweib«, murrte ich, halb peinlich berührt und halb interessiert an dem, was sie wohl zu sagen gehabt hatte. »Außerdem bin ich mir sicher, dass sie übertreibt.«

»Und ich bin mir sicher, dass du dir einfach nicht darüber bewusst bist, was du für eine Wirkung auf Hyun-Joon hast.« Sie schüttelte den Kopf, ihre Miene wurde ernst. »Ich bin ihm erst ein- oder zweimal begegnet, weil er immer schwer beschäftigt ist, aber ich kenne ihn gut genug, um zu wissen, dass du seine Prioritäten komplett über den Haufen geworfen hast. Er ist nicht der Typ, der viel Zeit anderen Menschen widmet, einfach, weil er kaum eine Minute hat, die er erübrigen kann. Allein die Tatsache, dass er in den letzten Wochen versucht hat, dich so oft wie möglich zu daten, sagt schon eine ganze Menge darüber aus, was er für dich empfindet. Ganz davon abgesehen, dass er dir Hyun-Ah und Hyun-Sik vorgestellt hat. Die beiden packt er nämlich in Watte und beschützt sie wie ein Tiger seine Jungen.«

Ich dachte an letzte Woche, als ich Hyun-Ah zum ersten Mal begegnet war. Der Moment war mir so beiläufig vorgekommen, denn alles, was wir getan hatten, war, sie von ihrem Ballettstudio abzuholen, nachdem wir mit Hyun-Sik in einem kleinen Café mit atemberaubend opulenter Blumendekoration eine Portion *Bingsu* essen gewesen waren. Hyun-Joon hatte nicht im Mindesten nervös gewirkt, als er mir verkündet hatte, dass Hyun-Ahs Ballettstudio in der Nähe war und er sie gerne abholen würde, wenn ich nichts dagegen hätte, und ich hatte zugestimmt, besänftigt von der Süße des Rasureis' und Hyun-Siks hellem Kinderlachen, das jegliche Anspannung zu vertreiben vermochte. Jetzt allerdings, wo Yeo-Reum explizit erwähnte, wie vorsorglich er sie eigentlich vor allem abschirmte, begann ich ein wenig an der Zufälligkeit des Moments zu zweifeln, in dem ich seine kleine Schwester kennengelernt hatte, die mit ihren fast schwarzen Augen, der zierlichen Gestalt und den weichen Gesichtszügen der Schönheit ihres großen Bruders in nichts nachstand.

Yeo-Reums Blick war entwaffnend, und um das Thema zu wechseln, räusperte ich mich, als ich die Tür zur Bibliothek aufzog, in der es jetzt, zwei Stunden nach Schulschluss, sehr still war. Das Surren der Klimaanlage war zu hören, die den weitläufigen Raum herunterzukühlen versuchte, in dem lediglich die Bibliothekarin zu sehen war, die uns freundlich zunickte, während sie Bücher katalogisierte, die zur bunten Vielfalt im Raum beitrugen. »Kommst du heute Abend eigentlich mit?«

»Du meinst zu dem Essen, zu dem Hyun-Joon seine und du deine Freunde mitbringt?« Bei ihrem wissenden Lächeln schwieg ich lieber, um mich nicht noch tiefer in Ausreden zu verstricken, die eh zu nichts führen würden, bevor ich die Schultern durchdrückte und nickte. »Ja, ich komme mit. Lauren meinte, dass keiner von ihnen großartig mit den anderen Lehrkräften im Programm zu tun hat, und ich denke, es wird Zeit, das berühmt-berüchtigte Wolfsrudel mal kennenzulernen. Immerhin scheinen das alles ganz nette Jungs zu sein.«

Ich dachte an den quirligen In-Jae mit dem fuchsroten Haar und den stylischen Klamotten, der mit Übersetzungsapp und Hyun-Joon an seiner Seite eisern versuchte, die Sprachbarriere zwischen uns zu überwinden, während der schlagfertige Yohan, der mindestens genauso stark tätowiert war wie Hoon, ihn dafür aufzog, in Englisch nicht besser aufgepasst zu haben. Derweil beobachtete der stoische Eun-Ho mit den Raubtieraugen nur das Chaos, das diesem freundschaftlichen Geplänkel meist folgte, mit seinem typischen Schmunzeln, bei dem sich nur einer seiner Mundwinkel nach oben verzog. Mein Magen hatte Saltos geschlagen, als ich dem Jüngsten des ungleichen männlichen Vierergespanns zum ersten Mal begegnet war, aber Hyun-Joon hatte mich wissen lassen, dass der höhnisch-verächtliche Gesichtsausdruck bei Eun-Ho ungewollt und er lediglich Opfer seines eigenen *Resting Bitch Face* war, das er nicht unter Kontrolle hatte und das so gar nicht zu seiner leisen und ruhigen Art zu sprechen passte, die mich sofort geerdet und beruhigt hatte. Erst hatte ich nicht begreifen können, wie diese vier es miteinander aushielten, die alle unterschiedlichen Alters waren und auf den ersten Blick so gar nichts gemeinsam hatten, außer dass drei von ihnen die gleiche Universität besuchten. Aber dann, als ein Kerl in der überfüllten Bar in Itaewon Hyun-Joon dumm gekommen und eine Handgreiflichkeit absehbar gewesen war, hatte ich aus erster Reihe beobachten können, warum Hoon sie das Wolfsrudel getauft hatte, denn die anderen drei hatten ihn sofort umringt und dem Typ beinahe mit gebleckten Zähnen klargemacht, dass er besser Abstand halten und seine dummen Kommentare für sich behalten sollte, während ihnen die Loyalität aus allen Poren drang. Ich mochte sie alle, hoffte jedoch inständig, dass ich niemals auf der anderen Seite ihres eng geknüpften Bandes stehen würde.

»Ja, die Jungs sind klasse«, sagte ich mit einem Lächeln und winkte Hyun-Sik zu, als er mich sah und sofort von dem kleinen Tisch aufstand, an dem er gesessen und eines der bunten Kinderbücher gelesen hatte, während er, wie so oft, geduldig auf mich wartete. »Du wirst sie mögen.«

»Ich bin sehr gespannt.« Yeo-Reum lächelte amüsiert, als Hyun-Sik im Laufschritt beinahe über seine eigenen Füße stolperte, als er auf uns zukam. »Wisst ihr schon, wo wir heute Abend hingehen?«

»Joon meinte, er kennt ein gutes Restaurant irgendwo in Dongdaemun, das weltklasse *Makgeolli* und die besten *Jeon* der Stadt hat. Ich treffe ihn vor dem *SONDER*, und dann wollen

wir uns direkt auf den Weg machen. Willst du mitkommen?«
Ich stoppte und verzog grüblerisch das Gesicht. »Wobei, das ist doof für Lauren, oder? Ich kann dir auch gleich die Adresse schicken.«

»Lauren und ich treffen uns an der U-Bahn-Station. Wir können also gerne alle zusammengehen. Aber Moment mal: Joon?« Yeo-Reum lachte auf, als mir der Spitzname über die Lippen kam, von dem ich wusste, dass ihn außer mir niemand sonst verwendete. »Oh Jade, er ist so was von dein Freund.«

Ich würdigte ihrer Worte keiner Antwort, sondern ergriff nur Hyun-Siks Hand, als er uns erreichte, seine Finger klein und zierlich und so vertrauensvoll, als sie sich sofort nach mir ausstreckten. Ich war ihm dankbar für sein munteres Geplapper, mit dem er die verräterische Stille füllte, die Yeo-Reums Worten folgte. Yeo-Reum und ich wechselten uns ab, Hyun-Sik Fragen über seinen Schultag zu stellen, die er nur zu gern beantwortete. Seine Schultage waren seit dem Gespräch seiner Mutter mit der Schule tatsächlich weniger von Handgreiflichkeiten geprägt als zuvor, auch wenn es in der Cafeteria nach wie vor immer wieder zu kleineren Rangeleien kam. Obwohl das nicht optimal war, war es zumindest ein Anfang, und es schien sich auch positiv auf Hyun-Sik auszuwirken, der deutlich mehr lächelte und lachte und nicht mehr einzig und allein vom Unterricht sprach, wenn man ihn nach seinem Tag fragte. Denn jetzt, wo er nicht mehr Ziel täglicher Angriffe war, schien es so, als hätten ein paar Kinder versucht, Freundschaften mit ihm zu knüpfen, was mich persönlich sehr freute, Hyun-Joon aber nur mit Misstrauen beäugte. Er war noch immer nicht davon überzeugt, dass die Dinge sich so leicht ändern ließen.

Wir waren fast an den Toren zur Schule, Yeo-Reum und Hyun-Sik in ein Gespräch darüber vertieft, welche Art von *Jeon* jetzt am besten war, der mit Meeresfrüchten, der mit

Frühlingszwiebeln oder der mit *Kimchi*, als ihr Gespräch plötzlich erstarb und Yeo-Reum mit großen Augen und offenem Mund stehen blieb.

»Yeo-Reum?« Instinktiv tat ich es ihr gleich und legte meine Hand sanft auf ihre Schulter. »Was ist los?«

Sie antwortete nicht, starrte nur geradeaus, als wäre wenige Meter von uns entfernt plötzlich eine Hydra aus dem Boden aufgestiegen, und ich folgte ihrem Blick. Im nächsten Moment blieb auch mir der Mund offen stehen.

Lauren stand an den Toren der Schule, in einer schicken senfgelben Stoffhose mit Bügelfalte und einem schlichten Shirt, und unterhielt sich mit Rektor Han, der in einem marineblauen Anzug mit den Händen in den Taschen seines Sakkos neben ihr stand. Auf dem vom Alter gezeichneten Gesicht waren keinerlei Anzeichen von Aggression zu erkennen, sondern nur die unübersehbaren Merkmale von Unsicherheit, die seine Mundwinkel beben ließen und tiefere Fältchen in die Haut um seine Augen gruben. Laurens volle Lippen bewegten sich ruhig und entspannt, doch ihre Augen wirkten größer als sonst, was verriet, dass sie mindestens genauso sehr über diese Entwicklung erschrocken war wie Yeo-Reum.

»*Appa?*« Als Yeo-Reums Stimme erklang, zuckte ihr Vater heftig zusammen und wandte sich uns zu, sein Blick war unruhig und der Zug um seinen Mund verhärtet. Der Rest des Satzes ging unter, als Yeo-Reum mit langen Schritten auf die beiden zueilte. Ihr Ton war überrascht, aber nicht hitzig, doch bevor sie das ungleiche Duo erreicht hatte, machte ihr Vater auf dem Absatz kehrt und ging zügigen Schrittes davon.

Hyun-Sik, der offensichtlich spürte, dass irgendetwas in der Luft lag, sah mich unsicher an und drückte meine Hand etwas fester, ich bemühte mich um ein versicherndes Lächeln, als wir zu Lauren und Yeo-Reum aufschlossen, die dicht beieinanderstanden, aber keinen Ton sagten, Laurens Hand lag auf dem Unterarm ihrer Freundin, die mit glasigen Augen dem Rektor nachsah, der zurück zur Schule schritt, als wäre nichts gewesen.

»Ist alles okay?«, fragte ich vorsichtig, um die schwere Stille zu unterbrechen, die uns alle so fest im Griff hatte und Hyun-Sik unruhig von einem Fuß auf den anderen wechseln ließ.

»Ja, es ist alles okay.« Laurens Stimme klang brüchig, und ich konnte sehen, wie ihre Fingerkuppen sich fester in Yeo-Reums Haut drückten. »Wir haben nur geredet.«

Ich zog die Stirn in Falten, die Überraschung wie der erste Schluck Champagner auf meiner Zunge, bei dem man nicht wusste, ob man den eigenwilligen Geschmack mochte, der sich im Mund ausbreitete. »Geredet?«

»Ja. Geredet. Er hat mich gefragt, wie es mir geht und wie es an der neuen Schule so ist.« Lauren ließ ihre Hand von Yeo-Reums Unterarm sinken, und ein zaghaftes Lächeln machte sich auf ihren Lippen breit. »Ich wollte eigentlich an der U-Bahn-Station warten, aber dann hat Yeo-Reum mir geschrieben, dass ihr noch einen Augenblick länger brauchen werdet, also bin ich hergekommen. Mr Han war vor der Schule und hat etwas mit einer anderen Lehrkraft besprochen, bevor er zu mir rüberkam. Ich hab gedacht, dass er mich vielleicht freundlich darum bitten möchte, ein paar Meter weiter weg zu warten, um kein Aufsehen zu erregen, aber er hat einfach nur ein bisschen Small Talk mit mir gehalten. Wie ganz normale Leute.« Sie schluckte schwer, und ich konnte sehen, wie unzählige Emotionen hinter ihren Augen tanzten, alle auf dem schmalen Grat blinder Euphorie und argwöhnischer Sorge. »Er hat nicht mehr allein mit mir gesprochen, seitdem Yeo-Reum und ich ihm gesagt haben, dass wir ein Paar sind.«

Yeo-Reum schlug sich die Hand vor den Mund und wandte ihr Gesicht ab, als Hyun-Sik sie mit leiser Stimme ansprach.

Es war offensichtlich, dass sie vollkommen überwältigt war, nicht länger Herrin ihrer Gefühle, die sie sonst so gut zu verbergen wusste, wann immer es um ihre Beziehung ging.

»Das ist fantastisch!« Ich zog Lauren an mich und rieb ihr über den Arm, unser Grinsen gleich breit, als wir den Moment auf uns wirken ließen. »Das ist ein Fortschritt.« Als ich Yeo-Reums Blick begegnete, die noch immer mit sich selbst kämpfte, nickte ich bestätigend. »Das ist ein fantastischer Fortschritt.«

Yeo-Reum nickte und wischte sich unauffällig mit beiden Händen über die Wangen, auf denen verräterische nasse Spuren zu sehen waren. »Ja. Ja, das ist es.«

»Dann haben wir ja heute Abend richtig was zu feiern.« Ich ließ los und grinste Hyun-Sik an, der sich endlich wieder etwas entspannte und dann neben mir her hüpfte, während wir vier uns beschwingten Schrittes in Richtung *SONDER* aufmachten. Wärme erfüllte mich, als ich zu Lauren und Yeo-Reum sah, die dicht nebeneinanderher gingen, ihre Arme miteinander verschränkt, als wären sie nichts weiter als Freundinnen, aber in den Augen so viel Liebe und Zärtlichkeit, dass kein Zweifel daran bestand, was sie einander und was auch dieser Moment ihnen bedeutete, der zaghaft nach etwas so Süßlichem schmeckte, dass man es beinahe Hoffnung hätte nennen können.

Und auf einmal war es mir gleich, was Hyun-Joon und ich waren. Was für einen Namen wir dem Ganzen geben und welchen ungeschriebenen Regeln wir folgen wollten. Wichtig war nur, dass er für mich genauso schmeckte wie dieser Moment, der uns alle beflügelte und unsere Stimmen freudig durch die Gassen von Seoul trug, die Luft angereichert mit Hitze, Freude und so viel Liebe, von der ich langsam, aber sicher glaubte, wieder ein Quäntchen teilen zu können.

Und als ich Hyun-Joon erspähte, die Hände tief in seinen Hosentaschen vergraben, während er an der Gabelung vor dem Café auf uns wartete, in Sonnenlicht gehüllt und mit einem warmen Lächeln auf den Lippen, zuckte ich zum ersten Mal nicht vor dem Gedanken zurück, dass er derjenige sein könnte, mit dem ich dieses Quäntchen teilen wollte, das sich dem scharfkantigen Mosaik meines Herzens entrungen hatte und von meinen Lippen auf seine überzugehen schien, als er die Hand in meinen Nacken legte und meinen Kopf zurückbog, um mich mit einem keuschen Kuss zu begrüßen. Das Quäntchen schwoll in Sekundenschnelle an und drohte zu zerbersten, als seine Augen in meine sahen und mich hielten, wo ich war, dicht bei ihm und gewiss, dass er mein war und ich sein.

23. KAPITEL

스케치 = Skizze

»Das lief besser als erwartet.«

»Meinst du?« Ich lehnte mich mit einem Grinsen an Hyun-Joon, sein Arm lag locker auf meiner Schulter, als wir den kurzen Weg zwischen der U-Bahn-Station und meinem Apartmentkomplex zurücklegten. Die Luft war drückend, und die Vorboten eines Gewitters surrten in der Luft. »Ich denke, Hoon wird es morgen bereuen, so viel *Makgeolli* getrunken zu haben. Zumal er zur ersten Stunde antreten muss.«

Hyun-Joon erstickte sein Lachen an meiner Schläfe, sein Atem warm auf meiner Haut, als wir wie immer unser Tempo drosselten, je näher wir dem Haupteingang kamen, nicht gewillt, den gemeinsamen Abend zu beenden und getrennte Wege zu gehen. »Das wird er ganz bestimmt.«

Ich schlang meinen Arm fester um Hyun-Joons Taille, als die großen Glastüren mit dem schwarzen Rahmen in Sicht kamen, und schmiegte mich näher an seine Seite. Der Abend war so schön gewesen, umringt von unseren Freunden und mit nichts anderem im Kopf als dem Glück, das wir mit ihnen teilen konnten und das in meiner Brust zu etwas anschwoll, dem ich keinen Namen geben wollte, um die Panik in meinem Inneren nicht aus ihrem viel zu leichten Schlaf zu reißen. »Wann musst du morgen noch mal in der Uni sein?«

»Erst um zehn. Meine erste Vorlesung wurde zum Glück

heute abgesagt, weil unser Professor die Grippe hat.« Hyun-Joon sah mich von der Seite her an, in den goldenen Augen etwas Dunkleres, das ich in den Schatten der Straßenlaternen kaum erkennen konnte, das aber dennoch tief in mir widerhallte und dafür sorgte, dass ich die Finger fest in den Stoff seines weißen Hemdes mit den Längsstreifen grub. »Du musst morgen erst zur dritten Stunde in die Schule, richtig?«

Ich hatte mit Hyun-Joon erst ein einziges Mal im Detail über meinen Stundenplan gesprochen, war aber wenig überrascht, dass er ihn bereits auswendig kannte. So war Hyun-Joon einfach. Seinen Augen entging nichts, und er war auf eine Art und Weise aufmerksam, die fast schon an Persönlichkeitsanalyse grenzte. So hatte er sich zum Beispiel gemerkt, dass ich Desserts mit Früchten immer jenen mit Schokolade vorzog, einfach weil ich es einmal beim Bestellen in einem Café erwähnt hatte, als er mich gefragt hatte, ob wir uns eins der klebrigen Köstlichkeiten teilen. Oder dass ich es nicht mochte, wenn andere Menschen mir zu nahe kamen, nur weil er gesehen hatte, wie ich versucht hatte, Abstand zwischen mich und einen weiteren Passagier der überfüllten U-Bahn zu bringen. Unter seinem Blick fühlte ich mich nackt, mit all meinen Wunden und Narben. Doch ich zuckte nicht zurück. Nicht vor ihm, der mich mit einem einzigen Kuss wissen ließ, dass ihm die Hässlichkeit unter der ansehnlichen Oberfläche nicht abschreckte und ihm das Gemälde gefiel, das den Namen *Jade* trug, auch wenn dessen Farben ermattet waren.

»Ja«, sagte ich in die Stille zwischen uns hinein, als wir an der im Dunkeln liegenden Hauswand vorbeigingen, an der er mir schon so viele Küsse gestohlen hatte, bis meine Lippen sich rau und wund angefühlt hatten. »Wenn du möchtest, kannst du ja noch ein bisschen bleiben. Immerhin müssen wir beide nicht früh raus.« Wir wussten beide, dass das eine fadenscheinige

Ausrede war, so oft wie wir die Nacht für Dates genutzt hatten, obwohl wir beide am frühen Morgen Verpflichtungen hatten, aber ich wollte Hyun-Joon nicht so überfallen, und außerdem war ich nicht mutig genug, ihm zu sagen, wie sehr ich wollte, dass er blieb und am besten nie wieder ging. Unter dem gleißenden Deckenlicht vor dem Haupteingang blieben wir stehen, ohne die üblichen Schatten, in denen wir uns sonst versteckten, wenn es Zeit war, sich voneinander zu verabschieden.

Ich wandte mich Hyun-Joon zu, die Hände in beiden Seiten seines Shirts gekrallt und entblößt unter dem unversöhnlich kalten Licht, das mich normalerweise frösteln ließ, der Hitze seiner Augen aber nichts entgegenzusetzen hatte, die mich vollkommen verschlang. »Außerdem hast du doch gesagt, dass du irgendwann gerne mal eine meiner Zeichnungen sehen wollen würdest.«

Die Einladung in meinen Worten war unmissverständlich, und an der Art, wie Hyun-Joon schwer schluckte und seine Hände sanft auf meine Oberarme legte, merkte ich, dass auch ihm bewusst war, dass so viel mehr dahintersteckte, als es vielleicht für einen Außenstehenden den Anschein haben mochte.

»Bist du dir sicher?«, fragte er mit rauer, brüchiger Stimme, und die Berührung, als nun eine Hand von ihm meinen Rücken hinunterfuhr, brachte mich beinahe ins Schwanken, während das kalte Metall seiner Ringe auf meiner Haut sich wie ein Abdruck tief in meiner Seele verankerte. »Ich kann warten. Auf deine Kunst. Auf dich. Auf alles andere.«

Ich nickte hastig, getrieben von einer Entschlossenheit, die mit einem Mal gierig die Hände nach mir ausstreckte und mich wissen ließ, dass das hier keine Entscheidung war, die ich in der Hitze des Gefechts fällte, sondern die getragen wurde von dem ehrlichen Wunsch, diesen Teil von mir mit ihm zu teilen, in dem Wissen, dass er so viel mehr in mir sehen würde als nur nackte Haut. »Ich bin mir sicher. Ganz sicher.«

Hyun-Joons Griff wurde für einen Augenblick fast schmerzhaft fest, bevor er die eine Hand sinken und die andere langsam über meinen Arm nach unten wandern ließ, bis er unsere Finger miteinander verschränken konnte. »Okay. Dann bleibe ich.«

Er rührte sich keinen Millimeter, wartete offensichtlich ab, ob ich es mir doch anders überlegen würde, aber ich zog ihn nur mit mir durch die elektrischen Schiebetüren, die sich mit einem leisen Surren hinter uns schlossen, als wir die Eingangshalle durchquerten und zu den Fahrstühlen gingen, die genauso modern waren wie der Rest des Gebäudes, mir aber, trotz ihrer durchaus angenehmen Größe, heute wie ein Schuhkarton vorkamen, als wir gemeinsam über die Schwelle traten. Die Türen gingen zu und hüllten uns in die Fahrstuhlmusik, die ich sonst so nervtötend fand, die aber heute kaum zu mir durchdrang, weil ich einzig und allein Hyun-Joons Atem vernahm, der mit jedem Stockwerk, das wir hinter uns ließen, schwerer zu werden schien. Ich wollte ihn küssen, hier in dieser Enge, in der wir ganz allein sein würden, war mir der Sicherheitskamera in der Ecke aber überdeutlich bewusst, die mich davon abhielt, eine Grenze zu überschreiten, die das zwischen uns zu etwas machen könnte, das die Sicherheitsbeamten dieses Apartmentkomplexes sich beim Schichtwechsel als witzige Anekdote erzählten.

Stattdessen hielt ich seine Hand fester, meine Fingerkuppen gegen seinen Handrücken gepresst, auf dem ich noch die feinen Schnitte fühlen konnte, die er sich vor wenigen Tagen bei seinem Gelegenheitsjob für eine Umzugsfirma eingefangen hatte, während ich auf einer Lehrerkonferenz festhing.

Der Fahrstuhl hielt im fünfzehnten Stock, und ich trat heraus, Hyun-Joon neben mir, als wir den langen Flur hinabgingen, seine Schritte genauso ungeduldig wie meine, die in der Stille verhallten. Der vierstellige Türcode kam mir unnötig lang vor, und das Schloss schien sich heute unerträglich langsam zu entriegeln. Als ich die Tür endlich aufziehen konnte, war Hyun-Joon direkt hinter mir, seine Hände fordernd und sanft zugleich, als er mich über die Schwelle in meine Wohnung schob. Ich drehte mich in seinen Armen, nur um seine Lippen eine Sekunde früher auf meinen spüren zu können.

Mein Hirn war längst offline, versunken in Tönen aus dunklem Rot und warmem Gold, als mein Rücken die nächstbeste Wand berührte, Hyun-Joons Körper dicht an meinen gepresst, als die Tür hinter uns zufiel und zu ihrer üblichen Melodie ansetzte, als sie verriegelte. Doch all das bekam ich kaum mit, mein ganzes Wesen und Sein war vollkommen von dem Mann eingenommen, der in meine graue Welt getreten und sie in alle Farben des Regenbogens getaucht hatte. Und als seine Finger sich in meine Haut gruben und er mit seinem Mund darauf Blumen in allen Schattierungen von Rot und Violett erblühen ließ, vergaß ich mich völlig und legte den grauen Schleier ab, in den ich mich selbst gehüllt hatte, um die Welt auf Abstand zu halten, die in seinem goldenen Feuer in neuer Schönheit erstrahlte, als er mich zum Bett trug und mich mit flüsternden Worten und seiner gleißenden Hitze vergessen ließ, wo er aufhörte, und ich begann.

Regen prasselte gegen die Fenster, eine Melodie der Ruhe, als Hyun-Joon mich sanft auf die Stirn küsste und mich dicht bei sich hielt, unsere Atmung unregelmäßig und die Haut klamm, während wir in der Nähe des jeweils anderen schwelgten. Mit der Hand strich er eine meiner verirrten Strähnen hinter das Ohr, das Haargummi, mit dem ich mein Haar zu einem Dutt zusammengebunden hatte, lag zerrissen und vergessen irgendwo zwischen unseren Sachen, die den Boden meines Apartments bedeckten, in einem bunten Chaos aus ihm und mir und doch auf so seltsame Weise eine Repräsentation dieses neu gewonnenen *Wir*, sodass ich nicht aufhören konnte, hinzusehen. Stattdessen zuckten meine Fingerspitzen, und ich ballte die Hände zu Fäusten, um es zu verbergen und den Drang zu zeichnen niederzuringen, der mit jeder Minute an Hyun-Joons Seite zu wachsen begann, jetzt, wo Inspiration an jeder Ecke zu warten schien, die sich vorher so beharrlich vor mir versteckt hatte.

»Alles okay?« Hyun-Joons Stimme klang alarmiert, als seine große Hand meine Faust fand und sich mühelos darum schloss.

Die Anspannung in meinen Fingern schmolz unter seiner Berührung genauso wie mein Verstand, als ich daran zurückdachte, wie sie sich um meine Handgelenke geschlungen hatten. »Ja, alles okay.«

»Sicher?« Er klang ehrlich besorgt und hob den Kopf vom Kissen, um mir in die Augen zu sehen, nicht gewillt, zuzulassen, dass ich mich versteckte, so wie in dem Augenblick, in dem er in mir versunken war, seine Hände mit meinen verflochten, als er mir so nahe war, wie zwei Menschen sich physisch nur sein konnten. »Wenn du es bereust, dann kannst du es mir ruhig sagen. Dann können wir darüber reden und –«

»Ich bereue es nicht, Joon. Kein bisschen.« Bei der Erwähnung des Spitznamens, den ich für ihn verwendete, verschwand zumindest schon mal die steile Sorgenfalte zwischen seinen Augen, die ich mit dem Daumen nachzeichnete, als ich meine freie Hand hob, um ihn zu berühren und ihn wissen zu lassen, dass ich noch immer hier bei ihm war, in diesem Moment zwischen uns beiden, der mir die Welt bedeutete. »Es ist nur …«

»Was?« Er hob unsere Hände an seine Lippen und hauchte einen Kuss auf meinen Handballen. »Du kannst mit mir über alles reden, Jade.«

»Es ist nur, dass ich jetzt gerade wirklich gerne zeichnen würde, und ich weiß, wie unpassend das ist.« Ich lachte beschämt und verbarg mein Gesicht an seiner Schulter, um seinem intensiven Blick im zarten Licht der Nachttischlampe zu entkommen, die Hyun-Joon eingeschaltete hatte, sobald mein Rücken das Bett berührt und er mir das Shirt ausgezogen hatte. »Total bescheuert, ich weiß.«

»Kein bisschen.« Hyun-Joon rückte auf dem Bett etwas mehr in Richtung des Raumes, seine Hände bestimmend, als er mich so an sich zog, dass mein Oberschenkel über seinem lag, und uns kein Millimeter mehr trennte. »Du hast keine Ahnung, wie gerne ich dich gerade fotografieren würde. Also verstehe ich, was du meinst.«

Mir stockte der Atem, und ich wartete auf die Welle von blinder Panik, die mich mit großer Wahrscheinlichkeit überkommen hätte, wenn irgendjemand anders auch nur erwähnt hätte, mich nackt fotografieren zu wollen, aber bei Hyun-Joon blieb sie aus. Denn ich wusste, dass es nicht darum ging, festzuhalten, dass er mit mir geschlafen hatte, um es dann in ein Büchlein seiner Verflossenen zu kleben. Das hier ging tiefer, über das hinaus, was die Gesellschaft von Aktfotografie und Malerei dachte, die als etwas verschrien war, das nur hinter verschlossenen Türen und bei Perversen Anklang fand, und die dabei völlig vergaßen, das Vertrauen und die Stärke zu honorieren, die solcher Kunst innewohnte.

»Wenn du deine Kamera dabeihättest, würde ich es dir erlauben«, wisperte ich, meine Finger zeichneten unruhig seine Rippen nach, die etwas zu stark hervortraten und erkennen ließen, dass Hyun-Joon nicht genug aß, um all die harte körperliche Arbeit auszugleichen, die seinen Körper zu einem Kunstwerk aus Muskeln und Sehnen geformt hatte, das aber durchaus ein paar Kilo mehr würde vertragen können.

Hyun-Joon sog scharf die Luft ein, als er mich noch näher an sich zog. »Wirklich?«

»Wirklich.« Ich fuhr mit den Fingerspitzen seinen Rippenbogen entlang und lächelte zufrieden, als er erschauderte und meine Hand mit seiner einfing, um sie auf seine Brust zu pressen. »Ich vertraue dir.«

Hyun-Joons Brustkorb dehnte sich aus, als er einen tiefen Atemzug tat, so als wären das genau die Worte, auf die er gewartet hatte, seitdem wir einander begegnet waren. Und vielleicht entsprach das sogar der Wahrheit. Unsere Verbindung war etwas, das ich nicht erklären, sondern nur fühlen konnte, die aber mit einer Gewissheit in mir ruhte, die alle Zweifel ausmerzte. »Darf ich dich etwas fragen?«

»Natürlich.« Ich schloss die Augen, in der Hoffnung, dass meine Finger nicht länger danach lechzen würden, diesen Augenblick auf Papier einzufangen, wenn ich nur nicht länger hinsah.

»Warum hast du wirklich aufgehört?«

Ich öffnete die Augen sofort wieder und legte den Kopf zurück, um Hyun-Joon ansehen zu können, der meinen Blick mied und stattdessen an die Decke starrte. »Was?«

»Du hast gesagt, du vertraust mir.« Er klang nicht trotzig oder verletzt, und doch war da etwas in seiner Stimme, das mich wissen ließ, dass von meiner Antwort etwas abhing, was für mich derzeitig noch im Verborgenen lag. »Also, warum hast du wirklich mit dem Malen aufgehört?«

»Hyun-Joon, ich –«

»Ich weiß, ich habe gesagt, ich kann auf alles warten, aber«, er hob meine Hand, die noch immer in seiner lag, und betrachtete sie mit dem analytischen Blick eines Fotografen, als sich das warme Licht der Nachttischlampe und die Schatten der Nacht hinter dem Fenster auf meiner Haut mischten, »das ist etwas, das ich mich frage, seitdem ich beobachten konnte, wie du Kunst ansiehst. Du liebst es. Mit jeder Faser deines Seins. Und es fällt mir schwer zu glauben, dass du aus Zeitmangel damit aufgehört hast. Ich meine, ich kenne das selbst, wenn man nicht weiß, was man zuerst und zuletzt tun soll und die Tage sich endlos hinziehen, ohne dass man das Gefühl hat, wirklich voranzukommen, weil die To-do-Liste nicht kürzer wird. Aber die Fotografie ist etwas, das ich trotzdem nicht aufgeben könnte, obwohl ich es versucht habe, um Zeit zu sparen. Aber ich kann einfach nicht.« Er fuhr mit seinem Daumen jeden einzelnen meiner Finger nach, seine Berührungen so zärtlich wie sein Tonfall, während seine Worte wie Klingen in mein Fleisch schnitten. »Dafür ist es viel zu sehr ein Teil von mir. So wie Kunst ein Teil von dir ist. Also, warum?«

Ich öffnete den Mund, aber kein Ton kam heraus, meine Kehle war wie zugeschnürt von der entwaffnenden Ernsthaftigkeit, mit der er seine Bitte vorgetragen hatte. Ich spürte sie genau, die Angst unter all der sorgfältigen Kalkulation, die das Streichen seines Daumens in Schattierungen von Verzweiflung färbte, mit der er versuchte, die fragile und ehrliche Intimität dieses Augenblicks nicht zu zerbrechen. Und zum ersten Mal, seit diesem kühlen Morgen im August vor zwei Jahren, an dem ich meiner Zunge verboten hatte, die Wahrheit zu formen, wollte ich darüber sprechen. Weil ich wusste, mein Schmerz würde verstanden werden, und auch die Überwindung, die es mich gekostet hatte, eine Liebe aufzugeben, um eine andere am Leben zu halten.

»Mein Vater«, begann ich zögerlich und spürte sofort, wie Hyun-Joon stockte und aufhörte, das Schattenspiel auf meiner

Haut zu beobachten. Er ließ unsere Hände zurück auf seine Brust sinken. »Er hatte Lungenkrebs. Festgestellt haben sie es vor vier Jahren. Stadium eins mit guter Prognose, weil mein Vater ein kräftiger und sonst kerngesunder Mann war, von ein bisschen Übergewicht mal abgesehen. Er hat mich mitten in der Vorlesung angerufen. Das hat er nie gemacht. Da wusste ich, dass etwas nicht stimmt.« Ich schloss die Augen und versuchte, meinen Erinnerungen nicht zurück zu dem Moment zu folgen, in dem ich im Flur gestanden hatte, das Handy dicht an mein Ohr gepresst, die Augen vor Schock geweitet und auf den Lippen ein stummes Gebet, an wen auch immer, als mein Vater mir mit seiner üblich ruhigen Stimme die Diagnose des Arztes bezüglich seiner Beschwerden mitgeteilt hatte, die wir beide lediglich für eine verschleppte Grippe gehalten hatten. »Sie haben sofort mit der Chemo angefangen, die mein Vater nicht gut vertragen hat. Er hat sich immer wieder übergeben, war schwach und hat viel geschlafen. In der Zeit habe ich alles gemanagt, bin zur Uni gegangen, hab ihn im Krankenhaus besucht und gleichzeitig diverse Jobs angenommen, um irgendwie Geld in die Kasse zu kriegen, denn mein Dad hatte immer nur seine Ein-Mann-Oldtimer-Werkstatt, und die stand natürlich still. Ich war gestresst, abgekämpft und habe meinen Abschluss gerade so geschafft, auch wenn meine Bachelorarbeit meinen Durchschnitt ziemlich nach unten gezogen hat. Aber das war mir egal. Ich wollte einfach nur noch fertig werden, um die Semesterkosten nicht weiter tragen zu müssen, die wir parallel zu den Krankenhausrechnungen kaum aufbringen konnten. Ich habe zwar noch gemalt, aber immer weniger, weil ich oft, wenn ich nach Hause kam, nicht einmal lange genug die Augen aufhalten konnte, um mich nach dem Zähne putzen noch umzuziehen.« Ich räusperte mich, um die Tränen zurückzudrängen, die versuchten, meine Augen zu fluten und meinen

Blick mit Trauer zu verschleiern, als ich nun zum ersten Mal wirklich über die letzten vier Jahre meines Lebens sprach, die sich eher angefühlt hatten wie vierzig und dessen Nachwehen mich nie ganz loslassen würden. »Als ich meinen Abschluss hatte, wurde es besser. Dad wurde entlassen und hat wieder gearbeitet. Alle Scans sahen gut aus, aber er war von der Chemo noch ziemlich platt, sodass ich ihm in der Werkstatt viel geholfen und mich um die Buchhaltung gekümmert hab. Das ging dann ein paar Monate lang gut, bis er wieder Probleme beim Atmen hatte. Wieder Krebs. Wieder Chemo. Wieder alles von vorne. Ich hatte das Gefühl, jeden Tag mit dem Tod um das Leben meines Vaters zu kämpfen, und irgendwann war das alles, woran ich noch denken konnte.«

Hyun-Joon hielt meine Hand ganz fest, die unter seiner lag, und ich war ihm dankbar dafür, dass er nach wie vor die Decke ansah anstatt mich. Wenn ich in seine Augen geblickt hätte, hätte ich die Tränen sicher nicht länger zurückhalten können, die hinter meinen Augenlidern brannten und meine Stimme so verletzlich und schwach klingen ließen, wie ich mich in diesem Moment fühlte.

»Irgendwann war das auch alles, was ich noch in meinen Bildern sehen konnte. Mein Steckenpferd ist nämlich eigentlich Acryl- und Ölfarbe.« Ich dachte an die Haut meiner Hände, die immer ein paar Risse gehabt hatte, weil ich sie jeden Tag hatte schrubben müssen, um die Farbe abzubekommen, die ich in meinem Enthusiasmus nicht nur auf dem Pinsel, sondern auch in meinem Haar und manchmal sogar in meinem Gesicht wiedergefunden hatte. Und während die Nagelbetten meines Vaters dunkel von Motoröl waren, hatten meine immer so ausgesehen, als hätte ich einen kläglichen Versuch gestartet, mir die Nägel zu lackieren, die Haut verfärbt von den bunten Pigmenten meiner Kunstwerke, die ich immer voller Stolz wie ein Abzeichen getragen hatte. »Ich habe oft stundenlang auf die Leinwand gestarrt, ohne etwas malen zu können, und wenn ich doch mal ein Gemälde zustande gebracht habe, dann war es so düster und traurig, dass ich nicht ertragen konnte, es anzusehen. Als die Pflege meines Vaters immer aufwendiger wurde, war das eine gute Gelegenheit, um all das hinzuschmeißen.« Die Enttäuschung in seinen Augen, als ich genau das getan hatte, verfolgte mich noch immer, und entfernt fragte ich mich, ob er jetzt wohl stolz auf mich wäre, wo unter der Spitze meines Stiftes zaghaft wieder etwas aus dem Nichts entstand. »Und nachdem er gestorben ist …« Ich brach ab, atmete tief durch, um gegen den Schmerz anzukommen, der das Zucken in meinen Fingerspitzen abtötete, als wäre es nie dort gewesen. »Nachdem er gestorben ist, habe ich mich gefragt, warum ich überhaupt malen soll, wenn der einzige Mensch, dem ich meine Kunst zeigen will, nicht mehr hier ist, um sie zu sehen. Wenn der Mensch, der mir geholfen hat, diese Liebe zu finden, sie zu kultivieren und sie zum Teil meiner Selbst zu machen, überhaupt nicht mehr sehen kann, was aus ihr wird.«

»Für dich.« Hyun-Joon löste seinen Blick von der Decke, der Ausdruck in seinen Augen war so eindringlich und intensiv, dass ich nicht hätte wegsehen können, selbst wenn ich gewollt hätte. Als die Worte seine Lippen verließen, die mich nicht weniger erschütterten als unser erster Kuss und jeder weitere, der ihm gefolgt war. »Für dich. Und weil du am Leben bist. Und weil du es liebst. Und weil du schon genug verloren hast.«

Das sanfte Klopfen des Regens am Glas der Fenster war alles, was ich neben dem Hämmern in meiner Brust wahrnehmen konnte, als die Wahrheit, die Hyun-Joon gesprochen hatte, durch meine Rippen in mein Herz sickerte und die Risse zwischen den Scherben wie Klebstoff füllte.

Hyun-Joon hatte recht. Ich hatte genug verloren.

Meinen Dad. Meine Kunst. Mich selbst.

Und vielleicht wurde es Zeit, dass ich die Dinge, die ich zurückerobern konnte, wieder für mich selbst beanspruchte. Auch wenn eine kleine Stimme in mir wisperte, dass ich darauf kein Anrecht hatte. Dass die Dunkelheit, die sich in mir ausgebreitet hatte, dort war, um mich daran zu erinnern, dass Farbe nicht länger das Einzige war, was meine Hände befleckte.

Ich schloss die Augen, das Rascheln von Pillen in meinem Kopf, das sich mit den Regentropfen mischte und mit den tiefen Atemzügen von Hyun-Joon zu einer Symphonie wurde, der ich keinen Namen geben konnte, weil sie ein Drahtseilakt war zwischen dem Säuseln zärtlicher Intimität, dem Bass erdrückender Trauer und den schreiend hohen Tönen unausgesprochener Schuld, die mein Trommelfell zu zerreißen drohten.

»Willst du sie sehen?«, fragte ich vorsichtig in die Stille hinein, um dem Chaos in meinem Kopf zu entfliehen und meine Seele in diesen Moment zurückzutragen, in dem alles golden leuchtete und in dem die dunklen Flecken meiner Trauer das Bild komplettierten, anstatt es zu ruinieren. »Meine Zeichnungen, meine ich?«

Hyun-Joons Augen glitten über meine Züge, wachsam und prüfend, so als wollte er sichergehen, dass er nicht eine einzige Regung verpasste. Was auch immer er fand, sorgte dafür, dass er seine Lippen keusch und dankbar auf meine legte, ehe er nickte. »Ich möchte alles sehen, was du mir zeigen willst, Jade. Ganz egal, was es ist.«

Ich schmunzelte, in der Hoffnung, meinen eigenen Gefühlen entkommen zu können, die durch die Risse in meinem Panzer sickerten und die Laken unter uns mit einem schillernden Rot zu färben drohten, für das es noch viel zu früh war.

»Du weißt wohl immer, was du sagen sollst, hm?«

Er lachte leise und ließ mich nur widerwillig los, als ich vom Bett aufstand, seine Augen auf mir spürte, die nicht nur nackte Haut, sondern auch alles darunter zu sehen vermochten. »Bei dir weiß ich es nie. Aber ich versuche es.«

Ich griff mir sein Shirt vom Boden und zog es über, was Hyun-Joon mit einem zufriedenen Brummen honorierte, das ich, wie all mein Wissen über ihn, ganz tief in mir abspeicherte. Meine Hände zitterten, als ich das kleine Skizzenbuch aus meinem Jutebeutel hervorzog und den Block unter meinen Arm klemmte, der wie immer auf meinem Küchentresen lag. Und als ich damit zu ihm zurückging und neben ihm ins Bett kroch, während er bereits begann, durch die gefüllten Seiten zu blättern, fühlte ich mich so viel verletzlicher als in dem Augenblick, als Hyun-Joon mich zum ersten Mal nackt gesehen hatte.

Hyun-Joon wusste ganz genau, was in mir vorging, ohne dass ich auch nur einen Ton sagen musste, und so zog er mich dicht an seine Seite und trug mich fort aus meinem Kopf und hinein in unser kleines Fleckchen Erde, in dem es nur ihn, mich und meine Kunst gab, die ihm all das offenlegte, was ich nicht in Worte zu fassen vermochte.

Doch er verstand. So wie er es immer tat.

Und als ich einschlief, seine Brust beschützend in meinem Rücken und meine Skizzen sicher verstaut, blieben die Schatten meiner Trauer draußen, während ich in eine Welt abdriftete, in der meine Geschichte einen anderen Kurs nahm, getaucht in Gold und Rot, mit rissigen Händen und schmerzenden Mundwinkeln und begleitet von dem Flüstern meines Vaters, der mir sagte: *Ich mag ihn, Jellybean. Den kannst du behalten.*

24. KAPITEL

우리 = Wir

»Bist du dir sicher?«

Ich lächelte, das Handy zwischen Schulter und Ohr eingeklemmt, während ich den Türcode eingab, meine Finger genauso verkrampft wie mein Körper, als ich versuchte, weder die beiden Einkaufstaschen in meiner Hand noch die Leinwand unter meinem Arm fallen zu lassen. »Ja, Joon, ich bin mir sicher. Ich habe dich gefragt und nicht andersherum.«

»Okay.« Ich hörte, wie er grinste, doch sein Tonfall war noch immer unsicher, der im Straßenlärm beinahe unterging. »Ich weiß aber nicht, wann meine Schicht heute vorbei ist. An einem Donnerstag kann es mal so oder so laufen.«

»Das macht nichts. Dafür habe ich dir ja heute Morgen den Türcode gegeben.« Mit einem Ächzen zog ich die Wohnungstür auf, erleichtert, endlich zu Hause zu sein, und vorsichtig stellte ich die Taschen im Eingangsbereich ab, ehe auch die Leinwand folgte. »Aber wenn du lieber bei dir schlafen willst, dann ist das auch vollkommen in Ordnung. Immerhin liegt euer Haus viel näher an deiner Uni als meine Wohnung, und ich bringe dich mit deiner Mom auch in eine blöde Lage. Ich dachte nur –«

»Meine Mutter ist eh längst aus dem Haus, wenn ich theoretisch nach meiner Schicht nach Hause käme, und seit Neustem besteht Hyun-Ah darauf, das Frühstück zu machen, also ist alles gut.« Ich hörte sein Schmunzeln aus seiner Stimme heraus, und mir wurde ganz warm. »Außerdem würde ich niemals Nein dazu sagen, dich zu sehen.«

»Na ja, so wirklich sehen tust du mich nicht.« Ich schlüpfte aus meinen Schuhen. »Ich hoffe, ich schlafe längst, wenn du herkommst.«

»Sehen tue ich dich trotzdem, außer du bist plötzlich unsichtbar geworden.«

»Du bist so ein Besserwisser.« Ich nahm das Handy in die Hand und rollte prüfend meinen Kopf hin und her, um meinen Nacken zu entspannen, während ich in die Küche ging und aus den unzähligen Flyern an meinem Kühlschrank nach etwas Ausschau hielt, worauf ich Hunger hatte, um es gleich per App zu bestellen. »Hast du schon gegessen?«

»Nein, aber ich treffe mich auf dem Weg zur Arbeit mit In-Jae auf eine Portion *Jjajangmyeon*.« Der Straßenlärm wurde lauter, und ich sah ihn förmlich vor mir, wie er in seinen Sachen von gestern Nacht durch die belebten Straßen von Seoul streifte. In-Jae, mit seiner losen Zunge, würde das sicherlich nicht unkommentiert lassen, und ich lachte leise, als ich daran dachte, was meinen Freund gleich erwarten würde, der sicherlich von Eun-Ho und Yohan schon diverse Sprüche kassiert hatte, als er in diesem Aufzug, hoffnungslos zu spät und ohne seine Tasche auf dem Campus aufgeschlagen war. Von den dunklen Flecken auf seinem Hals mal ganz zu schweigen. »Was ist mit dir?«

»Nein, noch nicht.« Mein Magen, der an drei Mahlzeiten täglich gewöhnt war, knurrte wie auf Knopfdruck, und meine Wangen erhitzten sich, als ich mich daran erinnerte, warum mein Frühstück heute Morgen hatte ausfallen müssen. Die Male eines gänzlich anderen Frühstücks waren in dunklen Schattierungen auf meiner Haut verewigt, die ich nur mit liebevoller Zärtlichkeit betrachten konnte, auch wenn sie mich trotz der Wärme zu einem dünnen Pullover gezwungen hatten, um mich vor den Kindern und den anderen Lehrkräften nicht in Erklärungsnot zu bringen. »Ich bin gerade erst nach Hause gekommen.«

»Wolltest du nicht eigentlich direkt nach der Schule nach Hause gehen, um etwas Schlaf nachzuholen?«

Er klang so selbstzufrieden, dass ich in gespieltem Unmut die Augen rollte, als ich mich selbst fragte, ob ich noch ganz bei Trost war, seine schalkhafte Großspurigkeit tatsächlich auch noch niedlich und nicht nervig zu finden. »Wollte ich, aber ich musste erst noch was besorgen.«

»Was denn?« Ich hörte, wie der Straßenlärm bei Hyun-Joon im Hintergrund endete, stattdessen dem gedämpften Stimmengewirr eines vollen Restaurants wich, und freute mich diebisch, als mir klar wurde, dass dieses Gespräch hier enden würde, mit unbeantworteten Fragen, die Hyun-Joon nicht ausstehen konnte, wenn er sich die Mühe gemacht hatte, sie zu stellen.

»Das wirst du ja sehen, wenn du herkommst.« Ich kicherte, als er ein unzufriedenes Grummeln von sich gab. »Ich wünsche dir ganz viel Spaß mit In-Jae. Und ich drücke die Daumen, dass es heute nicht so voll ist und du früh Feierabend machen kannst.«

»Das hoffe ich auch.« Seine Stimme klang rau, so als wären da Worte, die in seiner Kehle feststeckten und die er nicht herausbekam, stattdessen räusperte Hyun-Joon sich nur geräuschvoll. »Bis später, Jade.«

»Bis später, Joon.« Ich legte auf, ohne die Worte auszusprechen, die ich schon heute Morgen nicht hatte sagen können, als wir uns ein Taxi geteilt hatten, damit ich es noch pünktlich zur Arbeit und Hyun-Joon es zumindest noch irgendwie quer durch die Stadt zur Uni schaffen konnte, ohne direkt bei seiner strengen Professorin negativ aufzufallen und eventuell sogar rauszufliegen.

Ich seufzte und legte mein Handy zusammen mit meinem Jutebeutel auf dem Küchentresen ab, das Klimpern des Schlüssels darin klang unerträglich laut in der Stille meines Apartments, in dem noch immer der Geruch von Hyun-Joons Aftershave lag. Ich sah mich um, versuchte, mit dem Blick nicht allzu lange an den zerwühlten Laken hängenzubleiben, die Hyun-Joon und ich so achtlos zurückgelassen hatten, und irgendwie kam es mir falsch vor, dass zwischen seinem zärtlichen Kuss heute Morgen und dem jetzigen Augenblick nicht mehr als ein paar Stunden lagen, auch wenn sie sich anfühlten wie Wochen, so sehr wie ich mich danach sehnte, ihn zu sehen.

Es führte mir schonungslos vor Augen, wie sehr Hyun-Joon jetzt schon Teil meines Lebens geworden war und wie erschreckend wenig Zeit er gebraucht hatte, sich tief in mir einzunisten.

Denn er war überall.

In meinem Kopf, meinem Herz und sogar unter meiner Haut, wo ich ihn immer spüren konnte wie ein warmes Gewicht, das mich gleichermaßen beruhigen wie aufzuwühlen vermochte.

Schnell schüttelte ich den Kopf und wandte meinen Blick vom Bett ab, nicht gewillt, der Sehnsucht in meiner Brust zu viel Platz einzuräumen, die mir wie ein trotziges Kind vorkam, das mit dem Fuß aufstampfte, weil es nicht sofort bekam, was es wollte. Denn es war nicht so, als würde ich Hyun-Joon nun tagelang nicht sehen. Es handelte sich lediglich um ein paar Stunden, und allein die sorgten dafür, dass ich unzufrieden seufzte, weshalb ich versuchen musste, auf andere Gedanken zu kommen. Anstatt mich also auf das Gefühl der Leere zu fokussieren, konzentrierte ich mich auf die freudige Erwartung, die sich in mir breitmachte, wenn ich daran dachte, morgen erneut neben ihm aufwachen zu können, getaucht in Gold und Wärme, und mit dem rauen Bariton seiner Stimme im Ohr, die verschlafen noch eine ganze Oktave tiefer klang als sonst, während er mit einem trägen Lächeln *Guten Morgen* murmelte.

Bei der Erinnerung lief mir ein wohliger Schauer über den Rücken, und wieder spürte ich diese Rastlosigkeit in meinen Fingerspitzen, die seit gestern dort ruhte. Ich spähte zurück zu den Taschen und der Leinwand im Eingangsbereich, doch bevor ich mich mal wieder vergaß, bestellte ich zunächst etwas zu essen und sprang unter die Dusche, ehe ich in eine alte Jogginghose schlüpfte und mit nackten Füßen über den Holzfußboden zu den Schränken hinüberging, die den Eingangsbereich säumten. Ich holte tief Luft, zog dann aber entschlossen eine der ahornfarbenen Türen auf und griff blind hinein. Meine Hand fand zielsicher, wonach sie suchte, und in meiner Kehle erschien der bittere Geschmack von Verlust, gepaart mit der Süße unzähliger Erinnerungen, als meine Finger kuscheliges Fleece berührten.

Ich zog den Pullover hervor. Sein ehemals strahlendes Blau war längst verblasst, seit dem Beginn seines Lebens in den späten Neunzigern. Ich fuhr über den altmodischen Kragen mit dem Reißverschluss, der in meiner Erinnerung eh nie geschlossen gewesen war, und schlüpfte dann hinein, bevor meine Trauer mich wieder überwältigen und vom Gegenteil überzeugen konnte. Der Pullover war mir hoffnungslos zu groß, doch er fühlte sich an wie Zuhause, und mir stiegen Tränen in die Augen, als ich den Geruch von Motorenöl wahrnehmen konnte, der der Kleidung meines Vaters immer angehaftet hatte, ganz gleich, wie oft ich sie auch gewaschen hatte. Ich strich über den Stoff, spürte, wie weich er trotz all der vergangenen Zeit noch war, ehe ich entschlossen die Ärmel hochkrempelte und einen Moment die Arme um mich selbst schlang und die Lider schloss. Für einen Augenblick erlaubte ich mir die Wunschvorstellung, dass ich nicht mich selbst, sondern meinen Vater umarmte, sein Bauch rund und warm und seine Hände liebevoll in meinem Rücken, während er mir die Schulter tätschelte. Doch bevor ich mich darin und in meiner Trauer verlieren konnte, schüttelte ich den Kopf und band mein nasses Haar mithilfe eines bunt gefleckten Scrunchies zusammen, das einzige Relikt, das ich aus der Zeit behalten hatte, in der ich noch jeden Tag malte.

»Dann wollen wir mal«, murmelte ich mir selbst zu, ehe ich die beiden Taschen und die Leinwand holte und damit zurück in den Hauptraum meiner Wohnung ging. Bevor ich mit der Arbeit begann, nahm ich mir mein Handy und spielte leise Musik, öffnete die Fenster, um die etwas kühlere, aber noch immer schwüle Nachtluft hineinzulassen, und schaltete vorsorglich die Klimaanlage aus, um ein bisschen Strom zu sparen.

Meine Finger erinnerten sich noch an jeden Griff, als ich die Kofferstaffelei aufbaute, die ich günstiger bekommen hatte, weil das Birkenholz vom Ton nun eher Ahorn glich, so lange, wie sie im Lager des Kunstfachhandels verbracht hatte. Der Tragegurt war ebenfalls ein bisschen in Mitleidenschaft gezogen worden, aber das störte mich nicht im Geringsten, da ich nicht vorhatte, sie großartig auf- und abzubauen. Ich positionierte sie unter der Klimaanlage, neben dem Spiegel, sodass ich den Kopf nur nach rechts würde drehen müssen, um einen Blick auf die Lichter der Stadt zu haben. Zu der Staffelei gesellte sich ein dreistöckiger Rollwagen, von dem ich wusste, dass er nicht lange weiß bleiben würde, als ich ihn mit einem

Glas Wasser, einigen Pinseln und zwei Farbspachteln in unterschiedlichen Größen ausstattete. Ich sortierte die kleine Auswahl aus Primärfarben sowie Schwarz, Weiß und Gold neben dem Glas auf der zweiten Etage ein, ehe ich das Stück Plexiglas hervorholte, das ich als Palette benutzen würde und welches ich oben auf den Wagen legte, wo ich es mit ein bisschen durchsichtigem Tape befestigte. Ganz unten fand der geruchlose Verdünner und die Versiegelung für Ölfarben Platz, zu denen ich auch die schlichte Schürze packte, mit der ich meine Kleidung zumindest ein wenig vor meinen sicherlich anfänglich tollpatschigen Malversuchen beschützen wollte.

Als ich die Leinwand auf der Staffelei platzierte und einen Schritt zurücktrat, um mein neues *Atelier* zu betrachten, zitterten meine Finger unkontrolliert. Ob aus Angst oder aus Vorfreude konnte ich nicht sagen, meine Emotionen wie die Primärfarben, die sich vermischten und unzählige neue Nuancen hervorbrachten, für die ich nicht einmal einen Namen hatte.

Zum Glück bewahrte mich die laute Türklingel vor dem komplizierten Labyrinth meiner Gedanken, und ich öffnete dem Fahrer des Lieferdienstes, der meinen Aufzug skeptisch betrachtete, aber nichts sagte, sondern mir stattdessen die Portion *Kimchi Sujebi* aushändigte, die ganz fantastisch duftete. Ich setzte mich an den Küchentresen und aß mein Abendessen, bevor ich zurück zur Leinwand ging, die Augen auf dem unangetasteten Weiß, und mit einem Mal war da nichts mehr in meiner Brust außer dem Willen zu malen, der übermächtig schien, und als ich die erste Tube Farbe öffnete und mir der feine Geruch von Farbpigmenten und Leinöl in die Nase stieg, trat alles andere in den Hintergrund. Die Musik, die aus meinem Handy drang, die Brise, die vom Fenster her kühl über meine Wange strich und der Geschmack meines Abendessens, der noch immer auf meiner Zunge ruhte.

Alles, was ich noch wahrnehmen konnte, waren die vertrauten Holzgriffe der Pinsel zwischen meinen Fingern, während immer mehr Farben vor meinen Augen erblühten, als ich einfach zu malen begann, ohne auch nur einen Gedanken daran zu verschwenden, was genau ich eigentlich malen wollte.

Ich ließ meine Finger einfach über die Leinwand tanzen, jeder Pinselstrich Teil des Ensembles, das ich so sehr vermisst hatte und das mehr und mehr zu einem Stück verschmolz, das eine Geschichte zu erzählen hatte. Und als ich um drei Uhr nachts den Pinsel beiseitelegte und einen Schritt zurücktrat, meine Arme erschöpft, meine Hände beschmiert, aber mein Verstand zum ersten Mal seit Jahren vollkommen still, konnte ich nichts anderes sehen als die Schönheit dieses Augenblicks, in dem ich etwas zurückerobert hatte, das für immer mein hätte sein sollen.

Ich steckte die Hände in die Taschen meiner Schürze, die voller Farbe war, und betrachtete die expressive Komposition aus Mitternachtsblau, Gold, Kirschblütenrosa und Weiß, die ich auf die Leinwand gebracht hatte, und verbot mir jeglichen Gedanken darüber, ob es schön anzusehen war oder ob meine Malerei noch die gleiche Finesse hatte, die man mir damals zugesprochen hatte.

Denn es war egal, ob es brillant war. Es war egal, ob es anderen gefiel. Es war egal, ob ich etwas von meiner Technik oder meinem Können eingebüßt hatte.

Wichtig war allein, dass es existierte. In all seiner rauen Imperfektion, mit den unzähligen Fehlern und dem Übermaß an Emotion, eingefangen in ungelenken Pinselstrichen.

Und ehe ich mich versah, weinte ich. Glühend heiße Tränen rannen meine Wangen hinab und mischten sich dort mit den Überbleibseln von Farbe, unter denen meine Haut spannte, als Erleichterung mich erfasste und mich beinahe in die

Knie zwang, weil ich endlich wieder einen Blick auf die Liebe meines Lebens werfen konnte, die mich so lange verlassen und nach der ich mich so schmerzlich verzehrt hatte.

Ich weinte und weinte und weinte, die Tränen erst von Sturzbächen zu Regentropfen abgeschwächt, als Arme sich um mich schlangen, die gebräunte Haut getaucht in das surreale Violett, das den Himmel kurz vor dem Sonnenaufgang färbte. Hyun-Joons Stimme drang durch den Nebel meiner Gefühle, und ich klammerte mich an ihn, ohne einen Gedanken daran zu verschwenden, wie meine Farben seine Kleidung verschmutzen, als er mich an sich drückte, so als hoffte er, mich in diesem Moment allein mit der Kraft seiner Hände zusammenhalten zu können.

»Ich –« Meine Stimme ging im Schluckauf meiner Schluchzer unter, in das sich ein Lachen mischte, irgendwo gefangen zwischen Trauer, Unglauben und Euphorie und Teil des Kunstwerks in meiner Brust, geschaffen aus Indigo, Schwarz und Flecken von Gold. »Ich habe gemalt.«

»Das sehe ich.« Seine Lippen pressten sich auf meine Stirn, seine Hand in meinem Nacken wie immer Hitze und Kälte zugleich. »Ich bin so stolz auf dich.«

Ich vergrub mein Gesicht an seiner Brust, die Hände fest in sein Shirt gekrallt. Sein Geruch stieg in meine Nase, der sich zu dem der Ölfarben gesellte, bis meine Tränen endgültig versiegten. Als ich den Kopf hob, lächelte Hyun-Joon mich warm an, seine Daumen wischten behutsam die Spuren der Tränen von meinen Wangen und färbten meine Haut weiter mit Pigmenten. Ich schloss die Augen, als er mich zärtlich auf die Augenbraue küsste, und hielt den Atem an, als er zu meiner Nasenspitze weiterwanderte und sich dann mit seinen Lippen in meiner Erinnerung verewigte, offensichtlich wenig von den Farben abgeschreckt, die meine Haut benetzten.

»Weißt du schon, wie du es nennen willst?«, fragte er mich, als er den Kuss löste, der die scharfkantigen Scherben meines Mosaikherzens weiter abschliff.

»Nein.« Ich trat einen Schritt zurück, peinlich berührt, jetzt, wo ich realisierte, wie nah wir uns waren, und dass ich vermutlich seine Arbeitskleidung völlig ruiniert hatte. Als ich meine Vermutung bestätigt sah, das Schwarz von Hyun-Joons Hemd beschmutzt und jenseits jeder Rettung, verzog ich unzufrieden das Gesicht. »Entschuldigung.«

»Mach dir keinen Kopf. Von diesen Hemden hab ich nur ungefähr so sieben Stück.« Er nahm die Hände nicht von meinen Wangen, so als könnte er den Gedanken nicht ertragen, mich in diesem Augenblick nicht zu berühren, während er mich betrachtete. »Komm, lass uns duschen gehen. Du musst die Farbe und ich den Schweiß loswerden.«

Ich nickte, und erst dann ließ Hyun-Joon meine Wangen los, nur um stattdessen meine Hand zu ergreifen, seine Finger fest mit meinen verflochten, als er mich ins Badezimmer führte. Er stellte die Dusche an, das Wasser so warm, dass es den Spiegel beschlagen ließ, und als er mir aus meinen Sachen half, seine Hände der Innbegriff von Sicherheit und Zärtlichkeit, ließ ich mich einfach von dem Herz leiten, das noch immer mutig in meiner Brust schlug und das lautstark nach diesem Mann verlangte, der in mein Leben getreten war, ohne um Erlaubnis zu bitten, und es von seinen Grautönen befreit und stattdessen in unzählige Farben gehüllt hatte. Ich schmiegte mich an ihn, während wir beide nackt unter dem Wasser standen, das die Farben von meiner Haut wusch. Ich vermisste jeden Farbtupfer sofort schmerzlich, doch Hyun-Joon ersetzte jeden davon augenblicklich, indem er seine Lippen auf jeden Millimeter meiner Haut legte, den er erreichen konnte.

Und als ich am nächsten Tag aufwachte, mit dem warmen Licht der Nachmittagssonne auf meiner nackten Haut, meinen Gliedern mit denen von Hyun-Joon verflochten und unzähligen entgangenen Nachrichten auf meinem Handy, die von Hyun-Joons Weitsicht zeugten, mit der er dafür gesorgt hatte, dass niemand uns vermissen würde, wusste ich plötzlich, welchen Titel ich dem Bild geben sollte, das ich gestern aus dem Nichts erschaffe hatte und das vor Schönheitsfehlern nur so strotzte, dessen ungefilterte und raue Existenz allein aber ausreichte, um das Herz in meiner Brust höher schlagen zu lassen.
Wir.

25. KAPITEL

가족 = Familie

»Sicher, dass ich heute Nacht nicht wieder hier schlafen soll?«

»Ja, ich bin mir ganz sicher.« Ich schob Hyun-Joon an den Schultern in Richtung Tür und lachte, als er sich extra gegen mich stemmte, obwohl seine Socken über das glatte Holz glitten, weswegen ich überhaupt nur den Hauch einer Chance hatte, ihn vom Fleck zu bewegen. »Sonst gibt deine Mutter irgendwann noch eine Vermisstenanzeige auf.«

»Das bezweifle ich. Sie weiß, dass es da jemanden in meinem Leben gibt, der alles auf den Kopf stellt.«

Ich rutschte aus, und Hyun-Joon hatte allen Ernstes die Nerven, den Kopf in den Nacken zu legen und laut zu lachen, als er mich an den Schultern abfing, während ich ihn mit geweiteten Augen anstarrte, die Musik im Hintergrund wie der Soundtrack eines dieser Dramen, die David so begeistert guckte und mich mit seinem Enthusiasmus sogar ein wenig angesteckt hatte. »Du hast ihr von uns erzählt?«

»Habe ich.«

»Aber ...« Ich versuchte, seine Worte zu verarbeiten, aber da war nichts weiter als durchsichtiges Cellophan, das einen unglaublichen Lärm in meinem Kopf veranstaltete, jedoch nichts weiter zustande brachte als das: »Aber wieso?«

Der Ausdruck in seinen Augen wurde weich, seine Finger strichen zärtlich meinen Arm hinab, um meine Hände in seine zu nehmen, als wäre ich ein Vogel, den es einzufangen galt, bevor er panisch mit den Flügeln schlagend davonfliegen konnte. »Weil ich dich sehr mag. Und weil ich nicht länger lügen will, wenn es darum geht, wo ich meine Nächte verbringe. Meine Mutter ist nicht auf den Kopf gefallen, und du bist nichts, was ich verstecken muss oder möchte.« Mir blieb der Mund offen stehen, und Hyun-Joon wechselte aufgrund meiner Reaktion unbehaglich von einem Fuß auf den anderen. »Hätte ich dich vorher fragen sollen?«

Ich dachte an die wenigen festen Freunde, die ich bisher gehabt hatte, von denen ich nicht einen einzigen gegenüber meinem Vater auch nur erwähnt hatte, immer in dem Wissen, dass sie eh nie mehr sein würden als Gefährten eines Abschnitts, der oft nicht länger hielt als wenige Monate. »Vielleicht?« Mein Tonfall war fragend, aber eher aus Unsicherheit als aus wirklichem Missfallen. »Ich meine, keine Ahnung. Ich hab das nie gemacht. Also, meiner Familie von meinen Partnern erzählt, meine ich.«

Jetzt war es an Hyun-Joon, mich ungläubig anzusehen, in seinen Augen lag ehrliche Überraschung, aber auch das gleiche Funkeln, das in seinem Blick auftauchte, wann immer ich seine Sachen trug oder er die dunklen Male betrachtete, die sein Mund auf meiner Haut hinterlassen hatte. »Nie?«

»Nein. Nie.« Ich lächelte ein wenig traurig, als mir bewusst wurde, dass ich nun auch nie wieder die Chance dazu haben würde, dabei hätte ich es jetzt das erste Mal vielleicht sogar gewollt. »Und jetzt habe ich keine Familie mehr, der ich von dir erzählen könnte.«

»Das stimmt nicht.« Als ich ihn verwirrt ansah, lächelte er nur. »Du hast Christopher.«

Christopher. Mit dem ich seit sechs Wochen nicht mehr gesprochen hatte, weil ich zu stolz war, um mich zu entschuldigen, auch wenn ich wusste, dass ich es tun musste. Mein emotionaler Ausbruch war vielleicht irgendwie gerechtfertigt, aber dennoch unverhältnismäßig harsch gewesen. Gerade gegenüber dem Mann, der sein Leben lang nichts anderes getan hatte, als loyal hinter mir zu stehen, und dessen aufrichtige, ehrliche, brüderliche Liebe bis jetzt unerschütterlich gewesen war.

»Ich bin mir nicht sicher, ob er noch meine Familie sein möchte.«

Hyun-Joon legte die Hand seitlich an meinen Hals und küsste mich auf die Stirn, seine Lippen waren warm und in diesem Augenblick so tröstlich, dass ich die Augen schloss und zuließ, wie diese sanfte Geste tief in mir widerhallte und einen Teil von mir berührte, den ich vor Hyun-Joon tot geglaubt hatte. »Ruf ihn an und finde es heraus.«

»Meinst du?«

»Jade«, begann er und grinste schief, »wenn du nachts allein halb Seoul durchqueren kannst, um mit einem Mann spazieren zu gehen, den du kaum kennst, dann kannst du auch das.«

Ich gluckste, als ich an unser zweites Date zurückdachte. »Das war schon ein bisschen leichtsinnig von mir, oder?«

»Mehr als nur ein bisschen.« Er schüttelte belustigt den Kopf und wandte sich zum Gehen, sein Hemd war voller Flecken und seine Hose ebenfalls ruiniert, was aber in Kombination mit seinen schicken Anzugschuhen vielleicht von dem ein oder anderen als Fashion-Statement missverstanden werden konnte. »Ruf ihn an. Dann wirst du dich besser fühlen.«

Ich sah ihm dabei zu, wie er nach dem Regenschirm griff, den er brauchen würde, wenn er bis zur U-Bahn-Station nicht völlig durchnässt sein wollte, was mir nur allzu deutlich vor Augen führte, dass er nun tatsächlich gehen und diesem Tag, der sich angefühlt hatte wie ein Traum, mit ihm allein in diesem Apartment und nichts weiter auf der Agenda als einander, ein jähes Ende setzen würde. Ich wollte nicht, dass er ging, doch ich wusste, dass er nach Hause musste. Nicht nur, um seine Sachen zu wechseln, sondern auch um eine Nacht ausreichend Schlaf zu bekommen, damit die dunklen Schatten unter seinen Augen nicht noch schlimmer werden würden, deren volles Ausmaß mir erst so richtig aufgefallen war, als ich ihn im Licht der Nachmittagssonne gesehen hatte, ohne Concealer und ohne die Halbschatten der Nacht, die seine Erschöpfung sonst so gut zu verstecken wussten.

»Schreib mir, wie es gelaufen ist«, bat er mich, die Hand schon auf der Türklinke, jedoch ohne sich einen Millimeter zu bewegen. »Und geh heute mal zu einer halbwegs vernünftigen Zeit ins Bett.«

»Sagt der Mann, der heute bis sieben Uhr morgens arbeiten muss.« Ich rollte mit den Augen, das Lächeln auf meinen Lippen aber ein sicherer Indikator dafür, dass ich alles andere als genervt von seiner süßen Fürsorge war. »Rufst du mich an, sobald du wach bist? Vielleicht können wir ja mit Hyun-Sik in das Aquarium gehen, von dem du erzählt hast. Oder musst du im Café helfen?«

»Langsam habe ich echt das Gefühl, du magst meinen kleinen Bruder lieber als mich«, sagte Hyun-Joon gespielt entrüstet, doch die Entschuldigung, die nun folgen würde, erkannte ich sofort daran, wie seine Mundwinkel sich traurig nach unten zogen. »Die Aushilfe, die meine Mom eingestellt hat, um meine Schichten zu übernehmen, hat überraschend gekündigt, und da gutes Wetter angesagt ist, werde ich im Café gebraucht werden, sobald ich aufgestanden bin. Tut mir leid.«

»Kein Problem. Übertreib es nur nicht, okay?«

»Niemals.« Er sah mich an, das Schweigen nur unterbrochen von dem Song aus meinem Handy, ehe er schwer einatmete. »Ich will wirklich nicht gehen.«

»Und ich will nicht, dass du gehst, aber du musst nach Hause und dich umziehen.« Ich legte ihm die Hand auf den Unterarm und küsste ihn zum Abschied auf die Lippen, der Absatz ungewohnt, sodass ich mich wieder auf die Hacken sinken ließ, obwohl ich automatisch auf die Zehenspitzen gegangen war, um meinen Freund zu küssen, was er nur mit einem belustigten Hüsteln quittierte. »Und richte In-Jae bitte aus, dass es mir leidtut, dass er meinetwegen Hyun-Sik heute überraschend abholen musste.«

»Ich bin mir sicher, dass es ihm nichts ausgemacht hat, aber ich werde es ihm trotzdem ausrichten.« Er sah mich an und legte die Hand an meine Wange. »Vergiss nicht, was du mir versprochen hast.«

Ich sah über die Schulter, obwohl ich eigentlich wusste, dass man die Staffelei von der Wohnungstür aus gar nicht sehen konnte. »Ich habe es nicht vergessen. Aber willst du wirklich eins meiner Bilder haben? Ich meine, ich bin total aus der Übung, und ich bin mir sicher, dass es bessere Maler gibt.«

»Ja, ich bin mir sicher. Außerdem haben wir ein Deal: ein Gemälde von dir gegen gerahmte Abzüge von mir.«

»Okay.« Ich küsste ihn noch einmal, doch als er die Arme um meine Taille schlingen wollte, entwand ich mich ihm schnell, mir nur allzu bewusst, wo das enden würde, wenn ich ihm noch einen weiteren Kuss erlaubte. »Und jetzt verschwinde.«

Hyun-Joon zog eine Augenbraue hoch, in den Augen ein Ausdruck der Belustigung, während auf seinen Lippen ein selbstzufriedenes Grinsen lag. »Okay. Kommst du morgen im Café vorbei?«

»Vielleicht.« Ich biss mir auf die Unterlippe. »Aber nur, wenn deine Mom nicht da ist.«

»Okay. Ich würde gerne sagen, dass ich ja einfach so tun könnte, als wärst du nur irgendein Gast, aber das wäre eine dreiste Lüge.« Er zog die Tür auf und trat hinaus auf den Flur. Seine Hand ruhte noch einen Moment auf dem dunklen Holz, während er mir fest in die Augen sah. »Liebling?«

Wieder machte mein Herz einen Satz, auch wenn es heute nicht das erste Mal war, dass ich diesen eher altmodischen Kosenamen hörte, den Hyun-Joon für mich gewählt hatte. »Ja?«

»Ruf deine Familie an.« Er ließ die Tür los und hob ein letztes Mal die Hand zum Gruß, bevor ich hörte, wie seine Schritte sich entfernten, bis die Tür ins Schloss fiel und dieses sofort wieder zu seiner Melodie ansetzte.

Ich wandte mich um und schlurfte zögerlich zum Küchentresen, auf dem noch die Überreste unseres Abendessens standen, das aus einfachen *Ramyeon* aus dem Gemischtwarenladen meines Wohnkomplexes bestanden hatte, auch wenn wir uns mit den hinzugefügten Eiern und zwei Käsescheiben schon echten Luxus gegönnt hatten. Mein Handy kam mir plötzlich vor wie das Experiment um Schrödingers Katze, in dem meine Beziehung zu Christopher noch intakt war, solange ich nicht zum Hörer griff, obwohl ich wusste, dass ich damit einzig und allein mich selbst hinters Licht zu führen versuchte.

Denn meine Beziehung zu Christopher war nicht intakt. Sie war beschädigt, wie eine Leinwand, bei der sich das gespannte Leinen an einer Stelle gelöst hatte. Und jetzt war es an mir, festzustellen, ob ich den Stoff einfach wieder festtackern konnte oder ihn für immer vom Rahmen herunterreißen musste, der ihn bisher gehalten hatte.

Bevor ich weiter darüber nachdenken konnte, griff ich nach dem Smartphone und wählte in meinen Favoriten den richtigen Kontakt aus. Das Freizeichen erklang sofort, und ich spähte zur Uhr, und der Mut verließ mich. Es war kurz nach sieben Uhr an einem Freitagabend, was bedeutete, dass es bei Chris kurz nach elf am Morgen war, was wiederrum bedeutete, dass mein bester Freund wahrscheinlich gerade wieder bis zur Hüfte in einer Maschine steckte, in dem verzweifelten Versuch, sie zu reparieren, damit sie die Produktion wieder aufnehmen konnte.

Ich hatte all meinen Mut also völlig umsonst zusammengenommen, was bedauerlich war, weil ich nicht wusste, ob ich ihn noch mal aus seinem Versteck würde hervorlocken kö…

»Jay-Jay.« Ich hielt den Atem an, als ich Christophers Stimme hörte, die angespannt klang.

»Christopher«, sagte ich überrascht und linste erneut zur Uhr, in der Annahme, dass ich mich vielleicht verguckt und Chris in seiner Mittagspause erwischt hatte, doch die Uhr zeigte ganz eindeutig sieben an. Instinktiv stellte ich mich gerader hin, ein Gefühl der unguten Vorahnung tief in meiner Brust, das ich nicht abschütteln konnte, vor allem weil Chris gerade zwar abgekämpft, aber nicht krank geklungen hatte.

»Was ist passiert?« Angestrengt horchte ich in die Stille, doch ich hörte weder Fabrik- noch Straßenlärm. Erst glaubte ich, dass da Stimmengewirr im Hintergrund war, doch als ich genauer hinhörte, erkannte ich Christophers Lieblingsradiosender, der aus blechernen Boxen dudelte, dessen Klang mich verdammt an das demolierte und in die Jahre gekommene Radio in Chris' Küche erinnerte.

Er war also zu Hause. An einem Freitagmorgen. Ich versuchte, mich an die einfältige Hoffnung zu klammern, dass er vielleicht Urlaub hatte, doch ich wusste auch, dass er seine achtundzwanzig Tage immer zur selben Zeit nahm. Zwei Wochen über Ostern, um Lindas Mutter oben in Wick zu besuchen, eine Woche im September, um ihren Jahrestag zu feiern, und dann noch mal zwei Wochen über Weihnachten und Neujahr, um alle familiären Feierlichkeiten unter einen Hut zu kriegen, während er die übrigen paar Tage für Notfälle in der Hinterhand behielt. Wir hatten allerdings erst Mai, und sein anhaltendes Schweigen trug nicht gerade zu meiner Beruhigung bei.

»Christopher?«, fragte ich besorgt und nahm mein Handy vom Ohr, um zu überprüfen, ob er noch in der Leitung war, die Verbindung bestand noch, also führte ich es zurück an mein Ohr. »Chris, was ist los?«

»Ich hab schon angenommen, du rufst nie wieder an.«

»Es tut mir so leid, Chris.« Schuld erfasste mich, eiskalt und ohne jede Gnade, und ich schlang einen Arm um mich selbst, um mich gegen diese Kälte zu wappnen. »Ich hätte anrufen sollen, um mich zu entschuldigen, aber ich hatte solche Angst, dass du mich zum Teufel jagen würdest, dass ich mich nicht getraut habe. Ich kann dich nicht auch noch verlieren, Christopher.«

»Jay-Jay.« Chris klang erschöpft, und ich hätte gerade alles darum gegeben, mit ihm in einem Raum zu sein, seine blauen Augen direkt vor mir zu haben, in denen ich so viel leichter lesen konnte als in dem Ton seiner Stimme, die mir nach sechs Wochen Funkstille gleichermaßen ungewohnt wie tröstlich vorkam. »Ich würde dich nie zum Teufel jagen. Ganz egal wie sehr wir uns auch in die Wolle kriegen. Du kannst mich niemals verlieren. Nicht wegen so etwas.«

Ich schluckte schwer, für einen Augenblick unfähig, auch nur irgendetwas über die Lippen zu bringen, außer der einen Sache, die ich schon hatte sagen wollen, seitdem unser letztes Gespräch so aus den Fugen geraten war. »Es tut mir leid, Chris. Ich hätte nicht so ausflippen dürfen. Ich weiß, dass du nur das Beste für mich willst, und anstatt dich wie ein bissiger Hund anzufallen, hätte ich einfach mit dir reden sollen.«

»Und ich hätte dich nicht so in die Ecke drängen sollen. Ich kenne dich lange genug, um zu wissen, dass dich das rasend macht. Vollkommen egal, ob ich das Beste für dich wollte, ich hätte es sensibler angehen müssen.« Christopher atmete tief aus, ob aus Erleichterung oder Schuld, war schwer zu sagen, ich hoffte jedoch auf Ersteres, denn das Letzte, was ich wollte, war, dass er sich Vorwürfe wegen etwas machte, das er bloß aus Sorge um mich gesagt hatte. »Mir tut es auch leid, Jay-Jay.«

Ich schniefte, meine Augen brannten, aber ich blinzelte die Tränen weg, die versuchten, sich über meine Wangen zu stehlen. »Ich hab dich lieb, Chris.«

»Ich dich auch, Jay-Jay.« Christopher stockte, seine sonst eher beherrschte und kühle Stimme war voller Emotionen. »Du fehlst mir so.«

Das ließ mich aufhorchen. Christopher sprach nur in absoluten Ausnahmesituationen über seine Gefühle. Irgendetwas stimmte nicht. »Was ist los?«

Er lachte, aber es klang so bitter und freudlos, dass ich zusammenzuckte. »Das ist echt nicht die Art Gespräch, die ich mit dir führen wollte, wenn du endlich aus deinem Schneckenhaus kriechst und dich bei mir meldest.«

»Christopher, was ist los?« Ich umklammerte die Kanten meines Smartphones fester, die Panik jetzt greifbar, wo ich seine Stimme kaum als seine eigene erkannte. »Du kannst mir immer alles erzählen. Auch wenn ich am anderen Ende der Welt – «

»Ich hab meinen Job verloren, Jay-Jay.«

Gequält schloss ich die Augen, ich wusste genau, was das hieß, da Linda und er keine Rücklagen hatten und einzig und allein von seinem Gehalt lebten, weil sie keine Anstellung fand, und ihr Aushilfsjob nicht genug einbrachte, um sich irgendein Polster anzulegen. »Wann?«

»Letzten Monat.« Ich hörte das leise Klicken einer Tür und dann das Quietschen der Federn seines Bettes, als er sich vermutlich auf die Kante sinken ließ. »Der Boss hat die Firma vor die Wand gefahren. Insolvenz. Hat alle entlassen. Die

Abfindung ist ein schlechter Witz und ist schon so gut wie verbraucht. Das bisschen, das wir auf der hohen Kante liegen haben, reicht im Leben nicht für die nächste Zeit, und ich versuche, einen Job zu finden, aber du weißt ja, wie es ist. Und Linda ...« Er schluckte schwer, doch ich hörte die Tränen auch so aus seiner Stimme heraus. »Linda macht sich solche Vorwürfe, dass sie wieder einen depressiven Schub hat und nur auf der Couch liegen und schlafen kann, sodass von ihrem Nebenjob auch nix reinkommt. Jade, ich ...«, er würgte die Worte heraus, so als würde er an ihnen ersticken, »... ich weiß nicht, was ich machen soll. Ich weiß nicht, wie ich die nächsten Wochen überstehen soll oder wie wir unsere Miete bezahlen sollen. Ich war bei der Bank, um einen Kredit aufzunehmen, bekomme aber natürlich keinen. Und beim Amt war ich auch, aber das dauert Monate, und selbst dann ...«

»... reicht es weder zum Leben noch zum Sterben. Ich weiß, Chris. Ich weiß.« Immerhin war ich selbst an seiner Stelle gewesen, hatte bei Ämtern um Gelder gebettelt und Kredite aufgenommen, unsere Wohnung und die Werkstatt belastet, mit Hypotheken, die ich noch eine ganze Weile abbezahlen würde und die überhaupt nur der Grund dafür gewesen waren, dass ich den Job in Südkorea angenommen hatte. »Sag mir, was du brauchst, Christopher. Sag mir, was ich tun kann, und ich tue es.«

»Zuhören reicht schon.« Er schniefte. »Ich will Linda nicht zeigen, wie sehr mich das belastet. Du weißt, wie instabil sie ist, und ich kann sie nicht verlieren. Ich kann einfach nicht.«

Ich schloss die Augen, um das Bild von all dem Blut zu vertreiben, das den Badezimmerboden rot gefärbt hatte, kurz nachdem sie beide zusammengezogen waren, und was Christopher und mir offenbart hatte, dass die extrovertierte und lebensfrohe Linda nicht das war, was sie vorgegeben hatte zu sein. Rot mischte sich mit Orange, und in meinem Kopf explodierte erneut das Rascheln, für das ich jetzt keine Zeit hatte, also kniff ich mir selbst in den Handrücken, um mich im Hier und Jetzt zu halten, anstatt meinen traumatischen Erinnerungen in den düsteren Kaninchenbau zu folgen, aus dem sie gekrochen waren, und setzte mich stattdessen auf den Barhocker. Ich stellte mich gefühlsmäßig schon mal auf eine lange Nacht ein.

»Okay. Ich bin bei dir«, versicherte ich ihm und sah über die Schulter zu dem Gemälde, aus dem ich automatisch Kraft schöpfte. »Du bist nicht allein.«

Stundenlang sprachen wir miteinander, unser Streit war vergessen, als wir uns darauf besannen, was unsere Beziehung all die Jahre ausgemacht hatte: Dass wir füreinander da waren, wenn es hart auf hart kam. Und so zögerte ich keine Sekunde, als unser Telefongespräch um ein Uhr nachts endete, sondern öffnete den Chat mit Hyun-Joon, nicht gewillt, klein beizugeben und Chris nur mein Ohr zu leihen, wenn er die letzten vier Jahre so viel mehr für mich getan hatte als das. Denn Hyun-Joon hatte recht. Christopher war meine Familie. Und das würde er auch immer bleiben, ganz gleich, was auch geschah.

Und für seine Familie tat man alles. Auch wenn man dabei eventuell selbst auf der Strecke bleiben würde.

Jade: *Hey, Joon. Kannst du mir helfen, eine Bewerbung zu schreiben?*

26. KAPITEL

장마철 = Regensaison

Der Mai endete, machte Platz für den Juni und damit auch für die Regensaison, die die Straßen von Seoul in trübe Spiegel verwandelte, in denen fleckige Hosenbeine und nasse Knöchel regierten, und die Kinderlachen provozierten, wann immer eines von ihnen Füße voran in die Pfützen sprang. Die Luft war schwül und klamm, wie ein graues Becken, durch das man watete, das aber auch ohne Sonnenschein mit allen möglichen bunten Farben aufzuwarten wusste, die Regenschirme wie Blumen, die im Großstadtdschungel erblühten, sobald das leise Trappeln von Regen auf Asphalt zu hören war.

Meine Beine fühlten sich an wie Blei, als ich mich die Treppen der U-Bahn-Station hinaufquälte, mit meinem Regenschirm bereits in der Hand und dem Handy am Ohr, das mir wie die letzte verbliebene Verbindung zur Welt der Lebenden vorkam, während ich selbst wie ein Zombie durch die Straßen streifte, der in seine Einzelteile zerfiel und trotzdem immer weitermachen musste, ungeachtet der Tatsache, dass er nichts weiter war als ein Schatten seiner früheren Existenz.

»Jade, das ist doch nicht gesund.« Laurens Stimme war voller Sorge und färbte die grauen Pfützen auf den Stufen in tiefes Dunkelblau, als ich aus der U-Bahn-Station in den Regen trat, vor dem mich mein kleiner Schirm kaum zu schützen vermochte. »Irgendwann fällst du noch um.«

»Quatsch.« Ich hielt das Handy etwas weiter von meinem Ohr weg, damit Lauren das Gähnen nicht hören konnte, das mir entschlüpfte. »Irgendwie geht das schon.«

»Du machst den Job im *Hagwon* jetzt seit fünf Wochen und bist fix und fertig. Du unterrichtest fünf Tage die Woche von morgens halb neun bis abends um zehn, mit gerade mal zwei Stunden Pause dazwischen, wovon du an drei Tagen eine dafür nutzt, Hyun-Sik nach Hause zu bringen und zum *Hagwon* zu fahren. Das kann nicht lange gut gehen.«

Ich verkniff mir den bissigen Kommentar, dass ich nicht wirklich eine Wahl hatte und es eine Weile lang würde gut gehen müssen, sondern lächelte nur müde. Mir war klar, dass es allein liebevolle Sorge war, die Lauren dazu brachte, sich in mein Leben einzumischen, das sich immer weniger wie mein eigenes anfühlte. Ich dachte an die Kids in meinem Unterricht im *Hagwon*, einem privaten Lehrinstitut, das die Schüler nach dem regulären Unterricht gegen eine beachtliche monatliche Summe in allen möglichen Fächern weiterbildete, und drückte die Schultern durch. »Im Vergleich zu den Kids komme ich noch gut weg, Lauren. Die meisten der Highschoolschüler, die ich abends unterrichte, machen nach dem Unterricht bei mir noch zwei Stunden lang ihre Hausaufgaben. Vor Mitternacht sind die wenigsten von ihnen im Bett.«

»Du schaffst es doch auch nicht eher in die Federn.« Sie schnaubte, ein klares Zeichen dafür, dass sie frustriert war, was ich durchaus verstehen konnte. Wären unsere Rollen vertauscht, würde es mir sicher nicht anders gehen, zerfressen von der Sorge um eine Freundin, der die tiefsitzende Erschöpfung ins Gesicht geschrieben stand und die ich in den vergangenen Wochen kaum zu Gesicht bekommen hatte. »Es ist jetzt halb elf. Ehe du was gegessen, geduscht und alles für den morgigen Tag vorbereitet hast, ist es höchstwahrscheinlich halb eins.«

Bei dem Gedanken an Essen gab mein Magen ein lautes Grummeln von sich, begleitet von einer Übelkeit, die mich mal wieder daran hindern würde, mehr als ein paar Bissen runterzukriegen, ganz egal wie schmackhaft es auch sein mochte. Die dunkle Straße, durch die ich wanderte, um zu meinem Apartmentkomplex zu kommen, verschwamm vor meinen Augen zu einem Wackelbild, das zwischen dunklem Asphalt und grauem Linoleum hin und her wechselte. Der Geruch von Desinfektionsmittel schlich sich in meine Nase, und ich sah auf meine Hand hinab, die noch immer den kühlen Griff meines Regenschirms umklammerte, die sich aber mit einem Mal wieder so warm anfühlte wie an den unzähligen Tagen, an denen ich Pappbecher darin festgehalten hatte, die Instantnudeln unangetastet, weil ich im Sitzen immer wieder eingeschlafen war, ohne auch nur einen Bissen herunterzukriegen.

Hektisch schüttelte ich den Kopf, verdrängte die Erinnerungen, die jetzt, wo ich kaum Ablenkungen hatte, ihren Weg immer häufiger zurück in meine Träume fanden, mein Hirn offensichtlich nie erschöpft genug, um die Trauer und die Hilflosigkeit der letzten Jahre wirklich loszulassen, an die ich vor meinen Doppelschichten kaum gedacht hatte. »Ich wäre auch sonst so lange wach geblieben.«

»Ja, aber um deine Batterien aufzuladen.« Sie hielt inne, ihr Atem ging schwer, als ich leises und beruhigendes Flüstern im Hintergrund vernahm, das mir nur allzu vertraut war, und ich hätte Yeo-Reum dafür umarmen können, dass sie Laurens Sorge zu bändigen versuchte. »Ich hab einfach Angst, dass du dich völlig übernimmst und irgendwann umkippst.«

Ich hielt den Regenschirm fester, als die Tropfen wie Kugelhagel auf meinen sonnengelben Schirm einprasselten. »Dafür braucht es schon ein bisschen mehr als ein paar Doppelschichten, Lauren.«

»Es sind aber nicht nur die, Jade. Der dauerhafte Stress und der fehlende Ausgleich werden dir früher oder später das Genick brechen, wenn du nicht langsam mal ein bisschen kürzertrittst.« Laurens Ton war eindringlich und beinahe flehend, so als wollte sie unbedingt zu mir durchdringen. »Wann hast du das letzte Mal gemalt oder Zeit mit einem von uns verbracht? Und wann hast du Hyun-Joon zuletzt gesehen? Und damit meine ich nicht, dass du ihn abends kurz zu Gesicht bekommst, bevor ihr beide todmüde ins Bett fallt, wenn er unter der Woche bei dir schläft. Ich spreche von Freizeit, in der ihr einfach nur euer Zusammensein genießt, ohne an irgendetwas anderes zu denken.«

Ich presste die Lippen fest aufeinander, unfähig, auch nur ein Wort zu meiner Verteidigung vorzubringen, denn Lauren hatte recht. Seitdem ich die Doppelschichten machte, um Chris Geld zu schicken und ihm damit über die Runden zu helfen, hatte ich kaum Zeit für irgendetwas anderes gehabt, all meine Gedanken nur fokussiert auf meinen Kontostand, mit dem ich versuchte, seinen im Plus zu halten, wofür ich scheinbar bereit war, nicht nur mein eigenes, sondern auch Hyun-Joons Glück aufs Spiel zu setzen.

Christopher hatte sich erst mit Händen und Füßen gegen meine Hilfe gewehrt, bis er endlich begriffen hatte, dass er sie brauchte, wenn er nicht endgültig in die Armut abdriften wollte, die schon immer an Lindas und seiner Tür gekratzt hatte. Wir telefonierten so oft wir konnten, seine Sorgen lasteten so schwer auf ihm, wenn er mir davon berichtete, wie schwer es war, eine vernünftige Arbeit zu finden, und ihm nichts anderes übrig blieb, als mies bezahlte Knochenjobs auf Baustellen anzunehmen, um irgendwie klarzukommen, und zeitgleich noch Bewerbungen zu schreiben. Linda hingegen hatte die Nachricht von Chris' Arbeitslosigkeit mit voller Wucht zurück in ihre Depression befördert, die sich wieder wie ein dunkler Schatten über den kleinsten Funken Freude in ihrem Innersten legte und sie ans Bett kettete, das sie kaum verlassen konnte.

Gedanklich war ich also mehr in London als in Seoul, wodurch mein Leben hier zu einem abrupten Stillstand gekommen war, aus dem ich mich selbst kaum zu befreien vermochte. Ich versuchte es zwar, doch meist blieb es genau dabei: einem halbherzigen Versuch.

»Ich male. Am Wochenende«, murmelte ich leise, um überhaupt irgendetwas zu diesem Thema zu sagen, während ich den Hügel hinauf zu meinem Apartmentkomplex ging. »Und Hyun-Joon sehe ich auch hin und wieder, wenn seine Mutter nicht im Café ist.«

»Wo er arbeitet und du nur am Tisch sitzt, Kaffee schlürfst und zeichnest.« Lauren seufzte schwer. »Jade, das ist doch kein Zustand. Wenn du so weitermachst, dann geht das mit euch beiden nicht mehr lange gut.«

Allein der Gedanke, dass das mit Hyun-Joon und mir enden könnte, brachte mich ins Straucheln und ließ solch einen intensiven Schmerz in meiner Brust explodieren, der mir vollkommen den Atem raubte. Wir bemühten uns, die Zeit, die wir nicht miteinander verbringen konnten, mit Nachrichten und Anrufen wettzumachen, aber das war natürlich nicht das Gleiche wie die Abende und Nachmittage, die wir bisher miteinander hatten verbringen können, unbehelligt von der harschen Realität des Lebens. Was zuvor so leicht erschienen war, war jetzt ein Kraftakt aus gestohlenen Küssen auf dem Gehweg, wenn ich Hyun-Sik zu ihm brachte, kurzen Telefonaten, mit denen wir einander auf unseren Wegen begleiteten, und gemurmelten Begrüßungen an der Wohnungstür, wenn er bei mir übernachtete.

Ich atmete flach, während die Scherben des Mosaiks gegeneinander rieben, der Klebstoff zwischen ihnen viel zu dünn, sodass klitzekleine Teile bereits wieder begannen, abzusplittern, die sich sofort wieder in mein Fleisch bohrten, als wollten sie mich daran erinnern, wie Verlust sich anfühlte, der hinter jeder Ecke lauerte. Als hätte ich das auch nur eine Sekunde lang vergessen. »Mitte Juli sind Schulferien. Dann hab ich wieder etwas mehr Zeit.«

»Die dauern aber nur vier Wochen, und dann geht der ganze Spaß von vorne los.« Lauren zögerte einen Augenblick, so wie immer, wenn sie eine unumstößliche Wahrheit aussprach, die wehtun würde, und ich wappnete mich für ihre Worte. »Jade, ich finde es toll, dass du versuchst, deinem Sandkastenfreund aus der Patsche zu helfen, aber du musst auch an dich denken. Du hast nur dieses eine Leben und das solltest du primär für dich leben und nicht für irgendjemand anderes.«

Unvermittelt blieb ich stehen, und als ich blinzelte, stand ich nicht mehr am Tor zu meinem Apartmentkomplex, versteckt in den Schatten der Mauern. Nein, ich war in London, hielt kalte, knochige Finger in meinen Händen und bemühte mich, den herben Geruch von Verzweiflung zu ignorieren, der allem anzuhaften schien, was einst warm und süß gewesen war.

Jellybean, du musst mir etwas versprechen.

Ich rang nach Luft und schwankte, die Hand, in der ich mein Handy hielt, reagierte gerade noch schnell genug, um sich an der Mauer abzufangen, bevor meine Beine unter mir nachgeben konnten. Nur entfernt hörte ich die Stimme, die laut aus dem Handy plärrte, während meine Atmung sich beschleunigte.

Wenn es so weit ist, dann lass mich gehen. Du kannst mich mitnehmen, wohin du willst. Eingeschlossen hier drinnen. Aber bitte, bitte halt mich nicht länger fest, okay?

Ich würgte, doch nichts kam hoch, und ich schaffte es so gerade noch, aufzulegen, bevor ich Lauren noch weiter an diesem Augenblick der Schwäche teilhaben ließ, gegen den ich nichts ausrichten konnte, als er mich in die Untiefen der Trauer hinabzerrte, die ich bisher, so weit wie nur möglich, von mir weggeschoben hatte. So als würde sie nicht existieren, obwohl sie mich, gemeinsam mit all meinen Erinnerungen, nie verlassen hatte.

Wir wussten beide, dass das hier passieren würde. Ich kann dir nicht mehr länger dabei zusehen, wie du dein Leben für mich wegwirfst. Ich will, dass du dein Leben lebst. Für dich. Und nur für dich. Du hast nämlich nur dieses eine.

Ich sackte nach vorn, hielt mich nur mit den Händen auf den Knien aufrecht, während mein sonnengelber Regenschirm meinen Fingern entglitt, und über den grauen Asphalt fortwehte. Der Regen prasselte auf mich herab und hielt mich doch nicht im Hier und Jetzt. In diesem Moment war ich eine Gefangene meiner eigenen Erinnerungen, die ich versucht hatte, in eine Kiste zu sperren, gemeinsam mit all den Dingen, die ich fühlte, denen ich aber seit dem Tod meines Vaters ihre Existenz versagt hatte, die sie jetzt mit einem Mal und mit voller Wucht einforderten.

Und ich finde, wir haben beide lange genug gekämpft, Jellybean. Aber jetzt bin ich müde. So unendlich müde. Also lass mich gehen, okay? Lass mich gehen, leb dein Leben und behalt mich in deinem Kopf und in deinem Herz, ja? Dann bin ich immer bei dir, ganz egal, wohin du gehst.

Meine Welt färbte sich orange. Das Rascheln von Pillen, von denen viel mehr in dem kleinen Röhrchen waren als der vorgeschriebenen zwei, füllte meine Ohren. Ich sah die zitternde Hand, die nach dem leeren Wasserglas griff. »Dad.«

Jellybean, es ist Zeit.

»Dad.« Ich würgte, als ich es wieder vor mir sah, diesen Moment, in dem ich sein Wasserglas füllte, auf seinen Lippen ein zufriedenes Lächeln, als er mir bestätigend zunickte. »Dad, es tut mir leid.«

Es gibt nichts, was dir leidtun muss. Ich liebe dich, Jellybean. Und vergiss nicht, was du mir versprochen hast.

Warme Hände auf meinen Schultern katapultierten mich zurück ins Hier und Jetzt, weg von den widerhallenden Schritten in meinem Kopf, als ich das Zimmer meines Vaters verließ, während Tränen wie Sturzbäche über meine Wangen flossen. Das taten sie auch jetzt. Ich versuchte sie fortzublinzeln, doch sie mischten sich mit dem Regen, und meine Welt blieb verschwommen, auch wenn der orangene Schleier sich lüftete.

»Jade.« Hyun-Joons Stimme war sanft, aber eindringlich, als er mich aufrichtete, seine Hände sicher, während sie mich hielten, ohne dass ich ins Schwanken geraten konnte. Er trug ein weites, schwarzes Shirt und eine der Jogginghosen, die er bei mir in der Wohnung gelagert hatte, beides im Bruchteil einer Sekunde vollkommen durchnässt vom Regen. Nur am Rande nahm ich wahr, dass das wohl bedeutete, dass Hyun-Joon endlich von dem Code Gebrauch gemacht hatte, den ich ihm vor Wochen anvertraut hatte, und dass meine Nachricht heute Mittag mit einem einfachen *Ich vermisse dich* genügt hatte, um ihn zu mir zu bringen. »Lauren hat mich angerufen und mir gesagt, dass die Verbindung zwischen euch abgebrochen ist. Was ist passiert?«

Ich sah in sein Gesicht, das mir mittlerweile so vertraut war wie mein eigenes, und etwas in meinem Kopf explodierte, als ich an die Worte dachte, die Lauren zu mir gesagt hatte, bevor meine Erinnerungen von mir Besitz ergriffen hatten.

Wenn du so weitermachst, dann geht das mit euch beiden nicht mehr lange gut.

Ein lautes Schluchzen entrang sich meiner Kehle, und ich schlang die Arme fest um Hyun-Joons Taille, während ich mein Gesicht an seiner Brust vergrub. Panik flutete jeden einzelnen meiner Gedanken, und ich krallte die Hände fest in Hyun-Joons Shirt, als wäre er aus Sand, der durch meine Finger floss, obwohl er doch direkt vor mir stand. Denn ich wusste, dass alles im Bruchteil eines Augenblicks vorbei sein konnte, ganz egal wie sehr man dagegen ankämpfte.

Ich spürte Hyun-Joons Hand auf meinem Hinterkopf, während sein anderer Arm sich fest um meinen Rücken schlang, als er mich an sich drückte, so als wollte er in diesem Augenblick genauso wenig Raum zwischen uns lassen wie ich. Der Geruch seines Parfüms mischte sich mit dem Duft von Regen, und ich sog ihn tief ein, längst vertraut mit der Note aus Wildleder und Thymian, die mein ganzes Sein einzunehmen schien, wann immer er mir nahe war.

»Es ist okay.« Hyun-Joons ruhige und tiefe Stimme drang durch den Nebel meiner Panik und verankerte mich fest in seinen Armen und seiner ganzen Präsenz, in die ich mich in diesem Augenblick einfach fallen lassen wollte. »Ich bin hier, Jade. Es ist okay.« Sanft wiegte er mich im Arm, murmelte weitere süße Nichtigkeiten in mein Ohr, die ich kaum verstand, die mich aber hier bei ihm hielten und mich mit einer Wärme erfüllten, für die ich keinen Namen hatte, in der ich mich aber verlieren wollte, bis die Kälte der Erinnerungen aus meinen Knochen schwand.

Ich wusste nicht, wie lange wir so in der Dunkelheit standen, mitten im Regen und ohne dass sich einer von uns auch nur einen Millimeter bewegte. Als ich irgendwann den Kopf hob, um Hyun-Joon in die Augen zu sehen, wusste ich, dass es bedeutungslos war, wie wenig wir uns in letzter Zeit sahen. Denn alles, was zählte, war, was wir füreinander empfanden.

Und auch wenn ich bisher nicht den Mut gehabt hatte, es auszusprechen, hoffte ich, dass er es wusste.

Hyun-Joon löste die Hand von meinem Hinterkopf und strich mir eine der verirrten Strähnen aus der Stirn, die nass an mir klebten. »Komm«, flüsterte er, »lass uns reingehen.«

»Okay.«

Ich war ihm dankbar dafür, dass er keine Fragen stellte, sondern einfach den Regenschirm und mein Handy aufhob, ehe er den Arm um meine Schultern legte und mich zurück zum Apartmentkomplex führte. Wir schwiegen, seine Lippen auf meiner Schläfe, als wir im Fahrstuhl nach oben fuhren, und auch dann noch, als wir gemeinsam unter der Dusche standen, um den kalten Regen abzuwaschen. Anstatt zu reden, ließen wir einander keine Sekunde aus den Augen, so als bräuchten wir beide die Nähe, die der jeweils andere geben konnte, und ich ließ zu, dass Hyun-Joon mir das Haar föhnte, während ich auf dem Boden vor dem Bett zwischen seinen Beinen saß, den Blick auf die Staffelei gerichtet, auf der eine Leinwand stand, die ich in den letzten Tagen mit düsteren Blau-, Grau- und Schwarztönen gefüllt hatte, wann immer ich nicht zu müde gewesen war, um einen Pinsel in die Hand zu nehmen. Diesem Bild fehlten die üblichen Goldtöne, die sich sonst in meine Kunst schlichen, und ich fragte mich, wie viel von den schimmernden Pigmenten noch in der Tube übrig waren. Gott, ich konnte mich kaum noch daran erinnern, wann ich sie überhaupt zuletzt benutzt hatte.

»Möchtest du darüber reden?« Hyun-Joon riss mich aus meinen Gedanken, und ich schüttelte sofort den Kopf, ohne auch nur eine Sekunde darüber nachdenken zu müssen.

»Nein.« Ich räusperte mich, um meine Stimme über das laute Surren des Föhns erheben zu können. »Noch nicht. Irgendwann. Aber nicht jetzt.«

Hyun-Joons Hand in meinem Haar hielt einen Augenblick lang inne, und ich verspannte mich, ängstlich vor dem Moment, in dem er beschloss, dass es genug und seine Geduld am Ende war. Doch dieser Augenblick kam nicht. Stattdessen schaltete Hyun-Joon lediglich den Föhn aus und legte ihn zurück auf das kleine Tischchen neben meinem Bett. »Möchtest du denn etwas essen?«

Ich lehnte meinen Kopf gegen sein Knie und schloss die Augen, genoss die Wärme seiner Haut und die Stärke und Sicherheit, die er ausstrahlte, während das Wissen, dass er mir die Zeit geben würde, die ich brauchte, um mich ihm zu offenbaren, mich wie ein goldenes Licht erfüllte. Meine Fingerspitzen zuckten, aber ich war zu müde, meine Augen zu schwer, um sie noch viel länger offen halten zu können. »Nein. Um ganz ehrlich zu sein will ich einfach nur ins Bett.«

»Alles klar.« Hyun-Joon griff sich eines der Haarbänder, die oben auf dem Kopfteil meines Bettes lagen und begann, mein Haar zu flechten, so wie ich es jeden Abend tat, bevor ich ins Bett ging, ehe er den Zopf über meiner Schulter drapierte und mich auf den Scheitel küsste. »Dann lass uns schlafen.«

»Okay.« Ich brauchte einen Moment, bis ich aufstehen konnte, mein Verstand sowie mein Herz waren vollkommen ausgelaugt. Doch das alles war vergessen, als ich gemeinsam mit Hyun-Joon im Bett lag, sein Körper dicht an meinem und unsere Glieder miteinander verflochten, als wären wir nicht zwei Personen, sondern eine. »Danke, Joon.«

»Gerne, Jade.« Seine Hand strich über meinen Hinterkopf, und er summte leise vor sich hin. Den Song kannte ich nicht, vermutlich war es einer von Hyun-Joons Lieblingsliedern, die ich selten kannte, die mir mit ihrer traurigen Melancholie aber immer direkt unter die Haut gingen.

Es brauchte nicht einmal den Bruchteil einer Sekunde, bis

mir die Augen zufielen, mein ganzer Körper erfüllt von wilder Erschöpfung, die in Hyun-Joons Armen sanfte Linderung erfuhr, und ich atmete schwer aus, so als hätte ich unbewusst den ganzen Tag die Luft angehalten. Immer weiter driftete ich in eine wohlige Schwärze ab, und meine Zunge formte Worte, die mein Mund zuvor nicht zu sagen gewagt hatte, von meinem Stolz in schwere Ketten gelegt, die ich nur in der verletzlichen Sicherheit der Dunkelheit abzulegen vermochte, wenn mein Verstand längst mit einem Bein im Traumland war. »Verlass mich bitte nicht.«

Stille folgte, und mein Stolz bäumte sich auf, forderte zischend und fauchend, dass ich die Worte zurücknahm und mich wieder hinter der Maske der starken Frau versteckte, die ich in den letzten Jahren jeden Tag getragen hatte. Doch dafür war es längst zu spät. Ich hatte das verletzliche Mädchen darunter in Hyun-Joons Scheinwerferlicht gezerrt, der es mit Wohlwollen betrachtete und es hielt, unbeeindruckt von den Wunden, die ihre Haut zerrissen und sie blutig auf der großen offenen Bühne der Welt zurückgelassen hatte. Weiter und weiter driftete ich ab, mit Hyun-Joons Herzschlag unter meiner Hand und seinen Lippen an meiner Stirn, gegen die er seine leise Antwort murmelte, die mir bis in meine Träume folgte und dort die grässlichen Monster von Tod und Trauer bekämpfte.

»Niemals.«

27. KAPITEL

행복 = Glück

Alle wirklich guten Dinge im Leben erforderten ein gewisses Maß an Arbeit. Das war der Gedanke, der mir kam, als ich an einem verregneten Samstagmorgen durch die Straßen von Itaewon schlenderte, meinen sonnengelben Regenschirm in der Hand und eine Tasche voller Zeichenblöcke und Stifte über den Arm gestreift. Eigentlich war es noch viel zu früh, nicht einmal zehn, und ich hätte die Mütze Schlaf durchaus gebrauchen können, doch als Hyun-Joon mir heute Nacht geschrieben hatte, dass er schon sehr früh im Café sein würde, weil er gestern seine Schicht im Club schon vor Mitternacht wegen einer möglichen Überschwemmungswarnung hatte beenden können, und seine Mutter den ganzen Tag auf der Baustelle der neuen Zweigstelle verbringen würde, hatte ich mir gestern vorm Zubettgehen den Wecker gestellt und mich direkt nach dem Frühstück durch den Regen auf den Weg gemacht.

Ich hob meine freie Hand und versteckte mein Gähnen im Kragen meines Pullovers, als mir eine junge Frau mit einem flauschigen Zwergspitz an der Leine und einem To-go-Becher mit einem mir sehr vertrauten Logo in der Hand entgegenkam. Sie war ganz offensichtlich ein Profi darin, die Leine, einen Regenschirm und einen Kaffeebecher gleichzeitig zu halten. Unwillkürlich lächelte ich, als ich an ein weiteres Multitaskingtalent dachte, den Blick gen Boden gerichtet, damit die Frau mich nicht für seltsam hielt, während ich beschwingte Schritte über den nassen Asphalt machte, von dem der Regen nach oben spritzte und meine Hosenbeine an den Knöcheln durchnässte.

Der Monsun hielt sich laut Hyun-Joon dieses Jahr hartnäckig, es regnete unaufhörlich, was den Hangang zu ungeahnten Höhen ansteigen ließ, und so langsam, aber sicher für Unruhe in der Bevölkerung sorgte, die ihre Wochenenden nun lieber zu Hause verbrachten, und Seoul sich somit, trotz der hohen Bevölkerungsdichte, fast wie eine Geisterstadt anfühlte. Ich war jedoch nicht wirklich böse darum, schon gar nicht heute, denn wenn die Leute zu Hause blieben, würde sich auch die Gästeanzahl im *SONDER* in Grenzen halten, sodass Hyun-Joon und ich vielleicht sogar die Chance hätten, gemeinsam an einem Tisch zu sitzen und einfach zu reden, anstatt nur in Stille und der Präsenz des jeweils anderen zu verweilen, obwohl auch das besser war, als ihn gar nicht zu sehen.

Seit diesem Abend vor drei Tagen war es für mich unerträglich geworden, von Hyun-Joon getrennt zu sein, und ich kam mir schon fast wie eine Drogensüchtige vor, immer auf der Suche nach dem nächsten Schuss und der darauffolgenden Euphorie, die die graue Welt in Farben tauchte, bis es wieder in den kalten Entzug ging. Vorher hatte ich diesen Zustand gut verkraftet, aber jetzt war es so, als wären alle meine Mauern eingestürzt, in deren Trümmern ich mich zusammenkauerte, meine Hände immer ausgestreckt nach dem Wärmequell, der mich bei Sinnen hielt.

Als das *SONDER* in Sicht kam, beschleunigte ich meine Schritte und hüpfte die Stufen mit einem Prickeln auf meiner Zunge hinauf, als ich mir mit freudiger Erwartung vorstellte, dass wir vielleicht tatsächlich die Chance haben würden, ein bisschen Zeit miteinander zu verbringen. Es war völlig egal, worüber wir redeten. Ich wollte einfach nur den tiefen Bariton seiner Stimme hören, ohne den blechernen Filter eines Telefonhörers dazwischen und ohne diese tiefe Erschöpfung, die mich in wenigen Minuten in den Schlaf entführte.

Ich wollte nur in seiner Nähe sein, ohne Stress, Termindruck oder die Schatten, die meine Erinnerungen über unser Glück warfen.

Ich trat über die Schwelle ins Café, das mir mittlerweile sehr vertraut war. Ich fühlte mich hier so geborgen, mit seinem gemütlichen und rustikalen Charme, den deckenhohen Bücherregalen voller Geschichten aus aller Welt in verschiedensten Sprachen, die hervorragend zu den Fotografien und Gemälden an den Backsteinwänden passten, welche mit Lichtspots in Szene gesetzt waren. Das *SONDER* lud einfach zum Verweilen und Träumen ein, weiche Samtbezüge und gedämpfte Farben, die mit den Kupferelementen perfekt harmonierten, und leise Jazzmusik im Hintergrund vertrieben die Geister des Alltags.

»Guten Morgen«, sagte ich in die Leere des Cafés hinein, erspähte Hyun-Joon nirgendwo, der meine morgendliche Begrüßung normalerweise mit einem Lächeln erwidert hätte. Ich runzelte die Stirn und sah auf die Uhr, die ich in einem Laden in Hongdae für wenig Geld erstanden hatte, und zog eine Augenbraue hoch. Es war zehn vor zehn. Das Café war schon seit einer Stunde geöffnet, die Vitrine gefüllt mit Mrs Kangs leckeren Küchlein, die, gepaart mit dieser einzigartigen Atmosphäre, das *SONDER* von einem ehemaligen Geheimtipp an die Spitze der Cafés in Itaewon katapultiert hatte. Von Hyun-Joon oder In-Jae fehlte jede Spur, obwohl mindestens einer von ihnen hinter dem Tresen hätte stehen sollen, während Mrs Kang in Mapo war, um die Eröffnung ihres zweiten Cafés vorzubereiten.

Ich steckte meinen Regenschirm in die dafür vorgesehene Station an der Tür, der Schirm wurde sofort mit Plastik umschlossen, damit er nicht den Boden volltropfte, und ging weiter in den Hauptraum hinein, der wie immer frei von jeglichem Staubkorn war. Ob ich Hyun-Joons Nachricht missverstanden hatte und mich gleich seiner Mutter gegenübersehen würde, die sich dem vibrierenden Puls der Metropole beugte, anstatt die Wochenenden entspannt mit ihren Kindern zu verbringen?
»Hallo?«
Nichts. Mir würden heute also scheinbar nur der entspannte Song aus den Boxen und die unzähligen Bücher Gesellschaft leisten, bis sich irgendwann irgendjemand nach vorne zum Tresen bequemte. Ein ungutes Gefühl stieg in mir auf. Was, wenn ich jetzt gleich wirklich Hyun-Joons Mutter begegnen würde? Doch bevor dieser Gedanke sich tiefer in meinen Hirnwindungen festsetzen konnte, kam meine Welt zu einem abrupten Stopp, meine Füße waren plötzlich wie auf dem Boden festgetackert, als ich aus dem Augenwinkel etwas entdeckte, das mir ziemlich bekannt vorkam.
Langsam drehte ich mich zur Seite und schlug mir sofort die Hand vor den Mund, um das Keuchen zu ersticken, als ich die mir sehr vertrauten Wirbel aus elegantem Jadegrün, gleißendem Rot, Indigo und Gold erkannte – das glänzende Finish und die hochpigmentierten Farben eine Hommage an den *Buyongjeong*-Pavillon und den *Buyeongji*-Teich, deren farbenprächtige und außergewöhnlich gut erhaltene Schönheit im Garten *Huwon* mich bei meinem letzten Sonntagsdate mit Hyun-Joon vor meinem Arbeitsbeginn im *Hagwon* überwältigt hatte. Ich erinnerte mich gut daran, wie ich nach Hause gekommen war und gleich die Eindrücke auf Leinwand festhalten wollte, mein Handy für Stunden vergessen, obwohl mein

Freund mich wie immer darum gebeten hatte, ihm eine Nachricht zu schicken, sobald ich gut angekommen war.

Allerdings hatte ich absolut keine Ahnung, was mein Gemälde an der Wand des SONDER machte, direkt über einem der größeren Tische, der oft Geschäftsleute oder kleine Touristengruppen anzog, wann immer ich am Wochenende hier war, um zu zeichnen.

Fassungslos und mit schwankenden Schritten ging ich auf die Leinwand zu, von der ich mir sicher gewesen war, dass sie zwischen den anderen fertigen in meinem Apartment stehen würde, und strich mit den Fingern über den dezenten, individualisierten Aufkleber darunter, von dem es unter jedem Kunstwerk des Cafés einen gab und der den Besuchern Künstler und Titel auf Koreanisch und Englisch verriet.

Überwältigt (압도당한); *Künstlerin: Jade Hall.*

»Ich hoffe, du zeigst mich jetzt nicht wegen Diebstahls an.« Ich riss den Kopf herum, als ich Hyun-Joons Stimme hörte, der um den Tresen herumkam, in einer leger sitzenden Hose, die ihm bis zu den Knien reichte, und einem schlichten Shirt, das kein Muster brauchte, um zu betonen, wie schön er war. Lässig schlenderte er auf mich zu, so als hätte er nicht gerade eben einen meiner Lebensträume erfüllt, als wäre es ein Kinderspiel, ehe er mich erreichte und den Arm um meine Schultern legte. Doch egal wie selbstbewusst er in diesem Augenblick auch wirken mochte, ich konnte sie deutlich spüren, diese nervöse Anspannung, die seine Stimme zittriger klingen ließ als sonst. »Ich hab mir gedacht, weil du dich vorletzte Woche darüber beklagt hast, dass in deinem Apartment nicht genug Platz für all die fertigen Leinwände ist, erleichtere ich dich um die ein oder andere.«

»Die ein oder andere? Was –«

Hyun-Joon drehte mich um, die Hände sanft auf meinen

Schultern, während er mir einen Kuss auf die Schläfe drückte und kommentarlos mit dem Zeigefinger an die gegenüberliegende Wand deutete.

Über einem kleinen Tisch für zwei, in der Ecke vor dem Bücherregal und genau in einer Nische, in die ich mich meistens zurückzog und malte, und in der Pärchen des Öfteren heimlich und eng aneinander gekuschelt gemurmelte Worte tauschten und ein bisschen näher zusammensaßen, als eigentlich in der Öffentlichkeit angebracht war, hing ein weiteres Gemälde von mir. Das zweite, das ich seit dem Verlust meines Vaters gemalt hatte.

Aus schwarzem Grund erhob sich eine Hand, getaucht in Gold, die Finger mit Ringen verziert und die Geste einladend, während der schwarze Grund immer heller wurde, je näher er den Umrissen kam. Die Pinselstriche rau und hastig, die Konturen der Hand wie in einem Traum verwischt, und ich spürte, wie meine Wangen heiß wurden, als ich die abstrakten Blumen in den Schattierungen verschiedenster Farben betrachtete, die aus der Handfläche erblühten und von den Fingern zum unteren Leinwandrand fielen.

Es war das Bild, das ich Hyun-Joon geschenkt hatte. Das Bild, um das er mich gebeten hatte und für das ich mir eigentlich hatte Zeit lassen wollen, welches sich aber einen Weg an die Oberfläche gesucht hatte, sobald er diese simple Bitte geäußert hatte. Ich machte mich von Hyun-Joon los und ging näher heran, um zu lesen, was auf dem Schild unter dem Gemälde stand. Die Hitze auf meinen Wangen brannte, denn Hyun-Joon hatte den Titel nicht geändert, und mit einem Mal kam es mir nur noch intimer vor, dieses Bild hier zu sehen, zwischen all den Fetzen der Geschichten anderer und nun bereichert mit meiner, die mit den Gefühlen in diesem Bild eine völlig neue Wendung genommen hatte.

Du. (너); Künstlerin: Jade Hall. (Unverkäuflich)
Ich wusste nicht, was ich sagen sollte, überwältigt von diesem Moment und all den Dingen, die ich fühlte. Ich konnte nur dastehen, mit der Hand auf meiner eigenen Kehle, in dem Versuch, die Tränen zurückzuhalten, die sich trotzdem ihren Weg bahnten, als ich das vertraute, kühle Metall und das Gewicht einer warmen Hand in meinem Nacken spüren konnte.

»Ich hab mir gedacht, deine Kunst ist zu schön, um sie unter Verschluss zu halten«, sagte Hyun-Joon, und auch ohne in sein Gesicht zu sehen, konnte ich die Unsicherheit heraushören, die die Ränder seiner Worte wie Aquarellfarben ausbluten ließ. »Ich hoffe, das war okay.«

Es war okay. Mehr als das. Aber mir fehlten die Worte, ihm das zu sagen. Auf meiner Zunge wanden sich nur drei andere Worte, die gegen meine Zähne drängten und verlangten, ausgesprochen zu werden, so als würde ihre Existenz in dieser Welt etwas an dem verändern, was längst der Wahrheit entsprach und sich in dem Bild manifestierte, das wir beide betrachteten.

Stille umgab uns, nur unterbrochen von der sanften Stimme aus dem Radio. Hyun-Joon wechselte neben mir unruhig von einem Fuß auf den anderen. Ich wusste, ich musste etwas sagen. Irgendetwas. Etwas, das ihn wissen ließ, dass er das Richtige getan und ich ihm dafür unendlich dankbar war. Dass niemals zuvor jemand so etwas für mich getan hatte. Dass mich niemals zuvor jemand so gesehen hatte, wie er mich sah. Dass mich niemand so wahrnahm wie er. Mich berührte wie er. Dass es niemanden je in meinem Leben gegeben hatte, der so war wie er, der es geschafft hatte, mit seinen sanften Händen den Grauschleier von meiner Welt zu reißen, die zwar noch immer voller Dornen war, die sich tief in mein Fleisch bohrten, wann immer ich allein war und zu viel Zeit zum Nachdenken hatte, die aber durch ihn aus dem Staub der Trauer zu etwas erblüht waren, das ich noch nie für jemanden empfunden hatte und das mich mit seiner schieren Intensität zu überwältigen drohte.

»Entschuldige.« Hyun-Joons Hand verschwand und mit ihr seine Wärme, was mich sofort rastlos werden ließ, so sehr wie ich mich an sie gewöhnt hatte. »Ich hätte dich vorher um Erlaubnis bitten sollen. Nachdem ich dich weinend im Regen gefunden hatte, wollte ich dich unbedingt irgendwie aufheitern, und du hast mal gesagt, dass es dein größter Traum wäre, deine Bilder irgendwann mal ausgestellt zu sehen. Ich dachte, es wäre eine gute Idee. Aber ich nehme sie wieder ab, wenn du dich damit nicht wohlfühlst. Es war rücksichtslos von mir, einfach davon auszugehen, dass –«

»Ich liebe dich.« Die Worte, die ich so lange mit mir herumgetragen hatte, ohne ihnen Leben einzuhauchen, flossen mit einem Mal aus mir heraus wie aus einer Farbtube, auf der man herumgedrückt hatte, bevor man die Kappe aufdrehte. »Ich liebe dich. Gott, ich liebe dich, und alles, was du tust, und alles, was du bist, und du hast absolut keine Ahnung, was du mir bedeutest, und was dieser Moment mir bedeutet, und dass du mich siehst, und dass du mich wahrnimmst und mich hältst und mich wissen lässt, dass ich am Leben bin«, die Worte sprudelten aus mir heraus, kleksten wie Farbe überall hin und malten ein neues Bild eines unordentlichen und unbeholfenen Liebesgeständnisses, »und mich annimmst, wie ich bin, und nicht zulässt, dass ich mich vor dir verstecke, und wie du mich trotzdem inspirierst, eine bessere Version von mir zu sein, und wie du alles von Indigo in Gold tauchst, und wie du lächelst und … Gott, ich liebe dich.«

Hyun-Joon starrte mich an, die honigbraunen Augen groß

wie die Dessertteller, auf denen er die Küchlein servierte, die genauso süß schmeckten wie dieser Moment, in dem es mir egal war, wo wir waren oder wer uns hören konnte oder ob es unangebracht oder zu früh war. Ich hatte die Worte sagen müssen, die seit einer Weile tief in mir wohnten und nicht länger hatten ruhen wollen.

Ich krallte die Hände in sein Shirt, ehe ich ihn zu mir herunterzog und ihn küsste, unsere Lippen wie Puzzleteile, die sofort aneinanderpassten und von unzähligen Küssen zeugten. Ich hielt ihn dicht bei mir, unser Kuss langsam und bedächtig, obwohl ich so stürmisch gehandelt hatte. Eigentlich hatte ich mir diese Worte aufsparen und sie in einem Augenblick sagen wollen, in dem es angebrachter war. Wenn die Zeit das gefestigt und legitimiert hatte, was ich für ihn empfand. Ich hatte die passenden Worte finden und eventuell sogar einen romantischen Moment in einem Restaurant wählen wollen, wenn all das Chaos in London vorbei und ich mit den Gedanken wieder einzig und allein bei ihm wäre.

Aber als Hyun-Joon sich von mir löste, seine Augen verhangen und auf den Lippen ein Lächeln so hell wie tausend Sonnen, wusste ich, dass es keinen besseren Moment hätte geben können als diesen, der in seiner Unbeholfenheit und seiner Impulsivität das war, was wir waren und uns verband.

»Ich liebe dich auch«, flüsterte Hyun-Joon an meinen Lippen, ehe er die Arme fest um mich schlang und mich hielt, die Hand auf meinem Hinterkopf und den Kopf an seiner Schulter vergraben, während der Regen gegen die Scheiben prasselte. »Du hast keine Ahnung, wie sehr.«

Und als ich meinen Kopf auf seine Brust bettete und zu dem Bild an der Wand sah, das ich eigentlich nur für seine Augen gemalt hatte und das meine Gefühle für ihn von jetzt an jedem Besucher dieses Cafés entgegenschreien würde, lächelte ich, sicher in dem Wissen, dass dieser Moment zwischen uns immer eins sein würde: Echt.

»Doch«, murmelte ich in sein Shirt und lächelte, froh darüber, dass all die Zeit, die wir getrennt voneinander verbrachten, nichts daran ändern konnte, was ich für ihn empfand. »Ich glaube schon.«

28. KAPITEL

효자 = selbstaufopfernder Sohn

Ich brauchte einen Moment, um meine Wange wieder von Hyun-Joons Brust zu heben, zu gefangen in diesem wohligen Gefühl aus Wärme und Sicherheit, das die Angst um mein eventuell verfrühtes Geständnis in den Wind schlug. Ich ließ meine Arme um seine Taille geschlungen, und mein Körper war noch immer dicht an seinen gepresst, während ich den Kopf in den Nacken legte, um ihm ins Gesicht zu blicken. Jetzt, wo ich ihm so nahe war, sah ich sie genau, die dunklen Schatten unter seinen Augen, die verräterisch durch den Concealer hindurchschimmerten, den ich ihn schon so oft morgens hatte auftragen sehen.

»Du siehst müde aus.«

»Es geht schon.« Hyun-Joon beugte sich zu mir herunter, drückte seine Lippen kurz auf meine, so als könnte er allein damit die Sorge vertreiben, die sich sicherlich deutlich auf meinem Gesicht abzeichnete. »Es geht nur auf die Semesterferien zu, das ist alles.«

Ich schnitt eine Grimasse, als ich mich an meine Unizeit erinnerte, in der die Semesterferien oft stressiger als das Semester selbst waren. »Wie viele Klausuren musst du schreiben?«

Die Tatsache, dass Hyun-Joon einen Moment darüber nachdenken musste, verriet mir eigentlich alles, was ich wissen musste. »Sieben.«

Zärtlich strich ich über seinen Rücken, sicher, dass es da noch etwas gab, was er ausließ. »Und wie viele Abgaben?«

Ertappt zuckte er zusammen, das entschuldigende Lächeln auf seinen Lippen wirkte fast jungenhaft. »Drei.«

»Drei?« Ich stemmte die Hände gegen seine Hüften, um mich von ihm loszumachen, doch er hielt mich nur fester, sein Lachen wie eine Erschütterung unter meiner Wange. »Das hättest du mir sagen sollen.«

»Damit wir uns noch weniger sehen?« Er bettete sein Kinn auf meinen Kopf, seine Finger drängend, als sie sich durch das Shirt in meine Haut gruben, getränkt von einer Verzweiflung und einer Sehnsucht, die ich selbst nur zu gut kannte. »Auf keinen Fall.«

»Joon –«

»Ich hab es im Griff, Jade.« Er deutete nachlässig zu einem der Tische, auf dem sein ramponierter Laptop mit den unzähligen Aufklebern darauf neben einem Stapel von Büchern stand. »Es scheint heute recht ruhig zu werden. Da kann ich nebenbei was schaffen.«

Ich wollte ihm glauben. Wollte ich wirklich. Doch ich kannte Hyun-Joon zu gut, um nicht bereits jetzt zu wissen, dass er es zwar im Griff hatte, dass er aber dennoch krampfhaft versuchen würde, alles unter einen Hut zu kriegen, auch wenn es ihn selbst zu ersticken drohte. In diesem Punkt waren wir uns leider viel zu ähnlich.

»Okay«, murmelte ich leise in den Stoff seines Shirts, »du sagst mir aber Bescheid, wenn es dir zu viel wird, okay?«

»Natürlich.«

Die Antwort kam deutlich zu schnell, und ich seufzte schwer, meine Brust gleichermaßen warm ob der Zurschaustellung einer der unzähligen Gründe, warum ich diesen Mann liebte, aber auch durchzogen von den eisigen Fäden vertrauter

Frustration. »Ich meine es ernst, Joon. Lass mich wissen, wenn es dir zu viel wird. Lass mich dir helfen.«

»Du hast selbst genug um die Ohren.« Ich hörte ihn gähnen und fühlte mich automatisch schlecht, da ich ihn unter der Woche durch die halbe Stadt fahren ließ, nur weil ich es nicht aushielt, länger als eine Woche nicht in seinen Armen einzuschlafen. »Aber ich melde mich, wenn ich deine Hilfe brauche.«

Ich hob den Kopf, und diesmal ließ Hyun-Joon es zu, der Ausdruck in seinen Augen warm, als wir einander ansahen.

»Versprochen?«

»Versprochen.« Er senkte den Kopf, seine Lippen auf meinen wie ein Siegel, und ich ließ mich in den Kuss sinken, der auf eigenartige Weise bittersüß schmeckte.

»Verzeihung, ich wollte nicht stören.«

Hyun-Joon und ich fuhren, wie von einer Tarantel gestochen, auseinander, der zarte Moment zwischen uns mit einem Mal von einer Frauenstimme unterbrochen, die sich mit dem Jazz und dem prasselnden Regen mischte und die sich trotzdem unerträglich laut anhörte, obwohl sie sanft und angenehm im Klang war.

Ich blickte zur Tür, an der die Frau mit dem langen rabenschwarzen Haar stand, ihr Anzug aus blaugrünem Satin, wie durch ein Wunder vom Wetter nicht in Mitleidenschaft gezogen, was aber vermutlich an dem schwarzen SUV lag, der direkt vor dem Gebäude geparkt war und offensichtlich auf sie wartete. Meine Wangen brannten wie Feuer, als ich das Schmunzeln sah, dass ihre vollen Lippen zierte, und meinen Blick ganz automatisch in Richtung Decke lenkte, um ihren runden, dunkelbraunen Augen entkommen zu können.

Hyun-Joon fing sich schneller als ich, sein Lächeln professionell, als er sich räusperte und mit den Händen über seine

Oberschenkel strich. »Sie stören doch nicht, Mrs Singh. Schön, Sie wiederzusehen.«

»Es ist auch schön, dich wiederzusehen, Hyun-Joon.« Mrs Singh reckte den schlanken Hals, als sie sich umsah, und mir kam ihre spitze Nase mit den breiten Nasenflügeln irgendwie bekannt vor. »Ist deine Mutter gar nicht da?«

»Nein, sie ist derzeitig mit anderen Dingen beschäftigt.« Hyun-Joon faltete die Hände hinter seinem Rücken, offensichtlich darauf bedacht, so höflich wie möglich zu wirken, als er die Stimme zu seinem üblichen Verkaufstonfall senkte. »Was darf ich Ihnen heute bringen, Mrs Singh?«

»Einen Cappuccino und einen eurer Blaubeermuffins zum Mitnehmen, bitte.« Sie steckte ihren schwarzen Regenschirm in die Station an der Tür, die Tropfen, die sie bereits hinterlassen hatte, schimmerten wie kleine Pfützen auf dem Fußboden. »Das wäre alles.«

»Kommt sofort.« Hyun-Joon sah mich an, sein Blick war unmissverständlich, als er in Richtung des Tisches nickte, auf dem seine Sachen standen, ehe er sich abwandte und hinter dem Tresen verschwand. »Was führt Sie diesmal nach Seoul, Mrs Singh? Wieder eine Ausstellung von einem ihrer Schützlinge, von der ich wissen sollte?«

Mrs Singh, die offensichtlich eine Stammkundin war, so locker wie Hyun-Joon mit ihr umging, lächelte nur und schüttelte den Kopf. »Nein, ein Kollege hat mich angerufen und mir von einer potenziellen Schülerin für mein Institut berichtet. Ich treffe mich heute mit ihr, um mir ihre Arbeit anzusehen.«

»Sie haben sich das richtige Wetter ausgesucht, um den ganzen Tag drinnen zu verbringen.« Hyun-Joon stellte die Kaffeemaschine an und drehte sich auf dem Weg zur Kuchentheke zu uns um. »Ich drücke die Daumen, dass Sie nicht umsonst hergekommen sind.«

»Umsonst sind Besuche in Seoul nie, Hyun-Joon.« Ihre großen, runden Augen landeten auf mir, das Funkeln darin irgendwo zwischen sanfter Belustigung und ernsthaftem Interesse. »Oder was denken Sie?«

»Ich?« Überraschung ließ meine Stimme etwas zu hoch klingen, und ich schloss die Lippen schnell und atmete einmal tief durch, bevor ich einen zweiten Anlauf wagte. »Meinen Sie mich, Ma'am?«

»Ja, ich meine Sie.« Sie lachte, der Klang angenehm und kein bisschen höhnisch. »Außer uns dreien ist niemand hier, nicht wahr?«

Ich nickte und legte meine Tasche ab und war mit einem Mal so nervös, als wäre ich bei einem Vorstellungsgespräch und nicht in einer lockeren Unterhaltung mit einer Kundin. »Ich stimme Ihnen voll und ganz zu, Ma'am. Seoul ist viel zu schön, als dass man hier jemals seine Zeit vergeuden könnte.«

»Ganz meine Meinung.« Mrs Singh nickte bestätigend, ihre Augen waren nun eine Spur aufmerksamer, als sie sie über mich wandern ließ, und ich wünschte mir, ich hätte mir etwas Schickeres angezogen als die lockere Paperbackhose und einen übergroßen Pullover, der mir fast von der Schulter rutschte. »Woher kommen Sie?«

»Aus London, Ma'am. Ich bin dort geboren und aufgewachsen.«

»Einer meiner derzeitigen Schüler ist auch aus London.« Sie legte den Kopf schief. »Wie heißen Sie?«

»Jade Hall, Ma'am.« Unsicher spähte ich zu Hyun-Joon, doch er nickte mir nur ermutigend zu, während er den Blaubeermuffin in eine Tüte packte. Was das genau zu bedeuten hatte, wusste ich nicht, aber ich wollte unbedingt einen guten Eindruck hinterlassen, denn es war offensichtlich, dass Mrs Singh und Mrs Kang sich gut kannten, und sie würde ihr sicherlich von dieser kleinen Begegnung berichten, auch wenn ich hoffte, dass sie den Kuss auslassen würde, den sie beobachtet hatte.

»Ich bin Sunita Singh.« Sie kam mit ausgestreckter Hand auf mich zu und schnell ergriff ich sie, darauf bedacht, ihre Hand nicht allzu fest zu drücken. »Freut mich, Sie kennenzulernen, Ms Hall.«

»Die Freude ist ganz auf meiner Seite, Ma'am.« Die Cartier an ihrem Handgelenk weckte vage Erinnerungen, nicht in der Lage, das Gefühl abzuschütteln, dass ich dieser Dame mit dem an den Schläfen ergrauten Haar schon einmal begegnet war.

Mrs Singh ließ meine Hand los und steckte ihre lässig in die Hosentasche. »Und was machen Sie in Seoul, außer hin und wieder in überfüllten Cafés auszuhelfen?«

»Ich verstehe nicht –« Ich brach ab, und mit einem Mal fiel es mir wie Schuppen von den Augen. Ich war Mrs Singh schon einmal begegnet, an diesem sonnigen Tag im April, als ich Hyun-Joon und In-Jae unter die Arme gegriffen hatte. Sie war mit drei anderen Gästen hier gewesen und hatte Zitronenkuchen bestellt. Ihr Verständnis war wie Balsam für meine strapazierten Nerven gewesen. Meine Anspannung ließ ein wenig nach und machte einem ehrlichen Lächeln Platz, als ich mich daran erinnerte, wie freundlich und verständnisvoll sie damals gewesen war. »Ich unterrichte Englisch an einer Grundschule hier in der Nähe, Ma'am.«

»Eine Lehrerin also.«

»Genau wie Sie, Mrs Singh.« Hyun-Joon kam mit einer Tüte und dem To-go-Becher in der Hand um den Tresen herum und hielt ihr beides hin. »Das macht dann siebentausendfünfhundert Won.«

»Es ist lange her, dass ich selbst in einem Klassenzimmer gestanden habe. Ich vermisse es irgendwie.« Mrs Singh zog eine

Geldklammer aus ihrer Hosentasche, mit der sie diverse Karten und ein paar Scheine zusammenhielt. Sie zog einen grünen Zehntausend-Won-Schein hervor und reichte ihn Hyun-Joon im Austausch gegen den Kaffeebecher. »Behalt den Rest einfach als Trinkgeld.«

Hyun-Joon verzog das Gesicht, als er ihr die Tüte mit dem Blaubeermuffin hinhielt. »Aber Mrs Singh –«

»Ich hab es leider wirklich sehr eilig. Ich bin schon ein bisschen zu spät dran, und bei dem Wetter wird es sicherlich eine Weile dauern, bis wir dort sind.« Sie spähte auf ihre Uhr und lächelte entschuldigend. »Ich weiß, in Südkorea gibt man kein Trinkgeld, aber erlaube es mir dieses eine Mal, ja?«

»Dann lassen Sie mich Sie wenigstens nach draußen begleiten. Immerhin haben Sie die Hände voll.«

Sofort schüttelte Mrs Singh den Kopf, ihr langer Pferdeschwanz schwang wie ein Pendel hin und her. »Dafür regnet es viel zu sehr. Bleib du mal hier drin bei deiner Freundin. Bis zum Wagen sind es nur ein paar Meter, das schaffe ich gut allein.«

Unsicher sah Hyun-Joon auf den Schein in seiner Hand, ehe er leise seufzte. »In Ordnung. Seien Sie vorsichtig da draußen, Mrs Singh. Der Regen scheint es heute mal wieder ziemlich ernst zu meinen.«

»Danke für den Hinweis, Hyun-Joon.« Sie nickte ihm dankbar zu, dann fanden ihre Augen wieder mich. »Schön, Sie kennengelernt zu haben, Ms Hall.«

»Das kann ich nur zurückgeben, Mrs Singh.« Als sie einen missmutigen Blick auf ihren in Folie eingepackten Regenschirm warf, trat ich einen Schritt vor. »Darf ich?«

»Natürlich.« Ich löste das Plastik und warf es in den Mülleimer, was sie mit einem zufriedenen Lächeln belohnte. »Vielen Dank, Ms Hall.«

»Immer wieder gern.« Ich faltete die Hände vor meinem Körper und verbeugte mich leicht, als Hyun-Joon es auch tat. Mrs Singh betrachtete uns beide noch einen Augenblick mit Wohlwollen, ehe sie sich zum Gehen wandte. Doch bevor sie sich ganz umgedreht hatte, schien irgendetwas ihre Aufmerksamkeit zu erregen, und ihre Bewegung kam abrupt zum Stillstand. Ich folgte ihrem Blick, um herauszufinden, was sie derart aus dem Tritt gebracht hatte. Als ich allerdings erkannte, was es war, blieb mir der Mund offen stehen, mein Herz gefangen irgendwo zwischen Überholspur und Dienstverweigerung.

Mrs Singh starrte mein Bild an. Eben jenes, das ich für Hyun-Joon gemalt und das er einfach eigenmächtig im Café aufgehängt hatte. Sie sah es wirklich an, betrachtete es nicht nur flüchtig im Vorbeigehen, sondern sah es wirklich an.

Ich wollte etwas sagen. Irgendetwas. Doch ich war zur Salzsäule erstarrt, meine Zunge ganz taub, während ich versuchte, in dem Profil der Frau zu lesen, die mein Kunstwerk begutachtete. Aber ihre Miene war verschlossen, und ich kannte sie nicht annähernd genug, um in dem Funkeln ihrer Augen mehr erkennen zu können als Interesse. Ich wollte sie fragen, was sie dachte, wollte wissen, was sie empfand, während sie es ansah, doch meine Kehle fühlte sich zu eng an, zugeschnürt von dem Augenblick, in dem sich ein weiterer meiner Lebensträume erfüllte: Dass jemand meine Kunst betrachtete.

So schnell, wie der Moment gekommen war, war er leider auch schon wieder vorbei, und Mrs Singh verließ das *SONDER*. Sie öffnete ihren Schirm, sobald sie über die Schwelle trat und die Stufen hinab zum SUV hastete, in den sie einstieg und davonfuhr.

»Sie«, ich stockte, mein Mund war völlig ausgetrocknet, ich deutete perplex zur Wand, »sie hat mein Bild angesehen.«

»Hat sie.« Hyun-Joon klang absolut selbstzufrieden, und ich

wusste nicht, ob ich ihm dafür einen gezielten Schlag zwischen die Rippen verpassen oder ihn küssen sollte, bis uns beiden der Kopf schwirrte. Er drückte mir einen Kuss auf die Schläfe, ehe er sich abwandte und zur Kasse hinüberschlenderte. »Darauf kannst du dir ordentlich was einbilden.«

»Wieso?« Ich blinzelte träge, versuchte, mich aus der Starre zu lösen, noch gefangen in der Mischung aus Hochgefühl und Anspannung.

»Weil sie Ahnung von Kunst hat.« Hyun-Joon tippte etwas in den Monitor an der Kasse ein, die kurz darauf aufsprang. »Sie leitet ein privates Kunstinstitut für privilegierte Kids aus aller Welt in Singapur. Viele ihrer Schülerinnen und Schüler werden berühmt, noch während sie sich dort ausbilden lassen, oder bekommen Plätze an hochrangigen Kunstuniversitäten in Europa und Amerika.«

»Wow.« Ich starrte auf den Fleck, wo Mrs Singh gerade noch gestanden hatte, und dachte an die Cartier an ihrem Handgelenk und den SUV, der inklusive Fahrer auf sie gewartet hatte. »Woher kennst du sie?«

»Sie ist eine Stammkundin meiner Mutter. Sie kommt schon her, seitdem wir das SONDER eröffnet haben.« Hyun-Joon legte den Schein in die Kasse und schloss sie wieder. »Sie ist alle paar Wochen in Südkorea, weil sie hier diverse Kooperationen mit Museen, Galerien und kleineren Kunstschulen hat. Meine Mutter hat ihr schon mehrfach gesagt, dass jemand wie sie vielleicht in Gangnam besser aufgehoben wäre, aber sie meinte nur, dass sie sich in Itaewon sehr wohlfühlt und gerne hier ist.« Er streckte sich, sein Gesicht schmerzhaft verzogen, als sein Rücken ein lautes Knacken von sich gab. »Möchtest du einen Kaffee?«

»Gerne.« Ich drehte mich von Hyun-Joon weg, als er begann, meinen Kaffee zuzubereiten, und sah stattdessen zu dem

Bild auf, das Mrs Singh gerade eben betrachtet hatte. Reue überfiel mich, als ich an die verpasste Gelegenheit dachte. Ihr Feedback wäre unbezahlbar gewesen, aber so eilig, wie sie es gehabt hatte, hätte ich eh nicht viel daraus lernen können. Aber vielleicht ja beim nächsten Mal. Wenn sie eine Stammkundin war, dann würde sie gewiss noch einmal auftauchen, selbst wenn es erst in ein paar Wochen wäre.

Ich wandte mich von dem Gemälde ab und setzte mich an den Tisch, auf dem Hyun-Joon seine Sachen ausgebreitet hatte. Die Bücher, die sich auf der Kante stapelten, waren allesamt auf Englisch, doch ich verstand trotzdem nur Bahnhof, als ich die Buchtitel betrachtete. Alles, was ich daraus ziehen konnte, war, dass es sich irgendwie um Finanzen handeln musste, ein Fach, von dem ich so rein gar nichts verstand.

Ich klappte den Laptop auf und tippte das Passwort ein, das Hyun-Joon mir vor einer Weile gegeben hatte, damit ich unser Essen schon mal hatte bestellen können, während er unter der Dusche gestanden hatte. Das Dokument war bereits offen, die Formatierung mir vertraut, auch wenn ich den Inhalt nicht kannte. Ich scrollte durch seine Ausarbeitung und presste die Lippen fest zusammen. Sie sah zwar fertig aus, doch das Inhalts- sowie das Literaturverzeichnis waren eine einzige Katastrophe.

»Bitte schön.« Hyun-Joon stellte den Kaffee vor mir ab und ließ sich neben mich auf die Bank fallen. Träge schloss er die Augen und gähnte erneut, ehe er durch die großen Glasscheiben hinaus in den Regen schaute, der Himmel hell erleuchtet, als ein erster Blitz die dunklen Wolken zerriss. »Bin ich ein schlechter Sohn, wenn ich froh darüber bin, dass es heute wohl ziemlich leer bleiben wird?«

»Kein bisschen.« Ich nahm Hyun-Joons Hand in meine und drückte sanft zu, während ich den Kopf schüttelte. »Außerdem bist du das aufopferungsvollste Kind, das mir jemals begegnet ist.«

Hyun-Joon schnaubte nur. »Das wage ich zu bezweifeln.«

»Reicht ja, wenn ich das für uns beide so sehe.« Ich streckte Hyun-Joon die Zunge raus, als er mich mit einem unzufriedenen Grummeln bedachte, wechselte aber dann das Thema, weil ich wusste, wie unangenehm Hyun-Joon es war, wenn man ihm sagte, was für ein guter Kerl er war. »Sieht so aus, als wärst du mit deiner Ausarbeitung so gut wie fertig.«

Hyun-Joon nickte, seine Augen schon halb geschlossen, und er ließ den Hinterkopf gegen die Lehne sinken. »Ja, aber ich muss es noch mal Korrektur lesen, die Zitate prüfen und das Inhalts- und Literaturverzeichnis formatieren.« Er stöhnte genervt, und ich spürte seinen Widerwillen und seine Erschöpfung bis in die Fingerspitzen. »Das dauert bei mir leider immer ewig.«

»Möchtest du, dass ich einen Blick darauf werfe?« Ich löste meine Hand aus seiner und lächelte bestätigend, als Hyun-Joon mich unsicher ansah. »Es ist zwar schon eine Weile her, dass ich was für die Uni geschrieben habe, aber wenn du mir sagst, welche Zitierweise deine Uni vorgibt, dann kann ich das für dich machen. Und es Korrektur zu lesen ist auch kein Problem, auch wenn ich dir inhaltlich nicht helfen kann.«

»Wirklich?«

»Aber sicher. Wofür hat man denn eine Lehrerin zur Freundin?« Ich stieß ihn behutsam mit der Schulter an. »Außerdem kann ich mich so dafür revanchieren, dass du einen meiner Lebensträume hast wahr werden lassen.«

»Das musst du nicht. Ich habe das für dich gemacht. Nicht, damit ich etwas dafür bekomme.« Hyun-Joon legte mir einen Arm um die Schulter, zog mich an sich, und hauchte mir einen

Kuss auf die Wange, ehe ich protestieren konnte. »Außerdem ist die Tatsache, dass du mich liebst, Belohnung genug.«

Auch ohne mich selbst sehen zu können, wusste ich, dass meine Wangen einen tiefen Rotschimmer annahmen, und ich räusperte mich verlegen. »Also, soll ich es nun lesen oder nicht?«

Hyun-Joon lachte leise, nickte aber dann. »Gerne.«

»Okay.« Als er Anstalten machte, aufzustehen, hielt ich ihn fest. »Bleib hier. Hol ein bisschen Schlaf nach.«

Hyun-Joon zog zwar skeptisch eine Augenbraue hoch, das Funkeln, das in seine Augen trat, als er das Wort *Schlaf* hörte, offenbarte aber, wie gut er diese Idee tatsächlich fand. »Ich kann hier nicht einfach ein Nickerchen halten, Jade. Ich bin bei der Arbeit.«

»Es ist niemand hier. Und wenn Gäste kommen, dann wecke ich dich.« Als er widersprechen wollte, deutete ich mit dem Finger auf die Schatten, die unter seinem Make-up zu erkennen waren. »Du siehst aus wie der wandelnde Tod. Es muss ja nicht lange sein. Nur ein paar Minuten, um deine Kraftreserven wieder aufzutanken.«

»Ich weiß nicht.« Er spähte zur Tür, die in ihrer Aufhängung ein bisschen erbebte, als der nächste Blitz den Himmel zerriss.

»Bei dem Wetter geht eh niemand freiwillig vor die Tür.« Ich fuhr mit dem Daumen über sein Handgelenk. »Ich würde mich besser fühlen, wenn du ein bisschen schlafen würdest.«

Hyun-Joon stöhnte leise. »Das ist unfair. Du weißt, dass ich nicht Nein sagen kann, wenn du es so sagst.«

»Was der Grund ist, warum ich es gesagt habe.« Ich ließ sein Handgelenk los und stellte den Laptop hin, ehe ich auf der Bank ein Stück weiter nach außen und von ihm wegrückte und dann einladend auf meine Beine klopfte. »Komm.«

Mein Freund, ganz der verantwortungsbewusste und aufopferungsvolle Sohn, der er nun mal war, warf einen letzten Blick zur Tür, bevor er sich geschlagen gab und sich auf der Bank ausstreckte, sein Kopf auf meine Oberschenkel gebettet.
»Aber wirklich nur ein paar Minuten.«
»Nur ein paar Minuten«, versicherte ich ihm und streichelte mit den Fingern meiner linken Hand zärtlich durch sein Haar. »Ich wecke dich, wenn etwas ist.«
»Okay.« Hyun-Joon verschränkte die Arme vor der Brust und schloss die Augen. »Danke, Jade.«
»Immer doch, Joon.«
Es dauerte keine fünf Minuten, bis Hyun-Joon eingeschlafen war, sein Gesicht friedlich und seine Atmung ruhig, als er den Schlaf nachholte, den er so dringend brauchte. Das Gewitter hielt an, tauchte Seoul in ein unheilvolles Dunkel, von dem wir beide profitierten, in unserer kleinen Welt abseits von allem anderen, in der es nichts gab als Hyun-Joons seidiges Haar unter meinen Fingern, dem Geschmack von Kaffee auf meiner Zunge und dem Klang seiner gleichmäßigen Atmung. Und für einen Moment ertappte ich mich dabei, wie ich mir wünschte, dass wir für immer hierbleiben könnten, die Zeit angehalten in diesem Augenblick, gefüllt mit ganz alltäglichem Glück, in dieser Symbiose aus seiner und meiner Welt, die wir zu der unseren machten.

29. KAPITEL

호랑이 = Tiger

Schmerz. Er hatte seine ganz eigene Farbe, irgendwo zwischen Grau und Rot, die in meinem Kopf explodierte, als die Schulklingel erklang und für die Kids das Ende des Schultages einläutete. Ich stützte mich auf dem Pult ab und lächelte den Kindern zu, als sie lärmend aus dem Raum stürzten, aufgeregt und glücklich darüber, endlich in das letzte Wochenende vor den Sommerferien starten zu können, die Ende nächster Woche begannen.

Eine Woche noch. Eine Woche und dann würde ich endlich einmal durchatmen können. Vier Wochen lang würde ich nur im *Hagwon* arbeiten müssen, und jede Faser in mir sehnte sich nach dieser kleinen Pause, die ich so viel dringender brauchte, als ich gewillt war zuzugeben. Ich war müde von meinem andauernden Tanz zwischen meinen zwei Jobs, meiner Beziehung mit Hyun-Joon, meiner Liebe zum Malen und den ruhelosen Nächten, die meine Tage unnötig verlängerten und mich mehr auslaugten, als jeder Stress es hätte tun können.

»Hey.« Yeo-Reums ruhige Stimme riss mich aus meinen Gedanken, und ich verstärkte meinen Griff um die Tischplatte, damit sie nicht mitbekam, dass ich schwankte. »Du siehst schrecklich aus. Ist alles okay?«

»Ja, alles okay. Ich hab nur ein bisschen Kopfweh. Liegt wahrscheinlich daran, dass ich nicht gut geschlafen und zu wenig getrunken habe.« Ich lächelte trotz des Splitters, der sich gerade in meine Hand bohrte und zwinkerte ihr zu, um ihre Sorge abzumildern, auch wenn ich wusste, dass es vermutlich nichts bringen würde, da Yeo-Reum und Lauren aus demselben Holz geschnitzt waren und sich Gedanken um die Menschen, die ihnen am Herzen lagen, machten.»Aber vielen Dank für das Kompliment.«

»Tut mir leid. Du siehst nur echt aus, als würdest du jeden Moment aus den Latschen kippen.« Yeo-Reum presste die Lippen aufeinander und schob unschlüssig die Papiere auf ihrem Schreibtisch hin und her. Seit mein Telefongespräch mit Lauren ein so abruptes Ende gefunden hatte, packte sie mich total in Watte, aber ich hatte nicht die Energie, dagegen anzukämpfen, und ließ mir stattdessen einfach die liebevolle Umsorgung gefallen, die mir zuteilwurde.»Wir können auch wann anders über die Pläne für nächste Woche sprechen, wenn es dir heute nicht so gut geht.«

»Nein, wir machen das heute.« Ich ließ die Tischkante los, als die Welt um mich herum sich etwas weniger so anfühlte wie eine Überfahrt von Dover nach Calais bei starkem Wellengang und stellte mich etwas gerader hin, in der Hoffnung, nicht länger auszusehen, als wäre ich seekrank.»Sonst müssen wir am Wochenende ran, und das würde ich gerne vermeiden.«

»Das verstehe ich. Geht mir, um ehrlich zu sein, ganz genauso.« Yeo-Reums Blick huschte von mir zur Uhr und wieder zurück, der Ausdruck in ihren Augen entschuldigend.»Wann musst du noch mal beim *Hagwon* sein?«

»Mein Unterricht beginnt um sechs. Es reicht, wenn ich um Viertel vor da bin. So viel muss ich heute nicht vorbereiten. Freitags sind immer reine Wiederholungsstunden.« Ich rieb mir über die Augen und zuckte zusammen, als meine Kontakt-

linsen mich mit scharfem Schmerz an ihre Existenz erinnerten.
»Wir können auch sofort loslegen. Ich würde nur erst noch gerne kurz Hyun-Sik zum Tor begleiten, okay?«

Yeo-Reum lächelte. Wir beide wussten, dass Hyun-Sik alt genug war, um allein zum Schultor zu gehen, und auch wenn er in der Cafeteria nach wie vor hin und wieder aneckte, hatten größere Attacken auf ihn nicht mehr stattgefunden, seitdem Mrs Kang in der Schule aufgetaucht war, um mit den Lehrkräften über die Problematik zu sprechen. »Holt Hyun-Joon ihn heute ab?«

»Ja.« Ich presse die Lippen fest aufeinander, ein wenig peinlich berührt, dass sie mich so leicht zu durchschauen wusste. Wegen seiner unzähligen Klausuren hatte ich meinen Freund die letzten zwei Wochen kaum gesehen, seine Abwesenheit in meinem Apartment war genauso spürbar wie die Kälte der Laken auf der Seite meines Bettes, die längst zu seiner geworden war. Hyun-Joon hatte immer wieder abends vorbeikommen wollen, doch ich hatte abgelehnt, in dem Wissen, dass er die Zeit, die er auf seinem abendlichen Weg zu mir in der U-Bahn oder dem Taxi verbrachte, besser in die Klausurvorbereitungen stecken sollte, die ihm mehr abverlangten, als er zugab. Doch ich bemerkte den Stress in den feinen Linien auf seinem Gesicht und in dem erschöpften Klang seiner Stimme, in diesen kurzen Augenblicken, die wir gemeinsam verbrachten, wenn ich Hyun-Sik bis zu den Türen vom *SONDER* brachte. »Es dauert auch nicht lange. Versprochen.«

»Nimm dir so viel Zeit, wie du brauchst.« Yeo-Reum nickte in Richtung der Klassenzimmertür. »Ich warte hier auf dich und fange schon mal an.«

Ihr Verständnis legte sich wie Balsam auf mein schlechtes Gewissen, und ich hatte das Gefühl, ein bisschen leichter atmen zu können, auch wenn ich mir durchaus bewusst war, wie kindisch und egoistisch ich mich gerade benahm. Doch an so einem Tag wie heute brauchte ich den Anblick von Hyun-Joons honigbraunen Augen und den rauen Klang seiner Stimme, damit ich etwas hatte, woran ich mich festhalten konnte, wenn mir alles zu viel wurde. »Vielen Dank, Yeo-Reum.«

»Kein Problem.« Sanft schob sie mich an der Schulter Richtung Tür, und kurz fragte ich mich, ob eine große Schwester in diesem Augenblick vielleicht dasselbe für mich getan hätte. »Und jetzt geh schon, bevor Hyun-Sik alleine losstiefelt.«

»Danke. Ich bin sofort wieder da.« Ich hastete zur Tür, meine Schritte groß und beschwingt, jetzt, wo ich wusste, dass ich Hyun-Joon zumindest für einen kurzen Augenblick sehen würde. Als ich auf den Flur trat, umfing mich sofort lautes Kindergeschnatter, das den Schmerz in meinem Kopf weiter anschwellen ließ, doch ich ignorierte ihn vollkommen, wollte ihm keinerlei Raum geben oder mich seinetwegen von irgendetwas abhalten lassen.

Ich wollte Hyun-Joon sehen. Unbedingt.

Zielstrebig schlängelte ich mich durch die überfüllten Flure, meine Schritte sicher und geübt, nachdem ich mich daran gewöhnt hatte, mich tagtäglich durch diese Kinderflut zu manövrieren, und so dauerte es nicht lange, bis ich Hyun-Siks Klassenraum erreichte, in dem eine Handvoll Kids ihre Sachen zusammenpackten. Hyun-Sik war allerdings nicht unter ihnen, obwohl sein Rucksack mit dem grünen Zelda-Design noch immer an seinem Tisch ganz hinten am Fenster hing. Auch seine Federmappe lag noch dort, und das aufgeschlagene Schulbuch der letzten Unterrichtsstunde.

Ich sah zu der Lehrerin am Pult, eine Frau Ende fünfzig mit einem flotten Kurzhaarschnitt und einer farbenfrohen, kurzärmligen Bluse, und kramte in meinen Hirnwindungen nach den paar Brocken Koreanisch, die ich bisher gelernt hatte.

»Verzeihung?«, sprach ich sie vorsichtig an, und überrascht blickte sie auf. Wir hatten bisher kaum ein Wort miteinander gewechselt, und so war es nicht verwunderlich, dass sie mich mit großen Augen erstaunt betrachtete. Ich sprach langsam, meine Stimme etwas wackelig, weil ich nichts falsch machen wollte, als ich über die Vokabeln, die Grammatik und die passende Höflichkeitsform nachdachte, die es anzuwenden galt.

»Wissen Sie zufällig, wo Kang Hyun-Sik ist?«

»Kang Hyun-Sik?«, wiederholte sie langsam, und ich nickte. Ihre Augen schnellten zu seinem Tisch, und ihre Stirn zog sich in tiefe Falten, ehe sie auf die Uhr an ihrem Handgelenk blickte. Dann schlug sie ihr Klassenbuch auf und blätterte durch die Seiten, ihre Hände zögerlich, als sie innehielt und eine Eintragung mit dem Zeigefinger nachfuhr. »Er ist auf die Toilette gegangen. Das ist aber schon zwanzig Minuten her.«

Der Unterricht hatte vor zehn Minuten geendet. Er hätte längst zurück sein und seine Lehrerin seine Abwesenheit viel eher bemerken müssen, aber in Anbetracht der Tatsache, dass ihre Klasse über dreißig Kinder umfasste, war es schwer, ihr daraus einen Vorwurf zu machen. Ich verbeugte mich mit ein paar Worten des Dankes, bevor ich mich umdrehte und in Richtung Toiletten eilte. Im Vorbeilaufen warf ich einen flüchtigen Blick in jedes Gesicht, das meinen Weg kreuzte, in der Hoffnung, Hyun-Sik irgendwo zu entdecken. Doch keins der jüngeren Kinder, die in diesem Flügel der Schule untergebracht waren, kam mir auch nur im Entferntesten bekannt vor, und langsam, aber sicher stieg Panik in mir auf.

Hyun-Sik war immer völlig außer sich vor Freude, wenn Hyun-Joon ihn abholte, seine Aufregung greifbar, wenn er mit hüpfenden Schritten über das Schulgelände in Richtung der Tore eilte, was ich nur zu gern vom Fenster meines Klassenraums aus beobachtete. Nie im Leben würde er also wertvolle

Zeit mit seinem großen Bruder verschwenden, auch wenn er zu den Kindern gehörte, die nach dem Unterricht immer einen Moment länger brauchten, um die Hausaufgaben zu notieren und alle Sachen sorgfältig zurück in den Rucksack zu packen. Ob er krank war? Vielleicht hatte er Bauchweh und krümmte sich gerade gequält in einer Ecke, nicht in der Lage, irgendjemandem Bescheid zu geben. Als ich die Jungentoiletten erreichte, blieb ich kurz davor stehen. Ich konnte nicht einfach dort hineinplatzen. Das gehörte sich nicht. Doch die Sorge um Hyun-Sik brachte mich fast um den Verstand.

»Hyun-Sik?«, rief ich und hoffte inständig, dass er mich auch über den Lärm im Flur hinweg hören konnte. »Hyun-Sik, bist du da drinnen?«

Keine Antwort. Angespannt schloss ich die Augen und horchte, doch das Kindergeschrei um mich herum war einfach zu laut, als dass ich irgendetwas ausmachen konnte. Ich seufzte leise und ließ den Kopf gegen die Wand sinken, die Sorge um das jüngste Mitglied der Kang-Familie nun noch drückender und drängender als noch vor wenigen Augenblicken, während sich ein ungutes Gefühl in meiner Magengrube breitmachte.

»Jade?«

Ich öffnete die Augen und atmete erleichtert aus, als ich Ga-On erblickte, der mit ein paar Büchern unterm Arm kaum zwei Meter von mir entfernt stand. »Ga-On, ein Glück, dass du hier bist.«

Mein Co-Teacher der fünften Klassen runzelte die Stirn und rückte die modische Brille mit den runden Gläsern auf seiner Nase zurecht, die irgendwie zu seinen knielangen Segelshorts und dem Polohemd unter dem Cardigan passte. »Was ist los?«

»Ich suche einen Schüler. Seine Klassenlehrerin sagte, er sei vor zwanzig Minuten auf die Toilette gegangen, aber er ist bisher nicht zurück, und so langsam mache ich mir Sorgen.«

Ga-On nickte bedächtig und deutete in Richtung der Toiletten, die Ärmel seiner Strickjacke, die er gegen die Kälte der Klimaanlage selbst jetzt im Hochsommer trug, rutschten über sein Handgelenk nach unten. »Soll ich für dich nachsehen?«

»Das wäre wirklich toll. Sein Name ist Kang Hyun-Sik.« Ich streckte die Hand aus, als Ga-On mir die Bücher hinhielt, ihr Gewicht nicht annähernd so schwer wie der Stein, der mir derzeitig im Magen lag. »Vielen Dank, Ga-On.«

»Kein Problem.« Ga-On machte einen Schritt vorwärts, blieb dann aber stehen und sah mich fragend an. »Kang Hyun-Sik? Der Junge, der dauernd gemobbt wird?«

»Ja, genau der.« Ich grub die Zähne fest in meine Unterlippe, jetzt plötzlich von einer ganz anderen Sorge beseelt, die ich bis gerade eben noch von mir geschoben hatte, weil es in letzter Zeit zu keinen größeren Vorfällen gekommen war. »Ich hab irgendwie ein ungutes Gefühl.«

»Alles klar. Ich gehe für dich nachsehen.« Ga-On nickte und verschwand mit langen Schritten durch die Tür zum Toilettenraum der Jungen. Mit erhobener Stimme rief er Hyun-Siks Namen.

Anspannung erfasste mich, und meine Hände schlossen sich fester um den Stapel Bücher auf meinem Unterarm, als ich nichts hören konnte. Ich wollte mich ablenken, mich auf die Titel der bunten Bücher konzentrieren, doch ich konnte nicht, denn plötzlich spielten sich in meinem Kopf unzählige Szenarien ab, eins schlimmer als das andere, während ich gleichzeitig inständig darauf hoffte, dass Hyun-Sik einfach nur Bauchweh oder Verdauungsstörungen hatte.

Meine Finger fuhren gerade einen Einband nach, als ich Ga-Ons Stimme laut aus dem Raum dröhnen hörte. Überrascht zuckte ich zusammen, weil ich ihn bisher immer nur sehr ruhig und besonnen erlebt hatte, doch jetzt klang er zornig, seine sonst so sanfte Stimme zerfressen von Wut, die mir das Blut in den Adern gefrieren ließ. Aus dem Geräuschchaos um mich herum lösten sich immer lauter werdende Schritte, und ich reagierte aus einem Impuls heraus. Ich drückte die Bücher fest an meine Brust und machte einen Schritt nach vorne, genau in dem Augenblick, als zwei Jungs aus dem Toilettenraum stürzten, mit vor Panik geweiteten Augen und Gesichtern weiß wie die Wand. Ich fing den einen mit meinem Körper ab und hielt den anderen mit meiner Hand an seinem Rucksack fest.

Ich sah in ihre Gesichter und sofort wurde aus dem Stein in meinem Magen ein ausgewachsener Findling.

Ich hatte diese beiden Jungs schon einmal gesehen. Sowohl den einen mit den dunkelbraunen Augen und dem Topfschnitt als auch den anderen, der mit seinen runden Wangen und seiner Größe durchaus als Viertklässler hätte durchgehen können. Sie waren beide dabei gewesen, an diesem Tag im Frühling, an dem ich Hyun-Sik das erste Mal begegnet war und der mein Leben in völlig neue Bahnen gelenkt hatte.

Ich ließ die Bücher fallen, als der größere von ihnen versuchte, sich vor lauter Angst vor den bevorstehenden Konsequenzen seines Handelns an mir vorbeizudrängeln und packte auch ihn stattdessen am Rucksack, die Zähne fest aufeinandergebissen, als er sich wie wild zu wehren begann. Doch ich hielt stand, mit meinen Gedanken bei Hyun-Sik, als ich mit angehaltenem Atem darauf wartete, dass er zusammen mit Ga-On auftauchte.

Ich ignorierte das Gezeter der Jungs, ignorierte die Traube an neugierigen Kids, die sich um uns bildete, und die gemurmelten Stimmen, während ich den Blick einzig und allein auf die Tür zu den Toiletten gerichtet hielt, fest entschlossen, mit allem umzugehen, was eventuell auf mich warten würde. Doch als Ga-On im Türrahmen erschien, mit einem kleinen Jungen neben sich, der den Boden volltropfte, brach es mir das Herz.

Hyun-Sik war vollkommen durchnässt, er zitterte am ganzen Körper, während er mit leerem und ängstlichem Blick nach vorne starrte. Seine Unterlippe war aufgeplatzt, und um sein linkes Auge herum bildeten sich bereits dunkle Schatten, die er zu verstecken versuchte, indem er den Kopf zur Seite drehte und sich noch mehr in den Cardigan kuschelte, den Ga-On ihm um die Schultern gelegt hatte. Sein Haar stand in alle Richtungen ab, und ich konnte Haut durch den Stoff blitzen sehen, wo der offene Cardigan nicht verbergen konnte, dass Hyun-Siks T-Shirt an einigen Stellen aufgerissen war.

Er sagte kein Wort, seine Gesichtsfarbe irgendwo zwischen kränklicher Blässe und traumatisiertem Grau, und ich hatte Probleme, in ihm den fröhlichen Jungen aus dem Skatepark wiederzuerkennen, der lachend mit einem anderen Kind Tricks ausprobierte und sich mit großen Rehaugen Süßigkeiten von seinem großen Bruder erschlich.

»Mein Gott«, entfuhr es mir, ich war kaum in der Lage, aufrecht stehen zu bleiben, weil mich die Grausamkeit dieser Situation beinahe in die Knie zwang. »Hyuni.«

Hyun-Sik hörte mich. Das erkannte ich daran, wie er zusammenzuckte. Doch er reagierte kaum, sondern zog die Schultern nur weiter hoch, so als befürchtete er, gleich den nächsten Angriff zu riskieren, wenn er sich nicht ganz klein zusammenkauerte und versteckte.

Ich brauchte einen Moment, um mich von Hyun-Siks Anblick loszureißen, bemerkte aber dann, dass ein weiterer Junge mit herabhängenden Schultern hinter Ga-On her trottete, der mir auch schon bei den letzten Malen in der Cafeteria aufgefallen war, wenn Hyun-Sik drangsaliert worden war.

»Die drei haben ihn abgepasst«, sagte Ga-On gerade laut genug, dass ich ihn über den Lärm der anderen Kinder hinweg hören konnte, während er Hyun-Sik an der Schulter näher an seine Seite zog. »Als ich reingekommen bin, haben sie ihn gerade mit eiskaltem Wasser übergossen. Der Reinigungsdienst hat wohl einen Putzeimer stehen lassen.«

Übelkeit stieg in mir auf, gepaart mit blindem Zorn. Sie hatten sich zusammengetan, diese drei Jungs, die allesamt größer und stärker waren als der zarte Hyun-Sik, und hatten ihn auf der Toilette abgepasst, um dort anzuknüpfen, wo sie an diesem kühlen Frühlingstag im März unterbrochen worden waren.

»Danke, dass du nach ihm gesehen hast.«

»Selbstverständlich.« Ga-On blickte auf Hyun-Sik hinab, seine Hand zögerlich, als er sie von der zitternden Schulter des Jungen hob. »Kümmerst du dich um ihn? Dann sorge ich dafür, dass diese drei beim Rektor landen und dieser Wahnsinn endlich ein Ende hat.«

»Ja.« Ich räusperte mich und gab mir alle Mühe, dass meine Stimme nicht mehr so verflucht dünn klang. »Ich kümmere mich um ihn.«

Ga-On und ich wechselten einen kurzen Blick, ehe er etwas auf Koreanisch bellte, das ich nicht verstand, das aber dafür sorgte, dass die drei Jungs noch blasser wurden und sich die Traube an Kindern rasend schnell auflöste. Erst als Ga-On mir zunickte, ließ ich die beiden Jungs los, die ich immer noch festgehalten hatte, und eilte stattdessen an Hyun-Siks Seite, dem ich sanft die Hände auf die Schultern legte.

»Hyuni?« Ich senkte die Stimme, in der Hoffnung, damit irgendwie zu ihm durchdringen zu können, doch er starrte nach wie vor einfach nur geradeaus. Ich hätte am liebsten vor Frust laut geschrien. Aber hier mitten auf dem Schulflur war weder die Zeit noch der Ort für einen Ausbruch dieser Art, und so schloss ich ihn tief in mir ein, in dem Wissen, dass er irgendwann seinen Weg nach draußen finden würde. Vermutlich irgendwann nachts, an den Ufern des Hangang, an dem ich mich oft wiederfand, wenn mein Bett leer und mein Kopf zu voll war. »Komm, wir holen deine Sachen und gehen zu Hyun-Joon, okay?«

Bei der Erwähnung des Namens seines großen Bruders schien Hyun-Sik ein bisschen aus seiner Trance zu erwachen, denn er blinzelte mit großen Augen und sah sich suchend um. Als er Hyun-Joon nicht fand, begann seine Unterlippe zu beben, und seine Schultern sanken hinab.

»*Hyung.*« Seine sonst fröhliche und kindliche Stimme klang gebrochen und um Jahre gealtert, und die Scherben meines Mosaikherzens rieben wieder schmerzhaft aneinander. »Ich will zu *Hyung.*«

»Ich bringe dich zu deinem *Hyung.* Versprochen.« Mein Griff um seine Schultern wurde fester, und mein Atem ging flach, als ich versuchte, stark für diesen kleinen Jungen zu sein, der jetzt so sehr jemanden brauchte, an den er sich anlehnen konnte. »Ich verspreche es dir, Hyuni. Aber dafür musst du jetzt erst mal mit mir kommen, okay?«

Hyun-Sik presste die Lippen fest aufeinander, die Augen glasig, die Wangen jedoch beängstigend trocken. »Okay.«

Mit sanftem Nachdruck führte ich Hyun-Sik fort von den drei Jungs, die mit Ga-On in die andere Richtung davongingen. »Es wird alles wieder gut, Hyuni. Diese Jungs können dir jetzt nichts mehr anhaben.«

Hyun-Sik antwortete nicht. Stattdessen schlurfte er neben mir her, seine Schritte klein und seine Schultern bis an die Ohren hochgezogen, als wir uns durch die leerer werdenden Flure zurück zum Klassenzimmer begaben.

Ich wusste nicht, was ich sagte, als wir dann an seinem Tisch standen, wusste nicht, wieso ich überhaupt redete, als ich seine Sachen zusammenpackte und seine Klassenlehrerin ignorierte, die aufgeregt schnatternd zu uns herüberkam. Ich wusste nur, dass ich nicht damit aufhören konnte, so als müsste ich die Leere füllen, die Hyun-Siks Schweigen in mir hinterließ und für die ich keinen Namen hatte.

»Ist das alles?«, fragte ich, nachdem ich den Radiergummi in Fuchsform in sein Federmäppchen geworfen und dieses dann in seinem Rucksack verstaut hatte, in dem sich diverse Heftchen und Bücher befanden, die trotz Hyun-Siks üblicher Sorgfalt eigenwillig zerfleddert aussahen. »Oder hast du noch etwas unter deinem Tisch, das unbedingt mit nach Hause muss?«

Hyun-Sik reichte mir wortlos seinen Turnbeutel, zog die Schultern noch weiter hoch und schlang die Arme um sich selbst. Ich sah zu der Klimaanlage, aus der eiskalte Luft strömte, und dachte daran, wie sehr er frieren musste in seinen nassen Sachen, sodass ich ihn dicht an meine Seite zog und über seine Arme rubbelte, um ihn ein bisschen aufzuwärmen. Dann öffnete ich den Turnbeutel und zog seine Sportsachen heraus. Sollte seine Lehrerin doch denken, was sie wollte. Ich schirmte Hyun-Sik mit meinem Körper und Ga-Ons Cardigan ab, der wie ferngesteuert, ohne auch nur ein einziges Wort von mir, seine nassen Kleider aus- und seine Sportsachen anzog. Ich faltete die nassen Klamotten zusammen und packte sie in den Turnbeutel, ehe ich ihm Ga-Ons Cardigan wieder um die Schultern legte, in den er sich sofort wieder hineinkuschelte.

»Komm«, murmelte ich aufmunternd und strich ihm über den Rücken, »wir gehen zu Hyun-Joon.«

Ich wartete, bis Hyun-Sik nickte, damit ich sicher sein konnte, dass er mich gehört und auch verstanden hatte. Erst dann legte ich mir seinen Rucksack über die Schulter und führte ihn an der Hand Richtung Klassenzimmertür.

Weit kamen wir jedoch nicht, denn die Tür flog auf, und mir blieben sämtliche Worte im Hals stecken, als ich Hyun-Joon erblickte. Er sah schrecklich aus, mit dieser blassen Haut und den dunkelvioletten Schatten unter seinen blutunterlaufenen Augen. Er stützte sich mit der Hand am Türrahmen ab, etwas, das er absolut nie tat, weil er stets versuchte, sich aufrecht und gerade zu halten, besonders vor seinen Geschwistern, die nicht mitbekommen sollten, wie sehr er wirklich tagtäglich ins Straucheln geriet. Das Shirt, das er trug, war ihm mindestens eine Nummer zu groß und hing lose an seinem Körper runter, die Falten darin waren ebenso untypisch für Hyun-Joon wie seine gesamte Haltung, die mir genauso viel Sorge bereitete wie der verkrampfte Zug um seinen Mund, der sich nur noch mehr verhärtete, als er den Blick durch den Raum schweifen ließ.

Wenn ich einen Moment zuvor noch gedacht hatte, dass er aussah wie der wandelnde Tod, dann wurde ich genau in der Sekunde eines Besseren belehrt, in der die Sorge und Erschöpfung aus seinen Zügen wich und sich in etwas so Aggressives und Hässliches wandelte, dass ich Probleme hatte, meinen sonst so sanftmütigen Freund darunter wiederzuerkennen.

»Joon.« Ich schob Hyun-Sik ein Stück weit hinter mich und hob beschwichtigend die Hand, als Hyun-Joons Nasenflügel zu beben begannen und seine Fingerknöchel sich weiß färbten. Blinder Zorn schien in Wellen von ihm abzustrahlen, die Luft um ihn herum wie unter Strom, als er Hyun-Sik fixierte, der nur mit großen, glasigen Augen zu seinem Bruder hochsehen konnte.

»Ist er okay?« Seine Stimme war mehr ein Grollen als alles andere.

»Mehr oder weniger.« Ich drückte Hyun-Sik enger an mich.

»Joon, bitte hör mir erst –«

Ich konnte den Satz nicht einmal beenden, bevor Hyun-Joon auf dem Absatz kehrtmachte und davonstürzte. Ich hatte eine Ahnung, wohin er wollte, und ich fluchte leise, ehe ich

Hyun-Sik auf meine Arme hob und mich mit langen Schritten zum Büro des Schulleiters aufmachte. Doch als ich dort ankam, war es längst zu spät.

Die Tür stand sperrangelweit offen, die Wut und die Ohnmacht waren aus jedem lauten Wort herauszuhören, das Hyun-Joon aus vollen Lungen schrie, um seinem alles verzehrenden Zorn und seiner beißenden Verzweiflung Gehör zu verschaffen. Rektor Han und Ga-On versuchten hektisch, die Situation unter Kontrolle zu bringen, aber Hyun-Joon brüllte weiter lautstark um sich. Sein Gesicht war feuerrot, die Venen an seinem Hals traten deutlich hervor, und seine Hände waren zu Fäusten geballt.

Die Eltern, die gewiss eigentlich nur ihre Kinder hatten abholen wollen, jetzt allerdings im Büro des Rektors hatten vorstellig werden müssen, waren genauso sprachlos wie die drei Jungen, die längst zu weinen begonnen hatten und Zeuge wurden, wie einer der sanftmütigsten Männer, denen ich jemals begegnet war, vollkommen die Fassung verlor.

Er bleckte die Zähne, spuckte Gift und Galle und hielt nichts zurück, während er, ohne Rücksicht auf Verluste, seinen kleinen Bruder verteidigte und seine Krallen in alles schlug, was er finden konnte, mit der Absicht, es in tausend Stücke zu zerreißen.

Ich stand auf der Schwelle, mit Hyun-Sik im Arm, der sich ängstlich an mich klammerte und der selbst leise zu weinen begonnen hatte. Hyun-Joon hatte in seiner blinden Wut allerdings kein Auge für ihn übrig, und ich konnte nicht anders, als ihn anzustarren und mich zu fragen, ob ich meinen Freund wirklich so gut kannte, wie ich bisher geglaubt hatte.

30. KAPITEL

천장의 = Zimmerdecke

»Ich wollte nicht, dass *Hyung* meinetwegen Ärger bekommt.« Ich hielt Hyun-Siks Hand ganz fest. Wir hockten nebeneinander auf den Stufen vor dem Schulgebäude in den schützenden Schatten der Bäume, wo wir aber kaum Abkühlung fanden, da die Luft hier ebenso erhitzt war wie die Gemüter, die genauso wenig runterzukochen schienen wie die brütende Hitze, welche die Metropole seit einigen Tagen fest im Griff hatte. Ich knirschte mit den Zähnen und starrte auf Hyun-Joon hinab, der am Fuß der Treppe wie ein gehetztes Tier auf und ab ging, so nah und doch meilenweit entfernt von mir und auch von seinem kleinen Bruder, der ihn jetzt gerade so dringend gebraucht hätte.
»Das ist nicht deine Schuld, Hyun-Sik. Nichts von alldem, okay?« Ich legte ein Lächeln auf, obwohl mir nach Schreien zumute war, und drückte Hyun-Siks Hand sanft, um ihm damit zumindest ein bisschen Halt zu geben, den er mehr und mehr zu verlieren schien, je mehr Tränen flossen, die nicht in der Umarmung seines Bruders trockneten. »Und dein Bruder steckt auch nicht in Schwierigkeiten. Rektor Han hat ihn lediglich vor die Tür geschickt, weil er lieber mit deiner Mutter sprechen möchte. Das ist alles.«
»Wirklich?« Hyun-Sik schniefte, und ich legte ihm den Arm um die Schultern und zog ihn enger an mich.

»Ja. Wirklich.« Ich rieb ihm über den Oberarm, so wie mein Vater es oft bei mir getan hatte, wenn ich mit meinen Gefühlen überfordert gewesen war. »So wie die lauten Kids, die man manchmal vor die Tür schicken muss, bis sie sich wieder beruhigt haben. Die sind auch nicht immer sofort in Schwierigkeiten, oder? Man gibt ihnen nur eine kleine Auszeit.«

»Was ist eine Auszeit?« Hyun-Sik schniefte erneut, und ich ließ seine Hand einen Augenblick los, um aus meinem Jutebeutel ein Taschentuch hervorzuziehen, das ich ihm dann hinhielt. Seine Mundwinkel sanken hinab, und er sah mich flehentlich an, doch als er bemerkte, dass es keinen Ausweg gab, nahm er das Taschentuch und putzte sich die Nase.

»Eine Auszeit ist eine kleine Pause.« Ich nahm das Taschentuch von ihm zurück und steckte es in meine Hosentasche, um es später wegzuwerfen, ehe ich seine Hand wieder ergriff. »Und ich glaube, die hat dein Bruder gebraucht, meinst du nicht auch?«

Hyun-Sik sah zu seinem Bruder, und ich fragte mich, ob er die gleichen Kleinigkeiten an Hyun-Joon so überdeutlich wahrnahm wie ich. Die vor Zorn gerötete Haut, die verspannten Schultern, die aggressive Linie seines Kiefers, während seine Zähne aufeinander mahlten, und die zerzausten Haare, von denen er sich einige herausgerissen hatte, so brutal und wutentbrannt, wie er mit den Händen hindurchgefahren war.

»Ja. Vielleicht.« Hyun-Sik schlang die Arme um seine Knie, und dicke Tränen kullerten erneut seine Wangen hinab. »*Hyung* ist nur so böse wegen mir.«

»Nein. Hyun-Joon ist nicht böse wegen dir.« Hyun-Siks Haare fühlten sich klamm unter meinen Fingerspitzen an, als ich hindurchstrich, um ihn zu beruhigen, etwas, das bei seinem Bruder sonst auch immer funktionierte, dem ich aber in all seiner Wut und all seinem Zorn nicht zu nahe kommen wollte,

solange Hyun-Sik in der Nähe war, weil ich davon überzeugt war, dass Hyun-Joons Emotionen implodieren würden, sobald man ihm nur einen Hauch Verständnis und Zärtlichkeit entgegenbrachte. »Hyun-Joon ist böse wegen dem, was die Jungs mit dir gemacht haben. Er ist böse, weil er dich so lieb hat und sich wünscht, dass dir so was nicht passiert wäre. Oder dass er da gewesen wäre, um dich zu beschützen.«
»Meinst du?«
»Das weiß ich.« Ich räusperte mich und wischte seine Tränen fort, die durch meine Fingerspitzen direkt in mein Herz zu sickern schienen, und die die kleinen Kratzer darin zu großen Rissen werden ließen. »Dein Bruder liebt dich über alles, Hyun-Sik. Dich und Hyun-Ah und eure Mutter.«
Hyun-Sik rieb sich mit dem Ärmel von Ga-Ons Cardigan über die Wangen und blickte wieder stur geradeaus. Sofort quollen neue Tränen aus seinen Augen hervor, begleitet von einem herzzerreißenden Schluchzen. »*Eomma.*«
Ich verspannte mich, wagte es kaum, den Kopf zu drehen, als ich Absätze auf den Stufen hörte. Stattdessen rückte ich nur ein Stück weit von Hyun-Sik ab, der sofort die Arme nach seiner Mutter ausstreckte, seine Hände zittrig und die Erleichterung in seinen Augen so greifbar, dass sie einen tiefen Schmerz in mir auslöste, den ich entschlossen beiseiteschob. Ich hielt den Blick gesenkt, zumindest bis lange, elegante Finger mit perfekt geschnittenen Nägeln in meinem Sichtfeld erschienen. Dann gewann meine Neugierde die Überhand und ich schaute auf, genau in dem Moment, in dem Mrs Kang ihren jüngsten Sohn auf den Arm nahm. Sofort wusste ich, von wem alle Kang-Geschwister ihr gutes Aussehen hatten.
Denn Hyun-Joons Mutter war schön. Selbst dann noch, wenn ihr Gesicht von Sorge überschattet war.
Ich war überrascht, wie mühelos sie den kleinen Jungen auf

dem Arm hielt, ihre Statur zierlich und wenig muskulös, dafür aber voller weicher Linien und Kurven, die sich in ihrem Gesicht wiederfanden, in den Fältchen um ihre Augen und Lippen ihre Schönheit nur noch stärker herausarbeiteten. Ihre großen Augen waren dunkel, beinahe schwarz, und sie erinnerten mich an Hyun-Ah, die nicht nur die Stupsnase, sondern auch die vollen Lippen ihrer Mutter geerbt hatte. Ihre Stimme war sanft und eher tief, als sie auf ihren jüngsten Sohn einredete, der den Kopf an ihrem Hals vergrub und bitterlich weinte, während sie ihn zärtlich hin und her wiegte, eine Hand auf seinem Hinterkopf und den anderen Arm unter seinen Po gelegt. Sie murmelte etwas und drückte ihm einen Kuss auf die Schläfen, die Welt für sie scheinbar tausende Meilen entfernt, während sie sich einzig und allein auf ihr Kind konzentrierte, das sie so sehr brauchte.

Die beiden anzusehen war gleichermaßen wunderschön wie schmerzhaft, und als ich es nicht länger ertrug, rückte ich unauffällig von den beiden fort, bis ich genug Freiraum hatte, um aufzustehen, ohne Mutter und Sohn in ihrer innigen Umarmung zu stören.

Der jüngste Kang war in sicheren Händen. Zeit, sich um den ältesten zu kümmern.

Ich straffte die Schultern und ging die Stufen hinab, bis ich auf der allerletzten stand, die mich noch von Hyun-Joon trennte, der noch immer wie ein geschundenes Tier in seinem Käfig auf und ab lief. Doch nun starrte er nicht länger auf den Boden, sondern die Treppen hinauf, seine Augen auf Mutter und Bruder fixiert, was seinem Gesicht ein bisschen von der Härte nahm, die seine Züge für mich fast unkenntlich gemacht hatte.

»Du musst dich beruhigen.«

Hyun-Joon riss sich nur mit Mühe vom Anblick seiner Mutter und seines Bruders los, und als er mich anguckte, war nun ich das Ziel all seiner Wut.»Könntest du das, wenn du an meiner Stelle wärst?«

Ich zuckte nicht einmal mit der Wimper. Auch wenn ich es von meinem sanftmütigen Freund nicht gewohnt war, so kannte ich die Wut, die man spürte, wenn man sich hilflos fühlte, nur zu genau. Mehr als nur einmal hatte ich sie gespürt, hatte zugelassen, dass sie sich durch meine Adern fraß und sich über meine Zunge in die Ohren und Herzen der Menschen schlich, die am wenigsten Schuld an meiner Lage trugen und die mir nur hatten beistehen wollen. Unzählige hatte ich damit vergrault, bis einzig und allein Chris übriggeblieben war, der auch heute noch zu mir stand.»Wenn ich Geschwister hätte, denen ich mit meinem Verhalten Angst mache, dann vermutlich schon.«

»Du hast aber keine Geschwister.« Hyun-Joon spuckte mir die Worte beinahe vor die Füße, und ich atmete tief durch und rief mir in Erinnerung, dass er nicht wütend auf mich, sondern ich lediglich der Blitzableiter war.»Du weißt nicht, wie es ist, wenn man hilflos dabei zusehen muss, wenn den Menschen, die man liebt, Leid widerfährt, und es nichts gibt, das man tun kann, um es besser zu machen.«

Gequält schloss ich die Augen, obwohl ich wusste, dass das ausgemergelte und abgekämpfte Gesicht meines Vaters nicht verschwinden würde, auch wenn ich es tat. Es war für immer in meinem Verstand eingebrannt. Unauslöschlich und ewiglich.

»Doch«, würgte ich mehr oder minder hervor und hasste mich dafür, wie schwach ich klang, während ich doch eigentlich stark für ihn sein wollte.»Doch, das weiß ich.«

Er runzelte die Stirn, seine Oberlippe wütend zurückgezogen und sein Mund geöffnet, so als wollte er zu seinem nächsten Tiefschlag ausholen, doch dann wurden seine Augen plötzlich groß, die Wut aus ihnen verschwand, bis nur noch Reue blieb.»Gott, Jade, es tut mir leid –«

»Es ist okay. Um mich geht es hier gerade nicht.« Ich schob seine Hand fort, als er sie auf meine Wange legen wollte, mir bewusst, dass seine Mutter noch immer nur wenige Meter von uns entfernt war. »Aber du musst dich einkriegen. Nicht nur für dich, sondern auch für deine Familie. Sie brauchen dich, und du kannst nicht einfach den Kopf verlieren, sondern musst jetzt für sie da sein. Und das kannst du nicht, wenn du wegen Körperverletzung angeklagt wirst, weil du dem Rektor oder einem der Väter in deinem Zorn einen Kinnhaken verpasst.«

Hyun-Joon sah auf die Hand, die ich fortgeschoben hatte, und schluckte schwer. »Geht es dir auch so?«

»Wie?«

Er hob den Blick, und am liebsten hätte ich ihn in den Arm genommen. »Hast du auch Angst vor mir?«

»Nein.« Ich schob meine Bedenken über seine Mutter beiseite und legte ihm die Hand in den Nacken, seine Haut fühlte sich warm und vertraut unter meinen Fingern an und sorgte dafür, dass auch ich mich ein wenig entspannte, als ich zärtlich zudrückte. »Aber ich bin erwachsen und kann besser einschätzen, gegen wen dein Zorn sich richtet und gegen wen eben nicht. Hyun-Sik kann das nicht.« Ich fuhr mit dem Daumen über die Venen, die noch vor wenigen Minuten deutlich hervorgetreten waren, und versuchte, das Bild von ihm aus dem Kopf zu bekommen, wie er zornig vor sich hin schrie. »Er sieht nur, wie sein sonst so ruhiger und gelassener Bruder die Zähne bleckt und nach allem und jedem schnappt, der ihm zu nahe kommt, weil er sich selbst in seiner Wut nicht im Griff hat.«

Er schloss die Augen und ließ den Kopf hängen. »Fuck.«

»Ja. Fuck.«

Blätter raschelten in der sanften Brise, die die Äste der Bäume neben uns leise flüstern ließ und beinahe Hyun-Joons gemurmelte Worte übertönten. »Es tut mir so leid.«

»Es ist okay. Außerdem bin ich nicht die Person, bei der du dich entschuldigen solltest, Hyun-Joon.« Als er mich wieder ansah, war auch der letzte Funke Wut verflogen, und ich lächelte, in dem Versuch, die Schuld abzumildern, die seine Schultern herabsinken ließ. »Hyun-Sik ist der, den du wissen lassen musst, dass alles okay ist, und dass du für ihn da bist, ganz egal, was kommt. Er braucht jetzt seinen großen Bruder.«

Hyun-Joon legte seine Hand auf meine, ein vertrautes Gewicht mit einer Wärme, die ich selbst in dieser brütenden Hitze nicht von mir stoßen wollte. »Danke.«

»Schon okay.« Ich ließ meinen Daumen ein letztes Mal über seine Haut gleiten, bevor ich die Hand sinken ließ und eine Stufe weiter hinauftrat. »Und jetzt geh.«

Er nickte und ging an mir vorbei die Treppen hinauf, doch bevor er seine Mutter und seinen Bruder erreichte, drehte er sich noch einmal zu mir um. »Kann ich dich heute Abend sehen?«

Ich betrachtete die dunklen Schatten unter seinen Augen und dachte an all die Klausuren, die er die kommenden Wochen noch vor sich hatte. »Joon, ich weiß nicht, ob das so eine gute Idee ist. Du solltest dich krankmelden und ein bisschen Schlaf nachholen. Du siehst aus wie der wandelnde Tod.«

Mein Magen drehte sich um, als ich die flehende Verzweiflung in seinem Blick sah, die ich die letzten zwei Wochen auch tief in mir gespürt hatte. »Bitte.«

Er ließ mir keine andere Wahl, und so nickte ich, hob aber sogleich mahnend den Zeigefinger, als Hyun-Joon zufrieden zu lächeln begann. »Aber nur wenn du mir versprichst, dass du dich krankmeldest und nicht vorher arbeitest.«

Er brauchte nicht mal eine Sekunde, um über mein Angebot nachzudenken. »Versprochen.«

»Dann bis heute Abend.« Mit einer ungeduldigen Geste scheuchte ich ihn die Treppe hinauf und war erleichtert, als er tatsächlich die Stufen weiter hochstieg. Ich sah den dreien noch nach, als sie gemeinsam die letzten Stufen erklommen und im Inneren der Schule verschwanden, ehe ich einen Blick auf die Uhr warf und leise seufzte. Zu meinem Unterricht im *Hagwon* würde ich auf alle Fälle zu spät kommen. Aber Hyun-Joon und seine Familie gingen vor. Und so zückte ich mein Handy, bat eine der anderen Englischlehrerinnen im *Hagwon* ein Auge auf meine Klasse zu haben, bis ich da war, und holte meine Sachen, die Yeo-Reum netterweise gepackt hatte, als sie von dem Chaos gehört und mir in einer Nachricht versichert hatte, dass wir die Unterrichtsplanung nachholen würden, sobald alles geklärt war. Doch auch als ich die Grundschule hinter mir ließ, waren meine Gedanken noch immer bei Hyun-Sik, und ich fragte mich, wie viel ein Kinderherz wohl noch ertragen konnte, bis es ein für alle Mal zerbrach.

Der Lärm und Stress des Tages fiel von mir ab, hier in meinem Bett mit Hyun-Joons Haut an meiner und meinen Fingern in seinem Haar, während die Welt draußen und unsere beiden Wecker aus blieben. Stille umfing uns, das Radio genauso ausgeschaltet wie die Beleuchtung, mein Apartment dennoch erleuchtet von den Lichtern der Metropole, die niemals schlief und gerade an einem Freitagabend kein Schweigen kannte. Ich seufzte zufrieden, als ich meine Nase in Hyun-Joons Haar presste, das nach dem Shampoo roch, das wir beide benutzten, wenn wir bei mir waren, und genoss es einfach, wie sein Körper sich an meinen schmiegte.

Erst jetzt, wo ich wieder das vertraute Gewicht seines Arms auf meiner Hüfte und seines Oberschenkels zwischen meinen spüren konnte, realisierte ich, wie sehr ich das hier vermisst hatte, diese Intimität zwischen uns, die nur dann existierte, wenn wir allein waren und nichts uns trennte. Gerade nach heute, wo ich ihn kaum wiedererkannt hatte, brauchte ich diesen Augenblick, in dem ich vergaß, dass wir zwei Seelen und nicht eine waren, während mein ganzes Wesen sich zu entspannen schien, jetzt, wo es den Teil zurückerlangt hatte, den es so schmerzlich vermisst hatte.

Mit den Fingerspitzen fuhr ich über seine Kopfhaut, die Augen geschlossen und ein Lächeln auf den Lippen, als ich sein zufriedenes Murren hörte. Wir waren irgendwo zwischen Bewusstsein und Traum, es war ein Zustand, den ich nur zu gern willkommen hieß, nicht gewillt, der Wirklichkeit einen Platz einzuräumen, die ihn doch irgendwann wieder einfordern würde.

Nur eben nicht jetzt. Nicht hier. Nicht heute.

»Ich habe das hier vermisst.«

Hyun-Joon atmete tief ein, drückte seine Lippen auf meine Haut, ehe er seine Wange wieder direkt über meinem Herzen bettete. Mir war es schleierhaft, wie es bequem für ihn sein konnte, so an mich geschmiegt und mit den Füßen über das Ende des Bettes baumelnd, doch ich redete es ihm nicht aus, dankbar für die Momente, in denen er zuließ, dass ich ihn hielt, anstatt dem Druck der Gesellschaft nachzugeben, die diktierte, dass es andersherum sein musste. »Ich auch.«

Das hier war der Mann, den ich kannte. Der sanft und anschmiegsam war, seine Stimme nie lauter als der Zimmerlautstärke angepasst, und der Schwäche zuließ, in den wenigen Augenblicken, in denen wir allein waren. Er hatte nichts mit dem Kerl gemeinsam, der heute im Büro des Rektors völlig die Fassung verloren hatte, ohne an die Konsequenzen zu denken, die sein Verhalten für seinen kleinen Bruder haben könnte, der nicht seine Wut, sondern seine liebevolle Zuwendung gebraucht hätte.

Ich drückte einen Kuss auf seinen nassen Scheitel und versuchte, das Frösteln zu unterdrücken, als die kühle Luft aus der Klimaanlage über meine nackte Haut strich, doch Hyun-Joon spürte es trotzdem und hob sofort den Kopf. »Du solltest dir etwas anziehen.«

»Ich habe etwas an.«

»Dann solltest du dir mehr anziehen als deine Unterwäsche.« Er machte Anstalten, sich von mir zu lösen, doch ich hielt ihn, wo er war, grub meine Finger fest in seine Haut, damit er nicht entkam.

»Es geht wirklich, Joon.« Ich räusperte mich leise, meine Stimme vor Scham belegt, die ich nie ganz abschütteln konnte, wenn ich gezwungen war, die Dinge auszusprechen, die ich wirklich wollte und die viele als kitschig abgestempelt hätten. »Ich brauche das gerade. Deine Haut an meiner. Also lass mich bitte einfach, okay?«

Hyun-Joon sah mich an, seine goldenen Augen blickten mich verständnisvoll an, ehe er nickte und den Kopf wieder auf meine Brust legte. »Okay.«

Ich war erleichtert, dass er nicht weiter nachfragte, denn auch wenn ich gewillt war, in Hyun-Joons Nähe viele Dinge offenzulegen, gab es da doch noch einiges, was mich Überwindung kostete. Selbst wenn es nur so Kleinigkeiten waren wie zuzugeben, dass ich das Gefühl von Haut an Haut brauchte. Dass ich ihn brauchte. Ich spürte, wie meine Wangen brannten, fühlte, wie meine Verlegenheit von mir verlangte, Hyun-Joon loszulassen und mich unter den Laken zu verstecken, doch ich rang sie nieder, nicht gewillt, solch einem unbegründeten Gefühl irgendwelchen Raum zu geben.

Ich hatte schon so oft ohne Shirt gemalt, mit Hyun-Joon im Raum. Hatte seine Augen und seine Hände auf mir und ihn tief in mir gespürt. Unzählige Male hatte ich so mit ihm im Bett gelegen, seine Haut an meiner. Und doch war es etwas völlig anderes, ihn darum zu bitten, als es einfach in einem spontanen Moment zu erleben.

»Wie ist das Gespräch mit der Schule gelaufen?«, fragte ich, nachdem ich das Ticken der Uhr an der Wand nicht länger ertragen konnte, bereute es aber augenblicklich, als ich fühlte, wie Hyun-Joon sich verspannte.

Seitdem er vor knapp zwei Stunden durch die Tür gekommen war, direkt nachdem ich aus dem *Hagwon* zurückgekehrt war, hatten wir das Thema gemieden wie eine streunende Katze einen Hund. Doch wir wussten beide, dass wir darüber reden mussten. Dass wir nicht für immer davor weglaufen konnten. Und vielleicht war es besser, es einfach in einer flüssigen Bewegung abzureißen wie ein Pflaster, anstatt es wie einen Gips dranzulassen, der jede unserer Bewegungen über Wochen hinweg nachhaltig einschränken würde.

»Nicht gut.« Hyun-Joon rollte mit den Schultern, und ich nahm meine Hand aus seinem Haar und begann ihn dort zu kneten, um die angespannten Muskeln zu lösen. »Die anderen drei Jungs haben alles abgestritten, und obwohl der Lehrer sie auf frischer Tat ertappt hat, meinten die Eltern nur, es wäre alles eine einzige Eifersuchtsattacke einer weniger privilegierten Familie. Als wären wir Teil einer beschissenen Tragödie des letzten Jahrhunderts.«

Das klang alles andere als gut, und so wählte ich meine nächste Frage mit Bedacht. »Und was hat Rektor Han dazu gesagt?«

»Er hat die drei Jungs suspendiert, wobei das eine Woche vor den Sommerferien wohl eher eine Belohnung als eine Strafe ist.« Hyun-Joon knirschte mit den Zähnen, und ich ließ meine Finger stärker über seine sehnigen Muskeln gleiten. »Nachdem die anderen Eltern weg waren, haben wir noch eine Weile mit ihm gesprochen. Ich habe ihm von den Vorfällen erzählt, von

denen ich weiß, von dem zerrissenen Tornister und den kaputten Schulsachen. Aber er meinte bloß, dass es schwer werden wird, etwas zu unternehmen, wenn die Beweislage so dünn ist.«
»Das ist doch Bullshit.«
Hyun-Joon ließ ein trockenes Lachen hören und zog mich fester an sich, während er nickte. »Ja, das ist es.«
»So kann es doch nicht bleiben«, sagte ich leise, und als Hyun-Joon den Kopf hob, um mich anzusehen, lag in seinem Blick so viel Zuneigung, dass ich kaum atmen konnte. »Hyun-Sik kann doch nicht ständig in Angst zur Schule gehen. Das ist nicht richtig.«
»Nein, ist es nicht.« Hyun-Joon strich mit dem Daumen über meinen Hüftknochen, und ich wusste nicht, ob ich es war, die ihn beruhigte, oder ob er nicht längst den Spieß umgedreht hatte. »Nach langer Diskussion sind Rektor Han, Mom und ich zu dem Schluss gekommen, dass es besser für Hyun-Sik ist, die Schule zu wechseln. Rektor Han hat versprochen, uns dabei zu helfen, eine passende Schule für ihn zu finden, die er direkt nach den Sommerferien besuchen kann. Am besten in einer ganz anderen Nachbarschaft oder noch besser in einem ganz anderen Bezirk. Ein Neuanfang sozusagen, mit Kids, die nicht wissen, wer er ist, woher er kommt, oder warum er wechseln musste.«
Der Gedanke, Hyun-Sik nicht mehr jeden Tag zu sehen, löste tiefes Unbehagen in mir aus. Ich hatte es immer genossen, ihn nach der Schule nach Hause zu bringen, seine Hand in meiner und sein sonniges Lächeln als Heilmittel gegen jede noch so schlechte Laune. Aber ich wusste auch, dass dieses Lächeln schwinden würde, je länger er seinen Peinigern ausgesetzt sein würde. »An welches Viertel habt ihr gedacht?«
»Mapo. In der Nähe vom Moms Café gibt es eine reine Jungenschule, die von der Grundschule bis zur Highschool führt, und die laut Rektor Han auch einen guten Ruf hat. Dort

könnte Mom ihn jeden Tag selbst hinbringen und abholen, sodass es unwahrscheinlicher ist, dass die Leute sich die wildesten Gerüchte ausdenken, die unwillkürlich zu Missverständnissen bei ihren Kindern führen.«

Es lag einzig und allein daran, dass ich Hyun-Joon so gut kannte, dass ich die Anspannung in seiner Stimme heraushörte. »Und das gefällt dir nicht?«

Hyun-Joon schmunzelte, doch es erreichte seine Augen nicht und wirkte halbherzig und leer. »Nicht wirklich.«

»Weil dir die Schule nicht zusagt?«

»Das ist es nicht.« Hyun-Joon seufzte schwer, und selbst ich, die keine Geschwister hatte, spürte die Last der Verantwortung, die als ältester Sohn der Familie auf seinen Schultern lastete, in einer Gesellschaft, in der Männer traditionell als Familienoberhaupt galten. »Es gefällt mir nur nicht, dass wir klein beigeben und davonlaufen, auch wenn ich weiß, dass es für Hyun-Sik das Beste ist.«

Meine Stirn legte sich tief in Falten, ohne dass ich etwas dagegen tun konnte. »Aber ihr lauft doch nicht weg.«

»Doch.« Hyun-Joon schloss die Augen, so als würde das Thema ihn ermüden. »Anstatt uns dem Konflikt zu stellen und dafür zu sorgen, dass die Kids, die Hyun-Sik drangsalieren, die Konsequenzen dafür tragen müssen, geben wir klein bei, so als wären wir diejenigen, die etwas falsch gemacht haben.« Er schnalzte leise mit der Zunge, sein Unwillen war nun deutlich herauszuhören. »Ich will einfach nicht, dass Hyuni glaubt, es gäbe irgendetwas, wofür er sich schämen müsste oder was das Verhalten der anderen Kinder rechtfertigen würde. Ich will nicht, dass er wegläuft. Weder vor sich selbst noch vor sonst irgendjemandem. Das ist feige und führt zu nichts.«

Seine Worte hallten laut in meinem Kopf wider und formten sich mit den Worten, die Christopher beim Abschied zu mir gesagt hatte, zu einer Kette, die sich um meinen Hals legte und sich mit jeder Sekunde fester zuzog.

Weißt du, ich hab dir nicht von diesem Job erzählt, damit du vor dir selbst davonlaufen kannst.

Ich starrte an die makellose Decke, und auf einmal war mir Hyun-Joons Wärme beinahe zu viel, während ich seinem Atem lauschte, der immer schwerer wurde. Meine Arme und Beine kribbelten, der Fluchtreflex strömte durch meinen Körper, während meine Erinnerungen zurückspulten und an einem der ungünstigsten Momente wieder auf Play drückten.

Das alles scheint dich ziemlich zu belasten. Ich verstehe also nicht, warum du mit deiner Familie nicht einfach deine Sachen packst und gehst, sobald du mit deinem Studium fertig bist.

Weil nichts besser wird, wenn ich davonlaufe.

Ich verspannte mich, als Hyun-Joon näher an mich heranrückte, doch ich konnte auch nicht aufstehen und gehen, mein Herz war hier bei ihm auf der Matratze fest verankert, während mein Verstand laut um Abstand bettelte, um sich zu sortieren.

»Ich bin froh, dass du hier bei mir bist.« Hyun-Joons schlaftrunkene Worte mischten sich in das Chaos in meinem Kopf, und ich hielt mich nur noch stärker an seiner Schulter fest, so als wollte ich in ihm Halt finden, obwohl meine Finger sich anfühlten, als würden sie jeden Moment abrutschen. »Ich wüsste nicht, was ich ohne dich tun würde.«

Ich sagte kein Wort, starrte nur unbeweglich an die Decke und hörte, wie Hyun-Joon in den Schlaf glitt, seine Atmung tief und ruhig und gelassen, während meine Augen unstet über das makellose Weiß huschten, bis sie an einer Stelle hängen blieben. Denn da war er, der eine Riss in der perfekten Makellosigkeit.

Und mit einem Mal hatte ich schreckliche Angst.

31. KAPITEL

명함 = Visitenkarte

Es war still, als ich durch die Türen des *SONDER* trat, das so früh morgens für gewöhnlich eher wenig besucht war. Gerade jetzt, wo die Sommerferien kurz bevorstanden und die meisten an den Wochenenden ihre Nasen in ihre Lehrbücher steckten, herrschte im Café in Itaewon vor zwölf Uhr wunderbare Ruhe, was genau das war, was ich an diesem Sonntagmorgen brauchte. Nur ein paar der Tische waren besetzt, meist von Pärchen, die einfach ein genüssliches Frühstück zu sich nehmen wollten, anstatt den halben Tag in den Federn zu verbringen. Eigentlich hatte ich selbst noch ein bisschen im Bett faulenzen und schlafen wollen, aber Hyun-Joon hatte mich darum gebeten, herzukommen, und nach allem, was in den letzten paar Tagen passiert war, konnte ich ihm diese simple Bitte nicht abschlagen, auch wenn mein Verstand nach Abstand schrie, um mir Zeit zu geben, über alles nachzudenken, obwohl ich gar nicht wusste, worüber mein Hirn sich überhaupt den Kopf zerbrechen wollte. Ich wusste nur, dass mein Herz noch immer einen Satz machte, wenn ich Hyun-Joon sah, auch wenn die Scherben meines Mosaikherzens zu splittern schienen, da mich auch ein Stich durchfuhr, wann immer ich in seine goldenen Iriden blickte.

»Guten Morgen«, sagte ich, als ich Hyun-Joons Rücken erblickte, über den sich ein khakifarbenes T-Shirt mit einem großen Blumenaufdruck spannte. Ich steuerte direkt auf den Tisch zu, an den ich mich möglichst immer setzte, seitdem Hyun-Joon meine Gemälde aufgehängt hatte, und von dem aus ich sie beide im Blick hatte. Ich kramte in meinem Leinenbeutel sofort nach meinem großen Skizzenblock, im Kopf bereits bei der abstrakten Zeichnung, die ich heute anfertigen wollte, inspiriert von dem Geschäft, das ich gestern bei unserem Spaziergang durch meine Nachbarschaft gesehen hatte, das unzählige Puppen zum Verkauf anbot. Dafür hatte ich sogar extra meine Aquarellstifte und zwei meiner Pinsel mitgenommen, nur damit ich sofort die Farben einfangen konnte, die vor meinem inneren Auge explodierten, wann immer ich an die Porzellanfiguren mit den adretten Rüschenkleidern dachte, die feinsäuberlich im Schaufenster aufgereiht gewesen waren und in mir gleichermaßen kindliche Freude wie erwachsenes Unbehagen ausgelöst hatten.

Vielleicht, wenn ich meine Kopfhörer nutzte, um den Rest der Welt auf Abstand zu halten, würde ich sogar genau diese eigenwilligen Emotionen einfangen können, wenn ich eine Kombination aus weichen Pastelltönen und kontrastreichen dunklen Farben verwendete. Oder vielleicht sollte ich einfach mit intensiveren Schattierungen arbeiten, um –

»Jade!« Ich zuckte überrascht zusammen, als ich die Aufregung aus Hyun-Joons Stimme heraushörte, und ließ den Zeichenblock aus meinen Fingern zurück in den Beutel gleiten.

»Ja?« Ich blinzelte, meine Augen waren gewiss so groß wie die der Puppen gestern, als ich meinen Freund völlig verdattert musterte, der wie ein Honigkuchenpferd grinste. »Was ist los?«

»Komm mal bitte her.« Unruhig winkte er mich zu sich hinüber, und ich kam seiner Bitte nach. Hyun-Joon war nicht der Typ, der mich direkt mit Forderungen überfiel, bevor er mir nicht den ersten Kaffee gebracht hatte, weil er wusste, dass ich eher geneigt wäre, seinem Anliegen nachzukommen, wenn ich Koffein im System hatte. Was auch immer er also von mir wollte, musste verdammt wichtig sein.

Ich trat an seine Seite und wollte schon fragen, was denn so wichtig war, doch meine Worte blieben mir im Hals stecken, als ich die zierliche Dame an dem kleinen, runden Tisch wiedererkannte, die hinter Hyun-Joons breiter Statur problemlos untergegangen war.

»Guten Morgen, Miss Hall.«

»Mrs Singh.« Ich lächelte die hübsche Institutsleiterin an, die heute einen Anzug in schillerndem Fuchsia trug, der hervorragend zu den goldenen Ringen an ihren Fingern und der exquisiten Uhr an ihrem Handgelenk passte. Aufregung stieg in mir auf, als ich mich an den Moment erinnerte, in dem sie mein Bild betrachtet hatte, und ich schloss die Hand fester um den Griff meines Jutebeutels, um nicht mit all den Fragen herauszuplatzen, die mir auf der Zunge brannten. »Schön, Sie so schnell wiederzusehen.«

»Ich habe meinen Aufenthalt in Seoul ein wenig verlängert, weil sich plötzlich etwas von großem Interesse für mich aufgetan hat.« Sie überschlug die langen Beine, das Abbild purer Eleganz, während sie einen Schluck von ihrem Cappuccino trank. »Wie wäre es, wenn Sie sich zu mir setzen?«

Verwundert sah ich sie an, überrascht von ihrem plötzlichen Angebot, doch bevor ich es ausschlagen konnte, zog Hyun-Joon mir schon den Stuhl zurück.

»Setz dich, Liebling.« Er grinste mich breit an. »Vertrau mir einfach.«

Mein Zögern hatte nichts damit zu tun, dass ich Hyun-Joon nicht vertraute, sondern mehr damit, dass ich mich in meinen

Jeansshorts und dem locker sitzenden Top hoffnungslos underdressed fühlte, um mit einer Frau wie Mrs Singh auch nur an einem Tisch zu sitzen. »Sind Sie sich sicher?«

»Absolut.« Mrs Singh deutete einladend auf den Stuhl. »Es wäre mir eine Ehre.«

Die Ehre war einzig und allein auf meiner Seite, so viel stand fest, aber ich hatte keine Chance, sie darüber in Kenntnis zu setzen, denn da hatte Hyun-Joon mich schon mit sanften, aber bestimmten Fingern auf den Stuhl manövriert. Als er jedoch nicht auf seinen üblichen Platz hinter dem Tresen verschwand, sondern direkt hinter mir Stellung bezog, wurde das Flattern in meiner Magengegend nur noch schlimmer.

Was zur Hölle war hier eigentlich los?

»Miss Hall, wäre es in Ordnung, wenn ich Sie Jade nenne?«

»Natürlich.« Ich richtete mich etwas mehr in meinem Stuhl auf. »Das ist vollkommen okay.«

»Sehr schön. Ich bevorzuge es nämlich, mit meinen Künstlerinnen und Künstlern per Du zu sein.« Bei ihren Worten entglitten mir alle Gesichtszüge, und Mrs Singh lachte belustigt, die Fältchen um ihre Augen wirkten etwas tiefer, als sie zu Hyun-Joon aufsah. »Ist das die Reaktion, die du vorhin meintest?«

»Ja, mehr oder minder.« Hyun-Joon legte die Hände auf meine Schultern, doch ich spürte es kaum durch den dichten Nebel meiner Gedanken, die doch immer wieder nur einen Satz wie auf Repeat abspielten.

Ich bevorzuge es nämlich, mit meinen Künstlerinnen und Künstlern per Du zu sein.

... nämlich mit meinen Künstlerinnen und Künstlern per Du zu sein.

... mit meinen Künstlerinnen ...

»Wie bitte?« Ich würgte die Worte praktisch hervor, als wären sie in den Klauen meines Unglaubens und damit hinter meinen Zähnen gefangen.

Mrs Singh lehnte sich in ihrem Stuhl zurück, vollkommen gelassen und entspannt, während mein Herz mir bis zum Hals schlug. »Das Bild über mir«, sie deutete nach oben und ich musste nicht hinsehen, um zu wissen, dass dort mein Bild für Hyun-Joon hing, »das hast du gemalt, oder nicht?«

»Ja, das habe ich.« Ich blinzelte, noch immer nicht ganz in der Lage, zu verstehen, was hier gerade eigentlich passierte. »Woher wissen Sie das?«

»Ich habe Mrs Kang nach dem Namen der Person hinter ihren neusten Errungenschaften gefragt, und sie hat mir deinen genannt. Alles, was ich dann noch tun musste, war, deinen Namen in eine Suchmaschine einzugeben, und schon tauchte dein Gesicht auf der Website einer koreanischen Grundschule auf. Da ich mich gut an Gesichter erinnern kann, wusste ich sofort, wo ich dich würde finden können.« Sie ließ ihre Fingerspitzen über den breiten Rand der weißen Tasse gleiten, während sie mich nicht aus den Augen ließ, ihr Blick genauso intensiv und eindringlich wie ihre Worte, denen ein kaum merklicher Akzent anhaftete. »Eigentlich wollte ich heute nur herkommen, um Hyun-Joon nach deiner Telefonnummer zu fragen, aber als er mir gesagt hat, dass du gleich herkommen würdest, habe ich beschlossen, auf dich zu warten, um persönlich mit dir zu sprechen.«

»Mit mir?« Ich zeigte wie eine filmreife Idiotin auf mich selbst, was Mrs Singh nur mit dem amüsierten Hochziehen einer Augenbraue quittierte. »Wieso wollen Sie denn mit mir reden? Ich verstehe nicht ganz.« Ich sah über die Schulter zu Hyun-Joon auf, der noch immer breit grinste. »Das Bild ist doch unverkäuflich, hast du gesagt.«

»Ist es auch.« Hyun-Joon beugte sich herunter und drückte mir einen Kuss auf den Scheitel. »Ich hole dir einen Kaffee, okay?«

»Okay.« Ich hatte zwar keine Ahnung, wie ein Kaffee mir bei der Lösung dieses Rätsels helfen sollte, doch ich ließ ihn ziehen und richtete meine Augen wieder auf Mrs Singh. Ich spürte, wie meine Stirn sich in tiefe Falten legte, während ich versuchte, diese Situation einzuordnen und ihr damit einen Sinn zu geben, aber nichts wollte mir einfallen. »Entschuldigen Sie bitte, Mrs Singh, aber ich weiß wirklich nicht, worüber Sie mit mir reden wollen würden.«

Sie legte den Kopf schief, ihr langes, schwarzes Haar wieder zu einem hohen Pferdeschwanz zusammengebunden, der aussah wie ein Wasserfall bei Nacht, als er ihr über die Schulter fiel. Der Ausdruck in ihren Augen war prüfend, so als versuchte sie, etwas über mich mit einem einzigen Blick herauszufinden.

Unruhig rutschte ich unter ihrem Blick auf meinem Stuhl hin und her, mir unsicher, was ich sagen oder tun sollte, während ich es nicht wagte, wegzusehen oder mich auch nur zu rühren.

»Du meinst das ernst, oder?«, sagte Mrs Singh genau in dem Moment, in dem Hyun-Joon den Iced Americano vor mir abstellte, den ich so gerne trank und in dem sicherlich wieder ein extra Schuss Espresso war, ganz nach seinem persönlichen Geheimrezept. »Das ist erfrischend. Eine Künstlerin, die wirklich nicht weiß, wie gut sie ist, anstatt nur so zu tun. Sehr charmant. Darf ich dich fragen, was du studiert hast, Jade? Soweit ich weiß, muss man studiert haben, um in Südkorea Englisch unterrichten zu können.«

Mir blieb der Mund offen stehen, ich war mir noch immer nicht sicher, ob ich träumte oder ob das alles hier gerade wirklich passierte. Ich griff nach dem Kaffee und trank einen

Schluck, um meine Kehle zu befeuchten, während ich rein gar nichts schmeckte, so als wäre mein Hirn zu sehr damit beschäftigt, mein Herz und meine Lunge am Laufen zu halten, dass für alles andere keine Kapazitäten mehr übrig waren. »Ich habe Kunstpädagogik studiert, Ma'am.«

»Interessant.« Mrs Singh trank noch einen Schluck von ihrem Cappuccino, der eine helle Linie auf ihren geschminkten Lippen hinterließ, die sie im nächsten Moment mit ihrer Zunge wieder verschwinden ließ. »Sie wollten also Kunst unterrichten?«

»Mehr oder weniger.« Ich fuhr mit den Fingern über das Glas, auf dem sich längst eine dünne Schicht Kondenswasser gebildet hatte. »Eigentlich wollte ich im Anschluss an einem Masterprogramm für Kunsttherapie teilnehmen, aber das war mir leider aus diversen Gründen nicht möglich.« Als sie nickte, aber kein Wort sagte, stieg Unsicherheit in mir auf, wie Luftblasen in einem Aquarium. »Ich verstehe nicht ganz, was das mit meinen Bildern zu tun hat, Ma'am.«

»Jade, du hast ein seltenes und wertvolles Talent.« Mrs Singh lehnte sich in meine Richtung, die Arme auf dem Tisch abgesetzt und die Handflächen nach oben, während sie mit eindringlichem Ton zu mir sprach. »Als ich deine Bilder gesehen habe, habe ich diesen Funken gespürt, der mich immer wissen lässt, dass eine Arbeit ein Herz und eine Seele hat. Wenn ich mir deine Bilder ansehe, kann ich nicht anders als zu fühlen, so rau ist deine Kunst in ihrer Emotionalität. Es fühlt sich ungefiltert an. Ehrlich. Und das ist selten und kann nicht gelernt werden.«

Ich spürte das Brennen in meinen Augen, bevor ich etwas dagegen tun konnte, und so sah ich zur Decke und blinzelte die Tränen weg, mir Hyun-Joons Hand in meinem Nacken überdeutlich bewusst, dessen kühle Ringe sich in meine Haut drückten und mich im Hier und Jetzt hielten. Ich atmete einmal tief durch, verankerte meine Beine und mein Herz wieder fest auf dem Boden, ehe ich antwortete. »Vielen Dank. Das ehrt mich wirklich sehr.«

»Ich sage dir lediglich die Wahrheit. Deine Kunst ist außergewöhnlich, und es ist traurig, dass dir das offensichtlich noch niemals jemand in aller Deutlichkeit gesagt hat.«

»Ich hab dir gesagt, dass du brillant bist.« Hyun-Joon trat neben mich, und ich ergriff automatisch seine Hand.

»Vielen Dank. Das bedeutet mir wirklich sehr viel.« Ich räusperte mich, überwältigt von all den Gefühlen, die mit einem Mal in mir aufstiegen: Stolz, Unglaube, Unsicherheit, Glück und Freude, vermischt zu einem Farbenmeer, das mir den Atem raubte.

Mrs Singh lächelte, doch diesmal hatte es beinahe etwas Entschuldigendes. »Du weißt, dass das nicht alles ist, oder?«

Ich dachte an meine Professoren und Professorinnen und daran, wie sie immer zuerst die positiven Dinge an einer Ausarbeitung oder einem Gemälde betont hatten, bevor sie zur Kritik übergegangen waren, und so straffte ich die Schultern und drückte Hyun-Joons Hand so fest, dass die Kanten seiner Ringe sich in meine Haut pressten. Das war der Moment, auf den ich gewartet hatte. Auf den ich gehofft hatte, seitdem ich erfahren hatte, dass Mrs Singh nicht nur jemand war, der Kunst genoss, sondern auch jemand, der etwas von Kunst verstand und von dem ich unfassbar viel würde lernen können, selbst wenn ich nur ein fünfminütiges und halbherziges Feedback von ihr bekäme. »Ja, das weiß ich.«

»Gut.« Ihr Blick huschte zu unseren miteinander verschränkten Händen, ehe sie mir diesmal direkt in die Augen sah. »Deine Emotionalität macht deine Bilder einzigartig, aber in ihrer Unkontrolliertheit vergisst du auch deine Technik. Manche deiner

Pinselstriche sind zu unstet und wackelig und lassen sich auch mit deinem expressionistischen und abstrakteren Stil nicht rechtfertigen. Allein von diesen beiden Bildern ausgehend, ist es offensichtlich, dass du dir über Dinge wie Komposition oder Perspektive kaum Gedanken machst, sondern einfach malst. Und auch wenn das bewundernswert ist und dein Herz direkt auf die Leinwand transportiert, sind es doch Fehler, die dich davon abhalten werden, den Sprung von außergewöhnlich zu wahrhaft einzigartig zu machen.« Welche Gefühle auch immer bei ihren Worten über mein Gesicht huschten, sie bewegten Mrs Singh dazu, über den Tisch hinweg meine freie Hand zu ergreifen, mit der ich mein Glas umklammert hatte, ohne es zu bemerken. »Versteh mich nicht falsch, Jade. Du wirst immer gut sein, völlig egal, was du auch tust. Aber ich will dir helfen, nicht nur gut, sondern brillant zu sein. Wenn du mich lässt.«

Lichter zuckten vor meinen Augen, mein System geflutet von blinder Euphorie, als ich daran dachte, wie es wäre, wenn jemand wie Mrs Singh mich unter ihre Fittiche nehmen würde. Jemand, der Jahre an Erfahrung in der Kunst hatte, der sie unterrichtete und wusste, wie wertvoll es war, Wissen weiterzugeben und aufstrebenden Künstlern und Künstlerinnen auf ihrem Weg nach oben zu helfen. Jemand, der für die Kunst genauso sehr brannte wie ich und der verstand, ohne dass ich ein einziges Wort sagen musste, der in der Lage war, das zu hören, was ich mit dem Pinsel in die Welt hinauszuschreien versuchte. Meine blinde und ekstatische Freude hielt sich jedoch nur für wenige flüchtige Momente, ehe mein Blick auf die Cartier an ihrem Handgelenk fiel. Wie schön es wäre, sich von jemandem wie Mrs Singh unterrichten zu lassen. Doch leider war sie weit außerhalb der Preisklasse einer Frau, der am Ende des Monats nur ungefähr fünfzehntausend Won auf dem Konto blieben, obwohl sie bis zum Umfallen schuftete.

Ich atmete tief ein, gewöhnt an den Schmerz in meiner Brust, der mit der Enttäuschung eines geplatzten Traums einherging. »Ich weiß Ihr Angebot wirklich zu schätzen, Mrs Singh. Aber ich kann mir den Unterricht bei Ihnen nicht leisten. Selbst dann nicht, wenn er über Onlineseminare stattfindet.«

Mrs Singh tätschelte meine Hand, in den Augen ein Ausdruck den ich nicht zu deuten vermochte. »Du würdest meinen Unterricht weder online bekommen noch würdest du ihn bezahlen müssen.«

Sofort stellten sich mir alle Nackenhaare auf, und ich entzog Mrs Singh meine Hand, als ich begriff, dass sich Mitleid in ihre großen Augen mischte. Wenn ich eins gelernt hatte, während ich meinen Vater auf seinem langen Leidensweg begleitet hatte, dann, dass es immer eine Sache gab, an der man festhalten musste, selbst wenn einem nichts anderes mehr geblieben war: seinem Stolz. »Ich brauche keine Almosen. Und ich möchte auch keine.«

»Und ich bin auch nicht hier, um dir welche zu geben.« Mrs Singh schmunzelte, offensichtlich amüsiert über meinen Unwillen, etwas anzunehmen, das ich nicht bezahlen konnte. »Ich bin hier, um dir einen Job anzubieten.«

»Einen Job?« Hyun-Joons Stimme erklang anstelle von meiner, sein Tonfall war barsch und überrascht, als er einen großen Schritt zurücktrat. Meine Hand fühlte sich eigenartig kalt und leer an, als sie aus seiner Hand in meinen Schoß fiel. »In Singapur?«

»Genau.« Mrs Singh wandte den Blick von ihm ab und sah stattdessen mich an. »Ich spiele schon seit einer Weile mit dem Gedanken, meinen jüngsten Schützlingen die Möglichkeit zu geben, ihr gesprochenes Englisch zu trainieren und zu verbessern. Mein Institut unterrichtet Kinder und Jugendliche jeglichen Alters aus aller Welt. Ich denke, es wäre hilfreich, ihnen jemanden an die Seite zu stellen, dessen Muttersprache Englisch ist und der zudem mit der Materie vertraut ist, um ihnen die korrekten Fachbegriffe beizubringen, die sie in ihrem späteren künstlerischen Berufsleben brauchen werden. Es wäre eine volle Lehrstelle, die primär dem Zweck dienen soll, alltägliche berufliche Konversationen führen zu können und mit dem Unterricht in diese Richtung schon so früh wie möglich zu beginnen oder bei unseren älteren Jugendlichen eventuelle Defizite auszugleichen.« Mrs Singh lächelte mich an. »Du würdest wie auch hier in Korea eine Wohnung gestellt bekommen sowie eine gute monatliche Bezahlung erhalten. Zusätzlich dazu würde ich dir gerne anbieten, dich zu unterrichten, außerhalb des Curriculums und nur zwischen uns beiden, denn meine Lehrmethoden sind sicherlich eingerostet, so lange wie ich schon selbst nicht mehr in einem Klassenzimmer gestanden habe. Und in meinem Institut unterrichten wir außerdem nur bis zur Hochschulreife, sodass du auch aus meinem üblichen Altersschema rausfällst. Aber du hast Potenzial, und es wäre mir eine große Ehre, genau das zur vollen Entfaltung zu bringen.«

»Meinen Sie das ernst?«, fragte ich ungläubig, und als Mrs Singh nickte, fühlte ich mich wie ein Goldfisch, der wortlos und gedankenlos nur noch geradeaus starrte. »Aber ich … Ich meine …«

Mrs Singh hob die Hand und unterbrach mich. »Bevor du jetzt direkt zu- oder absagst, denk einfach in Ruhe darüber nach, okay? Es gibt keinen Grund, jetzt irgendetwas zu überstürzen, da ich die Stelle eh erst zum nächsten Schuljahr im Frühling einrichten kann. Aber allzu lange solltest du auch nicht mit einer Entscheidung warten, da ich mich bis dahin auch noch um diverse Dinge kümmern müsste, solltest du dich entschließen, mein Angebot anzunehmen.« Sie kramte in ihrer

Handtasche herum und zog kurz darauf eine blütenweiße, geprägte Visitenkarte heraus, die sie über den Tisch in meine Richtung schob. »Hier sind alle meine Kontaktdaten. Nimm dir einfach bis Ende des Monats Zeit, und melde dich dann bei mir, in Ordnung? Vollkommen egal, ob mit einer positiven oder negativen Rückmeldung.«

Ich nahm die Visitenkarte in meine Hand und betrachtete die wunderschöne Prägung des Institutslogos, die der Karte einen genauso edlen Touch verlieh wie das robuste Papier, auf dem die eleganten Buchstaben gedruckt worden waren.

Sunita Singh -Leiterin- Fine Arts Institute Singapore.

»Ich sollte jetzt wirklich los. Mein Flieger geht in drei Stunden, und ich wollte noch bei einem meiner ehemaligen Schüler vorbeischauen.« Mrs Singh stürzte den Rest ihres Cappuccinos hinunter, ehe sie sich von ihrem Sitzplatz erhob. »Ich hoffe, bald etwas von dir zu hören, Jade.« Ich wollte etwas erwidern, brachte aber kein Wort heraus, und so nickte ich einfach nur, während Mrs Singh mich anlächelte und sanft meine Schulter drückte. »Vielen Dank für den Cappuccino, Hyun-Joon.«

Als er nicht antwortete, sah ich überrascht zu ihm auf, doch Hyun-Joon schaute weder Mrs Singh noch mich an, seine Augen waren einzig und allein auf die Visitenkarte gerichtet, die er anstarrte, als wollte er sie am liebsten in Flammen aufgehen sehen. Mrs Singh schien an der fehlenden Verabschiedung keinen Anstoß zu nehmen und ging, das Klappern ihrer Absätze auf dem Fußboden des Cafés laut wie Gewehrsalven, als sie Hyun-Joon und mich zurückließ, in den Trümmern ihres Angebots, das zwischen uns alles verändern konnte.

Mit den Fingern fuhr ich über die Karte, das Papier fühlte sich fest und widerstandsfähig an und war damit ein starker Kontrast zu dem Mosaikherz in meiner Brust, das immer schneller zu schlagen begann und mit jedem Mal mehr schmerzte. Mein Verstand sagte mir, dass es das Beste wäre, die Karte zu zerknüllen und nie wieder über dieses absurde Angebot nachzudenken, das zu gut klang, um wahr zu sein. Doch ich tat es nicht. Stattdessen zog ich mein Handy hervor und steckte die Karte hinten in die Hülle, so als wollte ich sie im Niemandsland einsperren, nicht ganz im Handy eingespeichert, aber auch nie weit davon entfernt, damit ich nicht Gefahr lief, sie zu verlieren.

Erst als ich die Hülle wieder befestigte, das kleine Klicken als Versicherung, dass der weiche Kunststoff sich sicher über die zerbrechliche Kante des Displays geschoben hatte, hörte ich das scharfe Einatmen, das so klang, als wäre jemand angeschossen worden.

Ich sah zu Hyun-Joon, der nicht länger die Karte fixierte, sondern mich, in den Augen so viel Schmerz und so viel Angst, dass sich eine Gänsehaut auf meinem ganzen Körper ausbreitete.

»Joon –«, begann ich vorsichtig, doch er hob nur die Hand und schüttelte vehement den Kopf, ehe er sich auf dem Absatz umdrehte. »Joon, bitte lass uns –«

»Nicht jetzt, Jade.« Er knurrte die Worte wie ein verletztes Tier, das darum bettelte, in Ruhe gelassen zu werden, und ich gab meinen Versuch, mit ihm zu reden, auf.

Stattdessen sah ich ihm nur nach, als er hinter den Tresen ging und durch die Tür in den privaten Bereich des Cafés verschwand. Und obwohl es nur wenige Meter waren, die uns trennten, kam es mir vor, als hätte sich gerade eine Schlucht zwischen uns aufgetan, ohne Brücke, ohne Seilbahn oder sonst irgendeine Verbindung, mit der wir einander erreichen konnten.

32. KAPITEL

감옥 = Gefängnis

»Sollen wir nicht doch lieber die U-Bahn nehmen?«
»Nein, da behindern wir nur alle.«
Skeptisch beobachtete ich, wie Hyun-Joon mit einem höflichen Lächeln und einer Verbeugung die Leinwände an den Taxifahrer weiterreichte, der sie vorsichtig im Kofferraum verstaute. Eigentlich hatte ich nur eine kaufen wollen, doch Hyun-Joon hatte darauf bestanden, mehrere mitzunehmen, jetzt, wo eins meiner Gemälde im Café vorgestern einen neuen Besitzer gefunden hatte. Ich hatte zweihunderttausend Won, also umgerechnet ungefähr einhundertzwanzig Pfund dafür bekommen, was meiner Meinung nach viel zu viel gewesen war, aber Hyun-Joon hatte mir versichert, dass der Preis gerechtfertigt war, und das Pärchen, das es erworben hatte, vermutlich sogar noch mehr gezahlt hätte, wenn sein Gerechtigkeits- nicht gegen seinen Geschäftssinn gesiegt hätte. Wir hatten eine Weile darüber diskutiert, ob es wirklich sinnvoll war, Leinwände zu kaufen, wenn ich kaum Zeit hatte, sie zu füllen, und hatten damit die missbilligenden Blicke anderer Kunden auf uns gezogen. Aber Hyun-Joon hatte das herzlich wenig interessiert. Stattdessen hatte er mich mit einem Lächeln auf die morgen beginnenden Sommerferien hingewiesen und die Leinwände kurzerhand selbst gekauft, genau in dem Moment, als ich mich umgedreht hatte, um, ob seiner immensen Sturheit, einmal tief

durchzuatmen und nicht den halben Laden an meinem angestauten Frust teilhaben zu lassen. Denn ich wusste genau, warum es ihm plötzlich so wichtig war, meine Gemälde zu verkaufen und mich zum Malen zu bewegen. Und das Wissen, dass er damit ein gänzlich anderes Ziel verfolgte, hinterließ einen bitteren Beigeschmack auf meiner Zunge. »Außerdem schaffst du es nicht pünktlich, wenn wir jetzt noch versuchen, die U-Bahn zu erwischen.«

»Weshalb ich dir gesagt habe, dass wir auch wann anders hierhin kommen können.« Der Blick, den der Taxifahrer mir zuwarf, als er mir die zwei Tüten, gefüllt mit Pinseln, Spachteln, Reinigern, Acryl- und Ölfarben, abnahm, ließ mich wissen, dass ich so trotzig klang, wie ich befürchtete, während ich mit meinem übergroßen T-Shirt und der Jeans am Straßenrand stand, fassungslos, wie ich überhaupt in diese Situation geraten war, in der ich um die hundertfünfzigtausend Won ärmer war, die ich eigentlich für Notfälle hatte auf Seite legen wollen, und mein schlechtes Gewissen jetzt nur damit zu beruhigen versuchte, dass ich wirklich vorgehabt hatte, in den Sommerferien ein bisschen zu malen. Eigentlich hatte ich nur Indigoblau und Gold nachkaufen wollen. So viel dazu. »Heute ist einer der wenigen Tage, an denen du mal hättest ausschlafen können. Ich hätte auch allein herkommen können.«

Das *Ich wäre heute sogar lieber allein hergekommen* hing unausgesprochen und schwer wie ein Amboss zwischen uns in der Luft.

»Als ob ich dich hätte gehen lassen. Außerdem, glaub mir, wenn wir im Bett geblieben wären, hätte ich an vieles gedacht, aber nicht ans Schlafen.«

Meine Hand schnellte hervor und landete klatschend auf Hyun-Joons Oberarm, ehe ich einen Blick zum Fahrer riskierte, der seinen ungehörigen Kommentar aber scheinbar nicht verstanden hatte, so gelassen wie er die Kofferraumklappe zuschlug. »Joon!«

Hyun-Joon, der offensichtlich beschlossen hatte, heute mal wieder seine spielerisch-freche Seite an den Tag zu legen und sie mit seinem unverschämt charmanten Grinsen zu kombinieren, zuckte nur die Achseln, bevor er die Hände an meine Wangen legte und einen kurzen Kuss auf meine Lippen drückte, obwohl wir dafür schon im Laden für Künstlerbedarf den ein oder anderen empörten Blick kassiert hatten. Normalerweise würde mich seine Hochstimmung anstecken, doch heute wirkte sie einfach nur aufgesetzt und falsch, das Bild von ihm, wie er vor wenigen Tagen im Gespräch mit Mrs Singh einen großen Schritt zurückgetreten war, nachdem sie mir ihre Visitenkarte gereicht hatte, hatte sich auf den Innenseiten meiner Augenlider eingebrannt. »Steig ein, Liebling.«

Ich diskutierte nicht mit ihm, weil ich wusste, dass es eh zu nichts führen würde, sondern kletterte kommentarlos hinten auf die Rückbank des Taxis, in dem die ruhige Stimme eines Nachrichtensprechers zu hören war. Hyun-Joon glitt neben mich und schlug die Tür zu, erklärte dann dem Fahrer hastig irgendetwas, woraufhin dieser ein paar Mal nickte, schließlich aber scheinbar etwas zu bedenken gab, was Hyun-Joon auf seine Uhr spähen und das Gesicht verziehen ließ.

»Was ist los?« Ich griff mir sein Handgelenk und spähte auf seine Uhr. Ich fluchte. Der Unterricht begann heute zwar erst zur dritten Stunde, spät dran war ich leider trotzdem. »Das schaffen wir nicht mehr.«

»Du nicht, aber ich.« Hyun-Joon sprach kurz noch einmal mit dem Fahrer, ehe er sich mir wieder zuwandte. »Ich bringe fix alles hoch in dein Apartment, und dann fahre ich direkt weiter zur Uni.«

»Okay.« Ich verschränkte die Arme vor der Brust, überschlug die Beine und spähte zu ihm hinüber. »Hattest du deiner Mom nicht gesagt, dass du heute vor der Uni zumindest kurz mal zu Hause vorbeischauen willst?«

Hyun-Joon winkte nachlässig ab, in dem Versuch, den Unmut über die Entscheidung seiner Mutter, Hyun-Sik von der Schule zu nehmen, zu verbergen. »Das passt schon. Ich schreibe ihr nachher. Außerdem sehen wir uns, bevor ich meine Schicht heute Abend antrete.«

»Sehen ist nicht das Gleiche wie reden.« Ich rückte ein Stück von Hyun-Joon weg, den Blick auf die düsteren Wolken gerichtet, die den Himmel verdunkelten. Meinen Worten folgte die Stille bittersüßer Verdrängung, etwas, das mein Freund offensichtlich zur Kunstform erhoben hatte, der dem Gespräch mit seiner Mutter, in dem sie endgültig über Hyun-Siks neue Schule entscheiden würden, genauso aus dem Weg ging wie dem mit mir, so als würde ich nicht bemerken, dass er ständig auf die Visitenkarte starrte, die ich hinten in die Hülle meines Handys gesteckt hatte. Dabei wusste ich ja selbst nicht mal, was ich von der ganzen Sache halten sollte. Eigentlich war es zu ungewiss. Und doch blieb da dieses leise Flüstern in mir, das mir keine Ruhe ließ und mit meinem Verstand um die Vorherrschaft wetteiferte. »Hast du einen Regenschirm dabei? Es sieht so aus, als würde es nachher gewittern.«

»Ja, ich habe einen eingepackt, als wir los sind. Dir übrigens auch.«

»Danke.«

»Kein Thema.« Er stieß mich mit der Schulter an und deutete in Richtung des Kofferraums, in dem die Materialien für mein Hobby lagen, das so viel mehr sein könnte als das, wenn ich nur eine Entscheidung träfe. »Jetzt bist du froh, dass du mich mitgenommen hast, oder?«

»Ich hätte die Sachen auch einfach mit in die Schule nehmen können.« Als ich sah, wie seine Mundwinkel verletzt herabsanken, legte ich meine Hand auf sein Knie und drückte sanft zu, um die Wogen zwischen uns irgendwie zu glätten, die, durch Hyun-Joons Unwillen, mit mir über Mrs Singhs Angebot zu reden, und stattdessen lieber so zu tun, als hätte es diesen Augenblick nie gegeben, immer wieder aufwallten. »Aber ich bin immer froh, wenn ich Zeit mit dir verbringen kann. Das weißt du, oder?«

»Ja.« Er räusperte sich. »Ja, natürlich.«

»Joon, wir sollten wirklich darüber reden, was da –« Hyun-Joon warf mir einen so flehenden Blick zu, der mir zeigte, dass er noch nicht so weit war, und so seufzte ich nur leise und brach ab. Er hatte unzählige Male Geduld mit mir bewiesen, da würde ich es auch schaffen, noch eine Weile darauf zu warten, bis er bereit war, sich dem zu stellen, was sich zwischen uns auftürmte. Außerdem war ich die Letzte, die etwas dazu sagen durfte, meine Geheimnisse lasteten schwer auf meinem Gewissen, auch wenn mein Herz versuchte, meinen Verstand davon zu überzeugen, dass ich sie irgendwann würde teilen müssen, wenn ich eine Zukunft mit diesem Mann an meiner Seite haben wollte. »Okay, nicht jetzt. Verstanden.«

»Danke.« Mehr sagte er nicht, sondern legte lediglich seinen Arm um meine Schultern, die Linie seines Kiefers hart und unzufrieden, weil er mich wegen des Gurtes nicht so nah an sich ziehen konnte, wie er es in diesem Augenblick offensichtlich brauchte.

»Joon?«

»Mhm?« Er sah aus dem Fenster, den Blick von mir abgewandt.

»Ich liebe dich.« Das erleichterte Ausatmen, das meinen Worten folgte, ließ mich wissen, dass er sie dringend hatte hören müssen, und ich verfluchte mich innerlich dafür, dass ich nicht ein Mal darüber nachgedacht hatte, was er jetzt brauchte, sondern mich nur damit beschäftigt hatte, wie verletzt ich über seine Reaktion gewesen war.

»Ich liebe dich auch.« Hyun-Joon öffnete den Mund, um noch etwas hinzuzufügen, schloss ihn dann aber wieder, und jegliche Wärme wich aus seinem Gesicht, als sein Kopf in Richtung der Boxen schnellte, aus denen noch immer die Stimme des Nachrichtensprechers dröhnte. Ich wollte ihn gerade fragen, was los war, als Hyun-Joon den Fahrer ansprach, auf seinen Lippen erschien ein angestrengt freundliches Lächeln, als er mit Nachdruck in der Stimme auf ihn einredete. Ein kurzer Wortwechsel folgte, und ich konnte die irritierte Miene des Taxifahrers im Rückspiegel sehen, während Hyun-Joon einen so eisigen und fordernden Tonfall verwendete, den ich von ihm so gar nicht gewohnt war. Seit seinem Ausbruch in der Schule wusste ich aber, dass mein Freund wohl noch eine ganz andere Seite hatte, der ich nur ungern begegnen wollte und die offensichtlich gerade einen erneuten Gastauftritt hatte.

»Joon, was ist los?«

Er ignorierte meine Frage vollkommen, seine Augen verengt, als er noch einmal mit Nachdruck in der Stimme etwas sagte, das ich nicht verstand, was aber dafür sorgte, dass der Fahrer ein Schnauben ausstieß und den Sender wechselte. Ein amerikanischer Popsong flutete das Innere, und der Mann am Steuer schien ihn extra etwas mehr aufzudrehen, vermutlich schon allein, um eine weitere Auseinandersetzung mit Hyun-Joon zu vermeiden, der einen Augenblick brauchte, bis die harte Linie seines Kiefers sich entspannte und er sich zurück in die Bank sinken ließ.

Okay, was war hier gerade passiert?

Ungläubig sah ich Hyun-Joon an, der einmal tief durchatmete, bevor er sich mir wieder mit einem Lächeln zuwandte, doch es wirkte falsch und erreichte nicht seine Augen, die so kühl dreinblickten, dass ich fröstelte. »Entschuldige, was hast du gesagt?«
»Ich habe gefragt, was los ist.«
»Nichts.« Hyun-Joon tätschelte meine Schulter, ob sich selbst oder mich zu beruhigen, vermochte ich nicht zu sagen, als ich sah, wie angestrengt er schluckte. »Nur eine kleine Meinungsverschiedenheit, das ist alles.«
»Eine Meinungsverschiedenheit? Über einen Radiosender?«, hakte ich etwas ungläubig nach und schüttelte Hyun-Joons Hand ab, was dafür sorgte, dass sich der Zug um seinen Mund noch mehr verhärtete. »Joon, du hast den armen Mann angesehen, als wolltest du sein Taxi am liebsten gegen den nächsten Strommast lenken.«
»Es ist nichts.« Er rieb sich fahrig mit einer Hand durch die Haare, die einen Augenblick lang in alle Richtungen abstanden, ehe sie wieder herabfielen wie Hyun-Joons Schultern, als er tief durchatmete. »Ich will mich heute nur einfach nicht mit dem Ego von Politikern befassen, die sich für etwas selbst beweihräuchern, das sie schon vor Jahren hätten tun sollen.«
»Worum ging es denn?«, wollte ich wissen, meine Stimme jetzt etwas sanfter, wo ich deutlich sehen konnte, wie sehr das Thema Hyun-Joon aufzureiben schien, der wegen der Situation mit seiner Mutter und dem Angebot von Mrs Singh offensichtlich noch angespannter war, als ich sowieso schon vermutet hatte. »Vielleicht können wir uns ja zusammen darüber ärgern.«
Hyun-Joon zögerte einen Moment, schnaubte dann verächtlich und begann zu reden. »Es ging darum, dass sie festgestellt haben, dass die neuen Zäune an der Mapo-Brücke wirklich effektiver dagegen helfen, dass Menschen sich dort

hinunterstürzen, als ein paar aufmunternde Worte.« Dunkelgrün und hellrot schienen die Worte von seiner Zunge zu tropfen, und sein Ton war schärfer als jemals zuvor, obwohl wir uns durchaus schon das eine oder andere Mal gestritten hatten.»Als wäre es jetzt so eine Überraschung, dass es wirksamer ist, es den Menschen schwerer zu machen, von einer Brücke zu springen, als sie mit hübsch beleuchteten Sätzen wie *Du siehst besorgt aus. Ist alles okay?* vom Wert ihres Lebens zu überzeugen.«

Mein Magen drehte sich um, und ich presste unauffällig meinen Handballen dagegen, damit der Blaubeermuffin, den wir unterwegs gegessen hatten, nicht wieder hochkam.»Ist das hier so ein Problem?«

»Ja«, war seine knappe Antwort darauf, und ich hatte eigentlich auch mit nichts anderem gerechnet, wenn die Stadt extra Zäune anbringen ließ.»Sie haben es mit Imagewechsel und so einem Zeug probiert, aber die *Brücke des Todes* bleibt eine Suizidbrücke, auch wenn du sie in *Brücke des Lebens* umbenennst und plötzlich positive Nachrichten an ihr anbringst.«

Ich hatte das Gefühl, dass die Welt um mich herum sich zu drehen begann, und ich öffnete den Mund ein wenig, um besser Luft zu bekommen, doch mit jedem Atemzug wurde die aufsteigende Übelkeit nur noch schlimmer.

Jellybean, es ist Zeit.

Das Rascheln in meinen Ohren wurde lauter, und ich versuchte, den Faden wiederzufinden, damit das Orange des Pillendöschens, das sich langsam vor meinem inneren Auge abzeichnete, keine Chance hatte, sich auszubreiten.»Aber solche Nachrichten können dem ein oder anderen die Welt bedeuten.«

»Wenn sie zu der Brücke gehen, haben sie längst ihre Entscheidung getroffen.« Hyun-Joon machte ein klickendes Geräusch mit der Zunge, das sich in meinem Kopf anhörte wie ein Pistolenschuss.»Die denken dann an nichts anderes mehr, als ihrem eigenen Leben ein Ende zu bereiten, ohne über die Leute nachzudenken, die sie zurücklassen. Oder aber sie denken an sie, und es ist ihnen egal, was noch schlimmer ist. So was wie *Ich liebe dich* oder *Wie willst du, dass deine Kinder sich an dich erinnern?* ist für solche Menschen doch bedeutungslos. Sie springen, und dann ist das Thema für sie durch.«

Die Verbitterung, die aus jedem von Hyun-Joons Worten drang, schmeckte wie Magensäure auf meiner Zunge, und es kostete mich eine Menge Selbstbeherrschung, um nicht zu würgen.

»Ich glaube«, begann ich und schluckte schwer, um den Speichel loszuwerden, der sich in meinem Mund sammelte und mich wissen ließ, dass ich mich vermutlich spätestens übergeben würde, sobald ich in der Schule ankam, »dass da so viel mehr hintersteckt. Sein eigenes Leben zu beenden, kostet Mut, und für viele ist es sicherlich eine Erlösung, von welcher Krankheit sie auch immer befallen sind. Denn Suizid ist eine Begleiterscheinung einer Erkrankung, sei es eine psychische oder physische.« Als unsere Blicke sich begegneten, sah ich Wut in Hyun-Joons Augen aufflammen, und so beeilte ich mich, meine Worte klarer auszudrücken, um Missverständnisse zu vermeiden. Ein schreckliches Gefühl überkam mich, als mir zu dämmern begann, dass die Wahrheit, die mein Herz irgendwann zu offenbaren gehofft hatte, vermutlich für immer versteckt bleiben musste. »Was nicht heißen soll, dass es etwas Gutes ist. Es ist aber auch nichts Verwerfliches. Es ist eine Entscheidung, die jemand trifft. Eine sehr traurige und endgültige Entscheidung, aber dennoch eine Entscheidung. Und anstatt zu urteilen, sollten wir ein Stück zurücktreten und uns fragen, was dazu geführt hat, dass jemand diesen Schritt gegangen ist.«

»Sein eigenes Leben zu beenden, ohne an die Konsequenzen für andere zu denken, ist nicht mutig. Es ist ehrlos und feige.«

»Glaubst du das wirklich?«, wisperte ich, nicht in der Lage, meine Stimme zu erheben, die bebte, das Blut in meinen Adern zu Eis erstarrt, als ich an die warmen Augen meines Vaters dachte, der schwach, aber bestimmt seinen Abschied murmelte. »Glaubst du wirklich, dass es ehrlos und feige ist?«

»Ja.« Hyun-Joon nickte entschlossen den Kopf, der Schmerz, der sein ganzes Sein zu beherrschen schien, war zum ersten Mal ungefiltert sichtbar, in all seiner ungezähmten Intensität, die Hyun-Joons Worte in Klingen wandelte, mit denen er seinen Schmerz an andere weitergab, damit sie genauso bluteten wie er.

»Joon«, meine Stimme bebte nach wie vor, mein Herz sprang zwischen dem Angriffsmodus der Verteidigung und dem Versuch, Verständnis zu zeigen, hin und her. »Ich denke, du pauschalisierst hier zu sehr. Es gibt viele verschiedene Gründe, warum jemand sich dazu entschließt, sein Leben zu beenden, und ich denke –«

»Kein Grund der Welt ist gut genug, um seine Familie zu verlassen und mitten in der Nacht von der Brücke zu springen. Kein. Einziger.«

Stille folgte, im Innenraum des Taxis vernahm man nur den fröhlichen Popsong, der aus den Boxen dudelte, während wir einander ansahen, keiner in der Lage, sich auch nur einen Millimeter zu rühren, als wäre die Zeit eingefroren, obwohl die Stadt doch direkt außerhalb der Fenster an uns vorbeiflog.

Ich öffnete den Mund, schloss ihn dann aber direkt wieder, in meinem Kopf nur Chaos, das ich zu ordnen versuchte, was mir nicht gelang. Mein Puls hämmerte, stolperte dann und gesellte sich zu der Übelkeit tief in meiner Magengrube. Das Gefühl, hier auf etwas gestoßen zu sein, das ich nicht ganz greifen konnte, ließ mir dennoch keine Ruhe. »Hyun-Joon, was –«

Mit einer einzigen Handbewegung brachte er mich zum

Schweigen. Sein Brustkorb hob und senkte sich schnell, und selbst durch den Vorhang meiner eigenen widersprüchlichen Emotionen konnte ich sehen, dass er mich in diesem Moment dringender brauchte als ich ihn, was mir dabei half, mich nicht in meinem eigenen Schmerz zu verlieren, der mit dem milden Schrei eines verletzten Tiers meinen Körper zum Erzittern brachte.

Ich brauchte einen Augenblick, alles in mir war eigentlich auf Flucht eingestellt, als ich begriff, wie weit unsere Realitäten voneinander entfernt waren, schaffte es dann aber doch, mich abzuschnallen und auf der Rückbank nah an ihn heranzurutschen. Ich schluckte die Tränen hinunter, die in meiner Kehle brannten, und legte die Hände an seine Wangen, damit er mich ansah. Um ihn zu erden oder mich daran zu erinnern, dass ich noch mit dem gleichen Mann sprach, der mir bisher nichts anderes als Liebe und Verständnis entgegengebracht hatte, den ich aber mehr und mehr unter meinen Fingerspitzen zerfallen sah.

»Okay. Es ist okay, Joon. Ich habe verstanden.« Ich fuhr mit den Daumen über seine Wangenknochen und sah dabei zu, wie er mit sich selbst rang, in den Augen Schmerz und Angst und Verwirrung, die ihre schonungslose Entladung in diesem Moment zwischen uns gefunden hatten, obwohl sie hier keinen Platz haben sollten. Woher sein Ausbruch kam, vermochte ich nicht zu sagen, noch ob es an dem Thema lag, der versagenden Politik oder an dem Frust, der wie Strom unter seiner Haut zu fließen schien. Sein Schmerz war real, und Hyun-Joon hatte ihn offensichtlich nicht unter Kontrolle, weswegen sich mir unzählige Fragen aufdrängten, von denen ich aber keine auszusprechen wagte, zu sehr darauf bedacht, seinen Schmerz zu lindern, anstatt ihn zu vertiefen. »Es ist alles okay. Es tut mir leid, dass ich davon angefangen habe, okay? Lass uns nicht länger darüber sprechen, ja?«

Hyun-Joons Nasenflügel bebten im Gleichklang mit seiner Unterlippe, sein Kiefer war noch immer angespannt, aber jetzt nicht länger vor Schmerz, sondern vor Trauer, der er anscheinend auf keinen Fall Raum lassen wollte. Er legte seine Hände an meine Oberarme und drückte zu, sein fester Griff tat beinahe weh, aber ich sagte kein Wort, sondern ließ zu, dass er in mir den Halt suchte, den er gerade verloren hatte. Es dauerte einen Moment, bis sein Blick sich klärte und sein Griff lockerer wurde und auch seine Unterlippe zu zittern aufhörte.

»Entschuldige.« Hyun-Joon murmelte die Worte nur, doch ich verstand das, was dahintersteckte und er nicht sagen konnte. *Es tut mir leid, aber das ist alles, was ich sagen werde.*

»Ist okay.« Ich küsste ihn behutsam, gleichgültig gegenüber der Missbilligung, die wir sicherlich von dem Taxifahrer ernten würden. »Es ist alles okay.«

Er legte seine Stirn an meine und schloss seine goldenen Augen, die ich geglaubt hatte zu kennen, mir aber heute eine Seite von Hyun-Joon eröffnet hatten, die ich nicht einmal erahnt hatte. »Es tut mir leid.«

Ich wollte ihm mit einer leeren Floskel versichern, dass eine Entschuldigung nicht nötig war, doch die Art, wie er mich hielt und wie meine Finger zitterten, als sein unsteter Atem sich mit meinem vermischte, belehrte mich eines Besseren. Er brauchte diese Entschuldigung mindestens genauso sehr wie ich, also ließ ich ihn gewähren und nickte nur bestätigend, wagte es nicht, auch nur ein Wort zu sagen, weil ich meiner Stimme nicht traute, die vermutlich so zittrig klingen würde, wie ich mich in diesem Augenblick fühlte. Doch ich gab vor, gänzlich Herrin meiner Selbst zu sein, meine Hand sicher, als sie sich in Hyun-Joons Nacken legte und die Haut dort streichelte, so wie er es so oft bei mir getan hatte.

Ich wusste nicht, wie lange wir so dort saßen, doch als der

Fahrer ein Räuspern hören ließ, fuhren wir auseinander. Uns beiden war scheinbar erst jetzt wieder so richtig bewusst, wo wir waren, und ich spähte an Hyun-Joon vorbei, nur um meine Schule zu erblicken und im nächsten Moment auch schon die Glocke laut läuten zu hören, die den Beginn der dritten Stunde ankündigte.

»Scheiße«, fluchte ich und löste mich von Hyun-Joon, der mir meine Tasche reichte und in Richtung Schule deutete, als ich kurz zögerte, weil ich mir nicht sicher war, ob ich ihn allein lassen konnte.

»Gęh. Wir telefonieren später.«

Ich nickte und drückte ihm einen schnellen Kuss auf die Wange, bevor ich aus dem Taxi stieg und quer über das Schulgelände rannte, in Gedanken aber noch immer auf diesem Rücksitz, auf dem sich gerade im Bruchteil eines Augenblicks zu viel verändert und sich eine Sache klar bestätigt hatte:

Hyun-Joon war wie ich, verwurzelt in einer Dunkelheit, die nur er kannte und aus der nur er sich würde befreien können. Doch als ich an den Ausdruck in seinen Augen dachte und daran, wie sein Schmerz animalisch und bösartig die Zähne bleckte, wenn man versuchte, ihm auf den Grund zu gehen, fragte ich mich, ob der Käfig seiner Dunkelheit nicht so viel dickere Gitterstäbe hatte, als ich bisher für möglich gehalten hatte, und ob es nicht vielleicht sogar einen Wärter gab, der Hyun-Joon mit einem festen Griff im Nacken und Ketten an seinen Füßen hielt, wo er war.

Ich wischte mir über die Wangen, um sicherzugehen, dass ich nicht doch plötzlich in Tränen ausgebrochen war, und straffte die Schultern, ehe ich über die Schwelle des Schulgebäudes trat, beherrscht von einem einzigen Gedanken, den ich nicht mehr abschütteln konnte, egal wie sehr ich es auch wollte.

Ich kann Hyun-Joon niemals die Wahrheit sagen.

33. KAPITEL

인내심 = Geduld

»Jade! Jade!«

Abrupt hielt ich inne, ich hatte kaum die Schwelle zu den Räumen für den Englischunterricht übertreten, da steckte Yeo-Reum auch schon den Kopf aus ihrem Klassenzimmer. Schnell huschte mein Blick zur Uhr, und ich verzog das Gesicht. In einigen Minuten würden die Kinder der Klassenstufe fünf zum Unterricht kommen, und ich hatte weder irgendetwas vorbereitet noch mich in die Unterlagen eingelesen. Auch wenn heute vermutlich ein lockerer Tag sein würde, mit den Sommerferien direkt vor der Tür, wollte ich nicht unvorbereitet vor den aufgeweckten Kids stehen, denen Ga-Ons positive Energie generell immer ein wenig zu Kopf stieg. Außerdem sah Yeo-Reum so aus, als wolle sie mir unbedingt etwas mitteilen, und nach dem, was gerade zwischen Hyun-Joon und mir in diesem Taxi passiert war, wusste ich nicht, ob mein Herz weitere Offenbarungen würde ertragen können. Mir kam es bereits jetzt vor, als würde es viel zu schwerfällig schlagen und langsam, aber stetig den drängenden Schmerz und eine eisige Erkenntnis durch mich hindurchpumpen, die dazu führten, dass ich mich am liebsten in meinem Bett verkrochen hätte, anstatt hier zu sein, in dem Neonlicht der Schule, die mich so freundlich aufgenommen hatte. Doch jetzt gerade wollte ich einfach nur vor ihr davonlaufen, nicht länger in der Lage, mich selbst oder meine Gefühle in den Griff zu bekommen, auch wenn ich mir alle Mühe gab, sie hinter meiner gut einstudierten Maske zu verstecken. Doch seit meiner Zeit in Seoul schien sie zu klein, so als hätte sie nie wirklich auf mein Gesicht gepasst, während Hyun-Joon mit seiner entwaffnenden Nähe unzählige Risse hineingekratzt hatte. Seine Existenz war verewigt in den Splittern der Einzelkämpferin, die ich gewesen war, bevor wir einander begegnet waren, und deren Überreste nicht ausreichen würden, um mein Geheimnis für immer hinter meinen Lippen zu verschließen, auch wenn ich nach heute wusste, dass ich genau das würde tun müssen, ganz egal wie sehr ich hoffte, mich ihm irgendwann vollständig offenbaren zu können.

Sein eigenes Leben zu beenden, ohne an die Konsequenzen für andere zu denken, ist nicht mutig. Es ist ehrlos und feige.

Entschlossen schüttelte ich diese Worte ab, die sich tiefer und tiefer in mir einzunisten schienen, je mehr Zeit verging, und die sich in meinen Organen bewegten wie Parasiten, die ihren Wirt aussaugten und ihn in die Knie zwangen, bis von ihm nichts mehr übrig blieb. Doch anstatt auf die Knie zu fallen, hielt ich mich aufrecht, wie auch immer ich das hinkriegte, und legte ein unverbindliches Lächeln auf.

»Sorry, Yeo-Reum, aber ich bin echt spät dran.« Ich machte mir nicht mal die Mühe, den Schlüssel aus meiner Tasche zu holen, weil ich mir sicher war, dass Ga-On längst dort sein würde, mit einem Lächeln auf den Lippen und ansteckend guter Laune, die ich sonst zu schätzen wusste, die heute aber gewiss von mir abperlen würde wie Regentropfen von behandeltem Lack. »Ist es sehr wichtig?«

Yeo-Reum schlüpfte aus ihrem Klassenzimmer, ihre Augen voller Aufregung, als sie mit großen Schritten auf mich zukam und mir beinahe in die Arme fiel. Überrascht stieß ich die Luft aus, meine Haltung etwas steif, weil Yeo-Reum mich noch nie zuvor umarmt hatte, und so war ich etwas unschlüssig, was ich tun sollte.

»Hey.« Ich hob etwas unbeholfen die Hände und legte sie ihr auf die Schultern, die ich beruhigend tätschelte, als sie ihre Arme fest um mich schlang und sanft zudrückte. »Was ist los?«

»Er hat uns zum Essen eingeladen.« Yeo-Reum flüsterte die Worte mehr, als dass sie sie richtig aussprach, und mein Hirn schien ihr auch nicht ganz folgen zu können, denn es stolperte über die Worte und schaffte es nicht, ihnen Sinn einzuhauchen, so als wäre ein Teil von mir doch im Taxi zurückgeblieben, ganz egal wie sehr ich versuchte, das Eis abzuschütteln, das sich um mein Herz gelegt hatte. »Mein Vater. Er war in der Pause zwischen den Stunden bei mir im Klassenzimmer und hat Lauren und mich morgen nach der Schule zu sich zum Essen eingeladen. Bei ihm zu Hause.«

»Oh wow. Herzlichen Glückwunsch!« Ein Gefühl der Freude überkam mich, jedoch gedämpft und durchzogen vom Stich der Eifersucht, der ich keinen Raum geben wollte, obwohl sie doch so unleugbar dort war, als Yeo-Reum mich ansah. »Ich freue mich wirklich wahnsinnig für euch.«

»Danke. Ich habe Lauren vorhin angerufen, um es ihr zu sagen, und wir haben beide ein bisschen geweint.« Yeo-Reum strahlte wie tausend Sonnen, doch das Licht ihres ungefilterten Glücks vermochte mich nicht zu wärmen, sondern verbannte mich nur noch weiter in die Untiefen der Eiswüste, die sich von meiner Brust in meinem ganzen Körper ausbreitete und jeden Funken Licht und Farbe in Dunkelheit und Grautöne hüllte. »Du warst die Erste, der ich davon erzählen wollte.«

»Und ich bin froh, dass du es getan hast.« Wie lösten uns voneinander, und ich legte ihr die Hand auf den Oberarm, den ich sanft drückte, als ich ihre Züge betrachtete. Ihr Lächeln war so ehrlich und euphorisch, dass auch meine Mundwinkel sich nach oben verzogen, obwohl ich es nicht in meiner Brust widerhallen spürte. »Ich freue mich wirklich wahnsinnig für euch, Yeo-Reum. Ich weiß, wie sehr ihr euch das gewünscht habt.«

Yeo-Reum schluckte schwer und blinzelte hektisch, in ihren Augen erschien ein verräterischer Glanz, der bewies, dass ihre angeschlagene Beziehung zu ihrem Vater ihr so viel nähergegangen war, als sie mit ihrer toughen Fassade in der Lage gewesen wäre, zu zeigen. »Ich habe wirklich gedacht, dass er Lauren und mich niemals wirklich akzeptieren wird.«

»Aber das Warten und deine Geduld haben sich ausgezahlt, und das ist alles, woran du denken solltest.« Ich ergriff ihre Hand und drückte sie sanft, auch wenn ich nicht wusste, woher ich die Wärme in meiner Stimme nahm, während alles in mir doch von dieser dicken Eisschicht überzogen war. »Darauf müssen wir am Wochenende unbedingt anstoßen.«

»Müssen wir.« Yeo-Reum hielt meine Hand noch einen Moment länger fest, ehe sie mich losließ und verlegen die Augen niederschlug. »Ich habe das auch nur durchgestanden, weil Lauren an meiner Seite war. Sonst hätte ich niemals die Kraft aufgebracht, das durchzuhalten.« Sie schmunzelte, ihre Wangen röteten sich, als sie zu lachen begann. »Mit ihr und für sie kann ich alles meistern. Ganz egal, was es auch ist.«

Ihre Worte trafen mich unvorbereitet, und ich sog scharf die Luft ein, als ich daran dachte, wie Hyun-Joon meine Hand losgelassen und einen großen Schritt von mir zurückgetreten war. Der Schmerz, der auf meiner Brust gelastet hatte, explodierte förmlich, und ich hatte Probleme, mich aufrecht zu halten als Yeo-Reums Worte mir so schlicht und einfach zeigten, was mir eigentlich solche Schmerzen bereitete.

Hyun-Joon war in diesem Augenblick, in dem sich einer meiner Träume erfüllt hatte, nicht an meiner Seite gewesen.

Ein Traum, den er selbst gefördert hatte. Den er aus seinem Grab geholt und mit seiner sanften Art überhaupt erst möglich gemacht hatte. Anders als ich heimlich gehofft hatte, war er nicht in Begeisterungsstürme ausgebrochen. Stattdessen hatte er ausgesehen, als würde er innerlich kochen vor Wut, beseelt von einer Angst, die so viel tiefer lag und die er mir nicht zeigen wollte. Oder konnte. Und das hatte mir das Herz gebrochen.

Zudem machte mir die Frage zu schaffen, ob ich meinen Lebenstraum erneut für jemand anderen würde aufgeben können. Und ob ich überhaupt bereit war, genau das zu tun.

»Jade?«

Ich zuckte zusammen, rausgerissen aus der Flut an Gedanken, die mich verfolgten und mir keine Ruhe ließen. »Ja.«

Verlegen kratzte Yeo-Reum sich am Hinterkopf, und es war irgendwie seltsam, sie so verunsichert zu sehen, wo sie doch sonst immer genau wusste, was sie wollte und wie sie es zu verpacken hatte. »Entschuldige, jetzt habe ich dich mit meinem Kitsch schon viel zu lange aufgehalten.«

»Hast du nicht.« Ich wollte sie nicht mit dem Gefühl weggehen lassen, dass ihre Worte für mich nicht von Bedeutung gewesen waren. »Ich freue mich für euch. Und Kitsch kann die Welt immer brauchen.«

»Danke. Fürs Zuhören und auch für alles andere.« Yeo-Reum wandte sich wieder ihrem Klassenzimmer zu, jedoch nicht ohne einen letzten Blick über ihre Schulter zu werfen, bevor sie darin verschwand. »Du bist wirklich eine gute Freundin, Jade.«

Die Tür fiel hinter ihr ins Schloss. Ich stand da und konnte mich nicht rühren. Stattdessen starrte ich bloß auf die Tür, durch die Yeo-Reum gerade verschwunden war, und fragte mich, ob sie recht hatte.

War ich eine gute Freundin?

Ich wusste es nicht, denn auch wenn ich Lauren, David, Hoon und den anderen nahestand und trotz des Stresses versuchte, durch Nachrichten und kurze Telefonate den Kontakt aufrechtzuerhalten, war da doch immer diese Mauer, diese Grenze, die ich nicht gewillt war, zu überwinden. Unzählige meiner Gefühle und Gedanken hielt ich versteckt, maskierte sie mit einem Lächeln und Selbstsicherheit. Ich hielt etwas von mir verborgen, in den tiefsten Schluchten meiner Seele, die mir immer dunkler und tiefer vorkamen, je mehr ich versuchte, mich aus ihnen zu befreien und deren Monster mich zurück in die Tiefe zogen, wann immer ich meine Hand nach dem Licht ausstreckte, an dem ich mich letztendlich doch nur verbrannte.

Genauso wie im Taxi.

Übelkeit überkam mich, und ich presste mir die Hand auf den Magen, in der Hoffnung, das Gift und die Galle aufhalten zu können, die sich dort zusammenbrauten, um ihren Weg über meine Nervenbahnen in mein Hirn zu finden, das längst damit begonnen hatte, den Grauschleier wieder über meine Welt zu legen, die von ihrer Wärme nichts mehr abzugeben vermochte, als ich etwas erkannte, das mir die Tränen in die Augen und die Luft aus den Lungen trieb.

Ich liebte Hyun-Joon. Liebte ihn mehr als sonst irgendjemanden auf dieser Welt. Aber auch vor ihm versteckte ich mich, nicht gewillt, aus den Schatten herauszutreten oder ihn zu mir in die Dunkelheit zu holen, um sie mit dem Licht seiner Existenz zu erhellen, bis wir beide in den Halbschatten Seite an Seite existieren konnten, mit den Monstern direkt am Eingang zu unserer gemeinsamen Höhle, die nur darauf warteten, dass ich einen falschen Schritt machte, der alles für immer ruinieren würde, wenn Hyun-Joon erfuhr, wer ich wirklich war, und wen er zu lieben gewagt hatte.

Und genau davor hatte ich Angst.

Angst davor, dass er mich nicht länger lieben würde, wenn er erfuhr, wer ich wirklich war. Wenn er begriff, dass der Tod mir überallhin folgte, als wäre er in den Stoff meiner Kleidung verwoben, der sein Trauma mit sich brachte und es wie Fesseln um meine Knöchel legte, die ich nicht abschütteln konnte, egal wie sehr ich es auch versuchte.

Aber ich wollte keine Angst mehr haben. Wollte nie wieder jemanden verlieren, den ich liebte und daran schuld sein. Ich musste eine Entscheidung treffen, ganz egal wie schmerzhaft sie auch sein mochte.

Also zückte ich mein Handy, mein Herz wog schwer und war kurz davor zu zerbrechen, als ich mit zitternden Fingern eine einfache Nachricht tippte, die entweder der Anfang vom Ende oder aber der Beginn von etwas ganz Großem war.

Jade: *Wir müssen reden.*
Hyun-Joon: *Ja, das müssen wir wohl.*
Hyun-Joon: *Wie wäre es, wenn wir morgen essen gehen und über alles reden?*
Jade: *Okay.*
Hyun-Joon: *Okay. Dann bis morgen?*
Jade: *Bis morgen.*
Hyun-Joon: *Ich liebe dich.*

34. KAPITEL

회색 = Grau

Wann hatte meine Welt wieder ihren Grauschleier bekommen? Ich sah aus dem Fenster des Restaurants hinaus in die enge Gasse, in der sich Menschen drängten, deren Gesichter von Sonnenstrahlen und Neonlicht erhellt wurden. Sommerliche Farben beherrschten die Garderoben aller, ein bunter Mix aus verschiedensten freundlichen Tönen, die jedem Betrachter Fröhlichkeit und Zuversicht entgegenschrien. Die Magie der Farben erreichte mich jedoch nicht, meine Wahrnehmung wie abgestumpft, während ich versuchte, gegen das beklemmende Gefühl in meiner Brust anzukämpfen, das sich mit jeder Minute nur noch intensivierte, bis ich glaubte, kaum noch atmen zu können. Das Stimmengewirr im überfüllten Restaurant hörte ich genauso wenig, eingeschlossen in dem Aquarium meiner Gedanken, aus dem es kein Auftauchen gab, egal wie sehr ich mit meinen schweißnassen Händen versuchte, den Rand zu umfassen und mich hochzuziehen. Und mit jeder Sekunde, die Hyun-Joon sich verspätete, sank ich tiefer und tiefer hinab, verlor meinen Halt und ließ zu, dass meine Lungen sich mit Wasser füllten, bis ich ertrank.

Der Kellner, der mich vorhin zu dem Zweiertisch in der hinteren Ecke des Restaurants geführt hatte, beäugte mich argwöhnisch, als fürchtete er entweder, dass ich stundenlang allein blieb und den Tisch blockierte, oder aber, dass ich ging, ohne auch nur einen einzigen Bissen verzehrt zu haben, was beides schlecht fürs Geschäft war, so voll, wie die Straßen heute waren, an diesem ersten Ferientag, an dem es keinen Tropfen Regen, sondern nur Sonnenschein geben sollte. Doch wenn ich mir die Wolken so ansah, zweifelte ich an der Vorhersage der Meteorologen, die die Vorboten des sich anbahnenden Unwetters vermutlich auf ihrem Radar gesehen, aber gehofft hatten, dass es an Seoul vorbeiziehen würde, das vor sommerlicher Leichtigkeit pulsierte.

An Unwetter dachte ich noch immer, als Hyun-Joon durch die Tür kam, sein Shirt grau wie die Wolken und seine Augen ähnlich trüb und verhangen, als er den Stuhl unter dem Tisch hervorzog und sich zu mir setzte.

»Entschuldige die Verspätung.« Er lächelte charmant, doch es erreichte seine Augen nicht, und auch seine Grübchen blieben verborgen, während er sein Shirt zurechtzupfte. »Ich bin im Café aufgehalten worden.«

»Kein Problem.« Es war immerhin nicht das erste Mal, und ich wusste schließlich, wie beschäftigt er stets war, auch wenn ich hoffte, dass die Semesterferien für ihn etwas ruhiger werden würden. »Wie war dein Tag?«

»Ganz okay.« Er hängte seine Tasche über die Stuhllehne und strich sich mit einer Hand das Haar aus der Stirn, das er noch nicht gestylt hatte, was bedeutete, dass er davon ausging, es noch nach Hause zu schaffen, bevor seine Schicht im Club begann. Bei dem Gedanken durchfuhr mich ein Stich, und ich konnte die Anspannung zwischen uns spüren, die dringend Entladung suchte. Vielleicht war das genau der Grund, warum er mich in einem Restaurant hatte treffen wollen und nicht bei mir zu Hause. In der Öffentlichkeit und auf neutralem Boden konnte dieses Gespräch nicht eskalieren. Hoffte ich zumindest.

»Es ist schön, die letzte Klausur endlich hinter sich zu haben, aber dafür wird es im Club sicherlich brechend voll sein, wenn ich an die ganzen Leute denke, die ihre Semesterferien gebührend einläuten wollen.«

Ich griff nach meinem Wasserglas, meine Kehle wurde zunehmend trockener, weil der hohle Small Talk sich auf meiner Zunge anfühlte wie Sägespäne. »Klingt nach einer langen Nacht.«

»Wird es ganz bestimmt.« Hyun-Joon lächelte, wieder ohne Grübchen und ohne jede Freude, dafür aber mit den kleinen Fältchen um seinen Mund, die verrieten, wie angespannt er war. »Und wie war dein Tag?«

Kurz überlegte ich zu lügen, in der Hoffnung, das Unvermeidliche aufschieben zu können, aber ich wusste, dass es keinen Sinn hatte. Also atmete ich tief durch, setzte mich gerader hin und suchte seinen Blick, um ihn zu halten, wo er war, während ich blind in die Dunkelheit stieß, die sich zwischen uns aufgetan hatte. »Ich habe viel nachgedacht.«

»Ich auch.« Hyun-Joons Fingerspitzen glitten über den Rand der laminierten Speisekarte, doch er hob sie nicht hoch, sondern ließ sie unbeachtet liegen, wo sie war. »Bevor wir überhaupt irgendwie mit dem Reden anfangen, würde ich mich gerne dafür entschuldigen, wie ich reagiert habe, als Mrs Singh dir dieses Angebot gemacht hat. Das war nicht richtig von mir.«

Auch wenn ich froh war, dass er sich entschuldigte und zugab, dass es falsch gewesen war, in einem für mich so glücklichen Moment so einen großen Schritt von mir zurückzutreten, würde dieses Bild doch immer in meinem Kopf verbleiben. Genauso wie das tiefe Gefühl der Enttäuschung, das seither jeden Gedanken beherrschte und sich zu den Geistern in meinem Apartment gesellte, die mir zuflüsterten, dass ich nicht innehalten, sondern rennen sollte, weit weg von allem und weg von dem goldenen Licht und den Farben, die in immer weitere Ferne rückten.

»Nein, das war es nicht.« Ich sah ihn an, versuchte, in seinen Zügen einen Funken aufrichtiger Reue zu finden, doch da war nur Anspannung und Angst. »Warum hast du das gemacht? Das hat mir wirklich wehgetan, Joon.«

Hyun-Joon schien einen Augenblick lang zu überlegen, so als würde er seine Antwort genau abwägen, ehe er den Mund öffnete. »Weil ich genau weiß, was für eine Riesenchance das für dich ist, die du unbedingt ergreifen solltest, um das zu tun, was du liebst.«

Mein Mosaikherz, das in Scherben in seinen Händen lag, begann flatternd zu schlagen, und ich hielt den Atem an, als ein schwindelerregender Mix aus Verwirrung und Hoffnung meine Gedanken flutete. Hatte ich ihn einfach nur missverstanden? Würde er doch meinen Traum unterstützen können, bei dessen Wiedergeburt er mir geholfen hatte? Würde er doch an meiner Seite stehen können, während wir gemeinsam aus dem Ton dieser Welt, dem Wasser unserer Umstände und den Werkzeugen unseres Willens ein gemeinsames Leben formten? »Aber warum hast du dann – «

»Weil ich trotzdem eigentlich möchte, dass du hierbleibst.«

Der Ton, aus dem ich gerade noch Träume formen wollte, zerbarst in meinen Händen in seine Einzelteile. »Was?«

Hyun-Joons Kiefer spannte sich an, seine Gesichtszüge wurden hart und unnachgiebig, als er die Hände auf dem Tisch zwischen uns faltete. »Ich weiß, es ist egoistisch, aber …«

Panik stieg in mir auf, die Geräusche des Restaurants waren nur noch ein entferntes Rauschen, das sich mit dem Aneinanderschaben der Scherben in meiner Brust vermischte.

Sag es nicht. Sag es nicht. Bitte sag es nicht.

»… ich würde mir wünschen, dass du bleibst, Jade. Hier bei mir.«

Gequält schloss ich die Augen, als die Angst mich mit ihren Zähnen und Klauen anfiel und sie tief in mein Fleisch trieb, bis ich das Blut spürte, das hervorquoll, aus all meinen Wunden, die seine liebevollen und flehenden Worte gerissen hatten. Es floss aus den Wunden direkt in mein Herz, zwischen die Bruchstellen, die ich mit Klebstoff mühevoll gefüllt hatte, den es augenblicklich zunichtemachte, bis mein Herz wieder in unzählige Scherben zerbrochen war.

Ich will, dass du dein Leben lebst. Für dich. Und nur für dich. Du hast nämlich nur dieses eine.

»Hyun-Joon«, begann ich, und meine Stimme klang so gebrochen, wie ich mich fühlte, »ich kann nicht.«

»Ich weiß, Jade.« Er lächelte traurig, in seinem Blick lag eine so tiefreichende Enttäuschung, dass ich glaubte, in seinen goldenen Augen nie wieder etwas anderes sehen zu können als das. »Und das würde ich auch niemals von dir verlangen, weil ich will, dass du glücklich bist. Und ich weiß, das wärst du nicht, wenn du diese großartige Chance nicht ergreifst.« Er drehte die Ringe an seinen Fingern, einen nach dem anderen, während er die kommenden Worte offensichtlich mit Bedacht wählte. »Deshalb möchte ich, dass wir gemeinsam eine Lösung finden, die für uns beide funktionieren kann. Irgendwie. Aber ich wollte zumindest einmal gesagt haben, was ich wirklich will, nur damit wir beide wissen, wo wir stehen und einen entsprechenden Mittelweg finden können.«

Ob es für unsere Situation einen Kompromiss geben würde, wusste ich nicht, aber an der Art, wie Hyun-Joon sich auf seinem Stuhl nach vorne lehnte, mit Entschlossenheit in den Augen und einem unnachgiebigen Zug um den Mund, wusste ich, dass er sich diesen Mittelweg längst ausgemalt hatte, ohne vorher mit mir darüber gesprochen zu haben. Warum diese Erkenntnis so bitter auf meiner Zunge schmeckte, konnte ich nicht erklären, doch das Gold in seinen Augen verwandelte sich nun von warmen Sonnenstrahlen in kühles Metall. »Ich nehme an, du hast auch schon einen Vorschlag?«

»Ja, habe ich.« Hyun-Joon räusperte sich und stützte die Ellenbogen auf dem Tisch zwischen uns ab, der mir nun eher vorkam wie eine große Speisetafel im britischen Königshaus und nicht wie ein kleines Viereck aus Pressspan, das man auch in jeder Studentenbude hätte finden können. »Mein Vorschlag wäre, dass du für ein Jahr nach Singapur gehst. In der Zeit könntest du alles lernen, was es zu lernen gibt, und dann kommst du nach Seoul zurück und suchst dir wieder einen Job als Englischlehrerin.« Er strich sich mit einer Hand über das blasse Gesicht, seine Lippen bebten, so als müsste er sich zu jedem einzelnen Wort zwingen, das aus seinem Mund kam. »Ein Jahr kriegen wir hin, du und ich. Singapur ist zwar fast sechseinhalb Stunden Flug entfernt, aber vielleicht kannst du mal am Wochenende hierherkommen oder ich fliege zu dir. Außerdem ist ein Jahr mit Videocalls und Telefonaten schon irgendwie machbar, wenn wir beide versuchen, uns hin und wieder Zeit dafür freizuschaufeln.«

Ich dachte daran, wie wenig wir uns in letzter Zeit gesehen hatten, obwohl wir in derselben Stadt lebten, so als stünde er auf einer Seite einer Schlucht und ich auf der anderen, ohne eine Brücke, die es uns erlaubte, einander zu besuchen. Noch trug der Wind unsere Worte, doch ich hatte Angst, dass der nächste Erdrutsch aus der Schlucht einen Canyon machte, den keine Worte, keine Brücken und auch keine Rauchzeichen zu überwinden vermochten. »Das kann nicht funktionieren, Joon. Und das weißt du auch.«

»Nein, das weiß ich nicht. Und du weißt es genauso wenig.«

Hyun-Joon ergriff über den Tisch hinweg meine Hand und drückte fest zu. In seiner Berührung war die gleiche Verzweiflung wie in seinen Worten spürbar. Und zum ersten Mal, seit ich ihn kannte, ließ sie nicht jeden Schmerz verschwinden, sondern nahm mein fragiles Herz in einen würgenden Klammergriff. »Wir müssen es einfach nur versuchen und ein Jahr lang aushalten. Das ist alles.«

»Und was, wenn ich nach einem Jahr nicht zurückkomme?« Ich sah auf seine Hand, die so viel größer war als meine und in die ich mein Herz gelegt hatte, in dem Glauben, dass es dort sicher sein würde. »Wenn ich nach einem Jahr noch nicht alles gelernt habe, was es zu lernen gibt? Kunst ist komplex und die Techniken sind endlos, und Mrs Singh scheint Jahrzehnte an Erfahrung zu haben, die sie niemals in einem einzigen Jahr wird weitergeben können, ganz egal was für eine fleißige Schülerin ich auch bin.«

Er sah mich mit großen Augen an, so als wäre das eine Option, die er weder in Betracht ziehen wollte noch konnte. »Jade –«

»Hyun-Joon, das ist mein Traum. *Mein* Traum. Ich kann ihn kein zweites Mal aufgeben.« Ich tippte mir mit dem Zeigefinger gegen die Brust, die sich bei diesen Worten eigenartig leer anfühlte, auch wenn ich versuchte, nicht darüber nachzudenken. »Ich weiß nicht, was passieren wird, wenn ich einmal in Singapur bin. Vielleicht hasse ich es dort. Vielleicht ist der Unterricht grauenhaft oder die Leute am Institut schrecklich. Aber was, wenn ich es liebe? Wenn es unzählige Dinge für mich zu lernen gibt? Willst du allen Ernstes zwei Jahre warten? Oder drei? Oder vier? Und was, wenn ich gar nicht zurückkomme, sondern lieber weiter Englisch in Singapur unterrichten möchte?« Ich konnte mir zwar nicht vorstellen, Südkorea für immer den Rücken zu kehren, das sich mit seiner atemberaubenden

Schönheit, seiner facettenreichen Einzigartigkeit und seinem vielfältigen Leben einen Teil meines Herzens gestohlen hatte, ohne mich vorher um Erlaubnis zu bitten, aber ich hatte auch niemals geglaubt, London irgendwann einmal zu verlassen. Und hier war ich nun, beinahe am anderen Ende der Welt, ohne auch nur einen Gedanken daran zu verschwenden, jemals nach Großbritannien zurückzukehren. »Ich will nicht, dass du dein Leben im Limbo verbringst, Hyun-Joon. Dass du darauf wartest, dass ich vielleicht doch zurückkomme, selbst dann noch, wenn alle Zeichen dagegensprächen.« Tränen kamen, doch ich wischte sie schnell an meiner Schulter ab, mir bewusst, dass es zu nichts führen würde, wenn ich sie jetzt fließen ließ. »Ich habe genauso gelebt, Hyun-Joon, vier Jahre lang, in diesem ständigen Zustand der Ungewissheit, und es hat mich gebrochen. Ich will das einfach nicht für dich.«

»Aber es ist doch meine Entscheidung, ob ich das aushalten möchte oder nicht. Die kannst du mir nicht abnehmen.« Er hob meine Hand an seine Lippen, der Kuss gegen meine Knöchel war beinah flehend, als er die Augen schloss. Auf seinem Gesicht zeichnete sich der gleiche Schmerz ab, der auch tief in mir wohnte und von dem ich wusste, dass wir ihn beide von nun an für immer in uns tragen würden, ohne ihn jemals wieder anzusprechen, verschlossen in einer Kiste tief in unserem Innersten, zusammen mit dem Schmerz aus dem Taxi, der uns beinahe entzweigerissen hätte. »Wir wissen beide nicht, was die Zukunft bringt, Jade. Und ich würde sie lieber in ständiger Ungewissheit verbringen, als das wegzuwerfen, was wir haben. Denn ich will mit dir zusammenbleiben. Weil ich dich liebe, und weil ich weiß, dass du mich liebst.«

»Natürlich liebe ich dich.« Ich sprach die Worte mit Nachdruck, wollte, dass Hyun-Joon daran niemals zweifeln würde, ganz gleich, was auch zwischen uns passieren mochte. »Was genau der Grund dafür ist, warum ich nicht will, dass du hier in Seoul ewig darauf wartest, dass ich irgendwann zurückkomme.«

»Aber du weißt doch jetzt noch gar nicht, ob du Singapur lieben wirst.« Sein Ton war scharf, die ersten Anzeichen von Frust und Ärger machten sich auch darin bemerkbar, wie fest er meine Hand hielt. »Können wir das nicht einfach auf uns zukommen lassen? Vielleicht schmeißt du auch nach drei Monaten hin und kommst zurück.«

»Vielleicht aber auch nicht.«

»Konjunktive bringen keinem was.« Hyun-Joons Nasenflügel bebten. »Ich versuche hier gerade eine Lösung zu finden, Jade. Und die lässt sich weder allein noch auf irgendwelchen vagen Zukunftsszenarien aufbauen, die jetzt noch gar keine Rolle spielen.«

»Aber sie spielen eine Rolle, Hyun-Joon.« Ich entzog ihm meine Hand, meine Wut angefacht durch seine, als ich meine Stimme erhob und damit die Blicke anderer Gäste auf uns zog. »Wir müssen uns mit dem Gedanken auseinandersetzen, was wäre, wenn ich in Singapur bleiben wollen würde. Schon allein, weil wir beide wissen, dass das mit deinem Leben unvereinbar wäre. Du kannst nicht einfach nach Singapur gehen. Deine Familie braucht dich hier. Und das ändert sich auch nicht plötzlich in den nächsten zwei bis drei Jahren. Und selbst wenn es so wäre, würdest du doch überhaupt nicht wegwollen.«

Hyun-Joon biss die Zähne so fest aufeinander, dass ich sie gegeneinanderschlagen hörte. »Sag mir nicht, was ich will und was ich nicht will.«

»Das hast du aber selbst gesagt.« Frustriert ballte ich die Hände zu Fäusten und versteckte sie in meinem Schoß, als Hyun-Joon darauf sah. »Als wir damals mit Hyun-Sik Skateboard fahren waren.«

»Dinge ändern sich.« Er zischte die Worte beinahe, und ich konnte ihn wieder sehen, diesen Zorn, von dessen Existenz ich bis vor Kurzem nicht einmal etwas geahnt hatte, der aber immer häufiger seinen schuppigen Kopf aus seinem Versteck streckte.

»Natürlich tun sie das.« Ich spürte es immerhin gerade. Wie die Dinge sich veränderten. Wie sich etwas zwischen uns verschob, die Platten unserer Beziehung mit einem Mal wie Eisschollen, auf denen wir versuchten, stehen zu bleiben und nicht in das eisige Wasser zu stürzen, was unser Ende bedeuten würde. »Aber ich würde nicht wollen, dass du dich für mich veränderst. Weil ich dich genauso liebe, wie du bist.«

»Warum versuchst du dann, vor mir davonzulaufen?«

Die Frage traf mich unvorbereitet, und ich spürte genau, wie die Funken der Wut in meiner Magengegend zu einem alles verzehrenden Feuer anschwollen, die die Eisscholle, auf der wir standen, mehr und mehr zum Schmelzen brachte. »Das tue ich doch gar nicht! Ich will nur – «

»Verzeihung?« Der Kellner trat an unseren Tisch heran, seine Miene war ähnlich angespannt wie die Stimmung zwischen uns, auch wenn er sich um ein Lächeln bemühte, als er seinen Block zückte. Sein Koreanisch war langsam, darum konnte ich verstehen, was er sagte. »Haben Sie schon gewählt?«

Ich wollte ihm sagen, dass ich keinen Hunger hatte, doch kam nicht dazu, denn Hyun-Joon lehnte sich auf seinem Stuhl zurück, auf den Lippen sein professionelles Lächeln, das ich ihn so oft im Café hatte auflegen sehen und das niemals seine Augen erreichte, aber trotzdem dafür sorgte, dass alle sich in seiner Gegenwart wohlfühlten. »Wir nehmen zwei Portionen *Dakgalbi*.«

Normalerweise lief mir bei dem Gedanken an das scharfe Gericht aus Reiskuchen, Gemüse und Hähnchenfleisch das

Wasser im Mund zusammen, doch heute wurde mir nur kotzübel.

Der Kellner sah skeptisch zu mir und fragte Hyun-Joon dann etwas, das ich leider nicht verstand, mein Freund aber mit einer einfachen Geste abtat, und bevor ich seine Bestellung korrigieren konnte, war der Kellner auch schon wieder verschwunden.

Meine Fingernägel gruben sich in meine Handballen, meine Wut nun kaum zu bändigen, weil Hyun-Joon gerade selbst bei so einer einfachen Sache wie einer Essensbestellung meine Meinung nicht mit einbezogen hatte. »Das ist nicht –«
»Lass uns für heute auf die Pausetaste drücken, okay?« Sein Lächeln war verschwunden und ersetzt durch herabgesunkene Mundwinkel und tiefe Furchen auf der Stirn. »Lass uns einfach beide ein paar Tage über alles nachdenken und dann noch mal in Ruhe über meinen Vorschlag reden. Wenn wir uns beide beruhigt haben und nicht ein ganzes Restaurant voll Zuschauer anwesend ist.«

Ich hatte die unzähligen Augenpaare nicht bemerkt, die uns beobachteten, spürte sie aber nun mit einem Mal wie Pfeile auf mir. Ich zog beschämt die Schultern hoch und schirmte mein Gesicht mit der Hand ab. »Okay.«

Meinen Worten folgte ohrenbetäubendes Schweigen, das das gesamte Essen über anhielt, welches zwar köstlich war, von dem ich aber kaum einen Bissen herunterbekam, die dicke und scharfe Soße wie Klebstoff, der meine Kehle verengte, bis ich weder schlucken noch atmen konnte. Die Hälfte unseres Essens blieb unangetastet, doch wir machten es nicht zum Thema, sondern standen einfach auf, nachdem wir gezahlt hatten, und verließen das Restaurant.

Zum Abschied gab es keinen Kuss, und zum ersten Mal, seitdem wir einander kennengelernt hatten, hörte ich auch nicht die Worte *Schreib mir, wenn du gut zu Hause angekommen bist.* Alles, was mir blieb, war sein Rücken, als er ging, gehüllt in Grau, das sich verfärbte, als die ersten Tropfen vom Himmel fielen, während die Farben meiner Welt mit jedem Schritt, den Hyun-Joon sich von mir entfernte, zu schwinden begannen.

35. KAPITEL

미완성 그림 = Unvollendetes Gemälde

Weiß hatte mir noch nie so viel Angst gemacht wie jetzt. Ich starrte auf die Leinwand, eine Landschaft aus eisiger Leere, und erschauderte, mit einem Schrei tief in meiner Kehle, den ich nicht auszustoßen wagte. Musik drang leise aus dem Lautsprecher auf meinem Küchentresen, doch ich hörte sie nicht wirklich, die Worte des Musikers so weit von mir entfernt wie die Inspiration, die zwischen den Scherben in meiner Brust und dem Chaos in meinem Kopf keinen Halt zu finden vermochte. Ich streckte die Hand nach dem Servierwagen aus, in der Hoffnung, dass ich mich aus meiner Starre befreien könnte, wenn ich nur die Farben berührte, doch als meine Fingerspitzen die Tuben ertasteten, überlief mich ein Schauer, und ich zuckte zurück, ohne dass ich wirklich etwas dagegen tun konnte.

Sofort verschwamm meine Sicht, und mit einem frustrierten Aufstöhnen stand ich von dem kleinen Hocker auf, den ich mir gekauft hatte, nicht gewillt, die Tränen fließen zu lassen, die sich am Rande meiner Augen sammelten wie Quellwolken am Himmel. Ich hatte die letzten Tage viel zu viel geweint, hatte zu viel gegrübelt und zu viel Zeit in der bleiernen Stille meines Apartments verbracht, und gehofft, dass mein Handy klingeln oder aber das hohe Piepen des Türschlosses zu hören sein würde, wenn Hyun-Joon die Nummern eintippen und endlich zu mir kommen würde.

Doch nichts dergleichen war passiert. Zwischen uns herrschte eine gespenstische Funkstille, nur unterbrochen von inhaltslosen kleinen Nachrichten, mit denen wir einander wissen ließen, dass wir noch am Leben waren, auch wenn es sich anfühlte, als wäre ich erneut verdammt zu diesem Tanz auf dem Drahtseil, dem ich seit vier Jahren nicht zu entkommen vermochte. Nur dass ich diesmal keiner Person, sondern einer Beziehung beim Sterben zusah, und das war nicht minder schmerzhaft.

Ich zog die Schürze aus und faltete sie feinsäuberlich zusammen, schon allein um meine Hände zu beschäftigen, die zu zittern begonnen hatten, sobald der Gedanke einer Trennung überhaupt aufgekommen war. Und mit jedem Tag, den Hyun-Joon und ich im Limbo verbrachten, wurde das Zittern schlimmer, linear wachsend zu der Verzweiflung, mit der ich mich an ihn klammern wollte, während mein Verstand mir entgegenschrie, dass es keine Lösung war, meine Träume aufzugeben, nur um mit Hyun-Joon zusammen zu sein. Denn auch wenn es sich anfühlte, als wäre er das Zentrum meines Universums, wusste ich doch genau, dass es gefährlich wäre, dieser Illusion weiter zu folgen. Denn wenn der Schleier der Verliebtheit sich lüften und ich begreifen würde, was ich alles aufgegeben hatte, um an seiner Seite zu sein, dann würde ich im Kosmos der düsteren Realität verglühen, bis nichts weiter übrig blieb als Verbitterung und Wut, die in Bruchstücken auf andere hinabregnen und alles auf ihrem Weg in Schutt und Asche legen würden.

Das alles wusste ich, sah es vor mir, wenn ich abends allein in meinem Bett die Augen schloss, und doch wollte ich einfach nur zu Hyun-Joon rennen, mich in seine Arme werfen und darauf hoffen, dass es genug war und wir eine Lösung finden würden, bei der wir beide glücklich und vor allem zusammen waren. Auch wenn diese Lösung mit jedem Tag der Funkstille mehr und mehr in den Hintergrund zu treten schien, zu der ich selbst nichts anderes beizutragen wusste als Einwände und Sorgen, ohne eine Alternative parat zu haben.

Denn ich wusste nicht, wie das mit uns funktionieren sollte, wenn ich den Job in Singapur wirklich annahm. Ich wusste nur, dass ich nicht wollte, dass Hyun-Joon auf mich wartete, so wie ich all die Jahre gewartet und damit verbracht hatte, mein eigenes Leben jeden Tag stringent durchzuplanen. Nur damit dann stets neue Herausforderungen und Enttäuschungen um die Ecke gekommen waren, die meine Träume vergessen ließen und die ich letztendlich in einem Karton entsorgt hatte, mit tränennassen Wangen, voller Erschöpfung und Schuld.

Ich strich mit der Hand über meinen Nacken, in der Hoffnung, die Anspannung ein bisschen lösen zu können, die meine Schultern beherrschte, doch als ich kein kaltes Metall auf meiner Haut fühlen konnte, gab ich es auf, zu sehr gewöhnt an Hyun-Joons Hände, seine Wärme und seine Ringe, die mich am Anfang irritiert hatten, für mich aber jetzt zu ihm gehörten wie der Geruch seines Parfüms und die kleinen Fältchen um seine Augen, wenn er lachte.

Gott, ich vermisste ihn. Alles an ihm. Und vielleicht war genau das genug. Zu lieben und wieder geliebt zu werden, sicher in dem Wissen, dass genau das genug sein konnte, wenn wir es nur beide versuchten.

Das laute Klingeln meines Handys riss mich aus meinen Gedanken, und ich würde auf immer leugnen, dass ich praktisch einen Satz in diese Richtung machte, nur um schneller den Anruf anzunehmen und einen ganz bestimmten tiefen Bariton zu hören. Mir fiel das Handy beinahe aus der Hand, so hektisch griff ich danach, bevor ich es mir mit zwei Händen ans Ohr presste. »Hallo?«

»Hallo, Jade.«

Enttäuschung machte sich in mir breit, und ich ließ eine Hand sinken. »Hallo, Mrs Singh.«

»Wie geht es dir? Du klingst erschöpft.« Im Hintergrund vernahm ich lautes Kinderlachen, dann ein scharfer Flüsterton, dem Stille und das Klicken einer Tür folgte. »Sollen wir unseren Termin lieber verschieben?«

»Nein, nein, nicht nötig.« Ich runzelte die Stirn und spähte zur Uhr. Es war tatsächlich bereits halb acht, genau die Uhrzeit, die ich mit Mrs Singh vereinbart hatte, um noch mal präziser über die angebotene Position zu sprechen. Ich hoffte inständig, dass mir dieses Telefonat dabei helfen würde, eine Entscheidung zu treffen, und vielleicht auch doch einen möglichen Kompromiss für mich und Hyun-Joons zu finden.

»Entschuldigen Sie bitte, dass ich mich nicht zuerst gemeldet habe.«

»Das ist kein Problem, Jade. Ich habe mir gedacht, dass du auch in den Ferien sicherlich viel um die Ohren hast.« Das Klicken von Absätzen auf Parkett war zu hören, dem Stille folgte. »Also, wie geht es dir?«

»Alles okay, jetzt wird es ja ruhiger. Wie Sie grad selbst erwähnten, haben die Schulferien hier in Korea gerade begonnen.«

»Das war nicht die Art Stress, die ich gemeint habe. Und du hast meine Frage nicht beantwortet.«

Bei Mrs Singhs aufmerksamer Beobachtung presste ich die Lippen fest aufeinander. Ich hätte wissen müssen, dass dieser Frau nichts verborgen blieb, immerhin hatte ich schon ein paar Mal in ihre vor Intelligenz und Auffassungsgabe nur so sprühenden Augen geblickt. Ich überlegte kurz, ob ich lügen sollte, entschied mich aber dann dagegen.

»Nicht besonders.« Ich ließ mich auf einen der Barhocker an meinem Küchentresen fallen und stellte das Handy auf laut, ehe ich mir ein Glas Wasser einschenkte. »Mein Freund und ich streiten im Moment viel.«

»Das hatte ich befürchtet.« Mrs Singh klang zwar ehrlich mitgenommen, aber nicht im Mindesten reumütig, obwohl sie letztendlich die Ursache dieser Unruhe zwischen uns war. »Ist das der Grund, warum du mich um ein Telefongespräch gebeten hast? Um mich um meinen Rat zu fragen?«

Ich überlegte und hinterfragte die Intention meiner E-Mail, die ich noch in der U-Bahn auf meinem Handy getippt hatte, kaum dass ich mich auf den Rückweg vom Restaurant nach Hause gemacht hatte. Ich hatte zwar geschrieben, dass ich gerne noch ein paar mehr Informationen hätte, wusste aber genau, dass sie mir diese auch in einem offiziellen Angebot per Mail hätte zukommen lassen können. Stattdessen hatte ich jedoch um ein Telefonat gebeten, obwohl das eigentlich nicht meine bevorzugte Art der Kommunikation bei solchen Themen war.

Ich seufzte schwer, enttäuscht von mir selbst, dass ich wirklich auf den Rat von jemandem hoffte, den ich kaum kannte, anstatt mich meinen Freunden anzuvertrauen, die ich in das Chaos zwischen Hyun-Joon und mir nicht mit reinziehen wollte. »Ja, ich denke schon.«

Meinen Worten folgte Schweigen, was mich wenig überraschte. Immerhin war Mrs Singh eine gestandene Frau in ihren Fünfzigern, die es sich aus keinem Grund zur Aufgabe machen musste, sich einer Anfang Zwanzigjährigen anzunehmen, die sich wie ein kleines Kind an sie klammerte und um Antworten bettelte.

»Es tut mir leid. Ich hätte nicht – «

»Ich würde dir raten, der Kunst zu folgen.« Ich hörte, wie Mrs Singh auf der anderen Seite der Leitung tief ausatmete, und war mir nicht sicher, ob ich da wirklich einen Hauch von Schmerz in ihrer Stimme hören konnte oder ob ich ihn mir einbildete, in der Hoffnung, meine eigenen Gefühle in jemand anderem wiederzufinden.« Und ich rate dir nicht dazu, weil ich der Meinung bin, dass du eine Bereicherung für mein Institut wärst. Das hier ist der Rat von einer Frau zur anderen. Folge der Kunst. Du wirst es bitterlich bereuen, wenn du es nicht tust.«

Ich dachte an die Leere, die ich gefühlt hatte, bevor ich Hyun-Joon kennengelernt hatte und fragte mich, ob irgendetwas schlimmer sein konnte als das. »Was, wenn es nicht klappt? Wenn ich nicht so gut bin, wie Sie meinen?«

»Dann hast du es zumindest versucht und musst dich nicht dein Leben lang fragen, wie es hätte sein können, wenn du nicht an so etwas Zerbrechlichem festgehalten hättest wie an der Liebe.« Ihre Stimme war zum Ende des Satzes immer dünner geworden, und sie brauchte einen Augenblick, ehe sie sich wieder gefangen hatte und räusperte. »Was ich damit sagen will, ist: Die Liebe und Chancen wie diese sind gleichermaßen vergänglich, Jade. Eine echte Begabung wie deine ist es nicht. Sie wird dir immer bleiben, ganz gleich, was passiert. Frag dich also, was du kultivieren und wer du sein möchtest: Die Malerin Jade Hall oder die feste Freundin eines Mannes, der dir vielleicht schneller das Herz bricht, als du jetzt für möglich hältst.«

Ich hörte sie genau, die Bitterkeit, die ihre Worte färbte und fragte mich, woher sie wohl stammte, während ich auf die beängstigende weiße Leere meiner Leinwand starrte, die sich mit dem Grau von Hyun-Joons T-Shirt mischte, als er mit langen Schritten im Regen davongegangen war. »Das klingt so, als sprächen Sie aus Erfahrung.«

»Weil ich genau da war, wo du jetzt stehst, Jade. Und meine Fehlentscheidung hat mich von einer Malerin zur Lehrerin gemacht.« Glas schabte über Glas. Dann ein leises Gluckern, so als würde man ein Getränk einschenken. »Ich habe in Paris studiert und dort einen Mann kennengelernt. Ich habe mich in ihn verliebt, und als er mich darum bat, mein Kunststudium aufzugeben, um mit ihm nach Singapur zu gehen, tat ich genau das. Seitdem sind achtunddreißig Jahre vergangen und fünfzehn davon sind wir geschieden. Ich habe alles für ihn aufgegeben, doch am Ende war alles nicht genug.« Stille machte sich breit, bevor ein schweres Schlucken erklang, während ich mit meinen Fingern über den kühlen Rand meines Wasserglases fuhr. »In meinem Institut habe ich Bruchstücke von dem gefunden, was ich verloren habe, und ich bin unendlich dankbar dafür. Aber niemand kann mir die Jahre zurückgeben, die ich geopfert habe, um mein Leben an das eines anderen anzupassen.«

Ich wollte den Mund aufmachen und entgegnen, dass Hyun-Joon mich niemals um so etwas bitten würde, hielt mich dann aber davon ab, als mir wieder seine Worte aus dem Restaurant einfielen, die mich nicht losließen, auch wenn ich versuchte, mir einzureden, dass er sie nur ausgesprochen hatte, weil er mich liebte und mich nicht verlieren wollte. Doch der bittere Geschmack auf meiner Zunge blieb, auch nachdem ich ihn mit einem großen Schluck Wasser hinunterzuspülen versucht hatte.

Ich weiß, es ist egoistisch, aber ich würde mir wünschen, dass du bleibst, Jade. Hier bei mir.

»Hyun-Joon ist ein guter Mann. Ein ehrlicher und aufopferungsvoller noch dazu.« Mrs Singhs Ton war sanft, aber eindringlich, und ich verstand auch so, worauf sie hinauswollte, ohne dass sie es wirklich aussprach. »Außerdem ist er sehr jung. Genau wie du.«

Als ich auf meine Hände hinabsah, war ich überrascht, dort keine Falten zu finden, so alt, wie ich mich fühlte. Die letzten vier Jahre hatten ihre Spuren hinterlassen, und obwohl ich mein Bestes gab, sie abzuschütteln, waren sie doch dort, eingekerbt in meinem Herzen und meiner Seele, die jetzt gerade eine weitere Kerbe zu bekommen schien. »Was schätzen Sie, wie lange wird es dauern, bis Sie mir alles beigebracht haben, was Sie wissen?«

Mrs Singh schien wenig überrascht, da sie direkt antwortete, ohne auch nur eine Sekunde darüber nachzudenken. »Mindestens zwei Jahre. Wenn du schnell bist.«

Zwei Jahre. Das war eine sehr lange Zeit, um voneinander getrennt zu sein. Selbst mit der heutigen Technik und den Möglichkeiten, die sie bot. »Vielen Dank für Ihre Zeit, Mrs Singh. Und auch dafür, dass Sie so ehrlich zu mir waren.«

»Ich hoffe, dass es dir dabei geholfen hat, ein bisschen deine Gedanken zu entwirren.« Sie seufzte leise, und ich meinte tatsächlich, ehrliche Sorge darin mitschwingen zu hören, auch wenn das vermutlich nichts weiter war als ein Wunschtraum. »Diese Entscheidung kann dir leider niemand abnehmen, Jade. Und ganz gleich, wie sie auch ausfällt, ich werde sie akzeptieren. Denn nur du hast die Entscheidungsgewalt über dein eigenes Leben, und das ist ein Geschenk.«

Ich will, dass du dein Leben lebst. Für dich. Und nur für dich. Du hast nämlich nur dieses eine.

Meine Finger gaben abrupt ihren Tanz auf dem Rande meines Wasserglases auf, und ich glaubte fast, meinen Vater vor mir zu sehen, wie er mir gegenüber am Küchentresen saß und nur mit dem Kopf schüttelte, seine Mundwinkel herabgezogen, weil ich mein Versprechen an ihn immer weniger zu ehren schien, je mehr ich mein Leben wieder nach den Bedürfnissen und Wünschen anderer ausrichtete.

Was er wohl von mir denken würde, wenn er mich jetzt sehen könnte?

»Ich schicke dir das offizielle Angebot für die Stelle mit allen Konditionen und einem Arbeitsvertrag. Denk einfach ein paar Tage darüber nach, und melde dich dann mit deiner Antwort bei mir, okay?«

Mrs Singhs Stimme holte mich zurück in die Wirklichkeit, weg von dem Geist meines Vaters, der sich in kleine Staubpartikel auflöste und von der leichten Brise aus der Klimaanlage davongetragen wurde. »Okay. Wie viel Zeit habe ich denn?«

Mrs Singh schnalzte mit der Zunge, und das Geräusch explodierte förmlich in meinem Kopf. »In Anbetracht der Tatsache, wie viel es vorher noch zu regeln gibt, würde ich dich bitten, dir nicht länger als zwei Wochen Zeit zu nehmen. Ich weiß, das mag knapp bemessen klingen, aber vertrau mir, wenn ich dir sage, dass die Antwort schneller zu dir kommen wird, als du jetzt glaubst.«

Ich bedankte mich noch einmal und verabschiedete mich höflich von Mrs Singh und legte dann auf, allein mit der Leere, die nun in meinem Kopf herrschte, während mein Herz in wildem Protest wütete. Eine endgültige Entscheidung konnte ich erst treffen, wenn das Angebot vorlag, doch ich wusste genau, dass es hier um so viel mehr ging als um das Geld mit dem ich Christopher und mich durchbringen und meine Schulden tilgen musste. Hier ging es auch um Hyun-Joon und mich. Um das was wir hatten. Und darum, ob das wirklich genug war.

Ich hatte keine Ahnung, was ich tun sollte, und je mehr ich versuchte, eine Lösung für mein Problem zu finden, desto komplexer schien es zu werden. Wie ein fertiges Gemälde, bei dem man immer und immer wieder den Pinsel ansetzte, um Fehler auszubessern, bis es am Ende vollkommen verhunzt war und man es kaum noch wiedererkannte.

Ich stand auf, unfähig, noch eine Sekunde länger in dem Apartment zu bleiben, in dem der Geist meines Vaters und die Erinnerungen an Hyun-Joon um die Wette spukten und mich beide versuchten, in die entgegengesetzte Richtung zu zerren, bis ich in der Mitte zu zerreißen drohte.

Ein Spaziergang würde mir sicherlich helfen, um meinen Kopf frei zu –

Ich hatte mir noch nicht die Schuhe zugebunden, da klingelte es schon laut an der Haustür. Und als ich die Kamera einschaltete und in Hyun-Joons blasses und angespanntes Gesicht blickte, fragte ich mich, ob Mrs Singh mit ihren Worten recht behalten und die Antwort wirklich schneller zu mir kommen würde, als ich bisher gedachte hatte.

Ich drückte auf den Knopf der Gegensprechanlage, doch kein Wort kam über meine Lippen, und als ich weiter in das Gesicht meines Freundes sah, dessen Verzweiflung selbst durch das kleine Display des Sicherheitsmoduls zu mir hindurchsickerte, wusste ich, dass ich nicht länger davonlaufen konnte. Dieser Schmerz, der uns beide so fest im Griff hatte, musste ein Ende finden. Auf welche Art auch immer.

Also betätigte ich den Summer, die Augen auf die offenen Schnürsenkel gerichtet, die mich an Schlingen erinnerten, ehe ich mir die Schuhe von den Füßen streifte und die Tür öffnete.

Mein Herz schlug mir bis zum Hals, als ich im Türrahmen stand, die Hände schweißnass und den Kopf voller Gedanken, die explodierten, als Hyun-Joon aus dem Fahrstuhl am Ende des Flurs trat. Sein Kopf war gesenkt, die Haare tief in seine Stirn gefallen, während er mit seinen Zähnen seine Unterlippe bearbeitete, die schon verdächtig geschwollen aussah. Seine Schultern hingen herab, beinahe verloren in dem übergroßen T-Shirt, von dem ich wusste, dass Hyun-Joon es nur trug, wenn er gerade mehr oder weniger aus dem Bett gefallen war. Sein Blick blieb auf den Boden geheftet, als er zögerlich in Richtung meines Apartments ging, so als wollte er sich vor der Welt und vor meinem Anblick verstecken, das Gold seiner Augen vor mir verborgen und sein Gesicht in die indigoblauen Halbschatten der Abendstunden gehüllt. Er blieb direkt vor mir stehen, der vertraute Geruch seines Parfüms irgendwie tröstlich, und doch trieb er mir Tränen in die Augen, und die Welt, in der es nur mich und ihn geben sollte, verschwamm.

Die Scherben meines Mosaikherzens rieben schmerzhaft aneinander, seine schillernden Glaskristalle wie Staub, der sich auf meine Träume legte und sie blutrot färbte. Meine Atmung wurde flach, meine Finger klamm und zittrig, als ich mich am Türrahmen festklammerte, als wäre das Holz meine Rettungsleine, mit der ich mühsam versuchte, mich über Wasser und damit in meiner kleinen heilen Welt zu halten, in der ich nicht entscheiden musste, welche Liebe ich zu Grabe tragen würde.

Doch ganz egal, welche Entscheidung ich auch traf, ein Teil von mir würde sterben. Genau hier, mit dem Pinsel noch in der Hand und vor einem unbeendeten Kunstwerk aus Indigo und Gold, dessen schillernde und intensive Farben ausbluteten, bis nichts weiter blieb als ein verwaschenes Grau.

*Die Geschichte von Jade und Hyun-Joon
geht weiter!*

(29. Juli 2022)

DANKSAGUNG

Liebe Leser:innen,

hier sind wir nun wieder, auf den letzten Seiten eines Buches, und ich muss wieder überlegen, wie ich am besten den Menschen danken kann, die während der nervenaufreibenden Monate, die es dauert, ein Buch zu schreiben, an meiner Seite waren.

Fangen wir mal wieder mit dir an, liebe *Katharina Larue*. Vielen Dank, dass du mir immer wieder die Chance gibst, mich frei auszudrücken und die Geschichten zu erzählen, die ich erzählen möchte. Als ich dir zum ersten Mal von Hyun-Joon und Jade erzählt habe, war ich wahnsinnig nervös, und ich werde dir nie vergessen, wie liebe- und verständnisvoll du die beiden aufgenommen hast. Du hast mir immer das Gefühl gegeben, dass du verstehst, warum mir diese Geschichte so wichtig ist und dass ich immer auf deine Rückendeckung zählen kann. Ich bin sehr dankbar dafür, dass unsere Wege sich 2016 gekreuzt haben, und ich hoffe, dass ich noch viele Jahre mit dir werde zusammenarbeiten dürfen.

Dank gilt auch der lieben *Steffi Janek*. Steffi, ich weiß, mit mir ist es nicht immer leicht, weil ich von Selbstzweifeln geplagt bin und dir mehr Arbeit mache als so manch anderer. Vielen Dank für deine Geduld, dein Verständnis und die lieben und lobenden Worte, die du trotzdem immer findest.

Mein nächster Dank gilt dem *Team LYX*, bei dem meine Geschichten bisher immer ihr Zuhause gefunden haben. Vielen Dank für das Herzblut, die Begeisterung und das Gefühl, ein Teil vom großen Ganzen zu sein. Ihr alle rettet regelmäßig Welten, und ich bewundere euch alle dafür.

Der nächste Dank geht raus an jemanden, der meine Welt nicht nur regelmäßig gerettet, sondern sie auch um ein Vielfaches bereichert hat: Meine Sensitivity-Leserin *Dong-Hee Maeng*. Dong-Hee, ohne dich wäre *Blue Seoul Nights* nicht das Buch, das es jetzt ist. Vielen Dank für dein ehrliches Feedback, dein herausragendes Engagement und deine unermüdliche Geduld in all den unzähligen E-Mails, in denen ich dann doch noch die ein oder andere Rückfrage hatte.

Besonderer Dank geht auch raus an meine Illustratorin Se-Rim Hwang, die es auf so wunderschöne Art und Weise geschafft hat, Hyun-Joon und Jade unter ihrer Feder zum Leben zu erwecken. Ich hätte mir niemand Besseren für diesen Job vorstellen können.

Kommen wir nun zu meiner lieben Freundin *Anna Savas*, ohne die dieses Buch sicherlich nicht fertig geworden wäre. Ohne dich hätte ich mir längst die Haare ausgerissen und hätte sicherlich mindestens schon einen Nervenzusammenbruch gehabt. Du bist ein Schatz, und ich kann dir gar nicht sagen, wie froh ich bin, dass wir gemeinsam in einer Seminargruppe waren!

Genauso möchte ich mich bei *Raina Niemeyer* und *Frauke Kuder* bedanken, die beide unermüdlich immer hinter den Kulissen dafür sorgen, dass meine Bücher erscheinen und ich dabei nicht selber vor die Hunde gehe. Danke fürs Plotten, Gegenlesen, gemeinsam Lachen und gemeinsam Weinen.

Danelle Deidre van Royen gehört auch in die Kategorie der Menschen, die dafür sorgen, dass ich bei Verstand bleibe und nicht in den Untiefen meines Hirns verschwinde. Danke für die vielen Sonntage auf meiner Couch, an denen du immer zuhörst und mir mit Rat und Tat zur Seite stehst. Ohne deine Begeisterung für Hyun-Joon, Jade und unsere Drama-Dates wären die letzten Monate um einiges härter gewesen.

Auch ohne *Saskia Seurich* wäre mein Leben um einiges härter und farbloser. Danke, dass du mich aus meinem eigenen Kopf und zurück in die Realität holst, die unzählige Blickwinkel zu bieten hat, wenn man nur in der Lage ist, einen Schritt zurückzutreten und hinzusehen. Danke fürs an die Hand nehmen und hin und wieder auch mal in den Hintern treten.

Vielen Dank auch wieder an meine Familie, die mich in allen Lebenslagen erträgt und die nie müde wird, ganz egal, ob es das zwanzigste Mal ist, das ich wieder über diese eine Szene rede, in der ich wieder mal nicht vorankomme. Eure liebevollen Ermutigungen sind der Grund, warum ich heute hier sitze, die Finger auf den Tasten und mit dem Herzen bei den Geschichten, die ich liebe.

Und zu guter Letzt möchte ich euch danken, liebe Leser:innen. Ohne euch würde es meine Bücher nicht geben. Vielen Dank, dass ihr mich meinen Traum leben lasst und ich hoffe, dass ich euch noch oft mit der Nase zwischen den Seiten meiner Bücher finden werde.

Ich hoffe, wir sehen uns im Juli wieder und reisen dann wieder gemeinsam nach Seoul, in die Welt von Hyun-Joon und Jade, mit all ihren Schattierungen aus Gold und Indigoblau.

Kara Atkin
Osnabrück, 25. Oktober 2021

Triggerwarnung

Dieses Buch enthält Elemente, die triggern können.

Diese sind:
Terminale Erkrankungen, Tod, Mobbing,
Homophobie, Suizid, passive Sterbehilfe, Arbeitslosigkeit,
Depressionen, Suizidversuch

Ihr größter Traum ist es, endlich frei zu sein. Niemals hätte sie gedacht, dass sie ihr Herz dabei verlieren würde

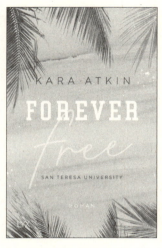

Kara Atkin
FOREVER FREE –
SAN TERESA UNIVERSITY

480 Seiten
ISBN 978-3-7363-1298-2

Raelyn Miller kann es kaum erwarten, ihr Studium in Kalifornien zu beginnen und weit weg von zu Hause noch einmal ganz von vorn anzufangen. Doch schnell stellt sie fest, dass es gar nicht so leicht ist, auf eigenen Beinen zu stehen, und dass ihr altes Leben sie stärker im Griff hat, als sie dachte. Vor allem, als sie den geheimnisvollen Hunter kennenlernt, zu dem sie sich magisch hingezogen fühlt, obwohl er doch alles verkörpert, was Raelyn endlich hinter sich lassen wollte ...

LYX

Sie wollte nur eine Nacht lang ein ganz normales Mädchen sein. Doch seitdem ist nichts mehr, wie es war.

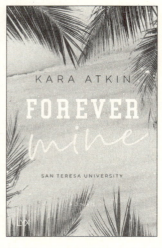

Kara Atkin
FOREVER MINE - SAN TERESA UNIVERSITY

480 Seiten
ISBN 978-3-7363-1330-9

Als die gesamte Universität von Kates One-Night-Stand mit Alec Volcov, dem Playboy der San Teresa University, erfährt, ist ihr sauberes Image als Bloggerin von einem Tag auf den anderen zerstört. Kate will einfach nur vergessen, was passiert ist, und zieht deshalb in ein neues, ruhigeres Wohnheim um. Was sie nicht ahnt: Ihr Zimmernachbar ist ausgerechnet Alec, der sie nicht nur bei jeder Begegnung an die Nacht erinnert, die ihr Leben für immer verändert hat, sondern der ihr plötzlich auch nicht mehr aus dem Kopf gehen will ...

»Die Geschichte hat so süchtig gemacht, dass ich gar nicht mehr aufhören konnte.« MARENVIVIEN über *FOREVER FREE*

LYX

Die Community für alle, die Bücher lieben

★ In der Lesejury kannst du Bücher lesen und rezensieren, die noch nicht erschienen sind

★ Gemeinsam mit anderen buchbegeisterten Menschen in Leserunden diskutieren

★ Autoren persönlich kennenlernen

★ An exklusiven Gewinnspielen und Aktionen teilnehmen

★ Bonuspunkte sammeln und diese gegen tolle Prämien eintauschen

Jetzt kostenlos registrieren: www.lesejury.de

Folge uns auf Instagram & Facebook:
www.instagram.com/lesejury
www.facebook.com/lesejury